KB071957

가
오
고
락

이 책은 2020년도 정부(교육부)의 재원으로 한국고전번역원의 지원을 받아
수행된 '권역별거점연구소협동번역사업'의 결과물임.

This work was supported by Institute for the Translation of Korean Classics - Grant funded by
the Korean Government.

한국고전번역원 한국문집번역총서 / 성균관대학교 대동문화연구원

가오고략 2

嘉梧藁略

이유원 지음 김채식 옮김

李裕元

일러두기

1. 이 책의 번역 대본은 한국고전번역원에서 간행한 한국문집총간 315집 소재 《가오고략(嘉梧藁略)》으로 하였다. 번역 대본의 원문 텍스트와 원문 이미지는 한국고전종합DB(http://db.itkc.or.kr)에서 확인할 수 있다.
2. 내용이 간단한 역주는 간주(間註)로, 긴 역주는 각주(脚註)로 처리하였다.
3. 한자는 필요한 경우 이해를 돕기 위하여 넣었으며, 운문(韻文)은 원문을 병기하였다.
4. 맞춤법과 띄어쓰기는 한글 맞춤법과 표준어 규정을 따랐다.
5. 이 책에서 사용한 부호는 다음과 같다.
   ( ) : 번역문과 음이 같은 한자를 묶는다.
   〔 〕 : 번역문과 뜻은 같으나 음이 다른 한자를 묶는다.
   " " : 대화 등의 인용문을 묶는다.
   ' ' : " " 안의 재인용 또는 강조 문구를 묶는다.
   「 」 : ' ' 안의 재인용을 묶는다.
   《 》 : 책명 및 각주의 전거(典據)를 묶는다.
   〈 〉 : 책의 편명 및 운문 · 산문의 제목을 묶는다.

가오고략 제4책

시 詩

내가 일찍이 의주 부윤으로 있을 때, 중국 사람이 오래된 족자를 주었는데 "봄풀 우거진 언덕 앞에 백만 명의 군대, 붉은 비단 장막 안에 일개 서생일세. 지금 비로소 문장이 귀함을 믿노니, 밤에 원융에게 오경을 알리는 소리를 듣네."라는 시와 "숭정 12년 안문 손전정이 쓰다."라는 관지가 적혀 있었다. 시와 글씨가 웅건하여 공경할 만하였다 余曾守灣州時 中州人贈一古軸題云 靑草坡前百萬兵 紅紗帳內一書生 而今始信文章貴 夜聽元戎報五更 款識曰 崇禎十二年雁門孫傳庭書 詩與筆雄健可敬 • 468

가오고략

제 3 책

詩시

시詩[1]

단군사[2]
檀君祠

동해에 성인이 나오시니	東海聖人出
요 임금과 같은 무진년이라네	戊辰堯竝時
부상에 처음 상서로움을 내려	扶桑初降瑞
박달나무를 터전으로 삼았네[3]	檀木以爲基

1 시(詩) : 책3에 실린 시는 이유원이 59세 때인 1872년(고종9)경에 지어진 것이 대부분이다. 이유원은 1868년(고종5)에 좌의정에서 물러난 이후 특별한 관직을 맡지 않고 이따금 조정의 요청에 따른 임시직을 맡았을 뿐이다. 1871년(고종8) 12월에는 우거지(寓居地)인 가오곡(嘉梧谷)에서 《임하필기(林下筆記)》 초고를 완성하였고, 1872년에는 설악산, 강릉, 오대산 등지를 유람하고 돌아온 것이 특기할 만하다. 이유원은 60세가 되는 1873년(고종10) 11월에 영의정으로 다시 정치에 복귀하였다.

2 단군사(檀君祠) : 평양 성내에 있는 단군을 모신 사당이다. 가운데에 위치한 기자사(箕子祠)를 중심으로 동쪽에는 동명왕사(東明王祠), 서쪽에는 단군사가 위치하였다. 《新增東國輿地勝覽 卷51 平安道 平壤府》

3 동해에……삼았네 : 《동국통감(東國通鑑)》 〈외기(外紀)〉에 "동방(東方)에 애초 군장(君長)이 없었는데, 어떤 신인(神人)이 박달나무〔檀木〕 아래에 강림하거늘 국인들이 그를 세워 임금으로 삼으니 이분이 단군(檀君)이다. 국호를 조선(朝鮮)이라 하였는데, 때는 요(堯) 임금 무진년(戊辰年)이었다.〔東方初無君長, 有神人降于檀木下, 國

人立爲君, 是爲檀君, 國號朝鮮, 是唐堯戊辰歲也.」라는 기록이 있다. 부상(扶桑)은 해
가 뜨는 곳을 가리키는데, 여기서는 조선을 가리킨다. 단군이 강림한 태백산의 위치에
대해서는 황해도의 구월산(九月山), 평안도의 묘향산(妙香山), 함경도의 백두산(白頭
山) 등 여러 설이 있다. 《新增東國輿地勝覽 卷51 平安道 平壤府》《三國遺事 紀異 第1》

기자사[4]

箕子祠

백성들을 팔조로 교화하니	庶民八條敎
군자가 구이에 거처하게 되었네	君子九夷居
천 년 뒤에도 영령이 아직 남아	千載靈猶在
생황 소리가 옛터에서 울리네	笙簧遺故墟

---

4 기자사(箕子祠) : 기자를 모신 사당으로 평양 성내에 있다. 기자사를 중심으로 동쪽
에 동명왕사(東明王祠)가 있고, 서쪽에 단군사가 위치하였다고 한다. 《新增東國輿地勝
覽 卷51 平安道 平壤府》고려 숙종(肅宗) 10년(1105)에 정당문학(政堂文學) 정문(鄭
文)의 건의로 제향을 올린 후로부터 제향이 이어져 조선에서도 계승하였다. 1612년(광해
군4) 기자사를 숭인전(崇仁殿)으로 개명하고 사액하였으며, 그곳의 후손으로 하여금
제사를 지내게 하였다. 《光海君日記 卷18 光海 4年 4月 27日》

동명왕사[5]

東明王祠

행인들이 왕검의 집을 가리켜	行人王儉宅
천손의 궁궐이라 잘못 말하네[6]	謾說天孫宮
문정과 무정의 우물 옆의 달이	文武井邊月
지금까지 쉼 없이 비춰주네[7]	至今照不窮

5 동명왕사(東明王祠) : 고구려를 건국한 동명왕(東明王)을 모신 사당으로 평양 성내에 있다. 기자사를 중심으로 동명왕사가 동쪽에, 단군사가 서쪽에 위치하였다고 한다. 1429년(세종11)에 처음 설치하였고, 영조 때 숭령전(崇靈殿)으로 이름을 바꾸었다. 《新增東國輿地勝覽 卷51 平安道 平壤府》

6 행인들이……말하네 : 단군의 유적을 동명왕의 유적으로 잘못 인식한 것을 가리킨다. 단군이 왕검성(王儉城)에 도읍하니, 바로 평양이다. 평양에 선인왕검댁(仙人王儉宅)이란 유적이 있는데, 단군이 죽지 않고 백악(白嶽)에 들어가 신(神)이 되었으므로 후세에 백성들이 선인(仙人)이라 호칭하였다고 한다. 《芝峯類說 卷2 諸國部 本國》《修山集 卷12 東史志 高句麗地理志》천손(天孫)은 천제(天帝)의 아들 해모수(解慕漱)와 하백(河伯)의 딸 유화(柳花)와의 사이에서 태어난 고구려(高句麗)의 시조 동명왕을 가리킨다.

7 문정과……비춰주네 : 문정(文井)과 무정(武井)은 모두 동명왕의 궁인 구제궁(九梯宮) 터 안에 있는데, 동명왕 때 판 것이다. 구제궁은 예전에 영명사(永明寺) 안에 있었다고 한다. 《新增東國輿地勝覽 卷51 平安道 平壤府》

남사의 시인들을 읊다[8] 8수

屬南社諸公 八首

주계를 읊다[9] 屬周溪

백마 탄 신랑이 삼척의 동자라 白馬新郎三尺童

사위 되던 때를 아직 기억한다고 우스갯소리 하네 戲言尙記坦床東

당시 춤을 배워 상(象) 춤을 출 때가 막 지났는데 于時學舞纔踰象

이윽고 점괘를 보니 사내아이를 낳는다네[10] 旋見占祥乃夢熊

---

8 남사(南社)의 시인들을 읊다 : 1872년(고종9)에 남사(南社)의 시인 8인을 읊은 것으로, 남사는 도성 남부 지역을 중심으로 활동한 시사를 가리킨다. 이 당시 광주 유수로 재직 중인 정기세(鄭基世)가 잔치를 마련하여 친구들을 초대하였는데, 이때 이유원은 참석하지 못하게 되어 대신 시를 지어 보낸 것으로 보인다.

9 주계를 읊다[屬周溪] : 정기세(鄭基世, 1814~1884)를 읊은 시이다. 정기세의 본관은 동래(東萊), 자는 성구(聖九), 호는 주계로 영의정 정원용(鄭元容)의 아들이다. 1837년(헌종3) 정시 문과에 급제하여 내외직을 두루 역임하고 벼슬이 판서에까지 이르렀다. 이유원과 동갑으로 각별히 오래도록 교분을 나눴고 다수의 시를 수창하였다.

10 백마……낳는다네 : 정기세는 선공감 부정(繕工監副正)을 지낸 김영수(金永受)의 딸 경주 김씨(慶州金氏)와 혼인하였는데, 15세가 지나서 혼인한 것으로 보인다. 정기세의 아들은 정범조(鄭範朝, 1833~1897)로 정기세가 20세 때 태어났다. '상(象) 춤'이란 15세를 가리키는 말이다. 《예기》〈내칙(內則)〉에 "나이 열셋이 되면 음악을 배우고 시를 외며 작에 맞추어 춤을 춘다. 성동에는 상 춤을 춘다.〔十有三年, 學樂誦詩 舞勺, 成童, 舞象.〕"라고 한 데서 유래하였다. '사내아이를 낳는다〔夢熊〕'는 말은 《시경》〈소아(小雅) 사간(斯干)〉의 "길몽은 무엇인가. 곰과 큰 곰과 큰 뱀과 뱀이로다. 태인이 꿈을 점치니, 곰과 큰 곰이 나오면 남자를 낳을 상서요, 큰 뱀과 뱀이 나오면 여자를 낳을 상서로다.〔吉夢維何, 維熊維羆, 維虺維蛇. 大人占之, 維熊維羆, 男子之祥, 維虺維蛇, 女子之祥.〕"라는 구절에서 유래하였다.

바라보니 태산북두 같아 재상이 될 명망 있었고　山斗曾瞻公輔望

가정에서 일찍부터 배워 대인의 풍모 갖췄네　家庭夙炙大人風

내년이면 육십 살이라니 세월도 빨라라　明年六十光陰速

우스워라, 아리따운 자태가 벌써 노인이 되다니　堪笑丰姿已老翁

추담을 읊다[11] 屬秋潭

높은 문벌로 백세토록 통가의 의리를 맺어　高門百世講通家

여섯 차례 혼례를 이루니[12] 또한 매우 아름답네　六媾成因亦孔嘉

아침저녁으로 같은 마을에서 자주 만났고　朝暮逢迎同里閈

동쪽 서쪽으로 수레를 나란히 벼슬살이 함께했네　東西追逐竝軒車

인자함으로 남을 대하며 경륜도 넓디넓었고　仁爲澤物經綸博

덕으로써 아름다움을 이어 복록이 장구하였네　德以承麻福祿遐

그대의 손자들이 모두 나에게 와서 학문 닦으며　之子群孫皆我杵

섬돌 앞에서 함께 해당화를 완상하네　墀前共翫海棠花

---

11 추담을 읊다[屬秋潭] : 조병휘(趙秉徽, 1808~1874)에 대해 읊은 시이다. 초명은
조휘림(趙徽林)이었는데, 1868년(고종5) 4월 11일 상호군(上護軍)으로 있을 때 조병
휘로 개명하였다. 《承政院日記》 조병휘의 본관은 양주(楊州). 자는 한경(漢鏡), 호는
추담이다. 1829년(순조29) 정시 문과에 급제하여 내외직을 두루 역임하고 벼슬이 판서
에까지 올랐다. 이유원과 젊어서부터 노년까지 교유를 나눴다.

12 여섯……이루니 : 두 집안이 여러 대에 걸쳐 잦은 혼인관계를 맺은 것을 가리킨다.
참고로 조병휘의 아들 조정희(趙定熙, 1845~?)는 초명이 정섭(定燮)인데, 이유원의
사위가 되었다.

하산을 읊다[13] 屬霞山

건너편 마을에서 살아온 오십 년 동안	隔閈而居五十年
그대 집안 사대의 온전한 복록을 보았네[14]	見君四世福攸全
떨기 대나무가 줄지은 섬돌에 가지가 빼어나	叢篁迸砌孫枝擢
아홉 줄의 조정 반열에 공경 벼슬이 원만하네	九棘超班卿月圓
사국에서 주선하던 일은 이제 지나간 꿈 되었고	史局周旋今一夢
고향에서 은거함도 또한 같은 인연일세	鄕園棲息亦同緣
창밖의 신발 소리에 그대가 온 줄 아노니	履聲窓外能相識
그대와 만나 담소하지 않은 날이 언제 있었나	何日無君娓娓然

---

13 하산을 읊다[屬霞山] : 이 시에서 말한 하산(霞山)은 성산(星山) 조연창(趙然昌, 1810~1883)을 가리킨 것으로 보이며, 하산이란 별호도 따로 사용한 듯하다. 《임하필기》 및 《가오고략》에 조연창과 수창한 다수의 기록이 전하며, 《임하필기》 권35 〈벽려신지(薜荔新志)〉에 "〈남사팔영(南社八詠)〉을 읊으니 정주계(鄭周溪), 조추담(趙秋潭), 조성산(趙星山), 박금령(朴錦舲), 이종산(李鍾山), 김석거(金石居), 박초파(朴蕉坡)이고, 그중 하나는 나를 읊은 것이다."라고 한 구절이 근거가 된다. 조연창의 본관은 풍양(豊壤), 자는 문보(文甫), 호는 성산이며, 개명은 조병창(趙秉昌)이다. 1835년(헌종1) 증광별시 문과에 급제하여 내외직을 두루 역임하고 벼슬이 판서에까지 올랐다.

14 그대……보았네 : 《임하필기》 권26 〈춘명일사(春明逸史) 문란(門闌)이 서로 같은 일〉의 "조성산(趙星山)이 살고 있는 집은 곧 나의 옛집이다. 내가 일찍이 그 집에서 10년을 살았는데, 선대부께서 숭품의 직질로 관직이 전장(銓長, 이조 판서)과 문임(文任)이었고 나는 아전(亞銓, 이조 참판)을 거쳤다. 지금 성산이 그 집에 살면서 또한 숭질(崇秩)로서 전장과 문임을 지냈고 그의 아들 조채하(趙埰夏)가 바야흐로 이조 참판을 겸직하고 있으니, 문란의 혁혁함이 서로 비슷한 셈이다. 나의 양당(兩堂)의 회갑 때에 이르러서는 내가 비록 삼전(三銓, 이조 참의)에 재직 중이었으나 일찍이 방백(方伯, 관찰사)을 거쳤고, 성산이 그 부인과 더불어 회갑을 지낼 때 그 아들이 이미 재신(宰臣)의 반열에 올랐으니, 이 또한 서로 같은 셈이다. 내가 그들만 못한 것은 오직 후손들이 번성한 것인데, 대체로 성산은 이미 증손자를 얻었다."라는 말이 참고가 된다.

금령을 읊다[15] 屬錦舲

금강의 강물에 빈 배를 띄우더니	錦江春水泛虛舟
만년에 시선이 되어 서울을 향해 노닐었네[16]	晚載詩仙向洛游
장씨의 별장에서 봉황을 묘사한 글을 이뤘고[17]	摛鳳編成張氏墅
행주의 물가에서 물고기 잡던 일 기억하고 있네[18]	捉魚記得幸州洲
해동의 악부에서는 삼매의 경지에 올랐고	海東樂府登三昧
계북의 시단에서도 한 걸음 양보했다네[19]	薊北詞場讓一頭

15 금령을 읊다[屬錦舲] : 박영보(朴永輔, 1808~1872)에 대해 읊은 시이다. 박영보의 본관은 고령(高靈), 자는 성백(星伯), 호는 금령(錦舲)이다. 서울 출신이며 박종림(朴鍾林)의 아들로 박종악(朴鍾岳)에게 출계하였다. 1844년(헌종10) 증광 문과에 급제하여 평안도 청북(淸北) 암행어사, 경기도 관찰사 등을 역임하고 벼슬이 판서에까지 올랐다.

16 금강의……노닐었네 : 박영보는 젊어서 문과에 급제하기 전에 충청도 공주(公州)를 자주 왕래하여 그의 호 금령(錦舲)도 금강(錦江)에서 유래하였고, 중년과 만년의 사환기(仕宦期)에는 서울을 중심으로 활동하였다. 《朴永輔全集 解題, 2019, 성균관대학교 대동문화연구원》

17 장씨의……이뤘고 : 박영보와 이유원이 젊은 시절 시회와 나들이로 어울린 것을 묘사한 말인데, '장씨의 별장'은 옛날에 서원시사(西園詩社) 즉 송석원시사(松石園詩社)가 열렸던 서울 옥인동에 위치한 건물로 추정된다. 이유원이 서술한 글을 참고하면, 갑진년(1844, 헌종10)에 이유원과 주계(周溪) 정기세(鄭基世), 연암(煙巖) 조석우(曺錫雨), 성산(星山) 조연창(趙然昌), 금령(錦舲) 박영보(朴永輔), 석거(石居) 김기찬(金基纘), 석농(石農) 조응화(趙應和)가 함께 장씨원(張氏園)에 놀러 가서 술잔을 나누며 시를 읊었는데, 풍류가 질펀하여 세상 사람들이 칠학사회(七學士會)라고 일컬었다고 한다. 《林下筆記 卷25 春明逸史》

18 행주의……있네 : 박영보가 1842년(헌종8) 무렵 사옹원 봉사로서 행주(幸州)의 대표적 진상품 웅어(葦魚)를 잡는 어부들을 감독하는 감어관(監漁官)으로 파견되었는데, 이때 친구들이 찾아와 배를 타고 유람하며 시를 수창한 것이 《박영보전집》에 전한다.

19 해동의……양보했다네 : 박영보가 시단에서 명성이 높았고, 청나라에 사신을 가서

내가 새로 시를 지어 그대가 감정하면 　　我有新吟君鑑定

구름을 헤치고 밝은 달이 서루를 비추었지 　　披雲明月照書樓

종산을 읊다[20] 屬鍾山

생각나는 사람이 종산이란 산에 있으니 　　所懷人在山之鍾

오늘도 지난날의 용모가 여전하구나 　　今日依依舊日容

십 년 동안 성균관에서 꽃이 붓에 물들었고 　　十載杏庭花染筆

두 차례 풍악산에서 달이 지팡이를 따랐도다 　　兩番楓嶽月隨節

뜻밖에 의주의 객관에서 압록강에 함께 노닐었고[21] 　差池灣館同游鴨

문필을 뽐냈다는 의미이다. 박영보는 자하(紫霞) 신위(申緯)의 수제자로 일컬어졌고, 이유원 및 소론계 인사들과 칠학사회(七學士會) 또는 팔학사회(八學士會)로 불리는 모임을 만들어 어울렸다. 또한 1862년(철종13) 7월 1일에 진하 겸 사은세폐사(進賀兼謝恩歲幣使)의 부사(副使)로 임명되어 정사(正使) 이의익(李宜翼), 서장관 이재문(李在聞)과 함께 청나라에 가서 동문환(董文渙), 공헌이(孔憲彜), 장세준(張世準) 등과 어울리고 돌아왔다. 《朴永輔全集 解題》

20 종산을 읊다[屬鍾山] : 이삼현(李參鉉, 1807~1872)에 대해 읊은 시이다. 이삼현의 본관은 용인(龍仁), 자는 태경(台卿), 호는 종산(鍾山)이다. 1841년(헌종7) 정시 문과에 급제하여 평안도 암행어사, 대사성 등을 지냈고, 예조 판서에까지 올랐다. 저서에 《종산집》이 있다. 당시 종산이란 호를 쓰는 사람은 이삼현과 이원명(李源命, 1807~1887) 둘이 있는데, 《가오고략》 책4에 실린 〈이태경을 애도하며[李台卿輓]〉에 "가을이 되어 친구 생각이 간절해져, 팔영시 지어 남사의 벗들을 읊었는데, 수창한 시가 이르기도 전에, 갑자기 비통한 슬픔이 일어나네.[秋來多懷人, 八詠屬南社. 不見酬唱到, 遽有悲傷惹.]"라는 구절이 참고가 된다.

21 뜻밖에……노닐었고 : 이유원은 1848년(헌종14) 8월에 평안도 의주 부윤(義州府尹)이 되어 1850년(철종1) 1월까지 재임하였는데, 당시 이삼현은 평안도 청남(淸南) 암행어사의 임무를 수행하고 1850년 3월 1일 조정에 복명(復命)하였으므로 이때 만난 것으로 추정된다.

지난날 춘당대에서 인재를 함께 뽑았네[22]   疇昔春塘共點龍

만약 남쪽 시사의 자리에서 등급을 논한다면   若話社筵殊品藻

마땅히 그대를 추대하여 시단의 종주로 삼으리   推君端合做詞宗

석거를 읊다[23] 屬石居

남쪽 시사에서 함께 연마한 분이 얼마나 남았는가 南社同櫟餘幾人

당시에 마주하여 청춘 시절을 다 보냈네   當時相對盡靑春

물고기를 얻고 통발을 일찍 잊은 내가 부끄럽고[24] 得魚愧我忘筌久

말에 기대어 문장을 지어내는 그대의 솜씨를 부러워했네[25]

               倚馬多君草檄新

22 지난날……뽑았네 : 이삼현과 이유원은 1854년(철종5) 2월 27일에 치러진 경과(慶科)에서 함께 독권관(讀券官)으로 참여한 일이 있다. 《承政院日記》

23 석거를 읊다〔屬石居〕 : 김기찬(金基纉, 1809~?)에 대해 읊은 시이다. 김기찬의 본관은 청풍(淸風), 자는 공서(公緖), 호는 석거(石居)이다. 1835년(헌종1) 증광 문과에 급제하여 내외직을 두루 역임하고 벼슬이 참판에 이르렀다. 저서로 《석거집》이 있다. 이유원보다 다섯 살 연상으로 어려서부터 같은 마을에서 친하게 지냈고, 만년에는 이유원이 은거한 가오곡(嘉梧谷)에서 멀지 않은 묵계(墨溪)라는 곳에 집을 짓고 자주 왕래하였으며, 이유원에게 생갈명(生碣銘)을 부탁하기도 했다고 한다. 《嘉梧藁略 冊16 石居生碣銘》

24 물고기를……부끄럽고 : 이유원이 벼슬에 진출한 이후로 학문에 소홀한 것을 가리킨 것으로 보인다. '통발을 잊는다'는 것은 목적을 이룬 후에는 수단을 잊어버린다는 말로, 《장자(莊子)》 〈외물(外物)〉에 "통발은 고기를 잡는 것인데 고기를 잡고 나면 통발은 잊어버리고, 올가미는 토끼를 잡는 것인데 토끼를 잡고 나면 올가미는 잊어버린다.〔筌者所以在魚, 得魚而忘筌, 蹄者所以在兔, 得兔而忘蹄.〕"라고 한 데서 온 말이다.

25 말에……부러워했네 : 말에 기댄다는 것은 '의마재(倚馬才)'를 가리키는 말로, 글을 짓는 재주가 민첩하다는 뜻이다. 진(晉)나라 환온(桓溫)이 북정(北征)을 하면서 원굉(袁宏)에게 격문(檄文)의 종류인 노포문(露布文)을 짓도록 하자, 원굉이 말에 기대어 단숨에 일곱 장의 종이를 채웠다고 한다. 《世說新語 文學》

생전에 지어준 비갈에선 통달한 선비라 일컬었고[26]　一碣壽藏稱達士

세 갈래 진 영험한 약에 밝은 신령이 감동했네[27]　三权靈藥感明神

산속 누각의 긴 날을 어찌하면 보내리오　山樓永日何消遣

늙어가며 생각날 때마다 진한 술을 마신 듯하네　老去猶思若飮醇

초파를 읊다[28] 屬蕉坡

지난날 어울리던 일이 한 꿈처럼 빠른데　追憶前遊一夢蘧

뜻 맞던 친구들 흩어져 골목엔 아무도 살지 않네　苔岑星散巷無居

그대만은 시를 폐하지 않아 늘 읊조리는데　獨君不廢長吟詠

어찌하여 깊이 감추고서 낚시질만 일삼는가　胡爾深藏事釣漁

임술년 보름에 적벽의 배를 다시 띄웠고[29]　後赤壁舟壬戌望

늦봄의 초엽에 난정의 계모임을 이었네[30]　續蘭亭稧暮春初

26　생전에……일컬었고 : '생전에 지어준 비갈'이란 생갈명(生碣銘)으로, 《임하필기》
권27 〈춘명일사 석거생갈명(石居生碣銘)〉에 이유원이 김기찬의 부탁을 받고 지어준
생갈명이 수록되어 있다. 이유원이 김기찬을 '통달한 선비〔達士〕'라고 직접 일컬은 말은
보이지 않으나, 김기찬의 호탕한 성품과 넓은 학문과 빠른 글솜씨와 우국충정에 이르기
까지 두루 서술하였다.

27　세……감동했네 : 김기찬이 평소 어떤 약을 보내준 것으로 보이는데, 자세한 내력
은 미상이다.

28　초파를 읊다〔屬蕉坡〕: 박홍수(朴興壽, 1806~?)에 대해 읊은 시이다. 박홍수의
본관은 반남(潘南), 자는 영중(永中), 호는 초파(蕉坡)이다. 1837년(헌종3) 생원시에
합격하여 내직으로 제용감 주부, 사직서 영(令), 장악원정 등을 지냈고, 외직으로 지례
현감(知禮縣監), 영평 군수(永平郡守) 등을 역임하였다.

29　임술년……띄웠고 : 이유원이 임술년(1862) 7월을 만나게 되자, 이에 해서(海西)의
유명한 정자 아래에 배를 띄우고 술을 마시며 놀이를 즐기면서 기망사(旣望詞)를 지어
노래하였다고 하는데, 이를 가리키는 듯하다. 《林下筆記 卷25 春明逸史 芙蓉堂紀遊》

오직 우리 두 노인이 편안히 잠을 이루니　　　　惟吾二老優閑睡

사귐이 친밀해질수록 머리털도 점차 성글어지네　　交密之時髮漸疎

스스로를 읊다 自屬

육순을 허송하여 지금까지 성취가 없으니　　　　六旬虛送迄無成

절반은 시골에서 지내고 절반은 서울에서 지냈네　半在鄕山半在京

오경에 종소리 울리자 옛 꿈이 깨어나고　　　　五夜鍾鳴醒舊夢

사계절 꽃이 피면 한가로운 정을 의탁하네　　　四時花發寓閑情

글을 짓는 것은 그저 소일하기 위함이고　　　　著書只爲堪消日

반식[31]하며 도리어 이름을 훔친 것이 부끄럽네　伴食還慙浪盜名

돌아보건대 임금의 은혜에 조금도 보답하기 전에　自顧君恩毫未報

어느덧 흰머리가 천 갈래나 늘어졌네　　　　　居然白髮已千莖

---

30 늦봄의……이었네 : '난정(蘭亭)의 계모임'은 진(晉)나라 왕희지(王羲之)가 영화 (永和) 9년(353) 9월 3일에 회계산(會稽山)의 난정에서 계모임을 가진 것을 가리키는 데, 이유원과 동인들이 이를 모방하여 1853년(철종4) 늦봄에 종남산(終南山)의 묵계산 장(墨溪山莊)에서 속난정회(續蘭亭會)를 개최하여 흐르는 물에 술잔을 띄워 돌리고 시를 읊었으며, 이 광경을 그림으로 그려 동인들끼리 나누어 가졌다고 한다. 《林下筆記 卷25 春明逸史 續蘭亭會》

31 반식(伴食) : 하는 일 없이 녹만 축내는 것을 가리킨다. 당(唐)나라 때 노회신(盧 懷愼)이 정승이 되어 요숭(姚崇)과 함께 일하게 되었는데, 스스로 행정 사무 처리가 요숭보다 못하다고 여겨 매사에 자기주장을 내세우지 않으니, 당시 사람들이 "같이 밥이나 먹는 정승이다.〔伴食宰相.〕"라고 하였다고 한다. 《舊唐書 卷98 盧懷愼列傳》

연잎의 구슬

荷珠

연잎 우거진 못에 급한 비가 이르니	荷塘急雨至
떨리는 연잎이 수천 개일세	葉戰幾千頭
주렴을 드리움에 수정이 흩어지는 듯하고	簾落水晶散
솥이 기울자 흰 수은이 흘러내리는 듯하네	鼎欹銀汞流
푸른 하늘에 점점이 내리는 눈이런가	碧天點點雪
푸른 바다에 가벼이 떠오른 포말인가	蒼海輕輕漚
몽롱하게 낮잠에서 깨어날 제	午睡朦朧罷
만 섬의 시름을 멍하니 바라보네	凝眸萬斛愁

사시향관 잡영32 30수

四時香館雜詠 三十首

천기의 운행은 인(寅)에서 시작하나니	天機馱運肇於寅
일 년은 삼백 일 하고도 육십 일일세	三百星周有六旬
전원에 물러난 선비가 동쪽 골짜기를 집 삼으니	退士田園東峽宅
사계절 꽃이 피어나 일 년 내내 봄이로다	四時花發一年春

촛불 밝힌 밤에 성상의 글씨가 환히 빛나니	宸翰煌煌光燭霄
귤산가오실 다섯 글자 아름다운 이름 내리셨네33	橘山五字錫嘉標
분분히 발문 지어 말미에 두고자 다투니	紛紛記跋爭題尾
전에 없는 은총과 영예는 동료들보다 빼어났네	曠古恩榮出衆僚

맘껏 먹고 자며 돌아다니는 날이 없으니	喫而睡了日無巡
태평성대에 누가 일민이 되었는가	聖代何人作逸民

---

32 사시향관 잡영(四時香館雜詠) : 이유원이 은거하던 사시향관(四時香館)의 풍경
과 그곳에서 지내는 자신의 생활 모습과 심정을 읊은 시인데, 지은 시기는 1872년(고종
9)으로 추정된다. 사시향관이란 '사계절 꽃향기가 풍기는 집'이란 뜻으로, 이유원이
양주의 가오실(嘉梧室) 서북쪽에 지은 별서이며 500칸으로 되어 있었다고 한다. 《嘉梧
藁略 冊13 效白少傅池上篇》

33 귤산가오실……내리셨네 : 이유원이 55세 되던 1868년(고종5) 좌의정으로서 은퇴
를 청하자 고종이 따뜻한 유지로 힘써 만류하다가 '귤산가오실(橘山嘉梧室)' 다섯 글자
를 써서 하사했다고 한다. 《嘉梧藁略 序〔鄭元容〕》《承政院日記 高宗 11年 4月 12日》

맑은 바람이 희황의 세상[34]에 끝없이 불어오니　　清風不盡羲皇世
버선을 신지 않을 때 또 두건도 쓰지 않았네　　不襪之時又不巾

때때로 손 가는 대로 짚은 노인의 지팡이를　　時來隨手老人筇
물 북쪽과 밭 남쪽에서 가는 곳마다 만나네[35]　　水北田南到處逢
어린아이 이끌고 바람 쐬며 논물 소리 들으니　　携幼乘涼田水聽
늘어진 수양버들이 헝클어진 머리를 스치네　　垂垂楊柳掠鬖鬆

물 건너서 똑똑 술 거르는 소리 들리자　　隔水丁丁漉酒聲
짚신을 거꾸로 신고 가서 사립문 두드리네　　倒穿芒屩扣柴荊
녹음이 가득한 곳에 짝할 이 없어　　綠陰滿地無人伴
삿갓을 제치고 때때로 반가운 새소리를 듣네　　擡笠時聽好鳥鳴

사월에 모내기를 하여 초록빛 모포가 깔리니　　四月秧針疊綠氊
단오절에 또 푸른 연꽃을 심었네　　端陽節又種青蓮

34　희황(羲皇)의 세상 : 태평시절을 가리킨다. 도연명(陶淵明)이 여름에 북창 아래 누워 있다가 맑은 바람이 불어오자 스스로 '태곳적 복희 시대의 사람〔羲皇上人〕'이 된 것 같다고 말했던 고사가 있다.

35　때때로……만나네 : 노년에 꽃을 즐기고 손자를 희롱하며 평온한 삶을 보내는 어떤 노인을 가정하여 읊은 것이다. 《林下筆記 卷35 薛荔新志》

어린 대가 막 취했는데 붉은 석류꽃 피어나니[36]　　稚篁纔醉紅榴綻
시골 농가의 온전한 안복이 다 준비되었네　　準備村家眼福全

백 포기 모란을 섬돌 앞에 심으니　　百本牧丹種砌前
일시에 꽃송이 터져 시회 자리를 비추네　　一時齊綻照詩筵
그 가운데 색채 없는 천연의 백모란은　　衆中奪色天然白
옥과 얼음 같은 자태로 자색 모란을 무색케 하네　　玉骨氷心掃紫煙

분홍색 장미와 흰 장미가 뒤섞여 피니　　紅薔薇間白薔薇
정색이란 지금 이미 절반은 날아갔네　　正色如今已半飛
목필인지 해당인지[37] 사람들이 구분하지 못하자　　木筆海棠人未辨
화동이 마음이 상해 대낮에도 사립문을 잠갔네　　花僮悵悵晝關扉

벽오동 그늘이 퍼져 작은 서재가 그윽한데　　碧梧陰漲小軒幽
자귀나무 꽃 향기 짙어 주렴에도 감도네　　夜合香濃簾幙留
등나무 시렁과 작약 난간에 봄이 벌써 저무니　　藤架藥欄春已晚
나비가 향을 훔치는 것을 정겹게 내버려 두네　　任他款款蝶兒偸

---

36 어린……피어나니 : 예로부터 5월 13일을 대나무를 옮겨 심는 최적의 날로 꼽는데, 절개가 강해 까다로운 대나무도 이날만은 술에 취한 듯 몽롱해지기 때문에 옮겨 심어도 잘 살아난다고 하여 그날을 죽취일(竹醉日) 혹은 죽미일(竹迷日)이라고 부른다. 또한 5월에 석류꽃이 피어나므로 5월을 유월(榴月)로 부르기도 한다.
37 목필(木筆)인지 해당(海棠)인지 : '목필'은 목련을, '해당'은 해당화를 가리킨다.

산골 사람이 나에게 꽃가지 하나를 주니　　　　　山人貽我一枝花
붉은빛이 앞산을 비춰 산에 노을이 덮었네　　　　紅暎前山山罨霞
영산홍만이 아니라 사람도 취하니　　　　　　　非直暎山人亦醉
산골 집이 갑자기 부유해져 봄의 사치를 누리네　山家暴富入春奢

뜨락 앞에 손수 심은 한 그루 소나무가　　　　　庭前手種一株松
십 년 만에 장성하여 벌써 용비늘이 덮었네　　　十載長成已蟄龍
장차 지붕을 덮고 또 큰 집도 지탱하리니　　　　且將覆屋亦支廈
푸르고 울창한 그늘에 가을 되고 겨울 되리　　　蒼鬱其陰秋復冬

좋은 꽃들 심어 사방 처마를 가리니　　　　　　多種好花拚四檐
산꽃이 흐드러지자 들꽃까지 피어나네　　　　　山花爛熳野花兼
전날 밤 달구경 하느라 잠들기가 늦어졌는데　　前宵愛月遲吾睡
또 시드는 꽃이 애석해 일찍 주렴을 젖히네　　　又惜殘花早捲簾

평소 나무 심기를 기갈 든 듯이 좋아하여　　　　平生種樹若饑饞
보진재의 장송이 푸른 삼나무를 마주한 것 같네[38]　寶晉長松對翠杉
소산의 우거진 계수나무는 옮기기 어려워　　　　小山叢桂移難得
초은시 이루어지자 웃으며 장삼의 먼지를 터네[39]　招隱詩成笑拂衫

38　보진재(寶晉齋)의……같네 : 보진재는 송(宋)나라 때 시·서·화에 뛰어났던 미
불(米芾)의 서재 이름인데, 진대(晉代)의 법첩(法帖)들을 많이 소장하고 있었기 때문
에 이렇게 이름 붙인 것이다. 미불은 〈폐거첩(弊居帖)〉에서 보진재의 서쪽에 치상헌
(致爽軒)을 만들고 둘레에 오동, 버들, 참죽, 삼나무 110그루를 심었는데, 10년 뒤에
모두 우거졌다고 하였다. 《林下筆記 卷33 華東玉糝編 猗蘭操異石甘露二帖同異考》

천축선생처럼 구부정한 모습이고   天竺先生傴塞儀

막고선녀처럼 기괴한 자태인데   藐姑仙女怪奇姿

어디에서 온 비바람이 붉은 꽃잎을 불어   何來風雨吹紅紫

어지러이 얼굴을 때리고 짧은 울타리에 쌓이는가   亂撲眞顏積短籬

구천은 아득한데 은하수가 쏟아지니   九天漠漠落銀河

골짜기 갈라진 영지 봉우리에 비단을 늘어뜨렸네   洞劈芝岑曬匹羅

바위에 붙어 등나무 잡고 한 줄기 길을 따라   附石攀藤通一線

외로운 중이 인도하니 그림자가 너울거리네   孤僧引導影婆娑

당자서의 시처럼 날은 소년 시절과 같이 길고[40]   日長如少子西詩

도연명의 귀거래사처럼 구름은 무심히 바위굴에서 나오네[41]

             雲出無心陶令辭

---

39 소산(小山)의……터네 : 한(漢)나라 회남왕(淮南王) 유안(劉安)이 문학하는 선비들을 모아 사부(辭賦)를 짓게 하고는 대산(大山)과 소산, 두 부류로 나누었다. 이 중 소산에 속하는 문사가 지은 〈초은사(招隱士)〉에 "계수나무 숲 우거져 산이 그윽하니, 구불구불 뻗은 줄기 가지가 서로 얽혔어라.〔桂樹叢生兮山之幽, 偃蹇連卷兮枝相繚.〕"라고 하여 산중의 풍경을 묘사한 구절이 있다. 처음엔 은자를 세상으로 불러낸다는 의미였으나, 나중에는 진(晉)나라 육기(陸機)와 좌사(左思) 등이 은거를 지향하는 뜻으로 〈초은사〉를 지어 하나의 시격을 이루었다.

40 당자서(唐子西)의……길고 : 당자서는 송나라 시인 당경(唐庚, 1070~1120)으로, 자서는 그의 자(字)이다. 그의 시 〈취면(醉眠)〉에 "산은 태고처럼 고요하기만 한데, 날이 기니 소년 시절과 같네.〔山靜似太古, 日長如小年.〕"라는 구절이 있다.

41 도연명(陶淵明)의……나오네 : 도연명의 〈귀거래사(歸去來辭)〉에 "구름은 무심히 산봉우리에서 나오고, 새는 날다가 지쳐 돌아올 줄을 아네.〔雲無心以出岫, 鳥倦飛而知還.〕"라는 구절이 있다.

한 조각 한가한 마음이 구름과 함께[42] 머무는데   一片野心雲共住

창밖에 해가 더디 간들 안 될 것이 무엇이랴   何妨窓外日遲遲

수심이 이르면 때로 붓대를 뽑아들지만   悶來豪管有時抽

유공권의 뼈와 안진경의 힘줄[43]을 닮지 못해 한일세   柳骨顔筋恨不侔

종정에 새겨진 전서와 예서의 법도가 고상하니   篆隷鼎彜其法古

〈누수비〉를 임모하며 쌍구로 그려내네[44]   碑摹婁壽畫雙鉤

이씨의 장서루가 만권루[45]란 이름으로 전하는데   李氏樓傳萬卷名

나는 만권을 수장했으나 누각을 만들지 못했네   我藏萬卷樓無成

---

42 함께 : 원문의 '共'은 《임하필기》 권35 〈벽려신지(薜荔新志)〉에는 '與'로 되어 있다.

43 유공권의……힘줄 : 당나라 명필 유공권(柳公權)의 글씨가 골기(骨氣)가 있고, 안진경(顔眞卿)의 글씨가 근기(筋氣)가 있다고 일컬어진 것을 가리킨다. 육유(陸游) 의 〈당희아의 눈 속의 까치〔唐希雅雪鵲〕〉라는 시에 "내 보기에 이 글씨가 기서와 같으 니, 안진경의 힘줄과 유공권의 뼈로 구양순과 우세남을 추격하네.〔我評此畫如奇書, 顔筋柳骨追歐虞.〕"라는 구절이 있다.

44 누수비(婁壽碑)를……그려내네 : 〈누수비〉는 후한(後漢)의 희평(熹平) 3년(174) 에 새겨 호북성 양양(襄陽)의 광화현(光化縣)에 세운 〈현유선생 누수비(玄儒先生婁壽 碑)〉를 가리킨다. 비석이 도중에 유실되어 계미곡(桂未谷)이 송나라의 탁본을 구해 쌍구법(雙鉤法)으로 모사하여 새겼다고 한다. 청대 학자 담계(覃溪) 옹방강(翁方綱) 은 〈누수비〉의 가치를 천구(天球)와 하도(河圖) 같은 보물에다 견주었다고 한다. 《林 下筆記 卷4 金薤石墨編 碑碣之屬 2》 쌍구(雙鉤)는 가는 붓으로 글씨의 테두리를 따라 그려서 떠내는 복제 방법의 하나이다.

45 만권루(萬卷樓) : 충청도 진천(鎭川) 초평(草坪)에 있던 담헌(澹軒) 이하곤(李夏 坤)의 장서루로, 고금의 서화와 서적을 방대하게 소장하여 명성이 높았다. 100년을 전하다가 이유원이 살던 당시에는 모두 흩어져 남은 것이라곤 단지 숙종(肅宗) 이전의 명현들의 문집뿐이었다고 한다. 《林下筆記 卷26 春明逸史 萬卷樓》

소식을 보배로 삼고 또 담계를 보배로 삼아서　　　　　寶蘇又一覃溪寶

양연산방에서 관지를 쓰며 비평하네[46]　　　　　　　養硯山房款識評

색은 소와 모양이 같고 구는 구주를 나눈 것이니[47]　索素形同丘九州

삼황오제가 삼분 오전을 남겼네[48]　　　　　　　　皇三帝五典墳留

경전을 씨줄 삼고 역사를 날줄 삼아 모두 모았으니　經經緯史咸裒集

옥과 금으로 장식한 두루마리를 누가 교정해주랴　玉躞金贉孰校讐

46　소식(蘇軾)을……비평하네 : 이유원이 자하(紫霞) 신위(申緯, 1769~1845)의 서재에서 함께 서화를 감상한 것을 말한다. 담계(覃溪)는 청나라 학자 옹방강(翁方綱, 1733~1818)의 호이다. 다른 호는 소재(蘇齋)이고 실명(室名)은 보소(寶蘇)인데, 송나라 소식(蘇軾)을 보배로 여긴다는 의미이다. 금석(金石)·보록(譜錄)·서화·사장(詞章)의 학에 정진하였으며, 특히 그의 서법은 당시 천하제일이었다고 한다. 추사(秋史) 김정희(金正喜, 1786~1856)가 24세 때 연행하여 옹방강을 만나 깊은 감명을 받고서 담계를 보배로 여긴다는 의미로 보담재(寶覃齋)라는 자호를 짓기도 하였다. 양연산방(養硯山房)이란 신위의 서재 이름으로, 익종(翼宗, 효명세자)이 동궁 시절에 써서 신위에게 하사한 것이다. 신위는 이 이름을 받고 집 뒤에 따로 정자 하나를 짓고 그것을 걸고서, 이유원에게 '예사양연산방(睿賜養硯山房)'이라는 현판을 써달라고 부탁한 일이 있다. 《林下筆記 卷28 春明逸史 養硯山房》

47　색(索)은……것이니 : 고대의 서적 팔색(八索)과 구구(九丘)의 성격을 풀이한 말이다. 《석명(釋名)》의 "팔색의 색은 소(素)이니, 소왕(素王)의 법도를 드러낸 것이다.……구구의 구는 구(區)이니, 구주(九州)의 토질과 기운을 구별한 것이다.〔八索索素也, 著素王之法.……九丘丘區也, 區別九州土氣.〕"라는 말이 참고가 된다. 《釋名 卷6 釋典藝》《嘉梧藁略 冊13 雜著 管窺篇》

48　삼황오제(三皇五帝)가……남겼네 : 고대의 삼황오제가 남긴 옛 서적을 가리킨다. 삼분(三墳)은 복희(伏羲)·신농(神農)·황제(黃帝)가 남긴 서적을 가리키고, 오전(五典)은 소호(少昊)·전욱(顓頊)·제곡(帝嚳)·제요(帝堯)·제순(帝舜)이 남긴 서적을 가리킨다.

한·위 시대 이지러진 돌을 천구처럼 귀하게 보니[49]　石殘漢魏視天球

진본을 누가 이유[50]에서 구해왔나　眞本誰探二酉求

종요 채옹의 유풍은 지금 적막해졌고　鍾蔡遺風今寂寞

왕씨 집안 일파와 구양솔경이 유행하네[51]　王家一派率更歐

좀벌레는 신선 글자를 세 번 먹기 좋아해서　蠹魚好食字三仙

천상계의 진인 되어 현묘한 도를 줄줄 말하네[52]　上界眞人談屑玄

우 임금의 돈이 널리 퍼져 금착도를 주조하니　禹泉周布鑄金錯

맥망은 무료하게 시렁 곁에서 잠드네[53]　脈望無聊架畔眠

---

49 한·위(漢魏)……보니 : 옛날의 금석문(金石文)을 보물로 여긴다는 의미이다. 천구(天球)는 주(周)나라 왕실에서 보배로 삼던 다섯 가지 구슬 가운데 하나로, 옹주(雍州)에서 산출되며 그 빛이 하늘과 같다고 한다.

50 이유(二酉) : 중국 호남성 원릉현(沅陵縣) 서북쪽에 있는 대유산(大酉山)과 소유산(小酉山)을 말하는데, 옛날 진(秦)나라 때 학자들이 이 산에 있는 큰 동굴에 숨어 공부를 했기 때문에 서적이 많았다고 한다.

51 종요(鍾繇)……유행하네 : 서법에서 동진(東晉)의 왕희지(王羲之), 왕헌지(王獻之) 부자와 당나라 때 솔경령(率更令)을 지낸 구양순(歐陽詢)의 글씨가 권위를 얻어 유행하고 있다는 의미이다. 종요는 위(魏)나라 사람으로 자는 원상(元常)인데, 소해(小楷) 글씨로 명성이 높았다. 채옹(蔡邕)은 후한(後漢) 때 사람으로 자는 백개(伯喈)인데, 시부(詩賦)와 글씨에 두루 능하였으며 종요의 글씨에 많은 영향을 끼쳤다.

52 좀벌레는……말하네 : 좀벌레가 '신선(神仙)' 글자를 세 번 먹으면 변하여 맥망(脈望)이 된다는 전설이 있다. 당나라 때 서생 하풍(何諷)이 고서를 읽다가 공처럼 둥근 벌레를 발견했는데, 자르니 즙이 나왔고 불에 태우니 머리카락 타는 냄새가 났다. 후에 도사에게 말하니, 이 벌레가 바로 맥망인데 이것으로 하늘에 비추면 천사가 내려와 단약을 주고, 단약에 맥망의 즙을 섞어서 복용하면 곧바로 환골탈태하여 신선이 되어 날아올라 간다고 알려주었다. 《太平廣記 卷42》

53 우(禹) 임금의……잠드네 : 세상에 돈을 숭상하는 풍조가 유행하면서 독서하는 선

담계 댁에서 일찍이 청동 골동을 평론하며   覃宅曾評古董靑

섭동경이 옛 그림의 명문에 글자를 썼네[54]   東卿題字舊圖銘

둥근 와당 모난 기와가 삼분은 좀먹었고   圓當方瓦三分蝕

장락이란 붉은 글씨에 전형이 배어 있네[55]   長樂朱文有典型

내가 누각에 오르면 집안사람들도 나를 보기 어려운데[56]

                                  家人罕見我登樓

단청을 시험하기도 전에 벌써 가을이 물들었네   未試丹靑已豔秋

비가 적어진 것을 가리키는 듯하다. 탕(湯) 임금 때 7년 동안 가뭄이 들고, 우 임금 때 5년 동안 홍수가 지자, 백성들이 식량이 없어 아이마저 팔게 되었다. 이에 탕 임금은 장산(莊山)의 금으로 화폐를 주조하여 백성들을 구제했고, 우 임금은 역산의 금으로 화폐를 주조하여 백성들을 구제했다고 한다. 《管子 卷22 山權數》 금착도(金錯刀)는 한(漢)나라 왕망(王莽) 때 주조한 돈의 이름이기도 하고, 옛날 패도(佩刀)의 이름이기도 하다.

54 담계(覃溪)……썼네 : 담계는 옹방강(翁方綱)의 호이고, 섭동경(葉東卿)은 섭지선(葉志詵, 1779~1863)으로 동경은 그의 자(字)이다. 섭지선은 옹방강의 사위로, 1845년(헌종11) 이유원이 동지사의 서장관으로 연경에 갔을 때 옹방강의 구택을 방문했는데 바로 사위 섭지선이 살고 있었으며, 그 집 정원에 있는 고정(古鼎)을 통해 문인(文人)의 본색을 보았다고 하였다. 《林下筆記 卷25 春明逸史 覃溪舊宅》

55 장락이란……있네 : 장락미앙(長樂未央)이란 글씨가 있는 장락미앙와를 가리킨다. 이유원은 이 기와에 대해 "하몽화(何夢華)가 모은 탁본이다. 옹방강이 말하기를, '이 기와는 양주(楊州)의 마추전(馬秋田) 집에 소장되어 있다. 내가 10년 전에 그 탁본을 보았는데 이것과 차이가 없었다.' 하였다."라고 기록하였다. 《林下筆記 卷3 金薤石墨編 瓦甎之屬》

56 내가……어려운데 : 남조(南朝) 송(宋)나라 화가 고준지(顧駿之)의 고사를 원용한 것이다. 고준지가 일찍이 높은 누각을 지어 화소(畫所)로 삼고서 매양 누각에 오를 때면 사다리를 치웠으므로 집안사람들도 얼굴을 보기가 어려웠다고 한다. 《歷代名畫記 卷1》

폭마다 구름 산이 수묵화를 이루니　　　　　　幅幅雲山成水墨

조화옹이 나의 거처를 조용히 내버려 두지 않네　化翁難作我居幽

흰 마름꽃과 붉은 여뀌꽃이 물가에 피니　　　白蘋紅蓼水之洲

홀로 외로운 배를 띄워 물결에 내맡기네　　　獨泛孤舟任自流

빈 배라면 갈매기 백로가 어찌 놀라서 날랴　　舟虛鷗鷺驚何起

도리어 어부인가 두려워 내려앉을 생각을 않네　却怕漁人不肯投

삼 척의 거문고가 청량하게 가을 소리를 울려　泠泠三尺動秋音

게으른 시인 일으켜 병중에 읊조리게 하네　　起懶詩人病裏吟

일만 이천 봉우리를 전날의 꿈에 보고서　　　萬二千峯前夜夢

아침이 되자 한 동이의 술을 소진하였네　　　朝來消盡一樽斟

한 점의 추운 까마귀가 온 산의 눈 속에 찍히니　寒鴉一點雪千山

흑백이 분명하여 찾아내기가 용이하네　　　　黑白分明容易覰

까마귀에 눈이 물들지 않아 눈이 더욱 정결하니　鴉非汚雪雪尤潔

저 눈이 까마귀와 어찌 관련이 있으랴　　　　而雪於鴉那有關

머리 위에 꽃이 피어 세월을 재촉하는데　　　頭上花開歲律催

추운 매미 막 사라지자 국화가 다시 피어나네　寒螿才謝菊芳回

꽃을 보고 물을 마시고 신선의 책을 읽으니　　看花飮水仙書讀

꽃은 사람을 시샘하지 않는데 사람이 스스로 시샘하네

　　　　　　　　　　　　　　　　　　　花不猜人人自猜

저무는 나이를 스스로 도모하지 않았으니 　　　　衰暮之年不自謀

육순이건 칠순이건 어찌 다시 구하랴 　　　　　六耆七耋復何求

희끗한 성긴 머리는 날마다 흰빛을 더하는데 　　星星疎髮日添白

높은 마루 밝은 거울 속 내 모습이 부끄럽네[57] 　明鏡高堂也自羞

삼십 년이 한바탕 꿈처럼 지나가니 　　　　　　三十年過一夢間

한 말의 식초를 마신듯 모진 괴로움 두루 겪었네 　吸來斗醋備辛艱

곁의 사람들 하는 말과 너는 반대로 하여 　　　傍人之說而相反

익숙하고 평탄한 길인 양 힘차게 내달렸네 　　　熟路平平走快輴

벼슬아치의 오사모를 야인의 황관으로 바꿔 쓰고 烏紗頂帽換黃冠

대로를 피해 돌길을 달리니 발걸음이 비틀거리네 避坦趨磽步履蹣

괴이해라, 옹께서 어찌 그리 기이함만 추구하여 怪底翁何偏索隱

남들이 나를 비웃어도 나는 편안하다 하시는가 人其笑我我其安

57　희끗한……부끄럽네 : 참고로 이백(李白)의 시에 "그대는 보지 못했는가. 고당의
거울에 비치는 슬픈 흰 머리칼, 아침에 푸른 실 같더니 저녁에 눈으로 변한 것을.〔君不見
高堂明鏡悲白髮, 朝如靑絲暮成雪.〕"이라는 구절이 나온다.《李太白集 卷2 將進酒》

전원 잡영에 이어 짓다[58] 10수

續題田園雜詠 十首

한 몸에 병이 많아 심산에 누워서	一身多病臥深山
매미소리 새소리만 한가롭게 듣네	只聽蟬聲鳥語閑
누워 있어도 무방한데 어찌 다시 일어나	臥亦無妨何更起
자잘하게 경영하느라 괴로움이 그칠 날이 없는가	經營細數苦無間

금년의 질병은 작년과 같으니	今年疾病去年如
해마다 질병으로 인해 생활이 게을러지네	疾病年年懶起居
내 몸만 병든 것이 아니라 처자도 병이 들어	非但病吾妻子病
한 오두막에서 질병 속의 세월을 보내네	病中歲月一蝸廬

---

58 전원……짓다 : 1872년(고종9)에 〈전원 잡영(田園雜詠)〉을 이어서 지은 연작시
이다. 본래 〈전원 잡영〉은 이유원이 1872년에 〈사시향관 잡영(四時香館雜詠)〉30수를
지으면서 함께 지은 12수의 연작시인데, 내용은 전하지 않는다. 이유원이 〈사시향관
잡영〉과 〈전원 잡영〉 두 종을 기당(祁堂) 홍순목(洪淳穆)에게 부쳤더니, 홍순목이
서신을 보내 "꽃향기 그윽한 곳이기에 하루가 참으로 한 해와 맞먹을 터이니, 옛날
공리자서(公理子西)가 힘주어 말했던 것처럼 그 높은 운치는 노둔한 자가 미칠 수 있는
바가 아니오. 못난 자신을 돌아보건대, 그와 같은 경제(經濟)를 일찍이 배우지 못한
것이 한스럽소. 어찌 뜻이야 본래 없었겠소만, 하늘이 청복(淸福)을 누리게 하는 일은
쉽게 얻을 수 없나 봅니다. 그러니 재주가 있고 없는 것 또한 분수에 정해져 있는 것
아니겠소. 지금은 늘그막에 다다랐으니, 다만 나의 능력이 아득히 미치지 못함을 탄식
할 뿐이라오."라고 하였다고 한다. 《林下筆記 卷35 薛荔新志》

남의 손에 붓을 맡기고 입으로 시를 부르니　　　　　　　傔人操管口呼詩
늙어갈수록 정신이 옛날만 못하구나　　　　　　　　　　老去神精減昔時
평생토록 곤궁과 시름의 말을 하지 않았건만　　　　　　生平不作窮愁語
백발이 생겨날 제 말도 저절로 따라가는구나　　　　　　白髮生時語自隨

이지러진 밥주발에 덜 여문 보리가 올라오니　　　　　　窳碗飯登半熟麥
어지러이 숟가락 놀려 그럭저럭 배를 채우네　　　　　　紛紛匙箸苟充腸
울타리 가에 그물 쳐서 큰 씨암탉을 잡으니　　　　　　籬邊網得鷄兒大
이듬해에 병아리 만들 수 없음을 뉘 알랴　　　　　　　誰識明年種子妨

남녘 들에 들밥을 내오니 개도 뒤를 따르고　　　　　　南畝饁筐犬亦隨
종종걸음 치는 씩씩한 아낙이 어린애를 안았네　　　　　踉蹡健婦抱孩兒
쑥대머리로 풀을 깔고 앉아 농부가를 부르고　　　　　　蓬頭藉草田謳作
때로는 호미를 베고 누워 밥때를 기다리네　　　　　　　或枕尖鋤待食時

대문 앞의 한 그루 늙은 느티나무 그늘에　　　　　　　門前一樹古槐陰
우뚝 솟은 누대가 시냇물을 굽어보는데　　　　　　　　磈礌之臺碙水臨
노옹이 홑옷 잠방이를 절반쯤 걷고서　　　　　　　　　老翁半捲單衣褌
석양 녘에 장기 두느라 땅바닥 보며 골몰하네　　　　　賭博斜陽地局心

어린아이는 거미줄로 잠자리를 잡고　　　　　　　　　小兒蛛網捉蜻蜓
더벅머리는 붉은 수술 달고 푸른 부채를 쥐었네　　　　頭丱朱纓手扇靑
이런 놀이가 옹에게는 어제와 같은데　　　　　　　　　此戲於翁如昨日
아이들 보며 내 모습이 변한 것에 스스로 웃네　　　　對他自笑變吾形

작은 못에 연잎이 비죽비죽 솟아나니　　　　小塘荷葉出田田
날마다 한 줄기씩 자라나 눈에 가득하네　　日長一莖滿眼前
꽃 피어 연방이 드러날 기약이 있으니　　　花箇露房期有在
가을 되면 몇 대가 남아 있을까　　　　　　無多柄柄秋來天

시골에 사는 재미를 그 누가 알랴　　　　　　　鄕居滋味有誰知
무궁한 즐거움이 사계절[59] 따라 제각각이네　　樂在無窮各四時
춥고 덥고 따습고 시원한 것들이 내 뜻에 맞으니　寒暑燠涼吾自得
타인이 어찌 내 하는 일을 따질 필요 있으랴　　他人何必問吾爲

사계절 꽃이 피어 사계절 향기로우니　　　　　四時花發四時香
십 년 동안 천마산 남쪽에서 정신을 수고롭게 했네　十載勞神摩嶽陽
허다한 아름다운 꽃이 풍족하기 그지없으나　　許多嘉卉非無足
아들 손자 재롱 보려고 해당화를 심네　　　　爲弄兒孫種海棠

59　사계절 : 원문의 '사시(四時)'는 《임하필기》 권35 〈벽려신지(薜荔新志)〉에는 '이
시(異時)'로 되어 있다.

진전의 다례를 마치고 나와서 짓다[60]
眞殿茶禮退後作

무신년(1848, 헌종14) 7월, 우리 헌종께서 탄신일에 근시들에게 명하여 '청선(聽蟬)'이라는 율시를 화답하여 짓도록 명하였다. 8월에 미천한 신이 사폐(辭陛)하고 의주 부윤으로 나가서 기유년(1849, 헌종15) 이후로는 연달아 외직에 있게 되어 진전의 차례에 참여한 것이 몇 차례 되지 않는다. 임신년(1872, 고종9)에 병든 몸으로 길에 올라 온화한 용안을 우러러 뵙고 감동이 일어 시를 짓는다.

이십오 년 전 무신년에	二十五年昔著雍
칠분서 누각 위에서 성상을 시종했네[61]	七分樓上陪從容
경릉[62]의 송백이 거의 아름에 찼는데	景陵松栢幾成拱
죽지 못한 신하 또한 저녁 종소리를 듣게 되었네	不死微臣亦暮鍾

---

60 진전(眞殿)의……짓다 : 1872년(고종9)에 진전의 다례를 마친 뒤에 지은 시인데, 이 때 헌종(憲宗, 1827~1849)이 생존했을 때의 추억을 주로 읊었다. 진전은 임금의 어진(御眞)을 봉안하고 향사하는 곳으로, 여기서는 경복궁의 선원전(璿源殿)을 가리키는 듯하다.

61 이십오 년……시종했네 : 무신년은 1848년(헌종14)이고, 칠분서(七分序)는 창덕궁 내 동궁의 생활공간인 승화루(承華樓)에 딸린 건물로, 육각정인 삼삼와(三三窩)에서 북쪽으로 연결된 6칸 건물이다. 이때 이유원은 공조 참의로 재직 중이었고, 8월에 의주 부윤에 임명되었다.

62 경릉(景陵) : 경기도 구리시 동구릉 내에 있는 조선 제24대 임금 헌종(憲宗)의 능침으로, 효현왕후(孝顯王后) 김씨(金氏, 1828~1843), 계비 효정왕후(孝定王后) 홍씨(洪氏, 1831~1903)의 능이 나란히 있다.

해좌의 명승을 추가로 읊다[63]
追賦海左名勝

사시향관에서 비가 오는 중에 〈사시향관 잡영〉 30수를 쓰고, 남은 먹으로 손 가는 대로 지난날 유람했던 명승 중에 시에 누락된 곳을 읊어서 쓰니 모두 53수이다.

용문산[64] 龍門山

산이 외져 가을빛이 먼저 이르니	山僻先秋色
단풍 숲이 팔월에 붉어졌네	楓林八月紅
언덕에 향긋한 푸성귀가 큼직하여	土岡香薤大
광주리 가득 캐서 담았네	采采滿筐籠

금수정[65] 金水亭

바위는 희고 파도는 맑게 찰랑거리는데	石白波淸淺

---

63 해좌(海左)의……읊다 : 1872년(고종9)에 〈사시향관 잡영〉 30수를 짓고 나서 예전에 유람했던 곳 중에서 시로 미처 읊지 못한 전국의 53곳을 선정하여 추가로 시로 읊은 것이다. 이유원이 40년 동안 유람한 개략은 《임하필기》 제26권에 실린 〈명산을 두루 유람하다〔名山歷覽〕〉가 참고가 된다.

64 용문산(龍門山) : 경기도 양평군 용문면과 옥천면에 걸쳐 있는 산이다.

65 금수정(金水亭) : 경기도 포천시 창수면(蒼水面) 영평천(永平川) 절벽 위에 있는 작은 정자로, 금수정(錦水亭)이라고도 한다. 원래 이름이 우두정(牛頭亭)이었는데, 정자를 인계받은 봉래(蓬萊) 양사언(楊士彦)이 이름을 금수정으로 고쳤다고 한다.

외로운 난간이 기운 봉우리를 마주했네	孤欄對側峯
시내와 산은 대적할 곳이 없고	溪山無與敵
신선의 글씨는 용이 서린 필세일세[66]	仙筆勢盤龍

화적연[67] 禾積淵

차곡차곡 볏단을 쌓고	簌簌積禾穗
흔들흔들 보배 당간을 세웠네	搖搖建寶幢
물거품이 푸른 못을 떠도니	泡花輪碧沼
부딪는 곳에 옛 북소리 울리네	相激古鍾撞

삼부연[68] 三釜淵

산 위에서 세 차례 물이 멈추니	山上三停水
둥근 모양이 달과 가마솥을 닮았네	團團象月錡
한 층에 두 층이 더 있어	一層層復二

---

66 신선의……필세일세 : 금수정의 현판 글씨는 양사언이 직접 쓴 것이고, '취대(翠臺)'라는 초서(草書)와 석봉(石峯) 한호(韓濩)가 쓴 '동천석문(洞天石門)', '금수정(金水亭)' 등의 해서(楷書)가 새겨져 있다. 주변 바위에는 양사언이 쓴 〈금옹에게 주다[贈琴翁]〉라는 시가 새겨져 있는데, "녹기금 타는 소리, 백아의 마음이로다. 종자기가 이음을 아니, 한 곡조 탈 때마다 다시 한 수 읊조리네. 청량한 소리가 먼 봉우리에서 일어나니, 강에 비친 달은 곱디곱고 강물은 깊어라.[綠綺琴, 伯牙心, 鍾子是知音, 一彈復一吟, 泠泠虛籟起遙岑, 江月娟娟江水深.]"라고 하였다.

67 화적연(禾積淵) : 경기도 포천시 영북면 한탄강 가에 있는 명승지로, 강물이 휘돌아 흐르고 바위의 모양이 볏단을 쌓은 듯하다고 하여 화적연이라 불렸다.

68 삼부연(三釜淵) : 강원도 철원(鐵原)에 있는 연못으로, 높이가 20미터쯤 되는 폭포수가 세 번 웅덩이를 이루며 떨어지는데, 생김새가 가마솥 같아서 이런 이름이 붙었다.

날리는 물보라가 구름이 드리운 듯하네 　　　　　　飛沫共雲垂

도봉[69] 道峯

바위 기운이 오장육부에 침투하고 　　　　　　石氣侵腸腑

구름 연기가 저녁 해를 가리네 　　　　　　雲煙翳夕暉

천지의 원기가 일만 팔천 년을 모여[70] 　　　　　　混元鍾萬八

중간에 우뚝 서서 천기를 드러내네 　　　　　　中立獨天機

남한서대[71] 南漢西臺

유조의 수치[72]를 차마 말하랴 　　　　　　忍言柔兆役

69 도봉(道峯) : 지금의 서울시 도봉구와 경기도 양주군·의정부시에 걸쳐 있는 산으로, 산 전체가 하나의 커다란 화강암으로 이루어져 곳곳에 기암절벽이 솟는 등 풍광이 아름답다. 주봉은 자운봉(紫雲峯)이고, 남쪽으로 만장봉(萬丈峯)·선인봉(仙人峯)이 있으며, 서쪽으로 오봉(五峯)이 있고, 우이령(牛耳嶺)을 경계로 북한산(삼각산)과 접하고 있다.

70 일만……모여 : 태고 시절부터 이어온 것을 말한다. 《십팔사략(十八史略)》〈태고(太古)〉에 "천황씨는 목덕으로써 왕이 되어 해를 인(寅)에서 일으키고 백성들은 자연히 교화되었는데, 형제 12인이 각각 1만 8천 세를 다스렸다.〔天皇氏, 以木德王, 歲起攝提, 無爲而化, 兄弟十二人, 各一萬八千歲.〕"라는 구절이 있다.

71 남한서대(南漢西臺) : 경기도 광주(廣州)에 있는 남한산성의 서장대(西將臺)를 말하며, 수어장대(守禦將臺)라고도 한다. 장대는 지휘관이 올라서서 군대를 지휘하도록 높은 곳에 쌓은 대(臺)를 말하는데, 남한산성에는 동서남북에 모두 장대가 있었으나, 현재는 서장대에 해당하는 수어장대만 남아 있다.

72 유조(柔兆)의 수치 : 유조는 고갑자(古甲子) 표기로 병(丙)을 뜻한다. 여기서는 병자년(1636, 인조14)에 인조(仁祖)가 남한산성에서 포위되었다가 청나라 태종(홍타이지)에게 무릎을 꿇고 항복한 것을 말한다. 《燃藜室記述 卷26 仁祖朝故事本末》

창을 베고 자는[73] 유허에 해가 지네　　　　日落枕戈墟

천고의 영웅의 눈물을　　　　　　　　　　千古英雄淚

움켜다 조서에 뿌렸네　　　　　　　　　　掬來灑尺書

현등사[74] 懸燈寺

돌길이 몹시도 호젓한데　　　　　　　　　石徑多幽闃

행인들이 물 건너에서 부르네　　　　　　行人隔水呼

함께 옥액이 나오는 곳을 찾으니　　　　同尋玉液出

늙은 신선의 호리병을 빌리지 않네　　　不借老僊壺

73 창을 베고 자는 : 원문은 '침과(枕戈)'로, 기필코 원수를 갚으려는 굳은 의지를 비
유하는 말이다. 동진(東晉)의 유곤(劉琨)이 친구인 조적(祖逖)과 함께 북벌(北伐)을
하여 중원을 회복할 뜻을 지니고 있었는데, 조적이 먼저 기용되었다는 말을 듣자 "내가
창을 머리에 베고 아침을 기다리면서 항상 오랑캐 섬멸할 날만을 기다려왔는데, 늘
마음에 걸린 것은 나의 벗 조적이 나보다 먼저 채찍을 잡고 중원으로 치달리지 않을까
하는 점이었다.〔吾枕戈待旦, 志梟逆虜, 常恐祖生先吾箸鞭耳.〕"라고 말한 고사가 전한
다. 《世說新語 賞譽》

74 현등사(懸燈寺) : 경기도 가평군에 있는 절로, 양주(楊州) 봉선사(奉先寺)의 말사
(末寺)이다. 신라 법흥왕 때 인도의 중 마라하미(摩羅訶彌)를 위해 지었으나, 중간에
폐사가 되었다가 898년(효공왕2)에 도선(道詵, 827~898)이 중창했고, 보조국사(普照
國師) 지눌(知訥, 1158~1210)이 이름을 지었다고 한다.

청룡사[75] 靑龍寺

서운산 아래의 길에	瑞雲山下路
비바람이 숲에 자욱한데	風雨滿林迷
한 곡조 울려오는 노랫소리에	一曲來歌響
동동 울리는 밤 북소리가 처량하네	鼕鼕夜鼓淒

항미정[76] 杭眉亭

휘도는 물굽이에 푸른 물결 이니	綠波生滙曲
붉은 누각이 구름과 나란하네	紅閣與雲齊
노를 저음에 느지막이 마름 따는 노래 들리니	一棹菱歌晚
하늘에서 떨어진 옥비녀를 만나겠네	相逢落玉笄

75 청룡사(靑龍寺) : 경기도 안성시 서운면 청룡리 서운산(瑞雲山)에 있는 절로, 대한불교 조계종 2교구 본사 용주사(龍珠寺)의 말사이다. 1265년(원종6) 명본대사(明本大師)가 창건하여 대장암(大藏庵)이라 하였던 것을 1364년(공민왕13) 나옹왕사(懶翁王師)가 크게 중창할 때 청룡이 상서로운 구름을 타고 하강하므로 절 이름을 청룡사, 산 이름을 서운산이라고 하였다고 한다.

76 항미정(杭眉亭) : 수원의 화성(華城) 서쪽에 있는 서호(西湖) 동남쪽에 있는 정자이다. 1831년(순조31) 수원 유수 박기수(朴綺壽)가 창건하였고, 뒤에 수차례 중수되었다. 정자의 이름은 소식(蘇軾)의 《항주에서 도첩을 빌려 서호를 준설하기를 청하는 글〔杭州乞度牒開西湖狀〕》에 "항주에 서호가 있는 것은 사람에게 미목이 있는 것과 같으니, 없어서는 아니 될 것입니다.〔杭州之有西湖, 如人之有眉目, 蓋不可廢也.〕"라고 한 말에서 따왔다.

박연[77] 朴淵

신령스런 글씨가 붉은 절벽에 남았고	神筆留丹壁
은하수가 하늘 위에서 내려오네	銀河天上來
얼음 무지개가 오색으로 걸렸는데	氷虹掛五色
왕손이 재물을 허투루 썼네[78]	浪費王孫財

서사정[79] 逝斯亭

한 채의 사당이 높이 솟으니	一座祠堂高
선생께서 일찌감치 물러나신 곳이네	先生早自退
지팡이와 신발 끌고 노닐던 곳에	杖屨徜徉墟
맑은 풍류를 끝내 저버리지 않았네	淸流竟不背

---

77 박연(朴淵) : 황해도 개성(開城)의 천마산(天磨山) 기슭에 있는 폭포로, 금강산의 구룡폭포(九龍瀑布), 설악산의 대승폭포(大勝瀑布)와 더불어 우리나라 3대 폭포의 하나로 꼽힌다. 전하는 이야기에 박연폭포는 이름난 선비 서경덕(徐敬德)과 유명한 기생 황진이(黃眞伊)와 더불어 '송도삼절(松都三絶)'로 알려졌다.

78 왕손(王孫)이……썼네 : 자세한 전거는 미상이나, 세종대왕의 증손으로 알려진 벽계수(碧溪守)라는 어느 왕손(王孫)이 황진이의 마음을 얻고자 찾아갔으나 결국 마음을 얻지 못했다는 이야기를 가리키는 것으로 보인다.

79 서사정(逝斯亭) : 서경덕(徐敬德)이 은거하던 황해도 개성 화담(花潭) 못가의 바위에 있는 정자이다. 이름은 공자가 시냇가에서 흐르는 물을 보고 "가는 것이 이와 같도다. 밤낮으로 쉬지 않는구나.〔逝者如斯夫, 不舍晝夜.〕"라고 한 말에서 따온 것이다.

장인대[80] 丈人臺

금릉을 나는 보지 못했으나	金陵吾不見
참모습을 지금 볼 수 있네[81]	面目得其眞
산과 들이며 배와 노가	山野與舟楫
갑진[82]을 등지고 펼쳐져 있네	叢叢負甲津

용금루[83] 湧金樓

아침 일찍 연미정[84]에서 전별을 하고	早辭燕尾餞
저녁에 용두봉[85]의 구름을 탔네	晩駕龍頭雲
텅 빈 물가의 집에 와서 묵으니	來宿空洲舍
황금물결이 만 갈래로 나뉘네	金波萬道分

80 장인대(丈人臺) : 강화부의 관아 남쪽에 있어 속칭 남장대(南將臺)라 한다. 1769년 (영조45)에 강화 유수 황경원(黃景源)이 건물을 세우고 기문(記文)을 썼으니, 바로 내성(內城)의 서쪽 문루(門樓)이다.

81 금릉(金陵)을……있네 : 금릉은 중국 남경(南京)의 옛 이름으로, 장인대가 있는 강화부의 번화함이 남경에 비견된다는 의미로 보인다.

82 갑진(甲津) : 갑곶이 나루, 갑곶진(甲串津)의 준말로, 강화부 동쪽 10리 지점에 있다.

83 용금루(湧金樓) : 경기도 김포에 있던 누각 이름으로, 정조(正祖)가 지은 어제시가 걸려 있었다고 한다.《泊翁詩鈔 卷4 郡侯席與朴永平齊家作 三絶句》

84 연미정(燕尾亭) : 강화읍 월곳리 나루에 있는데, 이 아래에서 바닷물이 나뉘어 흐르기 때문에 연미(燕尾)라는 이름이 붙었다. 하도(下道)의 조운선이 지나가다가 정박하는 곳이었다고 한다.《新增東國輿地勝覽 卷12 京畿 江華都護府》

85 용두봉(龍頭峯) : 서울 양화나루 동쪽에 있는 봉우리 이름으로 가을두(加乙頭), 잠두봉(蠶頭峯), 절두산(切頭山) 등으로도 불린다.

공북루[86] 拱北樓

밝은 모래가 옥가루처럼 고운데	明沙玉屑細
푸른 물에 화려한 꽃이 무성하네	碧水錦花繁
한 줄로 뻗은 외로운 성 곁에	一字孤城畔
화려한 누각이 우뚝 솟았네	儼然畫閣尊

백마강[87] 白馬江

자온대[88]에서 바위에 오르니	自溫臺上石
마주한 고개의 맑은 바람이 서늘하네	對峴淸風寒
조룡암[89] 아래의 물이	釣龍巖下水
옛 삼한의 역사를 쓸어갔네	淘盡古三韓

---

86 공북루(拱北樓) : 충청남도 공주시 공산성(公山城)의 북문이다. 1603년(선조36)에 관찰사 유근(柳瑾)이 쌍수산성(雙樹山城)을 쌓으면서 이 자리에 있었던 망북루(望北樓)를 중건하여 공북루로 고쳐 부르고 그 옆에 월파당(月波堂)을 지었다고 한다.

87 백마강(白馬江) : 충청남도 부여 부근을 흐르는 금강(錦江)을 부르는 별칭이다.

88 자온대(自溫臺) : 충청남도 부여군 규암면(窺岩面) 규암리(窺岩里) 수북정(水北亭) 아래에 있는 바위이다. 전하는 이야기에 백제의 의자왕이 이곳에 행차하여 앉으니, 바위가 저절로 따뜻해졌기 때문에 자온대란 이름을 얻었다고 한다. 《林下筆記 卷26 春明逸史 自溫臺》《新增東國輿地勝覽 卷18 忠淸道 扶餘縣》

89 조룡암(釣龍巖) : 백마강에 있는 조룡대(釣龍臺)를 가리킨다. 나당(羅唐) 연합군이 백제를 공격할 때 용이 조화를 부려 방해하자 소정방(蘇定方)이 백마를 미끼로 용을 낚아 올렸는데, 용의 무게 때문에 신발 자국이 바위에 남았다고 한다. 백마강이란 이름도 여기에서 나왔다.

속리산[90] 俗離山

온 산에 숨은 폭포수가	滿山隱注瀑
콸콸거리고 다시 졸졸 흐르는데	撲撲復潺潺
발원하는 곳을 보지 못했으니	窮源無所見
어느 곳이 참된 물굽이런가	何處是眞灣

옥순봉[91] 玉筍峯

구담과 도담[92] 두 못 가에	龜島雙潭畔
금선정과 또 사선대[93]가 있네	金仙又四仙
봉우리마다 옥 죽순이 솟으니	峯峯抽玉笋
남전[94]에 심은 옥이 아니랴	不是種藍田

---

90 속리산(俗離山) : 충청북도 보은군·괴산군과 경상북도 상주시에 걸쳐 있는 산으로, 태백산맥에서 남서 방향으로 뻗어 나온 소백산맥 줄기 가운데 위치한다.

91 옥순봉(玉筍峯) : 충청북도 단양의 단구동(丹丘洞) 입구에 있는 봉우리로, 희고 푸르게 솟은 바위들이 죽순처럼 솟았다고 해서 붙여진 이름이다. 단양팔경(丹陽八景)의 하나로, 퇴계 이황이 단양 군수로 있을 때 붙인 이름이라고 한다.

92 구담(龜潭)과 도담(島潭) : 모두 단양팔경의 명승지이다. 구담은 거북을 닮았다는 구봉(龜峯) 주위를 에워싼 못이며, 도담은 3개의 기암으로 된 봉우리의 주위를 물이 에워싸서 도담삼봉(島潭三峯)이라 부르기도 한다.

93 사선대(四仙臺) : 단양의 사인암(舍人巖)에서 약간 하류에 있는, 소나무가 우거진 너럭바위로 옛날 네 선녀가 내려와 춤추며 놀았다는 전설이 있다.

94 남전(藍田) : 중국 섬서성 남전현(藍田縣)에 있는 아름다운 옥의 주산지를 가리킨다.

사인암[95] 舍人巖

시원히 흐르는 맑은 물가에	瀟灑淸流上
하늘까지 돌기둥 하나가 높이 솟았네	衝空一柱遙
기이한 글씨는 신령과 귀신이 새겼는가[96]	奇文神鬼鏤
붉은 햇살이 이른 아침에 부서지네	紅旭散平朝

변산[97] 邊山

희고 밝은 암자 위의 달이	虛明菴上月
암자 앞의 들판을 두루 비추어주네	遍照菴前郊
이 풍경이 지는 해를 바라보는 중에	何如看落照
바다 노을과 들 구름이 교차하는 것에 비해 어떠한가	海絮野雲交

95 사인암(舍人巖) : 충청북도 단양군의 남쪽 대강면의 남조천 가에 있는 기암절벽으로, 단양팔경의 하나이다. 고려 말 우탁(禹倬)이 사인(舍人) 벼슬에 있을 때 이곳에서 자주 노닐며 《주역》을 읽었다 하여 사인암이란 이름이 붙었다고 전해진다.

96 기이한……새겼는가 : 사인암의 바위에 많이 새겨진 글씨를 말하는데, 단릉(丹陵) 이윤영(李胤永, 1714~1759)이 이곳에 은거하여 능호관(凌壺觀) 이인상(李麟祥, 1710~1760)과 어울리며 새긴 것이 특히 많다.

97 변산(邊山) : 전라북도 부안군에 있는 산으로, 바다에 침식된 해안선이 절경으로 유명하다. 주변에 634년 묘련(妙蓮)이 창건한 백제의 고찰 개암사(開巖寺)가 있다.

송광사[98] 松廣寺

신선의 암자는 어느 곳이런가	仙庵何處是
송광사에 부처의 광채가 드러났네[99]	松廣放光毫
바리때와 신발이며 신성한 지팡이가	鉢屨兮神杖
백 년 뒤에 후진들에게 전해졌네[100]	百年付後曹

금산사[101] 金山寺

황금빛 몸의 장륙불을 모시고	金身丈六佛
천겁 동안 바라밀을 외네[102]	千劫呪波羅

98 송광사(松廣寺) : 전라남도 순천시 송광면(松光面) 조계산(曹溪山) 서쪽에 있는 한국의 대표적 승보사찰(僧寶寺刹)이다. 신라 말기에 혜린(慧璘)이 창건하였으며, 고려 때 보조국사(普照國師) 지눌(知訥)이 정혜사(定慧社)를 이곳으로 옮겨와 수선사(修禪社)라 칭하고, 도(道)와 선(禪)을 닦기 시작하면서 대찰로 중건하였다.

99 송광사에⋯⋯드러났네 : 보조국사 지눌이 송광사에서 입적(入寂)한 것을 가리키는 듯하다. 보조국사가 1210년(희종6)에 입적하자 왕으로부터 '불일보조(佛日普照)'라는 시호와 '감로(甘露)'라는 탑호를 받았으며, 3년 뒤인 1213년(강종2)에 사리를 봉안한 감로탑이 세워졌다. 원문의 '광호(光毫)'는 백호광(白毫光)이라고도 하는데, 부처의 삼십이상(三十二相) 가운데 하나로, 부처의 두 눈썹 사이에 있는 희고 빛나며 가느다란 터럭을 가리킨다. 깨끗하고 부드러우며 오른쪽으로 말린 데서 끊임없이 광명을 발한다고 한다.

100 바리때와⋯⋯전해졌네 : 송광사의 승통(僧統)이 유구하게 전수됨을 가리킨 말이다. 송광사에 능견난사(能見難思)라는 바리때가 있는데, 중국 금나라의 장종(章宗)이 황후의 병을 멀리서 신통력으로 고쳐준 보조국사 지눌에게 선물로 보내온 접시이다.

101 금산사(金山寺) : 전라북도 김제시 금산면 모악산(母岳山) 남쪽 기슭에 있는 사찰로, 백제 법왕(法王) 원년(599)에 세워진 것으로 추정된다.

102 황금빛⋯⋯외네 : 장륙불(丈六佛)은 높이가 1장 6척이 되는 불신(佛身)을 가리키는데, 금산사 미륵전(彌勒殿)에 모셔진 미륵장륙삼존불(彌勒丈六三尊佛)을 가리킨

지정 연간에 세 차례 보수하였으니　　　　　　至正三重葺
선가 또한 개미 나라의 꿈속이런가[103]　　　　禪家亦蟻柯

응향각[104] 凝香閣

연못에 봄풀이 푸른데　　　　　　　　　　　池塘春草綠
주렴에 아름다운 꽃을 수놓았네　　　　　　　珠箔繡琪花
갈수록 꾀꼬리 소리가 껄끄러운데　　　　　　轉澁嬌鶯舌
한 소리를 비단 빠는 곳[105]으로 보내네　　　一聲送浣紗

광한루[106] 廣寒樓

붉은 다리가 바로 오작교인데　　　　　　　　紅橋烏鵲是
늘어진 버드나무가 누각을 장식하네　　　　　垂柳一樓粧

다. 바라밀(波羅蜜)은 반야바라밀다심경(般若波羅蜜多心經)과 같은 불경을 가리킨다.

103 지정(至正)……꿈속이런가 : 사찰 또한 무상한 세월과 무관치 않다는 의미로 보인다. '지정'은 원나라 순제(順帝) 때의 연호로 1341~1368년을 가리킨다. '개미 나라의 꿈'은 남가일몽(南柯一夢)을 가리키는데, 덧없는 인생을 비유하는 말이다.

104 응향각(凝香閣) : 전라북도 순창군(淳昌郡) 관아 안의 큰 연못가에 있던 정자이다. 호남의 이름난 누각으로 붉은 기둥을 한 정자가 연꽃을 굽어보며, 화려한 놀잇배를 띄우고 기녀와 관현의 성대함이 으뜸이었다고 한다.《眉山集 卷8 江南幹事錄》

105 비단 빠는 곳 : 비단을 빠는 미인을 가리킨다. 중국 소흥(紹興)의 약야산(若耶山)에서 발원해 나온 냇물이 약야계(若耶溪)인데, 월(越)나라 미인 서시(西施)가 여기서 깁을 빨았다 하여 일명 완사계(浣紗溪)라고도 부른다.

106 광한루(廣寒樓) : 전라북도 남원시 천거동에 있는 목조 누각이다. 달 속의 선녀가 사는 월궁 광한전(廣寒殿)에서 이름이 유래하였다.

악부에 새 곡조를 보태니   樂府添新曲
풍류 높은 어사님일세[107]   風流御史郎

칠산[108] 七山

바다의 물이 가없이 너른데   海水無邊闊
일곱 섬이 점점이 찍혀 있네   七山點點平
매우가 석어 위에 내리면   梅雨石魚上
고깃배의 등불에 양안이 밝네[109]   漁燈兩岸明

달성[110] 達城

평야가 성처럼 융기하여   平野如城起
하늘의 비장한 곳으로 신령함이 제일이라   天藏最有靈

---

107 악부(樂府)에……어사님일세 : 판소리 다섯 마당 가운데 하나인 〈춘향가〉를 가리킨다. '어사님'은 남원 부사의 아들 이몽룡(李夢龍)을 말한다. 기생의 딸 춘향(春香)과 양반 이몽룡이 사랑하다가 헤어진 뒤, 춘향이 신임 남원 사또의 수청을 거절하다가 옥에 갇힌 것을 이몽룡이 전라도 암행어사가 되어 구한다는 이야기이다.

108 칠산(七山) : 전라남도 영광군(靈光郡) 서쪽의 법성포(法聖浦) 앞바다로, 7개의 섬이 모여 있어 칠산 바다라 불리며 해로가 험난하기로 유명하였다.

109 매우(梅雨)가……밝네 : 매우는 매실이 누렇게 익는 계절인 초여름에 내리는 궂은비를 말한다. 석어(石魚)는 석수어(石首魚)라고도 하여 조기를 가리키는데, 머리에 돌처럼 생긴 뼈가 들어 있으므로 이런 이름이 붙었다. 법성포는 예로부터 조기의 주산지로 명성이 높았다.

110 달성(達城) : 경상도 대구(大邱)의 중심부에 있는 낮은 구릉을 이용하여 쌓은 삼국 시대의 토성이다. 우리나라 남부 지방에서 초기 성곽의 전형으로 평가되고 있으며, 현재는 달성공원으로 되어 있다.

거주하는 사람도 감히 접근하지 못하여   居人莫敢近

꽃다운 풀만 해마다 푸르네   芳草年年靑

태백산[111] 太白山

고인들이 도솔천[112]으로 숭배하여   古人拜兜率

모든 사람이 이구동성으로 일컫네   大小同其稱

멀리 흰 구름이 일어남을 보니   遠見白雲起

포용해주는 공덕이 드넓도다   包含功利弘

영남루[113] 嶺南樓

가을바람에 낙동강 북쪽의 나그네 되니   秋風洛北客

밝은 달이 영남루에 떴네   明月嶺南樓

누가 반죽의 원통함을 전할까   誰傳斑竹怨

큰 강물만 목메어 흐르네[114]   咽咽大江流

---

111 태백산(太白山) : 강원도 태백시와 경상북도 봉화군에 걸쳐 있는 산으로 장군봉을 주봉으로 삼는다.

112 도솔천(兜率天) : 욕계(欲界) 육천(六天) 가운데 제4천(天)으로, 수미산(須彌山) 꼭대기에서 12만 유순(由旬) 되는 곳에 있는데, 불교의 미륵보살이 머무는 천상의 정토(淨土)이다.

113 영남루(嶺南樓) : 경상남도 밀양강변 언덕 위에 자리한 조선 시대의 대표적인 2층 누각이다. 평양의 부벽루, 진주의 촉석루와 함께 조선 3대 누각으로 불린다.

114 누가……흐르네 : 영남루 주위의 대나무밭에 얽힌 '아랑(阿娘) 전설'을 가리킨다. 어떤 괴한이 밀양 사또의 딸 아랑을 능욕하려다가 아랑이 완강히 저항하자 죽여서 영남루 아래 대나무숲에 버렸는데, 시신조차 찾지 못한 채 아버지도 밀양을 떠나고 말았다. 그 후 밀양 사또가 부임할 때마다 아랑의 원혼이 나타나 자신의 한을 호소하였으나,

구현[115] 鳩峴

하늘 가에 외로운 누각이 솟고	天畔孤樓起
구름 가에 첩첩 봉우리가 깊숙하네	雲邊疊嶂深
무릎 아래선 너른 바다가 우니	膝底鳴滄海
뉘라서 종자기와 백아의 소리를 알랴	誰知鍾伯音

결포[116] 結浦

포구에 바닷물만 넘실대는데	海門泓一水
둥글게 꺾인 곳에 맑은 못을 이뤘네	圓折貯澄潭
어부들이 작은 섬을 에워싸고서	漁人環小島
월척 고기를 버들가지에 꿰어 둘러메었네	貫柳尺鱗擔

수양산[117] 首陽山

고죽군의 맑은 풍도가 ……한데	孤竹淸風□
엄숙한 사당이 높고도 높네[118]	巍巍廟貌嚴

그때마다 놀란 사또들은 죽고 말았다. 용감한 사또가 부임하여 아랑의 한을 풀어주었고, 나중에 시신이 발견된 자리에 비석과 사당을 지었다고 한다.

115 구현(鳩峴) : 구현은 전국에 여러 곳이 있는데, 본문을 참고하면 바닷가에 있는 어떤 곳으로 추정된다.

116 결포(結浦) : 황해도에 있는 포구 이름이다.

117 수양산(首陽山) : 황해도 해주의 진산(鎭山)으로, 그 위용을 자랑하는 명산이다. 남쪽 기슭에는 공자를 모신 문묘(文廟) 및 백이(伯夷)와 숙제(叔齊)를 모신 청성묘(淸聖廟) 등과 같은 유서 깊은 사적들이 많다.

118 고죽군(孤竹君)의……높네 : 엄숙한 사당은 바로 청성묘(淸聖廟)를 가리키니, 고죽국 임금의 두 아들로 주나라 곡식을 먹지 않고 수양산에 숨어 고사리를 캐서 먹다가

평양의 기자 유적과 함께 　　　　　　　　　　浿城箕聖蹟

백세토록 함께 높이 우러르네[119] 　　　　　　百世共高瞻

옥계정[120] 玉溪亭

지환정[121] 북쪽의 물이 　　　　　　　　　　至歡亭北水

함께 옥계의 바위에서 나오니 　　　　　　　同出玉溪巖

고인이 읊은 시가 많기도 하여 　　　　　　古人吟詠足

벽에 온통 글씨 새긴 자국일세 　　　　　　疥壁有餘劓

월파루[122] 月波樓

물 밑에 돌무늬가 맺혀 　　　　　　　　　　水底石文纈

늘 달이 동쪽에 뜬 것과 같네 　　　　　　常如月出東

굶어 죽은 백이와 숙제를 모신 사당이다.

119　평양의……우러르네 : 원문의 '패성(浿城)'은 평양성을 가리키고, '기성(箕聖)'은 성인 기자(箕子)라는 뜻이다. 기자는 은(殷)나라 주왕(紂王)의 숙부인데, 은나라가 멸망한 후에 조선의 평양(平壤)으로 옮겨와 기자조선(箕子朝鮮)을 세웠다고 전해진다. 평양에는 기자의 무덤과 기자를 모신 기자묘(箕子廟)가 있다.

120　옥계정(玉溪亭) : 황해도 해주시 옥계동에 있는 정자로, 해주시 중심을 관통하는 광석천(廣石川) 가에 있었다.

121　지환정(至歡亭) : 황해도 해주시 옥계동에 있는 정자로, 지환정(志歡亭)이라고도 한다. 해주시 중심을 관통하는 광석천 가에 있었다.

122　월파루(月波樓) : 황해도 황주읍(黃州邑) 동쪽 덕월산(德月山) 중턱 바위 절벽 위에 있던 누각으로, 승천루(昇天樓)라고도 한다. 중국을 오가는 많은 사신이 이곳에 올라 시를 지었고, 명나라 사신 주지번(朱之蕃)은 월파루 아래 있는 절벽에 '황강적벽(黃岡赤壁)'이라는 네 글자를 새기고 누각 이름을 썼다고 한다. 《林下筆記 卷13 文獻指掌編 月波樓》

대나무 누각이 작은 오솔길로 통하니 　　　竹樓通小徑

예나 지금이나 황강은 동일하네[123] 　　　今古黃岡同

석동[124] 石洞

절벽을 깎은 십 리의 길이 　　　壁蘄十里路

여름에도 겨울처럼 서늘하네 　　　夏月寒如冬

음악을 울리면 앞산이 호응하고 　　　鼓樂前山應

현암[125]의 종소리도 울린다네 　　　懸庵亦有鍾

연광정[126] 練光亭

겹겹 우거진 영제교[127]의 나무와 　　　重重永濟樹

콸콸 흐르는 대동강의 물가에 　　　滾滾大同江

붉은 정자가 아득히 솟으니 　　　紅亭縹緲出

난간 굽이마다 기생들이 쌍쌍이네 　　　欄曲妓雙雙

---

123 대나무……동일하네 : 황주(黃州)의 월파루가 중국과 조선에 똑같이 있음을 가리킨 것이다. 송(宋)나라 때 왕우칭(王禹偁)이 황주 자사(黃州刺史)로 좌천되었을 때 자신의 은거 생활을 담은 〈황강죽루기(黃岡竹樓記)〉를 지었는데, 그 글 중에 "대나무로 작은 누각 두 칸을 짓고, 월파루(月波樓)와 통하게 하였다.〔因作小樓二間, 與月波樓通.〕"라는 대목을 가리킨 것이다.

124 석동(石洞) : 황해도에 있는 명승으로 보이는데, 위치는 미상이다.

125 현암(懸庵) : 황해도 장수산(長壽山)에 있는 암자로, 절벽에 매달려 조성되었다.

126 연광정(練光亭) : 평양의 대동강(大同江) 가 덕암(德巖)의 절벽 위에 있는 정자로, 관서팔경(關西八景) 중의 하나이다.

127 영제교(永濟橋) : 평양부에 있는 돌로 쌓은 다리로, 앵포천(鸎浦川)에 있으며 중화(中和)로 넘어가는 요지이다.

을밀대[128] 乙密臺

만 그루 솔숲 밖으로	萬樹松林外
누대와 정자가 성곽을 등지고 빼어나네	臺亭負郭奇
선연동 속의 풀은	嬋娟洞裏草
봄철 여인의 노래에 들어갔네[129]	春入女娘詞

청류벽[130] 淸流壁

고깃배엔 푸른 비단 장막 쳐 있고	漁艇靑紗幔
서로 따르나니 훨훨 나는 백조일세	相隨白鳥飛
낚시로 큼직한 농어를 낚아	釣得鱸魚大
석양에 술과 바꿔 돌아오네	夕陽換酒歸

128 을밀대(乙密臺): 평양부의 금수산(錦繡山) 꼭대기에 있는 누대 이름으로, 평탄하고 앞이 탁 틔었다고 한다. 일명 사허정(四虛亭)이라고도 한다.

129 선연동(嬋娟洞)……들어갔네: 선연동은 평양성 칠성문(七星門) 밖에 있는 골짜기로, 평양 기생이 죽으면 모두 이곳에 묻혔다 하여 붙여진 이름이다. 석주(石洲) 권필(權韠)의 〈선연동〉 시에 "적막한 옛 골짜기에 풀은 절로 푸른데, 나그네 와서 무슨 일로 상심하는고. 가련해라 이곳에 주옥과 비취가 묻혔으니, 모두가 당시에 가무를 하던 사람이로세.〔古洞寥寥草自春, 客來何事暗傷神. 可憐此地埋珠翠, 盡是當時歌舞人.〕"라는 구절이 있는데, 당시에 기생들이 노래로 부른 듯하다.

130 청류벽(淸流壁): 평양성 모란봉 부근에 있는 절벽으로, 벽면에 '淸流壁'이란 세 글자가 새겨져 있다고 한다.

취승정[131] 聚勝亭

빼어난 의주 땅에 왕기가 모였는데	勝地鍾王氣
옥 수레가 주필한 것이 몇 년인가[132]	幾年駐玉車
문을 들어서자 옛 사적에 감흥이 이니	入門多曠感
단풍잎은 옛 시절의 남은 자취일세	楓葉舊時餘

낙민루[133] 樂民樓

해악은 누각 북쪽이고	海嶽樓之北
홍교는 누각 서쪽일세	虹橋樓以西
석양 녘에 사람이 홀로 서니	夕陽人獨立
풀빛이 긴 제방에 흐드러지네	草色漲長堤

---

131 취승정(聚勝亭) : 평안도 의주(義州)의 객관 동쪽에 있는 정자로, 1494년(성종 25)에 의주 목사 구겸(具謙)이 세우고, 홍귀달(洪貴達)이 기문(記文)을 썼다고 한다.

132 빼어난……년인가 : 홍귀달이 지은 〈취승정기〉에 "대개 동방의 지맥이 의주에 와서 다하였으니, 그 꿈틀거리고 맑은 기운이 반드시 강의 물가에서 뭉치어 얽혔을 것이다.〔吾東方地脈, 至州而盡, 其氣必磅礴繆輵於此矣.〕"라는 노공필(盧公弼)의 말이 인용되어 있다.《虛白亭文集 卷2 義州聚勝亭記》 또한 1593년(선조26)에 선조(宣祖)가 왜적을 피하여 의주에 거둥한 적이 있는데, 중국에서 파견된 병부 주사(兵部主事) 원황(袁黃)이 취승정에 올라가서 기(氣)를 살피더니, "세 기운이 모두 왕성한데 국왕이 계시는 궁을 바라보니 왕기(王氣)가 더욱 왕성하여 회복하는 것은 의심할 것이 없다."라고 보고한 기사가 있다.《宣祖實錄 26年 1月 7日》

133 낙민루(樂民樓) : 함경도 함흥부(咸興府) 서쪽 2리 지점의 성천강(城川江) 가에 있는 누각이다. 본래 낙민정(樂民亭)이 있었는데, 1592년(선조25) 불에 탄 뒤 1607년에 감사 장만(張晚)이 누각을 새로 지었으며, 숙종(肅宗)의 어제(御製)인 칠언율시 한 수가 걸려 있었다고 한다.

치마대[134] 馳馬臺

태조께서 말 타고 활쏘기를 익히며	聖祖治弓馬
산꼭대기에서 여덟 준마를 달리니	山巓八駿馳
북쪽 누각 층층 봉우리 아래에	北樓層巘下
너른 길이 숫돌처럼 평탄하네	路濶平如砥

귀경대[135] 龜景臺

바다를 굽어보니 붉은 해가 떠올라	俯海紅輪出
세 차례 귀경대에 올랐네	三登龜景臺
지난날 약천노인은	伊昔藥泉老
나보다 먼저 안개 긴 눈이 열렸도다[136]	先吾霧眼開

134　치마대(馳馬臺) : 함경도 함흥부에 있는 반룡산(盤龍山)의 두 봉우리 가운데 숫돌같이 평탄하게 나 있는 길을 가리킨다. 조선 태조(太祖) 이성계(李成桂)가 늘 이곳에서 말을 달렸으므로 후인들이 그곳을 치마대라고 일컬었는데, 정조(正祖) 때 이곳을 기념하기 위해 비석을 세웠다. 《弘齋全書 卷15 馳馬臺舊基碑銘》

135　귀경대(龜景臺) : 함경도 함흥부 동쪽 40리 되는 바닷가에 우뚝 솟은 바위로, 길이가 10여 길이 되어 사오십 명이 앉을 수 있다고 한다. 그 아래 물가에는 넓적한 돌이 평평하게 깔렸는데, 여러 가지 빛깔이 뒤섞여서 거북 등의 무늬와 같다고 한다. 《藥泉集 卷28 咸興十景圖記 龜景臺》

136　지난날……열렸도다 : 약천(藥泉) 남구만(南九萬, 1629~1711)이 1674년(현종15) 함경도 관찰사로 있으면서 함흥의 10경을 읊은 〈함흥십경도기(咸興十景圖記)〉를 지었는데, 여기에 '귀경대(龜景臺)'가 수록되어 있다. 《藥泉集 卷28 咸興十景圖記 龜景臺》

석문[137] 石門

바다 속에서 돌이 우뚝 솟아나 　　　　　　海中石斗起

구멍이 생겨 긴 무지개가 꿈틀대듯 하네 　　有竇蜿長虹

사람들 말이 교룡이 판 것이라 하니 　　　　人說蛟龍鑿

조화로운 솜씨를 알 만하네 　　　　　　　知他造化功

장안사[138] 長安寺

백천동 입구를 막 건너서 　　　　　　　纔渡百川口

향로봉을 스쳐 지났네[139] 　　　　　　肘過香爐峯

신선각을 와서 찾으니 　　　　　　　　來訪神仙閣

현판 글씨가 겹겹이 걸렸네[140] 　　　　板題重復重

137　석문(石門) : 강원도 고성(高城)의 삼일포(三日浦)에서 통천(通川)의 총석정
(叢石亭) 사이에 명사(明沙)가 10리가량 펼쳐졌는데, 이곳에 있는 문암(門巖)을 가리
키는 것으로 보인다. 《林下筆記 卷37 蓬萊秘書 白鷗巖門巖叢石亭喚仙亭址》

138　장안사(長安寺) : 강원도 금강산의 내금강 장경봉(長慶峯) 아래에 있는 사찰이
다. 외금강의 유점사(楡岾寺), 신계사(新溪寺), 내금강의 표훈사(表訓寺)와 함께 금강
산 4대 사찰로 꼽힌다.

139　백천동(百川洞)……지났네 : 백천동은 내금강 입구의 골짜기이다. 향로봉은 내
금강 만폭동에 있는 봉우리로, 대소(大小) 2개의 향로봉이 있다고 한다.

140　신선각(神仙閣)을……걸렸네 : 장안사에 신선각이란 건물은 없으므로, 신선루
(神仙樓)를 가리킨 것으로 보인다. 《下廬文集 卷1 至長安寺 寺在楓嶽初境 遂上神仙樓》

마하연[141] 摩訶淵

만폭동에 지팡이를 멈추고	駐筇萬瀑洞
저물녘에 마하연에 투숙했네	晚宿摩訶淵
부처가 땅의 한복판에 암자를 열었는데	佛氏開坤腹
중향성엔 연꽃이 아직 떨어지지 않았네[142]	衆香未墮蓮

헐성루[143] 歇惺樓

일만 이천 봉우리의 눈이	萬二千峯雪
날아와 눈앞에 있으니	飛來在眼前
좋은 터로는 이곳이 최고여서	得地斯爲最
금강산이 한 폭에 다 들어오네	內山入幅全

141　마하연(摩訶淵) : 마하연(摩訶衍)을 가리킨다. 금강산 내금강의 만폭동에 있는 암자로 유점사(楡岾寺)의 말사이다. 신라 때 의상대사(義湘大師)가 지었다고 하는데, 만폭동의 가장 깊은 곳에 있다.

142　부처가……않았네 : 마하연에 담무갈보살(曇無竭菩薩)이 아직 강림하지 않았다는 말로 보인다. 중향성(衆香城)은 마하연 뒤를 병풍처럼 에워싸고 있는 하얀 바위 봉우리의 명칭이다. 전설에 따르면 담무갈보살이 중향성에서 1만 2천 명의 보살과 함께 상주하며 늘 반야바라밀다(般若波羅蜜多)를 설법한다고 한다.《林下筆記 卷37 蓬萊秘書 金剛緣起》

143　헐성루(歇惺樓) : 금강산 정양사(正陽寺) 경내에 있는 누각으로, 금강산 1만 2천 봉을 이곳에서 한눈에 볼 수 있다고 한다.《林下筆記 卷37 蓬萊秘書 金剛緣起》

표훈사[144] 表訓寺

단풍잎이 어찌 저리 빼곡한지 　　　　　　楓葉何稠疊

바쁜 나그네를 만류할 만하네 　　　　　　能留客子忙

마시지 않아도 얼굴이 취하니 　　　　　　不飲顔猶醉

깊은 가을에 이월의 꽃이 피었네 　　　　九秋二月芳

수미탑[145] 須彌塔

돌을 포개어 반듯하게 쌓아 　　　　　　疊石開方正

우뚝이 백 길 높이 솟았네 　　　　　　兀然百丈高

보고 있으면 참으로 괴이한 일이라 　　看來眞怪事

주조한 것도 또 빚은 것도 아니라네 　非鑄又非陶

---

144 표훈사(表訓寺) : 금강산 내금강에 있는 사찰로 백화암(白華庵) 위에 있다. 신라 문무왕(文武王) 때 승려 표훈(表訓)이 창건한 절로 장안사, 유점사, 신계사와 함께 금강산 4대 사찰로 꼽힌다.

145 수미탑(須彌塔) : 내금강 수미봉(須彌峯) 아래에 있는 큰 암석의 봉우리로, 돌을 쌓아놓은 듯한 자연 석탑이다.

유점사[146] 楡岾寺

대좌 하나에 부처 한 분씩 앉히니	一根坐一佛
오십삼 구의 아미타불일세	五十三彌陁
새로 서래각을 창건하니	新刱西來閣
궁궐에서 하사한 보배가 많네[147]	珍藏內賜多

구룡연[148] 九龍淵

노하여 부르짖으니 해와 달이 어두워지고	怒號日月晦
바다를 뒤집고 또 산을 흔드네	倒海又掀山

146　유점사(楡店寺) : 유점사(楡岾寺)를 가리킨다. 강원도 금강산 동쪽에 있는 이름 난 사찰로 신라 남해왕(南解王) 원년에 창건되었다. 창건 설화에 의하면 문수보살(文殊 菩薩)이 53구의 불상을 쇠 종에 넣고 배에 띄워 신라로 보냈는데, 남해왕 원년에 금강산 동쪽 안창현(安昌縣) 포구에 이르러서는 종적을 감췄다. 그곳 수령 노춘(盧椿)이 찾아 보니, 큰 연못가 느릅나무에 종이 걸려 있으므로 임금의 명을 받아 연못 일대를 메우고 53구의 불상을 모시는 절을 세웠는데, 느릅나무 가지에 종이 걸려 있었다고 하여 절 이름을 '유점사'라고 하였다고 한다. 《林下筆記 卷37 蓬萊秘書 楡岾寺西來閣》

147　새로……많네 : 서래각(西來閣)은 유점사 안에 있는 건물이다. 서래각에는 두 임금의 어서(御書)를 봉안하였는데, '불괴법운(不壞法雲)'이란 네 글자는 익종(翼宗, 효명세자)의 글씨이고, '육천세계법운만만(六千世界法雲漫漫)'이란 여덟 글자는 헌종(憲宗)의 글씨라고 한다. 그리고 자그마한 옥 부처 1구(軀)가 방 벽의 감실(龕室) 안에 봉안되어 있고, 부처 앞에는 향탁과 오동(烏銅)으로 만든 작은 향로가 진열되어 있었으며, 옥색 비단에 금니로 쓴 불서(佛書)가 간직되어 있었다고 한다. 《林下筆記 卷37 蓬萊秘書 楡岾寺西來閣》

148　구룡연(九龍淵) : 금강산 외금강 구룡폭포 아래에 있는 연못이다. 유점사를 창건 할 당시에 이 연못 속에 아홉 마리의 용이 살고 있었는데, 53구의 불상에 자리를 양보하 려 들지 않았다. 이에 부처들이 신통력을 발휘하자 용들이 견디지 못하고 서쪽 효운동 (曉雲洞) 구룡소(九龍沼)로 옮겨갔다가 다시 지금의 구룡연으로 옮겨갔다고 한다.

눈보라 날리며 구름 절구에 찧으니 　　　　　雪浪春雲碓

거령의 손바닥 힘이 매섭기도 하네[149] 　　　　巨靈掌力頑

삼일포[150] 三日浦

몽천암[151] 건물 하나가 　　　　　　　　　夢泉庵一座

물의 중앙에 떠 있는데 　　　　　　　　　浮在水中央

삼 일 동안의 유람으로 족한지 　　　　　　三日仙游足

스님이 작은 배를 바삐 젓네 　　　　　　僧移小艇忙

총석정[152] 叢石亭

바위를 꿰매서 여섯 모를 만드니 　　　　　縫石六稜出

선 모양도 기이하고 누워도 기이하네 　　　立奇臥亦奇

149 거령(巨靈)의……하네 : 거령은 화산(華山)을 쪼갰다고 하는 전설상의 하신(河神) 이름이다. 황하의 물줄기가 화산에 가로막혀 휘돌아 갈 수밖에 없자, 거령이 손을 들어 산의 머리를 쳐서 둘로 쪼갠 다음에 그 사이로 직진해서 흘러가게 했다고 한다.

150 삼일포(三日浦) : 강원도 고성군 외금강에 있는 호수로 삼일호(三日湖)라고도 한다. 신라 때 영랑(永郎), 술랑(述郎), 남랑(南郎), 안상랑(安詳郎) 네 화랑이 이곳에서 사흘을 머물렀던 데서 명칭이 유래되었고, 호수 중앙에 사선정(四仙亭)이 있다.

151 몽천암(夢泉庵) : 삼일포 호숫가에 있는 작은 절이다. 본래 절에 샘이 없었는데, 꿈에 신인(神人)이 가리킨 곳을 파서 샘을 얻었기 때문에 이런 이름을 붙였다고 한다.

152 총석정(叢石亭) : 강원도 통천군 북쪽 바닷가에 솟은 돌기둥 위에 세워진 정자로 관동팔경의 하나이다. 총석 중에서 바다에 있는 네 석주(石柱)를 특별히 사선봉(四仙峯)이라고 하는데, 신라의 술랑(述郎), 영랑(永郎), 안상랑(安詳郎), 남랑(南郎)의 네 선도(仙徒)가 이곳에서 놀며 경관을 감상하였다고 한다. 《新增東國輿地勝覽 卷45 江原道 通川郡》

고래 파도가 난도[153]를 삼킬 때면 　　　　　鯨波沈卵島

우뚝 솟은 바위가 위태롭네 　　　　　　　縹緲一拳危

경포대[154] 鏡浦臺

너른 물이 겨우 정강이에 차는데 　　　　水平纔沒脛

아름다운 달이 거울 속에서 밝네 　　　　璇月鏡中明

맑은 빛이 마음을 시원히 비추니 　　　　清光照心冷

어느 곳이 백옥경이랴[155] 　　　　　　　何處玉爲京

설악[156] 雪嶽

눈꽃이 두 눈 가득 희고 　　　　　　　　雪花滿眼白

쌍폭[157]이 산허리에 걸려 있네 　　　　　雙瀑掛山腰

---

153 난도(卵島) : 강원도 통천군 앞바다에 있는 섬으로, 해마다 바닷새들이 모여들어 알을 낳으므로 이런 이름을 얻었다.

154 경포대(鏡浦臺) : 강원도 강릉에 있는 대표적인 누각으로 관동팔경의 하나이다. 1326년(충숙왕13) 강원도 존무사(存撫使) 박숙정(朴淑貞)에 의해 신라 사선(四仙)이 놀던 방해정(放海亭) 뒷산 인월사(印月寺) 터에 창건되었고, 1508년(중종3) 강릉 부사 한급(韓汲)이 지금의 자리에 옮겨 지었다고 전해진다. 《新增東國輿地勝覽 卷44 江原道 江陵大都護府》

155 어느 곳이 백옥경(白玉京)이랴 : 경포대가 바로 천상계와 같다는 의미이다. 백옥경은 천제(天帝)가 산다는 하늘 위의 궁궐을 가리키는 말인데, 제왕이 거주하는 도성을 가리키기도 한다.

156 설악(雪嶽) : 강원도 양양, 속초, 고성, 인제 등에 걸쳐 있는 산 이름으로 금강산과 쌍벽을 이룬다.

157 쌍폭(雙瀑) : 설악산 내설악 지역의 백담사에서 대청봉으로 가는 구곡담 계곡에 있는 쌍룡폭포(雙龍瀑布)를 가리킨다. 쌍룡폭포는 두 마리의 용이 하늘로 승천하는

봉래산과 백중을 다툴 만하니 　　　　　蓬萊宜伯仲

내 가슴 한 말의 시름도 녹네 　　　　　一斗我胸澆

광석동[158] 廣石洞

한 바퀴 도는데 사십 리라 　　　　　　週迴四十里

돌벼랑이 저절로 성을 이뤘네 　　　　石壁自成城

지나간 사람이 새긴 이름이 장관인데 　壯觀前人墨

옥 물결이 이끼를 맑게 씻어주네 　　　玉波洗蘚淸

모양으로 지금도 보통 쌍폭이라 부른다고 한다.

158　광석동(廣石洞) : 강원도 인제에서 설악산으로 들어가는 길에 학암(鶴巖)을 지
나면 나오는 골짜기 이름이다. 《雙溪遺稿 卷10 雜著 雪嶽往還日記》

자등 15운 배율

紫藤 十五韻排律

우선[159]의 옛집에 자라는 등나무 한 가지를	藕船舊屋一枝藤
사시향관의 둔덕에 옮겨 심었네	移種四時香館堋
시구를 수작하던 일 마치 어제와 같은데	詩句相酬如昨日
꿈속에서 자주 만나니 외로운 등불만 어둑하네	夢魂頻接暗孤燈
골짜기에 뻗은 줄기는 노인의 지팡이로 제격이라	莖抽中谷知扶老
서쪽 창에 잎이 나부끼면 좋은 벗으로 대한다네	葉拂西窓對好朋
나무를 감고 오래 살아 이름이 석합이고	纏木長生名石合
뜨락을 장식하여 빛깔을 뽐내니 금릉이라 하네[160]	餙庭耀色曰金稜
서예가가 붓을 놀려 행서 초서를 쓰듯이	墨人運筆書行草
상고 시대 번다한 글씨런가 결승문자와 다름없네	上古繁文政結繩
담쟁이 덩굴을 의지하니 형제처럼 가깝고	依蔦蘿叢兄弟邇
포도 시렁 곁에서 용과 뱀처럼 솟아오르네	傍葡萄架龍蛇騰
지저귀는 새소리는 은은하고 빗소리는 가는데	歌禽隱隱雨聲細

---

159 우선(藕船) : 이상적(李尙迪, 1804~1865)의 호로 본관은 우봉(牛峯), 자는 혜길(惠吉)이다. 조선 후기의 문인이자 역관으로 중국을 자주 왕래하며 오숭량(吳嵩梁) 등 중국 문인과 깊은 교유를 맺었고, 중국에서 시문집을 간행하기도 하였다. 중국의 선진 문물을 조선에 전달하는 역할을 하였으며, 섬세하고 화려한 시로 이름이 높았고 골동과 금석(金石) 등에도 조예가 깊었다. 저서에 《은송당집(恩誦堂集)》이 있다.

160 나무를……하네 : 석합(石合)은 석합초(石合草), 금릉(金稜)은 금릉등(金稜藤)이라고도 하는데, 모두 시주(施州)에서 산출되는 등나무로 다른 나무를 감고 올라가 사계절 잎만 무성하고 꽃이 없다고 한다. 《御定佩文齋廣群芳譜 卷81 藤》

화려한 봉황이 날고 노을 기운이 엉긴 듯하네　　　綵鳳翩翩霞氣蒸

네가 산속 창가에 그냥 버려진 것이 가련하고　　　憐爾山窓徒棄置

그대가 꽃 족보에 또 새로 추가됨이 훌륭하네　　　多君卉譜又新增

다리가 연결되어 월 땅이 슬퍼함을 당경이 노래로 탄식하였고[161]

　　　　　　　　　　　　　　　　　　　　越悲橋渡庚歌歎

뻗어 나감을 경계한 정나라의 간언은 백거이의 시에 올랐네[162]

　　　　　　　　　　　　　　　　　　　　鄭諫蔓滋白句登

마른 줄기가 전부터 쌓였으니 한 그루가 아니고　　　枯骸昔藏非一本

꽃이 피어 지금 보게 되니 삼승의 인연일세[163]　　　開花今見因三乘

---

161 다리가……탄식하였고 : 송나라 시인 당경(唐庚)의 〈채등곡(採藤曲)〉 첫머리에 "노나라 사람의 술이 묽어 조나라 한단이 뜬금없이 포위되었고, 서하의 교량이 통하자 남월이 슬퍼하게 되었네. 해마다 바치는 붉은 등나무가 백만을 헤아리니, 이 조공이 한 번 시작되자 끝날 때가 없도다.〔魯人酒薄邯鄲圍, 西河渡橋南越悲. 歲調紅藤百萬計, 此貢 一作無窮時.〕"라고 하였는데, 이 시에서 당경은 남방의 월(越) 지방이 교량을 통해 중국에 편입되면서, 막대한 양의 등나무를 조공으로 바치게 된 내력과 고충을 노래하였다.

162 뻗어……올랐네 : 당나라 백거이(白居易)가 〈자등(紫藤)〉이란 시에서 등나무가 나무를 타고 올라가서 결국 나무를 죽이는 모습을 묘사한 뒤, 말미에서 "나라와 집안에 말을 전하노니, 조심할 것은 처음에 있다네. 터럭만큼이라도 일찍 구분하지 못한다면, 불어난 뒤엔 참으로 제거하기 어렵네.〔寄言邦與家, 所愼在其初. 毫末不早辨, 滋蔓信難 圖.〕"라고 한 것을 가리킨다. 춘추 시대에 채중(蔡仲)이 정(鄭)나라 장공(莊公)에게 아우 공숙단(共叔段)을 빨리 처치해야 한다고 간하면서 "그 세력이 번지거나 뻗어 나가게 하지 마십시오. 뻗어 나가면 도모하기 어렵습니다. 풀이 뻗어 나가도 없애기 어려운데, 하물며 임금의 사랑하는 아우는 어떻겠습니까.〔無使滋蔓, 蔓難圖也. 蔓草猶不可 除, 況君之寵弟乎.〕"라고 말한 내용이 《춘추좌씨전》 은공(隱公) 원년 조에 나온다.

163 삼승(三乘)의 인연일세 : 등나무가 오래되었음을 의미한다. 삼승은 일반적으로 소승(小乘), 중승(中乘), 대승(大乘)의 세 가지 해탈의 도를 가리킨다. 소승은 성문승(聲聞乘), 중승은 연각승(緣覺乘), 대승은 보살승(菩薩乘)이라고도 한다.

산속 집이 갑자기 부유해졌다고 웃지 마소   山家暴富且休笑
옛 친구 우선이 남긴 정은 잊은 적이 없다네   故客遺情意不曾
거닐 때는 빙빙 돌다가 멈춘 곳에선 의지하고   行處盤桓住處倚
때때로 걸터앉기도 하고 무시로 기대니   有時踞坐無時凭
늙어서 남들과 상관할 일 무엇이 있으랴만   老惟何事物相與
나는 몸에 편한데도 남들은 싫다고 말하네   我則便身人謂憎
굴곡져 새로 덩굴 뻗으니 제려의 종류이고[164]   屈曲新虆諸慮種
얼기설기 옛날 섬등지로는 회계에서 글씨를 썼네[165]   披離古剡會稽謄
맑은 풍모를 누리는 것이 한량이 없으리니   淸風受用來無盡
맑은 향기 다툴 만한 것은 자줏빛 마름이 있다네   伯仲甛香聽紫菱

---

164 굴곡져……종류이고 : 《이아(爾雅)》의 '등(藤)' 조목에 "제려는 산루이다.〔諸慮,
山虆也.〕"라는 구절이 있는데, 주석에 "지금 강동에서는 루(虆)를 등(藤)으로 부른다.
등은 칡과 닮았는데 억세고 거대하다.〔今江東呼虆爲藤, 藤似葛而麤大也.〕"라고 하였다.
165 얼기설기……썼네 : 섬등지(剡藤紙)는 회계(會稽)의 섬계(剡溪)에서 나는 등나
무로 만든 종이 이름이다. 서진(西晉)의 장화(張華)가 지은 《박물지(博物志)》의 "섬계
에는 묵은 등나무가 매우 많아서 종이를 만들 수 있으므로 이름난 종이를 섬등이라
한다.〔剡溪古藤甚多, 可造紙故, 卽名紙爲剡藤.〕"라는 말이 참고가 된다.

남화경[166]

南華經

옛날의 남화노인이	古之南華老
육만 글자의 책을 지었으니	著書六萬言
우언으로만 그치지 않고	寓言不以已
중언과 치언이 모두 본원이 있네[167]	重卮咸本原
삼십삼 편 안에	三十三篇內
열고 닫으며 논변하여 종횡으로 내달리고	捭闔橫馳奔
문장 구절에 허투루 쓰인 글자가 없어	章句無虛字
한 가지 이치가 끝나면 다시 시작되네	一理貞復元
허상을 의지하여 상망을 포착하고	憑虛捕象罔
맨손으로 교룡과 자라를 붙잡으니[168]	赤手搏蛟鼈

---

166 남화경(南華經) : 전국 시대 장주(莊周)의 저서 《장자(莊子)》의 별칭이다. 당나라 때 장주에게 남화진인(南華眞人)이란 시호를 붙인 후로 《남화경》이라는 별칭도 사용되었다. 원래 52편으로 구성되었다고 하는데, 지금은 서진(西晉)의 곽상(郭象)이 주석을 붙인 33편이 남아 있다.

167 우언(寓言)으로만……있네 : 《장자》〈우언(寓言)〉제1장에 "사물에 가탁한 우언이 열 가지 중에 아홉 가지이고, 남의 무거운 권위를 빌린 중언이 열 가지 중에 일곱 가지이며, 앞뒤 조리가 맞지 않는 치언이 날마다 나오지만, 천지의 도인 천예로 조화시킨다.〔寓言十九, 重言十七, 卮言日出, 和以天倪.〕"라는 말이 있다.

168 허상을……붙잡으니 : 《장자》가 구현한 논변이 현란하고 기상이 웅장했음을 가리킨다. 원문의 '상망(象罔)'이란 《장자》〈천지(天地)〉의 "황제(黃帝)가 적수(赤水)의 북쪽을 유람하고 곤륜산에 올라가 남쪽을 바라보고 돌아오는 길에 검은 구슬을 잃어버

구하와 삼협이	九河與三峽
거꾸로 흘러 천지를 흔드는 듯하네[169]	倒流天地掀
부처의 설법으로 비유하면	譬之佛氏法
성문승을 소승에서 높이는 것과 같고[170]	聲聞小乘尊
노자의 술법에 비유하면	譬之老氏術
곡신이 모든 현묘함의 문이 됨과 같네[171]	谷神衆妙門
어떤 이가 나에게 읽으라 주면서	有人贈我讀

리자, 상망(象罔)을 보내어 찾아오게 하였다.”라는 구절의 주석에 “상망은 현상(現象)이 있는 듯하나 실제로는 없는 것이다. 그러므로 이것은 무심(無心)한 경지를 뜻한다.”라고 하였다.

169 구하(九河)와……듯하네 : 장자의 논변이 유창한 것을 가리키는 듯하다. 구하는 우(禹) 임금 시대 황하의 9개 지류(支流)이다. 삼협(三峽)은 장강(長江)이 흘러 사천성(四川省)의 봉절현(奉節縣)에서 호북성(湖北省)의 의창현(宜昌縣)까지 가장 험악한 곳을 지나니, 바로 구당협(瞿塘峽), 무협(巫峽), 서릉협(西陵峽)이다.

170 부처의……같고 : 불교에서 깨달음에 이르는 세 가지 방법으로 성문승(聲聞乘), 연각승(緣覺乘), 보살승(菩薩乘)의 삼승(三乘)이 있다. 성문승은 부처의 설법을 들어 깨닫고, 연각승은 홀로 수행하여 깨달으며, 보살승은 이타적 자비의 실천을 통해 깨닫는 것을 말하여, 성문승을 소승(小乘), 연각승을 중승(中乘), 보살승을 대승(大乘)이라 구분한다.

171 노자의……같네 : 곡신(谷神)은 도교에서 이른바 텅 빈 골짜기처럼 아무 형체도 그림자도 없는 현묘(玄妙)한 도를 형용한 말이다. 《도덕경》 제6장에 “곡신은 죽지 않나니, 이것을 현빈이라 하고, 현빈의 문, 이것을 천지의 근원이라 한다.〔谷神不死, 是謂玄牝, 玄牝之門, 是謂天地根.〕”라는 말이 있다. 또한 《도덕경》 제1장에는 무명(無名)을 만물의 시초로, 유명(有名)을 만물의 어머니로 가정하여 “이 두 가지는 함께 나오되 이름을 달리한 것으로, 함께 일컬어 ‘현묘하다’고 하는데, 현묘하고 또 현묘한지라, 모든 현묘함이 나오는 문이다.〔此兩者, 同出而異名, 同謂之玄, 玄之又玄, 衆妙之門.〕”라는 말이 있다.

천근을 밟는 것[172]과 같으리라 말하였는데 　　　謂如躡天根

한 번 읽고 두세 번 읽으니 　　　一讀二三讀

음과 뜻을 약간 알 만하였네 　　　音義稍可翻

〈인간세〉는 황탄하고 　　　荒誕人間世

〈제물론〉은 괴이한 기록이라[173] 　　　志怪齊物論

마음이 고동치기도 두렵기도 하니 　　　躍然愓然起

기쁨과 미혹됨이 제각기 존재하네 　　　喜惑各自存

취하고 깨고 매이고 풀려나는 것이 　　　醉醒縶者釋

저절로 하나의 연원을 이루어 　　　自成一淵源

장자의 말이 오히려 택할 만하니 　　　其言猶可擇

가탁한 이야기가 번잡하다 어찌 말하랴 　　　豈曰假借繁

진흙 밭의 거북과 사당 속 희생의 비유와[174] 　　　塗龜郊廟犧

---

172 천근(天根)을 밟는 것 : 음양의 이치를 깨우친다는 뜻이다. 주자(朱子)가 〈소강절찬(邵康節贊)〉에서 소옹(邵雍)의 학문 세계를 평하면서 "손으로 월굴을 더듬고 발은 천근을 밟았도다.[手探月窟, 足躡天根.]"라고 했는데, 이것은 《주역(周易)》의 이치를 터득하였다는 뜻이다.

173 인간세(人間世)……기록이라 : 〈인간세〉는 《장자》 내편(內篇)의 네 번째 편이고, 〈제물론(齊物論)〉은 내편의 두 번째 편이다.

174 진흙……비유와 : 초왕(楚王)이 두 대부를 보내 장자에게 벼슬을 주려 하자, 장자가 말하기를 "내가 듣건대, 초나라에 신령한 거북이 있어 죽은 지 이미 3천 년이 지났는데, 왕이 이 거북을 상자에 넣어 묘당(廟堂)에 안치해두었다 하더이다. 이 거북이 죽어서 뼈를 남기고 존귀하게 되는 편이 낫겠소, 살아서 진흙탕 속에 꼬리를 끌고 다니는 편이 낫겠소?" 하였다. 이에 두 대부가 "살아서 진흙탕 속에 꼬리를 끌고 다니는 편이 낫지요." 하니, 장자가 "어서 가시오. 나는 장차 진흙탕 속에 꼬리를 끌고 다니겠소."라고 하였다. 《莊子 秋水》

저 밥을 탐하는 까마귀와 솔개의 비유에[175]	與夫烏鳶飧
삶과 죽음, 부유함과 귀함은	生死而富貴
담담하기가 흔적 없는 구름과 같네	澹若雲無痕
문장은 변화의 수단이고	文章變化橘
본색은 적막한 혼이니	本色寂寞魂
좌구명과 사마천도	左邱司馬子
붓대를 쥐고 함께 달리기 어려우리	筆杠難幷轅
호량 가에서 아득히 바라보더니[176]	悵望濠池上
바람을 탄 한 마리의 곤어가 되니[177]	乘風一魚鯤
큰 안목과 큰 심력을 지녀	大眼大心力
기운이 이르면 일월도 빛을 잃네	氣薄日月昏
나의 안석에 기대 나를 잊고서	忘我隱我几

---

175 저……비유에 : 장자가 죽게 되었을 때 제자들이 그를 후하게 장사 지내려 하자, 장자가 만류하였다. 제자들이 "저희는 까마귀나 솔개가 선생님의 시체를 뜯어 먹을까 염려됩니다."라고 하자, 장자가 "땅 위에 있으면 까마귀와 솔개의 밥이 되고, 땅속에 있으면 땅강아지와 개미의 밥이 되는 것인데, 그것을 저쪽에서 빼앗아다가 이쪽에다 주려고 하니, 어찌 그리 편벽스러운가.〔在上爲烏鳶食, 在下爲螻蟻食, 奪彼與此, 何其偏也.〕"라고 하였다. 《莊子 列禦寇》

176 호량(濠梁)……바라보더니 : 장자와 혜자(惠子)가 호량에서 노닐 적에 장자가 노니는 피라미를 보고 그것이 바로 고기의 낙(樂)이라고 하자, 혜자가 "자네가 고기가 아닌데 어떻게 고기의 낙을 안단 말인가?"라고 하니, 장자가 대답하기를 "자네는 내가 아닌데 어떻게 내가 고기의 낙을 모름을 아는가?"라고 한 이야기가 있다. 《莊子 秋水》

177 바람을……되니 : 북명(北冥)에 길이가 몇천 리나 되는지 알 수 없는 곤(鯤)이라는 큰 물고기가 있다. 그 물고기가 붕새로 변화하는데 그 길이 역시 몇천 리나 되고, 날개가 하늘에 드리운 구름과 같다. 해풍(海風)이 일어나면 그 새가 이를 타고 날아올라 단숨에 남명(南冥)으로 날아간다."라고 하였다. 《莊子 逍遙遊》

나의 술동이에서 내가 술을 따르는데	醋我酌我樽
내가 고인을 보지 못해 한스러우니	我恨不見古
천지 사이에 관을 묻었도다	藏槨於乾坤
고인도 나를 보지 못해 한스러워하리니	古恨不見我
새 조롱에서 몸을 탈출했도다	脫身于籠樊
고인이 후세를 슬퍼하였으니	古人以哀後
후인이 능히 잊을 수 없네	後人不能諼
후인이 고인을 읊조리니	後人詠古人
고인은 칠원[178]에 계시네	古人有漆園

---

178 칠원(漆園) : 장자(莊子)를 가리킨다. 장자가 일찍이 칠원(漆園) 땅의 관원으로 있었기 때문에 이렇게 칭한 것이다.

역사를 논하여 홍기당의 시에 차운하다[179]

論史次洪祁堂韻

해당화와 매화의 원한은 모두 지금을 비판한 것인데

棠梅怨恨儘非今

용문에서 음률을 뽑으매 거문고 소리 이해하는 이 드무네[180]

抽律龍門鮮解琴

천지의 뜬 거품처럼 천겁도 환영이라 　　　　　天地浮泡千劫幻

영웅의 지난 자취를 바둑판에서 찾네 　　　　　英雄往轍一枰尋

179 역사를……차운하다 : 홍기당(洪祁堂)은 홍순목(洪淳穆, 1816~1884)을 가리킨다. 이유원이 〈사찬(史贊)〉 15수, 〈사영(史詠)〉 42수, 〈황명사영(皇明史詠)〉 45수를 지어 홍순목에게 보여주자, 홍순목은 이 3편의 시가 수천 년의 시비득실(是非得失)을 짧은 절구(絶句)로 공정하게 평가한 시라고 평하였다. 이어 홍순목은 다음과 같은 시를 지어 보냈다. "오래 사는 신선이라 고금의 세상을 구경하며, 상전벽해 속에 한가히 거문고를 타는구나. 바람 불고 비 뿌릴 때 한가로이 담소를 나누고, 잎 떨어지고 꽃 피는 속에 묘리를 찾노라. 대수필 문장에는 총명이 서린 눈을 멈추었고, 선악에 대한 공정한 평가는 공명심을 진정시켰네. 매화가 원망하고 해당화가 한을 품는다 해도, 꽃들이 워낙 많아서 다 읊을 수 없겠네.〔閱世洞僊覜古今, 海桑三變付瑤琴. 風翻雨製空言在, 葉落花開妙理尋. 大筆文章留慧眼, 平衡袞鉞定機心. 梅之幽怨棠之恨, 猶有群芳未盡吟.〕"《林下筆記 卷35 薛荔新志》

180 해당화와……드무네 : '해당화와 매화의 원한'이란 굴원(屈原)이 〈이소(離騷)〉에서 많은 꽃을 등장시켰으나 매화만은 등장시키지 않았고, 두보(杜甫) 또한 시에서 많은 꽃을 인용하였으나 해당화만은 인용하지 않은 것을 가리킨다. 용문(龍門)은 명망 높은 사람들이 모인 곳을 가리킨다. '거문고 소리를 이해하는 이가 드물다'는 것은 지음(知音)을 만나기 어렵다는 말이다.

역사의 말로써 시를 지음이 도리어 부산스러우나 　　詩成史語還多事

높은 안목으로 비평하며 혹 마음을 헤아려주실까 　　鑑入題評倘照心

산속 창가의 곤월[181]은 내가 감히 하지 못하니 　　袞鉞山窓吾不敢

시시비비는 이른 매미 소리에 붙여 보내네 　　是非付與早蟬吟

181　곤월(袞鉞) : 춘추필법(春秋筆法)을 가리킨다. 공자가 《춘추(春秋)》를 지었는
데, 한 글자로 표창한 것이 곤룡포[袞]보다 더 영광스럽고, 한 글자로 폄하한 것이
도끼[鉞]보다 무섭다고 하였다.

병으로 신음하다

吟病

십 년의 세월을 강호에서 늙으니	十年日月老江湖
지난날은 강건하더니 이제 병든 몸이 되어	伊昔强剛今病軀
차를 마심에 곡우에 딴 잎을 유독 사랑하고	啜茗偏憐穀雨葉
순채를 따며 문득 가을바람의 농어를 생각하네[182]	採蓴忽憶秋風鱸
노년이 점차 닥쳐도 끝내 제어하기 어렵고	頹齡漸迫終難制
작은 병에 잠깐 걸려도 쉽게 회복하지 못하는데	微恙俄經未易蘇
처지에 따라 조섭함이 부족하지 않으니	隨處調將非不足
남은 인생의 낙원은 바로 가오곡일세	餘生樂地是嘉梧

---

182 차를……생각하네 : 곡우(穀雨)는 청명(淸明)과 입하(立夏) 사이의 절기로 양력
으로는 4월 20일경이다. 곡우 전에 딴 여린 찻잎이 특히 풍미가 좋아 우전차(雨前茶)라
고 부른다. 순채와 농어는 고향을 그리워하는 상징적인 시어로, 진(晉)나라 때 장한(張
翰)이 낙양(洛陽)에서 벼슬하다가 가을바람이 일어나는 것을 보고는 자기 고향인 오중
(吳中)의 순챗국과 농어회가 생각나 즉시 벼슬을 버리고 고향으로 돌아갔던 고사에서
유래하였다. 《晉書 卷92 文苑列傳 張翰》

사찬[183] 15수
史贊 十五首

진 秦

호랑이가 산하를 노려보다 여섯 마리 닭을 삼키니	虎視山河吞六鷄
함양의 비바람 속에 말이 길게 우네[184]	咸陽風雨馬長嘶
언제 중원의 회맹에 함께하고자 했으랴	何日欲同中國會
《춘추》에 옛날 맹약했던 글은 보이지 않네	春秋不見舊盟題

---

183 사찬(史贊) : 사찬이란 역사 사실을 들추어서 포폄(襃貶)을 가하는 문체의 하나인데, 이유원이 진(秦)나라 때부터 명(明)나라에 이르는 중국의 역대 15왕조를 주제로 한 편씩 지은 시이다. 《임하필기》의 "내가 지은 〈사찬(史贊)〉 15수, 〈사영(史詠)〉 42수, 〈황명사영(皇明史詠)〉 45수에 대하여 기당(祁堂) 홍순목(洪淳穆)이 평하기를 "사찬과 사영은 필묵에 있어서 좋은 법문(法門)이오. 전번에 보내온 시권이 이미 산중 실록(山中實錄)이었는데, 이제 또 정사(正史)에 뜻을 두고 수천 년의 시비득실을 환하게 살펴어 짧은 절구로 공정 무사하게 평가하였소. 이는 바로 사(史) 중에 사(史)이니, 어떻게 함부로 한마디 찬(贊)을 할 수 있겠소. 그러나 좁은 소견으로 볼 때 의논할 만한 곳이 없지 않소. 고명(高明)한 그대가 옛 현인들을 벗 삼는 뜻으로써 한나라의 장량(張良), 당나라의 이필(李泌), 송나라의 전약수(錢若水) 같은 인물에 대하여 음상(吟賞)한 바가 없고, 또 절의(節義)를 논한다면 송나라의 악비(岳飛)와 문천상(文天祥), 명나라의 방효유(方孝孺)와 철현(鐵鉉)과 구식사(瞿式耜)와 사가법(史可法)을 꼽을 수 있는데, 또한 하나는 거론하고 하나는 거론하지 않았으니, 이것은 혹시 매화가 〈이소(離騷)〉를 원망하고 해당화가 두보(杜甫)에게 한을 품는 것과 같은 지경에 이르지 않겠소."라는 기록이 참고가 된다. 《林下筆記 卷35 薛荔新志》

184 호랑이가……우네 : 소진(蘇秦)의 합종설에 따라 연(燕), 조(趙), 한(韓), 위(魏), 제(齊), 초(楚) 6국이 동맹을 결성하여 대항하자, 진시황(秦始皇)이 이를 차례로 깨뜨리고 천하를 통일한 것을 가리킨다.

한 漢

호걸들을 망라하여 천하를 평정하고서	網羅豪傑定天下
의리가 없다 하여 정공 한 사람을 참수하였네[185]	斬一丁公無義者
절의를 위해 죽는 사람이 이로부터 생겨났으니	伏節之人從此生
공신들은 무슨 심사로 헛된 눈물 뿌렸던가	功臣何事淚空灑

동한 東漢

넓고 큰 도량은 한고조에 부합하였고	恢弘大度同符高
유학을 강론하고 무기를 버리고 덕성을 도야했네[186]	講藝投戈德性陶
이상이 높은 굉유들이 줄지어 나왔으나	遠志宏儒方軌出
부질없이 도참서를 가져다 보배인 양 높였네[187]	謾將圖讖視球刀

---

185 의리가……참수하였네 : 정공(丁公)은 초(楚)나라 계포(季布)의 아우이다. 항우(項羽)와 한고조(漢高祖) 유방(劉邦)이 패권을 다툴 때 정공이 초나라 장수로서 유방을 공격하여 궁지로 몰아넣자, 유방이 정공에게 우리 두 사람이 이렇게까지 심하게 싸울 필요 없다고 타이르니 정공이 군사를 돌려 물러갔다. 항우가 패하고 유방이 제위에 오른 뒤에 정공이 고조를 알현하니, 고조가 "정공은 항우의 신하가 되어서 불충을 저질렀다. 항왕으로 하여금 천하를 잃게 한 자는 바로 정공이다. 뒷날 남의 신하가 된 자들은 정공을 본받지 말도록 하라."라며 정공을 처형하였다. 《史記 卷100 季布列傳》

186 넓고……도야했네 : 후한(後漢)의 시조 광무제(光武帝)를 가리키는데, 인재를 우대하고 부세를 줄여 정권을 안정시켰으며, 학문을 장려하고 유교를 국교로 존중하여 후한 200년의 기틀을 다졌다는 평을 받는다.

187 이상이……높였네 : 광무제 초년에 위굉(衛宏), 환영(桓榮) 등과 같은 훌륭한 학자들이 많이 배출되었으나, 말년에 참언(讖言)을 믿고서 봉선(封禪)을 거행하거나 부적의 한 가지인 적복(赤伏)을 믿어 왕량(王梁)에게 벼슬을 제수하였으며, 의리가 아닌데도 자밀(子密)을 후(侯)로 삼는 등 오점을 남긴 것을 가리킨다. 《三峯集 卷11 經濟文鑑別集上 君道》

촉한 蜀漢

탁 트인 흉금 지녀 물에 고기가 모이듯 하였고	落落襟懷水有魚
남양의 초려에서 군신과 사우의 의리를 맺었네[188]	君臣師友南陽廬
형주와 양양을 앉아서 잃으니 누구의 책임인가	荊襄坐失伊誰責
참모를 파견하지 않았으니 일이 몹시 서툴렀네[189]	不遣參謀事極疎

위 魏

난세의 간웅이요 치세의 능신이라 하니	亂世奸雄治世能
고인이 평한 말을 지금 사람들이 수긍하네[190]	古人評語今人徵
마침내 천하를 소유하여 자손에게 전하니	竟將天下遺孫子
한나라의 신하란 말도 거짓된 자칭이었네[191]	皇漢臣名浪自稱

188 탁……맺었네 : 촉한(蜀漢)의 소열제(昭烈帝) 유비(劉備)는 선조인 한고조(漢高祖)에 비견될 역량을 지녔으면서도, 어려서 진기(陳紀)와 정현(鄭玄)의 문하에서 공부하여 충분히 자신을 굽혀 겸손할 수가 있었다. 그러므로 많은 인재들이 휘하로 모여들었고, 남양(南陽)에 은거하던 제갈량(諸葛亮)을 삼고초려(三顧草廬)하여 참모로 삼을 수 있었다. 《靑城雜記 卷4 醒言》

189 형주(荊州)와……서툴렀네 : 중요한 요충지에 무장(武將)을 파견한 것이 실수라는 의미이다. 제갈량이 형주의 수비를 관우(關羽)에게 일임하였는데, 이때 관우와 대치하던 여몽이 병을 핑계 대며 건업으로 돌아가고 젊은 장수 육손(陸遜)이 부임하였다. 관우는 육손을 대수롭지 않게 여겨 방심하였는데, 이에 육손이 허를 찔러 크게 승리를 거두었다. 또한 양양(襄陽)은 장비(張飛)가 수비하고 있었는데, 평소 부하 장졸들을 포악하게 대하여 나중에 부하의 반란으로 목이 잘렸다. 《三國志演義》

190 난세의……수긍하네 : 후한(後漢) 말기에 허소(許劭)가 조조(曹操)의 관상을 보고 "치세의 유능한 신하요, 난세의 간사한 영웅이다.〔治世之能臣, 亂世之奸雄.〕"라고 평한 말이 있다. 《資治通鑑 卷58 漢紀50 孝靈皇帝中》

191 한(漢)나라의……자칭이었네 : 조조(曹操)가 후한의 헌제(獻帝)를 옹립하여 세

오 吳

강동의 자제들은 모두가 영웅호걸이라   江東子弟盡英豪

천혜의 요새 장강에 만 척의 배가 줄지었네   天險長江列萬艘

어찌하여 편지를 업하로 보냈으면서도   尺素胡爲歸鄴下

신하로서 모면하지 못할 죄에 빠질 줄 몰랐는가[192] 不知臣陷罪難逃

진 晉

진대의 청담은 몹시도 황탄한데   晉代淸談劇誕荒

조위 시대에 시작하여 소량에까지 이르렀네[193]   起於曹魏迄蕭梁

운 뒤에 자신이 승상으로 있던 것이 가식에 불과했다는 말이다. 조조는 나중에 위왕(魏王)에 올랐고, 뒤에 아들 조비(曹丕)로 하여금 위(魏)나라를 건국하게 하였다.

192 편지를……몰랐는가 : 오(吳)나라 손권(孫權)이 위(魏)나라 조조(曹操)에게 편지를 보내 두 사람 모두 한나라의 신하라고 자칭했으면서 나중에 자신도 오나라 황제로 등극하여 군신(君臣)의 명분을 저버린 것을 가리킨다. 업하(鄴下)는 하북성 임장현(臨漳縣) 지역으로 조조의 근거지이다. 장강(長江)과 회하(淮河) 사이의 교통 요지인 유수구(濡須口)에 손권이 제방을 쌓고 조조의 대군과 한 달 넘게 대치하였는데, 양쪽 진영 모두 장기간의 대치로 피로하여 전쟁을 끝내고 싶은 마음이 있었다. 이에 손권이 조조에게 편지를 보내 두 사람 모두 한나라의 신하인데 서로 싸우는 것이 이롭지 않고, 또 봄물이 불어날 것이니 속히 돌아가라고 권유하자 조조도 못 이기는 척하며 군대를 이끌고 돌아갔다. 그 후 220년에 조조가 죽고 그의 아들 조비(曹丕)가 한나라를 찬탈하여 황제로 즉위하고 유비(劉備)도 촉한(蜀漢)의 황제로 등극하자, 손권도 229년 무창(武昌)에서 황제에 올라 연호를 황룡(黃龍)이라 하고 도읍을 건업(建業)으로 정하였다.

193 진대(晉代)의……이르렀네 : 청담(淸談)의 풍조는 진(晉)나라로 대표되는데, 그 역사가 조비(曹丕)가 건국한 위(魏)나라에서 시작되어 소연(蕭衍)이 세운 남조(南朝) 시대의 양(梁)나라 때까지 지속된 것을 가리킨다.

윤리를 부지하여 삼 년의 예를 회복시켰으니　　扶倫能復三年禮
무제가 불세출의 왕이었음을 알겠네[194]　　武帝知爲不世王

육조 六朝

제·송·진·양이 아침저녁으로 멸망하니　　齊宋陳梁朝暮催
제왕들의 꿈이 어느 곳에서 배회할까　　帝王幾處夢徘徊
옥수후정화[195] 곡조를 의탁할 곳이 없으니　　後庭玉樹憑無地
누대와 성곽을 창망히 바라보며 한 잔 술을 붓네　　悵望臺城酹一盃

북위 北魏

피를 밟고 천하를 병탄한 삼십 년 만에　　蹀血吞幷三十年
선비들이 절제를 모르고 만년엔 불교에 빠졌네　　士風不節晩逃禪
효문제의 치적은 질박함을 숭상하였고　　孝文治行尙餘陋
인재를 선발함에 능력을 문벌보다 먼저 보았네[196]　　選擧賢能門地先

194　윤리를……알겠네 : 무제(武帝)는 진(晉)나라 무제 사마염(司馬炎, 236~290)
을 가리킨다. 위(魏)나라 원제(元帝)로부터 황위를 물려받아 서진(西晉)의 황제가 되
어 중국을 재통일하였다. 한(漢)나라 문제(文帝) 이래로 임금은 삼년상을 행하지 않았
는데, 유독 진 무제와 북위(北魏)의 효문제(孝文帝)만이 삼년상을 거행하였다고 한다.
《國朝寶鑑 卷3 太宗朝1 8年》

195　옥수후정화(玉樹後庭花) : 망국(亡國)의 노래를 말한다. 남조(南朝) 진(陳)나라
후주(後主)는 정사는 돌보지 않고 매일 귀비(貴妃) 등과 노닐며 궁녀들에게 새로 지은
시에 곡을 붙여 노래를 부르게 하다가 끝내 나라가 멸망하였다. 《陳書 卷7 皇后列傳》

196　피를……보았네 : 북위(北魏)는 선비족(鮮卑族)의 탁발규(拓跋珪)가 중국 화북
(華北) 지역에 세운 북조(北朝) 최초의 왕조(386~534)로, 원위(元魏)·후위(後魏)라
고도 한다. 효문제(孝文帝, 467~499)는 중국에 동화되는 정책을 적극 펴서 태화(太和)

수 隋

수씨가 유지함은 억단에서 나왔다 하니	隋氏維持出臆斷
선유의 논평이 삼엄하기 그지없네[197]	先儒秉筆正森嚴
가련토다, 금과 옥이 모래와 자갈에 숨어서	可憐金玉隱沙石
당나라 황제의 문무겸전에 구실만 되었네	藉與唐皇文武兼

당 唐

당나라 풍속이 사치 풍조로 치달려	巨唐風俗一任奢
보배와 금옥으로 꽃처럼 화려하게 꾸몄네	寶貝金珠繡錯花
삼백 년 역사가 일장춘몽이라	三百年間春一夢
누가 있어 한집안을 바로잡으랴	何人糾正一人家

오계 五季

침침한 긴 밤에 천지가 어둑하니	沈沈長夜一乾坤
당세에 누가 천자의 존귀함을 알랴	當世誰知天子尊

17년(493) 도읍을 낙양(洛陽)으로 옮기고 성을 원씨(元氏)로 바꾸었고, 중원의 제도를 따라 낙양에 국자(國子)와 태학(太學)을 세우고 인재를 널리 등용하였다. 그러나 차차 북방 고유의 소박하고 무(武)를 숭상하는 기풍을 잃어버리고 문약(文弱)하고 사치스러운 경향이 일어났고, 나이 어린 효명제(孝明帝, 510~528)가 즉위하자 영태후(靈太后) 호씨(胡氏)가 섭정하며 지나치게 불교를 존숭하여 절과 탑을 세우는 데 국력을 낭비하였다.

197 수씨(隋氏)가……그지없네 : 송나라 정호(程顥)가 "수 문제의 법도가 약간 훌륭한 곳이 있으나, 모두 억단에서 나온 것이다. 이와 같았을 뿐이므로 나라를 유지한 것이 수십 년에 불과하다.〔隋文之法, 雖小有善處, 然皆出於臆斷. 惟能如是, 故維持得數十年.〕"라고 한 말이 있다. 《二程遺書 卷15 入關語錄》

오직 조정에 풍 태사가 있어서 　　　　　　　唯有朝堂馮太史

여섯 성씨를 섬기면서 임기응변으로 보존하였네[198]　　彌綸六姓應時存

송 宋

진교의 한밤중에 황포가 덮이고 　　　　　　　陳橋夜半加黃袍

서악선생이 나귀 등에 높이 앉았네[199]　　　　西嶽先生驢背高

정치와 교화로 인후한 풍속을 이루자 　　　　治敎做成仁厚俗

규화가 동으로 모여 상서로운 징험을 만났네[200]　奎華東聚瑞徵遭

198 　오직……보존하였네 : 후량(後梁)·후당(後唐)·후진(後晉)·후한(後漢)·후주(後周)를 오계(五季)라 하는데, 풍도(馮道)는 벼슬을 시작하여 오계에다 요(遼)까지 합쳐 여섯 조정을 섬기며 20여 년 동안 재상을 역임하였는데, 스스로 장락로(長樂老)라고 일컬어 사람들에게 비웃음을 받았다.

199 　진교(陳橋)의……앉았네 : 송(宋)나라 태조(太祖)가 장수들에 의해 천자로 추대될 때의 일을 읊은 것이다. 송 태조가 일찍이 진교에 이르러 취하여 누워 있었는데, 새벽에 장수들이 곧바로 침문(寢門)을 열며 "제장들에게 주군(主君)이 없어 태위(太尉)를 천자로 삼고자 합니다."라고 하였다. 태조가 미처 대답하기도 전에 황색 도포〔黃袍〕가 몸에 걸쳐지게 되었다고 한다. 《宋史 卷1 太祖本紀》 서악선생(西嶽先生)은 후주(後周) 말기 화산(華山)에 은거한 진단(陳摶)을 가리킨다. 진단이 일찍이 흰 나귀를 타고 변주(汴州)로 가다가, 송 태조가 등극했다는 소식을 듣고 기쁨에 겨워 크게 웃다가 나귀 등에서 떨어지고는 "천하가 이에 정해졌다.〔天下於是定矣.〕" 하고 그 길로 화산에 들어가 도사가 되었다고 한다. 《古今事文類聚 前集 卷33 退隱部 希夷入對》

200 　규화(奎華)가……만났네 : 송 태조 5년(967)에 "오성이 규수(奎宿)에 모여드니 이로부터 천하가 태평해졌다.〔五星聚奎, 自此天下太平.〕"라는 구절이 보인다. 《宋史 卷242 英宗宣仁聖烈高皇后》

원 元

백 년의 왕기가 있어 중원을 소유하니	百年王氣有諸夏
원위의 남은 기풍을 지금 다시 보게 되었네[201]	元魏餘風復見今
공정한 논평은 밝게 청사에 실렸으니	公議昭然靑史在
공자를 존숭하고 유림을 중시했네[202]	尊封夫子重儒林

명 明

춘추대의로 천자의 정통을 높여	春秋大義一王尊
강산을 밝게 여니 일월조차 빛을 잃네	洞闢江山日月昏
만수산의 풀은 푸른빛을 잃지 않았으니	萬壽草生靑未了
사계절 파초와 여지 올리는 동림의 후손 있네[203]	四時蕉荔東林孫

201 원위(元魏)의……되었네 : 몽골족이 중원을 차지하고 원(元)나라를 세운 뒤에 북위 (北魏)를 이어 한화(漢化) 정책을 다시 쓴 것을 가리킨다. 원위는 북위를 가리키는데, 북위의 효문제(孝文帝)는 제위에 오른 뒤 '탁발(拓跋)'이라는 성씨를 '원(元)'이라는 중국 식 성으로 바꾸고 언어 및 문화까지 중국에 동화되기 위해 노력하였다. 101쪽 주196 참조.

202 공자를……중시했네 : 원나라가 비록 이민족의 나라임에도 도학(道學)을 숭상할 줄 알아 포로들 가운데 유사(儒士)가 있으면 석방하여 존대하였고, 공자에게 대성문선 왕(大聖文宣王)이라는 호칭을 추존하기도 한 것을 가리킨다. 《同春堂集 別集 卷2 經筵 日記 戊戌正月十五日》

203 만수산(萬壽山)의……있네 : 명(明)나라가 비록 멸망하였으나 그 문물의 명맥이 유지되고 있다는 말로 보인다. 만수산은 북경 자금성 북쪽에 있는 산 이름으로, 명나라 의종(毅宗, 숭정제)이 1644년(의종17) 후금(後金, 청나라)에 패하자 만수산의 수황전 (壽皇殿)에서 자결하였다. 동림(東林)이란 명나라 신종(神宗, 만력제) 때 환관 위충현 (魏忠賢)이 동림서원(東林書院)에서 당시 집권층의 부정부패를 비판하던 사류(士流) 고헌성(顧憲成) 등을 사당(邪黨)으로 몰아 무고하여 도륙한 동림당고(東林黨錮)를 가 리킨다. 《明史 卷231 顧憲成列傳》《明史紀事本末 東林黨議》

사영[204] 42수

史詠 四十二首

〈사찬(史贊)〉15수에 흥기한 감정을 의탁하고, 이어서 인물을 읊어서 손 가는 대로 쓴다. 대수(代數)를 따지지 않고, 또 다소(多少)도 따지지 않아 대략 위편에서 누락된 것을 보충한다.

관중[205] 管仲

천하가 한 판의 바둑처럼 서로 다툴 때	天下交爭一局棋
관중이 인을 행했다는 말은 듣지 못했네[206]	未聞管子以仁爲
당시에 만약 주나라를 높일 의리가 있었다면	當時如有尊周義
어찌 법도를 지켜 스스로를 단속하지 않았는가[207]	何不規繩克自治

---

204 사영(史詠) : 〈사찬(史贊)〉15수를 짓고 나서 관중(管仲)에서 문천상(文天祥)에 이르기까지 역사 인물 42명을 뽑아 시를 지어 〈사찬〉의 소략함을 보충한 것이다.

205 관중(管仲) : 춘추 시대 제(齊)나라의 재상으로 이름은 이오(夷吾)이다. 제나라 환공(桓公)을 도와 부국강병(富國强兵)을 이룬 다음, 제후(諸侯)들이 소릉(召陵)에서 모였을 때 연설로 제후들의 군사를 연합시켜 환공으로 하여금 패업(覇業)을 이루고 오패(五覇)의 으뜸이 되게 하였다.

206 관중……못했네 : 공자의 제자 자로(子路)가 '관중이 자기가 모시던 공자 규(公子糾)가 죽었을 때 따라 죽지 않은 것을 지적하여 인(仁)하지 못하다'고 지적하자, 공자는 관중이 무력을 쓰지 않고 제후를 규합하여 백성에게 혜택을 베풀었음을 들어 그를 어질다고 인정한 일이 있다. 그러나 본질적으로 관중의 행위는 패도(覇道)에서 나와 우세한 힘으로 제후들을 제압하고 이익을 추구한 것이므로 맹자(孟子)가 이를 비판한 일이 있다. 《論語 憲問》《孟子 公孫丑上》

207 어찌……않았는가 : 관중이 신하의 직분을 뛰어넘는 권세와 사치를 부린 것을

노중련[208] 魯仲連

동해의 파도는 맑고도 잔잔한데	東海之波淸且漣
둥그런 밝은 달 하나가 가을 하늘에 떴네	一輪明月上秋天
우리에 가둔들 어찌 표범과 매를 구속하랴	轇圈安能拘豹隼
높이 날아 길이 울며 마음대로 노니는 걸	高飛長嘯任盤旋

조순[209] 趙盾

사랑하고 두려워하는 인정이 여름과 겨울이 달라	愛畏人情異夏冬
팔월이라 호 땅 맹약에 대부로 따라갔네[210]	扈盟八月大夫從
조짐을 조심하여 사특한 마음을 막으니	謹其漸也邪心杜
글 쓰는 필법이 용사의 칼날보다 엄하도다	書法嚴於勇士鋒

말한다. 임금에게만 허락된 병풍으로 문을 가리는 예를 행한 것, 양국의 임금이 우호를 다질 때 술잔을 되돌려 놓는 자리〔反坫〕를 둘 수 있는데 관중도 이를 사용한 것, 관중이 삼귀대(三歸臺)라는 화려한 누대를 지으면서 백성에게 피해를 끼친 일 등을 가리킨다. 《論語 八佾》《說苑 善說》

208 노중련(魯仲連) : 전국 시대 제(齊)나라의 고사(高士)이다. 평생 벼슬을 하지 않고 고고한 지절을 지키다가 자취를 감췄다고 한다. 당시 진(秦)나라를 높여 황제로 삼고자 하는 논의에 반대하여 "동해에 빠져 죽을지언정 진의 백성이 되지 않겠다."라며 그 논의를 중지시킨 일이 있다.

209 조순(趙盾) : 춘추 시대 진(晉)나라 대부로, 당시 이름난 대부였던 조최(趙衰)의 아들이다.

210 사랑하고……따라갔네 : 춘추 시대 노국(潞國)의 대부 풍서(酆舒)가 진(晉)나라 가계(賈季)에게 진나라 대부 조최와 조순 부자 중에서 누가 더 어진가를 물었다. 가계가 "조최는 겨울날의 태양이요, 조순은 여름날의 태양이다.〔趙衰冬日之日也, 趙盾夏日之日也.〕"라고 대답하였는데, 그 주석에 "겨울 햇빛은 사랑할 만하고, 여름 햇빛은 사람을 두렵게 한다.〔冬日可愛, 夏日可畏.〕"라고 하였다. '호(扈)' 땅의 맹약은 《춘추좌씨전》 문공(文公) 7년 가을 8월 기사에 보인다.

거백옥[211] 蘧伯玉

오십 살에 마흔아홉 살의 잘못을 막 깨달았으니	五十方知四九非
늙어서도 더욱 독실하여 광채가 환히 드러났네	老而篤實著光輝
사자가 공자 문하에 소식을 전했을 뿐 아니라	不惟使者師門信
촌스러운 장주도 감히 높이 평가하였네[212]	陋矣莊周敢發揮

굴원[213] 屈原

결백하고 명료함은 변론을 기다릴 필요 없고	潔白醒淸不待辨
지극히 모가 났으니 둥글어질 수가 없었도다	至方無以得其圓
충성이 지나친 자는 충성으로 허물을 얻나니	過於忠者忠而過
자잘한 행실이 어찌 완전하고 큰 절개를 허물랴	細行何虧大節全

---

211 거백옥(蘧伯玉) : 춘추 시대 위 영공(衛靈公) 때의 이름난 대부로 본명은 거원(蘧瑗)이다. "나이 오십 세에 사십구 세의 잘못을 알았다.〔年五十而知四十九年非.〕"라고 한 지비(知非)의 고사가 유명하다.

212 사자가……평가하였네 : 거백옥이 공자에게 사자(使者)를 보내왔는데, 공자가 그에게 거백옥이 무엇을 하고 있는지 물었다. 이에 사자가 "선생께서는 허물을 줄이려고 노력하는데 잘 안 되는 것 같습니다."라고 대답하니, 공자가 그 사자를 훌륭하다고 칭찬한 일이 있다. 《論語 衛靈公》 《장자》 〈칙양(則陽)〉에 "거백옥은 나이 60이 되는 동안 60번이나 잘못된 점을 고쳤다.〔蘧伯玉行年六十, 而六十化.〕"라는 말이 나온다.

213 굴원(屈原) : 전국 시대 초(楚)나라의 시인이자 정치가로 본명은 굴평(屈平)이다. 회왕(懷王)의 신임을 얻어 삼려대부(三閭大夫)에까지 올랐으나, 양왕(襄王) 때 참소와 비방에 걸려 강남(江南)으로 추방되었다. 불평스러운 심정을 〈이소(離騷)〉를 지어 의탁하고 멱라수(汨羅水)에 빠져 죽었다.

상앙[214] 商鞅

정령을 시행하려 함에 한 가지 영을 베푸니　　　一政之行一令施

성인의 가르침은 아니로되 어찌 그리 기발한가[215]　聖人教外何其奇

당시에 만약 상앙의 계책을 쓰지 않았다면　　　當年不用商君策

강한 진나라로도 패업황제가 되지 못했으리　　未必强秦帝霸爲

계찰[216] 季札

그의 풍도를 듣고 탐욕하고 다투던 자들이 청렴해지고 사양하니

　　　　　　　　　　　　　　　　　　貪廉爭讓聞其風

절도를 지켜 명성을 보전하니 중도를 얻었다 하리　守節全名倘得中

공자라 쓰지 않고 오나라 사신이라 칭하니　　不書公子稱吳使

나라를 사양한 것이 나라를 보존한 공에 비해 어떠한가[217]

　　　　　　　　　　　　　　　　　　辭國何如保國功

214　상앙(商鞅) : 전국 시대 위(衛)나라 공자(公子)로 성은 공손씨(公孫氏)이다. 형명학(刑名學)을 좋아하여 진 효공(秦孝公)에게 발탁되자, 엄격한 법치주의를 시행하여 진나라를 부강하게 만들었다.

215　정령을……기발한가 : 상앙이 진나라에 벼슬하면서 새로운 법령을 반포하고자 할 때, 길이 석 장(丈) 되는 나무를 도성 남문(南門)에 세우고 이것을 북문(北門)으로 옮기는 자가 있으면 50금(金)을 주겠다고 선언하였다. 이에 어떤 사람이 나무를 옮기자 그에게 50금을 주어 백성에게 믿음을 보이고 나서 법령을 반포한 일이 있다. 《史記 卷68 商君列傳》

216　계찰(季札) : 춘추 시대 오왕(吳王) 수몽(壽夢)의 넷째 아들이다. 수몽이 왕위를 물려주려고 하자 사양하고 받지 않았으므로 연릉(延陵)에 봉해져 연릉계자(延陵季子)라고도 불린다.

217　공자(公子)라……어떠한가 : 계찰은 상국(上國)에 두루 조빙하면서 당시의 어진 사대부들과 사귀었으며, 노(魯)나라에 조빙하면서 주(周)나라의 음악을 듣고는 열국의 치란과 흥망을 알았다고 한다. 《史記 卷31 吳太伯世家》

오자서[218] 伍子胥

두 눈동자를 뽑아 오나라 동문에 걸었는데[219]	雙瞳決掛吳門東
한 마리 말이 초나라 물 가운데 뛰어오르네[220]	一馬奔騰楚水中
장군이 상황 따라 대처함이 어찌 이리 극단인가	將軍處變胡斯極
부자와 군신 사이에 의리는 동일하다네	父子君臣義則同

범려[221] 范蠡

칠백 리 너른 호수에 일엽편주를 타니	七百湖平一葉舟
영웅의 지략을 더 이상 구할 필요 없네[222]	英雄韜略更無求

218 오자서(伍子胥) : 춘추 시대 초(楚)나라 출신으로 본명은 오원(伍員)이다. 부친과 형이 초 평왕(楚平王)에게 죽임을 당하자, 오(吳)나라로 망명하여 합려(闔閭)를 섬겼다. 초나라 수도 영(郢)까지 쳐들어가 평왕의 무덤을 파헤치고 시체를 꺼내 채찍질하였다.

219 두⋯⋯걸었는데 : 오자서가 오왕(吳王) 합려의 아들 부차(夫差)를 위해 월(越)나라를 정벌하여 크게 격파하자, 월왕(越王) 구천(句踐)이 강화를 요청하였다. 이에 오자서는 반대하였으나 부차가 허락하여 군신 사이에 틈이 생겼고, 오나라의 태재(太宰) 비(嚭)가 월나라의 뇌물을 받아먹고 오자서를 참소하였다. 부차는 평소 눈엣가시처럼 여기던 오자서에게 검을 하사하여 자결하게 하였고, 오자서는 죽으면서 "내 눈알을 뽑아서 오나라 동문(東門) 위에 걸어놓아 월나라 놈들이 오나라를 멸망시키는 것을 바라보게 하라."라고 하였는데, 과연 10여 년 뒤에 월나라가 쳐들어와 오나라를 멸망시켰다. 《史記 卷66 伍子胥列傳》

220 한⋯⋯뛰어오르네 : 오자서가 오왕 부차에게 억울하게 죽임을 당하자, 그 영혼이 원한을 품고 전당강(錢塘江)의 물귀신이 되어 거센 물결을 타고 밀려드는데, 이따금 백마를 탄 모습이 보인다는 전설이 전한다. 《太平廣記 卷291 伍子胥條 引 錢塘志》

221 범려(范蠡) : 춘추 시대 월(越)나라 대부로 자는 소백(少伯)이다.

222 칠백⋯⋯없네 : 범려는 월왕(越王) 구천(句踐)을 도와 오(吳)나라를 멸망시키고 나서 오호(五湖)에 배를 띄우고 돌아다니다 제(齊)나라에 가서 치이자피(鴟夷子皮)로

해 저무는 고소대에 봄풀은 푸른데 　　　　　　日暮姑蘇春草綠

미인은 어느 곳에서 붉은 수심을 더하는가[223] 　　佳人何處積紅愁

악의[224] 樂毅

황금대 위에 달이 높이 떴는데 　　　　　　　黃金臺上月迢迢

황금대 아래엔 비가 우수수 내리네 　　　　　黃金臺下雨蕭蕭

당당한 제나라 땅을 주현으로 삼으니 　　　　堂堂齊土爲州縣

뉘라서 황금대에서 비질을 한 소왕에 보답했던가[225] 誰報金臺擁篲昭

이름을 바꾸고 숨어 살았다고 한다. 《史記 卷41 越王句踐世家》

223 해……더하는가 : 월왕 구천이 일찍이 오왕 부차로부터 회계(會稽)에서 치욕을 당하자, 범려가 미인 서시(西施)를 부차에게 바쳤다. 오왕은 서시를 위해 고소대(姑蘇臺)를 세우고 날마다 이곳에서 노닐며 정사를 돌보지 않다가 끝내 월나라에 멸망당했다. 《史記 卷41 越王句踐世家》범려는 계책이 이루어지자 이내 월왕을 하직하고 서시를 데리고 오호(五湖)에 배를 띄워 함께 떠났다고 하는 설이 있는데, 여기서는 서로 만나지 못한 것으로 본 듯하다.

224 악의(樂毅) : 전국 시대 위(魏)나라 출신의 장군으로, 연(燕)나라 소왕(昭王)이 현자를 초빙한다는 말을 듣고 연나라로 가서 아경(亞卿)이 되었으며 후에 상장군(上將軍)이 되었다. 조(趙)·초(楚)·한(韓)·위·연의 군사를 이끌고 당시 강대국인 제(齊)를 토벌하여 수도 임치(臨淄)를 함락시키고, 제나라의 70여 성(城)을 빼앗아 모두 연나라 군현(郡縣)에 소속시켰다. 소왕이 죽고 혜왕(惠王)이 즉위하자, 제나라 전단(田單)의 이간책으로 죄를 덮어쓰게 되어 조나라로 달아나 그곳에서 생을 마쳤다.

225 황금대(黃金臺)에서……누구인가 : 연 소왕(燕昭王)에게 등용된 많은 인재들 중에 악의만이 큰 공을 세워 보답했다는 의미이다. 황금대는 연 소왕이 천하의 인재를 모을 때 지어서 곽외(郭隗)에게 준 건물이다. 원문의 '옹수(擁篲)'는 빗자루를 잡는다는 뜻으로, 제자가 되기를 청한다는 말이다. 추자(騶子)라는 사람이 연나라로 가자 소왕(昭王)이 빗자루를 쥐고 앞에서 달리며 제자의 자리에 앉아서 수업 받기를 청하였다는 기록이 보인다. 《史記 卷74 孟軻荀卿列傳》

형가[226] 荊軻

장사의 슬픈 노래에 역수가 차가운데	壯士悲歌易水寒
일척 팔촌 추련검이 마음과 간장을 비추네[227]	秋蓮尺八照心肝
역사서를 읽으며 유협의 전기에 의기가 솟나니	讀史風生游俠傳
백 년 인생 가볍게 본 옛날 연나라 태자 단일세[228]	百年一笑古燕丹

범증[229] 范增

부질없이 옥결을 들고 몇 년을 허비하다	謾將玉玦費多年
해 지는 홍문의 연회에서 검무 잔치를 벌였네[230]	日落鴻門舞釰筵

---

226 형가(荊軻) : 전국 시대 위(衛)나라 출신의 자객이다. 위나라에서는 경경(慶卿), 연(燕)나라에서는 형경(荊卿)이라 불렀다. 연나라 태자 단(丹)을 위하여 진시황(秦始皇)을 죽이러 떠났다가 실패하고 죽었다.

227 장사(壯士)의……비추네 : 형가가 연나라 태자 단을 위해 진시황을 죽이러 떠날 적에 역수(易水) 가에서 지인들과 전별하였는데, 고점리(高漸離)가 타는 축(筑)에 맞춰 형가가 노래 부르기를 "바람은 쓸쓸하고 역수는 차가워라, 장사는 한번 가면 다시 돌아오지 않으리.〔風蕭蕭兮易水寒, 壯士一去兮不復還.〕"라고 하였다. 추련검(秋蓮劍)은 칼집에 연꽃이 아로새겨진 검인데, 형가가 품에 지닌 비수를 비유한 말이다. 《史記 卷86 刺客列傳 荊軻》

228 백 년……단(丹)일세 : 형가의 암살 시도가 실패하자 진시황에 의해 연나라도 멸망하였고, 태자 단은 달아나 태자하(太子河)에 숨어 살다 죽었다고 한다. 《史記 卷34 燕召公世家》

229 범증(范增) : 초한 시대 항우(項羽)의 모신(謀臣)이다. 항우로부터 아보(亞父)라는 칭호로 존경받았으나, 결국 한(漢)나라와 내통했다는 혐의를 받아 팽성(彭城)에서 죽었다.

230 부질없이……벌였네 : 유방(劉邦)을 속히 제거해야 한다는 범증의 계책에 항우가 오랫동안 머뭇거린 것을 가리킨다. 옥결(玉玦)은 한쪽이 트인 옥고리로서 서로의 관계를 끊는다는 의미를 내포하였다. 홍문(鴻門)의 연회에서 범증이 유방을 죽이자는 암시

천 리 동성에서 등창이 난 것이 한스러워라 千里東城疽背恨

고향집 어느 곳에서 새가 되어 훨훨 나는가[231] 枌楡何處鳥翩翩

전횡[232] 田橫

갈석산 석양 녘에 섬 하나가 가로놓이니 碣石斜陽一島橫

영웅의 눈물은 지는 조수 소리에 다하네[233] 英雄淚盡落潮聲

죽지 않아도 되는데 죽으면 용맹을 손상시키니[234] 無死死爲傷勇者

마른 나무만이 남아 맹세를 외롭지 않게 하네[235] 猶餘枯樹不孤盟

로 항우에게 눈짓을 하며 옥결을 세 번 들어 보였으나 항우는 그것을 알아차리지 못하였고, 결국 유방은 번쾌(樊噲)의 도움으로 그곳을 탈출하였다. 《史記 卷7 項羽本紀》

231 천 리……나는가 : 홍문의 연회 뒤에 유방이 반간계를 써서 범증을 한나라의 첩자로 의심받게 만들었는데, 범증은 항우의 의심을 받자 화가 나서 고향으로 돌아가겠다고 말하고 팽성에 이르러 등창이 나서 죽었다. 《史記 卷7 項羽本紀》

232 전횡(田橫) : 전국 시대 제(齊)나라의 왕족으로 전담(田儋)과 전영(田榮)의 아우이다. 초(楚)와 한(漢)이 대치하던 당시 전영의 뒤를 이어 제왕(齊王)이 되어 항우를 섬겼는데, 항우가 패망하고 얼마 뒤 한고조(漢高祖) 유방이 황제가 되니, 주벌될까 두려워서 500여 명의 무리와 바다 섬으로 들어가 살았다.

233 갈석산(碣石山)……다하네 : 갈석산은 하북(河北)이나 열하(熱河)에 있다고 전해지는 산 이름이다. 한고조(漢高祖)가 사신을 보내 전횡을 회유하여 낙양으로 부르자, 전횡이 이에 응해 문객 2명과 섬을 나와 낙양 가까이 가서는 부끄러움을 못 이겨 자결하였다. 수행한 문객도 전횡의 무덤 곁에서 자결하고, 섬에 남은 무리들도 소식을 듣고 모두 자결하였다. 이에 한고조는 눈물을 흘리면서 전횡을 의롭게 여겨서 사람을 보내 왕자의 예법으로 장사 지내주었다. 이 섬은 나중에 오호도(烏乎島) 또는 전횡도(田橫島)라고 불린다. 《史記 卷94 田儋列傳》

234 죽지……손상시키니 : 《맹자》 〈이루 하(離婁下)〉에 "취해도 되고 취하지 않아도 되는 경우에 취하면 청렴을 손상시키고, 주어도 되고 주지 않아도 되는 경우에 주면 은혜를 손상시키며, 죽어도 되고 죽지 않아도 되는 경우에 죽으면 용기를 손상시킨다.〔可以取, 可以無取, 取傷廉, 可以與, 可以無與, 與傷惠, 可以死, 可以無死, 死傷勇.〕"라는 구절이 있다.

장량[236] 張良

혜제 6년에 유후가 졸하였다고 대서특필하였으니	侯卒特書惠六年
인간 세상 어느 곳에 신선이 있을까[237]	人間何處有神仙
임금의 원수 이미 갚아 지금 일이 없으니	君讐已報今無事
봉새와 기러기처럼 날아서 만년의 절개 보전했네	鳳擧鴻冥晚節全

한신[238] 韓信

| 외람되이 가왕을 청하였다가 진짜 왕이 되니 | 假王濫請化眞王 |
| 고조의 흉금을 누가 헤아릴 수 있으랴[239] | 高祖心胸孰較量 |

235 마른……하네 : 전횡이 섬을 나서자 섬의 나무가 온통 말라 죽었다는 설이 있는데, 전거는 미상이다. 《雲養集 卷15 雜文 松下屋秋日小集引》

236 장량(張良) : 한(韓)나라 귀족의 아들로 자는 자방(子房), 시호는 문성(文成)이다. 황석노인(黃石老人)으로부터 병법을 배운 뒤 유방(劉邦)이 군사를 일으키자 그를 따라 천하를 통일하는데 지대한 공헌을 하여 개국 공신이 되어 유후(留侯)에 올랐다. 만년에 인간 세상의 일을 버리고 적송자(赤松子)를 따라 노닐고 싶다고 하여 벽곡(辟穀)과 도인(導引)의 술법에 전념하였다.

237 혜제(惠齊)……있을까 : 장량이 벼슬을 버리고 신선이 되어 떠났다는 전설을 믿을 수 없다는 의미이다. 혜제 6년은 기원전 189년이다. 《사기》 권55 〈유후세가(留侯世家)〉에 "유후가 여후(呂后)의 강청에 못 이겨 음식을 먹고서 8년 뒤에 졸하니, 시호는 문성이다.〔留侯不得已彊聽而食, 後八年卒, 諡爲文成.〕"라고 기록되어 있다.

238 한신(韓信) : 한(漢)나라 초의 무장(武將)으로 회음(淮陰) 출신이다. 처음에 초(楚)나라의 항우(項羽)를 섬겼으나 중용되지 않자 유방(劉邦)의 수하가 되어 대장군이 되었다. 한고조(漢高祖) 유방의 천하 통일에 지대한 공헌을 하여 소하(蕭何)・장량(張良)과 함께 3걸(傑)로 꼽힌다.

239 외람되이……있으랴 : 한신이 한고조(漢高祖) 유방의 계략으로 처형된 것을 가리킨다. 한신이 하북(河北)과 제(齊)나라와 조(趙)나라를 평정하고 초(楚)나라를 공격할 때 자신이 가왕(假王)이 되어 제나라를 안정시키겠다고 청하자, 유방은 몹시 노하

중달과 공명이 만약 나란히 대치했다면　　　仲達孔明若幷驅

백 년 동안 전쟁이 끝나지 않았으리[240]　　　百年未了干戈場

사호[241] 四皓

진나라 피하여 한나라를 도우니 참된 유자 아니라 秦鴻漢鳳非眞儒

단지 권모술수로 황제의 계책을 도왔네[242]　　　只用權謀贊帝謨

유씨의 멸망이 유씨를 안정시키던 때에 있었음을 알았으니

　　　　　　　　　　　　　　　　　　　滅劉知在安劉世

두목지의 시에서 이미 주벌을 보였네[243]　　　杜牧之詩已見誅

였으나 장량(張良)과 진평(陳平)의 권유로 한신을 제왕(齊王)으로 봉해주었다. 항우
가 죽고 나서 유방은 한신을 초나라 왕으로 임명하였다가 모반죄로 체포하여 장안(長
安)으로 압송하였다. 이때 한신은 유방을 원망하며 토사구팽(兎死狗烹)이라는 말을
남겼다. 이 밖에도 유방은 공신 팽월(彭越)을 반역죄로 몰아서 죽이고, 승상 소하(蕭
何)도 조그만 혐의로 옥에 가둔 일이 있었다.

240 중달(仲達)과……않았으리 : 중달은 위(魏)나라 장수 사마의(司馬懿)의 자(字)
이고, 공명(孔明)은 촉한(蜀漢)의 책사 제갈량(諸葛亮)의 자(字)이다. 제갈량이 일찍
이 오장원(五丈原)에 진을 치고 사마의와 대치하던 중에 먼저 죽었다.

241 사호(四皓) : 상산사호(商山四皓)로, 진(秦)나라 말엽에 세상의 어지러움을 피
해 상산에 은둔한 동원공(東園公), 하황공(夏黃公), 녹리선생(甪里先生), 기리계(綺
里季)를 말한다.

242 진(秦)나라……도왔네 : 한고조(漢高祖)가 태자를 바꾸려 하니 여후(呂后)가 두려
워하여 장량(張良)의 계책에 따라 상산사호를 초치(招致)하였는데, 네 사람이 와서 태자
를 호위하여 무사히 혜제(惠帝)로 등극하게 보좌한 것을 말한다. 《史記 卷55 留侯世家》

243 유씨(劉氏)의……보였네 : 상산사호가 지감(知鑑)이 밝지 못하여 여후(呂后)와
유씨 사이에서 자꾸만 여후에게 붙어서 유씨를 불안정하게 만든 것을 풍자한 말이다.
두목지(杜牧之)는 당나라 시인 두목(杜牧)으로 목지는 그의 자(字)이다. 〈상산사호
사당에 쓰다[題商山四皓廟]〉라는 시에 "남군이 왼쪽 소매를 걷어 올리지 않았다면,

가의[244] 賈誼

전국 시대 종횡가의 옛 기풍이 있다고　　　戰國縱橫餘舊風

자양부자께서 공의 학술을 단언하였네[245]　　紫陽夫子確論公

삼표오이의 계책이 우활하기 그지없었으니[246]　表三餌五嘗迂闊

조정에 주발 관영이 웅거한 때문이 아니었으랴[247]　非是朝廷絳灌雄

상산사호의 유씨 안정이 곧 유씨를 망친 셈이리.〔南軍不袒左邊袖, 四老安劉是滅劉.〕"
라는 구절이 있는데, 남군(南軍)이란 곧 여후의 군대를 말한다. 《사기》권9 〈여태후본
기(呂太后本紀)〉에 "한고조 유방이 죽은 후 그의 아내 여후가 권력을 쥐고 여씨 일족이
정권을 장악하였는데, 여후가 죽고 나서 그 일족인 여록(呂祿)·여산(呂産)이 난리를
일으키려고 하자, 태위(太尉) 주발(周勃)이 북군(北軍)에 들어가 명하기를 '여씨를
위하는 자는 오른쪽 어깨를 드러내고, 유씨를 위하는 자는 왼쪽 어깨를 드러내라.〔爲呂
氏右袒, 爲劉氏左袒.〕' 하니, 군중이 모두 왼쪽 어깨를 벗었다."라고 하였다.

244　가의(賈誼) : 전한(前漢) 문제(文帝) 때의 문신으로 낙양(洛陽) 출신이다. 문제
때 박사(博士)에서 태중대부(太中大夫)가 되었으며, 뒤에 장사왕(長沙王)의 태부(太
傅)로 좌천되었다가 다시 양 회왕(梁懷王)의 태부가 되었다.

245　전국……단언하였네 : 자양부자(紫陽夫子)는 송나라 주희(朱熹)를 가리킨다.
주희는 가의의 학술에 대해 "가의의 학문이 잡다하니, 그는 본래 전국 시대 종횡가의
학술을 하였는데, 다만 비교적 도리에 가까워 장의(張儀)나 소진(蘇秦)처럼 심한 데
이르지 않았을 뿐이다.〔賈誼之學雜, 他本是戰國縱橫之學, 只是較近道理, 不至如儀秦
蔡范之甚爾.〕"라고 한 말이 있다. 《性理大全書 卷61 歷代3 西漢 賈誼》

246　삼표오이(三表五餌)의……그지없었으니 : 가의가 올린 흉노(匈奴)에 대한 회유
책(懷柔策)이다. '삼표'는 인도(仁道), 상의(常義), 연낙(然諾) 세 가지를 신의 있게
하여 회유하는 것을 말하고, '오이'는 이(耳), 목(目), 구(口), 복(腹), 심(心)의 다섯
가지 욕구를 충족시켜주어 회유하는 것을 말한다. 《漢書 卷48 賈誼傳》

247　조정에……아니었으랴 : 조정에 공신들이 많아 재능을 펼치지 못했다는 말이다.
원문의 '강관(絳灌)'은 한나라 개국 공신인 강후(絳侯) 주발(周勃)과 영음후(潁陰侯)
관영(灌嬰)의 병칭이다. 가의가 20세 때 문제(文帝)의 부름을 받고 조정에 들어와서
1년도 안 된 사이 태중대부에 올라 예악에 입각한 문치(文治)의 정책을 과감하게 건의

이광[248] 李廣

선우들이 비장군이라 부르며 두려워 떠는데	單于驚謈飛將軍
황혼 녘에 술이 거나해 바위를 활로 쏘았네[249]	射石黃昏酒半醺
만약 세운 공으로 공신각에 올랐다면	若使建功登畫閣
누가 눈물을 뿌려 변방의 구름을 적셨으랴[250]	有誰揮淚濕邊雲

동중서[251] 董仲舒

도의만을 지켰을 뿐 언제 공리를 따졌으랴	誼道何曾計利功
학문은 한나라 학자들 가운데에 특히 빼어났네	學文逈出漢儒中

하였으나, 대신들이 이를 시기하여 그를 조정에서 몰아냈다. 《史記 卷84 賈生列傳》

248 이광(李廣) : 한나라의 명장으로 문제(文帝), 경제(景帝), 무제(武帝) 3조(朝)에 걸쳐 40여 년간 군대를 거느리고 흉노와 대치하면서 많은 공을 세웠다.

249 선우(單于)들이……쏘았네 : 이광이 활을 잘 쏘므로 북방 흉노의 선우가 두려워하여 비장군(飛將軍)이라 부르며 수년 동안 감히 침공해오지 못했다. 이광이 일찍이 우북평태수(右北平太守)로 있을 적에 한번은 사냥을 나갔다가 풀숲에 있는 돌을 호랑이로 잘못 보고 활을 쏘았는데, 활촉이 돌에 박혀 있었다는 이광사호(李廣射虎)의 고사를 남겼다. 《史記 卷109 李將軍列傳》

250 만약……적셨으랴 : 이광은 대소 70여 전투에 승승장구하였으나 봉후(封侯)가 되지 못하여 이광미봉(李廣未封)의 고사를 남겼다. 뒤에 대장군 위청(衛靑)을 따라 출전하였는데 흉노를 치다가 실수하여 대장군의 책망을 받고 자살하니, 모든 군사들이 곡을 하였고 백성들도 눈물을 흘렸다고 한다. 《史記 卷109 李將軍列傳》

251 동중서(董仲舒) : 전한(前漢) 중기의 대표적인 유학자로 광천(廣川) 출신이고 호는 계암자(桂巖子)이다. 경제(景帝) 때 박사가 되었으며, 무제(武帝) 때에는 강도상(江都相)과 교서 상(膠西相)을 역임하였다. 〈현량대책(賢良對策)〉을 올려 유학을 존중하고 백가 사상을 배척할 것을 주장하여 경학의 지위를 높이는 데 큰 역할을 하였다. 저서에 《춘추번로(春秋繁露)》 등이 있다.

공맹의 도에 순수하여 요순의 도를 진달하니 　　純乎孔孟陳堯舜

오척 동자도 오패를 일컫기를 부끄러워하였네[252] 　　五伯羞稱五尺童

동방삭[253] 東方朔

만승천자 앞에서 해학하여 공경들을 능멸하더니 　　諧詼萬乘轢公卿

검소한 덕으로 정치 교화 이루기를 간언하였네[254] 　　善說先生儉德成

화민의 방도를 들어주지 않으리란 것 알았으나 　　縱識化民曾不聽

백발이 되도록 임금 사랑하는 마음은 줄지 않았네 　　白頭無減愛君情

252 도의(道義)만을……부끄러워하였네 : 《한서(漢書)》〈동중서전(董仲舒傳)〉에 "대저 어진 사람은 그 옳음을 바르게 지키고 그 이익을 도모하지 않으며, 그 도를 밝히고 그 공로를 계산하지 않는다. 그 때문에 중니(공자)의 문하에서는 오척 동자도 오패(五伯)를 입에 담는 것을 수치로 여겼으니, 간사함과 무력을 앞세우고 인의를 소홀히 했기 때문이다.〔夫仁人者, 正其誼不謀其利, 明其道不計其功. 是以仲尼之門, 五尺之童羞稱五伯, 爲其先詐力而後仁誼也.〕"라고 한 말이 있다.

253 동방삭(東方朔) : 전한(前漢) 무제(武帝) 때의 문신으로 자는 만천(曼倩)이다. 무제의 총애를 받아 수십 년간 측근으로 있으면서 천자 앞에서도 거리낌 없이 해학과 풍간으로 국정을 보좌하여 태중대부 급사중(太中大夫給事中)까지 올랐다.

254 선생께선……간언하였네 : 무제(武帝) 때 낭비와 사치가 만연하자, 무제가 동방삭에게 백성들을 교화시키는 방도를 물었다. 이에 동방삭이 가까이 효문황제(孝文皇帝) 때 천자로서 의복을 검소하게 하고 물자를 절약하자 온 천하가 검소한 풍속을 이뤘던 고사를 인용하며, 무제 스스로 사치와 낭비를 줄이는 것이 핵심임을 진언하였다. 그러나 무제는 동방삭의 진언을 끝내 채용하지 않아 천하를 피폐하게 만들었다.

소무[255] 蘇武

부절을 잡은 채 변방에서 십구 년을 억류되니	持節塞天十九年
어질고 기개 있는 사람들이 모두 애달파했네	仁人志士共相憐
미천한 전속국 직책을 내림은 조정의 수치이니	官微屬國朝廷恥
벼슬의 경중이 빼어난 의리에 무슨 관계가 있으랴	輕重何關義卓然

소광[256] 疏廣

군자는 높은 이상을 지니고 살아가니	君子高標以自居
남보다 몇 등급 위라 해도 과연 헛말 아니로다	加人數等果無虛
기미를 보고 일어난 것은 주역에 드러나 있고	見幾而作義經著
선철들의 칭송하는 말 또한 이소일세[257]	先哲敷辭亦二疏

---

255 소무(蘇武) : 한(漢)나라 두릉(杜陵) 사람으로 자는 자경(子卿)이다. 무제(武帝) 때 중랑장(中郞將)으로서 흉노(匈奴)에게 사신으로 갔다가, 전후 19년 동안을 흉노에게 잡혀서 온갖 곤욕을 다 겪었으나 끝까지 절개를 굽히지 않고 버텼다. 그 후 소제(昭帝)가 즉위하여 흉노와 화친을 맺은 후에야 비로소 백발의 노쇠한 몸으로 한나라로 돌아왔다. 귀국한 뒤에 절개를 굳게 지킨 공으로 전속국(典屬國)에 임명되었다.

256 소광(疏廣) : 한(漢)나라 난릉(蘭陵) 사람으로 자는 중옹(仲翁)이다. 선제(宣帝) 때 태자태부(太子太傅)가 되었는데, 5년 만에 스스로 복록이 지나치게 넘침을 경계하는 뜻에서 병을 핑계로 상소하여 사직하고 조카인 태자소부(太子少傅) 소수(疏受)와 함께 고향으로 돌아갔다.

257 기미를……이소(二疏)일세 : 소광과 소수가 벼슬을 버리고 고향으로 돌아갈 적에 천자와 태자가 황금을 많이 하사하였고 공경대부들은 동도문(東都門) 밖에까지 나와서 전별연을 베풀어주었는데, 세상에서 소광과 소수를 이소(二疏)라고 칭송하였다. 《주역》〈계사전 하(繫辭傳下)〉에 "군자는 기미를 보고 떠나면서 하루가 다하기를 기다리지 않는다.〔君子見幾而作, 不俟終日.〕"라고 한 구절이 있다.

양웅[258] 揚雄

신나라 찬미하는 글 지어 왕망의 대부가 되니	撰美新論莽大夫
누각에서 몸을 가벼이 던진 것은 어느 해런가	何年投閣輕捐軀
몸을 던져도 이 치욕을 씻기엔 부족하니	捐軀未足此羞洗
책 쓰기를 마치자 삼엄한 부월을 보았네[259]	書卒從看森鉞鈇

엄광[260] 嚴光

칠리탄에서 낚시질하며 한나라 사직을 부축하니	灘上一絲漢鼎扶
유풍이 끊이지 않아 완악한 사내들을 흥기시키네	遺風不盡起頑夫
말이 없어도 능히 후한의 다스림을 도왔으니	無言能助東京治
부춘산에 고고하게 은거해도 만류하지 않았네	高臥春山莫縶駒

---

258 양웅(揚雄) : 한(漢)나라 성도(成都) 사람으로 자는 자운(子雲)이다. 전한(前漢) 말엽에 성제(成帝)를 섬기다가, 뒤에 신(新)나라가 건국하자 대부가 되었으므로 후세의 비난을 받았다. 훈고학을 기반으로 유학을 깊이 연구하여《태현경(太玄經)》,《양자법언(揚子法言)》,《방언(方言)》,《훈찬(訓纂)》등의 명저를 남겼다.

259 신(新)나라……보았네 : 왕망(王莽)이 제위를 찬탈하고 신나라를 세웠을 때 양웅은 천록각(天祿閣)에서 근무하고 있었는데, 왕망이 자신을 죽일 것을 두려워하며 스스로 누각에서 투신하여 부상당한 일이 있었다. 그런데 얼마 뒤에 신나라를 찬양한 〈극신론(劇新論)〉을 지어 왕망의 공덕을 칭송하자 세상 사람들이 모두 비웃었다.《漢書 卷87 揚雄傳》

260 엄광(嚴光) : 후한(後漢) 사람으로 자는 자릉(子陵)이다. 젊어서 광무제(光武帝)와 친구였는데, 광무제가 즉위한 뒤에 엄광을 간의대부(諫議大夫)에 제수하고 불렀으나, 부춘산(富春山)으로 들어가 양피(羊皮) 갖옷을 입고 칠리탄(七里灘)에서 낚시하며 여생을 마쳤다.

곽태[261] 郭泰

여관 사람들은 그가 묵은 곳을 알았고[262]　　旅舍人皆宿處知

백개가 비석을 쓰면서 부끄러움 없었다 하였네[263]　石碑無愧伯喈詞

한나라 사백 년 동안 이 선비만이　　漢四百年此一士

팔고[264] 중에 덕이 으뜸가는 고명한 자질이었네　德冠八顧高明姿

제갈량[265] 諸葛亮

초당의 봄 낮잠에 해는 더디기만 한데　　草堂春睡日遲遲

형주 익주의 판도를 그리자 고조가 감탄하였네[266]　荊益圖成帝冑咨

261　곽태(郭泰) : 후한(後漢) 때의 고사(高士)로 자는 임종(林宗), 호는 유도(有道)이다. 박학(博學)으로 명성이 높아서 제자가 수천 명이나 되었고, 낙양(洛陽)에 들어가서는 당시 명사 이응(李膺)과 깊이 사귐으로써 명성이 천하에 진동하였다.

262　여관……알았고 : 곽태가 여관에 묵고 떠날 때면 반드시 깨끗이 청소를 하곤 하였으므로 사람들이 그것을 보고 여기가 곽태가 자고 간 곳임을 알았다고 한다. 《後漢書 卷68 郭泰列傳》

263　백개(伯喈)가……하였네 : 백개는 후한(後漢) 때 좌중랑장을 지낸 채옹(蔡邕)의 자(字)이다. 곽태가 죽자 채옹이 비문을 짓게 되었는데, 비문을 다 짓고 나서 노식(盧植)에게 "내가 이제껏 여러 사람의 비명을 지으면서 모두 부끄러운 마음이 있었으나, 오직 곽유도(郭有道)의 비문만큼은 부끄러울 것이 없다."라고 하였다고 한다. 《後漢書 卷68 郭泰列傳》

264　팔고(八顧) : 후한(後漢) 말기에 명사들을 분류하여 덕행이 높은 8명을 꼽았는데 곽태(郭泰), 종자(宗慈), 파숙(巴肅), 하복(夏馥), 범방(范滂), 윤훈(尹勳), 채연(蔡衍), 양척(羊陟)이다. 《後漢書 卷67 黨錮列傳》

265　제갈량(諸葛亮) : 삼국 시대 촉한(蜀漢)의 승상으로 자는 공명(孔明), 호는 와룡선생(臥龍先生)이다. 소열황제(昭烈皇帝) 유비(劉備)를 도와 촉한을 건국하고 위(魏)나라를 정벌하여 천하의 통일을 도모하다가 진중(陣中)에서 병사하였다. 시호는 무후(武侯)이다.

국궁진췌[267]로 지우를 입음에 보답하니 　　　　　鞠躬盡瘁酬知遇
임금은 만났으되 때를 만나지 못했도다 　　　　　則遇其君不遇時

두예[268] 杜預

경전을 교묘히 꾸며 인정에 부합했다 하니 　　　餙緣經傳附人情
선유의 논평에 들어가 사평에 드러났네[269] 　　演入先儒著史評
한수와 현산에 세운 비석 한 조각이 　　　　　漢水峴山碑一片
상전벽해 되어 전공을 이룬 줄 뉘 알아주랴[270] 桑田誰識戰功成

---

266 초당의……감탄하였네 : 유비가 남양(南陽)에 은거하고 있는 제갈량을 세 번째
로 찾아갔을 때 제갈량이 그에게 패업(霸業)을 성취할 계책을 일러주면서, 형주(荊州)
와 익주(益州)에 터를 잡고 물자가 풍부한 형주와 천연의 요새인 익주를 차지하고서
오(吳)나라 손권(孫權)과 동맹을 맺어 강성한 조조(曹操)를 대적하는 천하삼분(天下
三分)의 계책을 말해주었다. 《三國志 卷35 蜀書 諸葛亮傳》

267 국궁진췌(鞠躬盡瘁) : 국궁진력(鞠躬盡力)과 같은 말로, 마음과 몸을 다 바쳐
나라를 위해 노력하는 것을 뜻한다. 제갈량의 〈후출사표(後出師表)〉에 "신은 몸과 마음
을 다 바쳐 나라에 보답하다가 죽은 뒤에야 그만둘 것입니다.〔臣鞠躬盡力, 死而後已.〕"
라는 구절이 있다.

268 두예(杜預) : 진(晉)나라 경조(京兆) 두릉(杜陵) 사람으로 자는 원개(元凱)이
다. 진 무제(晉武帝) 때 하남윤(河南尹), 탁지상서(度支尙書), 진남대장군(鎭南大將
軍) 등을 지냈으며, 특히 《춘추좌씨전(春秋左氏傳)》에 밝아 《춘추좌씨경전집해(春秋
左氏經傳集解)》, 《춘추장력(春秋長歷)》 등을 저술했다.

269 경전을……드러났네 : 송나라 사마광(司馬光)이 논평하기를 "두예는 교묘하게
경전을 수식하여 당시 사람들의 마음에 맞추었으니 달변이라면 달변입니다만, 진규가
말이 질박하고 소략하면서도 돈독하고 진실한 것만 못하다고 생각합니다.〔杜預巧飾經
傳以附人情, 辯則辯矣, 臣謂不若陳逵之言質略而敦實也.〕"라고 한 것을 가리킨다. 《資
治通鑑 卷80 宋司馬光撰胡三省音註晉紀二》

270 한수(漢水)와……알아주랴 : 사평(史評)에 악명이 올랐으므로 아무리 전공을 세

도연명[271] 陶淵明

동쪽 울타리에서 따고 따니 국화의 이슬 마르는데	采采東籬菊露晞
진나라 역사서를 쓰면서 거의 탄식하였다 하네[272]	草成晉史幾歔欷
한 점 먼지도 희황의 세계엔 이르지 못하니[273]	點塵不到羲皇界
능히 지금 사람으로 하여금 읽고 읊조리며 돌아가게 하네	能使今人讀賦歸

위도 인정받지 못할 것이라는 의미이다. 두예는 후세에 이름을 남기는 것을 좋아하여 자신의 공적을 2개의 비석에 새겨 하나는 양양(襄陽)의 만산(萬山) 아래 물속에 넣고, 하나는 현산(峴山) 위에다 세운 다음에 "나중에 언덕이 되고 골짜기가 될 줄 어떻게 알 수 있겠는가."라고 하였다. 《晉書 卷34 杜預列傳》

271 도연명(陶淵明) : 365~427. 남북조 시대 진(晉)나라의 은사이며 시인으로, 자는 원량(元亮)이며 뒤에 도잠(陶潛)으로 개명하였다. 팽택 현령(彭澤縣令)으로 있을 적에 독우(督郵)의 시찰을 받음을 수치스럽게 여겨 80일 만에 벼슬을 버리고 〈귀거래사(歸去來辭)〉를 읊으며 전원으로 돌아와 문 앞에 다섯 그루의 버드나무를 심고 스스로 오류선생(五柳先生)이라 칭하였다.

272 동쪽……하네 : '동쪽 울타리에서 딴다'는 말은 도연명의 〈음주(飮酒)〉 시 중 "동쪽 울타리 아래에서 국화를 따면서, 아득히 남산을 바라보노라.〔採菊東籬下, 悠然見南山.〕"라는 명구를 가리킨다. '진(晉)나라 역사서를 쓰면서 탄식했다'는 말은 전거가 미상이나, 《홍재전서》를 참고하면 세간에 전해지던 설로 보인다. 정조(正祖)가 "도잠이 '국화 이슬로 진(晉)나라 역사를 썼다〔陶潛以菊露寫晉史〕'고 하였는데, 어떤 사람은 손성(孫盛)이 지은 《진국춘추(晉國春秋)》를 이어서 완성했다 하고, 어떤 사람은 도잠이 진나라 원제(元帝)부터 시작하여 따로 한 역사를 완성했다 하니, 이 설들이 과연 어떠한가?"라는 질문을 하자, 유학(幼學) 이유붕(李儒鵬)이 "'국화 이슬로 역사를 썼다'는 말은 비록 패기(稗記)에 보이기는 하지만 이미 정확하게 전해진 것이 없으니, 손성의 《진국춘추》를 이어 완성했는지, 혹 별도로 한 사서(史書)를 완성했는지 신은 감히 억지로 해명할 수가 없습니다."라고 대답한 내용이 보인다. 《弘齋全書 卷114 經史講義51 綱目5》

273 한 점……못하니 : 도연명이 여름에 북창 아래 누워 있다가 맑은 바람이 불어오자 스스로 '태곳적 복희 시대의 사람〔羲皇上人〕'이 된 것 같다고 말했던 고사가 있다.

도홍경[274] 陶弘景

산중재상이란 헛된 이름을 훔쳤으나　　　山中宰相盜虛名
수십 년 이래로 무엇을 이루었는가　　　數十年來何所成
부질없이 소 그림을 가지고 화란을 피하려 하니[275]　謾把牛圖要避禍
후세 사람들의 기롱이 실정보다 심한 것 아니라네　後人譏刺非過情

최호[276] 崔浩

북조의 인물로 최호가 제일인데　　　北朝人物一崔君
정신을 낭비하여 문장 수식을 일삼았네　浪費神精餙以文
신선과 황로술을 사랑한 때문이 아닌데　非愛神仙黃老術
잠시 조화를 말함에 의논이 분분하였네[277]　暫言造化議紛紛

274　도홍경(陶弘景) : 456～536. 남북조 시대 양(梁)나라 단양(丹陽)의 말릉(秣陵) 사람으로 자는 통명(通明), 자호는 화양은거(華陽隱居)이다. 어려서부터 갈홍(葛洪) 을 본받아 양생(養生)에 뜻을 두었고, 나중에 구곡산(句曲山)에 은거하여 학문에 정진 하였다. 양나라 무제(武帝)의 신임이 두터웠으며, 국가의 길흉이나 정벌 등 중대사에 자문 역할을 하여 산중재상(山中宰相)이라 불렸다.

275　부질없이……하니 : 도홍경이 구곡산(句曲山)에 은둔하여 양 무제의 초빙에 응 하지 않은 채 소 두 마리를 그렸는데, 하나는 수초(水草) 사이에서 한가로이 풀을 뜯고 있고 하나는 머리에 금롱(金籠)을 덮어쓴 채 채찍을 맞고 있는 그림이었다. 무제가 이 말을 듣고 "이 사람이 장자(莊子)처럼 진흙탕 속에서 꼬리를 끌고 다니는 거북이가 되고 싶어 하니 어떻게 불러올 수 있겠는가."라고 하였다.《南史 卷76 陶弘景列傳》

276　최호(崔浩) : 381～450. 북위(北魏)의 청하군(淸河郡) 동무성(東武城) 출신으 로 자는 백연(伯淵), 어릴 때 이름은 도간(桃簡)이다. 경술(經術)에 정밀하고 제도에 밝아 위 세조(魏世祖) 태무제(太武帝)의 조정에서 벼슬이 시중(侍中) 특진무군대장군 (特進撫軍大將軍)에 이르렀다. 세조는 그가 퇴임하고 나서도 어려운 군국대사가 생길 때마다 반드시 그에게 물었다.

위징[278] 魏徵

옛날 관이오와 지금의 정국공은　　　　　　　今古夷吾鄭國公

처지와 심정과 사업이 다르면서도 같네[279]　形情事業異而同

살아생전엔 충신과 양신으로 힘을 다 바쳤고　生前竭盡忠良力

죽은 뒤엔 비석이 넘어졌다 세워짐을 알지 못했네[280]

　　　　　　　　　　　　　　　　　　死後無知碑踣豐

277　신선과……분분하였네 : 최호는 본래 도가의 신선술을 좋아하여 구겸지(寇謙之)
등으로부터 신선술을 받았고, 《과계(科戒)》, 《도록진경(圖錄眞經)》 등의 서적을 받아
들이도록 위나라 임금에게 상주한 일도 있다. '조화(造化)를 말하였다'는 것은 최호가
국사(國史)를 수찬하면서 위나라 조상들의 비밀스러운 치부, 즉 북위(北魏)의 선조가
개와 교미하여 탁발씨(拓跋氏)를 낳았다는 전설을 피하지 않고 써넣은 것을 가리키는
듯한데, 최호는 이 때문에 태무제의 눈에 거슬려 처형되었다. 《資治通鑑 卷119 宋紀一
高祖武皇帝》

278　위징(魏徵) : 580~643. 산동성 곡성(曲城) 사람으로 자는 현성(玄成), 시호는
문정공(文貞公)이다. 수(隋)나라 말 혼란기에 이밀(李密)의 군대에 참가하였으나, 곧
당 고조(唐高祖) 이연(李淵)에게 귀순하여 그의 장자 이건성(李建成)의 유력한 측근이
되었다. 당 태종(唐太宗) 이세민(李世民)이 황태자 이건성과의 경쟁에서 승리하자,
이세민 아래서 간의대부(諫議大夫) 등의 요직을 맡았고, 나중에 재상이 되어 정관(貞
觀)의 치세를 이루었다. 굽힐 줄 모르는 직간(直諫)으로 유명하다.

279　옛날……같네 : 관이오(管夷吾)는 제(齊)나라 재상 관중(管仲)을 가리키고, 정
국공(鄭國公)은 위징의 봉호이다. 제나라 환공(桓公)의 재상 관중이 처음 환공의 아우
규(糾)를 섬겼다가 환공과의 대립에서 규가 패하여 죽자 환공에게 등용되어 천하의
패권을 쟁취한 것과 위징이 이건성을 섬기다가 나중에 이세민에게 등용된 것이 같다는
의미이다.

280　죽은……못했네 : 위징이 죽었을 적에 당 태종이 위징을 사모하여 친히 비문을
짓고 썼는데, 얼마 후 예전에 위징이 천거했던 두정륜(杜正倫), 후군집(侯君集)이 죄를
얻어 유배되거나 처형되자 그 배후로 위징을 의심하여 비석을 무너뜨렸다가 나중에
뉘우치고 비석을 다시 세워주었다. 《通鑑節要 卷38 唐紀 太宗 17年》

안진경[281] 顔眞卿

안씨 문중에 아우와 형이 있으니 　　　　　　　　顔氏門中有弟兄

안고경이 죽은 뒤에 또 안진경이 있네[282] 　　　　杲卿死後又眞卿

간신이 권세를 부려 충신이 쫓겨나니 　　　　　奸臣用事忠臣逐

단지 당나라의 정치가 밝지 못해서만이 아니었네 　非直唐朝政不明

장순[283] 張巡

이와 같은 의기와 재주로 이와 같은 공을 세우니 　如是義才如是功

당당히 고금의 기풍을 떨쳐 일으키네 　　　　　堂堂振起古今風

군대를 잘 다스린 한 가지만이 직분이 아니었으니 治軍一事非惟職

천도로 보나 인륜으로 보나 모두 훌륭했도다[284] 　天道人倫藻鑑同

281　안진경(顔眞卿) : 709~784. 산동성(山東省) 낭야(琅邪) 임기(臨沂) 출신으로
자는 청신(淸臣)이다. 당 현종(唐玄宗) 때의 정치가이며 서예가로, 우세남(虞世南)·
구양순(歐陽詢)·저수량(褚遂良) 등과 함께 '당사대가(唐四大家)'로 불렸다. 노군공
(魯郡公)에 봉해졌으므로 노공(魯公) 또는 안노공(顔魯公) 등으로도 불린다.

282　안씨(顔氏)……있네 : 안고경(顔杲卿)은 안진경의 사촌형으로, 상산 태수(常山
太守)로 재임하던 중에 안녹산(安祿山)이 반란을 일으키자 이에 대항하여 싸우다가
중과부적으로 사로잡혀 사지를 찢기면서도 큰 소리로 안녹산을 꾸짖었다고 한다. 안진
경 역시 안녹산의 난에 평원 태수(平原太守)로 있으면서 그 지역을 온전히 지켰으며,
뒤에 반란을 일으킨 이희열(李希烈)을 역적이라고 꾸짖다가 목이 졸려 죽었다. 《舊唐書
卷128 顔眞卿列傳, 卷187下 忠義列傳 安杲卿》

283　장순(張巡) : 708~757. 포주(蒲州) 하동(河東) 사람이다. 당 현종 천보(天寶)
14년(755)에 안녹산이 반란을 일으키자 기병(起兵)하여 반란군을 막았고, 그 뒤에 강
회(江淮)의 보장(保障)인 수양성(睢陽城)을 몇 달 동안 사수하고 있었는데, 구원병이
오지 않아 성이 함락되자 태수로 있던 허원(許遠)과 함께 굴복하지 않고 죽었다. 《舊唐
書 卷187 張巡列傳》

이필[285] 李泌

누런 곤룡포의 성상 곁에 백의 차림으로	衣黃聖伴白衣人
정직하고 정성스런 말로써 처신하였네[286]	直正誠言以處身
진퇴할 때 중앙을 걷지 못할 것도 없었으나	進退中央非不得
지루한 세월을 빈우로서 고생하였네[287]	支離歲月困于賓

284 군대를……훌륭했도다 : 장순이 군대를 잘 운용했을 뿐만 아니라 그의 처신이 후대에 높이 평가받았다는 말이다. 장순이 군대를 부릴 때 휘하 장수들로 하여금 임기응변에 따라 자유롭게 용병할 수 있는 재량권을 주었으며, 안녹산의 난에 수양성을 굳게 지켜 항복하지 않고 전사하였다. 《通鑑節要 卷42 唐紀 肅宗》

285 이필(李泌) : 722~789. 당나라 서안(西安) 출신의 명재상으로, 자는 장원(長源)이다. 현종(玄宗)·숙종(肅宗)·대종(代宗)·덕종(德宗) 4대에 걸쳐 국정을 운영하면서 벼슬이 평장사(平章事)에 이르렀고, 업후(鄴侯)에 봉해졌다.

286 누런……처신하였네 : 당나라 숙종(肅宗)이 즉위하여 인재를 구할 때 이필이 덕종(德宗)의 마음에 들어 관직을 하사하고자 하였으나, 이필은 벼슬을 사양하고 빈우(賓友)로 궁궐에 들어가 국사를 논의하고 궁궐을 나올 때는 임금의 행차를 호위하니, 사람들이 "누런 옷 입은 이는 성인이시고, 흰 옷을 입은 이는 산인이다.〔著黃者聖人, 著白者山人.〕"라고 말하였다고 한다. 또한 덕종이 태자를 폐위하고 조카 서왕(舒王)을 세우려 하였는데, 재상 이필이 자기 가족의 목숨을 걸고 태자의 무고함을 보증하겠다고 하며 울면서 만류하여 그 논의를 중지시켰다. 이튿날 덕종은 이필을 홀로 불러 눈물을 흘리면서 "경의 간절한 말이 아니었다면 짐은 오늘 후회해도 소용이 없었을 것이다."라고 하며 이후부터 군국(軍國)의 일을 모두 이필에게 의논하겠다고 한 일이 있다. 《資治通鑑 唐紀49 德宗》《新唐書 卷139 李泌列傳》

287 지루한……고생하였네 : 이필이 여러 황제의 신임을 받아 권력을 휘두를 수 있었음에도 분수를 지켜 처신한 것을 말한다.

사공도[288] 司空圖

진퇴가 더럽혀지지 않은 오직 한 사람으로	進退不汚惟一人
관직을 사양한 한악과는 비교할 수 없네	辭官韓偓莫相倫
당나라 말기 시절에 고상하고 현명한 사람 있으니	季唐時節高賢在
몸은 가까워도 심정은 멀어 요직을 멀리하였네[289]	迹近情疎遠要津

조보[290] 趙普

| 논어를 어찌하여 반으로 나누어서 | 論語何能半部分 |
| 태평시대를 만드는 공훈을 스스로 자임하였나[291] | 泰平定業自任勳 |

---

288 사공도(司空圖) : 837~908. 당나라 시인으로 자는 표성(表聖), 호는 내욕거사(耐辱居士)・지비자(知非子)이다. 일찍이 진사에 급제하여 예부 낭중이 되었다가 난리를 피해 벼슬을 사퇴하고 중조산(中條山) 왕관곡(王官谷)에 정자를 짓고 은거하면서 그 정자를 삼휴정(三休亭), 휴휴정(休休亭)이라 칭하였다. 뒤에 주전충(朱全忠)이 당나라를 찬탈하여 그를 예부 상서로 불렀으나 응하지 않았고, 애제(哀帝)가 시해를 당하자 단식하고 죽었다. 《舊唐書 卷190下 文苑列傳 司空圖》《新唐書 卷194 司空圖列傳》

289 진퇴가……멀리하였네 : 본문의 '한악(韓偓)'은 당나라 시인 한악(韓偓)을 가리키는데, 그는 애제(哀帝)가 주전충(朱全忠)에게 시해를 당하자 그를 미워하여 민(閩) 땅으로 피하였다. 송(宋)나라 호인(胡寅)이 사공도를 평하기를 "당나라 말기에 진퇴가 깨끗한 사람은 오직 사공도 한 사람뿐이므로 오히려 한악의 위에 있다. 몸은 가까이 있으면서도 생각은 멀리 가 있고 정은 소원하지만 죄는 경미하였으니, 이는 채옹(蔡邕)・오경(伍瓊)・주비(周毖)도 하기 어려운 일이다. 그 사적을 음미하고 그 사람됨을 살펴보면 현명하다고 말할 수 있다."라고 하였다. 《讀史管見 卷27 唐紀 昭宣帝》

290 조보(趙普) : 922~992. 송나라 유주(幽州) 계현(薊縣) 사람으로 자는 칙평(則平)이다. 송 태조(宋太祖)를 도와 천하를 평정하는 데 공이 컸고, 태종(太宗) 때 태사(太師)가 되어 위국공(魏國公)에 봉해졌으며, 시호는 충헌(忠獻)이다.

291 논어(論語)를……자임하였나 : 송 태종 때 조보가 재상이 되자 사람들이 "조보는 산동(山東) 사람이기 때문에 지식이 겨우 《논어》 한 권 읽은 것에 불과하다."라고 얕보

태후의 장막 앞에 신 조보가 기록한다 하니 　　太后簾前臣普記
천추의 황금 궤에 그 문장이 남았네[292] 　　千秋金櫃有其文

전약수[293] 錢若水

화산의 처사가 서생을 잘못 알아보고 　　華山處士誤書生
도골이 넘쳐서 선계에 오를 수 있다 하였는데 　　道骨飄飄應上淸
참된 비결을 얻고 싶어도 할 수 없었더라도 　　欲做眞詮雖不得
신선과 멀지 않다고 후대 사람들이 평하였네[294] 　　去仙不遠後人評

앗다. 이에 태종이 조보에게 생각을 묻자 조보는 "저의 지식은 정말 《논어》 한 권에서 벗어나지 않습니다. 예전에 절반으로써 태조를 보필하여 천하를 평정하였으니, 이제 남은 절반으로써 폐하를 도와 태평세상을 이루고자 합니다."라고 하였다. 《鶴林玉露 卷7》《宋史 卷256 趙普列傳》

292 태후의……남았네 : 송나라 두 태후(杜太后)가 병이 위중해지자 태조를 불러 나중에 아우에게 황제의 자리를 선양하도록 하라는 유명을 내리면서 조보에게 받아 적게 하였다. 조보가 즉시 탑전(榻前)에 나아가 맹세하는 글을 짓고 말미에다 '신 조보가 쓰다〔臣普書〕'라고 서명한 뒤 금궤(金櫃)에 넣어 궁인(宮人)에게 신중하게 간수토록 하였다. 《宋史 卷244 魏王廷美列傳》

293 전약수(錢若水) : 960~1003. 송나라 하남(河南) 신안(新安) 사람으로 자는 효성(淸成)・장경(長卿)이다. 진종(眞宗) 때의 명신으로 기국과 식견이 대사(大事)를 잘 결단하였으나, 44세로 일찍 죽었다.

294 화산(華山)의……평하였네 : 전약수가 젊었을 적에 화산에 가서 도사 진희이(陳希夷)를 찾아갔는데, 옆에 있던 노승이 '급류 속에서 용퇴할 사람〔急流中勇退人〕'이라고 하는 말을 듣고 물러 나왔다. 나중에 진희이가 이르기를 "전약수에게 선풍도골이 있으므로 노승에게 살펴보게 하니, 노승이 신선이 되지는 못하고 급류 속에서 용퇴할 사람이라고만 하므로 머물게 하지 못했는데 이 또한 신선과 멀지 않은 것이다."라고 하였다. 《宋史 卷266 錢若水列傳》

여이간[295] 呂夷簡

재주와 덕망을 지니고 뜻이 높은 인재들을	才德諸公跱弛士
언제 발탁하여 조정에 둔 적이 있으랴	何嘗引拔置朝堂
천하의 일을 분분하게 희롱하여	弄得紛紛天下事
등용하지 않을 뿐 아니라 도리어 족쇄를 채웠네[296]	非惟不用反郎當

왕안석[297] 王安石

그의 행실을 보고 그의 말을 관찰하니	見其事行觀其言
말은 실정에 지나치고 일은 혼미하였네	言則過情事則昏
개보 이전에 상앙이 있어서	介甫以前商鞅在
모두 새로운 법을 남겨 지금까지 보존되었네[298]	共留新法至今存

---

295 여이간(呂夷簡) : 978~1044. 송나라 회남군(淮南郡) 수현(壽縣) 사람으로 자는 탄부(坦夫)이다. 인종(仁宗) 때 동평장사(同平章事)와 소문전 태학사(昭文殿太學士)로서 10여 년 동안 국정을 총괄하였다.

296 재주와……채웠네 : 여이간이 인종 때 재상으로 있는 동안 새로 발탁한 사람이 모두 그의 문하에서 나왔다. 이에 범중엄(范仲淹)이 백관도(百官導)를 황제에게 올려 여이간이 관리 임명을 사사로이 함을 논하고 여러 차례 시대의 급무를 진달하여 그와 대립하였다. 이에 여이간은 황제에게 범중엄이 붕당(朋黨)을 결성하고자 한다고 참소하여 범중엄을 요주 지사(饒州知事)로 축출하였다.《宋史 卷311 呂夷簡列傳, 卷314 范仲淹列傳》

297 왕안석(王安石) : 1021~1086. 송나라의 문인이자 정치가로 자는 개보(介甫), 호는 임천(臨川)·반산(半山)이며, 만년에 형(荊) 땅에 봉해졌기 때문에 형공(荊公)이라고도 한다. 신종(神宗) 희녕(熙寧) 2년(1069) 참지정사(參知政事)에 임명되어 신법(新法)을 시행하였으나 많은 폐단을 남겼다.《宋史 卷327 王安石列傳》

298 개보(介甫)……보존되었네 : 상앙(商鞅)은 위(衛)나라 공족(公族) 출신으로 진(秦)나라 효공(孝公)을 섬겨 정승이 되자 엄한 법령으로 부국강병책을 시행하여 치적

소식²⁹⁹ 蘇軾

평생의 공업은 혜주 담주 황주에 있었는데	平生功業惠儋黃
재가 된 나무와 떠도는 배처럼 봄꿈이 길었어라³⁰⁰	灰木浮舟春夢長
마갈의 운명으로 평생이 고난이라 말했으나	黨說亦由磨蝎誤
밝은 시절에 헛되이 대문장을 자부하였네³⁰¹	明時虛負大文章

이 있었으나, 그의 법이 너무 가혹하여 많은 원망을 샀다. 왕안석 또한 재상이 되자
정치를 개혁하고자 청묘법(靑苗法) · 보갑법(保甲法) · 수리법(水利法) · 균수법(均輸
法) · 보마법(保馬法) · 방전법(防田法) · 균세법(均稅法) 등을 새로 만들어 부국강병
을 도모하여 이민족을 막고자 노력하였다.

299 소식(蘇軾) : 1037~1101. 북송(北宋)의 시인, 문장가, 학자, 정치가로 자는 자
첨(子瞻), 호는 동파(東坡)이다. 시문과 서화에 두루 능하였고, 당송팔대가 중의 한
사람으로 꼽힌다.

300 평생의……길었어라 : 소식(蘇軾)이 정치적으로 많은 풍파를 겪어 문학적 성취
가 긴 유배 생활 동안 이루어졌다는 말이다. 소식은 1079년 44세로 어사대의 탄핵을
받아 황주(黃州)에서 4년간 유배 생활을 하였고, 이후 다시 기용되었다가 재상 장돈(章
惇)의 미움을 받아 1094년 58세에 혜주(惠州)로 유배를 갔으며, 이후 62세에 담주(儋
州)로 유배지를 옮겨 65세에 방면되었다. 소식이 자신의 초상화를 읊은 〈자제금산화상
(自題金山畫像)〉 시에 "마음은 이미 재가 된 나무요, 몸은 매이지 않은 배로다. 네
평생의 공업이 무엇인가, 황주와 혜주와 담주라네.〔心似已灰之木, 身如不繫之舟. 問汝
平生功業, 黃州惠州儋州.〕"라고 한 구절이 있다.

301 마갈(磨蝎)의……자부하였네 : 마갈은 마갈궁(磨蝎宮)의 약칭으로, 고대에 점
성가들이 좌절과 비방의 운세를 상징하는 별자리로 여겼다. 마갈(磨羯, 磨蠍)이라고도
한다. 소식(蘇軾)의 글에 "한퇴지(韓退之, 한유)의 시에 '내가 태어날 적에 달이 남두에
있었다.'라고 하였으니, 퇴지는 마갈을 신궁으로 삼았음을 알겠다. 이제 나도 마갈을
명궁(命宮)으로 삼아서 평생토록 비방을 많이 받았으니, 아마도 퇴지와 같은 병에 걸린
것이리라.〔退之詩云, 我生之辰, 月宿南斗, 乃知退之磨蠍爲身宮, 而僕乃以磨蠍爲命,
平生多得謗譽, 殆是同病也.〕"라는 내용이 있다. 《東坡全集 卷101 命分》

악비[302] 岳飛

십이 금패를 보내 황제의 궁으로 부르니	十二金牌召帝宮
끝내 원수로 하여금 공을 이루지 못하게 했네	終令元帥未成功
무덤의 나무가 남쪽으로 뻗고 바람에 울부짖으니	南枝墓木風嘷怒
기개는 산하가 되어 북쪽 융적을 막네[303]	氣作山河捍北戎

문천상[304] 文天祥

남쪽으로 가서 읍하고 북쪽으로 가서 꿇어앉으니	南之揖亦北之跪
사십칠 세의 일개 송나라 선비일세[305]	四十七年一宋士

302　악비(岳飛) : 1103~1142. 상주(相州) 탕음(湯陰) 사람으로 자는 붕거(鵬擧)이다. 남송(南宋)의 충신으로 금(金)나라가 쳐들어올 때 여러 번 적을 물리쳐 용맹을 떨쳤으나, 금나라와의 화의(和議)를 주장한 진회(秦檜)의 모함으로 옥중에 갇혔다가 죽었다. 시호는 무목(武穆)이다.

303　십이……막네 : 악비가 금나라 군대를 대파하고 도하(渡河)하려고 하자, 진회(秦檜)가 극력 화의(和議)를 주장하여 황제가 악비에게 12매의 금자패(金字牌)를 보내 궁궐로 소환하였다. 악비는 "10년의 공력이 하루아침에 무너진다."라고 분개하면서 발길을 돌렸다. 전설에 따르면 악비가 묻힌 묘의 나무가 모두 남쪽으로만 가지를 뻗었다고 한다.《宋史 卷365 岳飛列傳》《芝峯類說 卷19 宮室部 陵墓》

304　문천상(文天祥) : 1236~1283. 남송(南宋) 길주(吉州) 여릉(廬陵) 사람으로 자는 송서(宋瑞), 호는 문산(文山)이다. 남송의 재상으로 나라를 부흥시키려 온 힘을 다하다 원(元)나라의 포로가 되었다. 원 세조(元世祖, 쿠빌라이)의 끊임없는 회유에도 끝까지 굴하지 않고 〈정기가(正氣歌)〉를 짓고 죽었다. 시호는 충렬(忠烈)이고, 저서에 《문산전집(文山全集)》이 있다.

305　남쪽으로……선비일세 : 남송이 멸망한 후 문천상은 또다시 포로가 되어 북송되던 중 탈출하여 남쪽의 복주(福州)로 가서 도종(度宗)의 장자 익왕(益王)을 도와 남송 회복에 노력하였다. 그러나 조양(朝陽)에서 항전하다 원나라 장수 장홍범(張弘範)에게 패하여 다시 체포되었고, 북송되어 연산(燕山)에 있는 감옥에 갇혔다가 3년 후 처형되

장생의 등 뒤에 외로운 혼이 실리니　　　　　　張生背後馱孤魂

정사에 누락되어 천고의 원통함을 품었네[306]　　千古含寃漏正史

었다. 《宋史 卷418 文天祥列傳》

306 장생(張生)의……품었네 : 장생은 문천상의 벗 장천리(張千里)로 자는 의보(毅
父)이다. 문천상이 포로가 되어 북쪽으로 갈 때 장천리가 함께 따라가 3년 동안 감옥에
음식을 들여보냈고, 문천상이 죽은 뒤에는 궤짝에 머리를 담고 문천상의 아내 구양씨
(歐陽氏)의 유골도 수습하여 남쪽 문천상의 고향으로 가져와서 장례를 치르도록 조치
하였다. 《刊本雅亭遺稿 卷4 宋遺民補傳》

황명사영[307] 45수

皇明史詠 四十五首

서달[308] 徐達

한나라가 흥기한 이후로 대명이 개국하니	漢興以後大明開
한신과 소하 같은 장상의 재목이 나왔네	韓信蕭何將相材
함부로 사람을 죽이지 않고 전공을 자랑하지 않아	不妄殺人功不伐
중산의 계수나무 떨기가 잘도 자라네	中山叢桂好栽培

유기[309] 劉基

| 당시의 걸출한 네 선생[310] 중의 하나로 | 爲時傑出四先生 |

---

307 황명사영(皇明史詠) : 1872년(고종9)에 명나라 역사 인물 45인을 선정하여 칠언
절구로 읊은 시이다. 이유원은 이 작품을 기당(祁堂) 홍순목(洪淳穆)에게 보였는데,
홍순목의 평은 앞의 〈사찬(史贊)〉 주석 참조.

308 서달(徐達) : 1332~1385. 명나라 개국 공신으로 호주(濠州) 사람이고, 자는 천
덕(天德)이다. 농민 출신으로 명 태조 주원장(朱元璋)의 수하로 들어가 수많은 공을
세웠고, 이를 계기로 명 개국 후에 중서 우승상(中書右丞相)에 오르고 위국공(魏國公)
에 봉해졌다. 죽은 뒤에는 중산왕(中山王)에 추봉되고 무령(武寧)이란 시호를 받았다.

309 유기(劉基) : 1311~1375. 명나라 개국 공신으로 절강성 처주(處州) 사람이고,
자는 백온(伯溫), 호는 욱리자(郁離子), 시호는 문성(文成)이다. 원(元)나라 문종 때
진사과에 합격하고 관직을 지냈지만 여러 차례 배척당하자 관직을 버리고 고향에 숨어
지냈다. 주원장의 군사(軍師)가 되어 중국을 통일하는 데 중요한 역할을 했고, 명나라
건국 후 어사중승(御史中丞)과 태사령(太史令) 등의 관직을 맡아 역법(曆法) 제정과
군정체제 건립에 공헌했다. 성의백(誠意伯)에 봉해졌고, 저서로《성의백문집(誠意伯
文集)》과 우언체 산문집《욱리자(郁離子)》가 있다.

군막에서 온 정성 다해 종횡으로 보좌했네　　　　誠意帷籌縱復橫

그의 학문은 본래 유용한 유학에 근본을 두었건만　其學本於儒者用

사람들이 참위설을 가져다 함부로 논평을 가했네[311]　人將讖緯妄論評

상우춘[312]　常遇春

애석해라, 이름난 신하에게 수명을 주지 않으니　　可惜名臣不假年

자손들이 영락하여 포상도 이어받지 못하네　　　子孫零替賞無延

충성과 겸손이 중산왕 서달 아래에 있지 않으니　忠謙不在中山下

향하는 곳에 가로막는 이 없어 공업이 온전하였네　所向無前功業全

310　네 선생 : 원나라 말에서 명나라 초기에 주원장의 부름을 받아 보좌한 유기, 송렴
(宋濂), 장일(章溢), 엽침(葉琛) 네 사람을 절동사선생(浙東四先生)이라 일컫는다.

311　그의……가했네 : 《명사(明史)》 권128 〈유기열전(劉基列傳)〉 찬(贊)의 "유기는
유학자의 유용한 학문으로써 다스림을 보좌하였다. 그런데 호사자들은 참위의 술수로
함부로 견강부회하는 자가 많았다. 그 말이 황탄한 데 가까워 유기를 깊이 아는 자가
아니므로 기록하지 않는다.[基以儒者有用之學, 輔翊治平, 而好事者多以讖緯術數, 妄
爲傅會. 其語近誕, 非深知基者, 故不錄云.]"라는 말이 참고가 된다.

312　상우춘(常遇春) : 1330~1369. 명나라 개국 공신으로 남직예(南直隷) 회원현(懷
遠縣) 사람이고, 자는 백인(伯仁), 호는 연형(燕衡)이다. 원나라 말기에 주원장의 군대
에 들어가 진우량(陳友諒)·장사성(張士誠) 등의 적장들을 항복시켜 큰 공을 세웠고,
부장군으로서 중산왕(中山王) 서달(徐達)과 함께 북벌하여 원나라를 멸망시키고 명나
라를 반석 위에 올려놓았다. 중서평장군국중사(中書平章軍國重事)에 올랐고 악국공
(鄂國公)에 봉해졌다.

이문충[313] 李文忠

군신의 뜻이 맞음은 친족보다 나음이 없어	風雲契合莫如親
군대를 지휘하는[314] 영재로 으뜸가는 사람이었네	笠轂英材爲首人
예를 논하고 시를 존중하여 극수의 뒤가 되니[315]	說禮敦詩卻帥後
기산 남쪽의 박학한 선비들은 모두가 충신이로다	岐陽儒雅盡忠臣

탕화[316] 湯和

| 장수한 사람으로 동구왕만 한 이가 없어[317] | 舊人莫若東甌王 |
| 자식을 이끌고 전쟁에 나가 나의 무공을 드날렸네 | 率子從軍我武揚 |

313 이문충(李文忠) : 1339~1384. 강소성 우이(盱眙) 사람으로 자는 사본(思本), 시호는 무정(武靖)이며, 명 태조 주원장의 생질이다. 명나라를 건국하는 데 많은 공을 세웠고 영국자감사(領國子監事)를 지냈다. 《明史 卷126 李文忠列傳》

314 군대를 지휘하는 : 원문의 '입곡(笠轂)'은 병거(兵車) 위에서 시자(侍者)가 들고 있는 모자를 가리키는 말로, 전하여 군대를 지휘하는 장군 등을 의미한다.

315 예를……되니 : 유학자로 대장군이 된 것을 가리킨다. 극수(卻帥)는 춘추 시대 진(晉)나라 원수(元帥) 극곡(卻穀)을 말한다. 진 문공(晉文公)이 사냥을 나가면서 삼군(三軍)을 편성하고 원수(元帥)가 될 만한 인물을 물색하자 조최(趙衰)가 말하기를 "극곡이 원수로 적합합니다. 신이 그가 하는 말을 자주 들었는데, 극곡은 예악을 말할 줄 알고 시서에 독실합니다.〔卻穀可, 臣亟聞其言矣, 說禮樂而敦詩書.〕"라고 하여, 문공은 극곡에게 중군(中軍)을 통솔하게 하였다. 《春秋左氏傳 僖公 27年》

316 탕화(湯和) : 1326~1395. 호주(濠州) 종리(鍾離) 사람으로 자는 정신(鼎臣)이다. 원말의 홍건군(紅巾軍) 곽자흥(郭子興)의 휘하에 있다가 주원장을 따라 수많은 전투를 치르며 전공을 세웠다. 명나라의 개국 공신으로 홍무 11년(1378) 신국공(信國公)에 봉해졌다.

317 장수한……없어 : 동구왕(東甌王)은 탕화의 봉호(封號)이다. 명 태조 주원장이 공신들을 차례로 숙청하는 중에도 탕화는 살아남아 천수를 누리다 병으로 죽었다. 《明史 卷126 湯和列傳》

은퇴를 청하여 집에 돌아가니 명철하다 일컬어졌고   乞身歸第稱明哲
만년의 절개가 우뚝하여 복을 길이 물려주었네   晚節卓然貽福長

목영[318] 沐英

장군이 북을 한 번 울려 운남을 함락시키니   將軍一鼓下雲南
은혜와 위엄을 선포하여 교화가 멀리 퍼졌네   宣布恩威化遠覃
이적들도 현사를 예우하는 데 감동하니   夷人亦感禮賢士
아량이 부우덕과 남옥보다 뛰어났네[319]   雅量浮於傅與藍

이선장[320] 李善長

중서 승상이란 관명을 설치하니   官設中書丞相名
이 · 호 · 왕의 뒤로는 제도가 문란해졌네[321]   李胡汪後制紛更

---

318 목영(沐英) : 1345~1392. 호주(濠州) 정원(定遠) 사람으로 자는 문영(文英)이
다. 18세에 군문에 들어가 1377년 정서부장군(征西副將軍)으로 토번을 정벌하였고,
1381년 우부장군(佑副將軍)으로 운남을 평정한 이후 전(滇)을 다스리며 그곳에서 살았
다. 명 태조 주원장의 양자로 개국 공신이 되어 서평후(西平侯)에 봉해졌기에 흔히
'목서평'이라 불린다.

319 이적들도……뛰어났네 : 목영은 침착하고 말과 웃음이 적었으며 병졸들을 은혜
로 대하고 함부로 사람을 죽이지 않았다. 운남을 정벌할 때는 수로를 넓혀 홍수를 방비
하고, 소금 및 공물을 지역 실정에 맞게 조정하여 백성들을 안정시켰다. 부우덕(傅友
德)은 많은 전공을 세워 영국공(潁國公)에 봉해졌고, 남옥(藍玉) 또한 양국공(涼國公)
에 봉해진 공신으로 모두 목영과 함께 운남 정벌에 동행하였다. 《明史 卷126 沐英列傳》

320 이선장(李善長) : 1314~1390. 호주(濠州) 정원(定遠) 사람으로 자는 백실(百
室)이다. 군량을 도맡아 운용하여 주원장이 천하를 통일하는 데 큰 공을 세웠다. 주원장
과 사돈지간으로 벼슬이 태사중서 좌승상(太師中書左丞相)에 이르렀고 한국공(韓國
公)에 봉해졌다.

만년에 옥사를 만났으나 공론이 있었으니   晚來遭理公論在
창업하던 초년에 천자를 보좌했기 때문이네[322]   鴻業初年疇贊成

화운[323] 花雲

절륜의 용맹을 떨친 흑장군이   絶倫驍勇黑將軍
칼을 짚고 초야에 있는 군주를 찾아와 따르네   杖釖來從草昧君
수백 수천 명을 베면서도 화살 하나 맞지 않으니   斬首百千身不矢
죽어가며 적을 매섭게 꾸짖은 이는 화운뿐일세[324]   死時聲壯一花雲

321 중서(中書)⋯⋯문란해졌네 : 명나라 초기에 중서성(中書省)을 설치하고 좌우 승상(丞相)을 두었는데, 공신을 앉혀 군국의 중대사를 통괄하게 하였다. 그런데 서달(徐達), 이문충(李文忠) 등이 자주 정벌을 떠나서 실제 이 임무를 담당한 이는 이선장, 왕광양(汪廣洋), 호유용(胡惟庸) 세 사람뿐이었다. 그런데 호유용이 모반죄로 죽은 뒤로 승상이란 관직이 폐기되고 말았다.

322 만년에⋯⋯때문이네 : 명 태조 주원장은 개국 공신들이 모반을 할까 노심초사하여 금의위(錦衣衛)라는 특무 기관을 설치해서 대신들을 감시했는데, 1380년에 승상 호유용이 역모를 꾀했다는 고발이 들어오자, 즉시 호유용의 구족(九族)을 멸하고 그 연루자들을 조사하여 1만 5천 명을 처벌하였다. 10년이 지난 후에 이선장이 호유용의 역모를 알고도 고발하지 않았다 하여, 사돈지간이고 공신이며 면사철권(免死鐵券)을 두 번이나 받은 이선장과 식솔 70여 명을 모조리 참살하였다. 이에 찬(贊)에서는 이선장과 왕광양이 창업의 공신이면서도 만년에 스스로 재앙을 피하지 못한 것에 대해 신하와 임금의 처신이 모두 미흡함이 있다고 애석해하였다.《明史 卷127 李善長列傳, 卷308 胡惟庸列傳》

323 화운(花雲) : 1321~1360. 남직예(南直隷) 회원(懷遠) 사람으로 자는 시택(時澤)이다. 몸집이 크고 용맹하며 얼굴이 검어서 적군에게 흑장군(黑將軍)으로 불리며 두려움의 대상이 되었다. 주원장을 도와 많은 전공을 세웠으나 전투 중에 전사하였다.

324 수백⋯⋯화운뿐일세 : 주원장이 금릉(金陵)을 공격할 때 화운이 선봉에 서서 장 강을 건너 대평(太平)에 주둔하고 있었다. 1360년 윤5월에 진우량(陳友諒)이 수군을

유통해[325] 兪通海

도화오 위에 바람은 스산한데	桃花塢上風蕭蕭
화살 하나 날아오니 병사들의 담이 졸아들었네	一矢飛來士膽消
사당을 세우고 제사하며 충렬이란 시호를 올리니	建廟追祭忠烈誥
명성이 후세에 드리워 명나라 조정에 우뚝하네	威名垂後壯皇朝

호대해[326] 胡大海

몸이 크고 얼굴이 검어 선봉에 서니	長身鐵面老先鋒
저양에서 임금의 지우를 입어 큰 공훈에 참여했네	知遇滁陽參大封
겁탈하지 않고 불사르지 않고 죽이지 않으니	不掠不焚而不殺
진중에 내린 세 약속에 군사들이 심복해 따르네[327]	陣中三約衆軍從

이끌고 성을 공격하여 함락시키자, 화운은 포로가 되었으나 굴복하지 않고 적을 꾸짖다 죽으니 향년 40세였다. 사후에 동구군후(東丘郡侯)에 봉해졌다.

325 유통해(兪通海) : 1330~1367. 여주(廬州) 소현(巢縣) 사람으로 자는 벽천(碧泉)이며, 유정옥(兪廷玉)의 아들이다. 명나라 건국 초기의 명장으로 수전(水戰)에 뛰어나 명 태조 주원장을 도와 수차례 전공을 올렸다. 강소성에 있는 도화오(桃花塢)를 공격할 때 화살에 맞아 상처가 심하여 38세의 나이로 죽었다. 태조가 매우 애통해하며 예국공(豫國公)에 봉했다가 뒤에 괵국공(虢國公)에 봉해주었고, 충렬(忠烈)이란 시호를 내렸으며 사당을 세워 향화를 올리도록 하였고, 공신각에 초상을 걸어주었다. 《明史 卷133 兪通海列傳》

326 호대해(胡大海) : ?~1362. 사주(泗州) 홍현(虹縣) 사람으로 자는 통보(通甫)이다. 신장이 크고 얼굴이 검었으며 지혜와 힘이 남보다 뛰어났다. 명 태조가 봉기했을 때, 저양(滁陽)으로 찾아가 선봉이 되었다. 태조를 도와 많은 전투를 치르면서 신의를 앞세워 신망이 높았으나, 나중에 수하인 장영(蔣英) 등의 반란으로 죽었다. 월국공(越國公)에 봉해졌고, 무장(武莊)이란 시호를 받았으며, 공신각에 초상화가 걸렸다.

327 겁탈하지……따르네 : 호대해는 평소 용병을 하면서 "나는 무인이라 글을 모르고

요영안[328] 廖永安

멀리 평장사 초국공에 제수되니	遙授平章楚國公
팔 년 동안 눈물을 오강 속에 뿌렸네	八年淚灑吳江中
당시에 경군이 수비를 거두지 않았다면	當時不撤耿軍戍
어찌 장군의 작은 배가 암초에 걸렸으랴[329]	豈使將軍膠短篷

세 가지만 알 뿐이다. 사람을 함부로 죽이지 않고, 부녀자를 겁탈하지 않으며, 촌락을 불사르지 않는 것이다.〔吾武人不知書, 惟知三事而已. 不殺人, 不掠婦女, 不焚毀廬舍.〕"라는 말을 입으로 읊었다고 한다. 《明史 卷133 胡大海列傳》

328 요영안(廖永安) : 1320~1366. 안휘성 소호(巢湖) 사람으로 자는 언경(彦敬)이다. 원나라 말기에 수군 장령(水軍將領)으로 있다가 주원장 휘하에 투항하여 여러 차례 전공을 세웠다. 무민(武閔)이란 시호를 받았고, 공신으로 추봉되었으며, 운국공(鄖國公)에 봉작되었다.

329 멀리……걸렸으랴 : 요영안은 서달(徐達)을 따라서 의흥(宜興)을 수복하였으나, 태호(太湖)에 깊이 진군하였다가 오장(吳將) 여진(呂珍)을 만나 싸우다 후군(後軍)이 이르지 않고 배가 얕은 곳에 걸려 포로가 되었다. 요영안이 여진의 회유에도 굴하지 않자 명 태조가 멀리서 그를 행성평장정사(行省平章政事) 초국공(楚國公)에 봉해주었다. 8년 동안 포로로 있다가 결국 적진에서 죽었는데, 나중에 오 지방이 평정되어 요영안의 시신이 돌아오자 태조가 매우 애통해하며 제사를 올려주었다. 《明史 卷133 廖永安列傳》 원문의 '경군(耿軍)'은 경재성(耿再成, ?~1362)의 군대로 추정되는데, 전후 맥락은 미상이다.

송렴[330] 宋濂

학술과 문장이 한 시대의 으뜸이라	學術文章一世宗
먼저 초빙에 응하여 조용히 제왕을 보좌하였네	首膺徵聘輔從容
창업을 보좌한 신하 중에 명성이 가장 탁월하니	佐命臣中聲獨卓
우뚝하여 현자를 우대한 초빙에 부끄럽지 않았네	偉然不負弓旌蹤

방효유[331] 方孝孺

잠계 문하의 한 서생이	潛溪門下一書生
형형한 두 눈동자가 가을 물처럼 맑네	炯炯雙眸秋水明
삼십 일에 아홉 번 식사에도 홀로 웃었고	九食三旬獨自笑
예를 높이고 정학으로 서재의 이름을 삼았네[332]	禮隆正學以廬名

330　송렴(宋濂) : 1310∼1381. 절강성 금화현(金華縣) 사람으로 초명은 수(壽), 자는 경렴(景濂), 호는 잠계(潛溪)・용문자(龍門子)・현진둔수(玄眞遁叟) 등이다. 원나라 말에 벼슬을 사양하고 관직에 나아가지 않았고, 명초에 강남유학제거(江南儒學提擧)로 초빙되어 태자에게 경서를 가르쳤으며, 후에 칙명을 받들어 《원사(元史)》의 편찬을 총괄했다. 명 태조의 신임을 받아 항상 그를 수행하며 고문 역할을 했고, 건국 초기에 의식과 제도를 제정하는 데 많은 기여를 하여 일등 개국 공신으로 인정받았다. 문집으로 《송문헌공전집(宋文憲公全集)》이 전한다.

331　방효유(方孝孺) : 1357∼1402. 절강성 영해(寧海) 사람으로 자는 희직(希直)・희고(希古), 호는 손지(遜志)이다. 잠계(潛溪) 송렴(宋濂)의 제자로 명 태조 연간에 한중부 교수(漢中府敎授)가 되어 제생을 가르쳤고, 촉 헌왕(蜀獻王)의 초빙을 받아 세자사(世子師)가 되었다. 혜제(惠帝, 건문제) 때 시강학사(侍講學士)가 되었는데 후일의 성조(成祖, 영락제), 즉 연왕(燕王)이 모반(謀叛)하여 군대를 일으켜서 도성을 함락하고 방효유를 체포하여 자신의 등극을 반포하는 조서를 쓰도록 강요하였으나, 이를 끝까지 거부하여 책형(磔刑)을 당하였다. 저서에 《손지재고(遜志齋稿)》, 《후성집(侯成集)》, 《희고당고(希古堂稿)》 등이 있다.

철현[333] 鐵鉉

차마 제남의 큰 싸움터를 이야기하랴	忍說濟南大戰場
도유에 운이 어그러져 사람들을 상심케 하네[334]	屠維運蹇使人傷
조정에서 등지고 앉아 돌아보지 않으니	廷中背坐不回顧
당시에 유장으로 죽은 뒤에 광영이 있네[335]	儒將當時死有光

332 삼십……삼았네 : 방효유는 문예(文藝)를 말단으로 여기고 왕도(王道)를 밝히는 것을 자임하였는데, 늘 병으로 누워 지내며 집안사람이 식량이 떨어졌음을 알려오면 웃으면서 "고인들이 삼십 일에 아홉 번 식사하였다 하니, 어찌 나만 가난한 것이겠는가." 라고 하였다. 촉 헌왕(蜀獻王)의 사부로 있을 때 매번 도덕을 논하고 예법을 달리함으로 써 군주를 높여야 한다고 진달하였으며, 자기가 독서하는 곳을 '정학(正學)'이라 이름하여 제자들이 그를 정학 선생이라 불렀다. 《明史 卷141 方孝孺列傳》

333 철현(鐵鉉) : 1366~1402. 하남성 등주(鄧州) 사람으로 자는 정석(鼎石)이다. 홍무(洪武) 연간에 급사중(給事中)을 지내고 명 태조로부터 정석이라는 자를 하사받았으며, 건문(建文) 초기에 산동 참정(山東參政)을 지냈다.

334 도유(屠維)에……하네 : 도유는 천간(天干) 중에 기(己)가 들어간 해이다. 연왕(燕王) 주체(朱棣)가 기묘년(1399)에 남경(南京)을 공격하여 조카인 혜제(惠帝), 즉 건문제(建文帝)를 쫓아내고 찬탈한 사건을 가리킨다. 주체는 바로 성조(成祖), 즉 영락제(永樂帝)이다.

335 조정에서……있네 : 연왕이 반란을 일으키자 철현이 성용(盛庸)과 함께 제남(濟南)을 수비하다가 반란군에게 붙잡혔다. 연왕이 황제에 즉위하고서 철현을 조정에 불러다 놓았는데, 한 번도 뒤돌아보지 않아 마침내 처형되었다. 《明史 卷142 鐵鉉列傳》

황자징[336] 黃子澄

황식은 맑고 고매하여 자로 행세하니	黃湜淸高以字行
자징만이 선견지명이 있다 인정되었네	子澄惟許先知明
유림이 예로부터 형곡의 갱유생을 두려워하니	儒林從古硎坑畏
당대에 누가 양초의 명성을 독차지했는가[337]	當世誰專梁楚聲

336 황자징(黃子澄) : 황식(黃湜, 1350~1402)으로 자징은 그의 자(字)이며, 강서성 분의(分宜) 사람이다. 건문제(建文帝) 주윤문(朱允炆)이 명나라 2대 황제로 즉위하니 바로 혜제(惠帝)인데, 제태(齊泰)와 황자징을 높이 발탁하여 세력이 지나치게 큰 제왕(諸王)을 제거하고자 하였다. 이에 제태와 황자징은 건문(建文) 원년(1399)에 주(周)·대(代)·상(湘)·제(齊)·민(岷) 등 다섯 번왕(藩王)을 차례로 죄목으로 엮어 폐하였다. 그러자 혜제의 숙부인 연왕(燕王) 주체(朱棣)가 반란을 일으켜 혜제를 죽이고 즉위하니 곧 성조(成祖), 영락제(永樂帝)이다. 성조는 혜제를 따르던 방효유·제태·황자징 등을 모두 죽이고 9족까지 몰살하였다. 《明史 卷141 黃子澄列傳》

337 유림이……독차지했는가 : 황자징이 혜제의 신임을 등에 업고 자신의 안위를 생각하지 않고 제왕(諸王)을 억누르는 일에 앞장선 것을 가리킨다. '형곡(硎谷)의 갱유생(坑儒生)'이란 진시황(秦始皇)이 여산(驪山) 형곡에 함정을 설치해두고, 겨울에 오이 꽃이 피었으니 보러 가자고 속여 유생들을 한꺼번에 생매장시킨 것을 가리킨다. '양초(梁楚)의 명성'이란 말과 행동이 신의가 있는 것을 말하는데, 한(漢)나라 때 조구(曹丘)가 계포(季布)에게 "초(楚)나라 사람들 말에 황금 100근을 얻는 것이 계포의 한 번 승낙보다 못하다고 하니, 족하는 어떻게 양초 지방에서 이런 명성을 얻었습니까?"라고 한 데에서 유래하였다. 《史記 卷121 儒林列傳》《史記 卷100 季布列傳》

경청[338] 景淸

꼿꼿이 넘어지지 않아 죽어도 명성이 불후하니	植立不殭死不朽
장안의 시장 곁에 황제의 수레가 멈추었네[339]	長安市上帝車停
일시에 연루되어 오이 덩굴처럼 엮여 들어가니	一時攀染瓜延蔓
일관이 전날 밤 괴이한 별자리를 알렸기 때문이네	日者前宵奏異星

338 경청(景淸) : 1362~1403. 섬서성 진녕(眞寧) 사람으로 일설에는 본성이 경(耿)이라고 한다. 건문(建文) 초에 북평 참의(北平參議)로 있다가 어사대부(御史大夫)로 옮겼다. 명나라 성조(成祖, 영락제)가 제위를 찬탈하고서 경청을 원래의 관직으로 임명하였는데, 어느 날 경청이 비색(緋色) 관복 속에 비수를 감추고 들어가다가 발각되었다. 이는 일관(日官)이 성조에게 기이한 별이 황제의 자리를 범하는 현상이 있었다고 알려주었기 때문인데, 성조가 반역의 이유를 묻자 "옛 황제를 위해 복수하고자 한 것이다."라고 하였다. 이에 성조가 노하여 경청과 그의 일족은 물론 고향 사람들까지도 연루시켜 처형하니, 당시에 오이 덩굴처럼 엮여 들어갔다 하여 '과만초(瓜蔓抄)'라는 말이 생겼다. 《明史 卷141 景淸列傳》

339 꼿꼿이……멈추었네 : 이 사건은 양원(襄垣) 사람 연영(連楹)이 성조(成祖)를 시해하려다 실패한 것인데, 경청의 기사 바로 다음에 짤막하게 붙어 있으므로 이유원이 경청의 일로 잘못 안 듯하다. 성조, 즉 연왕(燕王)이 반란에 성공하여 금천문(金川門)을 열고 입성할 때, 연영이 연왕의 말고삐를 붙들고 찔러 죽이려 하다가 실패하여 도리어 죽임을 당하였는데, 시체가 꼿꼿이 서서 넘어지지 않았다고 한다. 《明史 卷141 連楹列傳》

경병문[340] 耿炳文

건문제의 노장이 육순의 나이에	建文老將六旬年
삼십만의 군사로 북쪽 연왕을 막았네	三十萬兵北拒燕
연왕 또한 쉽게 굴복시키지 못할 줄 알아	燕主亦知未易下
포위를 풀고 여러 날 동안 전진하지 못했네	解圍越日不能前

요광효[341] 姚廣孝

도연이 전쟁과 수비의 기무를 결정하니	道衍決裁戰守機
혹시 천명이 돌아갈 곳을 알았던 것인가	倘知天命有攸歸
떠나기에 임하여 독서종자를 구할 줄 알아서	臨行能乞讀書種
홀로 용안 가까이서 위엄을 범하였네[342]	獨犯龍顔咫尺威

340 경병문(耿炳文) : 1334~1403. 호주(濠州) 사람으로 명나라 개국 공신의 한 사람이다. 관군 총관(管軍總管) 경군용(耿君用)의 아들로, 일찍부터 부친의 직위를 세습하여 장사성(張士誠)의 군대를 여러 차례 격파하였다. 뒤에 상우춘(常遇春), 서달(徐達)을 따라 대동(大同), 섬서(陝西) 등지를 공격하여 전공을 세워 장흥후(長興侯)에 봉해졌다. 명 태조 주원장이 죽은 뒤에 연왕(燕王) 주체(朱棣)가 반란을 일으키자 경병문이 대장군으로 반란군을 격퇴하였으나, 혜제(惠帝, 건문제)가 이경륭(李景隆)으로 대장을 교체하자 주체의 군대에 연달아 패배하였다. 주체가 즉위한 뒤에 경병문은 탄핵을 받아 자살하였다. 1645년 흥국공(興國公)에 추증되고 무민(武愍)이란 시호를 받았다. 《明史 卷130 耿炳文列傳》

341 요광효(姚廣孝) : 1335~1418. 장주(長州) 사람으로 본래 의원 집안 출신이었다가 출가하여 승려가 되어 도사(道士) 석응진(席應眞)에게 음양 술수를 배웠는데, 법명은 도연(道衍)이다. 명나라 성조(成祖, 영락제)가 연왕(燕王)으로 있을 때부터 모사(謀士)로서 정난(靖難)을 권유한 주요 인물이다. 정난 일등 공신에 책봉되었으며, 이때 '광효'라는 이름을 하사받았다. 죽은 뒤에 영국공(榮國公)에 봉해지고 공정(恭靖)이라는 시호를 받았다. 《明史 卷145 姚廣孝列傳》

양사기[343] 楊士奇

두·방·요·송에 삼양을 비교하니	杜房姚宋比三楊
당당한 사필에 여러 장점 드러났도다[344]	史筆堂堂衆美芳
사무에 통달하면서 서로 힘을 도와	通達事機相藉力
한집안처럼 게으름 없이 네 조정의 양신이 되었네	一家靡懈四朝良

342 떠나기에……범하였네 : 성조(成祖, 영락제)가 북평(北平)을 출발하여 남쪽으로 정벌하러 갈 때, 요광효가 성조에게 방효유의 목숨을 살려주기를 부탁하면서 "성이 함락되는 날, 저 사람은 항복하지 않을 것이니, 부디 죽이지 마소서. 방효유를 죽이면 천하에 독서종자(讀書種子)가 끊어질 것입니다."라고 하여 성조의 허락을 받았다. 그러나 방효유는 끝내 조서(詔書)를 쓰지 않다가 성조에게 죽임을 당하였다. 《明史 卷141 方孝孺列傳》

343 양사기(楊士奇) : 1365~1444. 강서성 태화현(泰和縣) 사람으로 본명은 양우(楊寓), 자는 사기, 호는 동리(東里)이다. 명나라의 명신으로 혜제(惠帝, 건문제) 때 한림원에서 《태조실록》을 편찬하였고, 성조(成祖, 영락제)가 즉위하자 편수에 임명되었으며, 내각제도가 정착하자 양영(楊榮)과 함께 입각하여 정무에 참여하였다. 명나라 제3대부터 제6대 황제인 성조·인종(仁宗, 홍희제)·선종(宣宗, 선덕제)·영종(英宗, 정통제) 4대 조정의 내각에 있으면서 보신(輔臣)으로 40여 년을 봉직하였다. 저서에 《동리전집(東里全集)》, 《역대명신주의(歷代名臣奏議)》 등이 있다.

344 두·방·요·송(杜房姚宋)에……드러났도다 : 두·방·요·송은 당나라 태종(太宗) 때의 재상인 두여회(杜如晦)·방현령(房玄齡), 현종(玄宗) 때의 재상인 요숭(姚崇)·송경(宋璟)을 말한다. 삼양(三楊)은 명나라 때의 명재상 양사기(楊士奇), 양영(楊榮), 양부(楊溥)를 가리킨다. 이들은 성조(成祖)·인종(仁宗)·선종(宣宗)·영종(英宗) 4대에 걸쳐 대각(臺閣)의 중신으로서 내각 대학사를 지내며 명나라의 태평성대를 이룬 현신(賢臣)들이다.

하원길[345] 夏原吉

하원길이 조정에서 활약하니 건의와 쌍벽이라   原吉翱翔蹇義雙

철인이 왕을 보좌하여 나라 기틀을 세웠도다[346]   哲人輔爾建家邦

태조께서 알아주시고 성조도 인정하였으며   太祖許知成祖又

인종 선종이 계승하여 번다한 국정을 위임했네   仁宣繼體委任厖

이동양[347] 李東陽

이 노인이 문장을 주관하여 천하의 종주가 되니   李老主文天下宗

선류들을 부축하여 태평시대를 만나게 하였네   扶傳善類明時逢

---

345 하원길(夏原吉) : 1367~1430. 호남성 상음(湘陰) 사람으로 자는 유철(維喆), 시호는 충정(忠靖)이다. 명나라 초년의 명신으로 태조(太祖)·혜제(惠帝)·성조(成祖)·인종(仁宗)·선종(宣宗) 등 다섯 조정을 섬겼으며, 대신의 풍도가 있었다. 벼슬은 호부 상서(戶部尙書)·태자소부(太子少傅)를 지냈다.《明史 卷149 夏原吉列傳》

346 하원길이……세웠도다 : 건의(蹇義, 1364~1435)는 자가 의지(宜之)로, 하원길과 함께 '건하(蹇夏)'로 불린 명신이다. 성조(成祖) 때 이부 상서를 지냈고 태자를 보좌하였으며, 그 후 인종(仁宗)과 선종(宣宗) 대에서도 신임을 받았다. '철인이 보좌한다'는 것은《서경》〈이훈(伊訓)〉의 "탕왕께서 널리 현철한 사람을 구하여, 후세의 왕들을 보필하도록 하셨습니다.〔敷求哲人, 俾輔于爾後嗣.〕"라는 말이 참고가 된다.

347 이동양(李東陽) : 1447~1516. 호남성 다릉(茶陵) 사람으로 자는 빈지(賓之), 호는 서애(西涯)이다. 명나라 효종(孝宗, 홍치제) 때 문연각 태학사(文淵閣太學士)가 되고, 고명(顧命)을 받아 무종(武宗, 정덕제)을 보좌하였다. 환관 유근(劉瑾)이 권력을 농단할 때 뒤에서 수습하여 선류(善類)를 보전한 공이 적지 않았으나, 기절(氣節)이 높은 사람들은 비난하는 자도 많았다. 이동양의 문장은 전아유려(典雅流麗)하여 국가의 중대한 문서가 대부분 그의 손에서 나왔다. 명나라의 재신(宰臣)으로 문장이 사대부의 영수가 된 이로는 양사기(楊士奇) 이후로 이동양뿐이었다고 한다.《明史 卷181 李東陽列傳》

단번에 떠남이 고상하고 멀리 떠남이 개결하지만   決去爲高蹈遠潔

사신은 어찌하여 조정에 포용된 것을 폄하하는가[348]   史臣何事貶難容

이몽양[349] 李夢陽

칠재자의 명성이 중원에 뜨르르하니   七才子號盛中州

가정 초년에 누가 그보다 앞서랴   嘉靖初年誰上頭

애석해라, 〈양춘서원기〉를 지어   可惜陽春書院記

평생 문단에 부끄러움을 남겼도다[350]   生平留作文垣羞

348 단번에……폄하하는가 : 이동양이 조정에 50년 동안 벼슬하며 환관 유근(劉瑾)의 전횡에도 벼슬을 버리고 떠나지 못했지만, 선류(善類)를 보존한 공도 크므로 벼슬을 버리지 않은 것을 무턱대고 힐난해서는 안 된다는 의미이다. 《명사(明史)》 권181 〈이동양열전(李東陽列傳)〉 뒤에 붙은 찬(贊)에 "대신이란 나라와 휴척을 함께하므로, 단번에 떠나는 것을 고상하게 여기거나 멀리 숨는 것을 고결하게 여겨서는 안 된다.〔大臣同國休戚, 非可以決去爲高遠蹈爲潔.〕"라고 하여 이동양이 벼슬을 떠나지 못한 심정을 옹호하였다. 반면 《명사》 권186 〈주흠열전(朱欽列傳)〉 뒤에 붙은 찬(贊)에는 "무종이 용렬하고 나약하였으므로……제신들이 힘써 큰 계책을 진달하여 충심이 격렬히 발하였다. 비록 말이 시행되지 않았으나, 이동양이 침묵으로 용납되기를 취한 것과 비교하면 매우 훌륭하다 하겠다.〔武宗庸懦……諸臣力陳大計, 忠悃激發, 事雖不行, 其視李東陽之緘默取容者, 相去遠矣.〕"라고 하여 이동양의 처신을 비난한 구절이 있다.

349 이몽양(李夢陽) : 1473~1530. 자는 헌길(獻吉), 호는 공동자(空同子)이다. 명나라 효종(孝宗)의 홍치(弘治) 연간부터 세종(世宗)의 가정(嘉靖) 초년 연간까지 활약한 전칠자(前七子)의 한 사람으로 "문장은 진한을 따라야 하고, 시는 성당을 따라야 한다.〔文必秦漢, 詩必盛唐.〕"라고 하여 복고를 주장하였다. 격조설(格調說)로 문단을 주도하기도 했지만, 모의표절(模擬剽竊)이라는 비난도 들었다. 저서에 《공동자집》, 《홍덕집(弘德集)》이 있다.

350 양춘서원기(陽春書院記)를……남겼도다 : 주신호(朱宸濠)는 명 태조의 아들 영왕(寧王) 주권(朱權)의 후손으로, 일찍이 이몽양의 명성을 흠모하여 〈양춘서원기〉를

설선[351] 薛瑄

수사낙민의 학자를 스승으로 존숭하였고	統尊洙泗洛閩師
《독서록》을 지어서 심성을 다스렸네	撰讀書編心性治
천하가 모두 설부자라 칭송하니	天下皆稱夫子薛
원수 집안의 노복도 잘못된 형벌임을 알았네[352]	讐家僕亦知其非

지어달라고 한 일이 있었다. 당시 무종(武宗)이 후사를 두지 못하자 주신호는 다른 뜻을 품고 남창(南昌)에 웅거하여 반란을 일으켰다가 실패하고 통주(通州)에서 주륙당했는데, 그가 주벌될 때 이몽양 또한 역적을 위해 글을 지었다는 죄목으로 연루되어 삭직되었고, 얼마 뒤에 죽었다. 《明史 卷286 李夢陽列傳》

351 설선(薛瑄) : 1389~1464. 산서성 하진(河津) 사람으로 자는 덕온(德溫), 호는 경헌(敬軒)이다. 부친 설정(薛貞)이 형양 태수(滎陽太守)로 부임할 때 따라가서 위희문(魏希文)과 범여주(范汝舟)를 스승으로 섬기며 이학(理學)에 눈을 떴고, 정자(程子)와 주자(朱子)의 학문을 종주로 삼아 전심하였다. 주자 이후로 성리학이 모두 밝혀졌으므로 자신은 번다하게 저작하기보다 몸소 실천하는 것이 중요하다 하여 《독서록(讀書錄)》 20권을 저술하였는데, 내외에 널리 영향을 끼쳤다.

352 천하가……알았네 : 설선이 산동(山東)의 제학첨사(提學僉事)에 보임되어 학도를 모아 정성껏 가르치니, 모두가 설부자(薛夫子)라고 칭송하였다. 이때 그에게 대리소경(大理少卿) 벼슬이 내렸는데, 혹자가 권신 왕진(王振)의 덕분이니 가서 인사를 올리라고 권하였으나, 설선이 사문(私門)에 사은(謝恩)할 수 없다고 거절하여 왕진이 설선을 매우 미워하게 되었다. 나중에 설선이 무고를 당하여 옥에 갇혀 처형당하게 되었는데, 왕진의 노복이 섶을 안고 울고 있었다. 이에 왕진이 그 이유를 물어보니 노복이 "설부자께서 곧 죽임을 당하게 되었기에 웁니다."라고 대답하자, 왕진이 매우 감동하여 다시 심리하여 설선을 사형에서 감해주었다. 《明史 卷282 薛瑄列傳》

진헌장[353] 陳獻章

한 차례 효릉을 배알하고 고향으로 돌아오니	一謁孝陵卽告歸
높은 관직으로는 은자를 일으키기 어려웠네[354]	顯官難起薜蘿衣
자연을 종주로 삼아 사사로운 욕심을 잊으니[355]	宗以自然忘己欲
공산의 지는 해에 홀로 사립을 닫고 있네[356]	公山落日獨關扉

왕수인[357] 王守仁

왕양명의 제자가 천하에 가득한데	陽明弟子盈天下
선유들과 지향이 달라 학자들이 기롱하였네[358]	標異儒先學者譏

353 진헌장(陳獻章) : 1428∼1500. 광동성 신회현(新會縣) 사람으로 자는 공보(公甫), 호는 석재(石齋)이다. 오여필(吳與弼)에게 학문을 배웠고, 육상산(陸象山)의 학풍을 계승했다. 그의 학문은 정(靜)을 위주로 한 것이어서 단정히 앉아 고요한 중에 천리의 실마리를 찾아내려고 노력하였다. 《明儒學案 卷5 白沙學案》

354 한……어려웠네 : 진헌장의 열전 뒤에 실린 문인 장후(張詡)의 기사에 나오는 말이다. 효릉(孝陵)은 명 태조의 능이다. 《明史 卷283 陳獻章列傳》《明史 卷283 張詡列傳》

355 자연을……잊으니 : 진헌장의 열전 뒤에 실린 문인 장후(張詡)의 기사에, 진헌장은 그의 학문에 대해 "자연을 종주로 삼고, 망기를 요점으로 삼았으며, 무욕을 지극함으로 여겼다.〔自然爲宗, 以忘己爲大, 以無欲爲至.〕"라는 말이 보인다. 이를 진헌장의 기사로 오인한 듯하다. 《明史 卷283 陳獻章列傳》《明史 卷283 張詡列傳》

356 공산(公山)의……있네 : 진헌장의 열전 바로 뒤에 실린 문인 이승기(李承箕)의 기사에, 진헌장에게 배워 터득한 뒤 고향에 돌아가 황공산(黃公山)에 은거하여 다시 출사하지 않았다는 기록이 보이는데, 이를 진헌장의 기사로 오인한 듯하다. 《明史 卷283 李承箕列傳》《明史 卷283 陳獻章列傳》

357 왕수인(王守仁) : 1472∼1528. 절강 여요(餘姚) 사람으로 자는 백안(伯安), 호는 양명자(陽明子)이다. 치양지(致良知)를 위주로 하고, 격물치지(格物致知)는 마음에서 구해야지 사물에서 구해서는 안 된다고 주장하였다. 제자가 지극히 많아서 그들을 요강학파(姚江學派)라고 부른다. 저서에 《왕문성전서(王文成全書)》가 있다.

곧은 절개로 진출하여 끝내 도적을 평정하였으니　始之直節終平寇

무략을 드날린 문신은 당세에 드물었네[359]　制勝文臣當世稀

모곤[360] 茅坤

평소 병법을 논하고 고문을 익히기 좋아하여　雅好談兵治古文

녹문에 은거하여 모군이라 칭송되었네　鹿門退老稱茅君

당송의 대가를 일찍이 손수 뽑으니　唐宋大家曾手鈔

당순지의 설에 탄복하여 비평에 부지런히 실었네[361]　順之心折共評勤

358　선유들과⋯⋯기롱하였네 : 《명사(明史)》 권195 〈왕수인열전(王守仁列傳)〉의 찬(贊)에 "독창적인 학설을 자부하였고, 선유들과 지향을 달리하였으나, 끝내 학자들의 기롱을 받았다.〔矜其創獲, 標異儒先, 卒爲學者譏.〕"라는 구절이 보인다.

359　곧은⋯⋯드물었네 : 《명사》 권195 〈왕수인열전〉의 찬(贊)에 "왕수인은 처음에 곧은 절개로 명성이 드러났고, 변방을 지키는 임무를 맡아서는 허약한 병졸을 이끌고 여러 서생들과 함께 여러 해 동안 날뛰던 도적을 소탕하고 번얼을 평정하여 끝내 밝은 세상을 만들었다. 문신으로 병사를 써서 적을 이긴 것은 왕수인만 한 자가 있지 않았다.〔王守仁始以直節著, 比任疆事, 提弱卒從諸書生, 掃積年逋寇, 平定蕃藩, 終明之世. 文臣用兵制勝, 未有如守仁者也.〕"라고 하였다.

360　모곤(茅坤) : 1512~1601. 귀안(歸安) 사람으로 자는 순보(順甫), 호는 녹문(鹿門)이다. 가정(嘉靖) 17년(1538) 진사에 급제하여 광서 병비첨사(廣西兵備僉事) 등을 역임하며 군무(軍務)에 계책을 진달함이 많았다. 관직에서 물러난 이후 고향에 돌아와 학문과 문장에 전력하였으며, 《당송팔대가문초(唐宋八大家文鈔)》 164권을 편찬하였다.

361　당송의⋯⋯실었네 : 모곤은 명대 전후칠자(前後七子)의 의고체에 반대하여 당송(唐宋)의 고문을 배워야 한다고 주장하며 한유(韓愈), 유종원(柳宗元), 구양수(歐陽脩), 소순(蘇洵), 소식(蘇軾), 소철(蘇轍), 증공(曾鞏), 왕안석(王安石)의 문장을 선별하였는데, 이는 일찍이 당순지(唐順之, 1507~1560)가 선별해놓은 것을 계승한 것이다. 나아가 모곤은 팔대가의 문장에 당순지와 왕신중(王愼中)의 평(評)을 뽑아 넣었는데, 당순지의 평이 압도적으로 많다.

섭향고[362] 葉向高

섭향고가 처음 진출하자 황제가 무겁게 의지했으나　倚之以重葉初起

끝내 세상을 바로잡을 계책을 볼 수 없었네　　　卒不能看匡救謨

정권이 간신에게 옮겨간 것이 하루 이틀이 아니라　政柄內移非一日

정성 다해 보좌한 계책도 아무 소용 없었네　　　無如何奈勵精圖

고헌성[363] 顧憲成

공맹의 도리를 입으로 논하기를 중단하니　　　絶口不談孔孟道

정기가 저절로 사그라져 국가가 쇠약해졌네[364]　自消正氣國家哀

362　섭향고(葉向高) : 1559~1627. 복청(福淸) 사람으로 자는 진경(進卿), 호는 대
산(臺山)·자운(紫雲)·복려산인(福廬山人)이다. 만력(萬曆) 연간에 진사(進士)로
서 발신하여 독상(獨相)이 되었다. 시정(時政)의 득실(得失)에 대하여 자주 진달하였
으나, 신종(神宗)이 이를 받아들이지 않아 효험을 보지 못하였다. 희종(熹宗)이 등극한
천계(天啓) 연간에 이르러 시사(時事)를 만회하지 못할 것을 알고 벼슬에서 물러가자,
위충현(魏忠賢) 등 간신이 권세를 농단하였다. 《明史 卷240 葉向高列傳》

363　고헌성(顧憲成) : 1550~1612. 자는 숙시(叔時), 호는 경양(涇陽)이다. 1580년
(만력8) 진사가 되어 호부 주사, 이부 원외랑 등을 지냈다. 신종(神宗)이 정귀비(鄭貴
妃)의 소생 주상순(朱常洵)을 편애하여 장자 주상락(朱常洛)의 태자 책봉을 미루는
처사에 반대하다가 면직되어 고향인 무석(無錫)으로 내려갔다. 송나라 때 양시(楊時)
가 강학하던 동림서원(東林書院)을 수리하여 고반룡(高攀龍)·전일본(錢一本) 등과
함께 강학하니, 이때 성립된 것이 동림당(東林黨)이다. 환관 위충현(魏忠賢)은 당시
집권층의 부정부패를 비판하던 고헌성을 필두로 한 일파를 사당(邪黨)으로 몰아 무고
하여 모두 도륙하였다. 주자학으로 양명학 말류의 폐단을 바로잡으려 하였으며, 저서로
《사서강의(四書講義)》,《환경록(還經錄)》등이 있다. 시호는 단문(端文)이다.

364　공맹(孔孟)의……쇠약해졌네 : 동림당의 화에 고헌성이 무함으로 연루되자, 광
록승(光祿丞) 오형(吳炯)이 상소하여 "고헌성이 무함을 당하자 천하에서 강학하는 것
을 경계하여 공맹의 도리를 말하기를 멈추었으니, 국가의 정기가 이로부터 손상될 것이

동림당이 일망타진된 것은 원외랑 때문이니   東林一網惟員外

당시의 모범이며 의리의 종장이었네   表準當時義理魁

좌광두[365] 左光斗

선을 행하는 사람은 명성을 가까이하지 않는다고[366]   爲善之人無近名

부질없이 옛말을 가져다가 서생을 일깨웠으나   謾將古語詔書生

영예를 추구하다 향초와 악초가 뒤섞이니   梯榮獵譽薰蕕雜

낙촉감릉처럼 쓸데없이 싸움만 야기시켰네[367]   洛蜀甘陵浪惹爭

므로 작은 연고가 아닙니다."라고 상언하였으나 받아들여지지 않았다.《明史 卷231 顧憲成列傳》

365 좌광두(左光斗) : 1575~1625. 동성(桐城) 사람으로 자는 유직(遺直)이다. 희종(熹宗, 천계제)이 즉위했을 때 환관 위충현(魏忠賢)이 정사를 어지럽히자, 좌광두와 양련(楊漣) 등이 상소를 올려 비판하였다. 희종에게 받아들여지지 않았으나 위충현이 앙심을 품고 다른 일로 얽어 양련과 좌광두 등 6인을 고문에 못 이겨 죽게 만들었다. 의종(毅宗, 숭정제)이 즉위하여 위충현은 자살하고 양련 등은 신원되었다.

366 선을……않는다고 :《장자》〈양생주(養生主)〉에서 중도를 견지하라는 의미로 "선을 행해도 명성에 가까워지지 않고, 악을 행해도 형벌에 가까워지지 않는다.〔爲善無近名, 爲惡無近刑.〕"라고 한 말을 가리킨다.

367 영예를……야기시켰네 :《명사(明史)》권231 말미에 붙은 찬(贊)에 "정덕(正德)・가정(嘉靖) 연간에……진신(搢紳) 사대부들과 은거한 노성인들이 강회를 열고 서원을 세워 가까이 서로 이어졌는데, 명성이 높아지면서 비방이 생기고 기세가 왕성해지면서 허물을 초래하여 물의(物議)가 비등하고 당화(黨禍)가 계속되었다.……끼리끼리 어울려 서로 칭찬을 하는 사이에 향초와 악초가 마구 뒤섞이니, 어찌 강학을 하던 처음 마음이 실로 이랬겠는가. 전하는 말에 '선을 행하는 자는 명성을 가까이하지 않는다.' 하였으니, 사군자들은 또한 향할 바를 알 수 있을 것이다.〔正嘉之際……王搢紳之士, 遺佚之老, 聯講會, 立書院, 相望於遠近. 而名高速謗, 氣盛招尤, 物議橫生, 黨禍繼作.……附麗游揚, 薰蕕猥雜, 豈講學初心實然哉. 語曰爲善無近名, 士君子亦可以知所處

양련[368] 楊漣

높은 명성에 붙는 자들이 모두 현인이 아니니	名盛附多未必賢
비방과 명예를 다툴수록 재앙만 더욱 끌어들였네	毁譽爭勝禍逾延
흉악한 칼날에 대항하여 끝내 후회하지 않으니	力抗兇鋒終不悔
당고전[369]에 양련과 좌광두가 애통하게 연루되었네	黨傳楊左畫相緣

문징명[370] 文徵明

지난날의 각금정을 고쳐 사적을 기록하였고	遺傳往事却金亭
남삼이 비를 맞아 해졌다고 둘러댔네[371]	敝敝藍衫遭雨零

矣.]"라고 하였다. 낙촉감릉(洛蜀甘陵)이란 붕당(朋黨)의 폐해를 가리킨 말이다. 후한(後漢) 환제(桓帝) 때 감릉(甘陵) 출신의 주복(周福)과 방식(房植)이 각각 남부(南部)와 북부(北部)로 나뉘어 상대방을 공격하였는데, 이것이 사대부가 당파를 세운 최초의 일로 전해진다. 그리고 송나라 철종(哲宗) 원우(元祐) 연간에 소식(蘇軾)의 촉당(蜀黨)과 유안세(劉安世)의 삭당(朔黨)과 정이(程頤)의 낙당(洛黨)이 서로 치열하게 공방전을 벌였던 일이 있다. 《後漢書 卷67 黨錮列傳序》《宋史 卷340, 卷427》

368 양련(楊漣) : 1572~1625. 응산(應山) 사람으로 자는 문유(文孺), 호는 대홍(大洪)이다. 희종(熹宗)이 등극한 뒤 환관 위충현(魏忠賢)이 군소 신하들을 모아 세력을 불리자 양련 또한 선류(善類)를 적극 진출시켰으나, 위충현의 전횡이 심해지자 1624년(천계4) 조남성(趙南星), 좌광두(左光斗), 위대중(魏大中) 등과 함께 상소를 올려 위충현의 24가지 대죄를 폭로하였다. 이듬해 위충현에게 다른 일로 무고를 당하여 고문을 받다가 옥사하였다. 저서에 《양대홍집(楊大洪集)》이 있으며, 시호는 충렬(忠烈)이다.

369 당고전(黨錮傳) : 본래 후한(後漢) 때 사화(士禍)를 당한 이응(李膺)·범방(范滂) 등에 관한 내용을 기록한 열전(列傳)인데, 여기서는 신종(神宗) 말엽에 일어난 동림당고(東林黨錮)를 가리킨다. 동림당고는 151쪽 주363 참조.

370 문징명(文徵明) : 1470~1559. 본명은 문벽(文壁), 자는 징명·징중(徵仲), 호는 형산(衡山)이다. 중국 명나라 때의 화가·서예가·시인으로 문장은 오관(吳寬), 글씨는 이응정(李應禎), 그림은 심주(沈周)에게 배웠다.

선배들이 끌어주어도 사양하고 나가지 않으니   先進容蟠辭不就

양군 또한 집안의 우의를 말하다 부끄러워졌네[372]   楊君亦愧語家庭

척계광[373] 戚繼光

높은 기개와 기이한 재주로 독서를 좋아하여   偶儻負奇好讀書

왜적 방비에 방술이 있어 참으로 허점 없었네   禦倭有術定無虛

371 지난날의……둘러댔네 : 문징명의 부친 문림(文林)이 죽자 이민(吏民)들이 돈을
걷어 부의하였는데, 당시 16세의 문징명은 모두 물리치고 받지 않았다. 이에 이민들이
옛날부터 전해오던 각금정(却金亭)을 수리하고서 그 사적을 기록했다고 한다. 문징명
의 문장, 글씨, 그림이 날로 진보하여 명성이 높아지자, 순무(巡撫) 유간(兪諫)이 돈을
주려고 그의 남삼(藍衫)을 누추하다고 지적하였다. 이에 문징명은 거짓으로 비를 맞아
해진 것이라고 대답하여 그 돈을 거절하였다. 《明史 卷287 文苑列傳 文徵明》

372 먼저……부끄러워졌네 : 문징명은 부친이 수령으로 있던 온주(溫州)에서 장총
(張璁)을 알게 되었는데, 나중에 장총이 득세하여 문징명을 불렀으나 사양하고 나아가
지 않았다. 또한 이부 상서로 있던 양일청(楊一淸, 1454~1530)이 문징명에게 정치를
보좌하게 하고자 자신을 그의 부친과 친구라고 소개하였다. 이에 문징명이 정색하며
자신이 부친과 연관된 사람은 모두 기억하고 있는데 상공이 부친과 친구인 줄은 전혀
몰랐다고 대답하자, 양일청이 부끄러워하였다. 《明史 卷287 文苑列傳 文徵明》

373 척계광(戚繼光) : 1528~1588. 산동 등주(登州) 사람으로 자는 원경(元敬), 호
는 남당(南塘)・맹저(孟諸)이다. 명나라 때의 무장(武將)으로 절강(浙江)의 참장(參將)
이 되어 왜구 토벌에 누차 혁혁한 전공을 세웠고, 정병(精兵)을 뽑아 '척가군(戚家軍)'이
라는 정예 부대를 형성하여 활용하였다. 전쟁의 경험을 토대로 《기효신서(紀效新書)》,
《연병실기(練兵實紀)》, 《이융요략(蒞戎要略)》, 《무비신서(武備新書)》 등을 포함한 다
수의 병서를 저술하였다. 특히 《기효신서》에 담긴 전술 요령은 조선의 군사 훈련에
폭넓게 활용되었고, 절강 지방에서 활용된 병법이므로 절강병법으로 일컬어졌다.

《기효신서》³⁷⁴ 한 책이 해동에 전해져 　　　紀效一編傳海左

백여 년 동안 팔반³⁷⁵으로 준행되어왔네 　　　八般遵襲百年餘

손승종³⁷⁶ 孫承宗

목소리에 벽이 울리고 수염이 창처럼 뻗어 　　　牆壁聲殷鬚戟張

문충이 각신으로서 변방을 진무하였네³⁷⁷ 　　　文忠閣部鎭邊疆

---

374 기효신서(紀效新書) : 척계광이 지은 병서로, 임진왜란 때 명나라 장수들이 이 병서를 활용하여 평양성에서 왜적을 물리쳤다는 사실을 들은 선조는 이여송(李如松)의 부하로부터 이 책을 입수하여 유성룡(柳成龍)에게 강론하고 풀이하도록 하였다. 왜란 후에 군대의 체제를 훈련도감(訓鍊都監)으로 개편하는 데 계기가 되었고, 《기효신서》 의 조련법을 간추려 편찬한 것이 《병학지남(兵學指南)》이다.

375 팔반(八般) : 팔반으로 규정된 것은 보이지 않는데, 참고로 1598년(선조31)에 한교(韓嶠, 1556∼1627)가 왕명으로 《기효신서》 등을 참고하여 만든 《무예제보(武藝諸譜)》에 보면 대봉(大棒, 곤봉), 등패(藤牌, 방패), 낭선(狼筅, 가지가 뻗친 대나무), 장창(長鎗, 긴 창), 당파(鏜鈀, 삼지창), 장도(長刀, 긴 칼)라는 6반이 실려 있고, 광해 군 때 간행된 《무예제보번역속집(武藝諸譜飜譯續集)》에는 6반에 권법과 왜검이 추가 되었다. 또한 《무예신보(武藝新譜)》는 18반으로 편성되었는데, 6반에 죽장창(竹長 槍), 기창(旗槍), 예도(銳刀), 왜검(倭劍), 교전(交戰), 월도(月刀), 협도(挾刀), 쌍 검(雙劍), 제독검(提督劍), 본국검(本國劍), 권법(拳法), 편곤(鞭棍) 등의 12기가 추 가된 것이다.

376 손승종(孫承宗) : 1563∼1638. 하북 고양(高陽) 사람으로 자는 치승(稚繩), 호 는 개양(愷陽)이다. 명나라 말기의 뛰어난 군사 전략가로, 희종(熹宗)의 사부를 지냈 고, 계료 독사(薊遼督師)가 되어 방어선을 구축하고 군대를 통솔하여 공훈이 현저했으 나, 위충현(魏忠賢)의 시기를 받아 사퇴하고 향리로 돌아갔다. 청 태종(淸太宗, 홍타이 지)이 경도(京都)를 포위했을 때 의종(毅宗)이 손승종을 불러들여 청군을 격퇴하게 했으나, 대신들의 탄핵을 받아 사퇴하고 향리인 고양으로 돌아가 7년을 머물렀다. 숭정 (崇禎) 11년(1638)에 청군이 대거 공격해오자 집안사람들을 이끌고 고양을 수비하다가 사로잡혀 스스로 목매어 죽었다. 저서에 《고양집(高陽集)》이 있다.

성을 포위하여 세 번 고함치자 수비하는 자가 세 번 호응하니[378]

繞城三喊守三應

환관이 날뛸 때 이미 장성한 기운이 먼저 꺾인 것이네

壯氣先摧閹獗狂

양호[379] 楊鎬

황제가 동국을 돌아보아 위난을 급히 구원케 하니	帝眷東邦急救危
충신이 명을 받들어 압록강을 건너 달려왔네	藎臣承命渡江馳
절반도 군사를 다스리기 전에 참소하는 자가 재빨라	治兵未半讒夫捷

---

377 목소리에……진무하였네 : 손승종은 체구가 우람하고 남과 이야기할 때 벽이 쩌렁쩌렁 울렸다고 한다. 문충(文忠)은 손승종이 죽은 뒤에 남명(南明)의 복왕(福王)으로부터 받은 시호이다. 각신(閣臣)은 희종(熹宗)이 재위할 때 병부 상서 겸 동각 대학사(東閣大學士)의 관직에 올랐기 때문에 일컬은 것이다. 《明史 卷250 孫承宗列傳》

378 성을……호응하니 : 숭정 11년(1638)에 청나라 병사가 명나라의 내지로 깊이 들어와 11월 9일에 고양(高陽)을 포위하였는데, 이때 손승종은 군무에서 물러나 고향에 거처하다가 집안사람들을 거느리고 성을 수비하고 있었다. 청병이 성을 포위하고 세 차례 고함을 치자 성을 지키던 자들이 세 차례 호응하였다. 이튿날 성이 공격당하여 함락되고 손승종도 포로가 되어 목을 매어 자결하였다. 《明史 卷250 孫承宗列傳》

379 양호(楊鎬) : ?~1629. 하남 상구(商丘) 사람으로 자는 경보(京甫), 호는 풍균(風筠)이다. 1597년 정유재란(丁酉再亂) 때 경략조선군무(經略朝鮮軍務)에 임명되어 조선에 파견되었다. 양호는 제독(提督) 마귀(麻貴)와 함께 왜군을 격퇴했으나, 울산 전투에서 고전 끝에 일시 경주로 철수한 사이 명나라 찬획 주사(贊劃主事) 정응태(丁應泰)의 참소를 당해서 본국으로 소환되어 파직되었다가 왜란이 끝난 뒤에 복권되었다. 조선 정부는 여러 차례 사신을 파견하여 양호의 공적을 밝히고 그의 유임을 건의하면서 참소에 대해 해명하는 상소를 명나라에 보냈으며, 그의 본국 귀환을 애석해하여 거사비(去思碑)를 세우고 선무사(宣武祠)에 배향하였다. 《明史 卷259 楊鎬列傳》

황제의 조정에 거듭 하소연해도 미미한 소리를 들어주지 않았네

荐控天庭邈聽卑

이여송[380] 李如松

천자가 이 총병에게 명하여 天子曰咨李總兵

왕의 군대를 출정시켜 힘써 동쪽을 구원케 하였네 勖哉東援王師征

웅장한 마음을 담아 달처럼 활을 당기니 壯心付與弓彎月

장강을 가로지르는 백로가 떨어졌네 落得長江白鷺橫

마귀[381] 麻貴

장군 재목으로 동쪽엔 이여송이요 서쪽엔 마귀라 將才東李方西麻

사령이 철령의 아름다움에 비하면 어떠한가[382] 沙嶺何如鐵嶺佳

380 이여송(李如松) : 1549~1598. 요동 철령위(鐵嶺衛) 사람으로 자는 자무(子茂), 호는 앙성(仰城)이며, 이성량(李成梁)의 맏아들이다. 임진왜란 때 제독(提督)이 되어 군사를 이끌고 조선으로 출정하여 1593년 평양에서 고니시 유키나가(小西行長)의 군대를 격파하기도 하였으나, 벽제관(碧蹄館)에서 싸움에 대패하고 간신히 목숨을 건졌다. 그 뒤 화의를 위주로 사태를 수습하고 귀국하였다. 1597년에는 요동 총병관으로 임명되었으며, 이듬해 토만(土蠻)이 침범하자 그 본거지를 공격하다가 전사하였다. 사후에 영원백(寧遠伯)에 봉해졌다. 《明史 卷238 李成梁列傳》

381 마귀(麻貴) : 대동(大同) 우위(右衛) 사람으로, 정유재란 때 비왜총병관(備倭總兵官)에 발탁되어 조선에 출병하였다. 이듬해 진린(陳璘) 등과 왜군을 격퇴하고 우도독(右都督)으로 옮겨 요동을 수비하였다.

382 장군……어떠한가 : 이여송(李如松)으로 대표되는 철령(鐵嶺)의 이씨와 마귀(麻貴)로 대표되는 사령(沙嶺)의 마씨 집안에서 장수들이 가장 많이 배출되었으므로 세상 사람들이 '동리서마(東李西麻)'라 하였다. 《明史 卷238 麻貴列傳》

창 세우고 대장기 지휘하는 세업을 전하니 列戟擁麾傳世業
황제 집안의 울타리가 된 두 집안이로다 皇家屛翰兩人家

서광계[383] 徐光啓

처음 이마두에게 천문을 배우고 初學天文利瑪竇
만년에 큰 인물 되어 군국기무에 참여했네 晚成大器預樞機
제반 무기가 모두 마음으로 계산한 것이라 諸般戎械皆心算
만력 연간에 처음 발휘되었네 萬曆年間始發揮

원숭환[384] 袁崇煥

국운이 장차 옮겨가려 하고 형법도 전도되니 國步將移章法顚
군문에서 지모가 온전해도 쓸모없었네 軍門無用智謀全

---

383 서광계(徐光啓) : 1562~1633. 상해(上海) 사람으로 자는 자선(子先), 호는 현호(玄扈)이다. 만력(萬曆) 25년(1597) 진사가 되어 찬선(贊善)에 임명되었다. 이탈리아 선교사 이마두(利瑪竇, 마테오 리치)에게서 천문·산법·화기(火器)를 배워 유럽의 과학을 중국에 본격적으로 소개하였다. 서양 역법에 조예가 깊어 숭정(崇禎) 연간에 탕약망(湯若望, 아담 샬)과 함께 서양 천문학을 번역하여 《숭정역서(崇禎曆書)》를 만들어 황제에게 바쳤으나, 수구파의 반대로 생전에 서양력(西洋曆)의 실현을 보지 못했다. 천계(天啓) 5년(1625) 예부 상서에 올라 국가의 중대사에 참여했으나, 연로한 데다 주연유(周延儒), 온체인(溫體仁) 등의 전횡으로 재능을 발휘하지 못했다.

384 원숭환(袁崇煥) : 1584~1630. 동완(東莞) 사람으로 자는 원소(元素), 호는 자여(自如)이다. 희종(熹宗) 때 첨사(僉事) 군사를 지휘하면서 영원성(寧遠城)을 쌓고 서양의 대포를 배치하였다. 1626년(천계6) 누르하치의 군사를 무찔렀으나 환관 위충현(魏忠賢)의 비위를 거슬러 낙향하였다. 의종(毅宗) 때 후금(後金, 청나라)의 군대가 북경을 위협하자 계료(薊遼)의 군대를 거느리고 달려가 구원하였으나, 의종이 반간계에 속고 참언에 넘어가 모반죄로 붙잡혀 투옥되고 책형(磔刑)을 당해 죽었다.

하늘이 시킨 일을 어이하랴, 장렬제는　　　　天也何哉莊烈帝

교묘한 참언과 반간계를 어찌 잘도 들었는가[385]　　巧簧讒間聽胡偏

이반룡[386]　李攀龍

백설루의 재자가 바로 그 사람이니　　　　雪樓才士是其人

왕세정, 이반룡 중에 누가 으뜸이런가　　　王李之中誰大賓

시를 지음에 성조를 이루었으나 문장은 껄끄러워　作詩成調文牙戟

한 시대의 사종으로 귀신도 울릴 만하였네[387]　一代詞宗泣鬼神

385 국운이……들었는가 : 《명사(明史)》 권259 〈원숭환열전(袁崇煥列傳)〉 말미에
붙은 찬(贊)에 나오는 내용이다. "원숭환은 지모가 비록 소루해도 담략이 약간 있었는
데, 의종(毅宗) 장렬제(莊烈帝)가 참언과 반간계로 인해 그를 죽여서 나라의 운수가
장차 옮겨가고 형법제도가 거꾸러졌으니, 어찌 하늘이 시킨 일이 아니겠는가.〔崇煥智
雖疏, 差有膽略, 莊烈帝又以讒間誅之, 國步將移, 刑章顚覆, 豈非天哉.〕"

386 이반룡(李攀龍) : 1514~1570. 산동 역성(歷城) 사람으로 자는 우린(于鱗), 호
는 창명(滄溟)이다. 가정(嘉靖) 23년(1544) 진사시에 급제하고 벼슬이 섬서 제학부사
(陝西提學副使)에 이르렀다. 관직에서 물러나 제남(濟南)에 백설루(白雪樓)를 짓고
빈객을 사절한 채 독서하며 소요하였다. 전칠자(前七子)의 고문주의를 계승하여 진
(秦)·한(漢)의 고문을 모범으로 삼고, 성당(盛唐) 이전의 시의 격조를 중시하는 고문
사파(古文辭派)를 창도, 후칠자(後七子)의 중심인물이 되어 명나라 후기 문단을 주도
하였다. 왕세정(王世貞)과 쌍벽을 이뤄 '이왕(李王)'으로 병칭되었다.

387 시를……만하였네 : 이반룡의 시는 성조(聲調)를 추구하였으므로, 그가 지은 악
부(樂府)는 간혹 옛 작품에 몇 글자를 고쳐 자기 작품으로 삼기도 하였다. 문장은 입으
로 읽기에 껄끄러워 읽는 자들이 끝까지 읽지 못할 정도였다고 한다. '귀신을 울린다'는
말은 시의 표현이 핍진(逼眞)하다는 의미로, 두보(杜甫)의 〈이백에게 부치다〔寄李十二
白〕〉에 "붓 들어 쓰면 비바람을 경동시키고, 시를 이루면 귀신을 울렸네.〔筆落驚風雨,
詩成泣鬼神.〕"라는 말이 참고가 된다. 《明史 卷286 李攀龍列傳》

왕세정[388] 王世貞

문병을 홀로 쥔 지 이십 년에	文柄獨操二十年
광생이 떠난 후에 봉주 신선이 왔네[389]	狂生去後鳳洲仙
서한의 문체와 당나라 시를 추종하여	西京之體唐之韻
높이 오른 명성이 사부고에 온전히 실렸네	聲價高騰四部全

동기창[390] 董其昌

춘명에서 옛날 강관을 지낸 동 선생을	春明舊講董先生
임금이 기억해내자 머리털이 드물 때였네[391]	記在荃心餘髮莖

---

388 왕세정(王世貞) : 1526~1590. 태창(太倉) 사람으로 자는 원미(元美), 호는 봉주(鳳洲)·엄주산인(弇州山人)이다. 젊을 때부터 문명(文名)이 높아 '가정 칠재자(嘉靖七才子)'의 한 사람으로 손꼽혔다. 이반룡(李攀龍)과 함께 '이왕(李王)'이라 불리며 후칠자(後七子)의 중심인물로 명대 후기 시단을 주도하였다. 재주와 명성이 가장 높아서 한 시대의 명사들이 그의 문하에 출입하였고, 이반룡이 죽은 뒤에 홀로 문병(文柄)을 20년 동안 잡았다. 저서에《엄주산인사부고(弇州山人四部稿)》174권,《엄산당별집(弇山堂別集)》100권,《예원치언(藝苑巵言)》12권 등이 있다.

389 광생(狂生)이……왔네 : 광생은 이반룡(李攀龍)의 별명이다. 이반룡이 아홉 살에 고아가 되어 집안이 가난하였으나, 스스로 분발하여 공부를 하며 날마다 고서(古書)를 읽어 그 마을에서 광생이라 지목하였다고 한다. 봉주(鳳洲)는 왕세정의 호이다.

390 동기창(董其昌) : 1555~1636. 송강(松江) 화정(華亭) 사람으로 자는 현재(玄宰), 호는 사백(思白)·향광거사(香光居士)이다. 서예에서는 안진경(顏眞卿)과 우세남(虞世南)의 글씨를 배워 당대의 대가가 되었으며, 그림에서는 문인 사대부풍의 남종화(南宗畫)를 중시하여 화단에 큰 영향을 끼쳤다. 저서로《화지(畫旨)》,《화안(畫眼)》,《화선실수필(畫禪室隨筆)》 등이 있다.

391 춘명(春明)에서……때였네 : 춘명은 본래 당나라 장안(長安)의 동쪽에 있던 춘명문을 가리키는데, 대궐이나 도성을 뜻하는 말이 되었다. 동기창이 명나라 만력(萬曆) 17년(1589) 진사에 급제하여 서길사(庶吉士)를 역임하고서 황장자(皇長子)가 분봉되

형동의 내금관과 같은 날에 비교되니　　　　邢館來禽同日語
곡교의 서쪽 가에 작은 누각이 섰네³⁹²　　　曲橋西畔數椽成

진계유³⁹³　陳繼儒

동기창의 집에 새로 내중루³⁹⁴를 세우니　　　董宅新開來仲樓
삼오의 명사들이 함께 배를 타고자 원하였네　三吳名士願同舟
시끄러운 도성에는 종적이 드물게 미쳤으나　鬧熱城闉蹤迹罕
글을 짓느라 몇 년의 세월을 소진하였던가　著書消盡幾春秋

자 강관(講官)이 되어 태자의 교육을 담당하였다. 1620년에 광종(光宗)이 등극하여 "옛날 강관을 하던 동 선생은 어디에 있는가?"라고 묻고서, 동기창을 불러 태상소경(太常少卿)에 임명하고 국자사업(國子司業)의 일을 담당하게 하였다.《明史 卷288 董其昌列傳》

392 형동(邢侗)의……섰네 : 동기창이 빈객을 초대하기 위해 누각을 지은 것을 의미한다. 형동(1551~1612)은 자가 자원(子愿)으로, 시·서·화에 두루 능해 동기창, 미만종(米萬鍾), 장서도(張瑞圖)와 함께 '만명사대가(晩明四大家)'로 일컬어졌다. 본래 집안이 부유하여 빈객을 접대하려고 내금관(來禽館)을 지었는데, 후하게 대접하느라 가산을 탕진했다고 한다. '작은 누각이 섰다'는 말은 동기창이 명사 진계유(陳繼儒)를 초빙하려고 지은 내중루(來仲樓)를 가리키는 듯하다.《明史 卷288 邢侗列傳》《明史 卷298 隱逸列傳 陳繼儒》

393 진계유(陳繼儒) : 1558~1639. 송강(松江) 화정(華亭) 사람으로 자는 중순(仲醇), 호는 미공(眉公, 麋公)이다. 당대의 동기창(董其昌)과 함께 명성을 떨쳤으며, 왕세정(王世貞) 또한 그를 매우 추숭하니, 오흥(吳興)·오군(吳郡)·회계(會稽)의 삼오(三吳) 지방 명사들이 그와 사귀고자 원하였다. 29세에 유자의 의관을 태워버리고 곤산(崑山)에 은거하며 저술에 몰두하였다. 조정에서 자주 벼슬로 불렀으나 병을 핑계로 나가지 않았다. 저서로《미공전집(眉公全集)》이 있다.

394 내중루(來仲樓) : 동기창이 진계유를 초빙하기 위해 지은 누각 이름인데, 중(仲)은 바로 진계유의 자인 중순(仲醇)을 뜻한다.《明史 卷298 隱逸列傳 陳繼儒》

양일청[395] 楊一淸

문장과 부귀가 모두 온전하니	文章富貴兩相全
일찌감치 꽃다운 재주로 북변을 진무하였네	夙負英才鎭北邊
인륜을 잘 꿰뚫어 아무도 속일 수 없었으니	鑑照人倫情莫遁
간신을 제거해 나라를 안정시키는 데 경권의 법도 있었네	
	鋤奸定難有經權

구식사[396] 瞿式耜

죽어도 죽지 않아 충신과 현신의 으뜸이라	死而不死冠忠賢
백주대낮의 우렛소리가 언 하늘을 흔드네	白日雷聲撼凍天

395 양일청(楊一淸) : 1454~1530. 진강(鎭江) 단도(丹徒) 사람으로 자는 응령(應寧), 호는 수암(邃庵)이다. 젊어서 문장에 능해 한림수재(翰林秀才)로 천거되었고, 성화(成化) 8년(1472) 진사에 합격하였다. 변경의 사정에도 밝아서 도찰원 좌부도어사(都察院左副都御史)에 천거되어 지금의 섬서(陝西)·영하(寧夏)·감숙(甘肅) 등의 지역을 수호하면서 서북 변방을 안정시켰으며, 환관들에게 아부하지 않았고 계책을 써서 간신 유근(劉瑾)을 제거하였다. 후에 병부 상서에 올라 군무를 총괄하였으나, 만년에 장총(張璁), 계악(桂萼) 등과 불화하여 벼슬에서 물러났다. 박학하고 임기응변에 능했으며, 변경의 사정에 더욱 밝아 하루에 열 장의 상소를 올려도 모두 핵심을 찔렀다고 한다.

396 구식사(瞿式耜) : 1590~1651. 상숙(常熟) 사람으로 자는 기전(起田)·계전(啓田), 호는 가헌(稼軒)이다. 1616년에 진사가 되었고, 호과 급사중(戶科給事中)에 올라 직간을 서슴지 않다가 위충현(魏忠賢)의 무리를 건드려 하옥되었다. 남명(南明)의 홍광제(弘光帝) 때 다시 기용되었다가 홍광제가 청나라에 붙잡혀 처형당하자, 정괴초(丁魁楚) 등과 함께 영력제(永曆帝)를 옹립하고 계림(桂林)으로 천도하였다. 병부 상서에 올라 청나라에 항거하다가 성이 함락되어 총독(總督) 장동창(張同敞)과 포로가 되었는데, 굴복하지 않고 시를 수창하며 의연히 죽음을 맞았다. 이들이 처형될 때 하늘에서 갑자기 크게 우렛소리가 들려 모두들 기이하게 여겼다고 한다.

백번 꺾여도 돌이키지 않음은 일찍부터 선비를 기른 보답이라[397]　　　　　　　百折不回夙養士

죽을 때도 오히려 숭정의 연호를 안고 있었네　　　死時猶抱崇禎年

사가법[398]　史可法

외로운 성에서 통곡한 사 독사는　　　　　　　痛哭窮城史督師

매화령 위에 자는 구름도 슬퍼하네[399]　　　　梅花嶺上宿雲悲

신하 한 사람이 있은들 어찌 만회할 수 있으랴　有臣一介何能挽

일월의 남은 광채에 그림자만 스스로 따르네　　日月餘光影自隨

397 백번……보답이라 :《명사》권280 말미에 붙은 찬(贊)에 나오는 말이다.

398 사가법(史可法) : 1602~1645. 하남 상부(祥符) 사람으로 자는 헌지(憲之), 호는 도린(道鄰)이다. 숭정(崇禎) 원년(1628)에 진사가 된 후 유적(流賊) 장헌충(張獻忠) 등을 토평하는 공을 세워 남경 병부상서(南京兵部尙書)가 되었다. 이자성(李自成)의 반란군이 북경에 쳐들어왔을 때 근왕(勤王)하러 달려가다 북경이 함락되었다는 소식을 듣자 되돌아갔고, 양주 도독(揚州都督)으로 있으면서 청나라 군대에 맞서 극력 항전하다가 끝내 청군에게 체포되어 피살당하였다. 시호는 충정(忠靖)이었다가 청나라 건륭제(乾隆帝) 때 충정(忠正)으로 고쳐졌다. 저서에《사충정공집(史忠正公集)》4권이 있다.

399 외로운……슬퍼하네 : 사가법이 청나라 병사에게 쫓겨 양주(揚州)에 웅거하다 성이 함락되어 붙잡히니 "나는 사 독사(史督師)이다."라고 부르짖다가 피살되었고, 수하 장수들도 모두 피살되었다. 사가법이 죽었을 때 한창 무더위라 시체들이 썩어 구분할 수 없자, 집안사람이 그의 포홀(袍笏)로 혼을 부른 뒤 성곽 밖의 매화령(梅花嶺)에 포홀을 매장하여 장례를 지냈다고 한다.《明史 卷274 史可法列傳》

태호석가[400]

太湖石歌

그대는 보지 못했는가, 사시향관의 세 돌이	君不見四時香館三石若
웅크린 사자 호랑이와 날아오르는 학을 닮은 것을	踞獅蹲虎將飛鶴
곤륜산에 길들은 온갖 짐승을 호령하여	號令百獸崐崙馴
무턱대고 포악하게 울부짖음이 유독 한스럽네	生憎無事嚇疾瘧
윤기 도는 털로 칠 일 동안 남산에 숨었다가[401]	澤毛七日南山隱
간혹 수풀을 나와 도약함이 더딜까 두려운데	或恐出林縶跳躍
단구에 깃들어 천 년 동안 성품 길러	養性千年丹邱棲
때로 목을 늘여 허공에 대고 우네	有時伸頸鳴寥廓
호숫가의 바람 파도에 거의 버려져	湖上風濤幾棄置
자연의 섭리 따라 저절로 형태가 만들어졌는데	任他成形于橐鑰
하루아침에 소나무 삼나무 아래로 옮겨오니	一朝運致松杉下

400 태호석가(太湖石歌) : 태호석이란 돌에 대해 악부 형식으로 읊은 시이다. 중국 소주(蘇州)에 있는 태호(太湖)라는 호수에서 나는 구멍이 많고 주름이 잡힌 돌을 대호석이라 하여 예로부터 완상품으로 널리 애호되었다.

401 윤기⋯⋯숨었다가 : 한(漢)나라 유향(劉向)의 《열녀전(列女傳)》에 나오는 도답자(陶答子)의 고사를 인용한 것이다. 도답자가 3년 동안 도(陶)를 다스렸지만 명성은 얻지 못하고 집안의 재산만 세 배로 늘어나자, 그의 아내가 "제가 들으니 남산에 검은 표범이 있는데, 안개비 속에서 7일 동안 산을 내려가 먹지 않는 것은 왜이겠습니까? 그 털을 윤택하게 하여 무늬를 이루기 위해서입니다. 그래서 숨어서 해를 멀리하는 것입니다.〔妾聞南山有玄豹, 霧雨七日而不下食者, 何也? 欲以澤其毛而成文章也. 故藏而遠害.〕"라고 했다고 한다. 《列女傳 卷2 陶答子妻》

상황산 나무꾼이 보진재에 인연이 있었네   上皇山樵寶晉約

주발 크기의 구멍은 여든한 개이고   八十一穴大如碗

늘어지고 구부정한 모습이 천연의 솜씨인데   偃蹇傴僂自天作

백 명이 함께 힘을 합쳐 들어 옮기니   扛攬同力來百夫

수레에 실어 열 마리의 낙타를 채찍질하네[402]   駄載聯轡策十驝

거칠고 험하니 두렵기가 한나라 채옹의 과두서와 같고[403]

凶險可畏漢蔡蚪

어둡고 사나우니 우둔하기가 당나라 한유의 악어와 같네[404]

冥頑不靈唐韓鱷

---

402 하루아침에……채찍질하네 : 이유원이 돌을 얻는 과정을 송나라 미불(米芾)이 괴석을 얻는 내력을 인용하여 비유한 구절이다. 미불의 《양양집(襄陽集)》 중 "서산서원은 단도에 있는 사사로이 거처하는 곳이다. 상황산의 나무꾼이 괴상한 돌이 있다고 알려왔는데, 모두 81구멍이었고 모양이 사회산의 일품석과 같으면서도 더욱 수려하고 윤택하였다. 이내 '동천일품석'이라 써서 그 81구멍을 화려하게 만들었다. 이어 100명의 인부를 시켜 보진재로 끌어왔다.〔西山書院, 丹徒私居也. 上皇樵人, 以異石來告余. 凡八十一穴, 狀類泗淮山一品石, 加秀潤焉. 余因題爲洞天一品石, 以麗其八十一數. 令百夫輦致寶晉齋.〕"라는 구절이 참고가 된다. 《御定淵鑑類函 卷26 地部4 石2》 보진재(寶晉齋)는 미불의 서재 이름으로 진대(晉代)의 법첩(法帖)들을 많이 소장하고 있었기 때문에 이렇게 이름 붙인 것이다.

403 채옹(蔡邕)의 과두서(蝌蚪書)와 같고 : 한 영제(漢靈帝) 희평(熹平) 4년(175)에 여러 유자들에게 명하여 오경(五經)의 문자를 수정하게 하고 의랑(議郎)인 채옹에게 명하여 과두서(蝌蚪書), 전서(篆書), 예서(隸書)의 세 가지 서체로 쓰게 하여 돌에 새겨서 태학(太學)의 문밖에 세웠다고 한다. 《古文眞寶 前集 卷8 石鼓歌》

404 한유(韓愈)의 악어와 같네 : 당나라 한유가 조주 자사가 되었을 때, 악어가 가축을 잡아먹어 백성들의 고통이 됨을 알고 〈제악어문(祭鱷魚文)〉을 지어서 제사를 지내 물리친 일이 있다. 《韓愈集 附錄》

땅의 정기가 모인 기운으로 기운이 핵을 만들고	土精之氣氣生核
팽려강 속으로 별이 어지러이 떨어졌네[405]	彭蠡江中星亂落
전로는 지팡이 던지고서 장인이라 불렀고[406]	顚老投杖丈人呼
베 짜는 여인은 치마에 싸서 은하에 정박했네[407]	機女齎裳銀河泊
뜻하지 않은 세 기암으로 산방이 부자가 되니	不圖三奇山房侈
주인이 얼굴이 풀어지고 적막함이 사라져	主人解顔破寂寞
날마다 세 번 돌고 다시 반복하니	日三巡兮復而始
걸을수록 모습이 달라져 오늘이 어제와 다르네	移步幻形今非昨
만물을 그림으로 살피려면 《산해경》을 보고	按圖百昌經海山
구의산의 기괴함을 탐색하려면 《박물지》를 보네	探怪九疑志物博
곤륜과 남산과 단구의 선경을 묘사한	崑崙南山與丹邱
거령의 신필[408]을 어느 곳에서 찾을까	巨靈神筆何處索

---

405 팽려강(彭蠡江)……떨어졌네 : 돌에 반짝이는 점이 박힌 것을 비유한 듯하다. 팽려강은 중국 강서성(江西省)에 있는 파양호(鄱陽湖)를 가리키며 팽려택(彭蠡澤)이라고도 한다.

406 전로(顚老)는……불렀고 : 미불배석(米芾拜石) 고사를 가리킨다. 미불은 예법에 구애받지 않고 자유분방하게 행동했으므로 사람들이 그를 미전(米顚)이라고 불렀다. 그는 천성적으로 돌을 좋아하여 기이한 돌만 보면 의관을 정제한 채 돌에 절하며 늘 석장(石丈)이라 불렀다고 한다. 《宋史 卷444 文苑列傳6 米芾列傳》

407 베……정박했네 : 지기석(支機石) 고사를 가리킨다. 한 무제(漢武帝) 때 장건(張騫)이 사신이 되어 서역으로 황하의 근원을 찾아서 한없이 거슬러 올라가 베 짜는 여인을 만났는데, "여기가 어디인가?" 묻자 그 여인이 베틀을 고인 돌 하나를 주면서 "성도(成都)의 엄군평(嚴君平)에게 가서 물어보라."라고 하였다. 장건이 돌아와서 엄군평을 찾아가 지기석을 보이자, 엄군평이 "이것은 직녀의 지기석이다."라고 하였다고 한다. 《博物志》

408 거령(巨靈)의 신필(神筆) : 막강한 필력을 비유한 말이다. 거령은 하수(河水)를 막고 있던 산을 둘로 쪼개 하수를 곧게 흐르게 하였다는 황하(黃河)의 신이다.

닮지 않은 듯 닮은 데서 진면목 찾아보고	不似是似眞面目
돌인가 짐승인가 힘줄과 꺼풀을 더듬어보네	石耶獸耶撫脈膜
돌이 어찌 짐승이 되며 짐승이 어찌 돌이 되랴	石豈爲獸獸豈石
조화가 깎고서 혼돈에 구멍을 뚫었다네[409]	造化劃刻混竅鑿
다른 산의 작은 돌이 이곳의 진기한 돌이 되니	他山一拳尤物是
마뇌와 낭간과 황금에 버금가네	瑪瑙琅玕黃金錯
동정호의 신선이 푸른 봄 물결로 내려와	洞庭仙下春波碧
사자를 타고 학을 부리고 범에게 채찍질하며	騎獅驂鶴鞭虎躩
나를 꾸짖기를 당돌하게 인간 세상에서	叱我唐突人間世
계곡과 기암괴석의 갈증을 모두 충족하려 한다 하네	慾充谿壑奇怪涸
산속 창가의 긴 대낮에 문득 꿈에서 깨니	山窓永日忽驚夢
두려운 생각이 일어 으스스 경악스러워지네	竦然而思栗然愕
내가 어찌 명산의 물건을 다 바라랴	我豈欲盡名山物
나무꾼이 괴석을 알려주기에 옹이 승낙한 것이네	樵夫告異翁卽諾
나무꾼이 일 벌이기 좋아함이 한스러울 뿐	可恨樵夫之多事
아, 나에게는 부끄러워할 바 없어라	繄於我乎無所怍
아아양양 거문고와 일체가 된 백아와 종자기요[410]	峨洋化琴牙又鍾

---

409 조화가……뚫었다네 : 혼돈(混沌)은 천지의 중앙을 담당한 제왕으로, 이목구비
가 나누어지지 않은 것을 가리키기도 한다. 《장자(莊子)》〈응제왕(應帝王)〉의 "남해
(南海)의 제(帝)가 숙(儵)이고, 북해(北海)의 제가 홀(忽)이고, 중앙의 제가 혼돈이
다. 숙과 홀이 때때로 혼돈의 땅에서 만나니, 혼돈이 그들을 융숭히 대접하였다. 숙과
홀이 혼돈의 덕을 갚으려고 말하기를 '사람들은 모두 일곱 구멍이 있어 보고 듣고 먹고
숨 쉬거늘 이 혼돈만이 그것이 없으니 뚫어주어야겠다.' 하고 날마다 하나의 구멍을
뚫었더니, 7일 만에 혼돈이 죽었다."라는 구절이 참고가 된다.

광채가 두우성을 쏜 간장과 막야일세[411]	光氣射斗干與鎮
뜨락 앞에 여기저기 두어 정한 자리가 없는데	庭前落落沒位置
사물이 나를 절로 따르니 내 어찌 물리치랴	物自隨我我何却
십팔 나한이 보탑을 둘러싼 듯하고	十八羅漢環寶塔
칠백의 연꽃이 구슬주렴을 걷는 듯하네	七百蓮花褰珠箔
버티고 웅크리고 날아가는 돌 곁에서	踞者蹲者飛者外
대인 선생께서 떨어져 걸음을 멈추었네	大人先生別立脚
돌이 있고 돌이 있는 가오실이여	有石有石嘉梧莊
눕지 않아도 앉지 않아도 그저 즐거울 뿐이네	無臥無坐只且樂
돌이 말을 하지 못해도 사람이 스스로 알아주니	石不能言人自識
초평의 흰 양들처럼 빚거나 깎지 않았다네[412]	初平白羊非陶削

---

410 아아양양(峨峨洋洋)……종자기(鍾子期)요 : 마음이 서로 통한다는 말이다. 백아(伯牙)가 거문고로 〈고산유수곡(高山流水曲)〉을 타면서 높은 산에 뜻을 두면 그의 벗 종자기가 알아듣고 "높디높기가 마치 태산 같도다.〔峨峨兮若泰山.〕" 하였고, 또 흐르는 물에 뜻을 두면 "넓고 넓기가 마치 강하 같도다.〔洋洋兮若江河.〕" 하였다는 백아절현(伯牙絶絃) 고사를 가리킨다. 《列子 湯問》

411 광채가……막야일세 : 서로 기맥이 통함을 비유한 말이다. 두우성(斗牛星)은 견우(牽牛)와 북두(北斗) 두 별을 가리킨다. 진(晉)나라 때 장화(張華)가 일찍이 두우성 사이에 자줏빛의 서기〔紫氣〕가 쏘아 비추는 것을 보고 풍성현(豐城縣)의 옥사(獄舍) 터를 파서 마침내 춘추 시대 간장과 막야 부부가 제작했다는 용천(龍泉)·태아(太阿) 두 음양(陰陽)의 검을 찾아냈다고 한다. 《列子 湯問》《晉書 卷36 張華列傳》

412 초평(初平)의……않았다네 : 초평은 황초평(黃初平, 皇初平)이다. 단계(丹溪) 사람으로, 열다섯 살에 양을 치다가 도사(道士)를 따라 금화산(金華山) 석실(石室)로 가서 신선이 되기 위해 도를 닦았다. 그 후 40년 만에 그의 형이 수소문 끝에 그를 찾아가 만났더니 양은 보이지 않고 흰 돌들만 있었는데, 초평이 "양들은 일어나라."라고 소리치자 흰 돌들이 모두 수만 마리의 양으로 변했다 한다. 《神仙傳 卷2 皇初平》

사람은 돌을 웃기지 못해도 돌이 사람을 웃게 하니　人不笑石石笑人

우스워라, 우스워라, 나 스스로 웃어보네　　　笑矣乎笑矣乎我自噱

퇴사담[413] 10운 배율
退士潭 十韻排律

임하려 옆의 물을	林下廬邊水
퇴사담이라 부르네	呼爲退士潭
정향은 유자를 표창한 곳이고[414]	鄭鄉儒者表
엄뢰는 후인들이 말하는 곳이며[415]	嚴瀬後人談
취백당이라 한공의 당은 오래되었고[416]	醉白韓堂古
내소도라 동파가 남으로 물을 건넜네[417]	來蘇坡渡南

---

413 퇴사담(退士潭) : 이유원이 천마산 동쪽 가오곡(嘉梧谷)에 터를 잡고서 계곡물을 끌어다 만든 연못으로, 은퇴한 선비를 위한 연못이란 의미이다. 《林下筆記 卷35 薛荔新志》

414 정향(鄭鄉)은……곳이고 : 정향은 정공향(鄭公鄉)의 준말로, 특별한 사람이 태어난 고을을 예찬하는 말이다. 후한(後漢)의 대학자 정현(鄭玄)이 태어난 고밀현(高密縣)을 당시에 재상으로 있던 공융(孔融)이 정공향이라고 부른 데서 유래하였다. 《後漢書 卷35 鄭玄列傳》

415 엄뢰(嚴瀬)는……곳이며 : 엄뢰는 엄릉뢰(嚴陵瀬)의 준말로, 은거지를 가리킨다. 절강성 동려현(桐廬縣)의 동강(桐江)에 엄릉뢰가 있는데, 후한(後漢)의 은사(隱士) 엄광(嚴光)이 은둔하여 낚시질한 곳이라고 하여 붙여진 이름이다. 《後漢書 卷83 逸民列傳 嚴光》

416 취백당(醉白堂)이라……오래되었고 : 취백당은 하남(河南) 안양(安陽)에 있는데, 북송(北宋)의 위국공(魏國公) 한기(韓琦)가 거처하던 건물 이름이다. 소식(蘇軾)은 〈취백당기(醉白堂記)〉에서 "충헌(忠獻)한 위국공(韓魏國公)이 자기 집 연못가에 당을 짓고 취백당이라 명명하고 백낙천(白樂天)의 〈지상(池上)〉 시를 끌어다가 취백당의 노래로 삼았다."라고 말하였다.

417 내소도(來蘇渡)라……건넜네 : 내소도는 안휘성 선성(宣城)에 있는 작은 지명으

아, 훌륭한 분들에게는 미치지 못하지만	高標嗟不及
고상한 정취야 어찌 탐하지 않을쏘냐	逸趣詎無耽
사실을 살펴보면 그대야 응당 웃겠지만	撫實君宜笑
이름을 돌아보면 나는 절로 부끄럽다네	顧名我自慙
갓끈을 씻기는 맑은 물이 좋고	濯纓淸可以
솥을 늘어놓고 마셔야 달콤한 것 아니며	列鼎飮非甘
국화를 따도 한 줌에 차지 않고	採菊不盈掬
땔나무를 모아도 반 짐도 못 되지만	拾樵未半擔
현이 없어도 손놀림은 익숙하고	無絃摩弄慣
술이 있으면 마음껏 취해본다오	有酒任他酣
가고 멈춤이 이곳에서 흡족하니	行止止於此
시시비비는 내가 알 바 아니라네	是非非所諳
떠나갈 나루를 물을 필요 없으니	去津不必問
온 산의 이내가 늘 자욱하네	長鎖盡山嵐

로, 소철(蘇轍)이 고안 감주(高安監酒)로 좌천되었을 때 소식(蘇軾)이 아우를 방문하
면서 이곳을 지났으므로 그 고장 사람들이 영예로 여겨 이런 이름을 붙였다고 한다.
《鶴林玉露 卷10》

긴 여름밤 3수

夏夜長 三首

주시에서는 겨울밤이 길다 읊었고[418]	周詩冬夜永
당시에서는 가을밤이 길다 읊었네[419]	唐詩秋夜長
어찌하여 나는 긴 여름밤이 괴로울까	如何苦夏夜
걱정하는 것도 또 상심한 것도 아니건만	非憂又非傷

두 번째 其二

겨울밤엔 눈이 펑펑 내리고	冬夜雰雰雪
가을밤엔 바람이 우수수 부네	秋夜颯颯風
여름밤 처마에 비가 내려	夏夜一簷雨
쪼록쪼록 나의 어둔 귀를 깨우네	泠泠起我聾

418 주시(周詩)에서는……읊었고 : 주시는 《시경(詩經)》을 가리킨다. 《시경》〈갈생 (葛生)〉에 "겨울의 긴 밤과 여름의 긴 낮이여, 백세 뒤에나 한 무덤 속에 들어가리라.〔冬 之夜, 夏之日, 百歲之後, 歸于其室.〕"라고 하여 수자리 간 남편을 만나지 못하는 여인의 심정이 실려 있다.

419 당시(唐詩)에서는……읊었네 : 당나라 심전기(沈佺期)의 〈고의를 보궐 교지지 에게 드리다〔古意呈補闕喬知之〕〉라는 시에 "백낭하 북쪽에선 소식이 끊겼고, 단봉성 남쪽엔 가을밤이 길구나.〔白狼河北音書斷, 丹鳳城南秋夜長.〕"라고 하여 요동으로 수자 리 간 남편을 그리워하는 아낙의 심정이 실려 있다.

세 번째 其三

내 귀가 먼 것은 타고난 것인데	我聾天所賦
어디서 들려오는 빗소리인가	何來一雨聲
산중의 더러움을 말끔히 씻어주어	洗滌山中累
때 없이[420] 나 홀로 놀라네	無時獨自驚

420 때 없이 : 원문의 '무시(無時)'는 《임하필기》에는 '중야(中夜)'로 되어 있다. 《林下筆記 卷35 薛荔新志》

선왕고의 자명(自銘)이 이루어지자 소자가 공경히 써서
양연노인에게 의논을 한 일이 있었다. 지금 삼십오 년 만에
양연노인의 시고를 보니 그때의 사실을 기록한 시가
있기에, 서글픔이 일어 원운에 차운한다[421]

先王考自銘成 小子敬書也 有議於養硯老人 今三十五年 閱老人藁 見紀
實詩 愴感次原韻

일찍이 붓을 잡았던 지난 일이 아득한데	往事蒼茫曾握毫
당시의 산소 일에 일꾼과 각수를 감독했네	當時塋役董工刀
겸손한 덕 지니신 조부께선 팔순 고령이셨고	執謙大父八旬邵
글자 새긴 비석은 삼 척으로 높았네	負字貞珉三尺高
소자가 추모하며 느꺼운 심정이 용솟음치는데	小子追惟多起感
자하옹께서 교정하시며 수고롭다 말씀하지 않았네	霞翁參證不言勞
길한 언덕의 봄빛은 고금이 동일한데	吉岡春色同今古
꽃 피는 해마다 술에 취한 것 같네	花發年年似醉醪

421 선왕고의……차운한다 : 이유원의 조부는 이석규(李錫奎, 1758~1839)로 초명
은 영석(永錫), 자는 치성(穉成), 호는 동강(東江)이다. 이석규가 자명(自銘)을 짓고
이유원이 글씨를 썼다는 사실은, 자하(紫霞) 신위(申緯)의 저서에 〈동강노인이 자서
(自序)를 지어 그대로 묘비로 삼았는데 바로 그 손자 묵농(墨農)이 예서로 썼다. 돌을
세우는 날에 묵농이 시를 지어 나에게 화운을 청하였다[東江老人自序 仍作墓碑 卽其孫
墨農之隷也 立石之日 墨農有詩 請余和韻]〉라는 제목으로 실려 있다.《警修堂全藁 冊27
覆瓿集四》

세 분의 시를 모은 축에 차운하다[422]

次韻三詩合軸

신축년(1841, 헌종7)에 내가 대과에 급제하자, 표숙(表叔 외숙) 탄재공(坦齋公) 및 경산 정공(經山鄭公)과 자하 신공(紫霞申公)이 모두 율시 한 수씩 지어 축하해주었다. 합하여 축 하나를 만들고 자하 공이 글씨를 썼는데, 소장한 지 오래되었다. 32년 뒤에 옛 필적을 점검하다가 이 축을 찾고서 감상에 젖어 시를 짓는다.

탄재 표숙의 운에 차운하다[423] 次坦齋表叔韻

용문에 오름을 누가 영예로 여기지 않으리요　　登龍孰不以爲榮

422 세……차운하다 : 1841년(헌종7) 이유원이 대과에 급제한 것을 축하하며 외숙 탄재(坦齋) 박기수(朴綺壽), 경산(經山) 정원용(鄭元容), 자하(紫霞) 신위(申緯)가 이유원에게 시를 지어주었는데, 32년 뒤인 1873년(고종10)에 뒤늦게 차운한 것이다. 박기수(1774～1845)는 본관이 반남(潘南), 자는 미호(眉皓), 호는 이탄재(履坦齋)이다. 1806년(순조6) 별시 문과에 급제하여 내외직을 두루 역임하고 벼슬이 이조판서에 이르렀다. 시호는 효문(孝文)이다.

423 탄재(坦齋)……차운하다 : 이유원의 외숙 박기수는 원시(原詩)에서 “고귀한 집안에 급제의 영예가 이르니, 생질(甥姪)이 뛰어난 재주로 일찍 등과하였네. 물고기가 용문에 뛰어올라 뇌우를 만나고, 붕새가 회오리바람 타고 먼 바닷길을 나서네. 자잘한 유생들은 오로지 문장 꾸미기를 일삼지만, 큰 인물은 마침내 학력에 힘입어 성취하네. 경서와 역사서에 착실하게 공부를 하고, 공무를 마치면 만사 제치고 다시 전력을 기울이라.〔高門軒冕儻來榮, 宅相賢才早策名. 魚躍龍門雷雨會, 鵬搏羊角海天程. 小儒全尙詞章習, 大器終資學力成. 實下工夫經史裏, 公餘却掃更專精.〕”라고 하였다.《林下筆記 卷25 春明逸史 三詩軸》

다섯 해를 스승으로 모시며 무거운 명성 의지했네   五紀函筵倚重名

실제에 전력을 기울여 큰 그릇 되라 기대했고   實地九分期大器

바닷길 만 리 길에 처음 출발을 경계하셨네   海天萬里戒初程

젊은 시절의 분주함은 무엇을 위한 것인가   少時奔走卽何事

늙어가며 공사 간에 성취한 것이 없어라   老去公私無所成

상자 속의 시축을 받들고 공손히 읽어보니   奉軸巾笥恭拜讀

남기신 잠언이 노년의 심정에 더욱 공경스럽네   遺箴益敬暮年情

경산 상국의 운에 차운하다[424] 次經山相國韻

당나라 때는 학사요 송나라 때는 경이라며   唐時學士宋時卿

일찍부터 상공께서 명성을 이루길 기대하셨네   早有相公期待名

공의 가문의 사위가 되자 복록이 구비되었고   腹坦東床福履備

궁궐에선 발자취 좇아 아름다운 패옥을 울렸네[425]   躡追西掖瓊琚聲

---

424 경산……차운하다 : 정원용이 지은 원시(原詩)는 그의 문집에 〈질서 이유원이 대과에 급제하고 영예롭게 돌아옴을 축하하며〔賀姪婿李裕元簪花榮到〕〉라는 제목으로 실려 있는데, "당나라 때는 학사요, 송나라 때는 경으로, 이것은 모두 황금 칠한 이금첩 속의 이름일세. 귀한 관상은 우아한 기상에서 먼저 징험되었고, 맑은 반열은 함께 훌륭한 가문의 명성을 꼽아보네. 청자색 높은 벼슬은 경술로 말미암아 줄 알겠고, 임금과 신하가 뜻이 맞아 먼 길에 오르기를 곧장 보리라. 가문에 급제를 알리니 기쁜 빛이 넘쳐, 비단 안장이 날아오니 살구꽃도 환하도다.〔唐時學士宋時卿, 摠是泥金帖裏名. 貴相先徵儒雅氣, 淸班共數世家聲. 從知靑紫由經術, 直看風雲入遠程. 報道門闌多喜色, 錦韉飛到杏花明.〕"라고 하였다. 《經山集 卷3 賀姪婿李裕元簪花榮到》《林下筆記 卷25 春明逸史 三詩軸》

425 공의……울렸네 : 이유원이 정원용의 아우 정헌용(鄭憲容, 1795~1879)의 딸 동래 정씨(東萊鄭氏)와 혼인한 것과 조정에서 정원용과 오랜 기간 함께 벼슬한 것을 말한다.

일찍이 군신의 뜻이 화합하리라 선견지명 남기셨고　風雲夙契留先見

경술을 닦으란 가르침으로 먼 인생길 열어주셨네　經術良箴啓遠程

이십팔 년 뒤에 거듭 내각에 들어가니　　　　　　　後卄八年重入閣

똑같이 태평시절 만날 줄은 생각지도 못했네　　　不圖同卜際時明

자하노인의 운에 차운하다[426]　次紫霞老人韻

양연산방이란 당호를 세자께서 하사하시던 해에　養硯山房睿賜年

강어의 해에 성상의 은혜가 온전했음을 기억하네[427]　記詑彊圉聖恩全

426　자하노인(紫霞老人)의 운에 차운하다 : 신위(申緯)가 지은 원시(原詩)는 그의 문집에 〈묵농이 대과에 급제하던 날 기뻐서 시를 지어 주다[墨農登第日喜贈一詩]〉라는 제목으로 실려 있는데, "질박한 학문의 명가 태생으로 나이도 연소하니, 인재를 선발함이 지금에야 온전하게 되었음을 보네. 존망의 감개함에 동강노인이 생각나고, 반가운 기쁨은 북원선사를 들뜨게 하네. 크고 작은 전서는 예서의 고아함을 띠고, 두보와 소식의 시풍은 성정을 전하기 좋네. 훗날 그대의 성취를 헤아리기 어려우니, 벽로방 현인들이 글씨 인연을 증명하네.[樸學名家況少年, 掄才今見得人全. 存亡感憶東江老, 歡喜魔狂北院禪. 大小篆生分隷古, 杜蘓詩近性情傳. 難量異日君成就, 蘆舫群賢證墨緣.]"라고 하였다.《警修堂全藁 冊27 墨農登第日喜贈一詩》《林下筆記 卷25 春明逸史 三詩軸》

427　양연산방(養硯山房)이란……기억하네 : 강어(彊圉)는 천간으로 '정(丁)'을 가리키는데, 익종(翼宗, 효명세자)이 정해년(1827, 순조27)에 부왕인 순조의 명령으로 대리청정을 시작한 것을 가리키는 듯하다. 효명세자가 1830년(순조30) 봄에 친히 '양연산방(養硯山房)' 네 글자를 써서 신위(申緯)에게 하사하였는데, 신위는 집 뒤에 정자 하나를 짓고 그것을 이름으로 삼은 뒤에 이유원에게 '예사양연산방(睿賜養硯山房)'이라는 현판을 써달라고 부탁하였다고 한다.《林下筆記 卷28 春明逸史 養硯山房》《警修堂全藁 解題》

임하려에 물러나 감개에 겨워 벽로방[428]을 추억하며 　退廬感憶碧蘆舫

옛 시축에서 낙엽을 쓰는 선승의 모습 떠올리네 　古軸儀圖掃葉禪

꽃이 쌓이고 옥이 널린 한 부의 시축에 　花市瓊田一部集

비단 장식 옥 마구리로 세 분의 시가 전하는데 　錦裝玉蹙三詩傳

사십 년 세월 뒤에 남은 운치를 상상하니 　光陰四十想餘韻

옛 분들의 인연 소중하여 잊기 어려워라 　珍重難諼舊雨緣

---

428 벽로방(碧蘆舫) : 자하(紫霞) 신위(申緯)의 서재 이름인데, 편액은 추사(秋史) 김정희(金正喜)가 예서로 써주었다고 한다. 《林下筆記 卷33 華東玉糝編 金門墨緣》

교남의 한 노인이 지팡이를 짚고 찾아와 나에게 한 개의
붉은 조롱박을 주며 '신선과 멀지 않으므로 준다'고 하기에
희롱 삼아 시 한 수로 사례하다
嶠南一老人 扶杖來見 贈余一紅葫蘆曰 去仙不遠故遺之 戲謝一詩

노인이 조롱박을 차고서　　　　　　　　　老人佩葫蘆

산속 외진 곳으로 나를 찾아왔네　　　　　訪我山之僻

한 덩어리가 불그스름한 빛깔이라　　　　一顆瑪瑙色

벽옥을 받들 듯 애지중지하네　　　　　　愛玩如拱璧

나에게 주면서 말을 건네기를　　　　　　贈之言以贈

나도 신선이 되리라 말씀을 하시는데　　　謂我神仙亦

나는 본시 신선을 부러워하지 않아　　　　我本不羨仙

아침저녁으로 참된 자취를 숨겼는데　　　暮朝秘眞迹

하필이면 이처럼 되고 말았는가　　　　　何必乃如是

은거함이 도리어 괴로움을 끼치도다　　　其隱反役役

숨을 수 있고 숨을 수 없고 간에　　　　　可隱不可隱

평소의 지킴을 앞으로도 바꾸지 않으리　　素守從無易

노인이 의도한 바가 있어서　　　　　　　老人意有在

은미한 뜻을 나보다 먼저 터득했으니　　　微奧先我獲

입이 없는 조롱박 하나가　　　　　　　　無口一匏子

장구한 계책에 해롭지 않으리　　　　　　不害是長策

박금령에 대한 만사[429]

朴錦舲輓

종남산 적막하고 아름다운 꽃도 시드니	終南寂寞璇花枯
양연산방 계회도 속의 옛 친구들을 찾기 어렵네	舊稧難尋養硯圖
어찌 생각했으랴 영원의 여덟 학사 중에	那意靈園八學士
그대가 가장 먼저 길을 떠나게 될 줄을	夫君先首大歸塗

공은 젊었을 때, 양연산방(養硯山房)의 계회도 시축에 참여하여 입실(入室)한 사람이 되었다. 장원(張園)의 모임을 '팔학사회(八學士會)'로 일컫는데[430] 지금까지 전해온다.

문장과 부귀가 둘 다 아득해지니	文章富貴兩茫然
태평시대의 명사로서 일이 완전하지 못하네[431]	聖世聞人事未全

---

429 박금령(朴錦舲)에 대한 만사 : 박영보(朴永輔, 1808~1872)의 죽음을 애도하며 지은 만시이다. 박영보의 본관은 고령(高靈), 자는 성백(星伯)이며, 금령은 그의 호이다. 38쪽 주15 참조.

430 장원(張園)의……일컫는데 : 장원은 옛날에 서원시사(西園詩社), 즉 송석원시사(松石園詩社)가 열렸던 서울 옥인동에 위치한 건물로 추정된다. 이유원은 갑진년(1844, 헌종10)에 남사(南社)의 회원인 주계(周溪) 정기세(鄭基世), 연암(煙巖) 조석우(曺錫雨), 성산(星山) 조연창(趙然昌), 금령(錦舲) 박영보(朴永輔), 석거(石居) 김기찬(金基纘), 석농(石農) 조응화(趙應和)와 함께 장씨원(張氏園)에 놀러 가서 술잔을 나누며 시를 읊었는데, 풍류가 질펀하여 세상 사람들이 칠학사회(七學士會)라고 일컬었다고 한다.《林下筆記 卷25 春明逸史》칠학사회는 팔학사회(八學士會)로도 불린다. 38쪽 주17 참조.

431 문장과……못하네 : 박영보가 장수를 누리지 못함을 애석해한 말이다. 박영보는

패옥과 생황 소리가 구름 밖에서 울리니　　　　玉佩笙鏞雲外響
십주와 삼도⁴³²의 선경에 한 곡조 전하였나　　十洲三島一腔傳

두릉의 물은 쪽빛보다 푸른데　　　　　　　　斗陵之水碧於藍
유성 골짜기의 재목은 녹나무보다 아름답네　　維峽之材美賽楠
그대 집안의 대들보가 꺾였을 뿐만 아니라　　非但君家棟樑折
우리들이 영락해감에 슬픔을 어이 견디리오　　吾人零落愴何堪

　　두릉(斗陵)은 공이 옛날 거처하던 고장이고, 유성(維城)은 공의 선산이
　　있는 곳이다.

일강에서 성주께서 알아주시어 법온을 재촉하시고　日講催宣聖主知
몇 차례나 섬돌을 내려가는 모습을 바라보셨던가　幾番目送下丹墀
정성 담아 진달하는 모습을 내가 일찍이 보았나니　敷陳款款吾曾見
양관의 이름 적은 명단에 모두 말씀을 남기셨네　兩館題名儘有辭

　　내가 일찍이 공과 함께 여러 차례 강석(講席)에 올랐으므로 공의 정성스런
　　충정을 잘 알 수 있었다.

1869년(고종6) 극심한 가뭄에 경기도 관찰사로서 기민 구휼에 전력하였고, 1871년 신
미양요까지 겹쳐 군량미 확보를 위해 동분서주하였다. 1872년 7월 홍문관 제학에 임명
되었으나, 7월 14일 갑자기 세상을 떠났다.《朴永輔全集 解題》
432　십주(十洲)와 삼도(三島) : 십주는 도교에서 큰 바다 가운데 있어서 신선이 산다
고 일컫는 열 곳의 명소이고, 삼도는 봉래(蓬萊), 방장(方丈), 영주(瀛洲) 세 곳의
선경을 말한다. 221쪽 주473 참조.

메추라기 같은 천만 백성을 부지런히 먹이니　　　鶉鵠十千仰哺勤

연달은 진휼 행정으로 햇살 같은 은덕 베풀었네　　連仍賙賑布陽春

생신날 음식을 하사하니[433] 특별한 은총임을 알아　生朝賜食知恩數

해마다 지방 순행으로 능히 보답하였네　　　　　能副年年方面巡

　경기도 관찰사가 되었을 때, 두 해 동안 진휼 정책을 베풀어 살아난 백성이
매우 많았다. 화성에 임금이 행차했을 적에 마침 공이 생신을 맞으니, 임금
이 공에게 음식을 베풀었기 때문에 언급하였다.

《임하필기》가 완성되면 평을 붙이겠다 약속하신　林下記成約訂評

산방의 옛이야기가 전생의 일인 듯싶네　　　　　山房舊話屬前生

벽오동나무 아래 신선 되어 오르시던 저녁에　　　碧梧樹下蛻仙夕

《해동악부》가 여전히 책상 위에 놓여 있었네　　樂府猶看丌上橫

　내가 《임하필기(林下筆記)》를 완성하자 공이 와서 보고는 함께 교정을 보
겠다고 약속하였다. 공의 집 앞에 두 그루의 벽오동이 있어 가지와 잎이
늙고 커서 짙은 그늘이 주렴을 가렸다. 내가 지은 《해동악부(海東樂府)》가
있는데, 공이 세상을 떠날 때 여전히 책상머리에 있었다.

남사의 팔영시에 한 수로 군을 읊으니　　　　　南社八詩一屬君

병중에 화답한 구절이 은자의 산속에 떨어졌네　病中酬句落煙雲

이것이 시단에서 공의 절필작임을 아노니　　　　認是詞場遺絶筆

천범과 이섭이 바로 그 글일세　　　　　　　　千帆利涉卽其文

---

433 생신날 음식을 하사하니 : 박영보가 63세 때이던 1870년(고종7)에 화성(華城)을
호종한 뒤에 생일을 맞으니, 궁궐에서 특별히 음식을 하사한 일을 가리킨다. 《박영보전집》
제3책 〈扈駕華城, 過生朝, 蒙恩宣飯, 感賦一詩〉 참조.

내가 〈남사팔영(南社八詠)〉434을 읊어 보내니, 공이 병중에 화답하였는데, "천 척 돛배가 지나는 날 오래전에 배를 가라앉혔으니, 건너려 해도 나루가 없는데 하물며 한번 놀 수 있으랴.〔千帆過日久沈舟, 利涉無津況一游.〕"435 라는 구절이 있었으니, 이것이 공의 절필작이었다.

중원의 문사들도 공의 높은 이름을 외고	中原文士誦高名
옥 같은 아들은 사명을 마치고 국경에서 돌아왔네	玉樹歸來關塞程
금강의 봄물에 빈 배를 띄우니	錦江春水虛舟泛
달빛 밤에 찬 파도는 상여 줄을 향해 우네	夜月寒波向紼鳴

공이 사신으로 가서 명사들과 많이 사귀었고, 공의 아들은 금년에 삼행인(三行人)으로 막 돌아왔다.436 공의 발인 행차가 금강(錦江)을 건넜을 것이다.

| 충청도 무덤의 가을 풀이 서리를 겪지 않았는데 | 湖阡秋草未經霜 |
| 이 사람을 만고당437에 남아서 기다리네 | 留待斯人萬古堂 |

---

434 남사팔영(南社八詠) : 《가오고략》 책3 앞부분에 실린 〈남사의 시인들을 읊다〔屬南社諸公〕〉 8수를 가리킨다.

435 천 척……있으랴 : 원시(原詩)는 《박영보전집》에 보인다. 《朴永輔全集 雅經堂詩晚集 卷9 芙蓉秋水堂存藁 橘山相公屬懷有詩兼次其自屬韻奉獻》

436 공의……돌아왔다 : 박영보의 아들 박봉빈(朴鳳彬, 1838~?)은 자가 한사(漢四)로, 1871년(고종8) 정시 문과에 급제하였고, 동년 10월에 사복시 정으로 동지 겸 사은사의 서장관에 임명되어 정사 민치상(閔致庠), 부사 이건필(李建弼)과 함께 연행을 떠나 1872년 4월에 돌아왔다. 《承政院日記》

437 만고당(萬古堂) : 이유원이 천마산 동쪽에 조성한 가오곡에 딸린 부속 건물로 보이는데, 자세한 내력은 미상이다.

장례를 검소하게 하여 시속을 따르지 못하게 하니 　輕裝不許從流俗
광중에는 옛날 비단 시 주머니만이 가득 찼네 　　實壙惟餘舊錦囊

내 몸으로 직접 침문에 곡하지 못했으니 　　　　未把吾身哭寢門
시골에 거처하며 나눈 정과 예를 어찌 논하랴 　　鄕居情禮尙何論
철철 흐르는 눈물이 붓끝을 적시니 　　　　　　汪汪一淚毫端濕
열 수의 애사로도 말을 다하지 못하네 　　　　　十首哀辭不盡言

붉은 여뀌

紅蓼

가을날 연못에 비가 내려   秋日池塘雨

밤이 깊어지자 옥 이슬이 가볍네   夜深玉露輕

강호에 몸이 이르지 않아도   江湖身不到

붉은 여뀌가 한가한 정취를 돕네   紅蓼助閑情

태창의 늠속이 흰빛이 돌아 미음을 만들기에 가장 좋았다[438]
太倉廩粟有白色 作米飮最佳

태창에서 받은 녹미가 눈보다 희니	太倉廩粟白於雪
밝은 조정에서 노신에게 은혜를 베푼 곡식이라네	資是明朝惠老臣
산 넘고 바다 건너 고생 끝에 온 낱알인데	山海梯航辛苦粒
물러난 몸이 공적도 없이 외람되게 받았네	無功濫受退居身

---

438 태창(太倉)의……좋았다 : 태창은 광흥창(廣興倉)의 별칭으로 관원의 녹봉을 관
장하던 관아이고, 늠속(廩粟)은 녹봉으로 지급하는 미곡이다.

눈이 어둡고 귀가 먹음을 탄식하다

眼昏耳聾歎

눈 어둡고 귀 먹으니 무슨 증상이런가	眼昏耳聾是何證
건강하고 장성할 때는 이런 병이 없었는데	康壯之時無此病
마흔 쉰 지나 이 나이에 이르니	四十五十曁此年
물동이를 기울여 깊은 구멍으로 붓는 듯하네	若水建瓴就深窣
공중에 금가루가 헛된 무늬를 만들고	空中金屑起虛紋
어느 곳의 생황 소리런가 자루로 두드리듯 하네	何處笙簧弄扣柄
때리지 않아도 번개가 치고 비가 없이도 우레 울리고	
	不撲電掣不雨雷
때 없이 조수 소리 들리고 꽃이 아닌데 어른대네	非信潮落非花映
벌레가 기고 개미가 보이며 날아다니는 모기를 쫓으니	
	蟲行蟻看禦飛蚊
색깔이며 소리가 제각기 분주히 내달리네	色色聲聲各奔競
옆 사람이 입을 벌려도 제대로 알아듣지 못하고	傍人開口顧左言
글씨를 쓰면 두 줄이 되니 본래 의도 아니었네	寫字雙鉤本非性
머리를 기울여 추한 자태로 남창에 기대고	仄首醜態倚南窓
손 가는 대로 정신을 집중해 서역 안경을 찾네	隨手精神覓西鏡
바보 천치가 저절로 집안 늙은이가 되었는데	癡人自作家中翁
안에서는 비방하는데 바깥에선 공경하네	內則嘲訕外則敬
하늘이 부여한 것이 점점 변한다고 누굴 원망하랴	天賦漸變復誰尤
가련한 오늘의 신세가 모두 운명인 것을	可憐今日都是命

술회 25수

述懷 二十五首

온갖 벼슬 두루 겪으면서 세월이 바빴는데	宦遊閱歷恩恩年
맵고 쓰고 달고 시큼함이 몇 번이나 바뀌었나	辛苦甘酸幾變遷
만년에 비로소 산중의 즐거움 누리니	晚來始享山居樂
강호에서 나아가고 물러남을 하늘에 맡긴다네	進退江湖一聽天

삼십 년 전에 사마시에 급제하였고	三十歲前司馬龍
사십 세에 식사에 솥을 벌이고 종을 울렸다네[439]	四旬列鼎而鳴鍾
오십 세를 넘기자마자 정승의 지위에 올랐으나[440]	知命纔踰承赤舄
머리와 수염이 아직도 옛날의 용모를 지녔네	髮鬚猶帶舊時容

하는 일 없이 녹만 축낸 십 년 세월에	伴食居然十載間
지난날 말석이 지금은 조반의 우두머리 되었네	曩之末至今頭班

---

439 삼십……올렸다네 : 사마시는 이유원이 1841년(헌종7) 문과에 급제한 것을 가리
킨다. 원문의 '열정명종(列鼎鳴鍾)'은 한 끼 식사를 하면서 많은 솥을 늘어놓고, 식사
시간을 알리기 위해 종을 울리는 현달하고 부귀한 생활을 말한다.《史記 卷129 貨殖列
傳》《古文眞寶 後集 滕王閣序》

440 오십……올랐으나 : 이유원이 51세 때인 1864년(고종1) 6월 좌의정에 올라 임금
을 보필한 것을 말한다. 원문의 '적석(赤舄)'은 붉은 신발로,《시경》〈빈풍(豳風) 낭발
(狼跋)〉에 "붉은 신발이 점잖고 의젓하였다.〔赤舄几几.〕"라고 하여, 주(周)나라 성왕
(成王)을 도와 정치를 대행한 주공(周公)을 찬미한 말이 보인다.

다소간의 응대할 사무를 나 몰라라 팽개쳤는데 　　少多時務先天付
창졸간에 백 첩 산속에서 정무를 듣게 되었네[441] 　倉卒參聞百疊山

질병을 자주 말함은 명성을 좋아하기 때문이라 　善說疾疴與好名
선현들도 남의 구설수에 들기를 면키 어려웠네 　前脩難免入論評
늙어갈수록 점점 깨닫지 못하니 　　　　　　　老去駸駸渾不覺
심정을 속여 무엇 하랴 바로 진정인 것을 　　　矯情無奈是眞情

젊은 시절엔 무례하였고 만년에는 게으르니 　少時無賴晚時懶
이런 사람이 세상의 시비를 어찌 알리오 　　一物焉知世是非
옳음을 잊고 그름을 잊고 이윽고 나도 잊고서 　忘是忘非因忘我
앉아서 고갯마루에 떠가는 흰 구름만 보네 　坐看嶺上白雲飛

국내의 좋은 명산을 두루 유람하느라 　　　遍觀國內好名山
절벽을 오르고 등나무 잡으며 걸음마다 고생이었네 　附壁攀藤步步艱
빨리 걸으면 넘어지기 쉽고 느린 걸음이 운치 있으니

　　　　　　　　　　　　　　　　　　　疾行易躓徐行逸
유숙할 곳에서 서로 만나니 결국은 똑같다네 　止宿相逢若是班

속세에서 갈팡질팡함은 나의 장기가 아니어서 　顚倒紅塵非我長
한적함을 사랑하여 천마산 남쪽에 터를 잡았네 　愛他閑適卜摩陽

---

441 다소간의……되었네 : 은거하면서도 매양 국사를 자문받아 산중재상(山中宰相)
으로 불린 양(梁)나라 도홍경(陶弘景)의 고사를 빌려온 말이다.

지팡이와 신발로 거니는 것만이 생전의 즐거움이 아니니

不徒杖屨生前樂

또 소나무 삼나무 사이에 만고당을 두었네

且置松杉萬古堂

성상께서 낙향하기를 좀체 허락하지 않으시니

聖朝幾靳許還鄕

동강442으로 아주 떠나는 행장이 아니었네

非是東岡邁邁裝

정중하신 임금의 말씀에 더욱 감격스러워

鄭重王言尤感激

늘 뵈올 때마다 성상의 용안에 기쁜 빛 감돌았네

天顔每喜見常常

범군이 출발하려 하자 석호를 써서 하사하였고443

范君臨發賜石湖

위야가 은거하자 그곳 그림을 그려 진상하였네444

魏野幽居進山圖

천고에 드문 은총이 아님이 없었으니

恩數罔非千古曠

전인들에게 거의 없었고 후인들에겐 전혀 없네

前人無幾後人無

442　동강(東岡) : '동쪽 산비탈'이란 말로, 벼슬에 나가지 않고 물러나 있는 곳을 뜻한다. 후한(後漢)의 안제(安帝)가 특별히 예를 갖추어 주섭(周燮)을 불렀는데도 질병을 이유로 사양하자, 그의 친족이 "덕행을 닦는 목적은 나라를 다스리기 위해서인데, 선세(先世) 이래로 훈작과 은총이 줄을 이었음에도 그대만 유독 동쪽 비탈밭을 지키는 것은 어째서인가.〔夫修德立行, 所以爲國, 自先世以來, 勳寵相承, 君獨何爲守東岡之陂乎.〕" 라고 말한 고사에서 유래하였다. 《後漢書 卷53 周燮列傳》

443　범군(范君)이……하사하였고 : 범군은 송나라 범성대(范成大, 1126~1193)를 가리킨다. 남송 효종(孝宗)이 순희(淳熙) 15년(1188)에 '석호(石湖)' 두 글자를 써서 하사하였다고 한다. 《玉海 卷34 淳熙書蘇軾蘇轍詩》

444　위야(魏野)가……진상하였네 : 위야는 송나라 진종(眞宗) 때 섬주(陝州)에 살던 은사(隱士)로, 진종이 그의 고매한 명성을 듣고 섬주 지사 왕희(王希)를 보내 불렀으나 질병을 핑계로 나오지 않자, 사신을 보내 그가 살던 곳을 그림으로 그려오게 하여 곁에 두고 보았다고 한다. 《宋史 卷457 隱逸 上 魏野列傳》

일생토록 거문고와 책을 즐기며 자족하였고	一生自足琴書娛
푸르고 붉은 그림들로 서재를 가득 채웠네	翡翠丹沙充畫廚
서툰 글씨 저열한 솜씨로 여기에만 그치고서	塗鴉點抹止於此
당시에 술꾼[445]이 되지 못한 것이 한스럽도다	恨不當年作酒徒

임하려 작은 집에서 필기를 읽으며	林下小廬讀筆記
분류해보니 삼십구 편 남짓 되었네	分流三十九餘編
집·자·사·경에 들지 않는 말일지라도	集子史經以外語
제해의 문자는 고금에 현묘했다네[446]	齊諧文字古今玄

《가오고략》을 깊이깊이 감추고서	嘉梧藁略深深齋
오래 전하면 누가 이것을 고찰하랴	壽以傳之誰以稽
구십 노인과 팔십 노인이	九十老人八十老
책머리에 한마디 말을 아끼지 않네[447]	卷顚不惜一言題

445 술꾼 : 원문의 '주도(酒徒)'는 고양주도(高陽酒徒)의 준말로, 예의범절이나 격식에 구애받지 않는 호탕한 사람을 가리킨다. 한고조(漢高祖) 유방(劉邦)이 역이기(酈食其)의 면회 요청을 받고서 사람을 시켜 사절하게 하자, 역이기가 "나는 고양 땅의 술꾼이지, 유학자가 아니다.〔吾高陽酒徒 非儒人也.〕"라고 하고는 면회를 했던 고사가 있다. 《史記 卷97 酈生列傳》

446 제해(齊諧)의……현묘했다네 : 이유원의 《임하필기》가 제해와 닮았지만 나름대로 도리를 간직하고 있다는 말이다. 《장자》〈소요유(逍遙遊)〉에 "제해는 기괴한 것을 기록한 것이다."라는 말이 있는데, 제해가 사람 이름인지, 책 이름인지에 대해서는 논란이 있다.

447 구십……않네 : 《가오고략》에 정원용(鄭元容)이 89세로 서문을 짓고, 윤정현(尹定鉉)이 79세로 서문을 지은 것을 가리킨다. 《嘉梧藁略序》

산중재상은 어떠한 관직이기에	山中宰相是何官
도홍경은 편안해하고 나는 불안해하는가[448]	弘景安之我不安
이 산속에 거처하니 관직이 무슨 소용이랴	居是山中官豈以
강호에서 물고기 새를 벗하여 도롱이만 싸늘하네	江湖魚鳥一簑寒

푸른 대와 푸른 오동에 자손들이 자라나니	翠竹碧梧長子孫
말 배우고 걸음 배우며 형제들이 우애롭네	學言學步友金昆
난새와 고니 같은 자질을 어찌 바라랴	停鸞峙鵠其焉望
대추 밤이 있는 산가에서 개와 돼지처럼 기르리[449]	棗栗山家養犬豚

평소 도박 저포 바둑을 익히지 않아	平生不解博樗碁
그저 낚싯줄 하나 드리우며 회포를 푸네	取適時時只一絲
작은 물고기 낚으면 도로 놓아주니	釣得小魚還放去
노옹의 심사가 또한 사사롭지 않도다	老翁心事也非私

---

448 산중재상(山中宰相)은……불안해하는가 : 산중재상이란 산중에 은거하였으면서도 매양 국사(國事)를 자문받는 것을 상징적으로 부르는 말인데, 다소 힐난하는 의미로도 쓰인다. 양(梁)나라 때 도홍경(陶弘景)이 조정의 고관을 지내고 구곡산(句曲山)에 은거하였는데, 양 무제(梁武帝)가 국가의 중대사를 반드시 그에게 자문한 데서 유래하였다.

449 푸른……기르리 : 난새와 고니는 남의 빼어난 자제를 비유한 말이고, 개와 돼지는 자신의 자식을 겸손하게 일컫는 말이다. 당나라 한유(韓愈)의 〈전중소감마군묘명(殿中少監馬君墓銘)〉에 "물러나 소부를 뵈니, 푸른 대나무와 푸른 오동나무에 난새와 고니가 우뚝 선 듯하였으니, 능히 그 가업을 지킬 수 있는 분이었다.〔退見少傅, 翠竹碧梧, 鸞鵠停峙, 能守其業者也.〕"라고 한 구절이 있다. 《古文眞寶 後集 卷4 殿中少監馬君墓銘》

울타리 밑에 박을 심어 마음껏 자라게 하니 　　　種匏籬下任縱橫
처마를 덮기도 하고 용마루를 덮기도 하네 　　　或覆簷牙或覆甍
주렁주렁 푸르고 누런 크고 작은 박 덩어리를 　　　絫絫靑黃小大顆
산속 부엌에 거둬들이면 국거리가 풍족하네 　　　山廚收入侈調羹

지난해에 적전에 친히 뿌리고 거두시어[450] 　　　去歲耤田親穧種
관서마다 나눠주시니 함께 성상의 은혜에 젖었네 　　　頒諸府院共霑恩
미천한 신하가 돌아와 메마른 비탈밭에 파종하여 　　　微臣歸播山磽确
가을에 몇 섬을 수확하여 대문을 크게 열었네 　　　斗斛秋來大闢門

독서와 경제 두 길 모두 종적을 잃어 　　　讀書經濟兩忘羊
밝은 시절의 큰 계책을 놀라 바라만 보았네 　　　石畫明時等望洋
중서성의 하는 일이 무슨 일이런가 　　　中書做業稱何事
문미에 건 두 글자는 묘당이라네 　　　二字楣題曰廟堂

서로 바라보며 일장춘몽이라 크게 웃나니 　　　大笑相看夢一場
조복엔 아직 궁궐 향로의 향이 배어 있네 　　　朝衣猶浥御爐香
옛 시절의 관각이 천상계인 양 멀어지니 　　　舊時館閣隔天上
지난날 키질에 쭉정이로 날린 것이 부끄럽네[451] 　　　揚簸從前愧粃糠

---

450 지난해에……거두시어 : 고종이 영조 대에 행해졌던 친경(親耕) 의식을 100여
년 만에 복원하여 1871년(고종8) 2월 10일 성북동의 선농단(先農壇)에 나아가 적전(耤
田)에서 친히 밭을 가는 친경을 행하고, 5월 17일 선농단에 나아가 보리를 수확하는
관예(觀刈) 의식을 행한 것을 가리킨다. 《承政院日記》《林下筆記 卷26 春明逸史 親耕
時奏辭》

산속 서재에 가을비가 비단 창을 때려 　　　　山齋秋雨撲窓紗

게으른 시인 일으켜 들꽃을 희롱케 하네 　　　起懶詩人弄野花

우선 술잔에 부어서 나의 가슴을 적시고 　　　且酌金罍澆我膈

살진 고기와 해산물을 그득 벌여놓았네 　　　雜陳盤腹兼魚鰕

사흘 동안 작은 동이에 술을 빚으니 　　　　　三宿釀成小甕酒

맛은 좋지 않아도 취하기에 무어 부족하랴 　　味雖不適何嫌醨

호탕한 노래 때로 부르며 더 마실 만한데 　　豪歌時發猶堪飮

수풀에 까마귀 시끄러우니 날이 벌써 저물었네 　鴉噪山林日已曛

까마귀 시끄럽고 노래 호탕하여 마음껏 취하니 　鴉噪歌豪一任醉

인간 세상에 누가 이처럼 대남아런가 　　　　人間誰是大男兒

떠나고 머무름을 내가 마음에 두랴 　　　　　去去留留何有我

석양 녘 풀밭에 나그네의 회포만 슬프네 　　　夕陽芳草客懷悲

일 년 중에 밝은 달은 이날 밤이 제일이라 　　一年明月此宵多

산중의 나그네 잠 못 들고 미친 듯 기뻐하네 　山客無眠喜欲魔

마름이 널리 퍼지고 대나무 그림자 드리우니 　藻荇交橫脩竹影

온 뜨락의 질펀한 물에 금물결이 이누나 　　滿庭積水漾金波

---

451 지난날……부끄럽네 : 자신이 재능도 없으면서 높이 벼슬한 것을 비유한 말이다.
진(晉)나라 손작(孫綽)이 습착치(習鑿齒)와 함께 길을 가는데, 앞서 가던 손작이 뒤에
처진 습착치를 돌아보며 "물에 일어 거르면 기왓장과 돌이 뒤에 남는다.〔沙之汰之,
瓦石在後.〕"라고 하자, 습착치도 "바람에 까불러 날리면 겨와 쭉정이가 앞에 날린다.〔簸
之颺之, 糠粃在前.〕"라며 농담을 주고받은 데서 유래하였다.《晉書 卷56 孫綽列傳》

나는 지팡이 들고 푸른 노을 헤치고자 하는데　　　我欲携筇披碧霞

해당화 핀 어느 곳에 밝은 모래 남았는가[452]　　海棠何處留明沙

삼십 리 경포호를 마치 다시 만난 듯하니　　　　鏡湖三十如相遇

갑자기 공중에 빛이 나서 안력이 환해지네　　　驀地空光眼力奢

명산에 약속을 남긴 지 삼십 년인데　　　　　　留約名山三十年

게으른 내가 만년에서야 주선함이 부끄럽네　　愧吾懶散晚周旋

우스워라, 깡마른 아이가 전각 앞에 앉아서　　可笑嬴童前殿坐

당시에 치마 걷고 건너지 못했도다[453]　　　當時不得涉裳褰

452　해당화……남았는가 : 이유원이 유람을 다녀온 해금강의 긴 모래밭과 그 곁에
핀 해당화를 말한 것이다. 《林下筆記 卷27 春明逸史 明沙海棠》

453　깡마른……못했도다 : 이유원이 젊은 시절에 벼슬하느라 유람하지 못했다는 말
이다. 이유원은 1841년(헌종7) 28세의 나이에 문과에 급제하고서 승정원 가주서를 시작
으로 벼슬길에 진출하였다.

추석

秋夕

굳은비가 막 개니 산속 집이 서늘하고   積雨初晴山屋凉
국화꽃이 선명하여 울타리 가득 향기롭네   秋花的皪滿籬香
잠시 뒤 달이 올라 숲 안개가 흩어지니   須臾月上林煙散
자는 새가 놀라서 나그네 평상으로 날아드네   宿鳥驚投野客床

계절이 이른 산중엔 팔월에도 서늘하여   節早山間八月凉
대문 앞에는 무성한 벼이삭이 향기롭네   門前襲襲稻花香
밤 내내 벌레 소리에 몇 번이나 탄식하며   達宵蟲語幾歎息
민둥머리 노인이 잠 못 들고 돌 평상을 쓰네   禿叟無眠掃石床

용진⁴⁵⁴ 2수

龍津 二首

북강 상류의 물을 따라   北江上流水

동으로 가며 날마다 쉬지 않네   東去日不休

어디서 온 일엽편주가   何來舟一片

나를 맞아 뱃노래를 보내누나   迎我送棹謳

뱃노래 두세 곡조에   棹謳三兩聲

나는 이미 높은 누각에 올랐네   我已登高樓

누각 아래 들은 일망무제라   樓下野無際

지나온 나루가 아득히 보이네   迷茫前渡頭

454 용진(龍津) : 북한강과 남한강이 합류하는 지점인 양수리(兩水里)를 옛날에 용진이라고 하였는데, 이 일대의 강을 이르는 말이다. 《동사강목(東史綱目)》부권 하(附卷下) 〈열수고(列水考)〉에 "한강의 수원이 하나는 태백산(太白山)에서 나오고, 다른 하나는 오대산(五臺山)에서 나와 서남쪽으로 용진(龍津)과 합하여 한강이 된다."라고 하였다.

양근 도중에서
楊根途中

서까래 몇 개를 솜씨 좋게 엮어 역참을 만드니	好聚數椽成館驛
행인들 손으로 가리키며 바삐 걸음을 옮기네	行人指點去悤悤
메밀꽃은 늙기도 전에 머리에 흰 눈 내리고	蕎花未老頭先雪
떡갈나무는 가을 되자 뺨이 절반 붉어졌네	槲葉逢秋臉半紅
물가 지붕의 오목한 벽에 제비가 둥지를 틀고	凹壁鷰巢臨水屋
땔나무 줍는 아이는 높은 절벽에 개미처럼 달렸네	高崖蟻附拾樵童
근래에 세 차례 이 산길을 지났는데	伊來三度玆山路
풍경이 해마다 저절로 같지 않네	物色年年自不同

지평 도중에서

砥平途中

검령의 아침 해에 세상 근심에서 깨어	黔嶺朝陽塵慮醒
광탄에서 저녁에 구경하느라 작은 수레를 멈추네	廣灘晚矚小車停
들의 곡식은 서고 누워 진법의 형세를 이루고	竪橫野穀陣成勢
산골 계곡은 구불구불 글자 모양을 이루었네	圓曲山嵝字畫形
푸른 쇠를 화로에 넣어 검푸른 솥을 빚어내고	靑鐵入爐出鼎鬴
붉은 노을로 비단을 펼쳐 신선 세계를 보호하네	丹霞開錦護仙扃
주경야독하며 어버이 봉양한 것이 어제와 같은데	硏耘榮養如晨隔
고개 돌리니 어느덧 이십이 년 전이로다	回首居然卄二星

고갯마루에서

嶺上

산행에는 법도가 있어 천천히 가라고 하니	山行有道戒徐行
선각들의 말씀이 먼저 내 심정을 얻었네	先覺之論已得情
필경엔 저녁에 묵을 곳에서 서로 만나니	畢竟相逢止宿處
빨리 걸어 굳이 선두를 다툴 필요 있으랴	行行何必後先爭

홍천 관아에서 정경산 상국의 현판의 시에 차운하다[455]
洪川衙軒 次鄭經山相國板上韻

초록빛 고을 저물녘에 곧장 동헌에 투숙하니	綠州暮日直投軒
문득 경산 공이 자손을 거느리던 때가 생각나네	忽憶經山率子孫
조정의 주밀한 계책은 노년에 더욱 씩씩하였고	廊廟紆籌衰益壯
관찰사로 끼친 사랑은 떠난 뒤에도 남았네[456]	旬宣遺愛去猶存
십삼 년의 봄을 일찍이 지방관으로 봉양하였고	十三春度曾專養
구십 세 높은 연세에 자주 은총을 입었네	九耋年高屢被恩
나 또한 오늘 밤에 친족과 화수회[457]를 여니	我亦今宵花樹會
두 사람 모두 달빛 속에 술동이 기울이겠네	兩人共對月中樽

---

455 홍천(洪川)……차운하다 : 경산(經山) 정원용(鄭元容, 1783~1873)은 철종 11년 (1860) 막내아들 정기명(鄭基命)이 홍천 현감(洪川縣監)에 특별히 제수되자 78세의 나이로 홍천 관아에 가서 봉양을 받은 일이 있는데, 이때 지은 시로 추정되나 문집에는 보이지 않는다. 《經山集 附錄 卷1 年譜》

456 관찰사로……남았네 : 정원용은 1827년(순조27) 3월 강원도 관찰사에 임명되어 이듬해 7월까지 재임하였다.

457 화수회(花樹會) : 종족들끼리 모이는 종회(宗會)를 말한다. 당나라 때 위씨(韋氏)들이 번성하여 늘 꽃나무 아래 모여 술을 마신 데에서 유래하였다.

베 짜는 시골 아낙 2수

村女織 二首

높고 메마른 가을 해가 내려쬐는데 高燥秋陽曝
이른 목화솜은 벌써 씨아로 실을 뽑았네 早綿已繅絲
베틀 머리에 젊은 아낙이 앉아 機頭少女坐
열 손가락을 번갈아 놀리네 十指交相隨

두 번째 其二
삼 일이면 한 필을 이루니 三日成端疋
남의 칼과 자를 빌려 완성하였네 倩人刀尺完
둘둘 말아 대상자에 넣으니 捲入竹箱子
낭군이 가을에 춥지 않으리 郎君秋不寒

길을 물으며
問路

산꼭대기 길에서 그대를 만나   逢爾山顚路

산의 동쪽으로 가는 길을 물으니   問路山之東

손가락으로 백운 사이를 가리키며   手指白雲間

설악이 이 속에 있다 하네   雪嶽在此中

인제 주막

麟蹄店

울타리 밖에 범과 이리가 내려오니　　　籬外虎狼來

길손들이 한밤중에 두려워 떠네　　　　行旅中宵喘

산골 백성은 함께 살아감에 익숙하여　　峽氓習與居

강아지를 꾸짖듯 쫓아버리네　　　　　　叱退如小犬

주막에서 바라보며
店中所見

절벽을 파서 작은 길을 내고	鑿壁通微逕
시내 위로 비스듬히 다리를 걸치니	架溪橫仄橋
붉은 벼랑에 수레와 말이 위태롭고	丹崖車馬倒
백주대낮에 토끼와 여우가 출몰하네	白晝兔狐驕
꿈에 그리던 산천이 가까워지니	夢裡山川近
구름 사이로 집과 도성이 멀어지는데	雲間家國遙
시골 방에 와서 홀로 묵으니	村房來獨宿
한 가지에 깃든 뱁새와 무어 다르랴458	何異一枝鷦

---

458 한……다르랴 : 자기 분수에 만족한다는 의미이다. 《장자(莊子)》〈소요유(逍遙遊)〉에 "뱁새는 깊은 숲속에 둥지를 틀어도 의지한 것은 하나의 나뭇가지에 지나지 않는다.〔鷦鷯巢於深林, 不過一枝.〕"라고 하였다.

외나무다리를 건너며
渡杓

왼발과 오른발을 교차해야 하니   一足遞一足
두 다리로 나란히 디딜 수 없네   兩脚不能倂
물을 건너는 자에게 말을 붙이노니   寄語渡水者
위험한 곳을 건너면서 어찌 살피지 않는가 涉危胡不省

골짜기에 들어와
入峽

혼돈의 세상처럼 산이 외져	山僻鴻濛世
사방으로 하늘만 보이는데	四圍只見天
소나무 울타리 사이로 물빛이 보이고	松籬水色漏
너와 지붕으론 별빛이 비쳐드네	板屋星光穿
벽을 뚫어 관솔불 피우니	坎壁爲槽枻
부엌과 통하여 밥 짓는 연기가 가득하고	通廚塡炊煙
시렁 위에 해진 상자가 있어	弊笥架上在
공전의 세금을 계산한다네	料理賦公田

합강정[459]

合江亭

아홉 번 굽어 도니 무협인가 싶고	九回想武峽
양 언덕이 신선 세계인 양 의심되네	兩岸疑仙源
흰 바위에 외로운 배는 멀어지고	白石孤舟遠
노는 물고기는 급한 여울로 잠기네	游魚急瀨呑
잠시나마 나의 흥취를 얻으니	片時得我趣
어느 곳에 속세의 시끄러움 있는가	何處是塵喧
동파노인이 합강루에서 취하였으니	坡老合江醉
누가 참으로 한 동이 술을 전해줄까[460]	誰傳眞一樽

---

459 합강정(合江亭) : 강원도 인제군 인제읍 합강2리에 자리한 누각으로, 상류에서 내려온 소양강과 내린천이 합류하는 곳에 있다. 인제 지역 최초의 누정으로, 1676년(숙종2) 인제 관아 동북쪽에 건립되어 수차례의 중수를 거쳤다. 6·25 전쟁으로 유실된 이후 1971년 10월에 중수되었으나, 1996년 국도 확포장 공사로 인해 철거되었다가 1998년 6월에 복원되었다.

460 동파노인(東坡老人)이……전해줄까 : 소식(蘇軾)이 송 철종(宋哲宗) 원년에 혜주(惠州)에 이르러 합강루(合江樓)에 우거한 적이 있는데, 이때 지은 〈우거합강루(寓居合江樓)〉 시에 "누각 속의 노인네는 매일 청신하거니와, 하늘 위에 어찌 치선인이 있으리오. 지척의 삼신산으로 돌아가지 못하고, 나부춘 한 잔을 부어 부치노라.〔樓中老人日淸新, 天上豈有癡仙人. 三山咫尺不歸去, 一杯付與羅浮春.〕"라고 하였다.

비에 길이 막혀

阻雨愁

닷새 동안 길에서 수심 겹다가	五日路中愁
또 오늘 밤에 비를 만나니	又添今夜雨
이파리에선 나무 도깨비 소리 울리고	葉聲吼木魈
반딧불은 산속 호랑이인가 의심되네	螢火疑山虎
쌓인 곡식은 낮은 대문을 가리고	委穀蔽低門
끊어진 언덕은 낮은 집을 누를 듯한데	斷崗壓矮戶
닭조차 울지 않은 지 오래라	鷄兒不已鳴
해가 중천에 뜬 줄 비로소 깨닫네	始覺日方午

산골 사내

峽夫

튀어나온 이마는 구리 쟁반처럼 매끄럽고	擡額滑銅盤
뻗친 수염은 쇠창을 꽂은 듯한데	奮髥撑鐵戟
오장은 온통 시커멓고	五臟洞洞冥
두 다리는 붉게 드러났네	兩脚條條赤
심술을 부릴 때는 많은 나이를 믿고	肆惡恃高年
텃세를 부리며 지나는 길손을 대하는데	視頑待過客
늙은 느티나무 아래서 잠들다가	古槐樹下眠
장이야 외치며 기세등등 몰아세우네	呼博猛搶白

산골 아낙
峽婦

늘어진 귀밑털이 쑥대처럼 흩날리고   垂鬖飄亂蓬

묵은 때가 갑옷처럼 두꺼운데   宿垢若重甲

손을 드니 삘기 같은 손 억세졌고   擧手柔荑剛

입술을 비죽이며 오리 떼처럼 조잘대네   反脣群鴨哤

때로 베틀에서 일을 할 뿐   時窺機杼功

본디 분칠할 줄을 모르지만   素昧粉膏狔

해마다 아들을 낳아   歲歲生男兒

집안이 절로 화락하네   室家自悅洽

산골 아이

峽童

두 발이 절반은 흙투성이고	雙跗半埴泥
아랫도리는 잠방이를 걸었네	下體褰裩袴
그저 배를 채우고자 음식을 다투고	哄食只充腸
겨우 걸음 배우자 낫을 둘러메네	荷鎌纔學步
돈을 걸었다 이기면 때로 기뻐하고	賭錢時或欣
힘을 겨루다 지면 곧 성을 내네	比力易生怒
산유화 노래 속에	山有花聲中
앞마을의 해가 벌써 저무네	前村日已暮

이
蝨

봄날에 함께 책을 보다가	春日同抱書
주릴 때엔 유독 천대를 받네	饑時偏受賤
가려움에 어느 객인들 게으름 피우랴	搔痒何客懶
피를 빨아도 아무도 보지 못하네	唆血無人見
거미461는 밤 되어 잘도 내려오고	蝎墜善於宵
벼룩은 번개처럼 빨리 뛰는데	蚤跳疾若電
일생토록 붙어사는 것이 재주라	一生附己才
지(蟶)462 외에 다시 무엇을 부러워하랴	蟶外更誰戀

---

461 거미 : 원문의 '갈(蝎)'은 전갈을 가리키는데, 우리나라 실정에 맞지 않아 의역하
였다.

462 지(蟶) : 무슨 뜻인지 미상인데, 문맥으로 보아 피를 빨아 살아가는 빈대 종류를
가리키는 듯하다.

벌
蜂

일 년 동안 온갖 꽃의 정수를 물어 날라	一年輸入百花精
깊은 가을에 산속 집에서 맑은 꿀을 거르네	山屋秋深漉液清
군졸들이 명령을 따르듯 조수처럼 물러나고[463]	卒伍報衙潮海退
장군이 명을 내린 듯 날개 끝이 가지런해지네	將軍施令翅鋩平
초나라 왕은 성품이 치우쳐 가는 허리를 찾았고[464]	楚王性癖宮腰細
조 황후는 의상 갖추고 손바닥 위에서 춤췄네[465]	趙后衣裳舞掌輕
능히 군신을 제정하여 창과 문을 나누니	能制君臣分牖戶
미물이 살고자 애쓴다고만 말해선 안 되리	莫言微物但營生

463 군졸들이⋯⋯물러나고 : 벌이 꿀을 장만하여 아침저녁으로 떼를 지어 벌집으로 모여드는 것을 형용하는 말로 '봉아(蜂衙)'가 있는데, 이는 마치 관리들이 아침저녁으로 한 차례씩 상급 관아에 모여들어 조회를 하는 것과 흡사하기 때문에 이렇게 이르는 것이다.

464 초나라⋯⋯찾았고 : 원문의 '궁요(宮腰)'는 궁녀의 허리라는 말로, 초(楚)나라 영왕(靈王)이 허리가 가는 미인을 좋아하자 밥을 먹지 않다가 굶어 죽은 궁녀가 많았다는 이야기가 《한비자(韓非子)》〈이병(二柄)〉에 보인다.

465 조 황후는⋯⋯춤췄네 : 한(漢)나라 때 춤사위가 유연하고 경쾌한 손바닥 춤〔掌上舞〕이 유행하였는데, 성제(成帝)의 황후인 조비연(趙飛燕)이 잘 추었다고 한다.

길을 찾으며

尋路

어지러운 바위에 오솔길조차 없어   亂石無人逕

아침 내내 시내를 거슬러 올랐네   終朝溯溪行

이따금 호랑이 표범 발자국 만나니   時逢虎豹迹

진경을 찾아가는 심정을 알겠네   認得尋眞情

한계폭포[466] 367언
寒溪瀑 三百六十七言

천하에서 유명한 여산폭포는   天下有名廬山瀑

긴 냇물이 멀리 삼천 척이나 걸렸다네   長川遙掛三千尺

고금에 회자되어 사람마다 외니   膾炙古今人皆誦

청련선자가 나보다 먼저 읊었도다[467]   青蓮仙子先我獲

내가 이에 폭포를 찾아 설악으로 들어오니   我乃尋瀑入雪嶽

산수를 애호함이 탐욕스럽고 굶주린 듯하네   如饞如飢山水癖

물소리는 멀리 십 리 길에까지 들리니   水聲遠聞十里路

동쪽에 계곡이 하나 있어 골짜기도 후미졌네   東有一溪洞天僻

시인이 읊조린 것이 몇 편이나 되는가   詩人吟詠餘幾篇

선배들이 품평하여 옛 자취를 남겼도다   先輩品題留舊蹟

구부리고 엎드려서 하루의 힘을 다 쏟아   傴傴匐匐窮日力

덩굴을 당기고 가지를 헤치고 또 절벽에 붙어   攀藤架枝又附壁

---

466 한계폭포(寒溪瀑布) : 강원도 인제군 북면 한계리에 있는 폭포로, 현재 이름은 대승폭포(大勝瀑布)로 널리 알려져 있다. 금강산의 구룡폭포, 개성의 박연폭포와 함께 우리나라 3대 폭포로 꼽힌다.

467 천하에서……읊었다네 : 여산(廬山)은 중국 강서성 구강현(九江縣) 남쪽에 있는 산 이름이다. 당나라 이백(李白)의 〈여산폭포를 바라보며〔望廬山瀑布〕〉라는 시에 "햇빛이 향로봉을 비추어 붉은 놀이 생겼는데, 멀리 보니 폭포는 전천이 거꾸로 걸린 듯하네. 3천 척 높이를 곧장 내리쏟아지니, 아마도 은하수가 하늘에서 떨어지는가 싶네.〔日照香爐生紫煙, 遙看瀑布挂前川. 飛流直下三千尺, 疑是銀河落九天.〕"라고 하였다. 청련(青蓮)은 이백의 별호이다.

빽빽한 숲속에서 잠시 쉬며 숨을 고르며 　　　　暫歇叢林按喘息

지난날 유람으로 보낸 세월을 가만히 생각하니 　　暗想遊筇閱疇昔

박연폭포는 높고 웅장하고 삼부연폭포는 편안하였고

　　　　　　　　　　　　　　　　　　　　朴淵尊嚴三釜穩

수양산 허리에는 숨어서 쏟아지는 기괴한 폭포 있었네

　　　　　　　　　　　　　　　　　　　　隱注吊詭首陽脊

변산을 휘감은 곳에 위봉폭포[468]가 매달렸고 　　　邊山含包威鳳懸

흰 구름 아스라한 곳에 수승대[469]가 있네 　　　　白雲杳邈搜勝臺

가장 빼어나기론 봉래산의 구룡연으로 　　　　　最是蓬萊九龍淵

한계폭포와 대치하여 누가 형이 될 것인가 　　　對峙寒溪誰是伯

구룡연은 두려울 만하고 한계폭포는 사랑스러워 　九龍可畏寒溪愛

모두 백두산 산맥의 한 줄기일세 　　　　　　共是白頭派一脈

철령과 대관령으로 지맥이 뻗어 나와 　　　　鐵嶺關嶺支幹延

상악[470]과 설악의 문호가 열렸네 　　　　　　霜嶽雪嶽門戶闢

여러 폭포가 팔방 사이에 나열되어 있으니 　　衆瀑羅列八隅間

---

468 위봉폭포(威鳳瀑布) : 전라북도 완주군 소양면 대흥리에 있는 2단 폭포로 형제폭
포라고도 한다.

469 수승대(搜勝臺) : 경상남도 거창군 위천면 구연동(龜淵洞)에 위치한 누대 이름
이다. 처음 이름은 수송대(愁送臺)였으나, 퇴계 이황이 이곳을 지나다가 수승대로 고칠
것을 권하는 시를 지어서 수승대가 되었다 한다.

470 상악(霜嶽) : 금강산을 가리킨다. 신라 시대 사전(祀典)에 의하면 상악은 고성군
(高城郡)에 붙어 있는 명산으로 소사(小祀)에 속한다고 되어 있는데, 운석(雲石) 조인
영(趙寅永)은 〈상악변(霜嶽辨)〉에서 상악이 풍악(楓嶽), 즉 금강산의 옛 이름임을 논
증하였다. 《新增東國輿志勝覽 卷45》《雲石遺稿 卷10 霜嶽辨》

아, 나의 장관은 해마다 늘어갔도다 緊我壯觀歲年積

오늘 와서 대승령[471] 봉우리에 앉으니 今日來坐大勝峯

산에 휘장이 둘리고 물은 큰 벽옥과 같도다 山之黼黻水弘璧

아득한 지난 일이야 무어 굳이 따지랴 往事蒼茫何必究

마침내 남긴 약속 이행하여 나의 소원 이루었네 竟成留約我願適

공중에 펼쳐진 비단필은 광채가 어두웠다 펴지고 撩空匹羅光捲舒

해를 꿰뚫은 무지개는 기운이 푸르고 붉네 射日虹霓氣蒼赤

흰 꽃이 가벼이 흩날리니 바람이 솜을 불어오고 輕輕素花風吹絮

흐르는 그림자가 드넓으니 구름이 돌에 부딪네 薄薄流影雲觸石

내가 붓을 뽑아 이를 묘사하고자 하니 我欲抽毫描寫之

비슷한 듯 다른 듯 절로 격조에 맞네 不似是似自合格

보옥처럼 온통 밝아 천겁 세월에 환영을 자아냈고 寶珠通明千劫幻

비단옷처럼 찬란하여 만 겹으로 주름졌네 錦衣璀燦萬疊襞

이 몸이 민수와 팽려[472] 사이에 있는 듯 의심되니 此身疑在岷彭會

여산폭포 외에 동국에도 좋은 폭포 있도다 廬山之外東國亦

뜬구름 인생이 우연히 반나절의 한가로움 얻어 偶得半日浮生閑

천고에 흘러간 영웅들을 애석해하네 浪淘千古英雄惜

---

471 대승령(大勝嶺) : 강원도 인제군 설악산 서북쪽 능선에 있는 고개인데, 근처에 대승폭포(한계폭포)가 있다.

472 민수(岷水)와 팽려(彭蠡) : 민수는 중국 강서성(江西省)에 있는 강 이름이고, 팽려는 강서성에 있는 파양호(鄱陽湖)를 가리키며 팽려택(彭蠡澤)이라고도 한다. 동진(東晉)의 복도(伏滔)가 지은 〈유여산서(遊廬山序)〉에 "여산은 강양의 이름난 산으로 그 큰 형세를 보면 민수를 등지고 팽려를 마주 보고 있다.〔廬山者, 江陽之名嶽, 其大形也, 背岷流面彭蠡.〕"라고 한 구절이 참고가 된다.

황국화를 가까이하려다 나의 모자 떨어지고　　　　　　黃花將近落我帽

파란 이끼는 몇 번이나 나의 신발을 물들였나　　　　　　綠苔幾回斑我屐

우리 고향에도 자지동이 있어　　　　　　　　　　　　　我鄕亦有紫芝洞

가로놓인 바위가 물이 줄면 백 길이나 되는데　　　　　　橫石縮水洽丈百

안석 곁으로 맑은 소리를 밤낮으로 보내주니　　　　　　几案淸音日夜送

근심이 이르면 무시로 탁주 잔을 당긴다네　　　　　　　憫來無時引大白

그대는 보지 못했는가. 묘향산 내원사에 떨어져 흐르는 물이

　　　　　　　　　　　　　　君不見妙香內院落來水

험준한 바위 구멍에 흘러 사람들이 감탄하는 것을　　　石竇峑峑人嘖嘖

명산의 묵은빚을 아직 다 갚지 못했으니　　　　　　　名山宿債尙未了

어느 때나 다시 관서 고을의 나그네가 될까　　　　　　何時復作關西客

쌍폭[473]

雙瀑

땅을 울리다 같은 물줄기로 돌아가는데	拍地歸同派
하늘에서 떨어질 땐 두 갈래로 나뉘었네	落天瀾兩頭
사람의 힘이 미칠 바가 아니어서	人功非所致
조화옹이 함께 도모했도다	造化與之謀
푸른 절벽에 길은 비스듬히 걸렸고	緣壁路傾仄
숲으로 둘러진 골짜기는 좁고도 한적하네	匝林洞狹幽
이곳 스님들도 드물게 온다 하니	居僧亦罕到
지나는 객이 어찌 찾을 수 있나	過客焉能搜
불경에선 항하의 모래를 세고[474]	佛書算恒沙
제해에는 방호라는 기이한 산이 있네[475]	齊諧詭方壺

---

473 쌍폭(雙瀑) : 강원도 설악산 내설악 지역의 백담사에서 대청봉으로 가는 구곡담 계곡에 있는 쌍룡폭포(雙龍瀑布)를 가리킨다. 쌍룡폭포는 두 마리의 용이 하늘로 승천 하는 모양이므로 지금도 보통 쌍폭이라 부른다고 한다.

474 불경에선……세고 : 항하(恒河)는 인도의 갠지스강을 말하는데, 항하의 모래알 처럼 많은 헤아릴 수 없는 세월을 가리킨다.

475 제해(齊諧)에는……있네 : 제해는 예로부터 사람 이름 또는 책 이름이라고도 하 여 정설이 없는데, 여기서는 황당무계한 내용을 담은 책 이름을 가리키는 듯하다. 방호 (方壺)는 발해(渤海) 바다 가운데 있다는 세 산 중의 하나로 곧 방장(方丈)이고, 또 하나는 봉호(蓬壺)로 봉래(蓬萊)이며, 나머지 하나는 영호(瀛壺)로 곧 영주(瀛洲)인 데, 이들을 삼신산(三神山)이라고 한다. 《拾遺記 卷1》

어찌 굳이 바름을 버리고 해괴한 데로 달려가랴   何須舍正趨駭異
우리의 도는 사수[476]에 근원을 두었네   吾道源泗洙
반 묘의 네모난 연못으로도 또한 만족하니   半畝方塘亦足矣
누구를 지혜롭다 하고 누구를 어리석다 하랴   誰爲之智誰爲愚

476 사수(泗洙) : 유학을 가리킨다. 노(魯)나라에 사수(泗水)와 수수(洙水)가 있는데, 공자가 이 사이에서 제자들을 가르친 데서 유래하였다.

수렴동[477]

水簾洞

사람들이 기달산[478]이 설악산보다 낫다고 하는데	人言怾怛勝雪嶽
기달산에는 수렴동이 없다네	怾怛水簾無
기달산의 바위는 검고 수렴동은 희니	怾怛石黑水簾白
막고선인의 빙설 같은 피부와 같네[479]	藐姑仙人氷雪膚
나는 폭포와 흐르는 시내는 하늘이 만든 곳이라	飛川布流天作地
바닥까지 보여 티끌조차 없네	徹底無點涬
둥근 달이 구름 끝에서 처음 비출 제	月輪初破雲端時
한 굽이 거울 같은 호수가 밝고	一曲明鑑湖
서리 맞은 잎이 가지 끝에 늘어질 제	霜葉倒下枝頭時

---

477 수렴동(水簾洞) : 강원도 인제군 북면 용대리에 있다. 내설악의 백담사(百潭寺)에서 수렴동 대피소까지 약 8킬로미터에 이르는 계곡으로, 설악산에서 가장 깊고 경치가 좋다.

478 기달산(怾怛山) : 금강산을 불교에서 일컫는 별칭이다. 이유원은 《가오고략》 책 12 〈금강풍엽기(金剛楓葉記)〉에서 "금강산은 봄에는 기달산이라 하고, 여름에는 봉래산이라 하고, 가을에는 풍악산이라 하고, 겨울에는 개골산이라 하는데, 풍악산이 가장 유명하니 그것은 화려함을 취했기 때문이다.〔金剛, 春曰怾怛, 夏曰蓬萊, 秋曰楓嶽, 冬曰皆骨, 楓嶽爲最, 取其麗也.〕"라고 하였다.

479 막고선인(藐姑仙人)의……같네 : 막고선인은 막고야산(藐姑射山)에 사는 신선을 말한다. 《장자(莊子)》〈소요유(逍遙遊)〉에 "막고야산에는 신인이 사는데, 살결은 빙설처럼 하얗고, 얌전하기는 처녀와 같다.〔藐姑射之山, 有神人居焉, 肌膚若氷雪, 淖約若處子.〕"라고 한 구절이 있다.

온갖 나무가 산호처럼 어우러지네   萬樹交珊瑚

때때로 흘러가고 때때로 여울지다가   時時滾流時時灑

바람이 없으면 이따금 드넓게 펼쳐지네   不風有時平遠鋪

가운데 있는 기이한 바위가 이따금 보이는데   中有奇石往往見

선 것도 누운 것도 가부좌를 한 것도 있네   或立或臥或跏趺

큰 것은 누운 호랑이 같고   大者如伏虎

작은 것은 잠긴 오리와 같아   小者如沈鳧

격렬하기론 용궁의 신룡 비늘을 거스른 듯하고[480]   激之貝宮逆神鱗

흩어진 모양은 제천의 보옥을 희롱하는 듯하네[481]   散之諸天弄寶珠

나그네가 발을 멈춤에 산사람들이 나를 가리키니   行旅駐脚山人指

당시에 기이함을 좋아하기로 나만 한 이가 없었네   好奇當時莫若吾

빗속에 도롱이 입고 반드시 근원을 찾아가   雨中披簑必窮源

좌로 기울고 우로 거꾸러지며 지팡이도 짚었네   左欹右倒植而扶

콸콸 흐르는 맑은 물 위를 건너기도 하고   涉我揚揚淸流上

깨끗한 흰 바위 모퉁이에 앉기도 하며   坐我磷磷白石隅

괴로운 인생살이 만 섬의 근심을 녹여 없애고   消盡苦海萬斛累

인간 세상 삼생의 악업을 다 씻어냈네   濯盡人間三生靈

---

480 격렬하기론……듯하고 : 바위의 기세가 매섭고 세찬 것을 말한다. 원문의 '패궁(貝宮)'은 조개껍데기로 만든 궁궐로, 용궁을 가리킨다. 용의 목 밑에는 1척 정도 되는 역린(逆鱗)이 있는데, 사람이 만약 이를 건드리면 사나워져 반드시 그 사람을 죽인다고 한다. 《韓非子 說難》

481 흩어진……듯하네 : 바위가 듬성듬성 놓인 것을 말한다. 제천(諸天)은 불교에서 말하는 천상계를 총칭하는 말로, 삼계(三界) 이십팔천(二十八天)을 가리킨다.

물이여, 무엇을 취할 것인가   水兮奚取哉
가는 것이 이와 같도다[482]   逝者如斯夫

482 가는……같도다 : 《논어》〈자한(子罕)〉에, 공자가 시냇가에 서서 말하기를 "가
는 것이 이와 같도다. 밤낮으로 쉬지 않는구나.〔逝者如斯夫, 不舍晝夜.〕"라고 한 구절
이 있다. 이 구절의 의미에 대해 여러 학설이 있으니, 한(漢)나라 정현(鄭玄)은 "사람이
나이가 드는 것이 물이 흘러가는 것과 같음을 말하여, 도(道)를 지니고서도 등용되지
못함을 아파한 것이다"라고 풀이하였고, 송나라 주희(朱熹)는 "천지의 조화는 가는 것
은 지나가고 오는 것은 계속되어 한순간의 정지도 없으니, 바로 도체(道體)의 본연(本
然)이다.……배우는 자들로 하여금 항상 성찰하여 털끝만 한 간단(間斷)도 없게 하고
자 하신 것이다."라고 풀이하였다. 《論語注疏 解題》

오세암[483]

五歲庵

서까래 몇 개의 오세굴에	數椽五歲窟
만고의 한 분 동봉[484]이 계셨네	萬古一東峯
자취를 의탁하며 땅이 서로 가까웠고	托迹地相近
돌아가는 구름을 하늘 위에서 따랐네	歸雲天上從
향불 피워 불전에 존경을 표하고자	薦香尊廟宇
와서 절하자니 노쇠하고 게으름이 부끄럽네	來拜愧衰慵
초상화가 절에 남았으니	神影留于釋
남은 수염으로 얼굴을 알아볼 수 있네	存髥尚識容

---

483 오세암(五歲庵) : 강원도 설악산의 백담사에 딸린 암자이다. 643년(선덕여왕12)에 창건하여 관음암(觀音庵)이라 하였으며, 1548년(명종3)에 보우(普雨)가 중건하였고, 1643년(인조21) 설정(雪淨)이 중건해서 오세암이라 개칭했다. 매월당(梅月堂) 김시습(金時習, 1435~1493)이 승려가 된 뒤 머물렀던 곳으로, 일제 강점기까지 선비와 승려 모습을 각각 그린 두 폭의 김시습 초상이 전해졌다고 한다.

484 동봉(東峯) : 김시습의 호이다.

대장경

大藏經

사람은 서천의 법원 도량에 있는데	人在西天法苑場
몽혼은 늘 향기로운 향불에 젖어 있네[485]	夢魂長濕芸花香
영험함으로 새긴 목판은 멀리 가야산에 있고	板雕靈異遙伽嶽
완전한 권질이 정양사에 보관되어 있네[486]	卷帙完全庋正陽
한 방을 채우니 오십 상자를 갖췄고	五十函成充一室
불경을 풀이한 것이 칠천 편이나 되네	七千編富演三藏
사문에 공덕을 세운 당나라 황제이니[487]	沙門功德唐皇帝
만물은 끝내 복을 쌓은 곳으로 돌아가리	萬物終歸種福鄉

---

485 사람은……있네 : 서역 부처의 가르침이 대장경에 깃들어 있다는 뜻이다. 원문의 '서천(西天)'은 인도를 가리키고, '법원(法苑)'은 부처가 설법하던 녹야원(鹿野苑)을 비유한 말이다.

486 영험함으로……있네 : 합천의 해인사(海印寺)에 팔만대장경(八萬大藏經) 목판이 보관되어 있고, 인출한 대장경 완질이 금강산 정양사(正陽寺) 누각 속에 보관되어 있다는 말이다. 정양사의 대장경은 목판을 새기고서 처음 인쇄한 것이라고 하며, 이유원도 일찍이 한 번 본 적이 있는데, 전부를 요동하면 변고가 있다고 한다. 《林下筆記 卷32 正陽寺藏經》

487 사문(沙門)에……황제이니 : 사문은 통상 승려를 가리키는데, 여기서는 불교를 통칭한 것이다. 당나라 황제가 불교에 공을 세웠다는 것은 당 태종(唐太宗)의 명으로 삼장법사(三藏法師) 현장(玄奘)이 서역으로 가서 불경의 원전을 구하여 돌아와 홍복사(弘福寺)에서 19년에 걸쳐 한문으로 번역하여 영휘(永徽) 4년(653)경에 657부(部)로 간행한 것을 가리킨다. 《嘉梧藥略 冊4 褚本聖教序歌》

만영대에서 홍관암의 운에 차운하다[488]
萬影臺 次洪冠巖韻

나막신 신고 절정에 이르니	絶顛雙屐到
가을비가 온 산의 앞을 지나네	秋雨萬山前
나무는 붉은 절벽에 창처럼 꽂혀	矛戟挿丹壁
생황 소리 울리며 푸른 하늘에 조회하네	笙簧朝碧天
철괴처럼 걸음을 옮길 만하고[489]	可移鐵拐步
홍애처럼 어깨를 치는 듯하니[490]	若拍洪厓肩
오늘 기운이 맑고도 밝아	今日氣淸朗
고향 꿈도 참으로 원만하리라	家鄕夢正圓

---

488 만영대(萬影臺)에서……차운하다 : 만영대는 오세암에서 멀지 않은 곳에 있는 봉우리 만경대(萬景臺)를 가리키는 것으로 보인다. '설악산의 만 가지 경치를 바라볼 수 있는 누대'라는 뜻으로, 내설악의 경관을 한눈에 볼 수 있는 조망처이다. 홍관암(洪冠巖)은 홍경모(洪敬謨, 1774~1851)인데, 홍경모의 원시(原詩)는 미상이다.

489 철괴(鐵拐)처럼……만하고 : 지팡이를 짚어야 걸을 수 있다는 의미이다. 철괴는 중국 전설상의 팔선(八仙) 중의 하나인 이철괴(李鐵拐)를 가리키는데, 머리를 산발하고 얼굴에는 때가 자욱하고, 배를 내놓고 다리를 절뚝거리며 쇠지팡이를 짚고 다닌다고 한다.

490 홍애(洪厓)처럼……듯하니 : 신선이 된 듯하다는 의미이다. 홍애는 황제(黃帝)의 신하 영륜(伶倫)인데, 도를 닦아 신선이 된 뒤에 홍애라 불렀다. 진(晉)나라 곽박(郭璞)의 〈유선(遊仙)〉 시에 "왼쪽으로는 부구의 소매를 당기고, 오른쪽으로는 홍애의 어깨를 친다.〔左挹浮邱袖, 右拍洪厓肩.〕"라고 한 구절이 있다.

신흥사에서 경산 상국의 〈반승〉 시에 차운하다[491]
神興寺 次經山相公飯僧韻

상국께서 지난날 산속의 밭을 사서	相公昔日買山田
순행 길에 추수하여 스님들을 대접하길 즐겼네	巡路秋成好飯禪
사십 년 뒤에 유람하는 객이 기억하니	後四十年遊客識
잠시 지나가는 것도 맑은 인연이 있으리	片時經過亦淸緣

---

491 신흥사(新興寺)에서……차운하다 : 신흥사는 강원도 속초시 설악산에 있는 절이
다. 경산(經山) 정원용(鄭元容)은 1827년(순조27) 3월 강원도 관찰사에 임명되어 이듬
해 7월까지 재임하였다. 〈반승(飯僧)〉 시는 미상이다.

의상대에서 일출을 보고[492]

義湘臺觀日出

동해 바다는 드넓기만 한데	滄溟無隆窪
붉은 해가 그 속에서 오르네	赤日湧其中
어떤 물건인들 비춰주지 않으랴	何物有遺照
큰 장관에 절로 이치가 통하네	大觀自理通
가깝고 멀리까지 조화를 움직이고	邇遐輪造化
짧은 사이에 혼돈을 열어젖히네	頃刻闢鴻濛
감히 고개를 들고 바라보지 못하니	莫敢擡頭仰
중천에 높이 떠 이글거리네	中天烈烈崇

---

492 의상대(義湘臺)에서 일출을 보고 : 의상대는 강원도 양양군 낙산사(洛山寺) 동
쪽 절벽 위에 있는 정자로, 의상대사가 좌선하였던 곳이라 한다.

조동해의 〈일출〉 시에 차운하다[493]
次趙東海日出韻

새벽빛 어둑할 때 아침 해를 바라보니 　　　冥冥曉色望朝昕
절반의 헛된 인생에서 꿈이 깨어나지 않네 　一半浮生夢未分
분주히 바람과 구름이 몰려와 해를 호위하니 　奔奏風雲來拱護
흡사 성스럽고 밝으신 임금을 모시는 듯하네 　洽如際會聖明君

---

493 조동해(趙東海)의……차운하다 : 조동해는 조종진(趙琮鎭, 1767~1845)을 가리
킨다. 본관은 풍양(豐壤), 자는 장지(章之), 호는 예원(藝垣)·현계(玄溪)·동해이
다. 글씨에 능하였고, 동쪽 바닷가에 그가 쓴 유묵(遺墨)이 많았다고 한다. 〈일출〉
시는 미상이다.

관음굴[494]
觀音窟

걸쳐진 바위에 절집을 지으니	架石起僧舍
그 아래로 물이 들고 나네	其下水往來
밤낮으로 노하여 울부짖으니	怒號日夜急
발아래 바람과 우렛소리가 이네	足底生風雷

---

494 관음굴(觀音窟) : 강원도 양양군 낙산사의 부속 암자로, 현재는 홍련암(紅蓮庵)
으로 불린다.

상운역⁴⁹⁵
祥雲驛

내 나이가 이미 저물어가는데	我年已遲暮
문득 방랑하는 나그네 되었네	忽作放浪蹤
동해의 끝없는 물에	東海無盡水
만고의 심흉을 열었네	萬古拓心胸
바다가 이로워 살기 좋을 듯하고	利海居勝似
이 강⁴⁹⁶도 가장 조용하다네	此江最從容

495 상운역(祥雲驛) : 강원도 양양도호부 남쪽 25리에 있던 역참이다.

496 이 강 : 상운역에서 가까운 강으로는 강원도 고성군에서 시작하여 동해로 흐르는
남강(南江)이 있는데, 이를 가리키는 듯하다.

염분[497]

鹽盆

대관령 너머의 생애가 팍팍하여	嶺外生涯薄
염부들이 바닷가에 모여 사네	鹽夫集海鄕
짠 기를 모으려 땅을 자주 일구고	取鹹墾土數
물을 끌어오느라 가교가 길게 뻗었네	引水架橋長
오두막을 엮으니 산골 방앗간을 닮았고	結幕倣山碓
졸아들며 이는 거품이 밤의 서리인가 싶네	曬泡欺夜霜
서쪽 고을에선 무쇠 가마를 써서	西方鐵以用
맛이 창자에 맞지 않는다 하네	味不合於腸

---

497 염분(鹽盆) : 바닷물을 끓여서 소금을 만드는 자염(煮鹽) 방식에 쓰이는 큰 가마로 염부(鹽釜)라고도 한다.

파도에 핀 꽃

浪花

꽃 핀 파도가 산처럼 솟아 모래를 말아 오니	浪花山立捲沙來
큰 바위는 탄환만 하고 큰 나무도 부러지네	巨石彈丸大木摧
까닭 없이 무단히 잠깐 사이에 비가 내리고	白地無端頃刻雨
맑은 하늘에 공중의 우렛소리가 의아하네	靑天却訝空中雷
구슬이 번쩍번쩍 아롱대니 신룡이 다투는가	弄珠爍爍龍神鬪
꽃잎을 나풀나풀 흩뿌리니 옥녀가 재촉하는 듯	撒萼紛紛玉女催
신령한 기미의 변화를 헤아리기 어려워라	變化靈機難可測
잠깐 사이 바람이 잦고 저녁 구름도 걷히네	須臾風定暮雲開

임영죽지사[498] 10수

臨瀛竹枝詞 十首

오대산의 한 맥이 이름난 구역을 만드니　　　五臺一脈作名區
울울창창한 송백이 나루머리에 가득하네　　松栢蒼蒼滿渡頭
왕성의 전복[499] 안에 있음을 알겠노니　　　知在王城甸服內
이곳 사람들은 아직도 옛 명주[500]라 말하네　居人尙說古溟州

영동의 바람과 날씨는 영서와는 달라　　　　嶺東風氣嶺西殊
모진 서풍이 동으로 불어도 동쪽은 평온하네　西惡東吹東不拘
북쪽 변방이 참으로 영동과 가까우니　　　　北陲政與嶺東近
장사치들 번갈아 옮겨 다니며 물화를 나르네　商旅交遷共轉輸

오죽이 자라는 마을이 깊어 고금이 한가지인데　烏竹村深今古同
선생의 유지에서 높은 풍모를 상상하네　　　先生遺址想高風

498　임영죽지사(臨瀛竹枝詞) : 강원도 강릉(江陵)의 풍물을 소재로 읊은 악부(樂府) 형식의 한시이다. 임영은 강릉의 옛 이름이다.

499　왕성(王城)의 전복(甸服) : 임금이 사는 왕성에서 500리까지의 구역을 전복이라 한다.

500　명주(溟州) : 강릉을 통일 신라와 고려 시대에 부르던 이름이다.

이름난 정자에 아직도 십 세에 지은 부가 걸려[501]　尙揭名亭十歲賦
민둥머리 노인들이 농가의 가사에 올려 부르네　野歌登誦禿頭翁

김씨의 매학정[502]이 바다 구름에 잠기자　梅鶴金亭沈海雲
지붕 모서리를 바라보니 큰 파도가 솟네　相望屋角一波濆
백 년 전의 사람은 떠나고 시구만 남으니　百年人去留詩句
삼가의 효자비[503]가 옛 봉분을 마주하네　三可遺碑對古墳

오이 덩굴 아직 푸른데 감잎엔 단풍이 들고　苽子尙靑柿葉紅
석류와 탱자는 가을바람에 살랑거리네　石榴金枳弄秋風
구름 같은 벼이삭은 절반을 수확하였고　香稻如雲一半穫
건너편 대숲에선 월척 물고기를 두들겨 잡네　尺鱗打得隔篁叢

501　이름난……걸려 : 율곡(栗谷) 이이(李珥)가 10세 때 지었다는 〈경포대부(鏡浦臺賦)〉를 가리킨다. 《栗谷先生全書拾遺 卷1 鏡浦臺賦(十歲作)》

502　김씨(金氏)의 매학정(梅鶴亭) : 정범조(丁範朝, 1723~1801)가 1778년(정조2) 7월 양양 부사(襄陽府使)에 임명되어 강릉 고을까지 겸하여 다스리게 되었는데, 이듬해 경포대에 들렀을 때 그곳 사인(士人) 김지윤(金志尹)이 경포대 동쪽에 정자를 짓고, 정범조에게 기문을 요청하여 정범조가 〈매학정기(梅鶴亭記)〉를 지어준 적이 있다. 《海左集 卷23 梅鶴亭記》

503　삼가(三可)의 효자비 : 오죽헌에서 북쪽 사곡(沙谷)에 쌍한정(雙閒亭)이 바닷가에 있는데, 이곳에 박삼가(朴三可)의 효자비가 있었다고 한다. 《立齋遺稿 卷12 臨瀛記》 박삼가는 박수량(朴遂良, 1475~1546)으로, 단상법(短喪法)이 엄하던 연산군 때에도 모친상을 당하여 3년간 시묘하였다. 중종반정 후에 효자 정문이 세워졌고, 현량(賢良)으로 천거되어 용궁 현감(龍宮縣監), 사섬시 주부(司贍寺主簿) 등을 지냈다. 1519년(중종14) 기묘사화로 파직되어 고향 강릉으로 돌아와서 당숙 박공달(朴公達)과 쌍한정에서 시주(詩酒)로 여생을 마쳤다.

따스한 봄과 가을엔 큰 고래가 노닐어　　　　　春溫秋燠老鯨游
바닷가에 지나는 사람들이 배를 띄우지 못하네　海上行人莫駕舟
간혹 삼사십 마리씩 혹은 한 쌍씩 다니며　　　或三四十或雙一
바닷가 여러 고을에 소리가 진동하네　　　　　聲動沿邊幾縣州

관북과 영남이 교차하는 지역이라　　　　　　關北嶺南交界源
서로 만나면 어찌 목소리를 구별할 수 있으랴　相逢那得辨聲言
한마디 주고받을 때마다 점점 격렬해지니　　　轉激一節時一節
곁의 사람들은 이것이 이전투구[504]인 줄 알게 되네　傍人認是滾泥喧

잠방이에 점점이 진흙이 누렇게 튀니　　　　　星星褌布染泥黃
길고 짧기가 일정치 않아 나의 걸음 뒤뚱거리네　長短參差我步蹌
좁은 소매가 절반은 쌀 넣는 주머니가 되니　　窄袖半成裝米帒
사계절 늘 입어 추위와 더위에도 아랑곳 않네　四時常着無溫涼

추운 날씨에 솜옷을 알지 못한 채 얇은 옷차림으로　天寒衣薄不知綿
늘 주막 앞에 앉아 나그네를 끌어당기네　　　　長對壚前客子延
연지 곤지는 시집온 날처럼 얼굴에 남았는데　脂粉尙留嫁日靨
사나운 소리로 술 먹은 돈 내놓으라 외치네　　猛聲要覓小鵝錢

---

504 이전투구(泥田鬪狗) : '진흙탕에서 싸우는 개'라는 뜻으로, 함경도 사람의 강인한
성격을 가리키는 우리나라 한자어이다. 조선 태조(太祖)가 즉위 초에 정도전(鄭道傳)
에게 명하여 팔도(八道) 사람에 대해 품평을 해보라고 하자, 정도전이 "함경도는 이전투
구입니다."라고 대답하였는데 태조의 안색이 변하자 재빨리 "함경도는 또한 돌밭에서
밭을 가는 소[石田耕牛]와 같습니다."라고 말한 고사가 있다. 《故事成語大辭典》

짧은 치마를 다투어 걷고서 얕은 시냇가에서　　短裳爭揭淺流濱
물 따라 오르내리기를 날마다 몇 차례 했던가　　隨去隨來日幾巡
바가지를 흔들어 새우를 움켜서　　匏子簁揚蝦子掬
부엌에선 서울 손님 대접하려 준비하네　　饔飧準備接京人

청간정[505]

清澗亭

만 그루 소나무가 정자를 에워싸고	萬松擁一亭
바다 빛깔이 난간에 가까이 다가오네	海色逼欄干
행인들 다투어 손으로 가리키며	行人爭指點
안개 속에 보이는 것만을 한스러워하네	只恨霧中看

---

505 청간정(清澗亭) : 강원도 고성군에 있는 정자로 관동팔경의 하나이다. 이곳에서
바라보는 해돋이를 비롯한 동해안 풍경이 일품이어서 예로부터 많은 시인과 묵객들이
글을 남겼다.

영랑호[506]

永郞湖

사선정[507]으로부터 와서	自從四仙亭
영랑호로 깊이 들어가니	深入永郞湖
일망무제 맑고 둥글게 굽어지는데	一望淸圓折
세상에 신선은 떠나고 없네	世間神仙無

506 영랑호(永郞湖) : 강원도 속초시 북쪽에 있는 석호(潟湖)로, 신라 때 국선(國仙)
인 영랑(永郞), 술랑(述郞), 남랑(南郞), 안상랑(安詳郞) 네 화랑이 금강산에서 수련
을 마치고 경주(慶州)로 돌아가던 중에 이 호수의 절경에 심취해 이곳에 한참을 머물다
떠났다고 한다.

507 사선정(四仙亭) : 강원도 고성군 삼일포(三日浦)에 있는 정자로, 신라 사선(四
仙)인 영랑, 술랑, 남랑, 안상랑이 사흘 동안 노닌 것을 기념하여 세운 것이다.

경포대[508]

鏡浦臺

환히 밝은 물에 시를 지어 올린다면	光明如可酬
넓고 온화한 모습이 나를 품어줄 듯한데	蘊藉若將抱
지금 내가 와서 물을 바라보니	今我來臨水
물은 응당 내가 늙음을 비웃으리	水應笑我老
석양은 호수에 깊이 몸을 씻고	夕陽滌湖深
호수 기운이 나의 호연지기를 돕네	湖氣助我浩
나의 마음에 어찌 구속이 있으랴	我心那有纍
호수와 내가 서로 좋아하고 있으니	湖我自相好

---

508 경포대(鏡浦臺) : 강원도 강릉에 있는 대표적인 누각으로 관동팔경의 하나이다.
1326년(충숙왕13) 강원도 존무사(存撫使) 박숙정(朴淑貞)에 의해 신라 사선(四仙)이
놀던 방해정 뒷산 인월사(印月寺) 터에 창건되었고, 1508년(중종3) 강릉 부사 한급(韓
汲)이 지금의 자리로 옮겨서 지었다고 전해진다. 《新增東國輿地勝覽 卷44 江原道 江陵
大都護府》

강릉에서 새벽에 출발하다
江陵曉發

바다 구름 어둑하고 새벽빛이 개었는데	海雲漠漠曙光晴
출발에 임해 행인들의 지팡이와 신발이 가벼워라	臨發行人杖屨輕
말 앞엔 섭섭한 표정으로 돌아갈 승려가 서 있고	馬前怊悵歸僧立
고개 들어 호수와 산을 보니 한 길이 가로놓였네	回首湖山一路橫

죽서루[509]

竹西樓

삼척 고을 동쪽 가에 있는 죽서루는	陟州東畔竹西樓
팔경도[510]에서 가장 그윽한 곳으로 전해지네	八景圖傳最僻幽
달빛 정자와 바람 부는 창이 관청 근처에 있어	月榭風櫺官廨近
신선처럼 노니는 태수께서 고향 시름을 잊네	仙遊太守忘鄕愁

509 죽서루(竹西樓) : 강원도 삼척(三陟)의 객관(客館) 서쪽에 있는 누대로 관동팔
경의 하나이다. 높은 절벽 위에 지어져 아래로 오십천(五十川)을 굽어보고 있으며,
휘돌며 못을 이룬 냇물이 맑아서 헤엄치는 물고기도 낱낱이 헤아릴 수 있다. 《新增東國
輿地勝覽 卷44 三陟都護府》

510 팔경도(八景圖) : 관동팔경(關東八景)을 그린 그림이다. 관동팔경은 통천의 총
석정(叢石亭), 고성의 삼일포(三日浦), 간성의 청간정(淸澗亭), 양양의 낙산사(洛山
寺), 강릉의 경포대(鏡浦臺), 삼척의 죽서루, 울진의 망양정(望洋亭), 평해의 월송정
(越松亭)을 말한다.

대관령[511]

大關嶺

방도교[512] 곁으로 한 길이 통하니	訪道橋傍一路通
층층 어지러운 바위가 허공에 걸렸네	層層亂石架虛空
옛날에 여러 산의 고개를 두루 다녔는데	昔年踏遍諸山嶺
아흔아홉 굽이를 돌아야 비로소 동해가 보였네	九十九回始見東

---

511 대관령(大關嶺) : 영동과 영서가 나뉘는 주요 교통로이다. 강릉의 진산(鎭山)으로 신라 때는 대령(大嶺), 고려 때는 대현(大峴) 혹은 굴령(堀嶺)이라 불렸다.

512 방도교(訪道橋) : 강릉부에서 대관령 방향으로 구산역(丘山驛) 못 미쳐 있던 다리 이름이다. 바로 곁에 연어대(鳶魚臺)가 있었다고 한다. 《三淵集拾遺 卷27 雪嶽日記 (乙酉)》

오대산[513]
五臺山

산을 지나며 다시 오리라 약속을 남기니   過山留後約

사람들이 반드시 보지 못하리라 말하네   人謂必不見

훗날 약속 지킬 때 내가 없을까 하여   後約我也無

단지 한쪽 얼굴만을 보여주네   只許露一面

513 오대산(五臺山): 강원도 강릉시(江陵市), 평창군(平昌郡), 홍천군(洪川郡)에 걸쳐 있는 산이다.

월정사[514]

月精寺

이름난 산 빼어난 곳이라 찾는 나그네도 많은데	名山勝地客來多
소슬한 가을바람이 담쟁이를 물들이네	颯颯秋風染薜蘿
계곡물은 맑디맑아 속된 기운 없고	澗水臨淸無俗氣
봉우리들은 후덕하여 가파르지 않네	峯巒有德不嵯峨
오대산의 신비한 자취는 금 상자에 보관하고[515]	五臺秘迹藏金匱
칠불보전의 참된 비결에 석가를 염불하네[516]	七佛眞詮念釋迦
동구는 조용하고 깊어 종과 풍경 소리가 멀고	洞口幽深鍾磬遠
나그네 지팡이는 잠깐의 유람을 애석해하네	遊筇可惜片時過

514 월정사(月精寺) : 강원도 평창군 진부면 오대산에 있는 명찰로, 643년(선덕여왕 12)에 자장율사(慈藏律師)가 창건하였다. 월정사에는 《조선왕조실록》 등 귀중한 역사서를 보관하던 오대산 사고(五臺山史庫)가 있었다.

515 오대산의……보관하고 : 오대산은 가운데 봉우리인 중대를 중심으로 북대·남대·동대·서대가 오목하게 원을 그리고 있다. 산세가 5개의 연꽃잎에 싸인 연심(蓮心)과 같다 하여 오대산이라고 부른다. 신라의 자장율사가 당나라에 유학할 때 이곳에서 공부하고 돌아와 백두대간에 있는 이 산의 형세를 보고 중국 오대산과 흡사하다 해서 오대산으로 불렀다고도 전해진다. 월정사에는 세조 때 작성된 〈상원사 중창 권선문(上院寺重創勸善文)〉이 소장되어 있는데, 이는 세조가 상원사의 중수 소식을 듣고 물자를 보내면서 지은 글인 상원사 어첩(御牒)과 함께 첩장(帖裝)으로 되어 있다.

516 칠불보전(七佛寶殿)의……염불하네 : 칠불보전은 오대산 월정사의 큰 법당 이름으로 본래 과거칠불을 모셨던 전각인데, 6·25 전쟁 때 전소된 것을 1968년에 복원하면서 적광전(寂光殿)이라고 이름을 바꾸었다.

금강연[517]
金剛淵

선홍색 단풍 빛깔이 띠와 소매를 물들이고	猩紅侵帶袖
눈처럼 흰 물이 마음과 창자를 씻어주네	雪白洗心腸
가는 비가 전날 밤 울리더니	細雨前宵響
서풍 불어 팔월인 듯 서늘하네	西風八月涼
소나무 아래서 먹으니 바리때에 향기 감돌고	啖松馥入鉢
바위에 앉으니 구름이 침상 아래서 이네	坐石雲生床
육안으로 무엇을 능히 구별하리오	肉眼何能識
큰 터전을 하늘이 감추어 두었거늘	大基天所藏

---

517 금강연(金剛淵) : 오대산 월정사 곁에 있는 연못 이름으로, 사방이 모두 반석이고
물이 휘돌아 못이 되었는데 용이 숨어 있다는 말이 전해온다.《新增東國輿地勝覽 卷44
江陵大都護府》

추담에 새겨진 이름을 보고 짓다[518]
見秋潭題名作

산비가 푸른 이끼를 씻어주는데	山雨洗蒼蘚
옛 친구 이름을 바위 위에서 만났네	故人石上逢
붉은 단풍 하나를 따다가	欲摘一紅葉
백두옹에게 보내주고 싶네	持贈白頭翁

---

518 추담(秋潭)의⋯⋯짓다 : 추담은 조병휘(趙秉徽, 1808~1874)의 호인데, 초명은
조휘림(趙徽林)이다. 바위에 새겨진 조휘림이란 이름을 보고서 지은 시이다.

중대[519]

中臺

중대의 영이함이 스님들의 말에 전하니	中臺靈異僧之言
괴이한 말이 어찌 일찍이 근원이 있었으랴	怪誕何嘗有本原
물을 거슬러 길을 가며 한갓 날만 허비하였고	溯水作行徒費日
빈 건물만 헛되이 세워 늘 문을 닫아놓았도다	空堂虛設常關門
삼정의 법도[520]에 호응하여 펼친 휘장이 높고	三停法應高開帳
온 나라에 이름이 전하니 지도책에서 살펴보네	一國名傳按軸坤
우통수[521]에서 나뉜 물줄기가 동으로 다하지 않고	分派尤筒東不盡
근원 되어 흘러서 한강으로 들어가네	入爲江漢發爲源

519 중대(中臺) : 오대산의 가운데에 있는 봉우리가 중대인데, 중대를 중심으로 북대·남대·동대·서대가 오목하게 원을 그리고 있다. 산세가 5개의 연꽃잎에 싸인 연심(蓮心)과 같다 하여 오대산이라고 부른다. 중대 아래에는 705년에 창건된 상원사(上院寺)가 있고, 위쪽으로 적멸보궁(寂滅寶宮)과 사자암(獅子庵)이 있다.

520 삼정(三停)의 법도 : 오대산의 산세가 아래에서 위까지 세 단계로 구분된 것을 가리킨 듯하다. 삼정은 상·중·하 세 부분으로 나눠진 것을 이르는 말이다.

521 우통수(于筒水) : 강원도 오대산의 서대(西臺), 즉 장령봉(長嶺峯) 밑에서 솟아나는 샘물로 오대산 중대 사자암 부근에 있다. 태백시 금대봉(金臺峯)에 있는 검룡소(儉龍沼)와 함께 한강의 발원지로 알려진 곳이다. 《世宗實錄地理志 江原道 江陵大都護府》《新增東國輿地勝覽 卷44 江原道 江陵大都護府》

자운을 일찍 출발하다[522]

束雲早發

범이 포효하여 모든 산을 찢으니   虎哮千山裂

듣는 이들 모두 머리털이 솟네   聞者皆竪髮

사립문이 느지막이 열렸어도   柴門向晩開

길손들이 일찍 떠나지 못하네   行客不早發

---

522 자운(束雲)을 일찍 출발하다 : 자운은 대관령 서쪽에 주막이 있는 곳의 이름으로 보이는데, 위치는 미상이다.

산중에서
山中

새가 붉은 팥배나무 열매를 쪼아　　　　　　　鳥啄紅棠實

산사람 앞으로 떨구니　　　　　　　　　　　墜落山人前

산사람이 이름을 알지 못하고　　　　　　　　山人不知名

서리 맞아 고운 단풍과 비교해보네　　　　　　較看霜葉鮮

서리 맞은 단풍은 점점이 붉은 칠이요　　　　霜葉丹漆點

팥배나무 열매는 둥근 산호와 같네　　　　　　棠實珊瑚圓

산속이 온통 가을빛이라　　　　　　　　　　山中一秋色

산사람에게 흔쾌히 전해주네　　　　　　　　好與山人傳

산을 나서며

出山

산에 들어오니 세상일이 멀어지고	入山世事遠
산을 나서니 세상일과 가까워지네	出山世事近
마음이 급해져 급류를 건너고	心忙渡急流
꿈에서 놀라 높은 산을 밟네	夢驚踏高嶮
운무 속 표범이 간혹 수풀을 나선 듯	霧豹或出林
궤짝 속의 보옥을 간혹 감추어둔 듯	櫝玉或藏韞
어느 것이나 지나간 풍경에 있으니	無非過境在
어찌 몸에 간직할 필요 있으랴	何有身上蘊
마치 속세에서 물러난 중과 같더니	有若俗退僧
다시 초빙에 응한 은사와도 같아	更若招來隱
고개 돌리니 구름이 천 겹이라	回首雲千重
나도 모르게 비실비실 웃음이 나네	不覺笑听听

마교에서 평릉도 찰방을 만나니 옛날의 녹사였다.[523] 희롱 삼아 율시 한 수를 읊는다

摩橋逢平陵丞 舊日錄事也 戲吟一律

석양에 일산 편 역말이 가을바람에 흔들리니 　　　夕陽傘馴動秋風
연소한 찰방이 영동으로 향하네 　　　　　　　年少郵丞向嶺東
용자 전립[524]을 높이 쓴 두 옥졸이요 　　　　勇字笠擡雙牢子
쪽빛 비단옷에 띠를 맨 한 어린 관원일세 　　　藍紬帶繫一官童
평릉도 관아가 마침 죽서루 근처에 있으니 　　　衙門政在竹樓近
가는 길이 필시 경포를 통과할 줄을 알겠네 　　　道路要知鏡浦通
다리 좌측으로 벽제하여 내가 이미 피하니 　　　橋左辟除吾避已
한 필 나귀 탄 사람이 옛날 삼공인 줄 뉘 알랴 　匹驢誰識舊三公

---

523 마교(摩橋)에서……녹사(錄事)였다 : 마교는 대관령 서쪽에 있는 주막 이름으로 보이는데 장소는 미상이다. 평릉도(平陵道)는 강원도 삼척(三陟) 북쪽에 있던 역참이다. 녹사는 조선 시대에 의정부나 중추원에 속한 경아전의 상급 구실아치를 통틀어 이르던 말로, 기록을 담당하거나 문서나 곡식의 출납을 관장했다.

524 용자 전립(勇字氈笠) : 앞이마에 용(勇) 자를 새긴, 모직으로 된 삿갓을 가리킨다.

사냥꾼 2수

獵夫 二首

검은 수건으로 머리를 싸고 굴피 옷을 입고   黲巾褁首櫟皮衣

해 저물어 무리를 이뤄 각기 집으로 돌아가네   日暮成群各自歸

교활한 토끼가 이 산 어드메에 있는가   狡兔此山何處在

고인들 또한 그 기미가 드러날까 감추었다네   古人亦晦見其機

청산이 만 겹이라 길은 희미한데   青山萬疊路依微

걸음도 가벼워 나는 듯이 달리네   步屧輕輕走若飛

맹수가 모퉁이에서 버텨도 도리어 가소로우니   猛獸負隅還可笑

방향을 알지 못하도록 쇠뇌를 숨겨놓았네   不知所向弩藏機

문현
門峴

한 고개를 막 넘자 또 한 고개라   一嶺俄踰又一嶺

날마다 한 고개씩 넘자니 머리가 세려 하네   日踰一嶺欲霜頭

세상에선 다만 고개 넘기 어려움만 알고   世上但知踰嶺苦

고해 속 이 생애의 근심은 알지 못하네   不知苦海此生愁

도중에서 멀리 바라보며

途中遙望

길 떠나는 말이 히힝 울어 가을들판을 지나니	征馬蕭蕭度九秋
관사와 역참을 두루 지나 나의 유람 장대했네	幾過館驛壯吾遊
산을 의지한 촌락에는 강대한 문호가 많고	靠山村落多强戶
물 건너 누대들은 온통 산속 고장이네	渡水樓臺盡峽州
관리가 되어 한적한 즐거움도 함께 누리지만	爲吏仍兼閑寂樂
여행길 다니면서도 시 짓는 수심을 면치 못하네	尋行不免吟哦愁
석양에 잠시 도암의 주막에서 쉬노라니	斜陽暫憩稻巖店
백 리의 긴 여정을 이미 열 차례 돌았구나	百里長程已十周

횡성읍
橫城邑

봉우리 첩첩한 곳에 겹으로 성을 세우고　　　　峯巒疊疊設重闉

한 줄기 물이 빙 두르니 나루가 두 곳일세　　　一水環迴渡兩津

관아를 열고 누각을 지으니 절집과 같아　　　　拓廨懸樓如梵宅

그 사이의 비옥한 들에서 고을 백성을 기르네　間原沃野牧鄕民

달은 초하루에 돋아서 그믐에 이지러지고　　　月生以朔月虧晦

잎이 지면 가을 되고 잎이 피면 봄이로다　　　葉落爲秋葉發春

분분한 세상사를 온통 잊은 채　　　　　　　　世事芸芸都忘了

백 년 동안 이곳에서 백성으로 살 만하네　　　百年方可做居人

원주 경계에서 묵으며

宿原州境

산이 많아 들이 넓지 못하고   山多野不廣
나그네 드물어 주막조차 없네   客稀店亦無
풀과 꽃은 스스로 피었다 지고   草花自開落
행인들은 무성한 들판에 섰네   行人立平蕪

황교 주막에서 쉬며

憩黃郊店

유람에 기갈 든 마음 채우려 하늘가를 돌아보고서　　强堪饑渴度天涯
멀리 고향 산을 바라보니 멀지 않음을 알겠네　　遙望鄕山認不賖
가을바람에 입으로 《공양전》을 암송하며　　秋風口誦公羊傳
곧장 대로변의 떡 파는 집으로 향하네[525]　　直向街頭賣餠家

525　가을바람에……향하네 : 삼국 시대 위(魏)나라의 종요(鍾繇)는 《춘추좌씨전(春
秋左氏傳)》을 좋아하여 그 책을 황제의 음식에 비겼고, 《춘추공양전(春秋公羊傳)》을
싫어하여 그것을 매병가(賣餠家)라 하였다. 매병가는 과자 가게인데, 《춘추공양전》이
과자 부스러기처럼 너저분하고 자질구레하다는 의미이다. 《三國志 卷23 魏書 裴潛傳
裴松之注》

장시

場市

가로세로로 저자 머리에 낭자하게 늘어놓으니	竪橫狼藉滿場頭
동북쪽 고장에서 나는 해산물과 산채로다	海味山蔬東北州
닷새를 기약하여 모두 이문을 추구하니	五日爲期皆利往
사계절 물화를 교역하여 저절로 유통되게 하네	四時貿賤自通流
생애가 천방지축 나다녀야 함을 아노니	生涯知在千方出
물화가 어디 한 곳에만 머무를쏘냐	物貨那從一處留
말단의 기예가 농사를 배우는 것에 비해 어떠한가	末技何如學稼未
이른 나이에 둘 다 잊었으니 나도 매우 부끄럽네	早年兩忘我堪羞

양근 주막을 지나며

過楊根酒店

복사꽃이 물에 떠서 이 문 앞으로 지났는데　　　桃花流水此門前
더 이상 봄볕에 꽃이 붉던 옛 풍경이 아니로다　　非復春光舊日紅
술 향기 깊은 곳을 물어도 찾기 어려운데　　　　酒香深處難憑問
길 양옆으로 우수수 잎 떨구며 바람이 지나네　　夾路颾颾落葉風

주점이 어두워
店室黑

어두우면 등불을 기다리면 되는데	暗則燈光待
어두운 곳엔 근심하는 자가 거처한다네[526]	漆爲憂者居
고인이 밝은 경계 남겨	古人遺炯戒
후세에 그 글을 읽네	後世讀其書
산의 박쥐처럼 보는 것이 다르고	視異山之蝠
물의 물고기처럼 눈이 어둑한데	目暝水有魚
동녘이 이미 밝음을 알지 못하니	不知東旣白
긴 밤 내내 술을 마심이 어떠한가	長夜飮何如

---

526 어두운……거처한다네 : 노(魯)나라 칠실(漆室)이란 고을의 시집가지 못한 노처
녀가 주제넘게 나랏일을 근심하였다는 칠실지우(漆室之憂) 고사를 중의적으로 사용한
것이다.

월계
月溪

안개 걷히니 행인이 보이고	霧捲行人見
강이 맑으니 가을 풍경이 비치네	江清秋色移
오리 닮은 배⁵²⁷는 짧은 부리를 흔들고	鴨船搖短嘴
수척한 버들엔 남은 가지 있네	瘦柳有餘枝
서울 나그네를 문득 많이 만나니	洛客便多遇
집에 돌아갈 날짜 어긋나지 않으리	歸家不負期
외로운 마을이라 준비된 것 없어	孤村無準備
쌀을 찾아 느지막이 밥 지을 때로다	索米晏炊時

527 오리 닮은 배 : 원문은 '압선(鴨船)'으로 정확한 의미는 미상이나, 중국에 오리를 사육하며 몰고 다니는 방압선(放鴨船)이란 작은 배가 있어서 시어로 차용한 듯하다.

범파정[528]

泛波亭

범파정 아래 물이	泛波亭下水
해마다 콸콸 흘러가는데	年年逝湯湯
어부는 이름과 성을 감추고	漁父名姓秘
맑은 물에 갓끈 씻으며 창랑가[529] 부르네	濯淸歌滄浪

528 범파정(泛波亭) : 강원도 홍천현(洪川縣) 동남쪽의 남천(南川, 홍천강)에 있던 정자 이름이다.

529 창랑가(滄浪歌) : 《맹자》와 《초사(楚辭)》에 실린 노래로, "창랑의 물이 맑으면 나의 갓끈을 씻고, 창랑의 물이 흐리면 나의 발을 씻으리라.〔滄浪之水淸兮, 可以濯我 纓, 滄浪之水濁兮, 可以濯我足.〕"라는 가사를 말한다.

면화

綿花

집집마다 목화꽃을 따서 푸른 광주리가 가득하니	家家花摘滿靑筐
구름보다 가볍고 서리보다 희네	輕賽於雲白賽霜
섬섬옥수 놀려 실을 곱게 뽑고자 다투니	隨手玉膚爭妬豔
치자꽃 모양의 물레[530]에 향기가 없어 한이로다	六稜薝蔔恨無香

---

530 치자꽃 모양의 물레 : 물레에 흰 실이 감긴 것을 가리키는 것으로 보인다. 원문의 '담복(薝蔔)'은 치자꽃을 가리키는데, 꽃잎이 여섯 갈래로 갈라지며 향기가 매우 짙다.

추회시⁵³¹ 82수

秋懷詩 八十二首

나는 화려하게 꾸민 말을 좋아하지 않고, 한·위(漢魏) 시대의 시를
보기를 좋아하였는데, 완사종(阮嗣宗 완적)의 〈영회편(詠懷篇)〉에 이
르러선 굴레의 구속을 벗어버리고 인간 세상을 초월하고자 하는 생각
이 있었다. 가을의 굳은비 속에 붓을 적셔 그 운을 따라 차운시를 지었
는데, 점점 지어가다 보니 마지막 편까지 이른 줄도 몰랐다. 간간이
첩운(疊韻)과 통운(通韻)이 있어서 시문(時文)과는 다르다. 아! 완사
종은 은거하여 피하고자 하는 뜻이 많았으나, 나는 그렇지 않아서 단지
풍소(風騷 시가와 문장)의 의미만 취하여 나의 회포만 그려냈을 뿐이다.
간혹 시절을 따라 경물을 완상함에 이것이 눈앞의 풍경에 불과하지만,
붓을 들 즈음에는 비록 옛일에 느꺼움이 일었더라도 태평성대의 노래
하고 읊조린 결과물이 아님이 없다. 고인들이 시를 봄에 그 뜻을 위주
로 하는 경우가 있고, 그 풍격을 숭상하는 경우가 있는데, 나는 그
뜻은 변개시키면서도 그 풍격의 고고청려(高古淸麗)함을 숭상하였다.

나는 갑술년에 태어나	我乳闕逢歲
형제가 없이 홀로 거문고를 받았네⁵³²	終鮮獨受琴

---

531 추회시(秋懷詩) : 진(晉)나라 완적(阮籍)의 〈영회(詠懷)〉라는 시에 차운하여
지은 82수의 연작시이다. 완적은 죽림칠현(竹林七賢)의 한 사람으로 자는 사종(嗣宗)
이며, 진 문제(晉文帝, 사마소) 때 늘 화란이 닥칠까 염려하여 〈영회〉라는 82수의 연작
시를 지었는데, 각 수마다 구의 숫자가 일정치 않다.

소탈하고 거친 성격은 천성에서 나와	疎狂出天性
저녁 바람에 드넓은 흉금을 폈네	晚風披曠襟
바위 곁에 못을 파고	鑿池緣以石
수풀 곁에 오두막을 엮어	結廬傍于林
팔짱을 끼고 하릴없이 배회하니	叉手空徘徊
아득하여라, 이 무슨 마음인가	悠然是何心

두 번째 其二

저 새를 보아라	相彼鳥矣乎
순풍 만나 깃털 펴고 나네	遇順毛羽翔
벼슬길에 올라 패옥을 울리니	雲逵環佩鳴
누가 꽃다운 나이를 부러워 않으랴	疇不豓年芳
커다란 천지를 우러러 보니	仰觀天地大
호탕함을 잊을 수 있으랴	浩蕩俾也忘
별자리가 바위산에 걸렸는데	星辰掛巖嶔
몇 번이나 꼬부랑길을 지났던고	幾時過羊腸
촉촉하게 우로의 은택 받아	瀼瀼雨露恩
영예롭게 영재가 모인 방에 들어갔네	向榮芝蘭房
쓸쓸히 백발만 남은 시절 되어	蕭蕭餘白髮

---

532 나는……받았네 : 이유원이 갑술년(1814, 순조14)에 태어나 독자로 생장하였다는 말이다. '거문고를 받았다'는 말은 부친의 가업을 이었다는 의미로, 남조(南朝) 송(宋)나라 때의 은사 대옹(戴顒)이 아우 대발(戴勃)과 함께 부친 대규(戴逵)로부터 거문고 연주를 배웠는데, 부친이 돌아가시자 전수받은 음악을 차마 다시 연주하지 못하고 각자 새로운 곡조를 만들었다고 한다. 《宋書 卷93 隱逸列傳 戴顒》

아래를 굽어보니 은거할 곳이 있네[533]　　下臨有濯陽

하루아침에 강호에 누우니　　一朝臥江湖

내 마음의 상심을 가누기 어렵네　　難爲我心傷

세 번째 其三

지난날 호걸스런 선비로　　昔年豪傑士

천하에 온통 도리화가 만발하여　　天下盡桃李

큰 수레에 짐을 가득 싣고서　　大車載積中

처음 출발이 길하고 순조로웠네　　吉利攸往始

두려움이 심해 늘 얼음을 밟는 듯 조심했고[534]　　畏切常履氷

근심이 깊어 기 땅에 사는 듯이 걱정했으니[535]　　憂深若居杞

저 넓고 큰 밭 위에서　　倬彼甫田上

일을 시작하여 발자취가 수고로웠네　　俶載勞擧趾

다만 일에 마음과 힘을 다한 것이　　秖事竭心力

처자를 기르기 위함이 아니라네　　非爲畜妻子

---

533 은거할 곳이 있네 : 원문의 '탁양(濯陽)'은 《초사(楚辭)》 〈원유(遠游)〉에 "아침에는 탕곡에서 머리를 감고, 저녁에는 구양에서 내 몸을 말리네.〔朝濯髮於湯谷兮, 夕晞余身兮九陽.〕"라고 한 구절에서 유래하였다.

534 두려움이……조심했고 : 두려움으로 늘 행동을 조심했다는 뜻이다. 《주역(周易)》 〈곤괘(坤卦) 초육(初六)〉에 "서리를 밟게 되면 두꺼운 얼음이 곧 언다.〔履霜, 堅氷至.〕"라는 말이 나온다.

535 근심이……걱정했으니 : 지나치게 근심을 했다는 의미이다. 중국의 기(杞)나라에 살던 어떤 사람이 하늘이 무너질 것을 걱정하여 침식을 잊었다는 기우(杞憂)의 고사에서 온 말이다.

해가 저물어감에 붙잡을 수 없으니   歲暮莫挽執
인생을 다시 어찌하리오   人生復何已

네 번째 其四

삼태기를 메고 동문으로 나가니   荷蕢出靑門
오이를 팔러 나감이 아니로다   非向賣苽道
가난과 부귀는 절로 분수가 있으니   貧富自有限
먹고 쉼을 어찌 보전하지 못하랴   食息那不保
향기는 언덕 위의 난초에서 풍기고   香聞皐上蘭
서리는 밭두둑의 풀에 떨어지는데   霜落田畔草
사람의 일이란 때에 따라 바뀌니   人事隨時改
아침에 젊었다가 저녁엔 노성해지네   朝少暮成老
나는 신선을 배운 자가 아니니   我非學仙者
모습이 어찌 늘 좋으랴   相貌豈常好

다섯 번째 其五

추억하자니, 지난날 경박한 시절에   憶昔輕薄時
술을 마시고 호탕한 노래 불렀고   飮酒發浩歌
자연을 애호하는 병이 깊어   泉石膏肓久
풍류남아로 물과 구름처럼 다녔네   風流水雲過
변화를 어찌 의지할 수 있으랴   變化何有賴
세월이 문득 이미 흘러가버렸네   歲月忽已跎
길게 휘파람 불고 한번 돌아보니   長嘯一顧眄
변함없이 대자연이 남아 있네   依然大山河

넘실거리는 흉중의 바다여 　　　　　　　　　汪汪胸中海

만 섬도 많은 것이 되지 못하는데 　　　　　　萬斛不爲多

길을 찾아 집에 돌아가려 하니 　　　　　　　尋路將歸家

깜깜한 밤길을 어찌 가야 하는가[536] 　　　　冥擿夜其何

여섯 번째 其六

만물이 모두 나에게 구비되어 있으니 　　　　萬物皆備我

어찌 바깥에서 구할 필요 있으랴 　　　　　　何須求於外

푸른 산이 사면을 감싸고 　　　　　　　　　碧山圍四面

누런 강물도 한 줄기 둘렀네 　　　　　　　黃河亦一帶

성인이 지척 거리에 있으니 　　　　　　　　聖人在咫尺

어느 곳에서 강석을 열고 모일까 　　　　　何處函席會

입실의 경지에야 들지 못하더라도 　　　　入室縱未能

싹을 가꿈에는 해가 되지 않는다네 　　　　藝苗不爲害

우주에서 우리 도가 중하니 　　　　　　　宇宙吾道重

이단의 말을 어찌 의지할 수 있으랴 　　　異言焉用賴

일곱 번째 其七

여름과 가을에 더위와 추위가 교차하면 　　夏秋炎凉交

---

536 깜깜한……하는가 : 거리나 방향을 종잡을 수 없다는 의미이다. 원문의 '명적(冥
擿)'은 맹인(盲人)이 지팡이로 땅을 짚으면서 길을 찾는 것을 말하는데, 양웅(揚雄)의
《법언(法言)》〈수신편(修身篇)〉에 "맹인이 지팡이로 땅을 더듬어서 어둠 속을 다니는
것과 같을 뿐이다.〔擿埴索塗, 冥行而已.〕"라는 구절이 있다.

어린 기러기가 장차 날아가려 하여	穉鴈將欲移
깃을 다듬으며 날개를 쳐보고	刷翎稍蕭蕭
고개를 빼니 저절로 길어지네	引頸自迤迤
강개한 선비를 불러 일으키며	叫起慷慨士
달빛 아래 기러기 그림자 들쭉날쭉한데	月落影參差
돌아가는 구름만 부질없이 절로 나니	歸雲空自飛
호탕한 심정을 마음으로 아는 듯하네	浩浩若心知
가련타, 제비와 기러기는	可憐燕與鴻
날아가고 오는 때가 각기 다르다네	浮沈各相離

여덟 번째 其八

서풍 불어 해가 저물기를 재촉하자	西風催日隤
일만 가호에서 옷을 다듬이질하네	萬戶搗裳衣
늙은 암소도 밭갈이를 조금 쉬고	老犉力少歇
저녁 귀뚜라미는 소리를 서로 의지하네	暮蛩聲相依
항아리에 저축한 곡식으로	甀石穀粒粒
창자가 허기를 채울 수 있으니	饞腸可充饑
혹 이런 즐거움을 안다면	倘知有此樂
어찌 돌아가겠다 말하지 않는가	胡不言旋歸
명예는 사람을 그르쳐	名譽使人非
골몰하다 보면 온통 서글퍼지니	汨沒摠可悲
차라리 들판의 여윈 학이 될지언정	寧爲野鶴癯
장막 위의 제비[537]를 따라 날지 않으리	不隨幕燕飛
나의 몸이 조금도 매이지 않았으니	我身太不繫

이곳이 아니면 어디로 돌아가리오 微斯安如歸

원시(原詩)에 거듭된 압운이 있다.[538]

아홉 번째 其九

삿갓과 나막신으로 날마다 들을 돌며 笠屐日巡野

높고 낮은 봉우리를 묻지 않네 不問高卑岑

이곳에 우는 샘물이 있고 此地有鳴泉

어느 곳인들 너른 숲이 아니랴 何處非平林

거친 풀밭엔 앉을 수 있고 荒草猶可坐

맑은 바람은 나의 가슴을 여는데 淸風開我襟

시절은 서로 번갈아 바뀌어 時節相推欸

문득 맑았다가 다시 문득 흐려지네 忽晴復忽陰

추위를 몰아오니 제결[539]이 울고 司寒鶗鴂聲

---

537 장막 위의 제비 : 원문의 '막연(幕燕)'은 장막 위에 둥지를 튼 제비로, 곧 허물어져 재앙이 닥칠 것을 알지 못하는 것을 비유한 말이다. 춘추 시대 위(衛)나라 대부 손임보(孫林父)가 죄를 얻어 진(晉)나라에 망명해 있으면서 아무런 근심 없이 즐기자, 이를 본 오(吳)나라 계찰(季札)이 "손임보가 이곳에 있는 것은 마치 제비가 장막 위에 둥지를 짓는 것과 같다.〔夫子之在此也, 猶燕之巢於幕上.〕"라고 한 데서 온 말이다.《春秋左氏傳 襄公29年》

538 원시(原詩)에……있다 : 완적(阮籍)의 〈영회(詠懷)〉82수 중 여덟 번째 시에 '귀(歸)' 자가 두 차례 압운된 것을 말한다.

539 제결(鶗鴂) : 두견이라고도 하고 소쩍새라고도 하는데, 이 새가 춘분에 앞서 미리 울면 초목이 시든다는 속설이 있다. 굴원(屈原)의 〈이소(離騷)〉에 "제결이 먼저 울까 걱정함이여, 온갖 풀이 향기롭지 못하게 되도다.〔恐鶗鴂之先鳴兮, 使夫百草爲之不芳.〕"라는 말이 나온다.

새벽을 재촉하여 합조⁵⁴⁰가 우네   催曙盍朝音

나도 너의 혀를 배우고 싶으니   我欲學爾舌

상음⁵⁴¹을 놀리면 슬픈 마음이 동한다네   游商動悲心

열 번째 其十

구산자를 보지 못했으니   不見緱山子

어찌 옥퉁소 소리를 알랴⁵⁴²   焉知玉簫音

아래에 두 학이 춤을 추며   下有二鶴舞

하나가 오르면 하나는 거꾸로 숙이네   一升一倒沈

한 소리 두 소리가 화합하여   一聲和二聲

소리마다 맑아 음란하지 않네   聲聲清不淫

부딪는 옥이 율려에 맞듯이   戞玉中律呂

바람 부는 숲 위로 높이 나네   飛上閬風林

만약 학을 타고 오는 사람 있다면   如有乘來人

나와 더불어 마음을 논할 만하리   與我可論心

---

540 합조(盍朝) : 본래 합단(盍旦)으로, 밤에 울어 날 새기를 기다리는 새의 이름이다. 조선 태조(太祖) 이성계가 즉위한 후 개명한 이름이 단(旦)이기 때문에 피휘하여 조(朝)로 바꾸어 쓴 것이다.

541 상음(商音) : 오음의 하나로, 슬프고 처량한 소리이므로 가을 소리에 해당한다.

542 구산자(緱山子)를……알랴 : 구산자는 주 영왕(周靈王)의 태자 왕자교(王子喬)를 가리킨다. 왕자교가 피리 불기를 좋아하여 곧잘 봉황의 울음소리를 냈는데, 신선 부구공(浮丘公)을 따라 숭산(嵩山)에 올라가서 선도(仙道)를 닦고서 30여 년 뒤 칠석날에 백학을 타고 구지산(緱氏山)에 내려왔다고 한다. 《列仙傳 王子喬》

열한 번째 其十一

작은 물줄기는 대해로 돌아가고	細流歸大海
너른 풀밭은 무성한 숲을 이뤘네	平蕪成茂林
이것이 어찌 하루아침에 이룬 것이랴	是豈一朝故
노력이 쌓여 차츰차츰 이룬 것이네	積累功駸駸
서두른다고 인력이 미치는 것 아니니	偲偲非人力
낳고 낳는 데서 하늘의 마음을 보네	生生見天心
옛날의 달관한 선비들은	古昔達觀士
부귀가 마음을 흐리지 못했네	富貴不能淫
네모와 원은 본래 들어맞지 않으니	方圓本不適
조예543가 서로 맞기를 구하지 말아야지	鑿枘莫相尋
강개한 심정도 도로 유난스러우니	慷慨還多事
가을바람에 눈물을 금할 수 없네	秋風淚不禁

열두 번째 其十二

요 임금이 그 집을 편히 여기니	陶唐安厥宅
바람과 물 좋은 평양이었네544	風水好平陽
창생들이 구름처럼 모여들고	蒼生就如雲

---

543 조예(鑿枘) : 원조방예(圓鑿方枘)의 준말로, 서로 맞지 않는 것을 비유하는 말이다. 초나라 송옥(宋玉)의 〈구변(九辯)〉에 "둥글게 깎인 구멍에 네모진 기둥을 끼우려 함이여, 서로 맞지 않아 들어가기 어려움을 내가 참으로 알겠도다.〔圓鑿而方枘兮, 吾固知其鉏鋙而難入.〕"라고 하였다.

544 요(堯) 임금이……평양(平陽)이었네 : 평양은 옛날에 요 임금이 도읍하였던 곳으로, 지금의 산서성 임분시(臨汾市)에 요도구(堯都區)라는 지명으로 남아 있다.

명협이 시간을 알려 광채가 빛났네[545]　　莫莢耀輝光

기의 음악은 봄날처럼 온화함 퍼지고　　夔樂鬯春和

고요의 법도는 가을 서릿발처럼 엄하네[546]　　皐法嚴秋霜

태허의 도는 구름처럼 자취가 없고　　太虛雲無迹

한 가지 법도로 꽃을 아름답게 피웠네　　一度花芬芳

나는 손잡고 함께 귀의하고 싶어　　我欲携手歸

의상을 드리운 모습[547]을 우러러 바라보네　　瞻望垂衣裳

뭇 새들은 따라다니며 춤을 추고　　衆禽隨以舞

봉황이 날아와 너울너울 날개 치네　　鳳凰來翺翔

백세토록 길이 해를 우러르며　　百世長戴日

드높은 경지를 잊지 않으리　　巍巍俾不忘

---

545 명협(蓂莢)이……빛났네 : 요 임금 때 명협이라는 상서로운 풀이 대궐 뜰에 났는데, 매월 초하루부터 15일까지는 매일 한 잎씩 나오고, 16일부터 그믐날까지는 매일 한 잎씩 떨어졌으므로, 이것으로 날을 계산하여 달력을 삼았다는 고사가 전한다. 《竹書紀年 卷上 帝堯陶唐氏》

546 기(夔)의……엄하네 : 순(舜) 임금의 신하들이 제각기 재능을 발휘했다는 의미이다. 기(夔)는 순 임금 때의 악관(樂官)으로, 기의 음악이 조화를 추구하여 생(笙)과 용(鏞)을 번갈아 울리자 새와 짐승들이 서로 춤을 추고, 소소(簫韶)를 아홉 번 연주하자 봉황이 와서 춤을 추었다는 말이 있다. 《書經 益稷》고요(皐陶)는 순 임금 때의 법관으로, 법을 세워 형벌을 제정하고 또 옥(獄)을 만들었다.

547 의상을 드리운 모습 : 정치의 최고 경지인 무위지치(無爲之治)를 가리킨다. 《주역》〈계사전 하(繫辭傳下)〉에 "황제와 요순이 의상을 늘어뜨리고 편히 앉아 있었으나 천하가 지극히 잘 다스려졌으니, 이는 천지자연의 법도를 취했기 때문이다.〔黃帝堯舜, 垂衣裳而天下治, 蓋取諸乾坤.〕"라는 말이 나온다.

열세 번째 其十三

산속 집에 전혀 일이 없어	山屋無一事
물을 굽어보고 다시 언덕을 오르네	臨流復登阿
소나무 잣나무는 땅을 의지해 자라고	松栢依土長
물고기 자라는 물결을 치며 다니네	魚鱉掠浪過
달고 쓴 세상맛을 흠씬 겪어서	世味熟甘酸
이러저러한 회포가 많기도 하네	懷緖量少多
장사의 힘은 산을 뽑을 만하고[548]	壯士力拔山
유람객의 혀는 황하를 쏟을 만한데[549]	遊客舌倒河
영웅은 이미 티끌 먼지 되었으니	英雄已塵埃
어찌 앉아서 한탄만 할쏜가	安用坐咄嗟

열네 번째 其十四

높이 올라 산하를 조망하니	登高望山河
언덕과 기슭에 장막을 둘러놓았네	岡麓繞帳帷
무정한 사람이야 말할 나위 없으나	無情不足道

---

548 장사의……만하고 : 항우(項羽)가 일찍이 초패왕(楚霸王)으로 천하를 호령했으나, 뒤에 해하(垓下)에서 한(漢)나라 군대에 겹겹으로 포위되자 밤중에 장막 안에서 우미인(虞美人)과 함께 술을 마시며 "힘은 산을 뽑을 만하고 기개는 세상을 덮었는데, 때가 이롭지 못하여 오추마가 가지 않는구나. 오추마가 가지 않으니 어떻게 하겠는가. 우여, 우여, 너를 어찌하면 좋단 말이냐.〔力拔山兮氣蓋世, 時不利兮騅不逝. 騅不逝兮可奈何, 虞兮虞兮奈若何.〕"라고 노래하였다. 《史記 卷7 項羽本紀》

549 유람객의……만한데 : 진(晉)나라 곽상(郭象)의 담론이 유창하였는데, 태위(太尉) 왕연(王衍)이 "폭포수처럼 쏟아져도 마를 줄을 모른다.〔如懸河瀉水, 注而不竭.〕"라고 찬탄했던 고사가 있다. 《世說新語 賞譽》

마음이 있는 사람은 슬퍼할 만하네　　　　　有心堪可悲

이 내 몸에 병의 뿌리가 깊으니　　　　　　一身病根痼

사방 천지에 알아줄 사람 누구인가　　　　四海知者誰

맑은 샘은 더욱 정갈하여 사랑스러운데　　清泉憐益潔

밝은 달은 빛나지 않을까 두려워지네　　　明月恐不輝

높은 나무에서 매미가 울어 재촉하니　　　高樹鳴蟬催

들판의 농부가 호미를 메고 돌아가네　　　野人荷鋤歸

열다섯 번째 其十五

젊은 시절 배우기를 몹시 좋아하여　　　　少時頗好學

오언시를 짓지 않았네　　　　　　　　　不作五言詩

조탁하는 것은 나의 장기가 아니어서　　　雕繪非所長

고인의 경지를 마음속으로 기약하였네　　古人亦襟期

반고와 사마천, 도연명과 사영운은　　　班馬與陶謝

잘 울어550 각기 생각을 남겼는데　　　善鳴各有思

어떤 시대든 모두 땅으로 돌아갔으니　　萬代同歸土

한 시대를 풍미했다 자랑치 말라　　　　休誇擅一時

모두 털어버리는 것만 못하니　　　　　不如擺而却

뜻에 맞음이 내가 추구하는 바일세　　　適意吾所之

550　잘 울어 : 원문은 '선명(善鳴)'인데, 한유(韓愈)의 〈송맹동야서(送孟東野序)〉 중
"대체로 사물이 화평함을 얻지 못하면 운다.……금석사죽포토혁목은 사물 중에 잘 우는
것이다.〔大凡物不得其平則鳴……金石絲竹匏土革木八者, 物之善鳴者也.〕"라는 말에서
유래한 것으로, 한 시대를 대표하여 빼어난 작품을 짓는 것을 말한다.

내 멋대로 웃고 꾸짖으면 그만이니 任他笑與罵

남이 비웃은들 무슨 상관이랴 何有人之孃

열여섯 번째 其十六

산속에 큰 나무가 있어 山中有大木

아름드리라 들보를 깎을 수 있네 拱抱可斲梁

좋은 목수가 십 년 동안 구하여 工師求十年

잡목 우거진 숲을 헤맸네 榛莽繚迷茫

짐승이 간혹 발을 모아 숨고 獸或骿足蟄

새는 날개를 퍼덕여 날지 않는데 鳥不交翼翔

높고 높아 올라간 이 없어 屹屹無攀援

사람이 이르러 까마득히 우러르네 人到杳瞻望

가시나무 헤치고 무성한 잡풀을 태우고서 披棘焚茅茷

도끼를 번득이니 푸른 서릿발이 떨어지는데 翻斤落青霜

가죽나무가 오래 살기에는 유리하니 樗材優可壽

곧은 나무는 가장 먼저 베어진다네 直木最堪傷

드러나고 숨음이 스스로 같지 않으니 顯晦自不同

이것이 본래 이치의 당연함이라네 此固理之常

한번 반수의 솜씨에 들어가면 一入般輸巧

끝내 다섯 가지 문채가 갖추어짐을 보네[551] 終見備五章

---

551 한번……보네 : 좋은 목재가 좋은 기술자를 만나 훌륭한 쓰임이 된다는 말이다. 반수(般輸)는 춘추 시대 노(魯)나라의 빼어난 기술자 공수반(公輸般)을 가리키고, 오 장(五章)은 존비를 구별하는 다섯 가지 문채를 말한다.

열일곱 번째 其十七

술이 있어 나의 동이에 가득한데	有酒盈我樽
함께 어울려 마실 사람이 없네	無與同飮者
문을 나서서 부르고 부르지만	出門自招招
길 위에 말 탄 사람이 드무네	路上稀鞍馬
높이 올라 멀리 가까이 바라보니	登高望遠近
아득히 온 천지의 들이 비었네	邈邈曠九野
내 몸은 좁쌀처럼 작은데	我身小如粟
팔랑팔랑 천하를 두루 다녔네	飄飄遍天下
돌아와 다시 내 방에 들어앉아	旋復入我屋
품은 심정을 손 가는 대로 쓰네	述懷漫自寫

열여덟 번째 其十八

직분을 다하며 아직 물러나지 않았는데	奉身尙未退
서쪽으로 해는 장차 기울려 하네	西日其將傾
나의 창을 서쪽으로 휘두르고자 하나	我戈欲西揮
흐르는 빛이 어두워짐을 어이하랴	流光奈冥冥
엄자가 함지를 마주하니[552]	崦嵫對咸池
출몰하는 것이 영예로운 것 아니네	出沒不足榮
의론은 후인들에게 맡겨야 하니	議論屬後人
근심과 즐거움은 평생 맛보았네	憂樂此平生

---

552 엄자(崦嵫)가 함지(咸池)를 마주하니 : 엄자는 태양이 들어가 쉰다는 전설상의 산 이름이고, 함지는 태양이 목욕을 한다는 신화 속의 연못 이름이다.

지난날 번화했던 사람은	昔日繁華子
광채가 잠깐 반짝인 것뿐이라	光彩但輝熒
천고의 세월에 느낌 일어 눈물지으니	曠感千載淚
군자는 동시대에 함께 나지 못하네	君子世不幷
담소할 이 없어 홀로 거닐면서	晤言獨棲遲
흐르는 물에 멀리 심정을 전하노라	流水寄遠情

열아홉 번째 其十九

수레를 만류한 내가 포선이라면[553]	挽車我鮑宣
거안제미한 누가 맹광인가[554]	擧案誰孟光
화락한 즐거움이 집안에 있어	湛樂在家室
더벅머리 아이가 패옥을 희롱하네	髧髮弄珮璜
나는 머리털이 성글어 부끄러운데	愧我鬢毛疎
너희들의 아리따운 자태가 사랑스럽네	憐爾丰姿芳
품은 기대가 이에서 두터우니	期望於斯厚
어린 봉황들이 아침 햇살에 울도다	雛鳳鳴朝陽

---

553 수레를……포선(鮑宣)이라면 : 전한(前漢) 때 사예(司隷) 포선이 부당한 일로 하옥되자, 박사제자 왕함(王咸)이 번(幡)이라는 깃발을 들고 태학 아래에 서서 포 사예를 구원하고자 하는 사람은 모이라고 말하니, 태학의 제생(諸生) 천여 명이 모였다. 이에 승상 공광(孔光)의 수레를 막아 입궐하지 못하게 하고 궐문에 모여 상소하여 포선의 죄가 감사일등(減死一等)으로 낮추어졌다.《漢書 卷72 鮑宣傳》

554 거안제미(擧案齊眉)한 누가 맹광(孟光)인가 : 맹광은 후한(後漢)의 은사(隱士) 양홍(梁鴻)의 아내인데, 밥상을 들고 와서도 양홍을 감히 마주 보지 못하고 이마 위에까지 들어 올렸다고 하여 어진 아내를 대표하는 말로 쓰인다.《後漢書 卷83 逸民列傳 梁鴻》

걸음걸이가 장차 빨라지고	步履將有驟
기러기처럼 구름길을 날아가리	儀鴻雲路翔
훗날 저처럼 이루어진다면	後來如彼施
좋은 벼슬이 곁에서 떠나지 않을진대	襟纓不離傍
찾는 것은 대추와 밤일 뿐이라	所覓棗栗已
공부를 가르치며 부질없이 탄식만 하네	勸課空嗟傷

스무 번째 其二十

한나라는 사만 근의 황금을 주었고[555]	漢金捐四萬
양주는 터럭 하나도 아까워했네[556]	楊毛惜毫絲
아낀 것은 무엇 때문이고 베푼 것은 무엇 때문인가	惜何捐又何
천고에 뜻과 기대가 달랐기 때문이네	千古殊志期
호탕하게 천하에 뜻을 두면	豁如志天下
작은 일은 세세하게 따지지 않고	小事不問之
자잘하게 나만을 위한다면	子子秖爲我
윤리를 무너뜨리고 편벽된 말을 하게 되네	斁倫騁淫辭
대략 말하자면 이런 도리는	槩言此道理
대체로 사람으로 하여금 속게 만드니	大都使人欺

---

555 한(漢)나라는……주었고 : 한고조(漢高祖) 유방(劉邦)이 항우(項羽)와 그의 부하
장수들을 이간시키자는 진평(陳平)의 계책을 받아들여, 진평에게 필요한 자금으로 황금
4만 근을 내주면서 어디에 쓸지를 따져 묻지 않았다고 한다. 《史記 卷56 陳丞相世家》
556 양주(楊朱)는……아까워했네 : 양주는 전국 시대 사람으로 위아설(爲我說)을 주
장하여 자신의 터럭 하나를 뽑아 천하가 태평해진다 해도 뽑지 않을 것이라고 알려진
사람이다. 《孟子 盡心上》

아, 후대에 오는 자들이여 　　　　　　嗟嗟後來者

한결같은 마음으로 판단할지어다 　　　　一心可裁持

스물한 번째 其二十一

한여름에 외딴 배에 몸을 실었더니 　　　一船載赤暑

종일토록 비가 자욱하게 내리네 　　　　終日雨冥冥

뱃노래를 두세 곡조 보내니 　　　　　　櫂歌送三兩

황홀하게 먼지바람 일으키며 나는 듯하네[557] 　恍若埃風征

귀를 찌르는 소리에 문득 놀라 일어나니 　砭耳忽驚起

하늘을 흔들며 급한 여울이 소리를 내네 　掀天急瀨聲

우렛소리 또한 한순간에 불과한데 　　　轟雷亦一霎

이 소리는 울기를 그치지 않네 　　　　此聲不息鳴

차라리 나의 집에 돌아가서 　　　　　無若歸我家

물처럼 고요한 뜨락을 바라봄이 나으리 　如水望中庭

스물두 번째 其二十二

지인이 푸른 규룡을 타니 　　　　　　至人駕蒼虯

배우는 자들은 보배의 숲으로 향하네[558] 　學者向瓊林

---

557 먼지바람……듯하네 : 굴원(屈原)의 〈이소(離騷)〉에 "옥으로 장식한 말에 멍에를 메우고 봉황을 타고서, 훌쩍 먼지바람을 일으키며 나는 날아오르네.〔駟玉虯以乘鷖兮, 溘埃風余上征.〕"라고 한 구절이 참고가 된다.

558 지인(至人)이……향하네 : 지인은 통상적으로 덕이 높은 사람을 말한다. 창규(蒼虯)는 푸른 용으로,《초사(楚辭)》〈섭강(涉江)〉에 "청룡 타고 백룡 몰고서, 나는 중화와 요포에서 놀리라.〔駕青虯兮驂白螭, 吾與重華遊兮瑤之圃.〕"라는 구절이 있다. 원문

어느 곳인들 변화하지 않음이 없으니	無處不變化
때때로 떠오르기도 가라앉기도 하네	有時或浮沈
봉황새가 뱁새와 어울려서야	鵷鶵與斥鷃
어찌 제 소리를 드높일 수 있으랴	詎能高其音
바라봄에 넘실넘실 드넓으니	一望洋洋浩
그 물가를 찾을 수 없도다	涯涘莫辨尋
고인을 비록 만나지 못하더라도	古人縱未遇
능히 그 마음을 알지 못하랴	能不照其心

스물세 번째 其二十三

동남쪽 광려산559이 수려하니	東南匡廬勝
신선들이 그 남쪽을 유람하네	仙子遊其陽
노을 일산을 쓰고 구름 수레를 타고서	霞盖而雲軿
종횡으로 고삐를 잡아 몰아가네	縱橫摩維綱
아침에 옥이 흐르는 샘물을 마시고	朝飲瓊玉泉
저녁엔 푸른 혜초의 방에 잠들며	暮宿碧蕙房
우러러 흰 달을 더듬고	仰之探白月
아래로 검은 서리560를 찧네	俯則搗玄霜

의 '괴림(瓌林)'은 본래 보배가 모인 숲이라는 말인데, 여기서는 훌륭한 인재들이 모인 성균관과 같은 교육기관을 가리키는 듯하다.

559 광려산(匡廬山) : 중국 강서성의 여산(廬山)의 별칭으로, 은(殷)나라와 주(周)나라가 교체될 즈음에 광속(匡俗) 형제 7명이 이곳에다 집을 짓고 살았기 때문에 이 이름이 생겼다. 《廬山記略》

560 검은 서리 : 원문의 '현상(玄霜)'은 신선이 먹는 불로장생의 선약이다. 《한무제내

화지⁵⁶¹에서 목욕을 마치고 나오자   沐罷華池出

몸이 윤택해져 한 번 광채를 발하네   身澤一放光

청조⁵⁶²를 따라 떠나고자 하니   欲隨靑鳥去

외로운 학이 와서 홀로 나네   孤鶴來自翔

스물네 번째 其二十四

여름 뙤약볕이 막 잦아드니   纔歇朱明炎

서늘함이 침상에 다가와서 놀라네   新涼近床驚

서늘해짐에 놀란 것이 아니라   非爲驚新涼

해가 기울어감에 느낌이 많아서라네   多感日隤傾

국화가 다투어 피어나   寒花交爭發

화사하게 빈 뜨락에 있으니   的皪在空庭

가는 세월이 빠르다 말하지 말라   莫道逝光迅

또 한 해의 정을 보게 되리라   又見一年情

벌레 소리를 애처로워하지 말라   蟲語休哀憐

그대 또한 가을이 되면 우나니   爾亦秋以鳴

단연이 영주에 접했으니⁵⁶³   丹淵接瀛洲

<hr>

전(漢武帝內傳)》에 “선가의 상약(上藥)으로 현상(玄霜)과 강설(絳雪)이 있다."라고
하였다.

561 화지(華池) : 곤륜산 위에 있다는 전설상의 연못 요지(瑤池)를 가리키는 듯하다.

562 청조(靑鳥) : 서왕모(西王母)를 위해 소식을 전하는 신조(神鳥)인데, 한 무제(漢
武帝)가 서왕모를 만나려고 승화전(承和殿)에서 재계를 하자, 문득 청조 한 마리가
먼저 날아와 승화전 앞에 앉았다고 한다.

563 단연(丹淵)이 영주(瀛洲)에 접했으니 : 단연은 전설상의 물 이름으로, 완적(阮

먼 유람이 나의 목숨을 늘리리라 　　　　　　遠遊延我生

스물다섯 번째 其二十五

허연 칼날이 두렵다 해도 　　　　　　　白刃雖可畏
밟아도 사람이 다치지 않을 수 있는데 　　可蹈不人傷
몰래 쏜 화살은 참으로 두려울 만하니 　　暗箭誠可畏
멀지 않아 그대 곁에 있으리 　　　　　　不遠在爾旁
고금의 어진 이와 어리석은 이를 논하자니 　今古論賢愚
아침저녁으로 상전벽해를 겪네 　　　　　朝夕閱滄桑
천 리 길에 길을 찾지 못했는데 　　　　　千里莫尋路
구부정하게 머리가 세려 하네 　　　　　偏僂頭欲霜
차라리 호탕한 노래를 불러서 　　　　　不若發浩歌
나의 유장한 회포를 쏟느니만 못하리 　　瀉我心懷長

스물여섯 번째 其二十六

마음이 매인 곳이 없어 　　　　　　　心事無關係
문을 열고 청산을 마주하네 　　　　　開門對青山
큰 강물에 물고기가 헤엄치고 　　　　巨流魚游泳
온 수풀에는 새들이 날아다니네 　　　千林鳥飛翩
즐거움 또한 그 속에 있으니 　　　　樂亦在其中

籍)의 〈채신자가(采薪者歌)〉에 "부주산 서쪽에 해는 떨어지고, 단연이라 못 속에 달은
솟아오르네.〔日沒不周西. 月出丹淵中.〕"라는 구절이 있다. 영주는 영주산(瀛洲山)을
가리키는데, 동해 가운데에 있는 삼신산(三神山) 중의 하나이다.

만물이 제 이치대로 살아가네	物物理自然
대인처럼 달관하지 못한다면	不達大人觀
어느 것이 추하고 어느 것이 곱다 하랴	何醜何嬋娟
뜨락의 늙은 느티나무가	庭中老槐樹
교차하여 가지가 서로 연달았네	交錯枝相連

스물일곱 번째 其二十七

내가 비록 우스갯소리를 좋아해도	我雖好笑笑
어찌 맑은 황하564에 비할쏘냐	詎比淸黃河
내가 매우 기개가 커도	我絶氣巖巖
무심하게 가을꽃을 심네	無心種秋葩
한 세상의 공업을 이루지 못했는데	不成一世業
검은 머리가 벌써 반이나 세었네	玄髮已半華
눈앞에 내 좋아하는 것만 따르면	眼前從吾好
훗날 무엇을 자랑할 것인가	後日安所誇
삼춘의 시절을 회상해보면	回憶三春節
방탕으로 일이 모두 어그러졌네	跌宕事皆跎
다소간의 생각을 모두 가져다	都將多少慮
한꺼번에 무하565에 부치노라	一例付無何

---

564 맑은 황하 : 본래 극히 만나기 어려운 일을 가리킨다. 삼국 시대 위(魏)나라 이강(李康)의 〈운명론(運命論)〉에 "황하가 맑아지면 성인이 출현한다.〔夫黃河淸而聖人生.〕"라는 말이 있다.

565 무하(無何) : 《장자》〈소요유〉에 나오는 무하유지향(無何有之鄕)의 준말로, 유무(有無)와 시비(是非) 등 모든 다툼이 사라진 이상향을 말한다.

스물여덟 번째 其二十八

지난날 내가 온 나라를 유람할 때	昔余遊四海
신선의 섬이 영주566에 있었네	仙島在瀛洲
다만 겉모습만 보고 돌아와	但見膜外回
역경을 교정하지 못했네567	酈經未校讐
어느 해인가 진나라 한나라 황제가	何年秦漢皇
부질없이 신선 되기를 구하였는데	謾事神仙求
오리가 서복을 따라	五利從徐福
손을 이끌고 산꼭대기에 노닐었네568	携手山巔遊
은해의 곁으로는 따라가지 말라	莫追銀海畔
팔월이면 장건의 뗏목이 뜨리니569	八月騫槎浮

566 영주(瀛洲) : 전설에 동해 가운데에 있다는 삼신산(三神山) 중의 하나인데, 강릉
일대를 지칭하기도 한다.

567 다만……못했네 : 자신의 유람이 지리지(地理志)를 보충할 정도로 충분치 못한
것을 말한다. 역경(酈經)은 북위(北魏)의 지리학자 역도원(酈道元, ?~527)이 지은
《수경주(水經注)》를 말한다.

568 오리(五利)가……노닐었네 : 불사약을 구하러 떠난 방사(方士)들이 모두 속임수
였다는 의미이다. 오리는 한 무제(漢武帝) 때의 방술사로 오리장군(五利將軍)에 봉해
진 난대(欒大)를 가리킨다. 난대는 무제에게 "황금을 만들 수 있고 터진 황하(黃河)를
막을 수 있으며, 불사약을 얻을 수 있고 신선을 오게 할 수 있습니다."라고 하면서
무제를 미혹시켰다. 《史記 卷28 封禪書》 서복(徐福)은 서불(徐市)이라고도 하는데,
진시황(秦始皇)이 동해의 삼신산으로 가서 불로초를 캐 오라고 하면서 동남동녀(童男
童女) 3천 명을 데리고 가게 하였던 인물이다.

569 은해(銀海)의……뜨리니 : 은해는 은하수와 바다가 통하는 곳을 말한다. 진(晉)
나라 장화(張華)의 《박물지(博物志)》에 은하수와 바다가 서로 통하는 곳이 있어서
해마다 8월이면 어김없이 부사(浮槎)가 왕래하는데 어떤 이가 그 뗏목을 타고 떠나

서복은 바다의 섬으로 떠났고 　　　　　　　　徐福去海島

오리는 황하의 모래톱으로 돌아갔네[570] 　　　五利歸河洲

우스워라, 어느새 훌쩍 　　　　　　　　　　可笑於焉間

세월은 이미 바삐 흘렀는데 　　　　　　　　日月已奔流

후세 사람들은 어찌나 어리석은지 　　　　　後人何太愚

멀리까지 신선 찾아 수레가 수고로웠네 　遠訪勞使輈

표주박을 걸어놓고[571] 　　　　　　　　　不如掛瓢子

평생 근심이 없느니만 못하리 　　　　　　生平無一憂

스물아홉 번째 其二十九

어찌 신선이 없다 말하는가 　　　　　　　豈曰神仙無

견우와 직녀를 만나고 왔다는 내용이 있으며, 《형초세시기(荊楚歲時記)》에서는 뗏목을 탄 사람을 장건(張騫)이라고 하였다. 한 무제(漢武帝) 때 서역으로 사신을 다녀온 장건의 고사를 말한다. 166쪽 주407 참조.

570 서복(徐福)은⋯⋯돌아갔네 : 서복은 진시황의 명을 받고 동쪽으로 와서 우리나라 제주도에 들어갔다는 설이 있고, 일본에 도착하여 그곳에 살면서 일본의 시조가 되었다는 설도 있다. 오리장군 난대는 나중에 속임수가 드러나 무제가 분노하여 허리를 잘랐다고 한다. '황하의 모래톱으로 돌아갔다'는 말은, 현재 중국 산동성 내주시(萊州市) 남쪽에 있는 큰 무덤이 난대의 무덤으로 알려졌는데 이를 가리키는 듯하다.

571 표주박을 걸어놓고 : 자연 속에 은거하는 것을 가리킨다. 한(漢)나라 채옹(蔡邕)의 《금조(琴操)》〈기산조(箕山操)〉에 "요 임금 때 허유는 기산에 은거했는데, 늘 손으로 물을 떠 마셨다. 어떤 사람이 그에게 그릇이 없는 것을 보고 표주박을 주었다. 허유는 표주박으로 물을 떠 마시고 나무에 걸어두었는데, 바람이 불 때마다 달그락 소리가 나기에 번거로워 표주막을 버렸다.〔堯時許由隱居箕山, 常以手捧水而飮, 人見其無器, 以一瓢遺之. 由飮畢, 以瓢挂樹, 風吹樹動, 歷歷有聲, 由以爲煩擾, 遂取瓢棄之.〕"라는 구절이 있다.

내가 상악[572]의 꼭대기에 올라   我登霜嶽巓

걸음을 옮겨 창해를 건너고   移屐涉滄海

소매를 떨치며 푸른 하늘을 만졌네   拂袖摩靑天

마고[573]가 나에게 말하기를   麻姑爲余言

전생의 인연이 참으로 사랑스럽다 하네   宿緣誠可憐

어리석은 마음에 홀로 이를 믿고서   癡情妄獨恃

스스로 안색이 고움을 자랑하여   自詫顔色姸

어룡처럼 우러러 보고 웃으며   魚龍仰而笑

꿈틀거리며 좀처럼 잠 못 들었네   蜿蜒苦不眠

비록 참된 비결을 얻지 못했으나   縱未得眞訣

족히 장수를 누릴 수 있으리   足可永厥年

서른 번째 其三十

문밖에 내 수레가 서 있는데   門外我車停

멀리 가는 말이 정녕 떠나고자 하네   征馬正欲行

가고 가는 것은 너의 장기인데   行行爾所技

수레를 타는 나는 무엇으로 이름 붙일까   乘車我何名

공자께서는 천하를 두루 다니며   孔子環一轍

천하를 위한 심정으로 도를 행했고   行道天下情

---

572   상악(霜嶽) : 금강산을 가리킨다. 217쪽 주470 참조.

573   마고(麻姑) : 한나라 환제(桓帝) 때의 선녀 이름인데, 손톱이 새 발톱처럼 생겼으며, 3천 년마다 한 번 변하는 동해(東海)가 세 번이나 뽕나무밭으로 변하도록 아주 오래 살았다고 한다. 《神仙傳 麻姑》

소진은 검은 담비 가죽이 해지도록	蘇秦弊黑貂
다만 육국의 음악 소리를 들었네[574]	但聽六鷄聲
누가 주나라를 높이는 의리를 아는가	誰知尊周義
뱀을 자르자 진나라 천하가 어두워졌네[575]	斬蛇秦天冥
유학은 성인을 귀결처로 삼으니	斯道歸聖人
입을 닫고서 성을 지키듯 생각을 막아야 하네[576]	口瓶意防城
그치는 것이 본디 한스러울 것 없고	止固無足恨
행하는 것도 영예가 되지 않네	行亦不爲榮
새벽과 저녁이 서로 재촉하니	晨夕迭相促
쇠잔한 몸도 잠깐이면 다른 형체로 바뀌리	殘骸俄幻形

574 소진(蘇秦)은……들었네 : 소진이 동맹을 성사시키려 여섯 나라를 열심히 왕래한 것을 의미한다. 소진은 전국 시대 때 유세가로 자는 계자(季子)이며 낙양(洛陽) 사람이다. 장의(張儀)와 함께 유세가로 유명하여 초(楚)·연(燕)·제(齊)·한(韓)·위(魏)·조(趙) 6국의 제후를 설득해 합종(合從)하여 강력한 진(秦)나라에 대항하게 하였다.

575 뱀을……어두워졌네 : 한고조(漢高祖)가 진(秦)나라의 폭정을 그치게 만들고 창업한 것을 가리킨다. 한고조가 사상정장(泗上亭長)이란 말직에 있을 때, 역산(酈山)으로 죄수들을 호송하는 도중에 벼슬을 버리고 풍서(豐西)라는 곳에 유숙하여 술을 마셨다. 밤에 술에 취하여 택중(澤中)을 지나가다가 큰 뱀이 길을 막고 있는 것을 보고 칼을 뽑아서 그 뱀을 죽였는데, 한 노파가 출현하여 "내 아들은 백제자(白帝子)인데 지금 적제자(赤帝子)가 내 아들을 베어 죽였다."라며 울었다. 역산은 바로 진시황(秦始皇)이 묻힌 곳이고 진나라가 서쪽에 있어 백제자라고 한 것으로, 진나라가 멸망하고 한나라가 새로 일어난 것을 의미한 말이다. 《史記 卷8 高祖本紀》《史略 卷2 西漢》

576 입을……하네 : 송나라 주희(朱熹)의 〈경재잠(敬齋箴)〉에 "입을 지키기를 병 주둥이를 지키듯이 하고, 생각을 막기를 성을 지키듯이 해야 한다.〔守口如瓶, 防意如城.〕"라고 하였다. 《晦庵集 卷85》

가련타, 남화자는   可憐南華子
붙어사는 인생을 하루살이로 보았네⁵⁷⁷   蜉蝤同寄生

서른한 번째 其三十一
현학이 동남쪽으로 날아   玄鶴東南飛
단구⁵⁷⁸의 누대에 멈추었네   戾止丹邱臺
신선이 타고서 떠나고 싶은데   仙人欲騎去
양주는 어느 곳이런가   楊州何處哉
십만 전을 지니지 않아도   不帶十萬錢
오히려 봉래에 이를 수 있으리⁵⁷⁹   猶可到蓬萊
오동잎은 금 우물에 떨어지는데   梧葉落金井
행인들은 가고 또 오는구나   行人去復來

---

577 남화자(南華子)는……보았네 : 남화자는 전국 시대 장주(莊周)의 별칭으로 당나라 때 남화진인(南華眞人)이란 시호를 받은 데서 유래하였다. 인생을 하루살이로 보았다는 것은 《장자》〈소요유(逍遙遊)〉의 "아침 버섯은 그믐과 초하루를 알지 못하고, 쓰르라미와 여치는 봄과 가을을 알지 못한다.〔朝菌不知晦朔, 蟪蛄不知春秋.〕"라는 말이 참고가 된다.

578 단구(丹邱) : 단구(丹丘)라고도 하며, 전설 속에서 신선들이 산다고 하는 곳이다. 《초사(楚辭)》의 왕일(王逸)이 쓴 주석에 의하면 "단구는 밤이든 낮이든 항상 밝다."라고 하였다.

579 양주(楊州)는……있으리 : 옛날에 여러 사람이 모여 저마다 자기 소원을 말하였다. 한 사람은 풍광이 수려한 양주 고을의 자사(刺史)가 되고 싶다고 하고, 한 사람은 재물이 많았으면 좋겠다고 하고, 한 사람은 학을 타고 신선이 되어 하늘로 올라갔으면 좋겠다고 하였는데, 어떤 사람이 "허리에 십만 꿰미의 돈을 차고서 학을 타고 양주 고을을 날고 싶다.〔腰纏十萬貫, 騎鶴上楊州.〕"라고 하였다 한다. 《事文類聚 後集 卷42 鶴條》

흰 꽃을 높은 상투에 꽂고서	璇花挿高髻
아득히 풍진세상을 초월하였네	縹緲絶浮埃
이 백성들을 장수케 하고자	願言壽斯民
뜨락에 단약 구운 재가 있네580	庭有燒丹灰

서른두 번째 其三十二

음지에 어찌 해가 내리쬐지 않으며	陰豈無陽曝
양지가 어찌 그늘질 날 없으랴	陽何不陰幽
아침나절은 반드시 밤이 되고	朝候必然夜
봄철은 차례로 가을로 바뀌네	春序迭代秋
인생이란 붙어살지 않는 이 없고	人生無非寄
천도는 갈수록 더욱 아득하네	天道去益悠
황제는 기러기가 날아감을 노래하였고581	帝歌鴈飛歸
성인은 흐르는 물을 보고 탄식하였네582	聖歎水逝流
큰 지혜는 사물과 경쟁하지 않고	縱智物無競

---

580 이……있네 : 백성을 장수하게 만드는 단약으로 수민단(壽民丹)이란 이름이 전해지는데 이를 가리키는 듯하나, 전거는 미상이다.

581 황제는……노래하였고 : 한 무제(漢武帝)가 일찍이 하동(河東)에 행차하여 후토(后土)에 제사를 지내고 나서 배를 타고 신하들과 잔치를 벌이면서 〈추풍사(秋風辭)〉를 지어 부르기를 "가을바람이 일고 흰 구름이 날리니, 초목이 시들어 떨어지고 기러기가 남으로 돌아가네. 난초가 빼어나고 국화가 향기로우니, 아름다운 임이 그리워 잊을수가 없네.〔秋風起兮白雲飛, 草木黃落兮雁南歸. 蘭有秀兮菊有芳, 懷佳人兮不能忘.〕"라고 하였다.

582 성인은……탄식하였네 : 공자가 시냇가에서 "가는 것이 이와 같다. 밤낮으로 쉬지 않는구나.〔逝者如斯夫, 不舍晝夜.〕"라고 탄식한 적이 있다. 《論語 子罕》

본성을 함양하면 한마음이 자유로워지네 養空一心浮

변하는 것이든 불변하는 것이든 變者不變者

천지는 일찍이 머무른 적 없었네 天地曾不留

원컨대 곤륜산에 올라 願登崑崙山

자진과 함께 노닐어[583] 子晉與之遊

넘실거리는 풍진세상을 내려다보며 俯視塵海漲

흔들흔들 빈 배를 타고 싶네 招招泛虛舟

서른세 번째 其三十三

묘고산에 가인이 있어 藐姑有佳人

빙설 같은 피부로 저녁과 아침에 오가네[584] 雪膚暮復朝

스스로 용모가 아름다움을 믿고서 自倚容色好

세상 근심을 전혀 두지 않았네 不置世慮消

난초와 사향으로 오래 목욕하고 蘭麝久薰沐

아름다운 옥을 무심히 당기네 瓊琚無意招

영지가 예천에 자라서 靈芝生醴泉

---

583 곤륜산(崑崙山)에……노닐어 : 곤륜산은 중국의 서방에 있는 상상 속의 산으로, 서왕모(西王母)가 그곳에 살며 산 위에는 예천(醴泉)과 요지(瑤池)가 있다고 한다. 자진(子晉)은 주 영왕(周靈王)의 태자였던 왕자교(王子喬)를 가리키는데, 생황을 잘 불었으며 훗날 신선이 되어 승천했다고 한다. 273쪽 주542 참조.

584 묘고산(藐姑山)에……오가네 : 《장자》소요유(逍遙遊)에 "묘고야산에 신인이 사는데, 살결은 빙설 같고 얌전한 자태는 처녀 같으며, 오곡은 먹지 않고 바람과 이슬을 마시며, 구름을 타고 나는 용을 몰아서 사해의 밖에서 노닌다.〔藐姑射之山有神人焉, 肌膚若氷雪, 淖約若處子, 不食五穀, 吸風飲露, 乘雲氣, 御飛龍, 而遊乎四海之外.〕"라고 한 말이 있다.

찬란히 빛나 허기를 달래주네 　　　　　　煒煒充飢饒

다만 두려워라, 경각 사이에 　　　　　　　但恐頃刻間

바람 따라 표표히 가버릴까 　　　　　　　隨風去飄飄

어느 곳인들 외물에 매임이 없으랴 　　　　何處無物累

선인들 또한 애가 타리 　　　　　　　　　仙子亦心焦

서른네 번째 其三十四

어제 또 오늘 　　　　　　　　　　　　　昨日復今日

오늘 새벽 또 내일 새벽 　　　　　　　　今晨復來晨

얼굴빛이 한결같이 고우니 　　　　　　　顔光一如嬋

어찌 오랜 침체를 탄식하랴 　　　　　　　奚歎久沈淪

슬프고 처량한 것은 이 생애라 　　　　　哀楚卽此生

고개를 주억거리며 고인을 생각하네 　　　俛仰思古人

어느 물건인들 조화에서 누락되랴 　　　　何物泄畜積

달고 시고 또 쓰고 매운 맛 겪었네 　　　甘酸且苦辛

노루 눈을 하고 흘겨보니 　　　　　　　麕眼睨以視

절반은 천진을 잃어버렸네 　　　　　　　一半汰天眞

백 년 사이에 만 겁을 겪으니 　　　　　　百年經萬劫

사해가 일신보다 가볍네 　　　　　　　　四海輕一身

동쪽 마을이 가을에 가난하지 않으니 　　東里秋不貧

도롱이 입고 이웃과 어울리네 　　　　　襏襫與爲隣

서른다섯 번째 其三十五

세상일에 본래 관심이 없으니 　　　　　世情原無關

어부와 나무꾼처럼 절로 부산하지 않네 　　　　漁樵自不遑

때로 이름난 꽃을 심지만 　　　　有時種名花

중양절의 국화를 유독 사랑하네 　　　　偏愛菊重陽

흘러가는 희화[585]의 고삐를 당겨 　　　　羲和攬征轡

은근히 풍광을 붙잡아두었네 　　　　慇懃住風光

하늘의 섬돌은 멀리 떨어졌을지라도 　　　　天階雖遙隔

아래로 덮어주어 부지런히 운행하네 　　　　下燾運陸梁

어찌 한 걸음 양보해주지 않으랴 　　　　詎無一頭放

밤낮으로 현포[586]의 곁에 있으리 　　　　日夕玄圃傍

만약 신선들의 모임에 참여한다면 　　　　如投群仙會

보록에 꽃다운 이름을 더할 수 있네 　　　　寶錄可添芳

진인이 웃으면서 떠나니 　　　　眞人笑而去

아득히 회오리바람 타고 나네 　　　　望望璇飆翔

서른여섯 번째 其三十六

고요히 바라보니 뜻이 여유로운데 　　　　靜觀意自適

뜨락의 풀도 푸르게 돋아나네 　　　　庭草翠交生

온화한 기운 덩어리로 직접 뜸을 뜬 듯 　　　　團和若親炙

현묘한 도는 무형에서 드러나네 　　　　玄虛見無形

585　희화(羲和) : 흐르는 세월이나 태양을 가리킨다. 희화가 여섯 필의 말이 끄는 수레 위에 태양을 싣고 날마다 동쪽에서 서쪽으로 운행한다는 전설이 있다. 《初學記 卷1 引 淮南子》

586　현포(玄圃) : 곤륜산(崑崙山) 꼭대기에 있다는 신선이 사는 곳으로, 기이한 꽃과 돌이 많다고 한다.

한 이치가 무궁하게 끝이 없으니   一理無窮極

도의 근원을 아득하게 생각하네   道源思窈冥

모난 연못에 마음의 거울이 열리니   方塘心鏡開

바람 안개의 풍정을 흠씬 누리네   盡得風煙情

서른일곱 번째 其三十七

만사가 어렵다 말하지 말라   休言萬事艱

한번 쓸면 온통 먼지에 불과하네   一掃盡塵埃

오는 자는 이내 돌아갈 것이고   來者若歸去

떠나는 자는 다시 돌아온다네   去者復還來

듣지 못했노라, 성인이 계시던 세상에   未聞聖人世

떠나는 자를 따라가고 오는 자를 밀쳤음을   去來追而排

길이 험난하고 평탄함이 무슨 상관이랴   何有路險夷

우리 도는 이와 같을 뿐이네   吾道如斯哉

서른여덟 번째 其三十八

원컨대 가벼운 갈매기가 되어   願作輕鷗身

날아가 급한 여울에 내리거나   飛去下湍瀨

너울너울 달 곁을 맴돌고   翩翩倚月邊

하얗게 노을 밖에 노닐고 싶네   皎皎游霞外

고향이 어느 곳이런가   家鄉何處是

사계절 산 빛을 띠고 있는데   四時山色帶

어부가 너른 그물을 치니   漁者設鴻網

진종일 날아도 쉴 곳이 없네   竟日不自賴

마름 여뀌에 가을빛이 짙으니 蘋蓼秋色多

오가는 데 아무 거리낌 없는데 往來還無害

바닷가의 노인을 만나지 못하니[587] 不逢海上老

강호는 한없이 크기만 하네 江湖滿地大

서른아홉 번째 其三十九

옛날 기개 높던 선비들은 古之個儻士

그 뜻이 팔방도 좁다 했네 其志曠八荒

몸이 풀밭 속에 스러져도 身落草莽中

왕실을 어찌 잊을쏘냐 王室詎能忘

초승달이 뽕나무 끝에 걸리면 彎月掛桑梢

가을 서리가 북두성 빛을 의지하는데 秋霜倚斗光

옛날의 강자아는 昔日姜子牙

팔십 세에 매처럼 날았네[588] 八十鷹飛揚

사람은 늙어도 기개는 더욱 장대하니 人老氣愈壯

---

587 바닷가의……못하니 : 기심(機心)이 없는 은자를 만나지 못한다는 말이다. 《열자(列子)》〈황제(黃帝)〉에, 바닷가에 사는 어떤 사람이 매일 갈매기와 어울려 놀았는데, 갈매기를 잡아오라는 아버지의 명을 받고 다음 날 바닷가로 나갔더니 갈매기들이 가까이 오지 않았다는 구로망기(鷗鷺忘機) 고사가 있다.

588 옛날의……날았네 : 강자아(姜子牙)는 강여상(姜呂尙)으로 자아는 그의 자(字)이며, 태공망(太公望)이라고도 불린다. 80세가 넘어서 출사해 주(周)나라 문왕(文王)과 무왕(武王)을 보좌하여 은(殷)나라를 멸망시켰다. 《시경》〈대아(大雅) 대명(大明)〉에 "태사 상보가 마치 매가 날 듯하여, 저 무왕 도와서 상나라를 정벌하니, 싸움을 하던 날 아침이 청명했도다.〔維師尙父, 時維鷹揚, 涼彼武王, 肆伐大商, 會朝淸明.〕"라고 하였는데, 상보(尙父)는 강여상을 가리킨다.

명성을 이룸은 잠깐의 일이었네   名立是一場

백세토록 명성을 전하니   百世誦以傳

공훈과 업적이 해와 더불어 드러났네   勳業與日彰

뜻이 강개함에 겨워 끝이 없다면   慷慨無盡意

상도를 범한 자들을 보시게나   請看紀干常

마흔 번째 其四十

혼돈이 둘로 갈라진 뒤에   混沌肇判後

음양이 선기옥형[589]에서 돌아가네   兩儀斡衡璣

해 바퀴가 아침에 어둠을 가르고   日輪朝闢晦

달의 정기는 밤에 광채를 잇네   月精夜承輝

슬프도다, 만물 가운데   哀哉萬物中

많고 많은 인생이 미미하도다   芸職人生微

뉘엿뉘엿 봄 풍경이 빨리 지나면   荏冉春光速

순식간에 이슬 꽃이 마르나니   倏忽露華晞

몸을 수양하려면 마음을 가까이 지니고   修身方寸近

명을 세우려면 하늘의 위엄을 두려워해야 하네   立命畏天威

선문자[590]와 이른 약속이 있어   夙約羨門子

공업이 세상과 어그러져   功業與世違

---

589 선기옥형(璇璣玉衡) : 해·달·별의 천상(天象)을 그려서 천체의 운행과 위치를 관측하던 기계로, 혼천의(渾天儀)라고도 한다.

590 선문자(羨門子) : 옛날의 신선 선문자고(羨門子高)를 말하는데, 진시황(秦始皇) 이 일찍이 동해(東海)에 노닐면서 선인 선문의 무리를 찾았다고 한다. 《史記 卷6 秦始皇本紀》

태화591 사이를 왕래하자니   往來太華間

요해592의 물가가 멀지 않네   不遠瑤海湄

일부러 험난함을 피함이 아니라   非爲故避險

평이한 곳으로 나아가기를 좋아해서라네   甘就事平夷

마흔한 번째 其四十一

바닷가에 새 한 마리 있어   海上有一鳥

바람 타고 날개를 활짝 펴네   乘風逸翮舒

화살을 쏘아도 이르지 못하고   矰繳不相及

뜨고 잠기기가 가벼운 오리 같네   浮沒若輕鳧

사람의 일이란 미리 헤아리기 어려우니   人事難遙度

마음속에 경계하고 걱정해야 하네   心腹有戒虞

뭇 신선들이 생명을 아까워하여   列仙惜生命

겸허한 마음을 기르도록 가르치네   詔以養冲虛

긴 수명은 상제가 하사한 바라   脩齡帝所賜

고금에 어찌 차이가 있으랴   古今安有殊

세상길에 갈림길이 많으니   世路多尖歧

음악이 어찌 즐거움이 되랴   管絃豈樂娛

구름과 해는 쌩쌩 달려가니   雲日飄飄去

---

591 태화(太華) : 중국의 오악(五嶽) 중 하나인 서악(西嶽) 화산(華山)을 말한다. 중봉(中峯)을 연화봉(蓮花峯)이라고 하는데, 전설에 따르면 그 위에 연못이 있어 천엽 (千葉)의 연꽃이 핀다고 한다.

592 요해(瑤海) : 요지(瑤池)를 말한다. 요지는 전설 속에 나오는 못으로, 서왕모(西王母)가 사는 곤륜산(崑崙山) 속에 있다고 한다.

겸손히 물러남이 몸을 보호하는 비결일세　　　恬退護身符

적송자[593]를 만날 수 있을 듯하여　　　赤松若將遇

공중을 바라보며 홀로 서성거리네　　　望空自躑躅

마흔두 번째 其四十二

사해에서 지사를 만나보고서　　　四海逢志士

가을바람에 영웅을 위해 눈물짓네　　　秋風淚英雄

왕업은 훌륭한 신하의 보좌가 필요하여　　　王業須良輔

원개[594]가 당대에 존숭되었네　　　元凱當世隆

상서로운 광채는 해와 달에서 아름답고　　　瑞彩日月麗

온화한 기운은 천지에 널리 퍼졌네　　　和氣天地融

세월과 인사가 다름이 없어　　　時光同人事

아득하면서도 또 오묘하네　　　曠邈又淵沖

공덕장은 북산에 글을 옮겼고[595]　　　孔璋移北山

---

593 적송자(赤松子) : 중국 고대의 신선 이름이다. 전설에 의하면 신농(神農) 때의
우사(雨師)로 불속에 뛰어들어도 몸이 타지 않고, 비바람을 타고 자유로이 오르내릴
수 있다고 한다.

594 원개(元凱) : 팔원팔개(八元八愷)의 약칭이다. 중국 전설상의 임금인 고신씨(高
辛氏)에게 재능 있는 아들 8명이 있었는데 이들을 팔원(八元)이라고 하였고, 고양씨(高
陽氏)에게 재능 있는 아들 8명이 있었는데 이들을 팔개(八愷)라고 하였다. 이들의 후손
들이 그 명성을 이어가자 순(舜) 임금이 요(堯) 임금에게 이들을 천거하여 등용하였는
데, 훌륭한 통치로 이름을 떨쳤다.

595 공덕장(孔德璋)은……옮겼고 : 육조(六祖) 시대에 주옹(周顒)이 처음에 종산
(鍾山)에 은자로 있다가 뒤에 조정의 부름을 받아 지방 수령으로 부임하면서 고향에
한번 들르려 하니, 그의 친구 공덕장이 〈북산이문(北山移文)〉을 지어서 종산의 신령을

유여는 서융으로부터 왔네[596]　　　　　　　　　　　由余自西戎

영예를 탐하면 온갖 비방이 모이고　　　　　　　　　貪榮百毁集

출사하지 않으면 일신이 고상하네　　　　　　　　　不仕一身崇

모든 사람이 시작하지 않음이 없으나　　　　　　　凡人靡不始

그 끝을 잘 마치는 사람은 드물다네　　　　　　　尟能有其終

저 남쪽 골짜기의 소나무를 바라보니　　　　　　瞻彼南壑松

울창하게 우거져 하늘 바람을 보내네　　　　　　鬱蒼送天風

마흔세 번째 其四十三

큰 기러기가 한 번 날개를 펴고　　　　　　　　　大鴻一張翼

잠깐 사이 황야에 내려앉네　　　　　　　　　　須臾止荒裔

바람을 탐은 매일반이니　　　　　　　　　　　　搏風直一般

붕새가 날아감을 어찌 부러워하랴[597]　　　　　　何羨溟鵬逝

대신하여 주옹을 오지 못하게 조롱하였다.

596　유여(由余)는 서융(西戎)으로부터 왔네 : 유여는 춘추 시대의 사람으로 유여(由
餘)라고도 한다. 본래 진(晉)나라 출신으로 융(戎)에 망명하여 융왕(戎王)을 섬겼다.
융왕이 진 목공(秦穆公)이 선정을 베푼다는 소문을 듣고 유여를 사신으로 보내 목공의
정치를 살피게 하였는데, 목공은 유여가 현인(賢人)이라 여겨 그를 신하로 삼고자 하였
다. 이에 융왕에게 여악(女樂)을 선사하여 융왕과 유여 사이를 이간질하였는데, 유여의
간언을 융왕이 받아들이지 않자 유여가 마침내 진(秦)나라로 망명하여 목공을 도와서
서융의 패자(霸者)가 되게 하였다. 《史記 卷5 秦本紀》

597　바람을……부러워하랴 : 원문의 '명붕(溟鵬)'은 대붕(大鵬)으로, 《장자》〈소요
유(逍遙遊)〉에 북명(北冥)에 사는 곤(鯤)이라는 물고기가 붕(鵬)으로 변하여 남명(南
冥)으로 날아가는데, 3천 리나 되는 파도를 일으키며 회오리바람을 타고 하늘 높이
9만 리나 오른다는 내용이 보인다.

낭간[598]을 먹기를 탐하지 않고	不戀餐琅玕
갈대를 물고 구름 끝을 지나네[599]	銜蘆過雲際
높이 날아 이미 멀리 달아나니	高飛已遠走
그물과 화살에 구속을 받지 않네	網弋不受制
장사가 가을을 슬퍼하며 노래하고	壯士悲秋歌
격렬한 한마디로 맹세하네[600]	激烈一言誓

마흔네 번째 其四十四

| 무궁문을 들어가고자 하나 | 欲入無窮門 |
| 어둡고 광막하여 방향이 없네[601] | 冥漠沒向方 |

---

598 낭간(琅玕) : 봉황이 쪼아 먹는다는 죽실(竹實) 혹은 경실(瓊實)을 가리킨다.

599 갈대를……지나네 : 원문의 '함로(銜蘆)'는 기러기가 입에 긴 갈대를 문 것을 가리키는데, 본래 그물이나 주살을 피하기 위해 그런 행동을 취한다고 한다. 《시자(尸子)》권하(卷下)에 "기러기는 갈대를 물어 그물을 미리 피하고, 소는 진을 쳐서 호랑이를 물리친다.〔雁銜蘆而捍網, 牛結陣以却虎.〕"라는 말이 있다.

600 장사가……맹세하네 : 전국 시대 자객 형가(荊軻)가 진시황(秦始皇)을 죽이러 떠날 적에 친지들과 이별하며 역수(易水) 가에서 노래 부르기를 "바람은 쓸쓸하고 역수는 차가워라. 장사는 한번 가면 다시 돌아오지 않으리.〔風蕭蕭兮易水寒, 壯士一去兮不復還.〕"라고 한 고사를 가리킨다. 《史記 卷86 刺客列傳 荊軻》

601 무궁문(無窮門)을……없네 : 무궁문은 지극한 도를 가리킨다. 황제(黃帝)가 공동산(空同山)으로 신선 광성자(廣成子)를 찾아가 지극한 도를 묻자, 광성자가 "오거라, 내 그대에게 말해주리라. 저 지극한 도는 끝이 없건만 사람들은 다 끝이 있다고 여기고, 저 지극한 도는 헤아릴 수 없건만 사람들은 모두 다함이 있다고 여긴다.……나는 장차 속세의 그대를 속세에서 벗어나 무궁한 지도(至道)의 문으로 들어가 무극의 들판에서 노닐게 하려고 한다.〔來余語女. 彼其物無窮, 而人皆以爲有終, 彼其物無測, 而人皆以爲極……余將去女, 入無窮之門, 以遊無極之野.〕"라고 한 고사가 있다. 《莊子 在宥》

깊고 얕은 함정과 구덩이가 있고　　　　　深淺有穽坎

높고 낮게 섬돌과 마루가 구별이 되네　　高低辨陛堂

방황하고 다시 주저하며　　　　　　　　彷徨復踟躕

지팡이 짚고서 마음으로 상심하네　　　　拄杖心悲傷

어찌하면 도적들이 개과천선하여[602]　　焉得赤丸轉

밝음을 향하여 남은 광채를 받을까　　　嚮明借末光

순 임금의 무리와 도척의 무리는　　　　舜徒與跖徒

같은 사람이면서 평범함을 벗어났네[603]　一種過尋常

마흔다섯 번째 其四十五

연나라 조나라에 아리따운 여인이 있어　　燕趙有麗娃

궁에 들어와 총애와 영광을 다투었네[604]　入宮競寵榮

---

602 도적들이 개과천선하여 : 원문의 '적환(赤丸)'은 도적을 가리키는 말로, 한나라 성제(成帝) 때 장안(長安)의 소년들이 암살단을 조직하여 적(赤)·백(白)·흑(黑) 삼색의 탄환을 만들어놓고 서로 더듬어서 적환(赤丸)을 잡은 자는 무리(武吏)를 죽이고, 백환(白丸)을 잡은 자는 문리(文吏)를 죽이고, 흑환(黑丸)을 잡은 자는 장례를 주관하였다는 데서 유래하였다. 《漢書 卷90 酷吏傳 尹賞》

603 순(舜) 임금의……벗어났네 : 똑같이 사람이지만 마음을 어떻게 쓰느냐에 따라 극단으로 치달았다는 말이다. 《맹자》〈진심 상(盡心上)〉에 "새벽에 닭이 울자마자 일어나서 부지런히 선행을 힘쓰는 자는 순 임금의 무리요, 새벽에 닭이 울자마자 일어나서 부지런히 이익을 구하는 자는 도척(盜跖)의 무리이다. 순 임금과 도척의 구분을 알고자 한다면, 다름이 아니라 이익을 탐하고 선행을 좋아하는 그 사이에 있을 뿐이다.〔雞鳴而起, 孶孶爲善者, 舜之徒也, 雞鳴而起, 孶孶爲利者, 跖之徒也. 欲知舜與跖之分無他, 利與善之間也.〕"라고 한 말에서 유래하였다.

604 연(燕)나라……다투었네 : 연나라와 조나라에는 예로부터 미녀들이 많이 난다고 한다. 고시(古詩)에 "연과 조엔 아름다운 사람 많아서, 미인은 얼굴이 옥과 같다네.〔燕

어찌 다른 이의 자색을 생각하랴	肯念他人色
한 번 웃음에 나라와 도성이 무너지네	一笑傾國城
비단 누각에 봄이 저물지 않았는데	綺樓春未晚
온갖 아리따움 생겨나 스스로 기쁘지만	自喜百媚生
군왕이 오래도록 돌아보지 않으니	君王久不顧
옥 거문고에 원망의 심정이 엉겼네	玉琴凝怨情
어찌하면 동쌍성을 따라서	安逐董雙成
생황을 불면서 태청에 노닐까[605]	吹笙遊太清

마흔여섯 번째 其四十六

어린 연꽃이 백 길이나 높아	雪藕百丈高
신선이 하늘의 연못에서 희롱하네	羽客戲天池
아름다운 향기가 패궐[606]에 감도니	馨香留貝闕
멀리서 맡아야지 가까이선 좋지 않네	遠宜不邇宜
스스로 애도하노니, 신선의 인연이 단절되어	自悼絶仙分

趙多佳人, 美者顔如玉.〕"라고 하였다.

605 어찌하면……노닐까 : 현실을 초월하여 선계로 오르고 싶다는 말이다. 동쌍성(董雙成)은 서왕모(西王母)의 시녀로 옥생(玉笙)을 잘 불었다. 서왕모가 일찍이 한 무제(漢武帝)의 궁중에 강림하여 무제와 함께 연회를 즐길 적에 동쌍성에게 명하여 옥생을 불게 했다는 고사가 있다. 태청(太清)은 신선이 거처하는 천상세계로, 상청(上清)·태청·옥청(玉清)을 삼청(三清)이라 한다.

606 패궐(貝闕) : 하백(河伯)이 사는 용궁(龍宮)을 가리킨다. 《초사(楚辭)》〈구가(九歌) 하백(河伯)〉에 "어린옥에 용당이요, 자패궐에 주궁이로다.〔魚鱗屋兮龍堂, 紫貝闕兮珠宮.〕"라는 구절이 있다.

한 가지조차 빌리지 못하네[607]　　　　　不得借一枝

떨어진 박꽃을 손으로 주우며　　　　　手拾匏花落

무궁화나무 울타리를 날마다 도네　　　日巡槿樹籬

내 얼굴이 무궁화처럼 잘생겼어도　　　我顔雖如槿

낙척해지자 사람들이 따르지 않네　　　瓠落人不隨

마흔일곱 번째 其四十七

몸뚱이의 밖을 방랑하며　　　　　　　放浪形骸外

산과 바다에서 흥금을 펴고 싶어라　　欲披山海襟

사간[608]이 난초 연못을 굽어보고　　射干臨蘭渚

주초[609]가 계수나무 숲에 자라네　　朱草生桂林

처량하게 멀리 끝까지 바라보고　　　悽愴窮遠睇

---

607 신선의……못하네 : 당나라 이의부(李義府)가 지은 〈영오(詠烏)〉 시에 "상림원
의 많고 많은 나무 중에, 가지 하나 빌려 깃들지 못하도다.〔上林多少樹, 不借一枝棲.〕"
라는 구절이 참고가 된다.

608 사간(射干) : 한나라 사마상여(司馬相如)의 〈자허부(子虛賦)〉에 "그 위에는 원
추와 공란, 등원과 사간이 있다.〔其上則有鵷雛孔鸞, 騰遠射干.〕"라는 구절이 있는데,
등원은 짐승 이름이고, 사간은 여우와 닮았는데 나무를 잘 탄다는 주석이 있다.《六臣註
文選 卷7 子虛賦》참고로 사간은 후증(喉症)·어혈(瘀血) 등에 약재로 쓰이는 범부채
의 뿌리를 가리키기도 한다.

609 주초(朱草) : 붉은빛을 띠는 풀의 한 종류로, 예로부터 상서로운 징조로 여겨졌
다. 한 무제(漢武帝)가 상고 시대 지치(至治)의 비결을 묻자, 공손홍(公孫弘)이 "음양
이 조화를 이루고, 비와 바람이 때에 맞고……아름다운 벼이삭이 열리고, 주초가 나며,
산이 헐벗지 않고, 못이 마르지 않으니, 이것이 조화의 지극함입니다.〔陰陽和, 風雨
時……嘉禾興, 朱草生, 山不童, 澤不涸, 此和之至也.〕"라고 답한 말이 있다.《冊府元龜
卷646》

초췌하게 멀리 떠나려는 마음에 고뇌하네 　　　　憔悴惱遐心

서리와 눈 속에 너만이 있으니 　　　　霜雪獨有爾

대나무를 자르러 한천[610]을 찾아가네 　　　　採竹漢川尋

마흔여덟 번째 其四十八

옛날에 한 스님이 있어 　　　　古有一衲子

물이 다한 곳에 앉아 구름을 바라보았네 　　　　水窮坐看雲

도를 깨치고자 노력하는 것은 다름이 없으니 　　　　悟道功無異

홀로 무리에서 빼어나다 말하지 말라 　　　　莫言獨出群

삶과 죽음에 연연하지 않으나 　　　　生死無係戀

어찌 이리 분분하게 산락해가는가 　　　　散落何紛紛

마흔아홉 번째 其四十九

고인은 지금 사람을 슬퍼하고 　　　　古人悲今人

지금 사람도 고인을 생각하네 　　　　今亦古人思

사람이 천지 사이에 살다 　　　　人生天地間

그대와 함께 돌아가리라 　　　　與爾同歸之

성인은 백세토록 존경을 받고 　　　　聖人百世尊

어리석은 사람은 백 년을 기약하네[611] 　　　　愚人百年期

---

610 한천(漢川) : 대나무로 유명한 운당곡(篔簹谷)이 있는 중국 섬서성의 고을 이름
이다. 소식(蘇軾)의 〈운당곡(篔簹谷)〉 시에 "한천현의 긴 대나무는 쑥대처럼 지천으로
자라니, 자귀 도끼가 어찌 죽순을 내버려 둘쏜가.〔漢川脩竹賤如蓬, 斤斧何曾赦籜龍.〕"
라고 한 구절이 참고가 된다. 《蘇東坡詩集 卷14 和文與可洋川園池三十首》

611 백 년을 기약하네 : 보통 사람의 수명을 가리키는 듯하다. 《예기》〈곡례 상(曲禮

분란스러움이 어찌 이렇게 많은가	繽紛何多事
노여워 꾸짖고 또 웃으며 기뻐하네	怒罵且笑嬉
사람은 모두 굴속의 오소리와 같으니	委蛻皆貉丘
옛날 시절이 지금 시절과 같다네612	古時若今時

쉰 번째 其五十

지난날의 아리땁게 우거진 풀이	昔之丰茸草
가을 되자 쑥대밭으로 변했네	秋來成蒿萊
산짐승은 불어난 몸집을 자랑하고	山獸誇肥大
붉은 표범은 황능을 따라간다네613	赤豹逐黃能
만약 사람이 병에서 낫고자 한다면	若人病欲痊
송교614를 따라야 하리	松喬庶追哉

上)〉에 "100년을 기(期)라고 하니, 봉양을 받는다.〔百年曰期, 頤.〕"라는 말이 있다.

612 사람은……같다네 : 예나 지금이나 인간의 흥망성쇠가 별반 다름이 없다는 의미이다. 원문의 '위태(委蛻)'는 자연이 준 몸뚱이를 말한다. 《장자(莊子)》〈지북유(知北遊)〉에 "자식과 손자는 너의 소유가 아니고, 바로 천지의 기가 쌓여 매미 허물처럼 너의 뒤를 남긴 것이다.〔孫子非汝有, 是天地之委蛻也.〕"라고 한 데서 온 말이다. 또 한나라 양운(楊惲)이 "옛날이나 지금이나 하나의 산골에 사는 오소리처럼 다를 것이 없다.〔古與今如一丘之貉.〕"라고 한 말이 있다. 《漢書 卷66 楊惲傳》

613 산짐승은……따라간다네 : 가을이 되어 온갖 짐승이 살이 올라 횡행하는 것을 가리킨다. 원문의 '황능(黃能)'은 《시경》〈한혁(韓奕)〉의 "조공으로는 맹수의 가죽과 함께 붉은 표범과 누런 곰 가죽을 바치도다.〔獻其貔皮, 赤豹黃羆.〕"라는 구절을 참고하면, '황웅(黃熊)'을 잘못 쓴 것으로 보인다.

614 송교(松喬) : 전설상의 신선 적송자(赤松子)와 왕자교(王子喬)를 합칭한 것이다. 적송자는 진(晉)나라 때 금화산(金華山) 석실(石室) 속에서 도를 깨달아 신선이 되어 500년을 살았다고 한다. 왕자교는 주 영왕(周靈王)의 태자로 도사 부구공(浮丘公)

쉰한 번째 其五十一

《주역》을 연역하니 벗들이 모여들고[615]　　　　演易澤簪盍

《시경》을 읽으니 집안을 마땅하게 하네[616]　　讀詩室家宜

기과는 하늘로부터 떨어지고[617]　　　　　　　杞瓜自天隕

칡덩굴은 골짜기 안으로 뻗어가네[618]　　　　葛藟中谷施

어떤 새가 울며 위아래로 나니　　　　　　　　有鳥鳴上下

에게 신선술을 배워 신선이 되었다고 한다. 273쪽 주542 참조. 《列仙傳》《神仙傳》

615 주역(周易)을……모여들고 : 원문의 '택잠합(澤簪盍)'은 벗끼리 모여 서로 절차
탁마한다는 의미이다. 택(澤)은 이택(麗澤)으로, 《주역》〈태괘(兌卦) 상(象)〉에 "서
로 맞닿은 못이 태(兌)이니, 군자가 이를 보고서 붕우 간에 강론하고 익힌다.〔麗澤,
兌, 君子以, 朋友講習.〕"라는 말에서 유래하였다. 합잠(盍簪)은 《주역》〈예괘(豫卦)
구사(九四)〉의 "의심하지 않으면 벗들이 모여들리라.〔勿疑, 朋盍簪.〕"라는 말에서 유래
하였다.

616 시경(詩經)을……하네 : 《시경》〈주남(周南) 도요(桃夭)〉에 "싱싱한 복숭아나
무에 화사하게 꽃이 피었네. 우리 아가씨가 시집가서, 온 집안 화락케 하리로다.〔桃之夭
夭, 灼灼其華. 之子于歸, 宜其室家.〕"라는 구절이 나오는데, 부인이 시집을 가서 온
집안을 화락하게 한다는 의미이다.

617 기과(杞瓜)는 하늘로부터 떨어지고 : 《주역》〈구괘(姤卦) 구오(九五)〉의 효사
(爻辭)에 "기나무 잎으로 오이를 감싸는 것이니, 아름다움을 머금고 있으면 하늘에서
떨어짐이 있으리라.〔以杞包瓜, 含章, 有隕自天.〕"라고 하였는데, 위에 높이 있는 기나
무의 잎으로 땅에 있는 오이를 감싸는 것처럼, 높은 지위에 있는 임금이 현인을 받아들
이면 갑자기 하늘에서 선물이 떨어지듯 세상에 덕화가 크게 행해질 것이라는 의미이다.

618 칡덩굴은……뻗어가네 : 《시경》〈주남(周南) 갈담(葛覃)〉에 "칡덩굴이 쭉쭉 뻗
어, 골짜기 가운데에 뻗어가도다. 잎이 매우 무성하니, 꾀꼬리가 날아오도다. 떨기나무
위에 앉아서, 평화로이 울어대도다.〔葛之覃兮, 施于中谷. 維葉萋萋, 黃鳥于飛. 集于灌
木, 其鳴喈喈.〕"라고 하였는데, 이는 부지런하고 검소하며 효심이 지극했던 문왕(文王)
의 후비(后妃)의 덕을 기린 것이다.

그 깃이 참으로 들쭉날쭉하네   其羽正差池

오곡이 바야흐로 치렁치렁하니   五穀方穟穟

백과는 참으로 주렁주렁하도다   百果正離離

나에게 전원의 즐거움이 있으니   我有田園樂

만년의 계획이 어긋날까 두렵네   晚計恐或墮

쉰두 번째 其五十二

중년에 한가한 백성이 되어   中身做閑氓

도성 동쪽 마을에 채마밭을 일궜네   治圃城東里

사람들이 모두 비난하며 웃지만   人皆非笑之

나는 저무는 인생이 서글퍼지네   我則悵濛汜

군자가 터득한 바가 있으면   君子有所得

행하기에 어찌 날이 끝나기를 기다리랴   行何終日俟

열 길의 대껍질에서 규룡의 울음소리 나고[619]   十丈虯吟籜

천 년을 묵어 구기나무가 개로 변하였네[620]   千年狗化杞

옛날에 배움에 뜻을 둔 것은   古之志于學

자기 몸을 위한 학문이 제일이었네   不如爲一己

---

619 열 길의……나고 : 대껍질이 바람을 맞아 소리를 내는 것을 가리키는 듯하다.

620 천 년을……변하였네 : 구기(枸杞)가 천 년을 묵으면 개로 변하여 짖는다는 속설을 가리킨다. 백거이(白居易)의 〈화곽사군제구기(和郭使君題枸杞)〉 시에 "영약의 뿌리가 개가 된 건지 모르겠으나, 때로 밤에 짖는 소리가 들리니 괴이하구나.〔不知靈藥根成狗, 怪得時聞吠夜聲.〕"라는 구절이 있고, 소식(蘇軾)의 〈차운정보동유백수산(次韻正輔同游白水山)〉 시에 "천 년 묵은 구기는 늘 밤에 짖고, 무수한 풀 가시는 잘도 길을 막네.〔千年枸杞常夜吠, 無數草棘工藏遮.〕"라는 구절이 있다.

소멸됨이 있어야 반드시 만물이 자라나니　　有消必百長
만 가지로 달라도 동일한 이치로 귀결되네　　萬殊同歸理
이에 숨어서 활을 당기고 서 있다가　　廋斯關弓立
시위를 놓아버리면 어찌 멈출 수 있으리오　　離絃詎能止

쉰세 번째 其五十三

두꺼비가 창해에서 용솟음치니　　蟾蜍湧滄海
구름 기운이 감돌며 종잡을 수 없네　　雲氣繞無常
부상의 동쪽에서 솟아나　　出自扶桑東
끝내 서방으로 들어가네　　終入于西方
그 운행이 때가 어긋나지 않아　　其行時不差
토끼 입이 닭 창자를 마주하네[621]　　兎口對鷄腸
광한궁의 얼음으로 형체를 이루고　　廣寒氷成魄
은하수의 옥으로 다리를 지었네　　銀河玉爲梁
항아는 비단옷을 걸쳐 입고　　姮娥拂羅衣
수정으로 된 방을 크게 열었네　　大開水晶房
내일 아침에 태양을 만나면　　明朝太陽見
흐릿하게 그 곁에 있으리　　隱約在其傍

621　토끼……마주하네 : 통상 일출과 일몰을 가리키는데, 여기서는 달이 뜨고 지는 것을 말하는 듯하다. 토끼는 묘시(卯時)에 해가 뜨는 것을 가리키고, 닭은 유시(酉時)에 해가 지는 것을 가리킨다.

쉰네 번째 其五十四

밝은 별이 어찌 저리 찬란한지	明星何爛爛
나의 한 조각 마음을 비추네	照我一片心
내가 높이 올라 바라보고자 하여	我欲登高望
하늘에 오르니 등림[622]이 있었네	參天有鄧林
위에 머리가 검푸른 한 노인이 있어	上有綠髮翁
말이 없이 구름 봉우리에 누워서	無語臥雲岑
나의 신세가 풍진세상에	睥睨此身世
오래도록 침체된 것을 흘겨보네	塵寰久沈淪
단약을 굽는 법을 주지 않기에	不授煉丹術
머리를 긁적이며 서글픔을 금치 못하네	搔首悵難禁

쉰다섯 번째 其五十五

제나라 임금이 당상에 앉아	齊王堂上坐
소가 벌벌 떨며 어디로 가는지 물었네	觳觫牛何之
이것이 참으로 인의 단서가 되니	是誠爲仁端
이런 마음도 쉽게 기약하지 못하네	此心未易期
왕도는 여기에 있으므로	王道在斯夫
맹자께서 헤아려 보기를 청하였네[623]	鄒聖請以思

---

622 등림(鄧林) : 고대 신화 속에 나오는 신령스러운 복숭아나무 숲의 이름이다. 과보
(夸父)가 태양과 경주를 하려고 해의 그림자를 쫓아다니다가 지친 나머지 쓰러져 죽었
는데, 그가 내버린 지팡이가 복숭아나무로 변하면서 사방 1천 리에 복숭아나무 숲이
이루어졌다고 한다. 《列子 湯問》

623 제나라……청하였네 : 《맹자》〈양혜왕 상(梁惠王上)〉곡속장(觳觫章)에 나오는

측은지심은 사람의 떳떳함이라 　　　　　惻隱人之常

중등의 군주도 스스로 지니고 있으니 　　　中主亦自持

종을 바르는 일에 어느 짐승을 고를까 　　釁鍾將何擇

쓰고 버림은 저 한때에 달렸네 　　　　　用舍彼一時

도의 마음은 멀리 있지 않나니 　　　　　道心不在遠

힘쓰고 힘써 속임이 없어야 하리 　　　　勉勉其毋欺

쉰여섯 번째 其五十六

옛날에는 노중련의 뜻이 있었으나 　　　古有魯連志

지금은 노중련이 처한 시대가 아니네[624] 　今非魯連時

장주가 나비가 된 꿈인가 　　　　　　　莊周蝴蝶夢

나비가 장주를 속인 것인가[625] 　　　　蝴蝶莊周欺

내용이다. 제 선왕(齊宣王)이 당 위에 앉아 있다가 흔종(釁鍾)의 희생으로 끌려가는 소를 보고는 놓아주도록 명하고서 "나는 그 소가 벌벌 떨면서 죄 없이 사지에 나아가는 것을 차마 볼 수 없다.〔吾不忍其觳觫, 若無罪而就死地.〕"라며 소 대신 양을 쓰게 한 일을 말한다. 이에 대해 맹자는 소를 불쌍히 여기는 마음을 미루어 확장하면 백성을 인(仁)으로 다스리는 왕도정치(王道政治)를 충분히 이룰 수 있다고 권하였으나, 제 선왕은 결국 왕도정치를 시행하지 못하였다.

624 옛날에는……아니네 : 노중련(魯仲連)은 전국 시대 제(齊)나라 사람이다. 일찍 이 그가 조(趙)나라에 머무를 적에 진(秦)나라가 조나라의 수도인 한단(邯鄲)을 포위 하였다. 그때 조나라에 와 있던 위(魏)나라의 신원연(辛垣衍)이 조나라로 하여금 진나 라 왕을 황제로 추대하여 군대를 철수시키려고 하였다. 그러자 노중련이 신원연을 만나 진나라가 무도한 나라임을 역설한 뒤 "만일 진나라를 황제로 추대한다면 나는 동해에 빠져 죽을지언정 진나라 백성이 되지는 않을 것이다."라고 하여 중지시키니, 진나라 군사들이 퇴각하였다. 《史記 卷83 魯仲連列傳》

625 장주(莊周)가……것인가 : 장주(장자)가 나비로 변했다는 호접몽(蝴蝶夢) 이야

베를 안고 실을 사러 와서 아리따운 여인을 꾀니	抱絲謀美姝
위나라 백성이 어찌 어리석다 하는가[626]	衛氓何蚩蚩
세 가지 즐거움을 내가 가지고 있으니	三樂吾所有
사슴 갖옷 입은 늙은 영계기로다[627]	鹿裘老啓期
분주하게 저 사람은 무엇을 구하는가	營營彼何求
나의 몸은 내가 보호해야 하네	我身我護持

쉰일곱 번째 其五十七

| 화려한 집에 술은 바다 같은데 | 華堂酒如海 |
| 어찌 한 사람만 모퉁이에서 우는가[628] | 一人豈向隅 |

기를 인용한 것이다. 《장자(莊子)》〈제물론(齊物論)〉에 "언젠가 장주가 꿈에 나비가 되었다. 나풀나풀 잘 날아다니는 나비로서 스스로 유쾌하고 만족스럽기만 하였을 뿐 자기가 장주인 것은 알지도 못하였는데, 조금 뒤에 잠을 깨고 보니 엄연히 뻣뻣하게 누워 있는 장주라는 인간이었다. 모를 일이다. 장주가 꿈속에서 나비가 된 것인가, 나비가 꿈속에서 장주가 된 것인가.〔昔者莊周夢爲胡蝶, 栩栩然胡蝶也, 自喩適志與, 不知周也, 俄然覺則蘧蘧然周也. 不知周之夢爲胡蝶與, 胡蝶之夢爲周與.〕"라고 하였다.

626 베를……하는가 : 《시경》〈위풍(衛風) 맹(氓)〉에 "어수룩한 저 남자, 베 안고 실 사러 찾아왔다는데, 실 사러 온 것이 목적이 아닌지라, 나에게 곧장 와서 수작을 부리네.〔氓之蚩蚩, 抱布貿絲. 匪來貿絲, 來卽我謀.〕"라는 구절이 나온다.

627 세……영계기(榮啓期)로다 : 춘추 시대 영계기라는 사람이 사슴 갖옷을 입고 새 끼줄로 띠를 매고 거문고를 타며 노래를 하자, 공자가 무엇이 그리 즐거우냐고 물었다. 이에 영계기가 "하늘이 낸 만물 가운데 사람이 가장 귀한데 내가 사람으로 태어났으니 이것이 첫째 즐거움이고, 남자가 높고 여자가 낮기 때문에 남자를 귀히 여기는데 내가 남자로 태어났으니 이것이 둘째 즐거움이고, 사람은 태어나기도 전에 죽거나 강보에서 요절하기도 하는데 나는 아흔 살까지 살았으니 이것이 셋째 즐거움이오."라고 답하였다 고 한다. 《列子 天瑞》

취하지 않으면 돌아갈 수 없다고	不醉言無歸
서로 이끌고 또 서로 권하네	相携又相扶
수레바퀴 자국의 목마른 물고기라 한탄치 말라[629]	莫歎涸轍枯
그 공은 만년에도 거둘 수 있네[630]	其功在收楡
송백은 외로이 자라 곧아야 하니	松栢孤而直
차마 굴곡지게 두어서야 되랴	肯敎屈曲如
인생 또한 이와 같아	人生亦若是
어찌 가려서 거처하지 않으리오	安可不擇居
다만 몸을 보전할 계책을 삼을 뿐	只爲資身策
훗날의 영예는 도모하지 않네	不要後日譽

---

628 화려한……우는가 : 원문의 '향우(向隅)'는 향우지탄(向隅之歎)의 준말로, 무리 속에서 혼자 실의(失意)한 것을 가리킨다. 유향(劉向)의 《설원(說苑)》에 "방 안에 사람들이 가득 모여 술을 마시는데, 한 사람만 홀로 쓸쓸히 구석을 향해 울고 있으면 방 안의 모든 사람이 즐겁지 않다.〔滿堂飲酒, 有一人獨索然向隅泣, 則一堂之人皆不樂.〕"라고 한 데서 나온 말이다. 《說苑 貴德》

629 수레바퀴……말라 : 학철고어(涸轍枯魚) 고사로, 곤경에 처해 화급히 원조를 구하는 상황을 의미한다. 《장자(莊子)》〈외물(外物)〉에, 수레바퀴 자국〔涸轍〕에 고인 얕은 물속에서 말라 들어가며 헐떡이는 붕어〔鮒魚〕가 약간의 물만 부어주면 살 수 있다고 하소연하는 내용이 있다.

630 그……있네 : 원문의 '수유(收楡)'는 인생의 만년에 수확을 거둔다는 의미이다. 후한(後漢) 광무제(光武帝) 때 대수장군(大樹將軍)으로 불린 풍이(馮異)가 적미(赤眉)의 무리를 효저(崤底)에서 대파하자, 광무제가 조서를 내려 위로하면서 "처음에는 비록 회계에서 깃을 떨구었으나, 끝내는 능히 민지에서 날개를 펼쳤으니, 동우에서 실수하였다가 상유에서 만회했다고 할 만하다.〔始雖垂翅回谿, 終能奮翼黽池, 可謂失之東隅, 收之桑楡.〕"라고 한 데서 유래하였다. 《後漢書 卷17 馮異列傳》

쉰여덟 번째 其五十八

가파른 관이 산처럼 높고	峩冠齊山高
긴 소매는 구름 밖을 스치는데	長袖拂雲外
호쾌한 기운은 무지개를 꿰고	豪氣貫于虹
곧은 말은 세상을 가벼이 여기네	危言傲於世
팔뚝을 걷고 긴 검에 의지하여	攘臂倚長鋏
걸음을 빨리하여 먼 변방까지 이르면	蹴步到遐裔
공중에선 파도가 뒤집히는 소리 들리고	空中翻海濤
해와 달이 흐르는 것을 아스라이 바라보리	渺視日月逝
녹록한 오두막집의 선비와는	碌碌蓬戶士
더불어 믿고 맹세하기 부족하네	不堪與信誓

쉰아홉 번째 其五十九

세상 사람들은 대부분 시기하고 질투하니	世人多偏猜
암실에서 구슬을 건네주어선 안 되리[631]	暗室莫投珠
추위를 가리려면 너른 집을 생각하고	庇寒思廣廈
무릎을 들이는 데는 오두막 하나로 족하네	容膝足一廬
중도를 행하면 길이 평탄하여	中行履道坦

---

631 세상……안 되리 : 명주암투(明珠暗投)의 고사로, 재능을 알아주기는커녕 오히려 질시와 비난을 받으며 소외당하는 것을 비유하는 말이다. 한(漢)나라 추양(鄒陽)의 〈옥중상서(獄中上書)〉에 "명월주(明月珠)나 야광벽(夜光璧)을 캄캄한 밤에 길에서 모르는 사람에게 던져준다면 누구나 칼자루를 만지면서 노려보지 않을 자가 없을 것이다. 왜 그런가 하면 까닭 없이 자기에게 구슬이 오기 때문이다."라고 한 데서 온 말이다. 《史記 卷83 鄒陽列傳》

군자는 그 수레를 얻네[632]	君子得其輿
풀잎 배를 작은 물에서 띄우려면	芥舟泛勺水
한 잔의 물을 움푹한 마루 구석에 쏟으면 되네[633]	覆盃坳堂隅
앞 현인들이 깨달은 곳에	前脩悟解處
누가 한숨 쉬며 탄식하지 않으랴	疇不歎欷歔
서리와 이슬[634]에도 가르침 아님이 없으니	霜露無非教
어두운 길에 교화의 빛이 퍼지네	昏衢化旭舒

예순 번째 其六十

| 도를 배우고 녹을 배우지 않았으니 | 學道不學祿 |
| 유자들이여 간록을 묻지 말라[635] | 儒者休問干 |

---

632 중도를……얻네 : 원문의 '득여(得輿)'는 군자가 윗자리에 등용되어 많은 사람들에게 음덕을 입힐 수 있게 됨을 의미한다. 《주역》〈박괘(剝卦) 상구(上九)〉에 "큰 과일이 먹히지 않음이니, 군자는 수레를 얻고 소인은 집을 헐리리라.〔碩果不食, 君子得輿, 小人剝廬.〕"라고 한 데서 온 말이다.

633 풀잎……되네 : 《장자》〈소요유(逍遙遊)〉에 "물이 쌓인 것이 두텁지 않으면 큰 배를 띄우기에 역부족이다. 한 잔의 물을 움푹 파인 마루 위에 부어놓으면, 지푸라기야 배처럼 뜨겠지만 잔을 놓으면 달라붙을 것이다. 이는 물이 얕고 배가 크기 때문이다.〔且夫水之積也不厚, 則其負大舟也無力, 覆杯水於坳堂之上, 則芥爲之舟, 置杯焉則膠, 水淺而舟大也.〕"라는 말이 있다.

634 서리와 이슬 : 원문은 '상로(霜露)'인데 돌아가신 부모를 그리워하는 마음을 의미한다. 《예기》〈제의(祭義)〉에 "서리와 이슬이 내리거든 군자는 이것을 밟고 반드시 서글픈 마음이 있기 마련이니, 그 추움을 말함이 아니다.〔霜露既降, 君子履之, 必有悽愴之心, 非其寒之謂也.〕"라고 한 데서 유래하였다.

635 도를……말라 : 《논어》〈위정(爲政)〉에, 자장(子張)이 공자에게 벼슬하여 봉록을 얻는 방도를 배우려고〔學干祿〕 하자, 공자가 이르기를 "말에 허물이 적으며 행실에

인사는 《태현경》에 드러났고   人事見太玄

천리는 《문언전》에 실렸네[636]   天理載文言

우인은 능히 정으로 부름을 사양하였고[637]   虞能遜招旌

걸인도 발로 차서 밥을 주면 거절하며[638]   乞亦却蹴簞

위소도 스스로 지킴이 있고[639]   緯蕭自有守

뉘우침이 적으면 봉록이 그 가운데 있을 것이다.〔言寡尤, 行寡悔, 祿在其中矣.〕"라고
하였다.

636　인사(人事)는……실렸네 : 《태현경(太玄經)》은 한(漢)나라 양웅(揚雄)의 저서
로 '태'는 위대하다는 뜻이고, '현'은 노자(老子)가 주창한 현(玄), 즉 무(無)를 근원으로
한 도를 가리킨다. 인사는 천리(天理)에 대한 호문(互文)으로 쓰인 듯한데, 양웅이
일생의 경험과 깨달음을 저술에 담았다는 의미로 보인다. 〈문언전(文言傳)〉은 공자가
《주역》의 건괘(乾卦)와 곤괘(坤卦)를 해설하여 지은 글이다.

637　우인(虞人)은……사양하였고 : 우인은 동산을 지키는 관리이고, 정(旌)은 깃발
의 일종이다. 옛날에는 대부(大夫)를 부를 때에는 정을 사용하고, 우인을 부를 때에는
가죽으로 만든 관인 피관(皮冠)을 사용하였는데, 제 경공(齊景公)이 사냥할 적에 우인
을 정으로써 불렀는데 오지 않자 장차 우인을 죽이려 하니, 공자가 "지사는 시신이
구렁에 뒹굴 것을 잊지 않고, 용사는 그 머리를 잃을 것을 잊지 않는다.〔志士不忘在溝
壑, 勇士不忘喪其元.〕"라고 말한 고사가 있다. 《孟子 萬章下》

638　걸인도……거절하며 : 《맹자》〈고자 상(告子上)〉에 "한 그릇 밥과 한 그릇 국을
얻으면 살고 얻지 못하면 죽더라도, 혀를 차고 꾸짖으며 주면 길 가는 사람도 받지
않고, 발로 차듯이 주면 걸인도 받으려 하지 않는다.〔一簞食, 一豆羹, 得之則生, 弗得則
死, 嘑爾而與之, 行道之人弗受, 蹴爾而與之, 乞人不屑也.〕"라는 말이 나온다.

639　위소(緯蕭)도……있고 : 위소는 쑥대로 발을 짜는 가난한 생활을 가리키는데,
후에 안빈낙도의 전고로 사용되었다. 황하 가에 가난한 사람이 쑥으로 발을 엮어 먹고살
았는데, 아들이 못에 빠졌다가 천금 구슬을 얻었다. 아비가 말하길 "어서 돌을 가져다
깨버려라. 천금 구슬은 분명 구중 못 속의 용의 턱 아래 있었을 터, 네가 얻을 수 있었던
것은 마침 용이 자고 있었기 때문이다. 용이 깨어 있었더라면 네가 어찌 살아 나올
수 있었겠느냐.〔取石來鍛之. 夫千金之珠, 必在九重之淵而驪龍頷下, 子能得珠者, 必遭

송백은 엄동에도 변치 않을 줄 아네[640]　　　　松栢知歲寒

예가 아니면 보거나 듣지 않아야　　　　　　非禮勿視聽

천지간에 떳떳하게 설 수 있네[641]　　　　　天地立軒軒

육행[642]에서 한 가지 의리를 높이고　　　　六行尊一義

벌단에서 공밥을 먹지 않았네[643]　　　　　伐檀不素餐

올리고 낮춤이 일월처럼 밝으니　　　　　　褒貶日月昭

좌씨의 책[644]을 보며 지금까지 탄식하네　　左氏迄用歎

其睡也. 使驪龍而寤, 子尚奚微之有哉.〕"라고 한 고사가 있다.《莊子 列御寇》

640　송백(松栢)은……아네 : 어려움에 처해서도 절조를 변치 않는 것을 말한다.《논어》〈자한(子罕)〉에 "날이 추워진 다음에야 소나무와 잣나무가 늦게 시든다는 것을 안다.〔歲寒然後, 知松栢之後凋也.〕"라는 구절이 있다.

641　예가……있네 : 사물(四勿)의 가르침을 말한다. 공자가 안회(顔回)에게 "예가 아니면 보지 말고, 예가 아니면 듣지 말고, 예가 아니면 말하지 말고, 예가 아니면 행동하지 말라.〔非禮勿視, 非禮勿聽, 非禮物言, 非禮勿動.〕"라고 일러준 말이 있다.《論語 顔淵》

642　육행(六行) : 효(孝), 우(友), 목(睦), 인(姻), 임(任), 휼(卹)로 부모에게 효도하고, 형제간에 우애 있고, 사람들과 화목하게 지내고, 친족과 사이좋게 지내고, 친구간에 신의 있고, 어려운 사람을 도와 주는 것이다.《周禮 地官 司徒》

643　벌단(伐檀)에서……않았네 : 노력과 수고 없이 녹만 축내는 것을 경계한다는 말이다. 소찬(素餐)은 시위소찬(尸位素餐)과 같은 말로, 벼슬자리를 차지하고서 국록(國祿)만 축낸다는 뜻이다.《시경》〈벌단(伐檀)〉에 "수렵하지 않으면, 어찌 너의 뜰에 담비가 매여 있으리오. 저 군자여, 공밥을 먹지 않도다.〔不狩不獵, 胡瞻爾庭有縣貆兮. 彼君子兮, 不素餐兮.〕"라는 말이 나온다.

644　좌씨(左氏)의 책 : 중국 춘추 시대 노(魯)나라 태사(太史) 좌구명(左丘明)이 공자가 지은《춘추(春秋)》가 지나치게 소략하여 공자의 참뜻을 잃을까 우려하여《춘추좌씨전(春秋左氏傳)》30권을 저술한 것을 가리킨다.

예순한 번째 其六十一

지난날 내가 관동을 유람할 때	曩我遊關東
한 필 나귀로 강릉성을 향했네	匹驢瀛洲城
강릉은 산수가 아름다워	瀛洲山水麗
시인들이 아름다운 시를 남겼네	詞客遺珮聲
누대가 갑자기 솟아서	有臺起突兀
가깝고 먼 고장까지 풍광을 자랑하네	跨視近遠坰
큰 파도는 넘실거리며 흘러가고	巨浪汪洋去
작은 물은 졸졸거리며 울리네	細流琮琤鳴
좋은 풍경을 모두 보고서	看到呑勝賞
이별하며 아쉬운 정을 남겼네	別來留餘情
백 년 동안 사람들에게 자랑했으니	百年向人誇
이 생애가 헛되이 늙지 않았네	不虛老此生

예순두 번째 其六十二

문을 나설 때는 의관을 바로 하고	出門正衣冠
공경하기를 손님을 본 듯이 해야 하네	肅敬如見賓
빈객들은 어디에서 오는지	賓客來自何
침상과 대자리에 붉은 먼지 떨구네	床簟落紅塵
두건과 모자가 모두 법도가 같으나	巾幘皆同製
흉금이 맞아 정신까지 통하랴	胸襟肯通神
원기645가 남쪽 산에 있으니	園綺在南嶽

---

645 원기(園綺) : 진(秦)나라와 한(漢)나라가 교체될 무렵, 상산(商山)에 은거해 살

산이 깊은 곳에 그분들이 계시다네   山深有其人

예순세 번째 其六十三

행장을 꾸려 길을 나서고자 하니   理裝欲首道
먼지를 바라보매 마음이 먼저 걱정일세   望塵心先憂
높은 수레는 나에게 맞지 않아   高車非我適
저 흔들리는 배에 몸을 실었네   駕彼搖搖舟
평탄한 길이 그대로 있건만   坦路自在爾
어찌하여 험한 파도를 헤치려는가   胡向險濤游

예순네 번째 其六十四

영문에서 가벼이 도끼를 휘두르니   郢門風斤運
인의 요점은 믿음이 기틀이 되네[646]   仁樞信爲基
대나무 창을 양지를 향해 여니   竹牖向陽開
상쾌하여 기쁘게 즐길 만하네   爽塏可歡嬉
외인들이 함께 살자고 원하지만   外人要同居

왔던 4명의 노인, 즉 상산사호(商山四皓) 가운데 동원공(東園公)과 기리계(綺里季)를
가리킨다.《史記 卷55 留侯世家》

646 영문(郢門)에서……되네 : 영(郢) 땅의 사람이 코끝에 백토(白土)를 얇게 묻혀
놓고 장석(匠石)을 시켜 깎아내게 하였는데, 장석이 바람을 일으키며 도끼를 휘둘러
마음대로 백토를 깎아냈는데도 코를 다치지 않았고, 그 영 땅의 사람도 장석을 믿고
조금도 동요하지 않았다. 송원군(宋元君)이 그 말을 듣고 장석을 불러 다시 시켜보고자
하니, 장석이 "신(臣)이 그전에는 그것을 깎아낼 수 있었습니다. 그러나 지금은 신의
질(質)이 죽은 지 오래이기에 할 수가 없습니다."라고 한 고사가 있다.《莊子 徐无鬼》

편안한 이곳 버려두고 어디로 가겠는가   安土將安之

이곳에서 잠들고 이곳에서 길몽을 꾸며   乃寢乃吉夢

시를 읊조리며 창희647를 상상하리   詠詩緬蒼姬

예순다섯 번째 其六十五

가을 이슬이 흰 옥을 떨구니   秋露零素玉

서화궁648의 물가에 널리 퍼졌도다   溥溥西華濱

흰 사슴이 받아서 마시니   白鹿仰而吸

그 바탕이 천진을 이루네   其質成天眞

푸른 용이 와서 굴을 찾고   靑虯來探窟

바다 파도는 나무꾼을 놀래네   海濤驚樵人

잠시 뒤에 두 신선이 오르니649   須臾兩仙昇

뉘 알랴, 이것이 전신인 줄   孰知是前身

세속 사람들에게 말을 전하노니   寄語世俗子

이슬을 마시면서 매운 음식 먹지 마소   飮露勿嘗辛

647 창희(蒼姬) : 주(周)나라를 가리키는데, 주나라가 푸른색[蒼]을 숭상하고 희씨 (姬氏) 성이었기 때문에 이르는 말이다.

648 서화궁(西華宮) : 도교에서 일컫는 여선(女仙)이 사는 궁궐로, 남자 신선은 동화 궁(東華宮)에 산다고 한다.

649 잠시……오르니 : 완적(阮籍)의 〈영회〉에는 왕자교(王子喬)와 부구공(浮丘公) 이 등장하므로 이를 가리킨 듯하다. 주 영왕(周靈王)의 태자 왕자교는 본디 생황을 불어 봉황의 울음소리를 잘 냈는데, 그가 일찍이 신선 부구공에게 도를 배워 신선이 되었다고 한다.

예순여섯 번째 其六十六

백양을 황옹이 때리고[650]	白羊黃翁打
청우에 자색 기운 감돌았네[651]	青牛紫氣浮
두 설이 모두 황당하니	二說皆荒唐
아무도 양후[652]를 보지 못했네	無人見陽侯
병이 많으니 무엇을 경영할까	病多何所營
쇠약함이 심하여 되레 스스로 부끄럽네	衰甚還自羞
곡부에 몸이 이르지 못하니	曲阜身未到
이구산에 배알할 계책 없어라[653]	無計拜尼丘

650 백양(白羊)을 황옹(黃翁)이 때리고 : 황옹은 황초평(黃初平, 皇初平)이다. 단계(丹溪) 사람으로, 열다섯 살에 양을 치다가 도사(道士)를 따라 금화산(金華山) 석실(石室)로 가서 신선이 되기 위해 도를 닦았다. 40년 뒤에 형이 찾아와서 양이 어디 있느냐고 문자 초평이 흰 돌들을 향해 채찍으로 치며 일어나라고 소리치니, 흰 돌들이 수만 마리의 양으로 변했다는 전설이 있다. 《神仙傳 卷2 皇初平》

651 청우(青牛)에……감돌았네 : 춘추 시대 진(秦)나라 함곡관 영(函谷關令) 윤희(尹喜)가 천문을 잘 보았는데, 한번은 함곡관 위에 자줏빛 서기[紫氣]가 뻗쳐 있는 것을 보고는 반드시 진인(眞人)이 그곳을 지나갈 것을 예측했다. 이윽고 청우를 탄 노자가 그곳을 지나가자 글을 지어달라고 부탁하니, 노자는 그에게 《도덕경(道德經)》 5천 언(言)을 지어주고 떠났다고 한다. 《列仙傳 上》

652 양후(陽侯) : 늘 풍파(風波)를 일으켜 배를 전복시킨다는 물귀신의 이름이다. 《회남자(淮南子)》〈남명훈(覽冥訓)〉에 "주 무왕(周武王)이 주(紂)를 치러 가는 길에 맹진(孟津)을 건너는데 양후(陽侯)의 파도가 흐름을 거스르며 격렬히 일어났다."라고 하였는데, 그 주석에 "양후는 능양국(凌陽國)의 제후로서 물에 빠져 죽은 뒤 수신(水神)이 되어 큰 물결을 일으킬 수 있다."라고 하였다. 《淮南子 覽冥訓 注》

653 곡부(曲阜)에……없어라 : 곡부는 산동성(山東省) 곡부현(曲阜縣)이고, 이구산(尼丘山)은 공자가 태어난 곳이다. 공자의 아버지 숙량흘(叔梁紇)이 어머니 안씨(顔氏)와 함께 이구산에 기도하여 공자를 얻었으므로 이름을 구(丘), 자를 중니(仲尼)라

저 수사의 물을 거슬러 올라가니	溯彼洙泗水
콸콸 동쪽을 향해 흐르네[654]	滾滾向東流
노나라 사람이 나에게 그림을 주니	魯人贈我圖
한 폭으로도 와유가 충분하다네	一幅好臥遊

예순일곱 번째 其六十七

장안의 삼월 날씨에	長安三月天
답청하는 풍속이 유행하네	踏靑俗爲常
이 풍속이 본래 태평을 수식한 것이지만	俗本餙泰平
세월이 지날수록 무너진 기강을 진작시키네	去甚振頹綱
훈풍이 따스하게 불어오면	薰風來襲襲
적장으로 남방에 배례함이 멀지 않네[655]	不遠禮赤璋
호박 술잔에 울금주가 가득하고	琥珀盈鬱金
마류 사발에 기장밥이 배부르네	瑪瑠飽膏粱

하였다. 《史記 卷47 孔子世家》

654 저……흐르네 : 중국의 온 하천의 물이 수없이 꺾여 흐르다가 끝내는 동쪽 바다로 모인다는 만절필동(萬折必東)이란 말로 인해, 우리나라에 유학이 전해진 것을 말한 것으로 보인다. 수사(洙泗)는 노(魯)나라의 수수(洙水)와 사수(泗水)를 합칭한 것으로, 두 강 사이에서 공자가 제자들을 데리고 학문을 강론했기 때문에 유학을 상징하는 말이 되었다.

655 적장(赤璋)으로……않네 :《주례》《춘관 대종백(大宗伯)》에 "옥으로 여섯 기물을 만들어 천지와 사방에 예를 올린다. 창벽(蒼璧)으로 하늘에 예를 올리고, 황종(黃琮)으로 땅에 예를 올리고, 청규(靑圭)로 동방에 예를 올리고, 적장(赤璋)으로 남방에 예를 올리고, 백호(白琥)로 서방에 예를 올리고, 현황(玄璜)으로 북방에 예를 올린다." 라고 하였다.

다리 위에는 남은 달빛 빛나고	橋上餘月輝
찬 패옥은 꽃다움을 다투네	環珮競菲芳
칠십 마리 원앙새는[656]	七十鴛鴦鳥
각기 한 방향으로 날아 내리네	散落各一方
완사계에 빠른 배를 타니	快船浣紗溪
부질없이 애간장을 끓던 치이였네[657]	鴟夷謾斷腸

예순여덟 번째 其六十八

무산의 열두 봉우리에	巫山十二峯
초왕이 흥을 이기지 못하네	楚王興不任
양대는 하늘 가운데 솟아	陽臺天中出
아침엔 비가 되고 저녁엔 구름이 되는 마음일세[658]	朝雨暮雲心

---

656 칠십 마리 원앙새는 : 당나라 이백(李白)의 시에 "칠십 마리 자줏빛 원앙이, 쌍쌍이서 그윽한 정자에서 노네.〔七十紫鴛鴦, 雙雙戲亭幽.〕"라고 하였는데, 원앙은 한번 지기(知己)가 되면 변하지 않음을 상징하는 새이다.

657 완사계(浣紗溪)에……치이(鴟夷)였네 : 완사계는 중국 소흥(紹興)의 약야산(若耶山)에서 흘러나오는 냇물인 약야계(若耶溪)를 가리키는데, 월(越)나라 미인 서시(西施)가 일찍이 여기에서 깁을 빨았다 하여 일명 완사계라는 별칭으로 불린다. 치이는 춘추 시대 치이자피(鴟夷子皮)로 이름을 바꾼 범려(范蠡)를 가리킨다. 월왕(越王) 구천(句踐)이 오왕(吳王) 부차(夫差)에게 회계산(會稽山)에서 크게 패배하자, 대부 범려의 계책에 따라 미인 서시를 부차에게 바쳐 나라가 망하는 것만은 모면하였다. 부차가 서시의 미모에 미혹된 사이에 구천은 와신상담하여 결국 오나라를 멸망시켰다. 범려는 공을 이룬 뒤에 서시와 함께 떠나 오호(五湖)에 배를 띄워 몸을 숨기고 치이자피(鴟夷子皮)로 이름을 바꾼 뒤 유유자적하였다고 한다. 《史記 卷41 越王句踐世家》

658 무산(巫山)의……마음일세 : 초 회왕(楚懷王)이 고당(高唐)에서 노닐다가 꿈속에서 아름다운 여인과 운우(雲雨)의 정을 나누었는데, 여인이 이별하며 말하기를 "첩은

지난날 목천자는   昔日穆天子

요지로 서왕모를 찾아가자   瑤池王母尋

눈은 황죽의 못에 엉기고   雪凝黃竹澤

봄은 반도 숲에 들어오네[659]   春入蟠桃林

목왕과 초왕이   穆王與楚王

어찌 황음의 낙에 빠졌으랴   豈或泥荒淫

훗날의 호사가들이 떠벌인   後來好事者

허탄한 말을 금하지 못한 탓일세   浮誇莫之禁

예순아홉 번째 其六十九

사람이 어찌 벗 없이 살아가랴만   人豈無友生

굳은 사귐은 당세에서 어렵네   石交當世難

위로 기뻐하는 사람이 있어   上有眉間氣

푸르고 푸른 구름 하늘까지 솟네[660]   蒼蒼雲霄干

무산의 남쪽 고구(高丘)의 꼭대기에 있는데, 아침에는 구름이 되고 저녁에는 비가 되어
아침저녁으로 양대(陽臺) 아래에 머물러 있을 것입니다."라고 하였다. 이튿날 초 회왕
이 아침에 무산을 바라보니, 과연 높은 봉우리에는 아침 햇살에 빛나는 아름다운 구름이
걸려 있었다고 한다. 《文選 卷10 高唐賦序》

659 지난날……들어오네 : 목천자(穆天子)는 주 목왕(周穆王)을 가리키고, 요지(瑤
池)는 곤륜산(崑崙山) 속에 있는 전설상의 못으로 선녀(仙女) 서왕모(西王母)가 사는
곳이다. 주 목왕이 황대(黃垈)의 평택(萃澤)에서 사냥할 때, 날씨가 몹시 춥고 우설(雨
雪)이 퍼부어 얼어 죽은 사람이 있다는 말을 듣고는 〈황죽시(黃竹詩)〉라는 애절한
노래를 부른 고사가 있다. 반도(蟠桃)는 서왕모가 키우는 복숭아나무로 3천 년에 한
번 꽃이 피고 3천 년에 한 번 열매를 맺는데, 이 복숭아를 먹으면 불로장생한다고 한다.
《太平廣記 卷3》

검을 의지해 창해를 뒤엎거나[661]   倚劍滄海倒

거문고 뜯으며 주초를 먹네[662]   彈琴朱草餐

삼익이 인륜에 참여하나니   三益參於倫

아, 성인의 말씀이 있었네[663]   繁有聖人言

일흔 번째 其七十

슬픔이 있으면 그 심정이 있으나   有悲有其情

정이 없으면 생각하는 바가 없네   無情無所思

내 심정을 어디에 부치랴   我情何所寄

생각하는 바는 도성에 있네   所思在王畿

푸른 개암나무엔 가을비가 흩뿌리고   蒼榛秋雨掃

아름다운 나무에 새벽이슬이 마르네[664]   嘉木曉露晞

---

660 위로……솟네 : 위로 천고(千古)를 벗한다는 상우천고(尙友千古)를 의미한다.
원문의 '미간의 기운[眉間氣]'이란 얼굴에 희색이 넘친다는 뜻이다. 옛날의 관상법에
사람의 양미간에 황색이 나타나는 것을 경사의 조짐으로 삼았다.

661 검을……뒤엎거나 : 벗을 위해 신의를 지킨다는 의미로, 예컨대 연(燕)나라 태자
단(丹)과 신의를 지키려 진시황(秦始皇)을 암살하러 떠난 자객 형가(荊軻)와 같은 사
람을 가리킨다.

662 거문고……먹네 : 은거하여 신선이 되고자 수양한다는 의미로 보인다. 주초(朱
草)는 붉은빛을 띠는 풀로 예로부터 상서로운 징조나 사물로 여겨졌는데, 단약에 섞어
먹으면 한 번만 먹어도 능히 허공을 날아 구름처럼 다닌다고 한다. 《抱朴子·金丹》

663 삼익(三益)이……있었네 : 삼익은 세 가지 유익함을 주는 벗이라는 뜻인데, 붕우
간의 신의[信]가 오륜에 들어간다는 말이다. 《논어》〈계씨(季氏)〉에 "유익한 벗이 셋
이 있고 손해되는 벗이 셋이 있으니, 정직하고 성실하고 견문이 많으면 유익하다.[益者
三友, 損者三友, 友直友諒友多聞益矣.]"라는 공자의 말이 있다.

664 푸른……마르네 : 초목이 우로(雨露)에 젖듯이 신하가 임금의 은택을 받는 것을

봉황새는 성인의 덕을 보고 내려오니[665]　　　　　鳳鳥覽德下

그대의 금옥 같은 자태가 사랑스럽네　　　　　憐爾金玉姿

해와 달이 그윽한 곳까지 비추니　　　　　日月燭幽微

현자를 뽑음에 들에 남은 이 없어라　　　　　蒐賢野無遺

일흔한 번째 其七十一

깃털 짐승이 조화에 힘입어　　　　　羽族中萬化

제각기 형형색색 아름다우니　　　　　形形自爲色

오행이 나누어져 생성되고　　　　　五行分生成

음양 두 기운이 치우침이 없네　　　　　二氣無偏側

진귀한 새는 오동나무에 깃들고　　　　　珍禽棲椅桐

기괴한 짐승은 가시나무에 도사리며　　　　　怪獸盤荊棘

찌륵찌륵 귀뚜라미가 모여　　　　　唧唧蟋蟀族

침상 근처에서 날개를 울리네　　　　　近床鼓譙翼

슬프다, 너희들이 오래 초췌하니　　　　　悲爾久憔悴

어찌 다시 떨쳐 일어나길 바라랴　　　　　安望再拂拭

안으로 수양하면 반드시 밖이 윤택하니　　　　　內修必潤外

날이 기울어갈수록 더욱 노력해야 하네　　　　　日隤益努力

비유한 것으로 보인다.

665 봉황새는……내려오니 : 한(漢)나라 가의(賈誼)의 〈조굴원부(弔屈原賦)〉에 "봉황은 천 길 높이 날다가, 성인의 빛나는 덕을 보고 내려온다.[鳳凰翔于千仞兮, 覽德輝而下之.]"라고 하였다.

일흔두 번째 其七十二

길이 있으면 수레로 달리고	有途馳以車
물이 있으면 배를 타네	有水載之舟
먼 길과 큰 시내는	脩路若巨川
형세 따라 말미암은 바가 있네	因勢行有由
이름이 높아짐을 달인은 피하고	名高達人避
이문이 많아지면 지혜로운 자가 근심하네	利重智者憂
아, 경박한 사람들이여	嗟嗟浮薄子
아침엔 달콤하더니 저녁엔 사나운 원수 되네	朝蜜暮棘讐
태산과 화산이 발밑에 가까우니	泰華足底近
자유롭게 노닐음만 못하리	不如以遨遊

일흔세 번째 其七十三

옛날 왕열지란 사람이	昔有王悅之
대대로 청상을 전하여 일컬어졌네666	世家稱青箱
후세 사람들은 상자가 없으니	後人箱也無
어찌 대대로 광영을 이루랴	焉得亦世光
가벼운 갖옷에 살진 말을 타고	輕裘乘肥馬
저자에서 의기양양 다니는데	市上行揚揚

---

666 옛날……일컬어졌네 : 가업을 대대로 잇는 것을 말한다. 왕열지(王悅之)는 왕준지(王淮之)의 오기로 보인다. 왕준지는 왕회지(王淮之)라고도 하며 자가 원증(元曾)인데, 증조 왕표지(王彪之) 때부터 지식과 견문이 넓고 조정의 의례에 익숙하였으므로 이로부터 그에 관한 서적을 푸른 상자에 담아 대대로 전하니, 세상 사람들이 '왕씨청상학(王氏青箱學)'이라 불렀다고 한다.《宋書 卷60 王淮之列傳》

아동들은 비록 부러워하지만　　　　　　　兒童雖爲憐

지혜로운 자가 어찌 생각이 없으랴　　　　智者豈無腸

근심스레 지기를 생각하며　　　　　　　　悄悄思知己

술잔 잡고 머문 구름 바라보네　　　　　　把盂停雲望

일흔네 번째 其七十四

옥식을 한 것은 주나라 왕의 부유함이고[667]　　玉食周王富

단표의 생활은 노나라 현인의 안빈낙도일세[668]　簞瓢魯賢貧

불교에선 한 번의 세상을 겁이라 하고　　　　佛門運是劫

선가에선 한 세대를 진이라 하네[669]　　　　仙家世遷塵

상고 시대엔 도가 같지 않았으니　　　　　　上古道不同

성쇠를 어디에서 물어보랴[670]　　　　　　盈虧向何詢

바야흐로 사물을 모아 나누다 보니　　　　　方聚物以分

667　옥식(玉食)을……부유함이고 : 옥식은 진귀한 음식을 가리킨다. 《열자(列子)》
〈주 목왕(周穆王)〉에 "다달이 옥의를 바치고, 아침마다 옥식을 올린다.〔月月獻玉衣,
旦旦薦玉食.〕"라는 구절이 있다.

668　단표(簞瓢)의……안빈낙도일세 : 공자의 수제자 안회(顔回)가 도시락의 밥과 표
주박의 물로 빈궁하게 생활하는 중에도 즐거움을 고치지 않아서 공자에게 칭찬을 받은
것을 말한다. 《論語 雍也》

669　불교에선……하네 : 하나의 세상을 종교에 따라 각기 달리 불렀단 말이다. "유가
에선 세(世)라 하고, 불교에선 겁(劫)이라 하고, 도교에선 진(塵)이라 한다.〔儒謂之世,
釋謂之劫, 道謂之塵.〕"라는 말이 있다. 《古今事文類聚 前集 卷34 仙佛部 隔兩塵》

670　상고(上古)……물어보랴 : 유교, 불교, 도교 등이 지향이 달라 서로 교류하지
못한 것을 가리킨다. 《논어》〈위령공(衛靈公)〉에서 공자가 "도가 같지 않으면 서로
도모하지 않아야 한다.〔道不同, 不相爲謀.〕"라고 하였다.

부산스레 제각기 무리를 이루었네	匆匆各爲倫
가는 길에 갈림길이 많아 울었고	行路泣多岐
실을 물들이며 본성을 잃음을 슬퍼하였네[671]	染絲悲失眞
염립본은 그림을 그리며 자손들을 경계했고[672]	閻描戒子孫
창힐이 글자를 만드니 귀신이 흐느꼈네[673]	蒼造感鬼神
비통하고도 슬프도다	惻惻哀哀哉
적막하게 황야의 물가로 떨어지고 말았네	寂寞落荒濱

일흔다섯 번째 其七十五

다리가 하나라고 슬퍼할 것 아니고	一足不爲悲
여섯 깃촉[674]도 영예가 되지 못하네	六翮不爲榮

---

671 가는……슬퍼하였네 : '갈림길이 많아 울었다'는 것은 전국 시대에 위아설(爲我說)을 주창했던 양주(楊朱)가 갈림길을 만날 때마다 행인(行人)의 의사에 따라 남쪽으로도 갈 수 있고, 북쪽으로도 갈 수 있음을 슬피 여겨 울었던 것을 가리킨다. '실을 물들이며 슬퍼했다'는 것은 전국 시대에 겸애설(兼愛說)을 제창했던 묵적(墨翟)이 실을 물들이는 것을 보고는, 흰 빛깔이 염료에 따라 색깔이 달라질 수 있음을 슬피 여겨 울었다는 것을 가리킨다.

672 염립본(閻立本)은……경계했고 : 염립본은 당나라의 유명한 화가이다. 주작낭중(主爵郎中) 벼슬에 있을 때, 당 태종(唐太宗)이 신하들과 함께 춘원지(春苑池)에서 배를 타고 놀다가 기이한 새를 보고는 대뜸 염립본을 불러다 그림을 그리게 하였다. 이에 염립본은 집에 돌아와서 자손에게 경계하기를 "내가 글을 읽어서 문장이 남보다 못하지 않은데, 지금 그림 그리는 재주 때문에 천한 화사(畫師) 노릇을 하였으니, 너희는 그림을 배우지 말라. 그러나 나는 성격이 그림을 좋아하므로 그만둘 수도 없다."라고 하였다.

673 창힐(蒼頡)이……흐느꼈네 : 창힐은 새 발자국을 보고 처음 글자를 만들었다고 하는 전설상의 인물이다. 창힐이 문자를 만들자 하늘에서 좁쌀이 뿌려졌고, 귀신들은 밤에 통곡하며 울었다고 한다.《文心雕龍 練字》

등나라 임금은 좁은 땅을 지켰고[675]   滕君守褊壤
진나라 황제는 장성을 쌓았네[676]   秦帝築長城
큰 것은 본래 믿을 것이 못 되고   大固無可恃
작아도 족히 살아갈 수 있네   小亦足以生
그러나 지금은 모두 폐허가 되어   而今皆墟矣
다만 남겨진 이름만 볼 뿐이네   但見遺其名
봄날에 뽕나무 아래의 여인이   春日桑下女
뽕잎을 따서 광주리가 가득하였고   採採筐筥傾
옛날 교외에 보배로운 기운이 솟으니   故郊出寶氣
원래 형체가 없는 것을 밤에 알아보았네[677] 夜識元無形

---

674 여섯 깃촉 : 원문의 '육핵(六翮)'은 튼튼한 날개를 지녔다는 말이다. 핵은 새 날개
에 있는 깃촉으로, 공중에 높이 나는 새는 6개의 튼튼한 근육으로 이루어진 깃촉이
있다고 한다.

675 등(滕)나라……지켰고 : 작은 나라가 반드시 망하는 것은 아니라는 의미이다.
등 문공(滕文公)이 맹자에게 "등나라는 작은 나라입니다. 제나라와 초나라 사이에 끼어
있으니 제나라를 섬기리까, 초나라를 섬기리까.〔滕小國也, 間於齊楚, 事齊乎, 事楚
乎?〕"라고 물었다. 이에 맹자는 해자(垓子)를 깊이 파고 성을 높이 쌓아 백성과 함께
지키되, 백성들이 목숨을 바치며 떠나가지 않는다면 해볼 만하다는 계책을 진달하였다.
《孟子 梁惠王下》

676 진(秦)나라……쌓았네 : 강한 나라도 두려워하는 바가 있다는 의미이다. 진시황
32년에 동방에서 온 노생(盧生)이 《녹도서(錄圖書)》를 바쳤는데, 거기에 "진나라를
망하게 할 자는 호(胡)이다.〔亡秦者胡也.〕"라는 말이 있었다. 이 예언으로 인해 진시황은
북방 오랑캐를 막으려고 만리장성을 쌓은 것으로 알려져 있다.《史記 卷6 秦始皇本紀》

677 옛날……알아보았네 : 욕심 없이 살아가면 무형의 기운을 포착할 수 있다는 말이
다. 당나라 두보(杜甫)의 〈은거하러 가는 장씨에게〔題張氏隱居〕〉라는 시에 "탐하지
않으니 밤엔 금은의 기운 알아보고, 해치지 않으니 아침엔 사슴 떼가 노니는 걸 본다.〔不

일흔여섯 번째 其七十六

송나라 관은 월나라에서 쓰지 않아	宋冠不用越
울타리 가에 내버려 두네	棄擲芭籬傍
바닷새가 노나라에 머물며	海鳥止于魯
종고를 향해 날지 않았네[678]	不向鍾鼓翔
산과 못에서 주옥을 캐는 것이	山澤採珠玉
이것이 바라는 바에 맞는데	聿是適所望
전국 시대에 전쟁이 빈번하여	戰國兵戈紛
홀로 조용히 좌망[679]할 생각을 못했네	無思獨坐忘
벽옥을 비웃고 황금을 노래하거나	笑璧歌黃金
미녀를 보고도 심드렁하니	婉變見尋常
꿈에서 요궁의 달빛을 보았는데	夢帶瑤宮月
검푸르게 밤도 다하지 않았네	蒼蒼夜未央

貪夜識金銀氣, 遠害朝看麋鹿遊.〕"라고 한 말이 있다. 또한 진(晉)나라 무제(武帝) 때 두우(斗牛) 사이에 자줏빛의 서기〔紫氣〕가 감돌자, 장화(張華)가 뇌환(雷煥)에게 부탁하여 예장(豫章)의 풍성현(豐城縣)에 가서 용천(龍泉)과 태아(太阿) 두 검을 파낸 고사가 있다. 《晉書 卷36 張華列傳》

678 바닷새……않았네 : 현실과 지향이 전혀 다른 것을 말한다. 《장자》〈지락(至樂)〉에 "해조(海鳥)가 노(魯)나라 교외에 내려앉자 노후(魯侯)가 그 새를 사당에 모셔 놓고 구소(九韶)의 음악을 연주하고 태뢰(太牢)의 성찬(盛饌)을 올렸더니, 새가 어리둥절한 눈빛으로 근심하고 슬퍼하며 고기 한 점, 술 한 잔 먹지 못한 채 사흘 만에 죽고 말았다. 이는 자기를 기르는 방식으로 새를 기른 것이지, 새를 기르는 방식으로 새를 기른 것이 아니다."라는 내용이 있다.

679 좌망(坐忘) : 물(物)과 아(我)를 모두 잊고 도(道)와 합일되는 정신의 경지를 말한다. 《莊子 大宗師》

일흔일곱 번째 其七十七

연나라 나그네는 승낙을 중히 여겼고[680]	燕客重然諾
위나라 여인은 근심을 토로하였으니[681]	衛姬出瀉憂
역수와 기수는	易水與淇水
호탕하게 저처럼 흐르도다	湯湯如彼流
예로부터 지금에 이르도록	伊古而伊今
한 가지 은혜엔 한 가지 원수가 따랐고	一恩隨一讐
예전에도 또 앞으로도	從前又從後
기쁨이 있으면 반드시 수치가 있네	有喜必有羞
이치를 궁구하여 내 몸에 돌이키며	窮理反諸身
세월이 빠름을 깨닫지 못하네	不覺歲月遒
세상이 험난하다 말하지 말라	莫言世嶮巇
마음의 길을 따라 순조롭게 가면 그만이니	心路我順遊

일흔여덟 번째 其七十八

규곽이 산과 못에서 시들어가고	葵藿萎山澤

---

680 연(燕)나라……여겼고 : 예로부터 연(燕)나라와 조(趙)나라에는 의협적인 기풍이 강하여 협객이 많이 배출되었는데, 전국 시대 자객 형가(荊軻)가 연나라 태자 단(丹)과의 약속을 지키기 위해 진시황(秦始皇)을 암살하러 떠나면서 "바람은 쓸쓸하고 역수는 차가워라, 장사는 한번 가면 다시 돌아오지 않으리.〔風蕭蕭兮易水寒, 壯士一去兮不復還.〕"라고 노래한 고사가 있다. 《史記 卷86 刺客列傳 荊軻》

681 위(衛)나라……토로하였으니 : 《시경》〈패풍(邶風) 천수(泉水)〉에, 위나라에서 시집온 여인이 고국으로 돌아가지 못하는 근심을 노래하기를 "솟아나는 샘물도 흘러서 기수로 가는데, 위나라를 그리워하여 생각하지 않는 날 없네.〔毖彼泉水, 亦流于淇. 有懷于衛, 靡日不思.〕"라고 한 구절을 가리킨다.

난초 혜초가 물가와 언덕에 자라네[682]　　　　　蘭蕙生汀阿

초목이 시절을 알아　　　　　　　　　　　　草木知時節

재촉하지 않아도 무성히 꽃을 피우네　　　　不催自繽華

밝은 해에 만물이 호흡함을 기뻐하고　　　　噓噏白日舞

서풍이 불면 초목이 영락함을 한탄하네　　　零落西風嗟

남국에 미인이 있어　　　　　　　　　　　　南國有美人

부용 같은 자태 더없이 아름다운데　　　　　芙蓉春不加

소상강에 밤비가 떨어지니　　　　　　　　　湘水夜雨滴

이 아름다운 시절을 장차 어찌하랴[683]　　　　佳期將若何

일흔아홉 번째 其七十九

노을 장막에 황금색 비취새요　　　　　　　霞幕金翡翠

구름 대궐엔 붉은 봉황새라네　　　　　　　雲闕丹鳳凰

산가지 잡으니 북해의 집에 가득하고[684]　　握籌北海屋

---

682 규곽(葵藿)이……자라네 : 능력 있는 인재가 등용되지 못하고 초야에 묻힌 것을 가리킨다. 규곽은 해바라기인데 해를 따라 움직이므로 신하가 임금을 따르는 것을 비유하고, 난초와 혜초는 현명한 자를 비유하는 말이다.

683 남국(南國)에……어찌하랴 : 당나라 이백(李白)의 〈고풍(古風)〉 49번째 시 중 "미인이 남쪽 나라에서 와서, 연꽃 같은 자태가 빛나네. 하얀 이를 좀체 드러내지 않으니, 꽃다운 마음 혼자만 간직하네. 예로부터 궁궐의 여인들은, 모두 푸른 아미 미인을 시샘하기 마련이네. 소상강 물가로 돌아가서, 낮게 읊조리면 무어 슬플 리 있으랴.〔美人出南國, 灼灼芙蓉姿. 皓齒終不發, 芳心空自持. 由來紫宮女, 共妒青蛾眉. 歸去瀟湘沚, 沈吟何足悲.〕"라는 말을 원용한 것이다.

684 산가지……가득하고 : 해옥첨주(海屋添籌) 고사를 가리키는데, 장수(長壽)를 축하하는 말이다. 소식(蘇軾)의 글에 "바닷물이 말라서 뽕나무밭이 될 때면 내가 산가지

술잔 들어 남산 같은 장수를 비네[685]	擧樽南山岡
밝은 구슬은 깊은 못에서 나오고	明珠出深淵
기이한 짐승은 황야에서 오네	異禽來大荒
상서로운 해가 비치지 않음이 없고	瑞日無不照
백성의 즐거움은 저축해야 생기네	民樂有盖藏
따스하게 품어주어 놀라게 하지 않으면	涵煦絶淰獝
고기는 물에서 놀고 새는 구름에서 날리라	鱗川羽雲翔
남은 인생은 태평시대에 노닐어	餘景遊熙臺
백 년 인생 스스로 해치지 말라	百年不自傷

여든 번째 其八十

초당에서 문을 열고 바라보니	草堂開戶視
만물이 모두 여기에 있네	景物皆在玆
저 나그네는 누구신가	彼客者誰子
만천이 안기를 따르네[686]	曼倩隨安期

하나를 내려놓는데, 그동안 내가 헤아린 산가지가 열 칸의 집에 벌써 가득 찼다.〔海水變桑田時, 吾輒下一籌, 爾來吾籌, 已滿十間屋.〕"라고 하였다. 《東坡志林 卷7》

685 술잔……비네 : 남산처럼 오랜 장수를 기원하는 말이다. 《시경》〈소아(小雅) 천보(天保)〉의 "달이 점차 불어나듯 하며, 해가 솟아오르듯 하며, 남산처럼 장수하여 이지러지지도 무너지지도 않으며, 송백처럼 무성하여 그대를 계승하지 않음이 없게 하리로다.〔如月之恒, 如日之升, 如南山之壽, 不騫不崩, 如松柏之茂, 無不爾或承.〕"라는 시구에서 유래하였다.

686 만천(曼倩)이 안기(安期)를 따르네 : 만천은 한(漢)나라 동방삭(東方朔)의 자(字)인데, 서왕모(西王母)의 복숭아를 훔쳐 먹고서 장수했다고 한다. 안기는 진(秦)나라의 안기생(安期生)이란 신선으로, 참외만 한 대추를 먹고 장수했다고 한다.

나에게 닦은 도를 이야기해주니	向余所道言
황홀하여 종잡을 수가 없도다	惝慌莫與知
끄덕거리며 한 번 웃는 사이에	低迴一笑間
동남쪽으로 이미 떠나버렸네	東南已去之
처마 아래선 꼬끼오 소리 울리고	簷下聲喔喔
달은 밝아 오경의 때로다	月明五更時

여든한 번째 其八十一

도끼를 휘두르며 깊은 산에 들어가니	揮斧入深山
꾀꼬리가 울며 교목으로 옮겨가네	黃鳥鳴遷喬
앉아서 꾀꼬리 소리를 듣자니	坐聽黃鳥聲
도끼를 잊고 빈 하늘만 바라보네	忘斧望空霄
노인이 내게 거처를 물으니	老人問我居
동쪽 바다가 푸르고 아득하네	東溟碧遙遙
오늘의 일을 알지 못하는데	不知今日事
어찌 내일과 모레를 알겠는가	焉識朝復朝
잠시 뒤에 바람 소리가 울리며	少焉風籟吼
옷과 띠가 구름 끝에 나부끼네	衣帶雲末飄

여든두 번째 其八十二

지금 수척하다고 탄식하지 말라	莫歎今羸瘠
지난날은 매우 번화했다네	昔日盛繁華
몸은 커서 용나무와 다투었고	身頎爭榕樹
얼굴은 붉어 무궁화꽃보다 예뻤다네	顏艶勝蕣葩

늙어서 오래도록 한직으로 내쳐져	老而永投散
빗속에 모내기를 배우는데	雨中學種禾
초목과 이웃이 되었어도	草木與爲隣
권아687를 읊기를 잊지 않네	不忘詠卷阿
하늘이 보우하사 이롭지 않음이 없으니	天祐無不利
유치한 소견에 상늙은이가 탄식하네	童觀大耋嗟

687 권아(卷阿) : 《시경》 〈대아(大雅)〉의 편명으로, 모서(毛序)에 따르면 주(周)나
라 소공(召公)이 성왕(成王)에게 현신(賢臣)을 중용하도록 당부하기 위해 지은 시라고
한다.

가오고략

제4책

詩시

시詩[1]

시사의 여러 사람들이 남한산성으로 단풍놀이를 간다는 소식을 듣고 시를 지어 부치다

聞社中諸公作南漢賞楓之行 以詩寄之

들으니 고관의 수레가 새벽에 동으로 나간다니	聞道軒車曉出東
중양절의 날씨는 갈수록 가을바람 불리라	重陽天氣轉秋風
남한산성엔 여러 군자들이 성대하게 모였는데	南城高會諸君子
동쪽 마을엔 한 노옹만이 외로이 읊조리네	東里孤吟一老翁
어느 곳인들 오늘 밤의 달을 보지 않으랴	何處不看今夜月
별천지로 남한산성의 단풍보다 나은 곳 없네	別區無過此山楓
신선 유람은 나 또한 생소한 사람 아니니	仙遊我亦非生客
설악산과 경포대에서 돌아오며 이른 기러기 소리 들었지	
	雪鏡歸來聽早鴻

1 시(詩) : 책4에는 1872년(고종9)에서 1873년 사이에 지은 시가 주로 실려 있다. 이유원은 한동안 정치에서 물러나 천마산의 가오곡(嘉梧谷)에서 거처하다가 60세가 되는 1873년 11월에 영의정으로 다시 복귀하였는데, 그 직전에 지은 시들이다.

이태경을 애도하며[2]

李台卿輓

우리들은 함께 배운 사람으로	吾輩同學人
남산 기슭 아래서 생장했는데	生長南麓下
남산 기슭의 군자들이	南麓諸君子
그대를 대아군자라 추중했네	推君以大雅
거벽의 솜씨는 태산을 거꾸러뜨리고	巨擘泰山倒
건령의 기세는 황하처럼 쏟아졌고[3]	建瓴黃河瀉
발자취를 따라 양한을 밟으며	踵武蹈兩漢
팔뚝을 나란히 하고 대하를 춤췄네[4]	聯臂舞大夏
불혹의 나이라도 괜찮았으니	啻矣不惑年

2 이태경(李台卿)을 애도하며 : 이삼현(李參鉉, 1807~1872)에 대한 만시이다. 이삼현은 본관이 용인(龍仁), 자는 태경(台卿), 호는 종산(鍾山)이다. 1841년(헌종7) 정시 문과에 급제하여 평안도 암행어사, 대사성 등을 지냈고, 예조 판서에까지 올랐다. 저서에 《종산집》이 있다.

3 거벽(巨擘)의……쏟아졌고 : 이삼현의 문장 솜씨가 빼어남을 가리킨다. 원문의 '건령(建瓴)'은 옥상에서 물동이의 물을 쏟는 것처럼 기세가 빠름을 비유한 말이다. 한(漢)나라 전긍(田肯)이 고조(高祖)에게 용병의 유리한 형세에 대해 진언을 하면서 "마치 지붕 꼭대기에 앉아 물병을 거꾸로 들고 아래로 쏟을 때처럼 막힘이 없을 것이다.〔譬猶居高屋之上建瓴水也.〕"라고 한 말이 있다. 《史記 卷8 高祖本紀》

4 발자취를……춤췄네 : 이유원과 이삼현의 문학 세계가 양한(兩漢)의 문장과 고대의 문물을 추구하는 면에서 같았다는 말이다. 대하(大夏)는 주나라 때 육무(六舞) 가운데 하나로, 본디는 하(夏)나라 우왕(禹王)의 문무(文武)가 겸비된 무악(舞樂)이다.

금방에 임금의 글씨가 뿌려졌네[5]　　　　　金榜御墨灑

한번 벼슬길에 나아가 공경에 이르니　　　　一蹴到公卿

권병을 잡은 자리에서 버려지지 않았네　　　枋用見不捨

숨은 옥은 궤에서 꺼내 팔게 되었고　　　　韞玉沽哉櫝

좋은 쇠는 용광로에서 뛰어나왔네[6]　　　　良金躍于冶

장경이 사마를 타고 지난 것[7]과　　　　　長卿之列駟

원굉이 말에 기댄 솜씨[8]를　　　　　　　袁宏之倚馬

---

5 불혹의……뿌려졌네 : 이삼현은 1841년(헌종7) 35세의 나이에 정시 문과에 병과 16위로 급제하였다.

6 숨은……뛰어나왔네 : 이삼현이 재능을 발휘하게 되었다는 말이다. 《논어》〈자한 (子罕)〉에 자공(子貢)이 "여기에 아름다운 옥이 있다고 할 때, 이것을 궤 속에 넣어서 그냥 보관해두어야 합니까, 아니면 좋은 값을 받고 팔아야 합니까?〔有美玉於斯, 韞櫝而 藏諸, 求善賈而沽諸?〕"라고 묻자, 공자가 팔아야 한다고 대답한 고사가 있다. 《장자》 〈대종사(大宗師)〉에 훌륭한 대장장이가 쇠를 녹이는데, 그 쇠가 펄펄 뛰면서 "나는 반드시 막야검이 되겠다."라고 한다면 대장장이는 반드시 상서롭지 못한 쇠로 여길 것이라 하며 아무리 좋은 재능도 조화에 순응해야 함을 비유한 말이 있다.

7 장경(長卿)이……것 : 이삼현이 대과에 급제하여 높은 벼슬에 오른 것을 가리킨다. 장경은 한(漢)나라 촉군(蜀郡) 성도(成都) 사람 사마상여(司馬相如)의 자(字)이고, 사마(駟馬)는 네 필이 끄는 고관의 수레를 말한다. 사마상여가 일찍이 촉군을 떠나 장안(長安)으로 가는 길에 성도의 성 북쪽에 있는 승선교(昇仙橋)에 이르러 다리 기둥 에 "사마와 고거를 타지 않고서는 다시 이 다리를 건너지 않겠다.〔不乘駟馬高車, 不復過 此橋.〕"라고 써서 기필코 공명을 이루겠다고 맹세를 하였는데, 과연 뒤에 뛰어난 문장으 로 한 무제(漢武帝)에게 인정받고 출세하였다고 한다. 《史記 卷117 司馬相如列傳》

8 원굉(袁宏)이……솜씨 : 문장 짓는 솜씨가 빨라 표창을 받았다는 말이다. 진(晉)나 라 원굉이 대사마(大司馬) 환온(桓溫)의 기실 참군(記室參軍)으로 있을 때, 포고문을 작성하라는 명을 받자마자 곧장 말에 기대어〔倚馬〕민첩하게 지어내어 칭찬을 받았다 는 고사가 있다. 《世說新語 文學》

누가 하나라도 능한 자가 있는가	人孰能一之
그대는 두 가지를 겸비하였도다	君則兼二者
태평성세의 위대한 시대에	聖世一大紀
준마의 옥 발굽이 뛰어오르니	天驥騰玉踝
신통한 감식안은 가을 달처럼 밝았고	神鑑明秋月
문단에서는 붉은 붓대9를 잡았도다	文垣赤管把
고상한 지조는 빙벽10을 고수하였고	雅操守氷蘗
영남에서는 붉은 인끈을 잡았으니11	嶠南紫綬若
공에 대한 선비들의 희망과 백성들의 희망이	士望與民望
어느 쪽이 부족하달 것도 없이 왕성하였도다	藹蔚孰多寡
복과 녹을 편안히 즐김은	福祿其樂只
정성과 신의를 폈기 때문이네	誠信而展也
젊은 시절에 서로 어울릴 때는	少日相追逐
밝은 구슬이 기왓장을 비췄는데	明珠照礫瓦
같은 해 급제하여 지위가 아경에 오르자	同年位漸亞

9 붉은 붓대 : 원문의 '적관(赤管)'은 동관(彤管)과 같은 말로, 옛날에 사관(史官)이 조정의 일을 기록할 적에 쓰던 붓이다.

10 빙벽(氷蘗) : 얼음과 황벽나무라는 뜻으로, 춥고 괴로운 가운데에서도 굳게 절조를 지키며 청백하게 사는 것을 비유할 때 쓰는 말이다.

11 영남에서는……잡았으니 : 이삼현이 1862년(철종13) 진주 민란이 일어났을 때 경상도 선무사로 파견된 것을 가리킨다. 이삼현은 1862년 4월 20일에 창덕궁 희정당(熙政堂)에서 영남 지방을 잘 위무하라는 철종의 간곡한 당부를 듣고 하직하였고, 6월 1일에 복명하여 영남 지방의 형편과 민심을 수습한 경과 및 관리들을 징치한 내력을 자세히 아뢰었다. 《承政院日記》

저문 나이에 나는 재야에 있게 되었으니	暮景我在野
공경의 지위에 누가 여유로울 수 있으랴	槐棘誰委蛇
언덕과 골짜기를 오래도록 지키고 있네	丘壑久聊且
가을이 되어 친구 생각이 간절해져	秋來多懷人
팔영시 지어 남사의 벗들을 읊었는데[12]	八詠屬南社
수창한 시가 이르기도 전에	不見酬唱到
갑자기 비통한 슬픔이 일어나네	遽有悲傷惹
금령이 아직 땅에 들어가기 전인데[13]	錦舲未入土
그대의 만시를 또 부르며 쓰니	君輓又呼寫
인생이 한순간에 불과한지라	人生一瞬間
어찌 수명이 길고 짧고를 논하랴	何論假不假
백발의 모습 나는 그대를 부러워했으니	白髮我羨君
바람이 등불을 때린다[14] 혐의하지 마소	莫嫌風燈打

---

12 팔영시(八詠詩)……읊었는데 : 팔영시는 이유원이 지은 남사팔영(南社八詠) 즉
〈남사의 시인들을 읊다[屬南社諸公]〉8수를 가리키는데, 주계(周溪) 정기세(鄭基世),
추담(秋潭) 조병휘(趙秉徽), 성산(星山) 조연창(趙然昌), 금령(錦舲) 박영보(朴永
輔), 종산(鍾山) 이삼현(李參鉉), 석거(石居) 김기찬(金基纘), 초파(蕉坡) 박흥수(朴
興壽) 7명을 읊고, 마지막에 이유원 자신에 대해 읊었다.《嘉梧藁略 冊3 屬南社諸公
八首》

13 금령(錦舲)이……전인데 : 금령은 박영보(朴永輔, 1808~1872)의 호인데, 남사
(南社) 시단의 회원이다. 박영보는 1869년(고종6) 극심한 가뭄에 경기도 관찰사로서
기민 구휼에 전력하였고, 1871년 신미양요까지 겹쳐 군량미 확보를 위해 동분서주하였
다. 1872년 7월 홍문관 제학에 임명되었으나, 7월 14일 갑자기 세상을 떠났다.《朴永輔
全集 解題》

14 바람이 등불을 때린다 : 원문의 '풍등(風燈)'은 바람 앞의 등잔불로 덧없는 인생을

밝고 깨끗한 뜨락의 나무에서[15]	皎皎堦庭樹
이미 순전한 복을 받았음을 보았으니	已看錫純嘏
백 길로 자라 좋은 재목이 되어	百尋爲良材
훗날 응당 크고 큰 집을 지탱하리	後當支巨廈
울창한 저 무덤은	鬱鬱彼佳城
어느 해에 먼저 가래나무를 심었는가	何年先種檟
서글퍼라, 상여 줄을 잡는 예에 참여하지 못하여	悵違執紼禮
멀리 바라보며 눈물 섞인 잔을 올리노라	遙望淚一斝

비유한다. 소식(蘇軾)의 〈손신로가 묵묘정을 짓고 시를 구하기에[孫莘老求墨妙亭詩]〉에 "지금 옛날을 보듯 뒷날에 지금을 볼 것이니, 눈앞을 지나는 백세도 바람 앞의 등불 같도다.〔後來視今猶視昔, 過眼百世如風燈.〕"라고 하였다.

15 밝고……나무에서 : 자제들이 훌륭한 것을 비유한 말이다. 진(晉)나라의 명문가인 사안(謝安)이 자질(子姪)들에게 "어찌하여 사람들은 자기 자제가 출중하기를 바라는가?"라고 묻자, 조카 사현(謝玄)이 "비유하자면 마치 지란과 옥수가 자기 집 뜰에 자라기를 바라는 것과 같습니다.〔譬如芝蘭玉樹, 欲使其生於階庭耳.〕"라고 대답한 고사가 있다. 《晉書 卷79 謝安列傳》

유교와 불교에 대한 탄식
儒佛歎

유교와 불교과 각기 스승을 존숭하나니	儒兮佛兮各尊師
섬부의 천축16이 땅 모퉁이에 터를 잡아	贍部天竺據其陲
남북으로 나뉘어 흘러 큰 발원이 되니	分流南北大發源
광활한 천지에 계승하는 자가 이어졌도다	天地廣濶種子遺
안타까워라, 부화한 풍속이 화복에 이끌려	嗟哉浮俗蠱禍福
조석으로 부처를 공양하며 자비에 미혹되네	朝夕供佛迷慈悲
우리 유학인들 어찌 화복이 없었으랴만	吾道何嘗禍福無
성인이 제정한 법도가 일월처럼 걸려 있어	聖人制法日月麗
선한 자는 복을 받고 음란하면 화를 입으니	善者福之淫者禍
그 이치가 털끝만큼도 어긋나지 않다네	其理不差于毫釐
백성들이 날마다 쓰면서도 알지 못하므로	百姓日用而不識
다른 방술을 따로 구하다가 스스로 미혹되네	另求歧塗自惑癡
우리 유학이 언제 이문을 탐하여 더럽혀졌는가	吾道何嘗黷殖利
백성들에게 밭 갈아 먹는 마땅한 산업을 가르쳤네	敎民耕食產業宜
예악으로 유지하고 형정으로 규제하니	禮樂維持刑政糾
건물 세워 비바람 막고 혼인을 때맞게 하였네	棟宇以待婚姻時

---

16 섬부(贍部)의 천축(天竺) : 남쪽 인도를 가리킨다. 섬부는 염부제(閻浮提)라고도
하는데, 수미산(須彌山)의 사대주(四大洲) 중 남주(南洲)에 있는 지역으로 인도를 가
리키며, 천축은 인도의 옛 이름이다. 《長阿含經 卷18 閻浮提洲品》

백성 가운데에 재부를 쌓으니 취함이 무궁하고	藏富於民取無窮
공전에서 세금을 바치게 하여 법도를 넘지 않았네	公田貢賦不踰規
우리 유학이 언제 따로 산을 독점했으랴	吾道何嘗別占山
지금 사람들이 옛사람들과 함께 거처하네	今人與居古人爲
아무리 멀어도 사해를 한집안처럼 감싸니	無遠不屆同四海
드디어 천하가 감복하여 구이까지 귀부하네	遂通率服來九夷
선왕께서 팔짱을 끼고 높은 단 위에 앉으시니	先王端拱九級高
문과 뜨락을 나서지 않아도 천하가 다스려졌네[17]	不出戶庭天下治
유교와 불교가 길이 다르다고 말하지 말라	莫道儒佛其路殊
농가에서는 하나로써 살아갈 밑천을 삼네[18]	農家以一擧仰資
부처의 말씀에 극락은 별세계가 아니라	佛言極樂非別界
이 생애에 닦은 도로 다음 생을 알게 된다 하네	此生修道來生知
훌륭하도다 그 말이여, 소홀히 여겨선 안 되니	善哉言乎不可慢
참인 듯 아닌 듯 긴가민가하는 사이에 있네	似眞非眞在然疑
선민께서 우리 도에 대해 가르침 남기시며	先民有訓吾之道
화복과 괴기한 것은 말씀하지 않으셨네	不言禍福與怪奇

---

17 선왕께서……다스려졌네 : 고대에 성군이 재위하여 다스린 무위지치(無爲之治)
를 가리킨다. 《주역》〈계사전 하(繫辭傳下)〉에 "황제와 요순이 의상을 드리운 채 가만
히 앉아 있었으나 천하가 지극히 잘 다스려졌다.〔黃帝堯舜, 垂衣裳而天下治.〕"라고 한
데서 유래하였다.

18 농가에서는……삼네 : 농사를 짓는 것이 벼슬하여 녹봉(祿俸)을 먹는 것을 대신한
다는 의미로 보인다. 《시경》〈대아(大雅) 상유(桑柔)〉의 "이 농사짓기를 좋아하여 백
성들과 농사지어 녹봉을 대신하노니, 농사짓는 것이 보배로우며 녹봉을 대신하는 게
좋기만 하도다.〔好是稼穡, 力民代食. 稼穡維寶, 代食維好.〕"라는 구절이 참고가 된다.

묘경을 깨닫는 것에선 동일한 공부라   竗境悟解一般工
마음을 닦고 나를 닦음이 똑같이 여기에 달렸네   治心治己同在玆
어찌하여 세상 사람들은 부처만 존숭할 줄 알아   如何世人知尊佛
유교가 점점 쇠퇴해가는데도 구제하지 못하는가   儒教莫救駸駸衰
홀로 무지개다리에 기대 헛되이 탄식만 하네   獨倚虹橋虛發噫

덕사[19]

德寺

노승이 몸을 굽히고 산열매를 주우니   老僧傴僂拾山果
절반은 바위 머리에 있고 절반은 광주리에 있네   半在巖頭半在筐
손님을 보고 만류할 힘도 없어 애써 맞이하며   見客宜迎無力止
다만 절이 물의 북쪽에 있다 하네   但言寺在水之陽

---

19 덕사(德寺) : 남양주 수락산에 있는 흥국사(興國寺)를 가리키는 듯하다. 덕절, 수락사(水落寺), 흥덕사(興德寺) 등의 별칭이 있는데, 이유원 또한 이곳을 유람한 적이 있다. 《林下筆記 卷26 春明逸史 名山歷覽》

만장봉가²⁰
萬丈峯歌

한수 북쪽의 명산으로 모든 산의 으뜸 되니	漢北名山諸嶽宗
솟아오른 봉우리 중에 만장봉이 있네	有峯有峯萬丈峯
불함산에서 떨어져 나와 철령이 가파르고	不咸落來鐵嶺峻
분수령의 한 지맥이 백운산에 모였다가²¹	分水一脈白雲鍾
구불구불 달리다가 다시 선회를 하니	蜿蜒而行復回旋
신령한 봉새가 날아 춤추며 늙은 용을 당기듯 하네	神鳳翥舞把老龍
중조산²²이 우뚝 솟아 도성이 펼쳐지니	中祖特立殿王京
하늘이 낸 높은 성 되어 성벽이 웅장하네	天作高城壯垣墉
천 리를 흘러온 형세에 영험한 기운이 숨어 있고	千里來勢精靈秘
만고의 빼어난 기운은 구름 하늘까지 솟아오르니	萬古秀氣雲霄衝
아름답도다, 근본이 견고하고 지맥이 뻗어가니	猗乎根固枝幹列

20　만장봉가(萬丈峯歌) : 만장봉은 서울 도봉산의 천축사 뒤 봉우리를 가리키는데, 넓고 큰 바위가 천 길, 만 길 높이로 솟아 있어 형세가 굉장한 데서 유래된 이름이다.

21　불함산(不咸山)에서……모였다가 : 백두산 지맥이 백운대까지 흘러온 내력을 말한 것이다. 불함산은 백두산의 별칭이다. 철령(鐵嶺)은 함경남도 안변군 신고산면과 강원도 회양군 하북면에 걸쳐 있는 고개 이름이다. 분수령(分水嶺)은 강원도 평강군에 있는 고개 이름으로 여기서 한북정맥이 분기되어 나온다. 백운산(白雲山)은 경기도 영평현(永平縣), 즉 지금의 포천(抱川) 치소(治所) 동쪽에 있는 큰 산으로 남쪽에 경기도 가평의 화악산(華嶽山)이 있다.

22　중조산(中祖山) : 풍수지리설에서 주산(主山)과 주산의 연맥(連脈) 사이에 높이 솟은 산을 말한다.

옥을 쪼고 금을 녹여 만든 듯하도다	玉以琢之金以鎔
참된 모습이 드넓어 여와씨의 기둥과 같고	眞相磅礡共媧柱
고색이 푸르고 당당하니 상주 시대의 종과 같네[23]	古色蒼健商周鐘
거령선인의 장대한 몸체런가	巨靈仙人壯大軀
천축선생의 엄정한 얼굴이런가[24]	天竺先生儼然容
때때로 안개 일으켜 관면을 스치니	有時起霧拂冠冕
마치 북궐에서 다섯 패옥 소리를 듣는 듯하고	如聞北闕鳴五琮
때로 구름을 일으켜 궂은비를 만드니	有時出雲作霖雨
잠깐 사이 남쪽 들에서 삼농[25]을 위로해주며	須臾南畝慰三農
때로 노을을 일으켜 깃털 일산을 펼치니	有時霞葆羽盖張
눈에 가득 푸른빛 도는 삼나무 소나무가 꽂혔네	滿眼蒼翠挿杉松
지나는 나그네 꿈속에서 때때로 놀라 깨니	過客魂夢有時驚
몸엔 황금 좁쌀 두루 돋고 머리털은 부스스하네	身遍金粟髮鬆鬆
하늘이 서풍을 보내 운무를 걷으니	天送西風雲霧捲

23 참된……같네 : 북한산 줄기가 매우 건장하고 빛깔이 검푸른 것을 가리킨다. '여와
씨(女媧氏)의 기둥'이란 옛날에 공공씨(共工氏)가 부주산(不周山)을 들이받아 하늘의
기둥이 부러져 서북쪽으로 기울고 땅이 동남쪽으로 꺼지자, 이에 여와씨가 자라의 다리
를 잘라서 땅의 사방 기둥을 받쳐 세우고, 오색의 돌을 구워서 터진 하늘을 메웠다는
전설을 말한다. 여와씨는 중국 상고 시대의 제왕으로, 복희씨(伏羲氏)의 아내 또는
누이라고 한다. '상주(商周) 시대의 종'이란 은나라와 주나라 시대의 청동기가 검푸른
빛을 띤 것을 가리킨다. 《淮南子 覽冥訓》

24 거령선인(巨靈仙人)의……얼굴이런가 : 거령(巨靈)은 고대 황하(黃河)의 신으
로, 앞을 가로막은 화산(華山)을 손으로 쳐서 쪼개어 황하의 흐름을 텄다고 한다. 천축
선생(天竺先生)은 부처를 달리 부르는 말이다.

25 삼농(三農) : 평지(平地)·산(山)·택(澤)에서 짓는 농사를 말한다.

공중에서 옥부용이 떨어지려 하는데	空中欲墮玉芙蓉
아득히 회상하자니, 혼연히 가운데 처하여	緬惟渾然中處地
부자께서 단정히 공수함에 좌석이 온화한 듯하네	夫子端拱座和雍
높고 높은 뜻은 거인이 앞에 있는 듯하고	屹屹其志巨人在
의젓한 형상은 천하가 따르는 듯하네	巖巖之像天下從
성인께서 만 년의 기틀을 크게 열어	聖人大闢萬年基
천 길 절벽처럼 서서 중용의 길을 따르네	壁立千仞道中庸
울창한 아름다운 기운은 제왕의 거처 되어	鬱葱佳氣帝王居
가파른 삼각산을 바라보니 겹겹이 섰네	三角崒嵂望重重
천재일우의 아름다운 운수에 민물이 육성되니	千一休運民物育
오강[26]이 길게 휘감아 넘실넘실 흘러오네	五江縈抱來溶溶
문명이 성대하게 퍼져 빈빈하게 모이니	文明昐蠁彬彬會
영험하고 맑은 기운 모여 생용으로 수식하네[27]	毓靈禀淑賁笙鏞
그대는 보지 못하는가, 칠천 칠백 칠십 길이라	
	君不見七千七百七十丈
곽산의 위에서 아무도 만날 수 없는 것을[28]	霍山之上無人逢

---

26 오강(五江) : 한강의 줄기에서 서울의 중요 나루가 있던 한강·용산·마포·현호(玄湖)·서강(西江)을 가리킨다.

27 생용(笙鏞)으로 수식하네 : 문명의 교화를 보필한다는 의미이다. 생용은 악기인 생황(笙簧)과 대종(大鐘)으로, 왕정을 행하는 도구 혹은 조정의 귀한 인재를 비유하는 말로 쓰인다.

28 칠천……것을 : 칠천 칠백 칠십(7770) 길은 중국 곽산(霍山)의 높이인데, 곽산은 오악(五嶽) 가운데 남악 형산(衡山)에 속한 산이다. 당나라 조송(曹松)의 〈곽산〉 시 중 "칠천 칠백 칠십 길이라, 한 길 오를 때마다 등덩굴에 덮인 산세가 하늘까지 솟았네.

또 보지 못하는가, 태산의 정상은 이미 태산에 속하지 않아

又不見泰山頂上已不屬泰山

무궁한 도체에 심흉이 툭 트임을[29]

道體無窮拓心胸

〔七千七百七十丈, 丈丈藤蘿勢入天.〕"라는 구절이 참고가 된다.

29 태산(泰山)의……트임을 : 《주서강록간보(朱書講錄刊補)》권3의 '태산위고(泰山爲高)……종유한량(終有限量)' 조에 "이천 선생이 말하기를 '태산이 높지만 태산의 정상은 이미 태산에 속하지 않는다. 비록 요순의 사업일지라도 또한 단지 태허 중에 한 점 구름이 눈앞을 지나가는 것과 같을 뿐이다.'라고 하였으니, 대개 '정상이 태산에 속하지 않는 것'을 도체의 무궁함에 비유하였고, '태산이 높은 것'을 사업의 큰 것에 비유한 것이다.〔伊川先生曰 : 泰山爲高矣, 泰山頂上, 已不屬泰山. 雖堯舜之事, 亦只是如太虛中一點雲過目. 蓋以頂上不屬泰山, 喩道體之無窮, 泰山爲高, 喩事業之大也.〕"라고 하였다.

황풍가[30]

黃楓歌

세상 사람들은 붉은 단풍이 좋은 것만 알고	世人但識丹楓好
산중의 누런 나뭇잎은 말하지 않네	不言山中樹葉黃
붉은 잎과 누런 잎 중에 어느 것이 많은가	丹者黃者孰多少
구월의 서리 맞아 모두가 영롱하네	摠爲玲瓏九月霜
누런색은 정색이고 붉은색은 간색이니	黃是正色丹是間
오패가 어찌 감히 천자에 대항하랴[31]	五覇何敢抗于王
그 상징이 귀에 있어 솥의 고리가 크고[32]	其象在耳鼎鉉大
그 덕이 가운데에 있어 헌원이 황제가 되네[33]	其德在中軒轅皇

30 황풍가(黃楓歌) : 이유원이 붉은 단풍보다 누런 단풍을 더 좋아하는 이유를 역사적
인 의미 및 고사를 끌어와서 논증함으로써 붉은 단풍만을 추종하는 세상의 풍조를 비판
한 내용이다.

31 누런색은……대항하랴 : 간색(間色)이 정색(正色)을 이길 수 없다는 말이다. 오패
(五覇)는 춘추 시대 제후의 맹주로서 패업(霸業)을 이룩한 다섯 사람을 말하는데, 일반
적으로 제 환공(齊桓公), 진 문공(晉文公), 진 목공(秦穆公), 송 양공(宋襄公), 초
장왕(楚莊王)을 가리킨다.

32 그 상징이……크고 : 누런 빛깔이 중심이 된다는 말이다. 《주역》〈정괘(鼎卦) 육
오(六五)〉효사(爻辭)에 "육오는 솥이 누런 귀에 금으로 만든 고리이니, 정고(貞固)함
이 이롭다.〔六五, 鼎黃耳金鉉, 利貞.〕"라는 말이 있는데, 육오의 자리가 솥의 위에 있으
므로 귀의 상이 되고, 육오가 바른 덕이 있으므로 누런색을 쓴 것이며, 구이(九二)가
육오에 호응하여 와서 귀가 된 것이 현(鉉)인데, 구이는 강중(剛中)의 덕이 있고 색깔이
누런색이므로 황금 고리〔金鉉〕라고 한 것이다.

33 그 덕이……되네 : 헌원 황제(軒轅皇帝)는 고대의 제왕으로 황제(黃帝) 헌원씨

곤륜산의 기이한 물건 중에 운모 갑옷이 있고[34]　　崑崙奇品雲母甲

한나라 궁실의 으뜸 길상은 울금빛 의상일세[35]　　漢宮元吉鬱金裳

보리밭에 구름이 덮이니 늙은 게를 쪼개고[36]　　麥隴雲覆擘老蟹

채찍 끝에 바람 일으켜 돌 양을 일으키네[37]　　鞭弰風生起石羊

매화와 달빛이 모두 담담한 황혼에　　梅花月色共淡昏

버들 솜 여린 싹이 석양에 가깝네　　柳絲煙嫩近夕陽

동정호 가을 숲에 귤을 싸서 공납을 하고　　洞庭秋林厭包貢

상주의 채마밭에 늦은 계절의 국화 향 감도네[38]　　相州老圃晩節香

(軒轅氏)이다. 토(土)의 덕으로 왕이 되었는데, 토는 방위에서 중앙에 해당하고 빛깔이 누런색이므로 황제라고 칭한 것이다.

34　곤륜산(崑崙山)의……있고 : 곤륜산은 서왕모(西王母)가 산다고 전해지는 상상 속 중국 서방의 산인데, 갑옷에 대한 전고는 미상이다. 운모(雲母)에 여러 가지 빛깔이 있는데, 여기서는 누런 금운모(金雲母) 혹은 갈운모(褐雲母)를 가리키는 듯하다.

35　한(漢)나라……의상일세 : 한나라가 토덕(土德)으로 진(秦)나라를 제압하고 천하를 통일한 뒤에 황색을 숭상하여 임금의 용포를 황색으로 한 것을 말한다. 《주역》〈곤괘(坤卦) 육오(六五)〉에 "황색 치마처럼 하면 크게 선하여 길하리라.〔黃裳元吉.〕"라고 한 구절이 참고가 된다.

36　보리밭에……쪼개고 : 보리밭은 보리가 누렇게 익는 것을 말하고, 게는 속살이 누런빛인 것을 가리킨다.

37　채찍……일으키네 : 황초평(黃初平, 皇初平)은 단계(丹溪) 사람으로, 열다섯 살에 양을 치다가 도사(道士)를 따라 금화산(金華山) 석실(石室)로 가서 신선이 되기 위해 도를 닦았다. 40년 뒤에 형이 찾아와서 양이 어디 있느냐고 묻자 초평이 흰 돌들을 향해 채찍으로 치며 일어나라고 소리치니, 흰 돌들이 수만 마리의 양으로 변했다는 전설이 있다. 《神仙傳 卷2 皇初平》

38　상주(相州)의……감도네 : 원문의 '만절(晩節)'은 오상고절(傲霜孤節)의 국화를 가리킨다. 북송의 명재상 한기(韓琦)가 일찍이 무강군 절도사(武康軍節度使)가 되어 자기 고향인 상주를 다스린 적이 있는데, 그가 지은 시에 "옛 동산 가을빛이 맑어서

거위 새끼[39]는 태어나면 사 년 동안 강보에 있고   鵝兒始生四歲褓

좀 슬고 퇴색해 첩첩이 쌓인 이유의 누런 책일세[40]   魚褪衆疊二酉緗

잠깐 사이에 번화한 것은 낙양의 요황이고[41]   頃刻繁華洛陽姚

갑자기 부귀를 누린 객사 베개의 좁쌀밥이로다[42]   倏忽富貴邸枕梁

천 가닥이 면하기 어려운 서곤의 귀밑털이고[43]   千莖難免西崑鬢

한 점 떨어져온 것은 수양의 단장일세[44]   一點落來壽陽粧

부끄럽소마는, 늦가을 향기로운 국화꽃을 한번 보소.〔雖慙老圃秋容淡, 且看寒花晚節香.〕"라는 구절이 있다.

39 거위 새끼 : 거위 새끼는 빛이 노랗고 아름다운데, 여기서는 갓난아이를 중의적으로 가리킨 듯하다.

40 이유(二酉)의 누런 책일세 : 이유는 대유산(大酉山)과 소유산(小酉山) 두 산을 가리킨다. 전설에 의하면 소유산의 바위 동굴에 수천 권의 서적이 있었는데, 진(秦)나라 때 사람이 여기에 숨어서 공부하다가 그대로 남겨 둔 것이라 한다. 원문의 '상(緗)'은 담황색으로 옛날의 책 표지가 누런 것을 가리킨다.

41 잠깐……요황(姚黃)이고 : 누런 모란꽃을 가리킨다. 요황은 요황위자(姚黃魏紫)의 준말로 모란의 이름이다. 옛날 낙양(洛陽)의 요씨와 위씨 집에서 각각 황색과 자주색의 진귀한 모란이 피어났다고 한다. 《歐陽脩 洛陽牡丹記 花釋名》

42 갑자기……좁쌀밥이로다 : 좁쌀밥의 빛깔이 누런 것을 가리킨다. 한단(邯鄲)의 노생(盧生)이 객사에서 신선 여옹(呂翁)을 만나 베개 하나를 받았다. 노생은 그 베개를 베고 곧 잠이 들어 꿈에서 50년 동안 부귀영화를 누리다가 깨어보니, 자기 전에 솥에 넣어 끓이던 누른 좁쌀이 미처 익지도 않은 잠깐 동안이었다고 한다. 《枕中記》

43 천……귀밑털이고 : 노년에 머리가 세는 것을 말한다. 서곤(西崑)은 본래 중국 감숙성의 천수현(天水縣) 서쪽에 있는 엄자산(崦嵫山)을 가리키는데, 이 산으로 해가 지므로 만년 또는 노경(老境)을 비유하는 말로 쓰인다.

44 한……단장일세 : 얼굴에 찍힌 매화꽃 모양의 반점을 가리킨다. 남조(南朝) 송(宋)나라 무제(武帝)의 딸 수양공주(壽陽公主)가 함장전(含章殿) 처마 아래에 누워 있었는데, 다섯 모의 매화 꽃잎이 이마로 떨어져 꽃무늬를 이뤄서 손으로 문질러도

누런 색깔을 나는 귀하게 여기나니	黃兮黃兮我則貴
나뭇잎이 누렇게 변할 땐 푸른 방초보다 나아라	木葉馳黃勝草芳
파초며 순무가 모두 물들고	芭蕉蔓菁皆渲染
낙타와 사향도 두루 가을 털로 갈아입었네	駱駝麝香遍文章
보통 사람들이 누런 머리의 아낙이 귀한 줄 알랴	凡眼那識黃髮婦
지금 사람들이여 수염이 누런 낭군을 비웃지 말라	時人莫笑黃鬚郎
붉은 단풍만 취하고 누런 잎을 버리니 어째서인가	取丹抛黃胡爲爾
산속 집에서 봄을 즐긴 것 또한 일장춘몽이거늘	山家賞春亦一場
복숭아 살구며 철쭉 이외의 관상거리로	桃杏躑躅以外觀
어찌 오 척 담장의 장미를 내친 적 있었던가	何嘗廢却五尺薔
동이 술 가지고 가서 꾀꼬리 소리를 듣노라니	斗酒往聽栗留響
매우[45]는 방울방울 떨어지며 햇빛을 되비치네	梅雨滴滴返照光
단풍잎을 난만한 봄꽃과 비교하면 어떠한가	霜葉何如春花爛
잡다하게 뒤섞여 다함이 없는 보물일세	雜雜遲遲無盡藏
부러워라, 그대의 명산이 한수의 남쪽에 있어	羨君名山漢之南
왕성한 기운을 받아 남쪽 지방에 놓였도다	紛郁氣稟離朱方
남한산성은 예로부터 단풍이 많기로 유명하여	南漢古稱多楓葉
온 골짜기 가득 벌여 휘황하게 빛나는데	一洞彌滿耀煌煌
누런 비단 펼쳐지고 붉은빛이 점점이 찍히니	緗紺綺羅紅點點
흰 비단에 그림 그리며 신령의 붓이 바쁘도다	繪事後素神筆忙

지워지지 않았다. 후인들이 이것을 흉내 내어 매화꽃 모양의 매화장(梅花粧)을 하였다고 한다. 《古今事文類聚 前集 卷6 梅花粧》

45 매우(梅雨) : 매실이 누렇게 익는 계절인 초여름에 내리는 궂은비를 말한다.

지난날 나의 지팡이가 닿은 것이 스무 해 전인데 　昔余投筇二十載

글솜씨가 형편없어 홀로 방황했었네 　　　　　意匠齟齬獨彷徨

그대의 유람 소식을 들으매 정신이 치달려 　　聞君盛遊神逞馳

비록 따라가고 싶지만 좀체 겨를이 없네 　　　雖欲從之苦無遑

내게 죽지사가 있으나 백거이를 잇기 부끄러우니[46] 　我有竹枝愧白纘

산호의 붉은 나무가 붉은 바다를 바라보는 격일세 　珊瑚赤樹望紅洋

그대에게 남산의 술을 다시 권하노니 　　　　勸君更進南山酒

천제의 수레[47]가 오색구름에 싸여 중앙에 강림하네 　帝車五雲臨中央

온 도성의 맑은 기운은 태평성대의 기상이라 　　滿城淑氣太平象

가는 곳마다 경하하며 임금의 만수무강 기원하네 　到處慶賞祝阜岡

언 배 얼굴은 나라의 원로가 아님이 없는데[48] 　凍梨無非耇造在

노년에 누가 군자의 자강불식을 사모했던가[49] 　景桑誰慕君子彊

---

46 내게……부끄러우니 : 죽지사(竹枝詞)는 중당(中唐) 시대에 발전한 시 형식으로
백거이(白居易), 유우석(劉禹錫)의 작품이 빼어나다. 지방의 민가(民歌)를 바탕으로
자연 풍광, 민중의 풍속, 남녀의 애정 등 자유로운 주제를 다루는데, 이유원 또한 〈이역
죽지사(異域竹枝詞)〉, 〈임영죽지사(臨瀛竹枝詞)〉 등을 지었다.

47 천제의 수레 : 원문의 '제거(帝車)'는 북두성을 중의적으로 가리키기도 한다.

48 언……없는데 : 원문의 '동리(凍梨)'는 노인의 얼굴색을 형용한 말이다. 《의례(儀
禮)》〈사관례(士冠禮)〉에 "황발(黃髮)의 노인이 장수한다.〔黃耇無疆.〕"라는 구절이
있는데, 한(漢)나라 정현(鄭玄)은 주석에서 "황(黃)은 누런 머리카락〔黃髮〕이고 구
(耇)는 언 배〔氷梨〕이니, 모두 오래 사는 징조이다."라고 하였다. 원문의 '구조(耇造)'
는 노성한 원로를 가리키는데, 《서경》〈군석(君奭)〉에 주공(周公)이 소공(召公)에게
"그대와 같은 구조의 덕을 하늘이 장차 내리지 않는다면, 우리는 봉황의 소리를 다시
듣지 못하게 될 수도 있다.〔耇造德不降, 我則鳴鳥不聞.〕"라고 한 말이 있다.

49 노년에……사모했던가 : 원문의 '경상(景桑)'은 상유(桑楡), 즉 황혼 녘의 햇볕을
가리킨다. 자강불식(自彊不息)은 끊임없이 스스로 수양을 게을리하지 않는 것이다.

국의는 제사에 쓰고 마의는 관원이 쓰니[50]　　　鞠衣用祀麻用官

조정에서나 재야에서나 모두 당당하도다　　　　在朝在野俱堂堂

오행의 뿌리이고 오색의 으뜸이라　　　　　　五行之根五采首

초목을 종류대로 구별하면 황색이 가장 좋으니　區別草木黃爲良

단풍을 보는데 방도가 있으니 어찌 생각지 않으랴　看楓有術盍商量

춘추 시대 위 무공(衛武公)은 나이 95세에도 수신(修身)과 치국(治國)을 잘하기 위해 장편의 〈억계(抑戒)〉라는 시를 지어 시종으로 하여금 날마다 곁에서 외우게 했다고 하며, 거백옥(蘧伯玉)은 춘추 시대 위 영공(衛靈公) 때의 어진 대부로 나이 50세에 비로소 49년간의 잘못을 깨달았고, 60세가 되어서도 계속 반성하고 고치며 늘 자신의 허물을 돌아보았다고 한다. 《詩經 大雅 抑》《淮南子 原道訓》

50 국의(鞠衣)는……쓰니 : 국의는 고대에 왕후가 선잠제를 지낼 때 입는 누르스름한 뽕잎 색의 예복이다. 마의(麻衣)는 제후, 대부, 선비가 평소에 입는 삼베옷이다.

가을날에 정금남의 비문을 짓다가 정동명이 장 옥성을 읊은 시를 보았는데 말에 강개함이 많아 나로 하여금 눈물을 떨구게 하였다. 삼공은 모두 백사 선생의 문인이다. 운자를 따라 시 한 수를 지어 감회를 부친다[51]

秋日 撰鄭錦南碑 見鄭東溟詠張玉城詩 語多慷慨 令人淚落 三公皆白沙 先生門人也 依韻遂成一詩 以寓感懷

부원수는 정 충무공이고	副帥鄭忠武
도원수는 장 옥성부원군일세	元戎張玉城
정동명이 온 세상에 드러내니	東溟一世揭
북악에서 동문수학하던 사이일세	北岳同門生
길마재의 봉수에 누가 흐느끼는가	鞍峴燧誰感
한강의 물결은 밤에도 울부짖네	漢江波夜鳴

51 가을날에……부친다 : 정금남(鄭錦南)은 임진왜란과 이괄(李适)의 난에 공을 세워 금남군(錦南君)에 봉해지고 시호가 충무(忠武)인 정충신(鄭忠信, 1576~1636)을 가리킨다. 정동명(鄭東溟)은 동명(東溟) 정두경(鄭斗卿, 1597~1673)이다. 장 옥성(張玉城)은 이괄의 난 때 도원수로서 이를 진압하여 옥성부원군(玉城府院君)에 봉해지고, 정묘호란 때 후금(後金, 청나라)의 군대를 맞아 싸우다 패퇴한 장만(張晩, 1566~1629)을 가리킨다. 정두경의 시는 〈도원수 장만이 살던 옛집을 지나다〔過張元帥晩舊宅〕〉 2수인데 그 첫째 수에 차운한 것으로, 원시(原詩)는 다음과 같다. "역적의 군대를 격파한 것은 길마재이고, 부원군에 봉해진 곳은 옥성이라네. 영웅은 이미 흙으로 돌아갔는데, 대문과 집은 평소 그대로구나. 시녀들은 홍안에 눈물 자국이고, 타시던 흰 말은 히힝거리며 우네. 계북 땅에 오랑캐 먼지 자욱하니, 고개 돌려 한번 장군을 회상하네.〔破賊軍鞍嶺, 封侯邑玉城. 英雄已塵土, 門館若平生. 侍女紅顏泣, 騎騧白鼻鳴. 胡塵滿薊北, 回首一含情.〕"《東溟集 卷3》

가을 되어 붓 잡고 비문을 쓰려니   秋來操觚役

백 년의 심정을 다 쓰지 못하네   不盡百年情

또 원시에 차운하다[52]
又次原韻

천하의 문장 하는 선비가	天下文章士
백 년 뒤까지 시 한 수를 남겼는데	百年遺一詩
그 누가 시를 사모하지 않으랴만	夫誰不慕韻
오직 내가 가장 잘 알게 되었네	惟我最多知
공이 지난날 필적을 남기시어	公昔留餘筆
지금 옛 비석에서 어루만지자니	伊今撫舊碑
세모의 석양 녘에 흘린 눈물은	夕陽歲暮淚
영웅만을 위해 떨군 것 아니라네	非但英雄垂

---

52 또 원시(原詩)에 차운하다 : 앞의 정두경이 지은 〈도원수 장만이 살던 옛집을 지나다〔過張元帥晩舊宅〕〉 2수 중 둘째 수에 차운한 것으로, 원시는 다음과 같다. "임금께서 부임하는 수레를 친히 밀었고, 장군께선 은퇴를 청하며 시를 지었네. 머뭇거리며 시를 읊지 못하였는데, 허여해주심에 알아줌이 부끄러웠네. 기련산의 무덤에는 풀이 묵었고, 현수산의 비석에는 이끼가 끼었네. 대문 앞에 거마들 다 흩어지니, 저물녘 두 눈에서 눈물만 흐르네.〔聖主親推轂, 將軍覓作詩. 遲回未能賦, 許與愧相知. 宿草祁連塚, 蒼苔峴首碑. 門前車馬散, 日暮淚雙垂.〕"《東溟集 卷3》

고인을 회고하는 시
懷古人辭

가을이 방재[53]에 들어와 밤에도 잠들지 못하여	秋入舫齋夜不眠
현명한 고인을 그리며 간절한 나의 회포를 적네	書懷穎穎古人賢
시의 운율은 매양 자하노인을 생각하고[54]	詩聲每憶紫霞老
문장 체제는 풍석 신선보다 나은 이가 없었네[55]	文體無過楓石仙
선각들이 은근히 후각들을 성취시키나니	先覺慇懃後覺造
노년이 되어 장년 시절의 인연을 서글퍼하네	暮年惆悵壯年緣
용렬한 재주 녹록하여 제자리걸음이 부끄러운데	慵才碌碌慙依舊
남산 기슭에 남긴 유풍을 아득히 회상하네	南麓遺風想邈然

---

53 방재(舫齋) : 이유원의 서재 화방재(畫舫齋)를 가리킨다. 본래 북송(北宋)의 구양수(歐陽脩)가 활주(滑州)의 수령으로 있으면서 자신이 거처를 배 모양으로 만들어 별호를 화방재라 한 일이 있고, 북송의 서화가 미불(米芾)이 항상 자신의 배에 서화를 싣고 강호를 유람한 '미가서화선(米家書畫船)'의 고사가 있다.

54 시의……생각하고 : 자하노인(紫霞老人)은 신위(申緯, 1769~1845)를 가리킨다. 시·서·화에 모두 뛰어났으나 시에서 가장 성취가 많아 김택영(金澤榮)은 시사적(詩史的)인 위치로 볼 때 조선 500년 이래의 대가라고 칭송하였다. 이유원 또한 오랜 기간 교유하며 시와 서화를 주고받았다.

55 문장……없었네 : 풍석(楓石) 신선은 서유구(徐有榘, 1764~1845)를 가리킨다. 본관은 달성(達城), 자는 준평(準平)이며, 풍석은 그의 호다. 이유원은 서유구의 문장을 매우 고평하였는데 "공의 규모와 제도는 모두 정치하였고, 문장에는 연원이 있었네.〔規制皆精緻, 文章有淵源.〕"라고 읊은 구절이 있다. 《嘉梧藁略 冊4 懷長老 倣古人體 十九首 徐楓石有榘》

가을걷이 구경 3수

觀穫 三首

어제 저녁 내린 서리꽃이 흰데	昨夜霜花白
논엔 벼이삭이 누렇게 익었네	水田稻穗黃
볏단은 내 집 지붕만큼 오르고	穧將升我屋
노적가리는 이웃 마을을 경동시키네	積乃動隣鄉
훌륭하도다, 너희들 열 장정의 힘으로	多爾十夫力
능히 구월의 마당을 채웠도다	能充九月場
낮은 습지까지 모두 잘 여무니	汙邪無不熟
치세에 아름다운 상서가 내렸네	治世降嘉祥

두 번째 其二

곱고 가는 싸락눈이 자욱하게 뿌리니	纖纖寒霰密
또렷한 샛별들은 새벽녘에 성그네	落落曙星疎
개는 밥 내가는 아낙 뒤를 따르고	犬隨饁婦後
닭은 타작마당의 남은 낟알을 쪼네	鷄啄打場餘
자유로이 살려면 세상을 멀리해야 하니	放言要世遠
참된 재미는 시골 생활에 있어라	眞味在鄉居
저녁에 밥을 지을 것 미리 헤아려	料理昏炊事
시냇가에서 다시 물고기를 잡으려 하네	臨溪復欲漁

세 번째 其三

노인이 바위에 걸터앉으니	老人跂石坐
세 글자 직함[56]은 어떠한 관직이런고	三字是何官
볏단을 마당에 까니	藁草藉場域
먼지가 채마밭 끝에 진동하네	塵埃戰圃端
산골 집이 잠깐 사이에 부유해지니	山家俄頃富
가을 농사도 어느덧 마쳤도다	秋事居然完
멀리 적 정위를 상상하노니	遙想翟廷尉
응당 적막하단 탄식은 없으리[57]	應無寂寞歎

---

56 세 글자 직함 : 원문의 '삼자(三字)'는 삼자함(三字銜)의 준말로, 통상 봉조하(奉朝賀)를 가리킨다. 봉조하는 종2품 이상의 관원이 치사(致仕)한 뒤에 임명되는 영예로운 벼슬이다. 조정에 의식이 있을 때만 출사하며 종신토록 녹봉을 받는다.

57 적 정위(翟廷尉)……없으리 : 곡식이 많아 찾아오는 손님이 끊이지 않으리라는 의미이다. 한(漢)나라 때 정위를 지낸 적공(翟公)이 벼슬자리에 있을 때에는 손님이 문전성시를 이루다가, 파직당하자 문 앞에 참새 그물을 칠 정도로 한산하였다. 다시 복직된 뒤에 빈객들이 서로 찾아오자, 대문에 큰 글씨로 "한번 죽고 한번 사는 데에서 교제하는 정을 알겠고, 한번 가난해지고 한번 부자가 되는 데에서 교제하는 태도를 알겠으며, 한번 귀해지고 한번 천해지는 데에서 교제하는 정이 드러난다.〔一死一生, 乃知交情. 一貧一富, 乃知交態. 一貴一賤, 交情乃見.〕"라고 써 붙이고서 손님을 사절하였다고 한다. 《史記 卷120 鄭當時列傳 史論》

들빛

野色

좁다란 산중의 두둑이건 드넓은 밭이건
눈앞에 가을빛이 아득하게 펼쳐졌네
바람 불자 숙인 이삭은 서로 읍을 하는 듯
모두 푸른 하늘 향해 풍년을 축하하네

仄仄山疇漠漠田
眼前秋色望平平
風來垂穗如相揖
皆向靑天賀有年

장로들을 회상하며 고인의 체를 모방하다[58] 19수

懷長老 倣古人體 十九首

고인들에게 회인시(懷人詩)가 있으니, 왕어양(王漁洋)[59]은 칠언 절구를 썼고, 장심여(蔣心餘)[60]는 오언시를 남겼다. 나는 장심여를 따라 지난날의 장로 중에 평상시에 존경하던 분들을 읊어서 몇 편을 이루었다.

남금릉 공철[61] 南金陵 公轍

| 지난날 공이 벼슬에서 물러나 거처할 때 | 昔公休退居 |
| 싱그러운 안색으로 야인의 복장을 입고 | 韶顔野人服 |

---

58 장로(長老)들을……모방하다 : 청나라 장사전(蔣士銓, 1725~1785)이 오언시(五言詩)로 지은 회인시(懷人詩)를 모방하여 조선의 명사 19인을 읊은 것이다.

59 왕어양(王漁洋) : 청나라 왕사정(王士禎, 1634~1711)으로 어양은 그의 별호이다. 자는 이상(貽上), 또 다른 호는 완정(阮亭)이다. 청 세조(淸世祖, 순치제) 때 진사가 되어 벼슬은 형부 상서(刑部尙書)를 지냈다. 시로써 해내에 울려 사람들이 당대의 정종(正宗)이라 칭송하였다. 저서로 《대경당집(帶經堂集)》, 《지북우담(池北偶談)》 등이 있다.

60 장심여(蔣心餘) : 청나라 장사전(蔣士銓)으로 심여는 그의 자(字)이다. 건륭(乾隆) 연간에 진사가 되어 관작은 편수(編修)를 지냈다. 시와 고문사(古文辭)에 빼어나 명성이 있었다. 조익(趙翼), 원매(袁枚)와 함께 '건륭삼대가(乾隆三大家)'로 불렸다.

61 남금릉 공철(南金陵 公轍) : 남공철(南公轍, 1760~1840)은 본관이 의령(宜寧), 자는 원평(元平), 호는 사영(思穎)·금릉(金陵)이다. 대제학을 지낸 남유용(南有容)의 아들로, 1792년(정조16) 친시 문과에 급제하여 홍문관, 규장각 등의 청직을 두루 역임하였다. 정조의 문체반정 운동에 동참하여 정조 치세의 인재라는 평을 받았다. 순조 대에 이조 판서에 오르고 대제학을 역임했으며, 영의정으로 은퇴해 봉조하가 되었다. 저서로 《귀은당집(歸恩堂集)》, 《금릉집(金陵集)》, 《영옹속고(穎翁續藁)》 등이 있다.

새로 진사가 된 젊은이들에게	眇少新進士
부지런히 독서하라 정성스레 권하였는데	款曲勸勤讀
사십 년 전에 말씀하신 뜻이	四十年前志
내가 이럴 줄 일찌감치 아신 것이리	敢曰定算夙

심두실 상규[62] 沈斗室 象奎

맑고 고상한 가성각[63]에서	蕭灑嘉聲閣
흰머리를 한 평지의 신선일세	白髮平地仙
올라가 뵌 것이 가을철이 아닌데	登拜非秋節
머리 위에 연꽃으로 비녀를 꽂았네	頭上簪一蓮
미소를 머금고 도란도란 대화 나누면서	帶笑娓娓話
장래를 기대하며 나이를 묻지 않았네	期待不問年

62 심두실 상규(沈斗室 象奎) : 심상규(沈象奎, 1766~1838)는 본관이 청송(靑松), 초명은 상여(象興), 자는 가권(可權)·치교(穉敎), 호는 두실(斗室)·이하(彛下), 시호는 문숙(文肅)이다. 1789년(정조13) 문과에 급제하여 내외직을 두루 역임하고 순조 때 영의정을 지냈다. 문장에 뛰어나고 글씨에도 능하였다.

63 가성각(嘉聲閣) : 심상규의 서재 이름으로, 편액은 청나라 옹방강(翁方綱)이 썼다. 고금의 서화와 기이한 골동품을 수집하여 이 집에 보관하였는데, 심상규 사후에 소장품은 모두 사라지고 건물만이 남았다가 얼마 뒤에 귀주궁(貴主宮)이 되었다고 한다. 《林下筆記 卷34 華東玉糝編 嘉聲閣》

이동어 상황[64] 李桐漁 相璜

그윽한 연못의 다리에 높이	潭府橋上高
상국께서 멍하니 앉으셨는데	相國坐嗒然
나지막한 소리는 이해하기 어려워도	低語恐難解
매양 책상 앞으로 나오도록 허여하셨네	每許近床前
공처럼 순일한 규모로도	以公一規模
또한 신진이 현명하다 감탄하셨네	亦歎新進賢

박두계 종훈[65] 朴荳溪 宗薰

평소 거처하며 함께 웃지 않아	平居不與笑
세상 사람들이 공경하고 어려워했네	世人多敬憚
나를 대할 때는 간혹 해학도 잘하시니	對我或善謔
후생을 칭찬하는 말이 아님이 없었네	無非後生讚
위태함을 마주하면 정신이 더욱 강건하였고	臨危精益强
상자 속에 보내주신 편지가 남아 있네	篋中有遺翰

---

64 이동어 상황(李桐漁 相璜) : 이상황(李相璜, 1763~1841)은 본관이 전주(全州), 자는 주옥(周玉), 호는 동어(桐漁)·현포(玄圃)이다. 1786년(정조10) 정시 문과에 급제하여 내외직을 두루 거치고 영의정에까지 올랐다.

65 박두계 종훈(朴荳溪 宗薰) : 박종훈(朴宗薰, 1773~1841)은 본관이 반남(潘南), 자는 순가(舜可), 호는 두계(荳溪)이다. 1802년(순조2) 정시 문과에 급제하여 청요직을 두루 역임하고 좌의정에까지 올랐다. 경서·예악·율령·산수에 능통하였고, 시문에도 뛰어났다.

조운석 인영[66] 趙雲石 寅永

안목이 높아 쉬이 인정함이 없으니	高眼無許假
보통 사람은 감히 다가갈 수 없었는데	凡人不敢前
때로 마음으로 도취한 듯이	有時若心醉
한 소년을 앞으로 나오라 하셨네	來汝一少年
행주에 비문을 찬술하는 노고에	幸洲撰述役
내 이름이 외람되게 끼이게 되었네[67]	名字猥與聯

권이재 돈인[68] 權彛齋 敦仁

관을 바르게 쓰고 시선을 존엄히 하여	正冠尊瞻視
거동과 풍모가 법도가 될 만하였는데	威儀可模楷
글을 지으면 반드시 나에게 주시어	有作必授我
크든 작든 모두 풀어보라 하셨네	大小幷使解

---

66 조운석 인영(趙雲石 寅永) : 조인영(趙寅永, 1782~1850)은 본관이 풍양(豐壤), 자는 희경(羲卿), 호는 운석(雲石)이다. 1819년(순조19) 식년 문과에 장원 급제하여 청요직을 두루 역임하고 영의정에까지 올랐다. 형 조만영(趙萬永)과 함께 풍양 조씨 세도의 기반을 구축하였으며, 문장·글씨·그림에 두루 능하였다.

67 행주(幸洲)에……되었네 : 행주(幸洲)는 현재 행주(幸州)를 가리킨다. 이곳에 임진왜란 때 행주대첩을 이끈 권율(權慄)의 공을 기려 1602년(선조35)에 최립(崔岦)이 비문을 짓고 석봉(石峯) 한호(韓濩)가 글씨를 쓴 행주대첩비가 있었다. 나중에 비석이 퇴락하자 1845년(헌종11) 8월에 조인영이 옛 비석의 내용에다 약간을 추가하여 중건비를 세웠는데, 이유원이 글씨를 썼다.

68 권이재 돈인(權彛齋 敦仁) : 권돈인(權敦仁, 1783~1859)은 본관이 안동(安東), 자는 경희(景羲), 호는 이재(彛齋)이다. 1813년(순조13) 증광 문과에 급제하여 청요직을 두루 역임하고 영의정에까지 올랐다. 문장과 서화에 두루 능하였다.

몇 차례인가 벽 위의 시축에 幾番壁上軸

수창하여 붓을 휘두른 적 있었네 相酬翰墨灑

김유관 홍근[69] 金游觀 興根

눈에 보이는 대로 직언하여 直言目所睹

군왕도 이분을 경외하였네 君王亦憚之

호상에서 한번 눈물 뿌리니 湖上一灑淚

고금에 영원히 말을 남겼네[70] 古今永有辭

언젠가 문형회권[71]하는 자리에서 曩年文圈席

나의 고루하고 어리석음을 무겁게 말씀하셨네 言重我固癡

69 김유관 홍근(金游觀 興根) : 김홍근(金興根, 1796~1870)은 본관이 안동(安東), 자는 기경(起卿), 호는 유관(游觀)이다. 1825년(순조25) 알성 문과에 급제하여 주요 내외직을 두루 역임하고 벼슬이 영의정에까지 올랐다.

70 호상(湖上)에서⋯⋯남겼네 : 김홍근이 1848년(헌종14)에 전라도 광양현(光陽縣)으로 부당하게 유배된 것을 가리킨다. 김홍근은 1848년 6월 27일에 경상도 관찰사가 되었는데, 동년 7월 17일에 대사간 서상교(徐相敎)가 상소하여 김홍근이 나라의 중신으로 권력을 탐하고 왕실을 업신여긴다는 죄목으로 귀양 보내기를 청하였다. 이에 김홍근은 곧 삭직되었고, 7월 25일 전라도 광양현에 유배되었다. 동년 10월 25일에 이조 정랑 유의정(柳宜貞)이 상소하여 김홍근을 귀양 보낸 이후로 전국의 공론이 그의 귀양을 아깝고 답답하게 여기고 있다고 하면서 특사를 청하였고, 이에 동년 12월 8일에 김홍근을 사면하라는 명이 내렸다. 《高宗實錄》《承政院日記》

71 문형회권(文衡會圈) : 문형은 대제학(大提學)의 별칭이고, 회권은 대제학을 선발할 때 전임자 등이 모여서 의망된 사람의 성명 위에 권점(圈點)을 찍는 것을 말한다.

박오서 영원[72] 朴梧墅 永元

일을 만날 때마다 가르쳐주시며	遇事輒敎誨
싫어함이 없이 부지런히 하셨는데	不厭而孜孜
크고 작은 일이 모두 법도에 맞아	巨細皆入彀
노년에 이르도록 바꾸려고 하지 않았네	至老肯易移
녹천정[73]에 지난날 글씨를 남기시니	綠泉留舊題
옛 인연이 사람을 슬프게 하네	宿契使人悲

조심암 두순[74] 趙心庵 斗淳

정본당[75]에서 공을 따른 지가	追隨政本堂
어느덧 십 년 전일세	居然已十年
공께서 하늘로 올라가신 뒤에	公歸道山後
반열의 우두머리에 내가 가장 앞이 되었네	班頭我爲先

---

72 박오서 영원(朴梧墅 永元) : 박영원(朴永元, 1791~1854)은 본관이 고령(高靈), 자는 성기(聖氣), 호는 오서(梧墅)이다. 1816년(순조16) 식년 문과에 급제하여 청요직을 두루 역임하고 좌의정에까지 올랐다.

73 녹천정(綠泉亭) : 남산 기슭에 있던 정자로 박영원의 별장이었다고 한다. 본래는 조선 초의 정승 권람(權擥)이 살던 곳이고, 그 사위 남이(南怡) 장군이 귀신을 내쫓은 곳이었다고 한다.《林下筆記 卷27 春明逸史 世傳香爐》

74 조심암 두순(趙心庵 斗淳) : 조두순(趙斗淳, 1796~1870)은 본관이 양주(楊州), 자는 원칠(元七), 호는 심암(心庵)이다. 1827년(순조27) 정시 문과에 급제하여 순조·헌종·철종·고종을 보필하며 청요직을 두루 역임하고 영의정에까지 올랐다.

75 정본당(政本堂) : 1865년(고종2)에 의정부를 새로 정비하면서 비변사의 기능을 통합하였는데, 이때 삼정승의 근무처로 지은 건물이다. 고종이 현판을 친필로 썼다고 한다.《心庵遺稿 卷27 政本堂記(乙丑)》

한 자리에서 미진했던 이야기는　　　　　　　　一席未盡話

강의 졸졸 흐르는 물만이 알리라　　　　　　　江上水涓涓

서풍석 유구[76] 徐楓石 有榘

만 권의 서적을 산 남쪽 집에 쌓더니　　　　萬卷山南屋

서까래 하나를 두릉 북쪽 마을에 엮었네[77]　一椽斗北村

공의 규모와 제도는 모두 정치하였고　　　　規制皆精緻

문장에는 연원이 있었네　　　　　　　　　文章有淵源

훌륭한 글 누가 지어주려나　　　　　　　　大筆何人贈

유집에는 서문도 놓이지 않았네[78]　　　　　遺集序不存

76　서풍석 유구(徐楓石 有榘) : 서유구(徐有榘, 1764~1845)는 본관이 달성(達城),
자는 준평(準平), 호는 풍석(楓石)이다. 현재의 노원구 월계동 부근에 자연경실(自然
經室)이라는 서실을 마련하여 이곳에서 《임원경제지(林園經濟志)》를 완성하였으며,
1842년경 두릉(斗陵)으로 옮겨 만년을 보냈다. 이유원은 서유구의 문장을 매우 고평하
였는데 "시의 운율은 매양 자하노인을 생각하고, 문장 체제는 풍석 신선보다 나은 이가
없었네.〔詩聲每憶紫霞老, 文體無過楓石仙.〕"라고 읊은 구절이 있다. 《嘉梧藁略 冊4 懷
古人辭》

77　만 권의……엮었네 : 홍한주(洪翰周)가 지은 《지수염필(智水拈筆)》에 따르면, 서
유구는 두릉리(斗陵里)에 8천 권을 소장한 장서가로 소개되어 있다. '산 남쪽 집'이란
경저(京邸)가 있던 서울 필동의 필유당(必有堂)에 집안 장서를 소장했던 것을 가리키
는 듯하다. 서유구는 조부 서명응(徐命膺)과 생부 서호수(徐浩修)의 학술은 물론 서적
까지 물려받아 조선 후기의 농학을 심도 있게 발전시켰다. 두릉(斗陵)은 지금의 경기도
남양주 조안면 능내리 부근으로, 만년에 은거하여 생의 마지막 시기를 보낸 곳이다.

78　유집(遺集)에는……않았네 : 서유구가 벼슬에 나간 이후의 글을 모은 《금화지비
집(金華知非集)》에 서문이 없는 것을 가리킨 것으로 추정된다. 이유원은 서유구 사후
《풍석전집(楓石全集)》에 〈풍석집서(楓石集序)〉를 써주었다. (김대중, 《풍석 서유구

홍해거 현주[79] 洪海居 顯周

몸이 문장과 글씨를 떠나지 않아	身不離文墨
세상에서 어진 부마로 칭송되었네	世誦都尉賢
무지개 달이 한 가문을 비치니	虹月照一門
소씨 집안의 세 신선이 있네[80]	蘇家有三仙
〈의원도〉 속에 글씨를 쓰니	意園圖中題
이미 내가 전원으로 돌아갈 것 알았도다[81]	已知我歸田

산문 연구》돌베개, 2018, 48쪽.)

79 홍해거 현주(洪海居 顯周) : 홍현주(洪顯周, 1793~1865)는 본관이 풍산(豐山), 자는 세숙(世叔), 호는 해거재(海居齋)·약헌(約軒)이다. 정조(正祖)의 둘째 딸 숙선옹주(淑善翁主)와 혼인하여 영명위(永明尉)에 봉해졌다. 문장에 뛰어났고, 당대의 명사들과 두루 교류하여 명성이 높았다. 저서로 《해거시집(海居詩集)》이 있다.

80 소씨(蘇氏)……있네 : 송(宋)나라의 소순(蘇洵)과 그의 아들 소식(蘇軾)·소철(蘇轍)처럼 홍씨(洪氏) 집안의 홍석주(洪奭周), 홍길주(洪吉周), 홍현주(洪顯周)가 빼어난 것을 가리킨다.

81 의원도(意園圖)……알았도다 : 의원(意園)은 현실에 실재하지 않는 상상의 정원을 말하며, 이를 그린 그림을 〈의원도〉라고 한다. 이유원은 1843년(헌종9) 전원에 거처하려는 뜻을 실현하기 위해 가오곡(嘉梧谷)에 별서(別墅)를 지을 땅을 마련하고 '의원(意園)'이라 명명한 뒤 〈귤산의원도〉를 그렸다. 1845년(헌종11) 연행 때 이 그림을 지니고 가서 중국 문사들에게 보여주자 섭지선(葉志詵)이 예서로 머리 부분을 쓰고, 당세익(唐世翼)이 그림을 그리고 시를 썼으며, 왕초재(王楚材)가 기(記)와 시를 썼고, 요근원(姚覲元)과 왕언거(王彦渠)와 요경전(姚經甸)이 각각 시를 써서 여러 첩이 되었다고 한다. 《林下筆記 卷30 春明逸史 意園圖詩》《嘉梧藁略 冊13 意園圖題語》《橒溪遺稿 卷5 李尙書壽藏記》홍현주도 이 첩에 글씨를 남긴 것으로 보이는데, 자세한 사항은 미상이다.

이하거 약우[82] 李荷居 若愚

행차를 하면 반드시 말을 구하니	有行必索言
지어드린 시문이 무릇 몇 편이런가	詩文凡幾篇
성균관에서 교제가 시작되었고	杏庭交契始
문단에서 명망이 가장 앞섰네	文垣儲望先
모시던 날이 어제와 같은데	陪後如昨日
조정 반열에서 높은 나이가 되었네	朝班仰高年

이고동 익회[83] 李古東 翊會

필법으로는 왕일소요	筆法王逸少
맑고 담박하기는 범희문일세[84]	淸素范希文

---

82 이하거 약우(李荷居 若愚) : 이약우(李若愚, 1782~1860)는 본관이 연안(延安), 자는 경용(景容), 호는 호거(壺居)·하거(荷居), 시호는 문간(文簡)이다. 1813년(순조13) 증광 문과에 급제하여 내외 청요직을 두루 거치고 벼슬이 이조 판서에 올랐다. 문장에 뛰어나 순조·헌종·철종의 인정을 받았고, 사우들의 추앙을 받았다. 시문집으로 《문간공유고(文簡公遺稿)》가 있다.

83 이고동 익회(李古東 翊會) : 이익회(李翊會, 1767~1843)는 본관이 전의(全義), 자는 좌보(左甫), 호는 고동(古東)이다. 1811년(순조11) 정시 문과에 급제하여 홍문관, 성균관 등 내직을 주로 역임하고 벼슬이 한성 판윤에 이르렀으며, 글씨에 능하였다.

84 필법으로는……범희문(范希文)일세 : 왕일소(王逸少)는 서성(書聖)으로 추앙받는 동진(東晉)의 서예가 왕희지(王羲之)로 일소는 그의 자(字)이다. 범희문은 북송의 유학자이자 명신인 범중엄(范仲淹)으로 희문은 그의 자(字)이다. 관직에 있으면서 항상 인의(仁義), 효제(孝悌), 충신(忠信)을 근본으로 정론을 일으켜 사기(士氣)를 진작시켰으며, 인종(仁宗)에게 재정과 인재 등용에 관한 10개 조목의 개혁안을 제출하였다.

외람된 사랑에 마음이 늘 부끄러웠고 錯愛心常愧

미혹됨을 깨우쳐주시며 뜻이 더욱 부지런하셨네 牖迷意愈勤

몇 차례나 글씨 요구에 부응하였나 幾番副徵索

시원찮은 재주로 팔분체[85]를 썼네 襪材寫八分

신자하 위[86] 申紫霞 緯

세자께서 하사하신 양연산방의 명문을 睿賜養硯銘

나로 하여금 예서로 쓰게 하셨네[87] 使我隷字書

이것은 남사의 보물이 되었는데 此爲南社寶

글씨가 어찌 명문만 하랴 書敢銘辭如

벽로방[88]에서 묵연을 더하니 蘆舫添墨緣

보배로운 시 한수를 던져주시네 一詩投瓊琚

85 팔분체(八分體) : 예서(隷書)에 속하는 글씨체로, 예서를 이분(二分)만큼 활용하고 전서(篆書)를 팔분만큼 섞어 만들었다는 설이 있다.

86 신자하 위(申紫霞 緯) : 신위(申緯, 1769~1845)는 본관이 평산(平山), 자는 한수(漢叟), 호는 자하(紫霞)・경수당(警修堂)이다. 1799년(정조23) 춘당대 문과에 급제하여 내직으로 도승지, 병조 참판을 지냈고, 외직으로 춘천 부사, 강화 유수 등을 지냈다. 시・서・화에 모두 뛰어났으나 시에서 가장 성취가 많았다.

87 세자께서……하셨네 : 양연산방(養硯山房)은 익종(翼宗, 효명세자)이 동궁 시절에 신위에게 써준 서재 이름이다. 신위는 이 이름을 받고 집 뒤에 따로 정자 하나를 짓고 그것을 걸고서, 이유원에게 '예사양연산방(睿賜養硯山房)'이라는 현판과 자신이 지은 '연명(硯銘)'을 글씨로 써달라고 부탁한 일이 있다. 《林下筆記 卷28 春明逸史 養硯山房》

88 벽로방(碧蘆舫) : 자하(紫霞) 신위(申緯)의 서재 이름인데, 편액은 추사(秋史) 김정희(金正喜)가 예서로 써주었다고 한다. 《林下筆記 卷33 華東玉糝編 金門墨緣》

조동해 종진[89] 趙東海 宗鎭

동해 바닷가에 유묵이 많이 남으니	瀛海多遺墨
높은 누대가 몇 곳이런가	幾處樓臺高
황홀한 남산의 집이여	怳如南山屋
언론이 참으로 호걸스러웠네	言論政超豪
저 동으로 흐르는 물을 바라보니	瞻彼東流水
나의 흉금도 함께 도도히 흐르네	胸襟與滔滔

김추사 정희[90] 金秋史 正喜

북원의 두타노인[91]이	北院頭陀老
《서청고감》[92]을 감상하네	西淸古鑑圖

89 조동해 종진(趙東海 宗鎭): 조종진(趙琮鎭, 1767~1845)은 본관이 풍양(豐壤), 자는 장지(章之), 호는 예원(藝垣)·현계(玄溪)·동해(東海)이다. 1805년(순조5) 별시 문과에 급제하여 내직으로 승지를 오래도록 역임하였고, 외직으로 영월 부사(寧越府使)를 지냈다. 글씨에 능하였고, 동쪽 바닷가에 그가 쓴 유묵(遺墨)이 많았다고 한다.

90 김추사 정희(金秋史 正喜): 김정희(金正喜, 1786~1856)는 본관이 경주(慶州), 자는 원춘(元春), 호는 완당(阮堂)·추사(秋史)·예당(禮堂)·시암(詩庵)·과파(果坡)·노과(老果) 등이다. 1819년(순조19) 문과에 급제하여 성균관 대사성, 병조 참판 등을 역임하였다. 실사구시(實事求是)의 청조 고증학을 적극 수용하였고, 금석(金石)에서 탁월한 족적을 남겼으며, 특히 예서(隷書) 방면에서 추사체라는 전대미문의 글씨체를 정립하였다.

91 북원(北院)의 두타노인(頭陀老人): 북원은 김정희와 관련된 용어에는 보이지 않는데, 김정희가 노년에 세검정 부근에 석경루(石瓊樓)라는 별서를 경영한 것을 감안하면 북원(北園)이란 의미로 쓴 말이 아닌가 한다. 김정희는 불교에 조예가 매우 깊었고 나가산인(那伽山人), 육식두타(肉食頭陀), 천축고선생(天竺古先生) 등 불교와 관련된 별호도 애용하였다.

중국에선 아직도 추사의 이름을 외는데	中州尙誦名
세상의 영화는 이미 몸에서 던졌네	外物已捨軀
예서의 세계에서 비결을 찾아내니	隸苑發秘見
서툴고 모자란 나의 글씨 부끄럽네	疎冗愧我愚

윤경당 정진[93] 尹褧堂 正鎭

촛불에 금을 그어 백 편을 지으며	百篇刻燭就
벽성 관아에서 사람을 놀라게 하였는데	碧城使人驚
문장이 재앙의 빌미가 되었으니	文章爲禍祟
예나 지금이나 심정이 다름이 없네[94]	古今無異情
가을바람에 부채에 글씨를 청하려니	秋風索扇題
꽃이 다시 핌을 보지 못하네	未見花再榮

---

92 서청고감(西淸古鑑) : 중국 청나라에서 1749년(건륭14)에 양시정(梁詩正) 등이 칙명으로 편찬한 책 이름이다. 그림을 곁들여 청조 내부(內府)에 소장된 옛날 청동기들의 내력과 명문(銘文)을 해설한 40권으로 된 책이다.

93 윤경당 정진(尹褧堂 正鎭) : 윤정진(尹正鎭, 1792~?)은 본관이 파평(坡平), 자는 치중(稚中), 호는 경당(褧堂)이다. 1816년(순조16) 정시 문과에 급제하여 내직으로 승정원, 홍문관 등에서 오래 근무하였고, 외직으로 안악 군수(安岳郡守), 남양 부사(南陽府使)를 지냈다.

94 촛불에……없네 : 벽성(碧城)은 황해도 안악(安岳)을 가리키는 듯하다. 윤정진은 1838년(헌종4) 10월 12일 안악 군수(安岳郡守)에 임명되어 이듬해 12월까지 재직하였다. 이유원이 견문한 바에 따르면, 윤정진이 안악 군수로 있을 때 황해 감사 조두순(趙斗淳)과 술자리에서 시를 지어 주고받는데 잠깐 사이에 100여 개나 되는 운자를 차운하였다. 그 뒤 윤정진이 조두순의 손에 좌천을 당하여 돌아오자, 세상 사람들이 "그날의 일 때문에 이렇게 된 것이다."라고 하였다고 한다. 《林下筆記 卷26 春明逸史 褧堂詩才》

조청소 용화[95] 趙晴沼 容和

하루에 한 편을 지으며	一日作一篇
저무는 나이에도 멈추지 않았는데	暮年猶不廢
반드시 백가의 말을 가져다 쓰니	必將百家語
사람들로 하여금 써서 간직하게 만드네	使人書諸佩
그 문하에 출입한 자들이	出入其門者
어찌 식견이 미치지 못함이 있으랴	安有識未逮

김의재 계영[96] 金毅齋 啓泳

경륜을 배 속에 감추고 헛되이 늙어갔으니	虛老經綸腹
문장가의 솜씨가 아깝기만 했네	可惜文章手
지난날의 일을 추억하자니	記憶昔日事
오히려 망년의 친구만 기억나네	猶餘忘年友
오두미가 어찌 누가 되었는가	五斗那爲累
돌아오니 성곽 아래 밭 한 뙈기도 없었네	歸無郭一畝

---

95 조청소 용화(趙晴沼 容和) : 조용화(趙容和, 1793~1845)는 본관이 풍양(豐壤), 자는 성교(聖交), 호는 청소(晴沼)이다. 1822년(순조22) 식년 문과에 급제하여 내외직을 두루 거치고 벼슬이 형조 판서에 이르렀다. 고문(古文)의 독서에 매진하였고, 경사제가(經史諸家)에 주석을 다는 솜씨도 빼어났다고 한다.

96 김의재 계영(金毅齋 啓泳) : 김계영(金啓泳, 1783~1848)은 초명이 백열(伯悅)이고, 본관은 강릉(江陵), 자는 경부(敬夫), 호는 의재(毅齋)이다. 음직으로 1838년(헌종4) 12월 24일 수릉 참봉(綏陵參奉)에 제수되었고, 1839년 3월 11일 6품에 올라 이튿날 장원서 별제(掌苑署別提)에 제수되었다가 동년 6월 6일 한성부 주부(漢城府主簿)로 옮겼다. 동년 12월 22일 홍천 현감(洪川縣監)에 제수되어 3년간 재임하였다. 《嘉梧藁略 冊18 洪川縣監金公墓誌》

조국인 기영 의 중양절 생일에 드리다[97]

贈趙菊人 耆永 重九生日

고인 중에 생일날이 명절과 같아서	古人生朝適名節
기운을 얻어 왕왕 나라의 영걸이 되었네	得氣往往邦之傑
한파가 태어난 날은 참으로 황당하여	寒婆誕日誠荒唐
겨울철의 춥고 더움을 규얼로 점을 치네[98]	冬候冷暖占圭臬
세수가 인방을 가리키면 북극의 하늘에서	歲首建寅北極天
진무성군이 해가 기울기 전에 하강하네[99]	眞武聖君日未昳
천목산 아래 대보름날 밤에	天目山下上元夜
도릉 선생의 황금 태가 열렸네[100]	道陵先生金胎裂

---

97 조국인(趙菊人)의……드리다 : 조기영(趙耆永, 1806~?)은 본래 이름이 조영화 (趙永和)인데, 고종 5년(1868)에 조기영으로 개명하였다. 《承政院日記》본관은 풍양 (豐壤), 자는 치기(稚祈), 국인은 그의 호이다. 1835년(헌종1) 진사시에 합격하여 내직 으로 형조 정랑, 호조 좌랑 등을 역임하였고, 외직으로 비안 현감(比安縣監), 정선 군수(旌善郡守), 밀양 부사(密陽府使), 무장 현감(茂長縣監), 상주 목사(尙州牧使) 등을 지냈다. 조기영으로 개명한 뒤에는 경주 부윤(慶州府尹), 호조 참판 등을 역임하 였다.

98 한파(寒婆)가……치네 : 한파는 '광한궁(廣寒宮) 속의 노파'라는 말로, 달을 가리 키기도 한다. 한파가 태어난 것은 10월 10일로, 태어난 날의 날씨가 맑아서 겨울의 따스함을 주관한다고 한다. 《月令輯要 卷18 十月令》규얼(圭臬)은 해 그림자를 재고, 사계절을 바로잡고, 토지를 측량하는 도구이다.

99 세수(歲首)가……하강하네 : '세수가 인방을 가리킨다'는 것은 정월을 말한다. 정 월 7일에 북극 하늘에서 진무상제(眞武上帝)가 오시(午時)에 하강한다는 설이 있다. 《月令輯要 卷5 正月令》

익성 선인이 정월의 중화절에 翊聖仙人中和正

홑겹 비단옷으로 가벼운 열기를 맞네[101] 單羅盛服迓輕熱

삼월 삼일에 천기가 새로워지니 三月三日天氣新

육수정이 나와서 그 설을 달리하였네[102] 陸修靜生貳其說

효선 갈옹이 욕불일에 태어났는데 孝先葛翁浴佛日

군선의 보록을 아무도 보지 못했네[103] 群仙寶錄無人閱

100 천목산(天目山)……열렸네 : 천목산은 절강성(浙江省) 임안현 서북쪽에 있는 산으로, 후한(後漢) 때의 도사(道士) 장도릉(張道陵)이 건무(建武) 10년(34) 1월 15일 밤에 천목산에서 태어났다는 설이 있다.《月令輯要 卷5 正月令》

101 익성 선인(翊聖仙人)이……맞네 : 익성 선인이란 익성진군(翊聖眞君)을 가리키는 듯하다. 이른바 효자(曉子)란 것으로 송나라 진종(眞宗) 때 이 신(神)이 내려와서 마침내 신군(神君)으로 봉하였다고 하는데, 자세한 사항은 미상이다.《五洲衍文長箋散稿 經史篇 道藏類 道藏總說 道教仙書道經辨證說》중화절(中和節)은 본래 정월 그믐이었는데, 당나라 덕종(德宗) 정원(貞元) 5년에 조서를 내려 2월 1일을 중화절로 삼았다. 당나라 사람들에게는 이날이 매우 중요하여 단라어복(單羅御服)과 백관복(百官服)을 진상한다고 한다.《月令輯要 卷5 二月令》

102 삼월……달리하였네 : 육수정(陸修靜, 406~477)은 남북조 때 도사로, 오흥(吳興) 사람이며 자는 원덕(元德)이다. 유학·참위설·불교 경전에 두루 통달하였고, 유불도(儒佛道)의 통합을 주장하였다. 3월 3일은 상사일(上巳日)이라 하여 한(漢)나라 이전에는 3월 상순의 사일(巳日)을 상사일이라 하였는데, 위진(魏晉) 시대 이후로는 3월 3일로 고정되었다. 육수정이 날짜를 바꾸는 데 관련된 듯한데, 전고는 미상이다.

103 효선(孝先)……못했네 : 갈옹(葛翁)은 삼국 시대의 도사 갈현(葛玄, 164~244)을 말하며, 효선은 그의 자(字)이다. 좌자(左慈)에게《태청단경(太淸丹經)》,《구정단경(九鼎丹經)》,《금액단경(金液丹經)》등을 전수받았고, 그 뒤 각조산(閣皁山)에서 도를 닦고 나서 부록(簿錄)의 예언에 뛰어나게 되었다. 도교에서는 갈선공(葛先公)이라 존칭된다. 욕불일(浴佛日)은 석가모니가 탄생한 초파일로 갈현이 이날 태어난 것으로 추정되는데, 군선(群仙)의 보록(寶錄)과 어떤 관계인지는 미상이다.

오월 오일 칠월 칠일에도 현명한 준걸이 빼어나　五五七七賢俊特

화려한 의복에 대모 띠로 근신으로서 각별히 존숭되었네

紋袴玳瑁貴近別

일 년의 밝은 달이 오늘이 제일이라 하니[104]　一年明月今宵多

이 문정이 글을 짓고 호시를 설치하였네[105]　李文定詞弧矢設

중양절에 가장 양의 기운이 왕성하니　寂是重九陽數旺

아름다운 시절에 정수를 모아 수려하고 정결하네　嘉會儲精秀而潔

국화꽃이 가지에 가득하니 정색을 숭상함이라　霜花滿枝尙正色

한 가지를 받드니 늦은 향기가 서려 있네　捧出一朶晩香綴

이때 어느 누가 그 영화를 받았는가　是時何人受其英

복록을 누림은 시초점을 뽑지 않아도 알겠네　福祿不待著營撲

연이 피어나는 날 대나무가 취하고[106]　荷之生日竹之醉

---

104 일 년의……하니 : 8월 15일을 가리킨다. 한유(韓愈)의 〈8월 15일 밤에 장공조에게 주다〔八月十五夜贈張功曹〕〉라는 시에 "1년의 밝은 달이 오늘이 제일이니, 인생은 운명에 달린 것이지 다른 데 달려 있지 않네.〔一年明月今宵多, 人生由命非由他.〕"라는 구절이 있다.

105 이 문정(李文定)을……설치하였네 : 이 문정은 북송의 이적(李迪, 971~1047)으로, 그의 생일이 8월 15일이라고 한다. 《月令輯要 卷15 八月令》 호시(弧矢)는 상호봉시(桑弧蓬矢)의 준말로, 옛날 풍습에 사내아이가 태어나면 장차 웅비하라는 뜻으로 뽕나무로 활을 만들어 문 왼쪽에 걸고 쑥대로 화살을 만들어서 사방에 쏘는 시늉을 한 것을 말한다. 《禮記 內則》

106 연이……취하고 : 모두 5월에 해당하는 일이다. 연꽃은 5월 20일에 옮겨 심으면 잘 자라고, 대나무는 5월 13일이 옮겨심기 좋은 날로 전해진다. 《月令輯要 卷15 五月令》 '대나무가 취한다'는 것은 절개가 강해 까다로운 대나무도 이날만은 술에 취한 듯 몽롱해지기 때문에 옮겨 심어도 잘 살아난다는 뜻으로, 그날을 죽취일(竹醉日) 혹은 죽미일(竹迷日)이라고 한다.

밭에 면화가 있고 보리로 엿기름을 만드네[107]　　田有吉兮麥有蘗

양연노인은 유독 오묘한 깨달음이 뻬어나　　養硯老叟偏悟解

국화를 사랑하는 한편 사람도 매우 사랑하네[108]　愛菊亦復愛人切

문장은 몇 번이나 《경수당전고》를 되풀이 읽었나　文章幾緡警修藁

한묵 인연은 진중하여 소뿔처럼 속마음 통했네[109]　墨緣珍重點犀徹

성대한 모임에서 먼저 적루의 구절[110]을 꼽으니　盛會先數籛樓句

나는 간신이 화답하며 졸렬한 재주가 부끄러웠네　我步艱難愧短拙

고관의 복식으로 탄탄대로에서 고상하게 벼슬하다　軒冕高擧康莊路

멀리 영남의 구름 곁으로 떠나 스스로 기뻐했네[111]　遙隔嶺雲自怡悅

한수 남쪽의 단풍에 국화가 저절로 따르니　漢南丹楓菊自隨

같이 시사에 있다가 용감히 결단함이 몹시 부럽네　絶豔同社善勇決

---

107 밭에……만드네 : 모두 8월에 해당하는 일이다. 원문의 '길(吉)'은 길패(吉貝) 즉 목화를 가리키는데, 8월에 수확한 것을 면화(綿花)라고 부른다고 한다. 엿기름은 엿과 식혜를 만드는 원료로 8월에 보리를 쪄서 만든다. 《月令輯要 卷15 八月令》

108 양연노인(養硯老人)은……사랑하네 : '국화와 사람을 사랑한다'는 말은 조기영의 호가 국인(菊人)인 것을 중의적으로 가리킨 것이다. 양연노인은 자하(紫霞) 신위(申緯)를 가리키는데, 신위의 《경수당전고(警修堂全藁)》권29에 중양절에 조영화 등 여러 사람과 어울려 지은 시가 있고, 조영화의 생일에 따로 시를 지어주기도 하였다.

109 소뿔처럼 속마음 통했네 : 원문의 '점서(點犀)'는 서각(犀角)이 서로 비춘다는 말로, 두 마음이 서로 통하는 것을 비유한다. 옛날 온교(溫嶠)라는 사람이 우저기(牛渚磯)라는 물가에 이르러 무소뿔을 태우니, 물속의 괴물들이 환히 보였다고 한다. 《晉書 卷67 溫嶠列傳》

110 적루(籛樓)의 구절 : 조기영이 지은 시 중에 '적루'라는 말이 들어간 명구(名句)를 가리키는 듯한데, 내용은 미상이다.

111 멀리……기뻐했네 : 조기영이 경상도의 밀양 부사(密陽府使), 상주 목사(尙州牧使) 등 외직으로 나간 것을 가리킨다.

나 또한 동쪽으로 유람하여 참된 자취를 찾으니 　我亦東遊尋眞迹

호수 물은 거울 같고 산은 눈 속에 우뚝하였네 　湖水如鏡嶽立雪

백 편의 시는 한갓 많이 얻기를 탐해서인데 　百篇之什徒貪得

남은 풍경은 흐릿하게 바닷가 갈석산[112]에 남았네 　餘光薄薄海上碣

그대의 아름다운 호를 보고 그대의 시를 받드니 　見君嘉號奉君詩

좋은 계절에 두루 황금 가루가 어지러이 날리네 　良辰歷亂黃金屑

어리석은 눈이 인간 세상에서 문득 밝아져 　懵眼忽明人間世

붓을 들고 시 지어 드리며 부끄러움을 꺼리지 않네 　拈筆欲贈不嫌褻

생각건대, 옛날 수공 진승지는[113] 　憶昔秀公陳升之

구월 구일에 태어나 현철한 재상 되었네 　九九維降做賢哲

사상[114]의 부귀는 고금에 관련이 있으니 　使相富貴管今古

향기에 목욕한들 어찌 가을빛이 줄어든 적 있으랴 　漱芳何嘗秋光洩

수명을 늘리시도록 재계하며 장수를 기도하네 　延算齋供祈靈耄

---

112 갈석산(碣石山) : 중국의 하북(河北)이나 열하(熱河)에 있다고 전해지는 산 이름으로, 여기서는 동해 바닷가의 산을 의미한다.

113 수공(秀公) 진승지(陳升之) : 진승지는 송나라 건양(建陽) 사람으로 재상을 지냈으며 수국공(秀國公)에 봉해졌다. 《宋史 卷312 陳升之列傳》

114 사상(使相) : 당송 시대에 공훈이 있는 노대신 또는 덕망이 있는 전직 재상으로 절도사를 겸임한 사람을 일컫는 말이다.

석거가 〈황풍가〉의 운으로 나의 산수 유람을 읊으니[115] 시가 매우 거대한 볼거리가 되었기에 다시 원운으로 화답한다

石居以黄楓歌韻 詠余遊山 詩甚鉅觀 更以原韻和之

나의 성품과 기호가 산수를 좋아하여	此生性癖在山水
해마다 누런 단풍과 국화를 버려둔 적 없었네	年年不虛楓菊黄
금년 중양절에는 설악산에 다녀왔고	今年重九嶽之雪
지난해 중양절에는 금강산에 다녀왔는데	去年重九嶽之霜
자색 기운의 노인이 푸른 소를 타고	紫氣老人騎青牛
강과 바다처럼 받아들이라 곡왕으로 깨우쳤네[116]	江海受盈戒谷王
선을 좋아하면 천하의 선비가 따르지만	喜善歸重天下士
장원의 즐거운 일은 찬황에게 부끄럽네[117]	莊園樂事愧贊皇

---

115 석거(石居)가……읊으니 : 석거는 김기찬(金基纘, 1809~?)의 호로 본관은 청풍(清風), 자는 공서(公緒)이다. 1835년(헌종1) 증광 문과에 급제하여 내외직을 두루 역임하고 벼슬이 참판에 이르렀다. 저서로 《석거집》이 있다. 〈황풍가(黄楓歌)〉는 《가오고략》 책4에 실려 있다. 355쪽 참조.

116 자색……깨우쳤네 : '자색 기운[紫氣]의 노인'이란 노자(老子)를 가리킨다. 옛날에 함곡관(函谷關)을 수비하던 윤희(尹喜)가 함곡관 위에 자줏빛 서기가 서린 것을 관측했는데, 이윽고 노자가 푸른 소[青牛]를 타고 그곳을 지나가므로 그에게 부탁하여 《도덕경(道德經)》을 받았다는 고사가 있다. 《列仙傳 上》《도덕경》에 "강과 바다가 모든 골짜기의 왕이 될 수 있는 까닭은 아래에 잘 처하기 때문이다. 그래서 모든 골짜기의 왕이 될 수 있다.〔江海所以能爲百谷王者, 以其善下之, 故能爲百谷王.〕"라는 구절이 있다. 《道德經 下 66章》

117 장원의……부끄럽네 : 이유원의 정원이 소박함을 말한다. 찬황(贊皇)은 당나라 무종(武宗) 때 재상 이덕유(李德裕)가 살던 곳이다. 이덕유가 일찍이 하남(河南) 낙양

속세의 일 제쳐두고 소매를 떨치고 떠나니	擺却塵臼一袂投
가는 곳마다 광대하여 구름이 치마에 가득하네	到處磅礴雲滿裳
다섯 신선[118]을 따르지 않고 나 홀로 유람하니	不追五仙吾獨游
간혹 붉은 양을 타고 간혹 누런 양을 탔네	或馭紅羊或黃羊
홍색은 사람을 미혹하게 하고 황색은 귀함이 되니	紅堪醺人黃爲貴
홍색 황색 단풍이 알록달록 햇살 아래 찬란하였네	二二色色五五陽
아침에 구슬처럼 흩어지는 수렴동 폭포를 건너고	朝涉珠散瀑垂簾
저녁에 옥처럼 서 있는 중향성을 밟았네	暮踏玉立城衆香
두고[119]와 학사[120]처럼 훌륭한 문장 솜씨 지니고	杜庫郝笥大手筆

현(洛陽縣) 남쪽에 평천장(平泉莊)을 세웠는데, 둘레가 40리이고 기이한 꽃나무와 괴석 등이 어우러져 그 경치가 선경(仙境)과도 같았다 한다.

118 다섯 신선 : 《환우기(寰宇記)》에, 월(越)나라 출신의 고고(高固)가 초(楚)나라에 등용되어 상신(相臣)으로 있을 때, 다섯 신선이 다섯 색깔의 양을 타고 와서 곡식 이삭을 고을 사람들에게 주었으므로 그 고을을 오양성(五羊城)이라 했다는 기록이 있다.

119 두고(杜庫) : '두예(杜預)의 무기고'란 말로, 학식이 넓고 지략이 많은 것을 비유한 말이다. 두예는 진(晉)나라 문신이자 장수로 자는 원개(元凱), 시호는 성(成)이다. 문신이었으나 용병에도 능하여 조정에 재직하던 7년 동안 임금의 정사에 도움이 된 것이 이루 헤아릴 수 없었으므로 조야에서 칭송하면서 '두무고(杜武庫)'라고 불렀다고 한다. 공을 이룬 뒤에 경적(經籍) 연구에만 전심하였는데, 특히 《좌전(左傳)》에 조예가 깊어 《좌씨경전집해(左氏經傳集解)》 등을 저술하였다. 《晉書 卷34 杜預列傳》

120 학사(郝笥) : '학륭(郝隆)의 책 상자'란 말로, 배 속에 지식이 많이 든 것을 가리킨다. 학륭은 진(晉)나라 때의 고사(高士)로, 환온(桓溫)의 남만 참군(南蠻參軍)을 지냈다. 학륭이 일찍이 대낮에 불룩한 배를 내어놓고 드러누웠는데, 어떤 사람이 그 까닭을 묻자 "내 배 속에 들어 있는 서책들을 볕에 쬐고 있다."라고 대답하였다고 한다. 《世說新語 排調》

미불의 상자[121]와 고준지의 누각[122]처럼 절반을 책으로 채워

米廚顧樓半縹緗

거두어서 자루에 넣으니 기운이 드넓어 　　　　　蒐入囊中氣灝灝

바라보면 높은 창고에 곡식을 쌓은 것과 같았네 　望若高廩積稻粱

그대에게 던지노니 하늘 바람으로 씻어서 　　　擲之于君灑天風

명산으로 하여금 한결같이 단장을 하게 만들면 　故敎名山一例粧

지팡이와 나막신이 십여 걸음도 나가기 전에 　筇屐不出三五步

석재의 맑은 창가에 앉아 꽃향기에 물들리라 　石齋晴窓坐漱芳

시를 이어 시를 짓고 문장을 이어 시를 지으니 　以詩爲詩以文詩

당송의 여러 명가들처럼 각기 밝게 드러나네 　唐宋諸家各章章

남한산성은 그대가 어찌 마지막 온 손님이랴[123] 　南漢君何末至客

수락산은 내가 바로 전에 왔던 사람일세[124] 　水落我是前度郎

소년이여 노부의 흥취를 비웃지 마소 　　　　少年莫笑老夫興

성시와 산림이란 각기 어울리는 처지가 있으니 　城市山林有其場

이로부터 문단의 모임에 한 자리를 양보하노니 　從此文會讓一頭

---

121 미불(米芾)의 상자 : 북송(北宋)의 서화가 미불이 항상 배에다 서화(書畫)를 싣고서 강호를 유람했던 '미가선(米家船)'의 고사를 가리킨다.

122 고준지(顧駿之)의 누각 : 남조(南朝) 송(宋)나라의 고준지라는 화가가 일찍이 높은 누각을 지어 화소(畫所)로 삼았는데, 매양 누각에 오를 때면 사다리를 치웠으므로 집안사람들도 얼굴을 보기가 어려웠다고 한다. 《歷代名畫記 卷1》

123 남한산성은……손님이랴 : 남한산성에 이후로도 계속 시인들이 찾을 것이라는 의미이다.

124 수락산(水落山)은……사람일세 : 이유원 또한 전에 수락산을 유람한 적이 있다는 말이다. 원문의 '전도랑(前度郎)'은 떠났다가 다시 온 사람을 말한다.

한유의 글을 유종원이 읽듯이 장미 향수로 손을 씻으리[125]

韓作柳讀露盥薔

시축 말미에 이름을 적어 부기를 이룸에[126]　　　軸尾題名附驥已

나를 버리지 않고 화답해주어 산인이 광채가 나니　不遺而和山人光

산인의 상자 속에 여덟 편의 시는　　　　　　　山人篋裏詩八篇

흡사 절간에서 옥대를 보관하는 것과 같네　　　勝似僧門玉帶藏

무릉도원의 산은 궁벽하여 둘레가 백 리인데　　武陵山僻周百里

파사의 시장이 열리니 하늘 한쪽 구석일세[127]　波斯市開天一方

저울 눈금을 드니 경중이 이미 판별되고　　　　輕重已判星秤懸

구리거울 휘황하니 추녀와 미녀가 도망치기 어려워라

醜姸難逃銅鏡煌

뜻 속의 산과 바다가 궤안에 있으니　　　　　　有意山海在几案

백발에 세월이 빠르다고 탄식하지 마소　　　　白髮休歎歲月忙

산속 살림의 있고 없고는 관심사가 아닌데　　　山資有無非關心

온갖 일에 매몰되어 한가할 틈도 없네　　　　　萬事涅汨沒暇遑

한숨 쉬고 탄식하는 인간 세상에　　　　　　　噓息呴嚅人間世

---

125 한유(韓愈)의……씻으리 : 김기찬의 시를 이유원이 받아서 공손히 읽는다는 의
미로 보인다. 한유가 시를 지어 보내면 유종원이 장미로에 먼저 손을 씻고 옥유향을
피운 뒤에 읽었다고 한다. 《雲仙雜記 卷6 大雅之文》

126 시축……이름에 : 김기찬이 지은 훌륭한 시축에 이유원이 이름을 적어 함께 유명
해진다는 의미이다. 부기(附驥)는 파리가 준마(駿馬)의 꼬리에 붙어 천 리를 갈 수
있듯, 이름난 명사에 의지해 덩달아 명성을 얻는 것을 뜻한다. 《史記 卷61 伯夷列傳》

127 파사(波斯)의……구석일세 : 김기찬이 보내준 시가 다채로워 파사, 즉 페르시아
의 시장에 보물을 벌여놓은 것처럼 찬란하다는 말이다.

좁쌀 같은 한 몸이 만경창파에 떠 있네   一身如粟萬頃洋

어느 날에나 군과 더불어 세상밖에 노닐까   何日與君游物外

뜬구름 인생의 달콤한 꿈은 밤도 끝나지 않았네   浮生酣夢夜未央

강가의 물오리는 스스로 오고 가며   江上鳧鴈自去來

일찍이 동쪽 언덕만을 고수한 적이 없는데   未嘗膠固守東岡

산수의 묵은 빚은 얼마나 갚았는가   山水宿債償幾分

다만 근력이 늘 왕성하기만 바란다네   但願筋力長康强

나는 이미 나를 잊었으나 산만은 잊지 못하여   我已忘我山不忘

병이 푸른 체증이 되어 초당에 누웠는데   病入碧痞臥草堂

기이한 승경과 장쾌한 관람이 어디에 있으려나   奇聞壯觀何處是

내 수레에 기름을 쳤고 내 말은 준마이건만   我車膏兮我馬良

청컨대 군이 평소의 뜻을 이루고자 하거든   請君欲遂平生志

평소 자잘한 근심 걱정일랑 생각하지 마시오   平生勿存細思量

차자를 올려 겸직에 대한 해직을 청하였는데 퇴계원에 이르러 비답을 받고 불암사에 투숙하다[128]

陳箚乞解兼務 到退溪院承批 投宿佛巖寺

일 년에 몇 번이나 동쪽 산을 지났나   一年幾度過東山

승려나 속인이나 얼굴을 모르는 사람이 없네   僧俗無人不識顏

열 줄의 비답을 초가 주막에서 받들고   十行祇承草店畔

한밤중에 절집 사이에서 유숙하게 되었네   半宵投宿梵宮間

자는 새는 익숙히 만난 사람의 뜻을 알아채고   幽禽會意逢人慣

가는 비는 한가로운 나그네에게 다정스럽네   細雨多情淹客閑

안개 헤치고 시골로 가는 길을 찾으니   霧罷將尋鄉社路

관직을 사직한 이날이 기뻐 가볍게 돌아가네   辭官此日喜輕還

지난 일은 경황없이 흘러가 한바탕 꿈과 같으니   往事恩恩一夢同

공명에 몸이 매였던 영웅이 몇 사람이런가   功名束縛幾英雄

삼백오 편의 《시경》에서 누가 바다를 보았던가   百三五詠誰觀海

마흔여덟 암자가 모두 동쪽에 있었네   四十八庵皆在東

---

128 차자를……투숙하다 : 이유원이 1872년(고종9) 10월 18일에 차자(箚子)를 올려 늙고 병이 들어 직무를 돌아보지 못하므로 제반 제조(提調)에서 해직시켜 달라고 요청하였는데, 고종이 군자(軍資)와 무고(武庫)의 겸직에 대해 면직을 허락하였다. 이유원이 불암산 불암사에 투숙한 것은 차자를 올린 18일 밤이다. 《承政院日記》《林下筆記 卷35 薛荔新志》

늙기 전에 한가로우니 은퇴한 선비의 시요 未老方閑退士句

먼저 근심하고 나중 즐거워하니 고인의 풍도로다 先憂而樂古人風

어느덧 날아와 쌓인 눈을 모두 밟고 지나니 居然踏破飛殘雪

가을 산에 붉은 단풍만 있는 것이 아니로다 不獨秋山萬葉紅

소천 숙부님의 회갑날에 제사를 모시는 아들이 차례를 행한다기에 듣고서 시를 지어 추모하는 심정을 기록하다

紹川叔丈回甲 祀子行茶禮 聞而有作 以志追感

공께서 떠난 후로 세월이 이십 년 흘러	公去光陰度卅春
우리 가문의 운수가 막힌 인(寅)년을 다시 만났네	吾門運否歲丁寅
오호라, 어느 곳에서 선인의 덕을 추모하랴	於戱何地追先德
쓸모없이 밝은 시절에 이내 몸만 늙었도다	無用明時老此身
서리와 이슬에 응당 종자의 느꺼움이 깊을 텐데	霜露應深宗子感
산양의 그리움[129] 또한 집안의 친지에게 남았도다	山陽亦在一堂親
자손이 줄지어 있어 차마 떠나지 못하리니	兒孫羅列不容舍
순포[130]인들 어찌 집안의 조촐한 제수를 꺼리랴	筍脯那嫌家供貧

---

129 산양(山陽)의 그리움 : 세상을 떠난 벗을 생각하는 것을 말한다. 삼국 시대 위 (魏)나라 혜강(嵇康)과 여안(呂安)이 사마소(司馬昭)에게 살해된 뒤, 그들의 친구인 상수(向秀)가 혜강이 살던 산양 땅을 지나다가 이웃집에서 들려오는 피리 소리를 듣고는 옛 추억을 떠올리고 슬퍼하며 〈사구부(思舊賦)〉를 지었던 고사가 있다. 《晉書 卷49 向秀列傳》

130 순포(筍脯) : 죽순(竹筍)을 쪄서 말렸다가 요리한 음식을 말한다.

산중의 식사
山飯

평소 소식을 하며 남들에게 비웃을 당하니	生平餐素爲人咍
달고 신 음식을 역하게 느낀 것이 여러 차례였네	厭識甘酸間幾回
기름에 튀긴 다시마는 거북 껍질처럼 졸아들었고	海帶油泡龜版縮
간장에 절인 산나물은 용문산에서 온 것이네	山蔬醬裹龍門來
팔진미인들 창자 밖을 벗어난 것 아니니	八珍不出包囊外
삼효[131]가 이로부터 비린 위를 깨워주리라	三晶從知腥胃開
경세제민과 선가의 삶은 각기 길이 있으니	經濟禪家自有道
국 맛을 맞추는데 어찌 염매를 넣어야 하랴[132]	和羹焉用下鹽梅

---

131 삼효(三晶) : 흰 빛깔의 세 가지 조촐한 음식을 말한다. 송나라 전목부(錢穆父)가 편지를 보내 소식(蘇軾)을 초대해 효반(晶飯)을 대접하겠다고 하였는데, 소식이 가보니 쌀밥 한 그릇, 무 반찬 한 접시, 맑은 국 한 그릇뿐이었다. 흰 빛깔의 음식이 세 가지라서 효(晶)라고 한 것이었다. 《高齋漫錄》

132 국……하랴 : 훌륭한 재상이 되는 것만이 능사가 아니라는 의미이다. 《서경》〈열명 하(說命下)〉에 은(殷)나라 고종(高宗)이 부열(傅說)을 정승에 임명하면서 말하기를 "만약 내가 술을 만들거든 그대가 누룩의 역할을 해주고, 내가 국을 끓이거든 그대가 소금과 매실의 역할을 해주기 바란다.〔若作酒醴, 爾惟麴蘖, 若作和羹, 爾惟鹽梅.〕"라고 한 말이 있다.

건도인의 시에 차운하다
次蹇道人韻

문을 나서 세월을 허비함을 크게 웃으니	出門大笑費流光
누가 어둠을 헤매며 담장을 마주하고 섰는가[133]	冥擿何人正面墻
운수가 어그러져 일마다 모두 기휘에 저촉되고[134]	數蹇尋常皆觸諱
나이 들어 쇠해지니 병에 걸리지 않는 곳이 없네	年衰無處不侵痒
몸이 진출하여 한창 행할 때엔 여유가 만만하더니	立身中道恢餘地
고개를 돌려 서산을 보니 저녁해가 쉬이 저무네	回首西山易夕陽
한 권의 《남화경》을 일찍이 읽었나니	一部南華嘗讀了
그대는 물고기 토끼를 잊었건만 나는 양을 잊었네[135]	君忘魚兔我忘羊

133　누가……섰는가 : 자신이 어둠 속을 헤매는 사람처럼 꽉 막혔다는 의미이다. 원문의 '명적(冥擿)'은 맹인이 지팡이로 땅을 짚으면서 길을 찾는 것을 말하는데, 양웅(揚雄)의 《법언(法言)》 〈수신편(修身篇)〉에 "맹인이 지팡이로 땅을 짚으면서 길을 찾아다니는 것과 같을 뿐이다.〔擿埴索塗, 冥行而已.〕"라고 한 말에서 유래하였다. '담장을 마주하고 섰다'는 것은 공자가 아들 백어(伯魚)에게 "사람으로서 〈주남〉과 〈소남〉을 배우지 않으면 바로 담장을 마주하고 선 것과 같다.〔人而不爲周南召南, 其猶正牆面而立也與.〕"라고 한 구절에서 유래하였다. 《論語 陽貨》

134　운수가……저촉되고 : 한유(韓愈)의 〈송궁문(送窮文)〉에 "손을 비틀어 국그릇을 엎게 만들고, 목을 놀리면 남이 꺼리는 일을 들추어내게 만들기도 한다.〔振手覆羹, 轉喉觸諱.〕"라고 하여 궁귀(窮鬼)의 소행을 묘사한 구절이 있다.

135　한 권의……잊었네 : 상대방은 목적을 이뤘으나 자신은 지향을 잃었다는 의미로 보인다. 《남화경(南華經)》은 《장자(莊子)》의 별칭이다. '물고기와 토끼'는 《장자》 〈외물(外物)〉에 "통발은 고기를 잡는 것인데 고기를 잡고 나면 통발은 잊어버리고, 올가미는 토끼를 잡는 것인데 토끼를 잡고 나면 올가미는 잊어버린다.〔筌者所以在魚, 得魚而

忘筌, 蹄者所以在兎, 得兎而忘蹄.]"라고 한 데서 온 말이다. '양을 잊었다'는 것은 《장자》〈변무(駢拇)〉의 "장(臧)은 책을 읽다 양을 잃어버리고 곡(穀)은 노름을 하다가 양을 잃어버렸으나, 양을 잃어버린 것은 모두 똑같다."라는 구절에서 온 말이다.

스스로를 조소하다[136]

自笑

옛날의 건강하던 몸을 어루만져보니	按摩昔日健强軀
절반은 닭 가죽 같고 절반은 학처럼 메말랐네	一半鷄皮半鶴癯
오줌을 누면 멋대로 흘러 바지 밑이 젖고	放溺橫奔袴底濕
밥을 먹으면 어지럽게 흘려 밥상머리가 지저분하네	對飱亂落案頭黸
어찌하다 네 모습이 이와 같이 되었는고	胡爲爾狀如斯否
인생이 글러버린 것을 애잔하게 웃노라	堪笑人生已矣乎
애석해라, 방에 들어앉은 여러 여인네들은	嗟亦室中諸侍御
고운 얼굴만 공연히 늙어 촌 할멈이 되어가네	紅顏空老作村姑

---

136 스스로를 조소하다 : 1872년(고종9)경에 지은 시로 추정된다. 이유원이 어느 날 오줌을 누다가 실수로 옷을 적시게 되었는데, 가동(家僮)에게 옷을 불에 말리게 하고 자신은 이불을 둘러쓴 채 앉아서 스스로를 조소하는 시를 불러주어 쓰게 한 것이라고 한다. 원문의 '차역(嗟亦)'이 《임하필기》에는 '가석(可惜)'으로 되어 있다. 《林下筆記 卷35 薛荔新志》

임하려에서 《임하필기》의 초고를 완성할 즈음에 호위대장에 임명되었다는 명을 듣고 벼루를 밀치고 읊다[137]
林下盧 草成筆記 聞扈衛大將之命 推硯有吟

사람 소리와 말 울음소리로 골목 앞이 시끄러우니	人語馬聲鬧巷前
글짓기가 끊겨서 완성을 보지 못하네	著書間斷未成全
산중재상이 산중장수가 되어	山中相作山中將
임하려에서 《임하필기》 짓던 붓을 멈추네	林下筆停林下編
일삼으면 어느 것이나 소일하는 법이 되나니	有事無非消遣法
이 몸이 그 때문에 오고 가는 이유라네	此身底箇去來緣
뜬구름 인생의 정해진 운수를 어찌 굳이 물으랴	浮生有定何須問
벼슬살이나 산중 생활이나 하늘에 맡길 뿐이네	鍾鼎山林一聽天

---

137 임하려(林下盧)에서……읊다 : 이유원이 호위대장에 의망된 것은 1872년(고종9) 10월 30일이다. 1872년에 쓴 정기세(鄭基世)의 서문에 의하면 《임하필기(林下筆記)》가 11개 항목에 34편(編)이라고 하였는데, 이유원이 이때 《임하필기》의 기본 골격을 완성한 것으로 보인다. 실제 완성본 《임하필기》는 윤성진(尹成鎭)이 《임하필기》의 발문을 쓴 1884년(고종21)으로 추정되며, 16편(編) 39권으로 구성되었다. 《承政院日記》《林下筆記 解題》

경창의 아들 보영이 과거에 급제하여 석파공이 시로 축하를 하기에 내가 그 시에 차운하여 지었다[138]

景昌子輔榮登第 石坡公以詩賀之 余依韻屬之

고불[139]께서 후생이 두렵다고 칭찬하시더니	古佛之稱畏後生
어느덧 값이 치솟아 수중의 보옥이 되었네	居然繁價手中瓊
낙양의 눈에 누웠다고[140] 그대는 탄식하지 마오	臥雪洛陽君莫歎
끝내 잔약한 후손이 아름다운 명성 이루게 되리	終敎弱植飮香名

138 경창(景昌)의······지었다 : 1873년(고종10)에 지은 시이다. 경창은 이유응(李裕膺, 1817~1874)의 자(字)로 본관은 경주(慶州), 호는 단농(丹農), 시호는 효정(孝靖)이다. 1843년(헌종9) 문과에 급제하여 내외직을 두루 역임하고 벼슬이 형조 판서에까지 올랐다. 이유원과는 5대조에서 갈린 지친이다. 이보영(李輔榮, 1854~?)은 자가 좌성(左星)으로 1872년(고종9) 11월 감제(柑製)에 입격하였고, 1873년 3월 15일 식년 문과에 급제하였다. 석파공(石坡公)은 흥선대원군(興宣大院君) 이하응(李昰應, 1820~1898)을 가리킨다.

139 고불(古佛) : 흥선대원군 이하응의 별호로 보인다.

140 낙양(洛陽)의 눈에 누웠다고 : 곤궁한 생활을 가리키는 말이다. 후한(後漢)의 명재상 원안(袁安)이 벼슬길에 나가기 전에 일찍이 낙양에 큰 눈이 내려 낙양 영(洛陽令)이 몸소 나가 민가를 순행하게 되었다. 다른 집들은 다 눈을 치웠는데 원안의 집 문밖에는 사람이 다닌 흔적이 없으므로, 원안이 이미 굶어 죽은 줄로 알고 사람을 시켜 눈을 치우고 문을 열어 살펴보니, 원안이 꼼짝도 않고 누워 있었다고 한다.

이보영에게

屬輔榮

끝나지 않은 음덕에 늦게 태어난 몸으로	不食餘陰暨晚生
우리 집안에 한 줄기 옥 가지가 빼어나네	吾家挺出一枝瓊
화려한 말 장식에 이금첩을 준비하였으니[141]	錦韉準備泥金貼
학술이 장차 어찌하면 그대 이름에 부합하랴	學術將何副爾名

141 화려한……준비하였으니 : 이금첩(泥金帖)이란 금가루로 장식한 서신으로, 대
과에 급제하는 것을 가리킨다. 당나라 때 새로 급제한 사람이 집으로 보내는 편지에
이금첩을 첨부해서 급제 소식을 전하던 데서 온 말이다.

산중 생활
山居

집이 심심산골 적막한 마을에 있어	家在深山寂寞村
다리 앞 흐르는 물이 사립문을 감고 도네	橋前流水抱衡門
끊긴 고개에 구름이 머무니 마음에 기쁘고	雲留斷嶺堪怡悅
빈 뜨락에 달이 비추니 홀로 잠에서 깨네	月到空庭獨寤言
바람 속에 찻물 끓이면 소리를 구별하기 어렵고	風裏茶鳴難辨響
눈 속에 매화꽃 떨어지니 전혀 흔적이 없네	雪中梅落渾無痕
이 몸이 저절로 맑고 한가로운 노인 되었으니	此身自作淸閑老
평소 뜻이 본래 세상의 번뇌를 싫어함이 아니라네	素志元非厭世煩

장평자의 〈사수시〉 형식을 모방해 짓다[142] 2수

效張平子四愁詩體 二首

내가 생각하는 님이 하늘 저쪽에 계시니 　　　　我所思兮天一方
따라가고자 하나 길이 아득히 멀어 　　　　　欲往從之路蒼茫
몸 돌려 북쪽을 바라보니 내 마음 상하도다 　側身北望我心傷
미인이 나에게 아름다운 비단옷을 주니 　　　美人遺我雲錦裳
어떻게 보답하리오, 한 쌍의 원앙이로다 　　何以報之雙鴛鴦
옥돌로 지은 누각이 서늘하기 그지없으나 　　瓊樓玉宇不勝凉
사랑함에 보이지 않아도 내가 어찌 잊을쏜가 　愛而不見俾也忘

내가 생각하는 님이 북두성을 의지하시니 　　我所思兮倚北斗
따라가고자 하여 자주 고개를 들고 　　　　　欲往從之頻翹首
몸 돌려 멀리 바라보고자 높은 언덕을 오르네 　側身遠望登高阜
미인이 나에게 황금 술잔을 주시니 　　　　　美人遺我黃金卮
어떻게 보답하리오, 한 쌍의 옥끈이로다 　　何以報之雙玉綬
몸에서 떼어놓지 않고 늘 손에 쥐고서 　　　不去于身長在手
만 겹의 구름 산속에 하릴없이 홀로 지키네 　雲山萬疊空自守

142 장평자(張平子)의……짓다 : 장평자는 후한(後漢) 때의 문인인 장형(張衡)을 가
리키며, 평자는 그의 자(字)이다. 장형이 일찍이 하간왕(河間王)의 재상으로 있으면서
시국을 몹시 근심한 나머지 〈사수시(四愁詩)〉를 지어서 스스로 우수와 번민의 심정을
토로하였다. 장형의 사수시는 '我所思兮'로 시작되는 6구씩 4수의 시로 되어 있는데
태산(太山), 계림(桂林), 한양(漢陽), 안문(雁門)을 각각 읊었다.

괴조 소리
怪禽言

괴조, 괴조가 사람의 귀를 놀래니	怪鳥怪鳥駭人聽
조용한 계곡에 새소리만 흐르고 온 산은 푸르네	谷靜聲流萬山靑
혀끝에서 아양 떨며 교묘한 목소리 다투는데	舌端婭姹爭巧轉
누가 부서진 쇠 방울 소리와 구별할 수 있으랴	有誰解得碎金鈴
산인이 팔을 베고 자다가 놀라 깨어보니	山人驚罷曲肱眠
새소리만 들릴 뿐 모습은 보이지 않고	只聞其聲不見形
우우, 짹짹, 다시 찍찍거리다	嗷嗷嘖嘖復唧唧
오롱, 조로롱 청신하게 울리네	嘲哳柔哴喚惺惺
새로구나, 새로구나	鳥矣乎鳥矣乎
스스로 성령대로 살아감을 자랑하여	自詫其■以性靈
봉황이 울고 학이 우는 것을 조소하고	嗤笑鳳嘻與鶴唳
고니가 서고 난새가 멈춘 것을 흘겨보도다	睨視鵠峙而鸞停
바다의 물고기가 바람을 타니 무엇을 위함인가	海魚搏風胡爲爾
아득히 날개를 드리우고 북쪽 바다에서 날도다[143]	遙遙垂翼飛北溟
하늘의 기러기가 순풍을 만나니 무엇을 위함인가	逢鴻順風胡爲爾
엄숙하게 왕의 조정에서 본보기가 되도다[144]	肅肅羽儀于王庭

---

143 바다의⋯⋯날도다 : 남아가 뜻을 얻어 활약하는 것을 봉황이 9만 리를 나는 데
비유한 것으로, 《장자(莊子)》〈소요유(逍遙遊)〉에 나오는 말이다.

144 하늘의⋯⋯되도다 : 신하가 임금의 인정을 받아 높이 벼슬하는 것을 비유한 말이
다. 원문의 '우의(羽儀)'는 높은 지위에 있으면서 재덕(才德)을 갖추어 사람들에게 존숭

새가 날개 치고 물고기가 헤엄쳐도 헛된 일이라	翼乎沛乎徒爲爾
하릴없이 희씨,[145] 장자, 노자의 경을 읽노라	謾讀羲氏莊老經
괴조가 울도다, 괴조가 울도다	怪鳥鳴兮怪鳥鳴
울고 울며 산수 사이를 떠나지 않도다	鳴鳴不離山水局
두세 차례 우는 소리는 오흥의 계곡이고[146]	鳴聲三兩吳興澗
오르내리며 우는 소리는 구양수의 정자로다[147]	鳴聲上下歐陽亭
소리마다 솜씨를 뽐내 기괴하기 짝이 없으니	聲聲技癢百般詭
절반의 뜬구름 인생이 꿈에서 깨지 못했네	一半浮生夢未醒
눈 오는 날 새는 울지 않고 소나무 사립이 닫히니	雪天不鳴松扉掩
동파거사의 깨달음이 정녕 참되도다[148]	東坡居士悟丁寧
연꽃 핀 못에 홀로 울며 비단 장막 격하였으니	荷塘獨鳴紗廚隔
표성 사공이 전형을 묘사하였네[149]	表聖司空描典型

받고 본보기가 될 만하다는 뜻이다. 《주역》〈점괘(漸卦) 상구(上九)〉에 "기러기가 공중에 점차 나아가니, 그 깃이 의법이 될 만하니, 길하다.〔鴻漸於逵陸, 其羽可用爲儀, 吉.〕"라는 구절이 있다.

145 희씨(羲氏) : 전설상의 제왕인 복희씨(伏羲氏)로, 《주역》의 팔괘(八卦)를 처음 그었다고 한다.

146 두세……계곡이고 : 전고는 미상이다.

147 오르내리며……정자로다 : 북송의 구양수(歐陽脩)가 지은 〈취옹정기(醉翁亭記)〉에 "나무 그늘이 어둑해짐에 새가 오르내리며 우는 것은, 노닐던 사람이 떠남에 새들이 즐거워하는 것이다.〔樹林陰翳, 鳴聲上下, 遊人去而禽鳥樂也.〕"라는 구절이 있다.

148 눈……참되도다 : 소식(蘇軾)의 〈변재대사의 백운당 벽에 쓰다〔書辯才白云堂壁〕〉라는 시에 "맑은 새벽에 소나무 사립을 두드리니, 도리어 오래도록 돌아가지 않은 지공을 만났네. 산새는 울지 않고 하늘에 눈이 오려는데, 주렴을 걷고 흰 구름 나는 것만 바라보네.〔不辭淸曉扣松扉, 却値支公久不歸. 山鳥不鳴天欲雪, 卷簾惟見白雲飛.〕"라는 구절이 있다.

원운곡이 산양적과 나란히 울리니[150]　　　　　元雲曲幷山陽笛

맑고 청량한 음률이 빈 난간을 감도네　　　　　淨瀉瀏亮遶虛欄

내가 너에게 화답하고자 하나 배울 수가 없어　　我欲和爾學不得

한 소리를 겨우 잇자 한 소리가 사라지네　　　　一聲纔續一聲零

높은 당 위에서 탄식하며 생각이 아득해져　　　欷息高堂思悠悠

산중의 나막신을 벗고서 바다의 배를 타고 싶네　欲卸山桐駕海舲

물새가 놀란 듯 급한 여울로 달아나니　　　　　水禽若啞急灘奔

영롱한 네가 화려한 날개를 고름이 사랑스럽네　憐爾玲瓏刷錦翎

격렬한 소리로 세상 사람에게 괴조가 될지언정　寧爲聲激世人怪

허위를 가장하여 아리따움을 꾸미게 해선 안 되리　莫敎虛僞餙嫂婷

그대는 보지 못하는가, 벽계옹[151]이 푸른 시내에 서니

　　　　　　　　　　　君不見碧繼翁立碧溪上

평생의 마음과 일이 빗속에 어둑해지는 것을　　平生心事雨冥冥

---

149 연꽃……묘사하였네 : 표성 사공(表聖司空)은 당나라 시인 사공도(司空圖)를 가리키며 표성은 그의 자(字)이다. 사공도의 〈왕관곡[王官]〉이란 시에 "연못에 안개 덮이고 작은 집이 비니, 풍경은 모두 그림에 들어갈 만하네. 온종일 찾는 이 없어 높이 누우니, 한 쌍의 백조만이 비단 휘장을 격하였네.[荷塘煙罩小齋虛, 景物皆宜入畫圖. 盡日無人只高臥, 一雙白鳥隔紗廚.]"라는 구절이 있다.

150 원운곡(元雲曲)이……울리니 : 원운곡은 서왕모(西王母)가 시녀 안법영(安法嬰)을 시켜 부르게 한 곡조인데, 내용은 미상이다. 《御定淵鑑類函 卷185 樂部 歌2》 산양적(山陽笛)은 친하게 지내다 세상을 떠난 벗을 추억하며 슬픔에 잠기는 것을 말한다. 393쪽 주130 참조.

151 벽계옹(碧繼翁) : 백로(白鷺)의 별칭이다. 당나라 유도(劉慸)의 《수훤록(樹萱錄)》에, 벽계옹과 황서수(篁棲叟)가 경호(鏡湖)에서 대화를 나누다가 백로로 변하여 날아갔다고 백로를 의인화한 내용이 있다.

고수행
枯樹行

길옆에 나무 한 그루가 있어	道傍有一樹
덮은 그늘이 화려한 일산 같은데	覆陰似華蓋
위의 가지는 희위씨[152]에 통하고	上枝通豨韋
아래 가지는 높은 태산과 연달았네	下枝連巖泰
서늘한 비가 무더위를 몰아내고	凉雨驅溽暑
맑은 바람이 찌든 먼지를 쓸어내니	清風掃坋壒
사계절 푸른 잎이 우거져	四時蒼葉茂
늘 무성한 이 모습을 사랑하네	愛此長蓊藹
오고 가는 행인이 많아	去來行人多
몸을 굽혀 여행의 짐을 부려놓으니	傴僂稅征斾
날이 가고 다시 세월이 흘러감에	日日復日日
잡다하게 크고 작은 사람이 모여드네	襍還集小大
백발 노부는 얼굴빛이 언 배와 같고[153]	白髮老夫梨
홍안의 소녀는 머릿결이 쑥과 같으며	紅顏少女艾
참새 걸음으로 따라 뛰는 아이며	追逐雀步兒
누더기 옷으로 비틀거리는 거지라	彳亍鶉衣丐

---

152 희위씨(豨韋氏) : 중국 고대 제왕의 이름이다. 《장자》〈대종사(大宗師)〉에 "희위씨는 도를 얻어 천지를 손에 쥐었으며, 복희씨는 도를 얻어서 기의 근원을 취했다.〔豨韋氏得之, 以挈天地, 伏戲氏得之, 以襲氣母.〕"라는 구절이 있다.

153 백발……같고 : 장수를 누리는 사람들을 가리킨다. 359쪽 주48 참조.

귀인도 없고 천인도 없이	無貴而無賤
쉼 없이 다니는 길이 통하였네	役役行道兌
나무가 사람을 불러 쉬게 함이 아니라	樹非邀人憩
사람이 쉬면서 누구나 도움을 받네	人憩無非賴
나무를 입으로 전하지 않는 사람이 없어	無人不傳呼
백 년 동안 소문으로 유명해졌네	百年飽炙膾
한 번 전하고 두 번 전하는 사이에	一傳二傳間
바람이 대나무에 부는 것과 같아	如風送竿籟
짐을 지고 손을 이끄는 사람들이	荷擔提挈者
간혹 한 사람이라도 모를까 두려워하네	或恐一人昧
짧은 사이에 온 나라 사람이 아니	片時國人知
역말이 아니라도 만남을 기약하지 못하랴	非郵不期會
가련해라, 빼어난 재목으로 태어나	可憐自生材
사람에 시달려 점점 쇠락해가더니	惱人凋漸汰
해가 지날수록 더욱 황량해져	年積愈荒凉
나무 중에 가장 시들어갔네	衰煞木中最
이슬 꽃은 다시 적셔주지 못하고	露華不能濡
햇살도 더 머물지 못하여	日光不能帶
어느덧 한 그루 고사목이 되니	奄成一枯楂
가지며 잎이 옛날의 무성함이 아니었네	枝葉非舊薈
운수가 끝나니 영박으로 돌아갔고[154]	運訖歸嬴博

---

154 운수가……돌아갔고 : 타향에서 죽어 장사 지낸다는 말이다. 영박(嬴博)은 춘추 시대 제(齊)나라의 두 읍인 영읍(嬴邑)과 박읍(博邑)이다. 춘추 시대 오(吳)나라 공자

운명이 곤궁하니 진채에서 곤액을 당하였네[155]　　　命屯厄陳蔡

쇠약해짐이 사람이 공격한 것이 아니지만　　　銷鑠非人攻

수척해짐이 사람으로 인해 해를 입었네　　　索莫因人害

이로부터 사람들이 돌아보지 않으니　　　從此人不顧

어느 곳에서 난새 소리가 울릴까　　　何處鸞聲嘅

수놓은 비단 걸던 일 적막해지고　　　寂寞掛錦繡

패옥을 놀리던 자들도 가물가물하네　　　依俙玩寶貝

아, 뉘라서 능히 잘 가꾸랴　　　嗟誰肯培植

오래지 않아 저절로 거꾸러지리　　　非久自顚沛

부귀는 장구한 계책 아니어서　　　富貴非長計

뒤엎어지면 어찌할 도리가 없다네　　　翻覆可無奈

몸이 파리해진 것은 땅이 길러줌을 잊어서이고　　　身瘠忘坤育

마음이 재가 된 것은 하늘의 은택을 잊어서이니　　　心灰忘天霈

나무로 보면 한갓 슬픈 일이지만　　　樹則徒悲傷

사람으로 보면 어찌 낭패가 아니랴　　　於人豈狼狽

말을 많이 함이 참으로 두려우니　　　多言誠可畏

좋은 말과 나쁜 말을 밖으로 내지 않아야 하네　　　好莠不出外

천고의 곡부의 사당에　　　千古曲阜廟

무성했다 시든 한 그루 노송나무 있어　　　榮枯一株檜

(公子) 계찰(季札)이 제나라로 사신을 갔다 돌아오는 도중에 그 장자가 죽어 영읍과 박읍 사이에 장사 지낸 일이 있었다. 《禮記 檀弓下》

155 운명이……당하였네 : 공자가 진(陳)과 채(蔡) 사이에서 포위를 당하여 식량이 떨어지자 따라온 사람들이 배가 고파 일어나지 못하였는데, 공자는 태연히 강송(講誦)하며 거문고를 탔다고 한다. 《史記 卷47 孔子世家》

우뚝 솟아 신령한 기운이 모여   卓立靈氣鍾

지금까지 그림으로 전해오네[156]   至今傳圖繪

우습구나, 너를 어찌 족히 언급하랴   笑爾何足道

한 줌에도 차지 않도다   不滿一小藂

모진 뿌리는 오히려 땅에 서렸으니   頑根猶蟠地

어느 날에 봄 아지랑이가 돌아올까   何日迴春靄

호호탕탕 은혜의 파도가 퍼지면   浩湯恩波覃

꽃이며 돌피까지 넓고 깊게 적셔주리   花稊湛汪濊

어찌하면 강개한 선비가 있어   安得慷慨士

너를 향해 한 동이 술을 권하랴   向他一樽酹

---

156 천고의……전해오네 : 이유원의 외숙 이탄재(履坦齋) 박기수(朴綺壽)가 1816년
(순조16) 10월 24일에 동지사의 서장관이 되어 연행을 다녀오면서 구해온 〈궐리회수도
(闕里檜樹圖)〉를 가리키는데, 〈궐리고회도(闕里古檜圖)〉라고도 한다. 《임하필기》 권30
〈춘명일사(春明逸史) 회수도설(檜樹圖說)〉에, 중국 사람으로부터 〈궐리회수도〉를 받
았다는 내용이 보인다. 또 공자가 심은 궐리(闕里)의 회나무가 오랜 세월에 걸쳐 세상의
치란(治亂)에 따라 시들었다가 다시 살아났던 과정을 기록한, 〈궐리회수도〉에 붙인
기문(記文)을 함께 소개하였다. 《嘉梧藁略 冊2 闕里古檜圖》

산재에 홑잎 홍매화를 기르게 되었으니 바로 월사 선생 사당 앞에서 나온 종자이다.[157] 기뻐서 한 수를 읊다

山齋貯單葉紅梅 乃月沙先生廟前遺種也 喜吟一詩

이름난 정승의 사당 앞 매화 한 그루가	名相廟前一樹梅
백 년 동안 붉게 핀 꽃이 다하지 않아	百年不盡點紅開
맑은 향기는 온 동방에 가득 퍼져 있고	淸香遍滿東方在
기이한 종자는 오히려 만 리까지 전해오네	奇種猶傳萬里來
시인들이 새로 시를 지어 자주 읊조렸기에	韻士新詩頻諷詠
산속 서재에 근래 기꺼이 옮겨 심었는데	山齋近日好移栽
모지라진 종이에 참으로 화사를 쓰고 싶으니	殘縑政欲題花史
향기 뿜내는 다른 꽃들은 감히 시기하지 못하리	凡卉芬芳莫敢猜

---

157 월사(月沙)……종자이다 : 월사 이정귀(李廷龜)가 중국에서 단엽홍매(單葉紅梅)를 가지고 와 사당 앞에 심었는데, 이 종자가 나라 안에 두루 퍼져서 사당의 나무가 이미 말라 죽었는데도 사람들은 단엽홍매를 보면 '월사매'라 하였다고 한다. 《林下筆記 卷32 旬一編 月沙梅》

봄 매화를 슬퍼하다

悲春梅

사람들은 눈 속에 핀 매화만 사랑하고	人愛雪中梅
봄날에 피는 매화는 사랑하지 않네	不愛春日開
꽃은 그 시절을 알건만	花則知其時
사람은 재배한 것만 기이하게 여기네	人則異其栽
매화가 모든 꽃보다 일찍 피어나니	早開頭百花
봄기운이 이미 절로 돌아오건만	春氣已自回
사람들은 때아닌 향기 보려고	人以非時香
부질없이 갈고로 재촉하네[158]	徒事羯鼓催
봄바람은 사람의 힘이 아니어서	春風不人力
가지마다 꽃눈이 다투어 맺히면	枝枝爭胚胎
꽃은 눈 속이어야 기이한 것 아니고	花不雪中異
사람은 눈 속에서만 찾아오는 것 아니라네	人不雪中來
모란은 부귀를 독차지하고	牧丹擅富貴
고운 살구꽃은 붉은 뺨을 빼앗으니	嬌杏奪臉腮
가소롭다, 번화한 집 자제들이	可笑繁華子
어찌 외로운 매화꽃을 찾으려 하겠는가	肯與孤鸞媒

---

158 갈고(羯鼓)로 재촉하네 : 갈고는 만족(蠻族)이 사용하던 북의 일종이다. 당나라 현종(玄宗)이 2월에 상원(上苑)에서 노닐 때 장사들을 시켜서 갈고를 쳐 꽃이 빨리 피도록 재촉했더니, 과연 꽃봉오리가 빨리 벌어졌다는 고사가 있다. 《開元天寶遺事》

해는 따스한데 꽃만 절로 냉랭하니   日暖花自冷

그저 시인의 슬픔만 자아내네   堪作詩人哀

강물 속 바위
江中石

그대는 보지 못했는가, 큰 강 속에 홀로 선 바위가

君不見大江之中特立石

노한 파도가 하늘에 닿아도 굳게 움직이지 않음을　怒濤接天頑不動

물이 흐름이여, 흘러가서 쉬지 않으니　水之流兮逝不息

천 이랑 만 이랑 어찌 저리 바쁜가　千頃萬頃何倥偬

큰 바위는 저절로 굴러가고　大石自奔倒

작은 돌은 다투어 휩쓸리니　小石競掠攏

이 모두 물의 힘이라　皆水之力也

원회 일만 팔백 년[159]의 기운이 뭉쳤네　元會萬八氣湏湏

괴이하도다 돌이여, 괴이하도다 돌이여　怪哉石怪哉石

산이 아님에도 가파르고 봉우리가 아님에도 우뚝하도다

非山崒崔非巃嵸

밤낮으로 물에 치어 모지라지고 움푹해져　日夕相拍泐而蝕

밥주발과 손가락이 들어갈 크고 작은 구멍이 생겼네

容椀容指小大孔

급작스러울 땐 온 하늘에 우레가 꽝꽝 울리는 듯하고　急時一天雷轟轟

159　원회(元會) 일만 팔백 년 : 송(宋)나라 소옹(邵雍)이 주장한 '원회운세(元會運世)'의 설로, 이 세계가 생성했다 소멸하는 1주기를 말한다. 요약하면 30년을 1세(世)로 보아 12세를 1운(運), 30운을 1회(會), 12회를 1원(元)으로 삼으니, 1회는 1만 800년이 되고, 1원은 12만 9600년이 된다. 《皇極經世書 觀物》

몰아댈 땐 온 진영의 북이 둥둥 울리는 듯하고 　驅時千陣鼓蓬蓬

나아갈 땐 빗줄기가 우당탕 때리는 듯하더니 　進時雨脚打噌吰

물러갈 땐 구름 기운이 뭉게뭉게 흩어지는 듯하네 　退時雲氣散渤瀚

어찌하여 굳게 버티며 다른 돌을 따르지 않고 　胡爲偃蹇不隨衆

넘어질까 쓰러질까 근심에 겨워하는가 　若顚若仆憂懵憧

우습고 우스워라, 조화옹이여 　堪笑堪笑造化翁

바위를 묶어서 바구니에 들이지 못했도다 　不能縛束入箱籠

강물 속의 바위여, 강물 속의 바위여 　江中石江中石

다만 중류에서 하늘의 마음이 맺혔음을 알겠도다 　只知中流天心總

외손 조중갑이 다섯 살 생일에 《천자문》을 다 읽었기에 기뻐서 짓다
外孫趙重甲五歲生日 畢讀千字文 喜而有作

다섯 살 손자가 《천자문》에 통달하니	五歲孫通千字文
만 리 인생 첫 출발의 삼분의 일일세	初程萬里屬三分
외할아비가 네 생일날 술에 취하니	表翁醉爾生朝酒
즐거운 재미가 만년에 많음을 알겠도다	滋味知多晚景欣

행년탄[160]

行年歎

나이 스물에 귤산자는	行年二十橘山子
용문에 말을 달리며 쭉정이라서 부끄러웠는데[161]	馳騁龍門愧簸粃
탄탄대로 내달려서 내각의 신하가 되었으니	一轍坦然做倖人
무한한 봄빛에 청춘의 나이를 자랑했네	春光無限詫靑齒

나이 서른에 세속에 물든 사람이	行年三十紅塵人
밝은 시대를 만나서 일찍 빈객으로 등용되었네	遭際明時夙用賓
두려운 마음은 마치 살얼음을 밟는 듯	惴惴一心如履薄
비바람 속에 몇 차례나 요직을 역임했는가	幾番風雨涉要津

나이 마흔에 가오향이여	行年四十嘉梧鄕
만사는 한 잔 술만 못하여라	萬事無如酒一觴
거북 털과 토끼 뿔은 모두 없는 것이라	龜毛兎角皆烏有
산수 간의 맑은 소리에 세월이 유장하네	山水淸音日月長

---

160 행년탄(行年歎) : 나이를 먹어감에 따라 일어나는 감정을 악부시 형식으로 읊은
시이다.

161 나이 스물에……부끄러웠는데 : 이유원이 1837년(헌종3)에 24세로 진사시에 합
격하고, 1841년(헌종7)에 28세로 정시 문과에 합격한 것을 가리킨다. 용문(龍門)은
등용문의 준말로 과거에 합격하는 것을 말하고, 쭉정이란 곡식을 키로 까불면 쭉정이가
먼저 날아가므로 재주와 능력이 부족한 사람이 앞서 나가는 것을 비유한 말이다.

나이 오십에 은퇴를 청한 몸이여[162]	行年五十乞休身
마흔아홉을 잘못 산 이미 늙은 신하일세[163]	四十九非已老臣
만족을 아는 것이 그칠 데 그치는 것임을 뉘 알랴	知足誰知止處止
십 년 동안 사직 상소가 구중궁궐에 들어갔네	十年章牘徹重宸

나이 육십의 백두옹이여	行年六十白頭翁
무쇠 화로의 찬 재처럼 모든 사념이 비었도다	灰冷金爐萬念空
이로부터 몇 년이나 수명을 누리랴	從此幾年能享壽
미래와 과거가 온통 바쁘기만 하네	未來過去盡恩恩

162 나이 오십에……몸이여 : 이유원은 1863년(철종14) 50세 이후로 10여 년 동안 20여 차례의 사직소를 올렸는데, 이는 '쉰 살이 되면 벼슬살이에서 업적을 세웠느냐의 여부를 따지지 말고 용감히 물러나라'는 부친 이계조(李啓朝)의 유언에 따른 것이다. 《嘉梧藁略 冊8 疏箚 乞致仕疏》《承政院日記 哲宗14年 7月 15日》

163 마흔아홉을……신하일세 : 해마다 지난 시절을 반성하여 고치는 것을 말한다. 춘추 시대 위 영공(衛靈公) 때의 어진 대부 거백옥(蘧伯玉)이 50세가 되어서는 49세 때의 잘못을 알았고, 60세가 되어서도 계속 반성하고 고쳤다는 고사에서 따온 말이다. 《淮南子 原道訓》

중추부와 호위청에 일이 없어 저녁에 쌍회정[164]에 오르다
樞府扈廳無公事 晚登雙檜亭

봄날에 높이 누워 게으름을 실컷 즐기니　　　　　高臥三春任倦慵
누가 있어 나의 심흉을 열어줄까　　　　　　　　何人開拓我心胸
한가로운 관서 긴 대낮에 늘 도장함 닫아두고　　官閑長晝常封印
외진 골짜기 깊은 숲으로 간혹 지팡이를 끄네　　洞僻幽林或曳筇
좋은 술에 천 일 동안 취해도 무방하니　　　　　好酒無妨千日醉
푸른 산은 사계절 얼굴을 바꾸지 않네　　　　　青山不改四時容
고향 생각하는 꿈으로 서글픔에 잠기다 보니　　思鄉一夢旋多悵
비 갠 뒤 느티나무 그늘이 몇 그루가 짙어졌네　　雨後槐陰幾樹濃

---

164 쌍회정(雙檜亭) : 백사(白沙) 이항복(李恒福)의 옛집이 현재 남대문시장 부근의
창동(倉洞)에 있었는데, 사당 위의 작은 터에 이항복이 두 그루의 회(檜)나무를 심었다
고 한다. 그 뒤 7, 8대 지나 남의 손에 넘어가게 되자 어떤 사람이 회나무의 아래쪽에
작은 집을 짓고는 쌍회정으로 이름을 붙였고, 이어 석범(石帆) 서염순(徐念淳)의 소유
가 되어 누대를 넓혀 지으면서 단풍나무를 많이 심고서 홍엽정(紅葉亭)이라고 개칭하
였다. 이곳이 조상의 유지이므로 이유원이 도로 사들이고서 다시 쌍회정이라고 편액을
내걸었는데, 이미 회나무 한 그루가 죽어서 보식(補植)하였다고 한다. 《林下筆記 卷27
春明逸史 雙檜亭古事》

꽃을 찾아서
覓花

깊은 산속으로 꽃을 찾아가니	覓花深山裏
봄기운이 차례대로 돌아와	春氣取次回
만 그루 소나무가 가지를 교차한 곳에	萬松交柯處
한 가지가 분명코 피었구나	一枝分明開
바닷속의 산호수처럼	海中珊瑚樹
번쩍이며 송이마다 빛나니	光焰影枚枚
신선의 집이 바로 이곳인데	仙家卽此地
신선은 어찌 오지 않는가	仙子胡不來
내 고향에 꽃을 많이 심어서	我鄕多種花
봄이 오면 수놓은 비단이 쌓이는데	春來錦繡堆
큰 나무는 거의 기둥을 이루고	大者幾成棟
작은 것이라도 재목이 될 만하여	小者足成材
가로로 뻗은 것과 세로로 선 것이	橫者與竪者
심고 가꾸는 노력이 필요 없네	不勞植而培
처음 터진 것은 고운 빛을 띠어	初綻娟娟色
한나라 궁전의 이슬 젖은 두 뺨과 같고	漢宮雙露腮
늦게 터진 것은 흐드러진 모습으로	晚綻爛爛樣
낭원의 육수의와 같네[165]	琅苑六銖裁

165 낭원(琅苑)의 육수의(六銖衣)와 같네 : 낭원은 신선이 사는 곳을 말하고, 육수의

처마 앞이며 뜨락까지	簷前復庭除
멀고 가까이에 두루 심으니	無遠無近栽
이월과 삼월 사이에	二月三月間
온화한 바람이 살랑 불어오면	和風政宕駘
한꺼번에 다투어 피어나	一時遂爭發
갈고로 재촉할 필요가 없네[166]	何待羯鼓催
누워서도 서서도 바라보고	臥而立而看
보고 보면서 또 배회하니	看看且徘徊
어찌 굳이 산에 들어가야 하리	何須入山已
낙원이 절로 여기에 있는 것을	樂地自在哉
괴이함을 추구하다 보면 반드시 재앙이 이르고	索怪必有禍
기이함을 찾다 보면 쉬이 시기를 당하나니	探奇易見猜
험난한 길로 멀리 구절양장 다녔어도	履險遠羊腸
천태산[167]을 물을 방도는 없었네	無路問天台
명리를 쫓는 나그네에게 말을 건네노니	寄語名利客
진출하고 물러남을 이것으로 재단하라	行藏以此裁
나는 꽃을 봄이 남들과는 다르니	看花異於人
아득히 팔방을 바라보노라	茫茫視八陔

는 불교의 도리천(忉利天)에서 입는다는 매우 가벼운 옷으로 보통 신선의 옷을 가리킨다. 수(銖)는 극히 적은 무게로 24수가 1냥(兩)이다.

166 갈고(羯鼓)로……없네 : 411쪽 주158 참조.

167 천태산(天台山) : 중국 절강성(浙江省)에 있는 산 이름으로, 옛날부터 신선이 사는 산으로 유명하다. 한(漢)나라 때 유신(劉晨)과 완조(阮肇)가 이 산으로 약을 캐러 갔다 두 여자를 만나 반년간 살다가 집으로 돌아오니, 벌써 7대가 지났더라는 전설이 있다.

영중추부사의 직함을 사은숙배하고서 다시 쌍회정에 오르다[168]

肅謝領樞啣 復登雙檜亭

드높은 근정전 삼월의 봄날에	勤政殿高三月春
꽃 섬돌로 달려 들어오는 수염 흰 사람이	花甎趨入白鬚人
관원의 소리에 따라 절도에 맞게 예를 올리니	聲聲中節鴻臚唱
병조 정랑이 임금의 새 명을 전하네	騎省郎傳紫誥新
오래도록 세 조정을 섬긴 신하가	衰然歷事三朝臣
다행히 몸을 길러주신 밝은 시대 만났는데	幸際昌明化育身
사십 년 동안 무슨 사업을 하였는가	四十年來何事業
높은 작록만 차지하고 진달한 것 없어 부끄럽네	徒沾厚祿愧無陳
지난날 경산께서 아경의 지위에 계실 때	憶昔經山位亞卿
이른 아침 사위의 집에서 기러기가 울었네[169]	旭朝甥館鴈嗈鳴

---

168 영중추부사(領中樞府事)의……오르다 : 이유원은 1873년(고종10) 3월 6일 영중추부사에 임명되었는데, 영중추부사는 중추부에 두었던 정1품 관직이다. 쌍회정은 418쪽 주164 참조.

169 지난날……울었네 : 이유원이 1827년(순조27) 4월에 정헌용(鄭憲容)의 딸 동래 정씨(東萊鄭氏)와 혼인한 것을 말한다. 경산(經山)은 정원용(鄭元容)의 호인데, 정헌용의 형이다. 아경(亞卿)은 참판을 가리키는 말로, 정원용은 1826년(순조26) 12월 22일 병조 참판에 임명되었다.

이십사 년 동안 공께서 이 직함을 띠셨는데 二十四年公帶職
이날 외람되이 차지하니 꿈속에서도 놀랍네 濫叨此日夢魂驚

이름난 공경과 대덕이 조정에 가득하여 名公碩德滿朝端
어려움을 구제하는 데 노년의 절개가 온전한데 弘濟艱虞晚節完
쭉정이가 지금에 이르러 도리어 가소로우니 糠粃如今還可笑
중서성의 우두머리가 어떤 관직이란 말인가 中書爲首是何官

돌아가 종남산의 쌍회정에 누우니 歸臥終南雙檜亭
선조께서 손수 심은 나무가 아직도 푸르르네 祖先手植尚靑靑
옛날 삼공에 오른 곳이 이곳이었음을 생각하여 念昔登台須此地
공경스레 우러른 지가 몇 년이런가 必恭敬止幾周星

계유년(1873, 고종10) 봄에 꽃이 핀 지 며칠 되지 않아 비바람이 많이 불었는데 비가 갠 뒤에 꽃이 아직 시들지 않았기에 백신[170]의 말에 느낌이 일어 짓다

癸酉春 花發不幾日多風雨 雨收花猶未衰 感伯臣言有賦

꽃이 핀 지 얼마 안 되어 비바람이 일어나	花發不幾風雨作
온 산의 홍색 자색 꽃이 빛을 잃어버렸네	滿山紅紫色減却
비바람은 본래 정을 지니지 않아서	風雨元是不繫情
밤마다 불어대며 빗방울도 떨구었네	夜夜號號滴滴着
산중의 사람이 삿갓을 쓰고 한참을 방황하며	山人戴笠彷徨久
이리저리 꽃잎이 날려 떨어질까 두려워하였네	恐或紛紛自飛落
팔짱을 끼고 돌기도 하고 발을 구르며 내달리니	叉手而巡頓足走
온 마음으로 절박하고 또 두려워하였네	一乃汲汲且懨懨
팔이[171]가 어찌 산중 사람의 뜻을 이해하리오	八姨豈解山人意
사흘 밤낮을 그저 나그네의 비웃음 자아냈도다	三晝徒爲過客嘍
하루아침에 바람이 걷히고 비도 개니	一朝風捲雨又收

---

170 백신(伯臣) : 이교영(李喬榮, 1813~?)의 자(字)로 본관은 경주(慶州), 호는 죽포(竹圃)이다. 충청도 진천(鎭川) 출신으로 이유원의 족질(族姪)이며 문사(文士)이다. 1848년(헌종14) 증광 진사시에 합격하였고, 헌릉 참봉(獻陵參奉), 선공감 봉사(奉事), 능주 목사(綾州牧使), 임피 현령(臨陂縣令), 영월 부사(寧越府使) 등을 지냈다. 《林下筆記 卷35 薛荔新志》

171 팔이(八姨) : 신화에 나오는 풍신(風神)의 이름으로 보통 봉이(封姨), 봉가이(封家姨), 십팔이(十八姨), 봉십팔이(封十八姨) 등으로도 불린다. 《博異志 崔玄微》《酉陽雜俎 支諾皐下》

여전한 봄 풍경이 어제처럼 황홀하네	依舊春光怳如昨
내가 짐짓 저 금 술잔에 술을 따르노니	我姑酌彼金罍酒
평생 꽃잎을 머금기를 거른 적이 없다네	生平不虛英華嚼
즐겁고 즐거우며 다시 즐겁도다	樂哉樂哉復樂哉
그대의 즐거움이 무한하니 나 또한 즐겁도다	君樂無限吾亦樂
꽃을 사람에 비유하면 사람은 탄식할 만하니	以花喩人人堪嗟
그댈 위해 대략을 한번 논해보겠네	爲君試一論大畧
무릇 젊고 건장할 땐 혈기가 왕성하여	凡於少壯氣血旺
아름답고 수려하여 용모가 아리따우니	美而秀兮容婥約
이때엔 비록 고질병에 걸리더라도	是時縱被貞痼疾
잠깐 사이에 저절로 병이 쉽게 낫네	俄頃之間自勿藥
무릇 쇠약해지는 나이가 되면 혈기가 메말라	凡於衰暮氣血枯
늙어가며 여위어 힘이 허약해지니	耆而羸兮力綿弱
이때엔 비록 잠깐이라도 병의 빌미를 범하면	是時縱被吹纇祟
치료하는 사이에 툭하면 악화되곤 한다네	救療之間易作惡
지난날의 세찬 비와 집을 흔드는 바람은	昔之暴雨撼屋風
아마도 스러져가는 기운이 천지를 휩쓴 것이라	意謂殘屑滿地掠
꽃이 시들기 전에 이런 액운을 만났으므로	花未萎也逢些厄
다행히 천기를 보존하여 곱게 피어날 수 있었네	故葆天眞尙灼灼
나로 하여금 꽃나무 아래서 앉고 누우라고	使我坐臥花樹下
마음을 아는 친구가 말로써 일러오거늘	知心故人言以託
사심이 없고 화창하며 이치에도 부합하니	虛靈澹蕩脗於理
당세의 누가 이 사람처럼 마음이 자상하랴	當世何人若是博

그대는 너른 식견으로써 대수롭지 않게 여기지만   而君宏見以外事

나는 나의 말을 하는 것이니 장난이 아니라네   我以我言非爲譴

꽃이 이르고 늦음은 사람의 노소와 같으니   花之早晚人老少

굳이 말로써 끝까지 궁구할 필요가 없다네   不必以言窮以索

장구한 풍경과 오랜 수명을 어찌 굳이 비교하랴   久景久視何足較

필경에 함께 적막으로 돌아가고 말 것을   畢竟與之歸寂寞

정사로 떠나는 이 판추 근필 에게 주다[172]

寄上行人李判樞 根弼

봄날은 느릿느릿하고 꽃은 흐드러졌는데	春日遲遲花焰焰
사신이 대동강에서 말을 세웠네	行人立馬大同江
누선에는 아직도 정지상의 시구가 있어	樓船尙有知常句
어디선가 들려오는 맑은 노래와 한 쌍으로 어우러졌네	何處淸謌對一雙

의주의 아녀자들은 몸단장하기를 좋아하여	灣州兒女善裝束
말에 올라 반달 모양 활을 횡으로 쏘네	上馬橫彈半月弓
해 저무는 긴 둑방에 방초가 푸르른데	日暮長堤芳草綠
옹위하여 돌아오는 대열마다 이미 오랑캐 풍속일세	擁歸隊隊已胡風

나는 깊은 산에 있고 그대는 만 리를 가니	我在深山君萬里
번화함과 적막함이 서로 같지 않네	繁華寥寂不相同
역참의 버들 빛에 서늘한 가을 기운 움직일 제	驛亭柳色秋凉動
시골집에 돌아와 농사를 배우는 노인이 되리	歸作鄕廬學稼翁

---

172 정사(正使)로……주다 : 1873년(고종10)에 사은사 정사(謝恩使正使)로 떠나는
이근필(李根弼, 1816~1882)에게 지어준 시이다. 이근필은 본관이 전의(全義), 자는
여해(汝諧)이다. 1853년(철종4) 정시 문과에 급제하여 내외직을 두루 역임하고 벼슬이
이조 판서에까지 올랐다. 이근필은 1873년 1월 20일 진하 겸 사은사 정사에 임명되었고,
3월 2일에 형조 판서가 되었으며, 3월 6일에 판중추부사의 직함을 더하였다. 3월 11일에
조정을 하직하고 연경으로 출발하여 8월 13일에 복명하였다.

춘채가를 침계노인[173]에게 드리다

春菜歌 呈梣溪老人

천마산 봄나물은 온 나라에서 빼어나	天摩春菜國中奇
목어[174] 천 개가 곡우 때에 솟네	木魚千頭穀雨時
죽순이며 부들을 어찌 나물로 꼽을 만하랴	維筍及蒲何足數
온 산에 뾰족뾰족 가시나무를 비집고 나오네	滿山簇簇荊棘披
아름다운 나무의 푸른빛이 어두운 응달에 감돌고	嘉樹碧色餘督隅
돋아난 싹의 푸른빛이 서왕모의 연못에 드리우면	琅芽青影金母池
산중 사람이 웃음 띤 얼굴로 아낙을 시켜	山人帶笑命堆髻
날마다 한 광주리씩 따도 해는 더디기만 하네	日摘一筐日遲遲
움 돋은 녹각채[175]는 고양이 머리를 움츠린 듯하고	鹿角槎枒縮猫首
널려 있는 마제초[176]는 거위 새끼를 밟는 듯하네	馬蹄縱橫踏鵝兒
지팡이 짚고 산보하며 푸른 적삼을 벗으니	倚杖散步脫青衫
계곡 물가에 산속 집의 울타리가 접해 있네	澗水之濱靠山籬

---

173 침계노인(梣溪老人) : 침계는 윤정현(尹定鉉, 1793~1874)의 호로 본관은 남원 (南原), 자는 계우(季愚), 시호는 효문(孝文)이다. 1843년(헌종9) 식년 문과에 급제하 여 51세의 나이로 늦게 출사하였으나, 문장의 조예와 가문의 배경으로 고속 승진하여 벼슬이 판서에 이르렀으며, 경사(經史)에 박식하고 문장으로 명성이 높았다. 저서로 《침계유고(梣溪遺稿)》가 있다. 이유원의 《가오고략》 서문도 지었다.

174 목어(木魚) : 본래 종려나무의 순인데, 여기서는 두릅을 가리키는 듯하다.

175 녹각채(鹿角菜) : 본래 청각(青角)이라 하여 바다에서 나는 해조류를 가리키는 데, 여기서는 어떤 산나물을 가리키는지 미상이다.

176 마제초(馬蹄草) : 참취 또는 취나물을 가리킨다.

썰렁하던 부엌이 갑자기 부유해져 향기가 풍기니	寒廚暴富香馥聞
별안간 빗소리가 솥 속에서 들리네	特地雨聲生鼎鬲
수저를 씻고 칼을 놀려 부드러운 된장국 끓이니	洗箸鳴刀鹽豉滑
치아와 뺨에서 줄줄 침이 떨어지네	齒頰津津涎沫垂
나물 뿌리를 씹는 선비는 무엇이든 이루나니[177]	措大之咬百事做
무심한 섬섬옥수가 푸른 실을 전해오네[178]	無心玉手傳靑絲
신선의 산나물은 세 줄기로 피어난 영지라	仙子之荣三莖秀
때때로 돌길에서 자지가 노랫소리를 듣네	時聽石逕歌紫芝
술이 있어 내가 거를 제 내 님이 찾아온다면	有酒醨我惠我好
내가 그대와 더불어 즐거이 함께 웃으리	我與之子同解頤
신농씨가 풀을 맛봄이 나보다는 못하리니[179]	神農嘗草莫如我
움집 짓고 과실 먹기를 일찍이 누가 가르쳤는가[180]	有巢食實曾教誰

---

177 나물……이루나니 : 사람이 청고(淸苦)한 생활을 견딜 수 있으면 행하지 못할 일이 없다는 의미이다. 송(宋)나라 왕신민(汪信民)이 "사람이 항상 채소 뿌리를 씹을 수 있으면 모든 일을 다 해낼 수 있을 것이다.〔人常咬得菜根, 則百事可做.〕"라고 하였는데, 당시 호안국(胡安國)이 이 말을 듣고 무릎을 치면서 감탄하였다고 한다. 《小學 善行》

178 무심한……전해오네 : 늘 푸성귀로 식사를 한다는 의미이다. 원문의 '청사(靑絲)'는 봄철의 가녀린 푸성귀를 비유한 말이다. 두보(杜甫)의 〈입춘(立春)〉 시에 "쟁반은 부귀한 집에서 나와 백옥이 다니는 듯하고, 채소는 섬섬옥수로 푸른 실을 보내왔었네.〔盤出高門行白玉, 荣傳纖手送靑絲.〕"라고 하여 백옥을 과일에, 청사를 푸성귀에 비유하였다.

179 신농씨(神農氏)가……못하리니 : 이유원이 산나물을 몹시 좋아한다는 의미이다. 신농씨는 중국 고대 삼황(三皇)의 한 사람으로, 그가 100가지 초목(草木)을 맛보아 백성들에게 곡식 및 의약을 전수했다고 한다.

180 움집……가르쳤는가 : 저절로 산나물 맛을 알게 되었다는 말이다. 고대에 인황씨(人皇氏) 이후에 유소씨(有巢氏)가 나와서 나무를 얽어 집을 만들고 나무 열매를 먹었다〔構木爲巢食木實〕고 한다. 《十八史略 卷1 太古》

천마산의 산나물이여, 천마산의 산나물이여	天摩荣天摩荣
깊은 산 진기한 산나물이 사람을 통해 달려오네	深山奇品傳而馳
목어두여, 목어두여	木魚頭木魚頭
봄이 저무는 계절에 살지고 기름지도다	暮春時節肥而脂
흙을 떠밀고 솟은 주먹 모양 고사리와는 다르고	異於薇蕨戴土拳
덩굴 잎이 자라고 껍질에 덮인 마와도 다르네	異於薯蕷蔓葉皮
뾰족하게 나무 끝마다 돋아나	尖尖生木頭
처음 돋으면 주머니 속 송곳이 비죽 솟은 듯한데	早似脫穎囊之錐
칼날처럼 나무 끝마다 붙어서	鋒鋒着木頭
때가 늦으면 붓대가 필통에 꽂힌 듯하네	晚似揷管筆之枝
사람들은 버리지만 나는 이르건 늦건 취하니	人棄我取無早晚
시골집에서 산을 사려고 모은 전대를 기울이네	傾橐村家買山資
강의 복어와 바닷물고기도 싫어하지 않으나	江豚海魚非不好
푸성귀가 없으면 밥상을 차리기 어려워라	除却蔬蕨難做炊
저녁밥상이 느지막이 나오면 물을 밥에 붓고서	擧案晚進水澆飯
고춧가루를 장에 섞어 색색으로 맛을 돋우네	紅椒屑醬色色欺
세상 사람들아, 늙은이의 기호를 비웃지 말라	世人莫笑老翁癖
염교는 고결함을 취하고 대나무는 속됨을 고친다네[181]	薤取其潔竹俗醫

---

181 염교는……고친다네 : 염교는 부추와 닮은 식물로 청빈한 삶을 상징하는 말이다. 한유(韓愈)의 〈송궁문(送窮文)〉에 "태학에서 4년을 공부하며 아침에는 부추를 먹고 저녁에는 소금국을 먹었다.〔太學四年, 朝薤暮鹽.〕"라는 말이 있다. '대나무가 속됨을 고친다'는 것은 대나무의 고상한 절조를 보고 사람들의 심성이 맑아진다는 의미이다. 소식(蘇軾)의 〈어잠 승려의 녹균헌에〔於潛僧綠筠軒〕〉라는 시에 "밥상에 고기가 없으면 사람을 파리하게 하고, 집에 대가 없으면 사람을 속되게 하나니, 파리한 사람은

선비는 이 맛을 몰라서는 안 되나니　　　　　士不可不知此味

천하의 백성들에게 채색을 띠게 하지 말아야 하리[182]

　　　　　　　　　　　　　　莫敎天下之民此色爲

살찌울 수 있으나, 선비의 속됨은 고칠 수 없네.〔無肉令人瘦, 無竹令人俗. 人瘦尙可肥,
士俗不可醫.〕"라는 구절이 있다.

182　선비는……하리 : 채색(菜色)이란 굶주린 사람의 얼굴에 도는 푸르스름한 기운
을 말한다. 송나라 사람의 전해오는 말에 "천하의 백성에게 하루라도 채색을 띠게 해서
는 안 되고, 사대부는 하루라도 푸성귀의 맛을 몰라서는 안 된다.〔天下蒼生不可一日有
此色, 士大夫不可一日無此味.〕"라는 구절이 있다. 《東里續集 卷60 題菜》

고향에 돌아와 백신[183]에게 부치다

還鄕寄伯臣

서울엔 꽃이 이미 졌어도	京闈花已晚
산골 마을은 꽃이 아직 이르네	峽鄕花尙早
복사꽃 살구꽃과 진달래는	桃杏與躑躅
핀 것도 있고 아직 숨은 것도 있네	或綻或藏葆
절반은 처마에 의지해 있고	一半屋角倚
절반은 연못가에 늘어졌네	一半池上倒
어찌하여 조화옹은	如何造化工
백 리 사이에 추위와 더위를 달리하는가	百里異寒燠
고인의 글을 읽지 않아도	不讀古人書
지금에서 비로소 도를 깨닫네	於今始覺道
양지를 향하면 꽃이 피기 쉬워	向陽易爲榮
홍색 자색 꽃이 천기를 머금었고	紅紫天機抱
청색과 녹색은 음지에서 조용히 수양하여	靑綠養靜陰
저 무성한 풀밭에서 보게 되네	看彼芊芊草
이치는 여기에 있지 않은가	理在斯矣乎
인생이 어찌 늙지 않으랴	人生安不老
부귀는 족히 즐거워할 것이 못 되고	富貴不足樂

---

183 백신(伯臣) : 이교영(李喬榮)의 자(字)로 본관은 경주(慶州), 호는 죽포(竹圃)이다. 423쪽 주170 참조.

빈천은 족히 한스러워할 것 아니며   貧賤不足懊

냉랭함은 본디 슬퍼할 것이 아니고   冷固不足悲

뜨거움 또한 좋아할 것이 아니라네   熱亦不足好

길고 짧음은 팽상[184]에 맡겨두고   脩短任彭殤

옳고 그름은 백조[185]에 걸어두네   是非托白皁

만약에 이 이치를 분명히 안다면   若知此理明

그대 마음에 어찌 번뇌가 있으랴   伊心何有惱

꽃을 보고자 천지를 유람하니   見花游乾坤

광대하고도 호호탕탕하네   廣大一浩浩

꽃은 둥글고 잎은 뾰족하게 갈래가 지니   萼圓葉尖岐

사물마다 각기 기능이 있네   箇箇各頭腦

나의 시골에 봄이 또 저물어가니   我鄕春又盡

내일이면 비바람이 다 쓸어가리   明日風雨掃

---

184 팽상(彭殤) : 800살까지 장수했다는 팽조(彭祖)와 성년이 되기 전에 요절한 상
자(殤子)를 가리킨다. 《장자》〈제물론(齊物論)〉에 "상자보다 오래 산 사람이 없고
팽조보다 일찍 죽은 사람이 없다.〔莫壽於殤子, 而彭祖爲夭.〕"라고 하여 반어적인 말이
보인다.

185 백조(白皁) : 흰 것과 검은 것을 말하는데, 옳고 그름을 가리키기도 한다.

떨어진 꽃잎을 밟으며
踏落花

봄의 신이 이별이 애석해 바쁜 걸음 한탄하니   東君惜別恨怱怱

나막신 밑에 향기 감돌고 걸음마다 붉은빛일세   屐齒香生步步紅

지난밤 지붕을 때리던 바람소리가 괴이하지 않으니   無怪前宵聲撼屋

꽃이 피던 시절에도 이미 바람이 많았어라   開花時節已多風

이혜길 상적의 구욕연을 노래하다[186]

李惠吉尙迪 鴝鵒硯歌

이군이 옛것을 좋아함은 미불과 소식에 버금가	李君嗜古賽米蘇
가슴에 삼대의 종정이기 그림을 간직했네	胸藏三代彝器圖
단주의 돌벼루가 그 하나여서	端州石硯此其一
촉촉한 점과 드문 별자리며 금선이 얽혀 있네	潤點寒星金線紆
신품은 원래 두 눈을 갖춘 것이라	神品元是具眼雙
적색 백색 황색의 돌무늬가 박혀 있네	赤白黃色脈理敷
여와씨가 구름을 밟았다가 한 조각을 떨구었나[187]	女媧踏雲遺一片

---

186 이혜길 상적(李惠吉尙迪)의……노래하다 : 이상적(李尙迪, 1804~1865)이 소장했다가 나중에 이유원의 소장품이 된 구욕연에 대해 읊은 시이다. 이상적은 본관이 우봉(牛峯), 자는 혜길(惠吉), 호는 우선(藕船)이다. 조선 후기의 문인이자 역관으로 중국을 자주 왕래하며 오숭량(吳嵩梁) 등 중국 문인과 깊은 교유를 맺었고 중국에서 시문집을 간행하기도 하였다. 중국의 선진 문물을 조선에 전달하는 역할을 하였으며, 섬세하고 화려한 시로 이름이 높았고 고완(古玩), 묵적(墨滴), 금석(金石) 등에도 조예가 깊었다. 저서에 《은송당집(恩誦堂集)》이 있다. 구욕연이란 단계(端溪)의 돌로 만든 벼루 위에 동글동글한 점이 박혀 구욕새(구관조)의 눈알처럼 생긴 최상급의 벼루를 가리킨다. 벼루에 새겨진 점과 선의 빛깔도 백(白)·적(赤)·황(黃)으로 다양하다. 구양수(歐陽脩)의 〈연보(硯譜)〉에 "단계석은 단계에서 난다.……구욕새의 눈을 지닌 것이 가장 귀하다.[端石出端溪.……鴝鵒眼爲貴.]"라고 하였다.

187 여와씨(女媧氏)가……떨구었나 : 여와씨는 중국 상고 시대의 제왕으로, 복희씨(伏羲氏)의 아내 또는 누이라고 한다. 상고 때 공공씨(共工氏)라는 제후가 축융(祝融)과 싸우고 이기지 못하자 노하여 머리로 부주산(不周山)을 들이받아 하늘을 받치는 기둥이 부러지고 땅을 묶어둔 밧줄이 이지러졌는데, 여와씨가 오색의 돌을 갈아서 하늘을 깁고 자라의 발을 잘라서 사극(四極)을 세우자 땅이 평정되고 하늘이 완전하게 되었

초평이 채찍을 휘둘러 만 명을 속인 것인가[188]	初平擲鞭欺萬夫
쇠를 닮았나 대나무를 닮았나로 시대를 정하고	似鐵似竹訂今古
대주 것도 괵주 것도 아닌 것[189]으로 우열을 나누네	非岱非虢辨賢愚
물을 담으면 흐릿한 모습 보이니	貯水玩微茫
이것을 일러 격구[190]라 하고	是之謂鵙鴝
아로새긴 빛이 환하게 빛나니	璃光落發烔
이것을 어찌 가짜 옥으로 여기랴	此豈爲玟玞
바다처럼 고요하고 강처럼 맑아 땅의 전형 갖췄고	海靜江澄地典型
고인 연못에 붓을 적시니 보옥을 낚는 듯하네	浮津翰染釣丰珠
십 년 동안 소장하고 써도 고갈되지 않으니	蓄之十年用不竭
마음을 알아준 곳은 연나라 제나라 선비일세	知心何處燕齊儒
상여가 술수가 궁해지자 사잇길로 달아난 듯[191]	相如无術間道走

다고 한다. 《淮南子 覽冥訓》

188 초평(初平)이……것인가 : 초평은 황초평(黃初平, 皇初平)이다. 단계(丹溪) 사람으로, 열다섯 살에 양을 치다가 도사(道士)를 따라 금화산(金華山) 석실(石室)로 가서 신선이 되기 위해 도를 닦았다. 그 후 40년 만에 그의 형이 수소문 끝에 그를 찾아가 만났더니 양은 보이지 않고 흰 돌들만 있었는데, 초평이 "양들은 일어나라."라고 소리치자 흰 돌들이 모두 수만 마리의 양으로 변했다 한다. 《神仙傳 卷2 皇初平》

189 대주(岱州)……아닌 것 : 대주는 중국 산동성에 있는 지명으로 태산(泰山)의 돌로 만든 대연(岱硯)이 유명하고, 괵주(虢州)는 중국 하남성 영보(靈寶)에 있는 지명으로 괵주연이 유명하다.

190 격구(鵙鴝) : 때까치 혹은 구욕새의 눈 모양으로, 벼루에 동글동글한 반점이 박힌 것을 가리킨다.

191 상여(相如)가……듯 : 전국 시대 조(趙)나라 재상 인상여(藺相如)가 화씨벽(和氏璧)을 가지고 진(秦)나라에 갔다가 화씨벽을 강탈하려는 진 소왕(秦昭王)의 흉계를 파악하고, 시종하는 자로 하여금 옷 속에 그 벽옥을 품고서 샛길로 달아나서 조나라에

홀러서 산방에 들어와 가오곡의 으뜸 보배 되었네　　轉入山房寂可吾
파리처럼 작은 글자며 서까래처럼 큰 붓이라도　　如蠅之字如杠筆
구욕연과 함께 종횡으로 오호를 유람하였네　　與之縱橫游五湖
그대의 벼루가 유랑하는 것을 보니　　見君石流落
그대를 상상하며 한 번 길게 탄식하네　　想君一長吁
용의 눈동자는 살아 있는 듯하고　　龍睛宛如生
반 숟가락의 물로도 촉촉이 젖네　　半勺尙霑濡
어찌하여 사람은 보이지 않고　　如何人不見
미미한 물건만이 서재를 채웠는가　　微物充書廚
보배가 될 만한 물건은 묵을수록 기이해지건만　　物之爲寶久愈奇
인생이 잠깐임에야 어찌할 수 있으랴　　其奈人生在須臾

벽옥을 온전히 되돌려주게 하였다는 고사가 있다. 《史記 卷81 藺相如列傳》

고향에 돌아옴을 기뻐하며

喜還鄉

잠깐 서울에 머문다는 것이 몇 번 달이 바뀌니	薄淹京師幾易朔
버려둔 시골의 정원을 아득히 생각만 했네	鄕園抛置思邈邈
짬을 내어 돌아와보니 모든 곳이 황폐하여	放假歸來多荒廢
동쪽 산의 진면목을 알아보기 어렵네	眞面難辨東之岳
도끼로 우거진 잡목을 남김없이 베어	斧斤不赦林木蔡
큰 기둥이며 작은 말뚝을 손 가는 대로 깎았네	大杗小梟隨手斲
둥글게 굽은 것은 양유기의 활[192]처럼 만들고	圈而栲作由基弓
가로로 곧은 것은 조조의 창[193]처럼 만들었네	橫而直爲阿瞞槊
연못은 반쯤 터져 기르던 물고기 달아났고	池塘半決僑魚逝
뜨락에 홀로 남은 동계[194]만이 모이를 쪼네	庭砌空留董鷄啄

192　양유기(養由基)의 활 : 양유기는 춘추 시대 초 공왕(楚共王)의 장군으로, 100걸음 떨어진 거리에서 버들잎을 활로 쏘아 백발백중시켰다는 고사가 전한다. 《史記 卷4 周本紀》

193　조조(曹操)의 창 : 원문은 '아만삭(阿瞞槊)'인데, 아만은 조조의 아명이다. 《남제서(南齊書)》권28 〈원영조열전(垣榮祖列傳)〉에 "조조와 조비는 말을 타면 창을 가로로 비껴들고 시를 읊었고, 말에서 내리면 담론을 즐겼다.〔曹操曹丕上馬橫槊, 下馬談論.〕" 라는 구절이 있다.

194　동계(董鷄) : '동소남(董邵南)의 닭'이란 뜻으로, 주인의 효성에 미물이 감화된 것을 비유하는 말이다. 동소남은 당나라 사람으로, 효성이 지극하여 부모를 잘 봉양하였으므로 그의 효성에 가축들도 감화되어 새끼 낳은 어미 개가 먹이를 구하러 나간 사이에 닭이 그 강아지에게 먹이를 쪼아서 가져다주었다고 한다. 《小學 善行》

오류의 대문이 닫히니[195] 아무도 두드리지 않고	五柳門關無人叩
아홉 굽이 계곡[196]이 머니 누가 와서 배우랴	九曲溪逈有誰學
나는 고상한 행실을 부러워하지 않고	我非豔高蹈
나는 선각자를 따르려는 것도 아니며	我非從先覺
나는 신발을 타려는 것도 아니고[197]	我非屬之蹻
나는 갓끈을 씻으려는 것도 아니라네[198]	我非纓斯濯
옛날에도 나이고 지금도 나이니	古我今亦我
내 어찌 본심을 저버리고 악착같이 굴랴	我何負心太齷齪
품을 사서 걷어내니 한나절도 걸리지 않아	賃人疏拓不終日
진흙을 덕지덕지 발라 파이고 떨어진 곳 기웠네	泥土紛紛補蝕剝

195 오류(五柳)의 대문이 닫히니 : 진(晉)나라 도연명(陶淵明)이 고향에 은거하며 집 주위에 버드나무 다섯 그루를 심고 오류선생(五柳先生)이라고 자호하였으며, 〈오류선생전(五柳先生傳)〉을 지어 전원생활의 즐거움을 표현하였다.

196 아홉 굽이 계곡 : 중국 복건성(福建省) 숭안현(崇安縣) 무이산(武夷山)에 송나라 주희(朱熹)가 은거하여 강학을 하면서 그곳의 굽이진 구곡(九曲)의 아름다움을 〈무이구곡도가(武夷九曲櫂歌)〉로 읊었다.

197 나는 신발을……아니고 : 세상을 초월하려는 것이 아니라는 말이다. 후한(後漢) 명제(明帝) 때 신선술을 배운 왕교(王喬)가 섭현(葉縣)의 현령으로 있으면서 매월 초하루와 보름이면 신발을 오리로 변하게 하고는 그 오리를 타고서 조정으로 날아가 명제를 알현하였다는 고사가 있다. 《後漢書 卷82上 方術列傳 王喬》

198 나는 갓끈을……아니라네 : 세상과 동화되려는 것이 아니라는 말이다. 춘추 시대 초(楚)나라 굴원(屈原)이 유배되어 있을 때, 어떤 어부가 "창랑의 물이 맑으면 나의 갓끈을 씻고, 창랑의 물이 흐리면 나의 발을 씻으리라.〔滄浪之水淸兮, 可以濯我纓, 滄浪之水濁兮, 可以濯我足.〕"라고 노래하여 세상에 융화하지 못하는 굴원을 넌지시 풍자한 것을 가리킨다. 《楚辭 漁父辭》

벽을 바르고 지붕을 얹어 완전하고 아름다움을 구함이 아니라

非欲塗茨苟完美

대강 얽어서 질박한 집이라도 싫어하지 않네　不厭間架而質朴

마당은 말을 돌리고 집은 무릎만 들이면 그만인데　廳可馬旋室容膝

시골 마을에선 이 정도만으로도 크고 웅장하네　村落之中猶超卓

몽매한 백성들이 모여들어 새로 지었다며 축하하니　蚩氓群聚賀新成

저들의 소박한 안목을 바로잡을 엄두조차 안 나네　眼目局局沒把捉

질장구 갈대 피리와 흙으로 빚은 북으로써　陶缶葦籥與土鼓

어찌하면 참된 소리 얻어 속악과 화합하랴　焉得眞音合俗樂

주인이 웃음을 머금고 당 위에 올라앉아　主人含笑上堂坐

질동이에 찰랑찰랑 큰 술잔으로 탁주를 마시고　瓦罇盈盈大白濁

주인이 웃음을 머금고 당 아래 내려가 춤을 추니　主人含笑下堂舞

긴 소매가 너울거리고 두건의 모서리는 주저앉네　長袖翩翩巾墊角

바람이 불어 흙먼지가 마당 가에 자욱하니　風來塵土場邊暗

옛날에 경연을 맡은 신하였음을 누가 알아보랴　疇識昔年掌經幄

밭두둑 사이에 은거한 지 십여 년 만에　埋沒田間十年餘

하루아침에 높이 발탁될 줄 생각지 못했네　不圖一朝穹拔擢

들어가면 높이 벼슬하고 나가면 산림에 은거하니　入而鍾鼎出山林

사람들 모두 내가 받은 은혜가 우악하다 말하네　人皆謂我優恩渥

은혜는 산처럼 무거워 보답하지 않아선 안 되니　恩渥山重非不報

쇠약해져 껍데기만 남은 신세를 스스로 슬퍼하네　自悲衰冗徒存殼

날마다 높은 곳에 올라 〈수초부〉[199]를 읊으니   日日登高賦遂初

미친 듯, 어리석은 듯, 좁은 듯, 막힌 듯하여 종잡을 수 없네

似狂似癡似隘似滯非確確

---

199   수초부(遂初賦) : 벼슬을 그만두고 시골에 돌아와 숨어 살겠다는 내용의 노래를 말한다. 진(晉)나라 손작(孫綽)이 10여 년 동안 산수를 유람한 뒤, 산림에 은거하려고 마음먹은 처음의 뜻을 마침내 이루게 되었다는 내용으로 〈수초부〉를 지은 고사가 있다. 《晉書 卷56 孫綽列傳》

송춘곡

送春曲

봄을 보내야지, 봄을 보내야지, 어느 때에 보낼까	送春送春何時送
삼월 그믐날이 봄을 보내는 날일세	三月晦日是送春
오늘 봄을 보내면 어느 때에 돌아오는가	今日送春何時回
아홉 번 초하루가 바뀌면 또 정월의 달이 되네	九易月朔又建寅
모든 사람은 보내는 것을 아까운 것으로 알지만	人皆以送多解惜
나는 보내는 것을 도리어 새로 맞는다고 여기네	我則以送反迎新
푸르른 방초는 꽃 피는 계절보다 낫고	芳草綠綠勝花節
알록달록 단풍은 꽃 필 때보다 나으며	霜葉紅紅勝花辰
희디흰 눈꽃이 모든 사물을 감추어주면	雪華白白藏無盡
온갖 꽃보다 먼저 매화의 정신이 맺힌다네	百花頭上已精神
하나의 풍경이 다른 풍경과 바뀌니	一景遞一景
사물마다 각기 그 이유가 있네	物物各別因
여름의 풀과 가을의 잎이	夏草而秋葉
눈 속에 한 빛이 되는데	一色同玉塵
보고 보아도 변환됨이 없으니	看看無變幻
사월과 시월은 순양과 순음이라네[200]	四月十月陽陰純

---

200 사월과……순음이라네 : 천지와 음양이 순환하는 중에 4월과 10월이 기준이 된다
는 의미로 보인다. 음양가(陰陽家)에서는 4월 기해일(己亥日)을 순양(純陽)으로, 10월
기해일을 순음(純陰)으로 삼는다.

봄은 소양이라 발생을 주관하니 　春爲少陽主發生

그 덕은 널리 베풀어주어 인에 속한다네 　其德普施屬之仁

꽃은 불의 기운 받아 가장 화려하게 피니 　花禀火氣最英華

홍색, 녹색, 청색, 백색이 홍균[201]에 포괄되네 　紅綠靑白包洪勻

마치 미인이 연지를 바른 듯하고 　有若佳人傅脂臙

마치 군자가 진한 술에 취한 듯하니 　有若君子酣釀醇

누가 봄을 그대로 내버려 두려 하리오 　誰肯放他一任去

청제[202]가 다시 비로소 별의 바퀴를 돌리네 　靑帝復始星輪巡

보내야지, 보내야지, 오늘 보내야지 　送兮送兮今日送

한 사람이 길이 늙지 않도다 　長不老兮一人

보내야지, 보내야지, 오늘 보내야지 　送兮送兮今日送

천하에 모든 생명이 풍족하도다 　群生嘆兮九垠

바위틈에 처하여 기름지고 윤택하니 　壖處兮膏潤

나는 태호[203]와 함께 그 이웃을 함께하리 　我與太皥同其隣

사람이 나고 사람이 늙음이 모두 조화의 운행이고 　人生人老皆化機

꽃이 피고 꽃이 짐도 저절로 하늘의 본심이로다 　花發花落自天眞

---

201 홍균(洪勻) : 도자기를 만들 때 돌리는 큰 물레라는 뜻으로, 대자연이 원기(元氣)를 조화시켜 만물을 생성하는 것을 말한다.

202 청제(靑帝) : 봄을 말한다. 오행(五行)의 설에 따르면 동방(東方)은 목(木)에 속하는데, 목은 또 봄과 청색과 인(仁)을 상징하므로, 봄을 주재하는 귀신을 동황(東皇) 혹은 청제로 부른다.

203 태호(太皥) : 동방(東方)을 맡은 제신(帝神)이다. 《예기》〈월령(月令)〉에 "맹춘의 달은, 제는 태호이고, 신은 구망이다.〔孟春之月, 其帝大皞, 其神句芒.〕"라고 하였다.

왔다가 떠나는 것이 나에게 무슨 상관이랴   其來其去何有我

갈 때는 섭섭하지만 올 때는 친근하네   去則怊悵來則親

내가 봄을 보내는가, 봄이 나를 작별함인가   我送春歟春別我

주렴으로 깊이 가린 곳에서 취하여 몸이 쓰러지네 簾幘深掩醉倒身

화신원

花神怨

꽃이 깊은 산속에 있으니	花在深山裏
원래 사람을 위해 심은 것이 아니어서	元非爲人栽
꽃이 떨어짐은 사람을 위해서가 아니고	落非爲人落
꽃이 피어남도 사람을 위해서가 아니네	開非爲人開
천기를 함께 품부 받아	天機同禀受
홍색과 백색이 각기 무성한데	紅白各枚枚
어찌 일찍이 스스로 이름을 지었으랴	何嘗自爲名
사람이 스스로 이름을 붙인 것이라네	人自名以哉
혹은 흥으로, 혹은 부와 비로	或興或賦比
한 편의 시 속에서 시기하지 않는데	一筆句不猜
너는 존귀하다느니 너는 비천하다느니	伊尊伊卑也
그 호칭이 참으로 웃을 만하네	厥稱堪可咍
날아간 곳에선 절간의 비 되어 내리고	飛處禪家雨
고울 때는 미인의 뺨에 오르는데	姸時美人腮
천 가지 꽃에 제목을 붙이기를	千種加題目
옥가루 같다느니 또는 옥덩이 같다느니 하네	玉糝復瓊瑰
누가 불러서 이르렀는가	有誰招招至
사람들이 나비를 따라 이르러	人逐香蝶來
꽃이 이르다고도 하고 늦다고도 하고	謂早而謂晚
흐드러졌다고도 하고 무더기를 이뤘다고도 하네	謂闌而謂堆

화전을 지지고 술을 빚으며 제 뜻대로 따고　　煮釀惟意摘

베고 깔고 누워서는 꺾을 생각을 않더니　　枕藉罔念摧

손에 쥐고 수풀 사이 집으로 들어가　　携入林間屋

물의 모퉁이에 꽂아두기도 하네　　挿去水之隈

사랑함은 본디 나를 위한 사랑이 아니고　　愛固非我愛

버려둠도 본디 내가 버려둔 것 아닌데　　頹固非我頹

사람들이 사랑할 때는 사람들마다 애태우지만　　人愛人爲癖

내가 쇠약해지면 나 스스로 슬퍼할 뿐이네　　我衰我自哀

지금에서 괴로움을 모두 겪고 나니　　於今備經苦

잠깐 사이에 봄이 또 돌아왔네　　俄頃春又回

억지로 연지와 분가루를 발라보지만　　强理脂與粉

늙은 용모가 부끄러움 자아내니 어이하랴　　老容奈羞媒

화신원에 대한 화답

答花神怨

꽃눈을 맺음은 나의 힘이 아니고	花結非我工
꽃이 피는 것도 내가 재촉함이 아니어서	花發非我督
천기는 본래 사사로움이 없어	天機本無私
붉은색도 되고 녹색도 되네	爲紅或爲綠
짙은 향기는 새벽이슬에 불어나고	醲郁滋曉露
자욱한 기운은 아침 해를 향해 올라	氤氳向朝旭
꽃의 정신은 모든 향을 화합시키고	精神百和香
꽃의 광채는 온 산을 비추어주네	光燄千山燭
사람과 꽃이 함께 돌아가니	人與花同歸
솔솔 부는 동풍에 목욕하여	習習東風浴
봄이 머물 땐 나 또한 머물고	春駐我亦留
봄이 떠나갈 땐 나 또한 급해지네	春去我亦促
쉬이 성쇠가 바뀌어도 상관하지 않고	不關易盛衰
피고 지기를 반복해도 원망하지 않으니	不怨迭榮辱
취하여도 본디 죄가 되지 않지만	醉固不爲罪
깨어나도 본디 보답할 길 없네	醒固不爲贖
꽃이 시들면 나도 응당 시들고	花瘦我當瘦
꽃이 만족하면 나도 응당 만족하는데	花足我當足
일 년에서 삼춘을 다 누리고도	一年管三春
나의 욕심이 한량이 없네	無盡我所欲

가련타, 길가의 꽃은　　　　　　　　　　　可憐路傍花

맞고 보내며 행장을 꾸림이 익숙하고　　　　迎送慣裝束

애석타, 산속의 꽃은　　　　　　　　　　　可惜山中花

피고 지는 것이 홀로 끊어졌다 이어지네　　開落空斷續

짧은 지팡이로 다니다가 쉬며　　　　　　　短筇行處歇

거친 오솔길에 걸음이 비틀거리는데　　　　荒逕步彳丁

한 떨기가 벗할 만하니　　　　　　　　　　一朶是可友

특출 나서 보는 사람들이 놀라네　　　　　　特出衆駭矚

꽃이 세상을 피한 것은 아니나　　　　　　　花非避世者

사람을 멀리하여 스스로 속되지 않으니　　遠人自不俗

그 때문에 서로 따르고 어울림이　　　　　　所以從而游

산꼭대기가 아니면 물굽이라네　　　　　　　山巓復水曲

너는 마음에 집착이 없는데　　　　　　　　爾則心無着

나는 유독 좋아하는 것만 탐하네　　　　　　我則耽偏酷

재능을 품으면 오래 감추기 어려우니　　　　有韞難久藏

상자 속에 든 아름다운 옥을 보네　　　　　　櫝中見美玉

듣지 못했도다, 가죽나무 떡갈나무에　　　　未聞樗櫟材

사람들이 물을 대주었다는 말을　　　　　　爲人灌而沃

오고 가는 사람들 중에　　　　　　　　　　來來去去間

견해가 협소하지 않은 자 누구인가　　　　　有誰見不局

송애 산인에게 부치다
寄松厓山人

들자니 송애가 속이 막히는 증세가 오래되어	聞道松厓病痞久
처방 따라 치료하며 침도 몇 번 맞았다는데	按方療治幾鍼灸
늙어가면 병이 생겨 소생할 날이 없다지만	老去病生無蘇日
군의 병이 더한 이유를 군은 아는가 모르는가	君之病添君知否
바람이 천지를 다니며 만물을 불어주면	風行天地噓萬物
만물마다 저절로 은택을 두터이 입는데	萬物各自被澤厚
한 번이라도 막혀서 순히 흐르지 못하면	一或壅塞流不順
맺혀서 병이 되어 사특한 기운을 받는다네	結而爲病邪魔受
두 눈에 안화가 덮이고 귀까지 어두워지고	雙眼眩花蔽及耳
두 발의 기운이 마비되어 손까지 뻗친다네	兩足氣麻衝亘手
그 근원을 진찰해보면 멀리 있지 않으니	診察厥源不在遠
가슴속에 오르내리는 것이 시와 술이기 때문이네	上下膏肓詩與酒
통곡하던 완적은 막다른 길에서 부르짖었고[204]	痛哭阮郎狂窮途
술 좋아하던 청련은 한 말 술에 잠들었으며[205]	長吸青蓮眠一斗

---

204 통곡하던……부르짖었고 : 완적(阮籍)은 진(晉)나라 때 죽림칠현(竹林七賢)의 한 사람으로 자는 사종(嗣宗)이다. 천성이 호방하고 매인 곳이 없었는데, 때로는 마음 내키는 대로 수레를 타고 정처 없이 가다가 막다른 곳에 다다르면 통곡하고 돌아왔다고 한다.《晉書 卷49 阮籍列傳》

205 술……잠들었으며 : 청련(青蓮)은 당나라 시인 이백(李白)의 호이다. 두보(杜甫)의 〈음중팔선가(飲中八仙歌)〉에 "이백은 한 말 술과 시 백 편으로, 장안 저자의

가낭선은 자기의 정신을 수고롭게 하였고[206]	勞我之神賈浪仙
두공부는 가련하게도 너무 수척해졌다네[207]	憐爾太瘦杜工部
이 또한 목숨을 해롭게 하는 일이 되니	此亦可爲傷生事
군의 병이 지금 어느 것에 해당하는가	君病如今何處有
만약 술 마시고 시 짓는 것이 고질병이 되었다면	若於觴詠崇成痼
고인들도 앓던 병이라 허물이 됨이 없으리	古人貞疾亦无咎

술집에서 잠들었네.〔李白一斗言百篇, 長安市上酒家眠.〕"라고 하였다.

206 가낭선(賈浪仙)은……하였고 : 낭선(浪仙)은 당나라 시인 가도(賈島)의 자(字)이다. 그는 시로 이름을 떨쳤으며, 시어의 조탁에 심혈을 기울여 그의 시체(詩體)를 가낭선체(賈浪仙體)라고 일컬었다.

207 두공부(杜工部)는……수척해졌다네 : 당나라 시인 두보(杜甫)가 검교 공부 원외랑(檢校工部員外郎)을 지냈으므로 두공부라 부른다. 두보는 반드시 좋은 시를 짓고자 하는 의지가 강하였는데, 〈강가에서 바다처럼 너른 물을 만나 짧은 시를 읊다〔江上値水如海勢聊短述〕〉라는 시에서 "나의 성격이 좋은 시구를 찾는 데 탐닉하여, 시어가 남을 놀라게 하지 않으면 죽어도 그만두지 않네.〔爲人性癖耽佳句, 語不驚人死不休.〕"라고 하였다.

영귀정²⁰⁸에서 복사꽃을 구경하다 10수

詠歸亭觀桃花 十首

십 년 동안 붉은 꽃나무 심어	十載栽紅樹
심고 가꾼 노력이 수고로웠네	幾勞培植工
꽃이 피고 나면 잎이 지니	花開而葉落
조화는 사계절이 마찬가지네	造化四時同

두 번째 其二

무릉도원이 다른 세계가 아니고	桃源非別界
세상과 떨어지면 바로 도원일세	隔世卽桃源
지난날 복사꽃 심던 날을 생각하면	憶昔栽桃日
나의 마음속 정원²⁰⁹을 경영한 것이었네	經營我意園

세 번째 其三

마음속 정원이 겨우 절반 이루어지자	意園纔半就

---

208 영귀정(詠歸亭) : 이유원이 경기도 양주 천마산 기슭의 가오곡(嘉梧谷)에 별서(別墅)를 경영하며 지은 정자인데, 지은 시기와 규모는 미상이다.

209 마음속 정원 : 원문은 '의원(意園)'으로 현실에 실재하지 않는 상상의 정원을 말한다. 이유원은 1843년(헌종9) 전원에 거처하려는 뜻을 실현하기 위해 가오곡(嘉梧谷)에 별서를 지을 땅을 마련하고 의원(意園)이라 명명한 뒤 〈귤산의원도〉를 그렸고, 1845년(헌종11) 연행 중에 이 그림을 가지고 가서 중국 명사들의 제발(題跋)을 받았다. 375쪽 주81 참조. 이후 꾸준히 가오곡을 꾸며서 50대에 실제로 가오곡 별서에서 거처하였다. 《林下筆記 卷30 春明逸史 意園圖詩》

늙은 나는 이 사이에서 살게 되었으니 　　　　　老我此間生

탁월하신 주부자처럼 　　　　　　　　　　卓矣朱夫子

어느덧 초가집을 이뤘네[210] 　　　　　　　居然茅棟成

네 번째 其四

흐드러지게 핀들 해로울 것 있으랴 　　　　離披那有妨

너는 늙어도 우리들과는 다르도다 　　　　爾老異吾儕

육륙춘[211]이 아직 남았으니 　　　　　　六六春猶在

어느 땐들 아름답지 않으랴 　　　　　　何時非不佳

다섯 번째 其五

꽃을 찾아가기가 오늘이 좋으니 　　　　訪花今日好

봄이 저문 날에 읊조리며 돌아오리 　　　春莫詠而歸

---

210 탁월하신……이뤘네 : 주부자(朱夫子)는 송나라 주희(朱熹)로, 주희가 복건성 무이산(武夷山)에 무이정사(武夷精舍)를 경영한 것을 가리킨다. 주희는 무이정사를 짓고 나서 〈무이정사 잡영(武夷精舍雜詠)〉이란 여러 수의 시를 지었는데, 그 가운데 〈정사(精舍)〉라는 제목으로 "거문고와 책을 벗한 사십 년에, 몇 번이나 산중 객이 되었던고? 하루에 띳집이 이루어지니, 어느덧 나의 자연이 되었네.〔琴書四十年, 幾作山中客? 一日茅棟成, 居然我泉石.〕"라고 읊었다.

211 육륙춘(六六春) : 온 세상이 늘 모두 봄이라는 말로, 소옹의 시구인 '삼십육궁 도시춘(三十六宮都是春)'에서 따온 말이다. 삼십육궁은 64괘를 가리킨다. 8괘 중 건(乾)·곤(坤)·감(坎)·이(離)의 네 괘는 상하 대칭이므로 항상 같지만, 나머지 넷은 상하로 뒤집으면 달라진다. 즉 진(震)은 뒤집으면 간(艮)과 같고 손(巽)은 태(兌)와 같으므로, 이들을 각각 하나로 치면 8괘가 6괘가 된다. 8괘의 배수로 64괘를 얻듯 6괘의 배수로 36괘를 얻을 수 있다고 치면 36은 곧 온 세상, 온 시절을 총칭하는 수가 된다.

동자가 술병을 가지고 이르니 童子提壺至

앞마을에 옷을 전당 잡히지 않네 前村不典衣

여섯 번째 其六

홍색이 흐드러진 사이에 짙은 녹색이 보이니 紅漲間濃綠

녹색 잎에 붉은 꽃이 바로 복사꽃이라네 綠衫紅是桃

동풍이 홍색을 오히려 아꼈다가 東風紅尙惜

야인의 탁주에 불어넣어주네 吹入野人醪

일곱 번째 其七

일 년 열두 절기에 一年十二節

늦봄이 되기를 고대하니 偏待晚春來

오얏꽃 살구꽃이 모두 지고 나면 李杏都除却

벽옥색 열매에 신선의 인연이 이어지네 仙緣碧玉腮

여덟 번째 其八

흐드러진 꽃을 막 바라보노라니 卽看花灼灼

오래지 않아 열매가 주렁주렁하리 非久實離離

계절이 쉬이 옮겨 가는 것이 時序易遷迭

인간사가 바뀌는 것에 비하랴 況如人事移

아홉 번째 其九

흐르는 물에 복사꽃이 떨어지니 流水桃花落

나루 양옆에 점점이 분홍색 꽃잎 떴네 挾津點點紅

쏘가리가 살지기 참으로 좋으니　　　　　　　　鱖魚肥正好
낚싯줄 드리울 일을 상상해보네[212]　　　　　　料理一絲功

열 번째 其十

말릉에 계절이 이미 늦으니　　　　　　　　　秣陵節已晚
행인의 배가 얼마나 지나갔나[213]　　　　　　幾渡行人船
내가 앉은 한 가지 아래로　　　　　　　　　　坐我一枝下
때때로 미친 듯 나는 벌나비를 보네　　　　　時看蜂蝶顚

212 쏘가리가⋯⋯상상해보네 : 당나라의 은자 장지화(張志和)가 잠시 벼슬살이를 하
다가 물러나와 강호에 노닐며 '연파조도(煙波釣徒)'라 자호하고 낚시로 소일하였는데,
그의 〈어부가(漁父歌)〉 중 "서쪽 변방 산 앞에 백로가 날고, 복사꽃 흐르는 물에 쏘가리
가 살지도다.〔西塞山前白鷺飛, 桃花流水鱖魚肥.〕"라는 구절을 원용한 것이다. 《新唐書
卷196 張志和列傳》

213 말릉(秣陵)에⋯⋯지나갔나 : 나루터에 사람이 분주히 오가는 것을 말한다. 말릉
은 남경(南京)의 옛 이름인데, 이곳의 도엽(桃葉) 나루는 진(晉)나라 왕헌지(王獻之)
가 자신의 애첩 도엽을 여기서 전송하여 붙은 이름이라고 한다.

호조 판서 김만재 세균 는 옛날 춘추관의 동료였는데,[214] 그의 회갑날에 내가 시골집에서 발이 묶여 잔치에 참여하지 못하기에 시로써 기념한다

金晚齋度支 世均 舊日蘭臺右僚也 其甲日 滯鄕廬 未得往參壽席 以詩記之

그대와 교분을 맺은 지 사십 년인데	與子結交四十年
젊어서 성군 앞에서 벼슬살이하였네	眇少周旋聖君前
성군께서 가상히 여겨 비루하다 내치지 않고	聖君嘉乃不卑鄙
좌우에 두시고는 친애하셨네	置之左右而拳拳
상전벽해 자주 겪으며 그럭저럭 살아온 몸이	屢閱滄桑寄生身
잠깐 사이 세 조정을 섬기며 백발이 성성해졌네	倏然三朝白髮翩
그대는 임신생이고 나는 갑술생이라	君生玄黓我閼逢
나보다 두 살 많고 그대가 가장 어질었네	長我二歲君最賢
사지는 양진처럼 하고 진지는 곽광처럼 하니[215]	四知卽楊進止霍

---

214 호조……동료였는데 : 김세균(金世均, 1812~1879)은 본관이 안동(安東), 자는 공익(公翼), 호는 만재(晩齋)이다. 1841년(헌종7) 정시 문과에 급제하여 내외직을 두루 거쳐 벼슬이 판서에 이르렀다. 김세균과 이유원은 1841년에 동년 급제하였고, 춘추관에서 함께 근무한 적이 있다. 김세균은 1873년(고종10) 3월 27일 호조 판서에 임명되었다.

215 사지(四知)는……하니 : 사욕을 탐하지 않고 왕실의 안정을 위해 충성한 것을 말한다. 사지는 후한(後漢) 때 양진(楊震)이 동래 태수(東萊太守)로 부임하는 길에 옛날에 돌보아주었던 왕밀(王密)이 은혜를 갚고자 밤중에 찾아와 아무도 모를 것이라 하며 황금 10근을 바치자, 양진이 "하늘이 알고 귀신이 알고 내가 알고 자네가 아는데, 어찌 알 자가 없다고 하는가.〔天知神知我知子知, 何謂無知?〕"라고 사양하며 황금을 물리친 고사에서 온 말이다. 진지(進止)는 나아가고 그친다는 뜻으로, 한(漢)나라 곽광

그대의 배움과 역량이 일찍 경지에 오름이 부러웠네	多君學力夙入玄
부끄러워라, 나는 서툴고 게으르고 병들어	愧我疎狂懶且病
육십 평생 허송하며 정밀히 연구하지 못했네	六十虛送未精研
풍진세상에 매몰되어 부여된 운명을 따라서	埋沒紅塵隨命賦
바쁘게 한바탕 꿈속처럼 몇 번이나 휘둘렸나	恩恩一夢幾掣牽
빠르고 늦음, 한가함과 바쁨이 절로 때가 있고	速遲閑忙自時日
부유함과 귀함, 가난과 천함이 각기 인연이 있네	富貴貧賤各因緣
적막하고 깊숙한 초당의 대낮에	寂寂深深草堂晝
꾀꼬리 한 소리가 연달아 이어지는데	一聲黃鳥喚綿綿
벌떡 일어나 이것이 무슨 소린지 찾아보니	蹶然而起是何聲
내가 이미 돌아와서 녹음 속에 잠들었네	我已歸來綠陰眠
지난날 나는 짐을 짊어진 것도 아니었고	曩我非爲役擔負
지난날 나는 편미[216]를 잡지도 않았는데	曩我非爲執弭鞭
어찌하여 거칠어지고 다시 혼미해져	如何莽忽復昏瞶
한 몸이 쇠미한 것이 마치 속박된 것과 같은가	一身頹唐若束纏
학질도 아니고, 등창도 아니고, 또 체증도 아닌데	不瘧不癰又不痞
너의 몸뚱이를 괴롭혀 도리어 낫기가 어렵도다	勞爾身形却難痊
들으니, 만재가 예순두 살이 되어	聞道晚齋六旬二
오월 십칠일에 탕과 떡으로 잔치를 한다는데	五月十七湯餅筵

(霍光)은 한 무제의 유조(遺詔)를 받들어 대장군으로서 소제(昭帝)를 보필하였으며, 이어 창읍왕(昌邑王)이 음란하므로 그를 폐위시키고 선제(宣帝)를 옹립하여 한나라 왕실의 안정에 이바지하였다. 《後漢書 卷54 楊震列傳》《漢書 卷68 霍光傳》

216 편미(鞭弭) : 편(鞭)은 말채찍이고, 미(弭)는 꾸미지 않은 활이다. 왕의 행차 때 쓰던 도구들인데, 전하여 임금의 곁에서 모시는 무관을 말한다.

부춘산의 준치와 금화의 보리밥을 　　　　　　　富春鰣魚金華麥

함께 잔칫상에 올려 진미가 완전하리라 　　　　　共登案頭珍味全

내가 짐짓 저 술잔에 나의 술을 따르고 　　　　　我姑酌彼我之酒

멀리 있는 잔치 음식에 하릴없이 침을 흘리는데 　遙隔需雲謾流涎

반평생 오랜 교분을 금석에 의탁했으므로 　　　　半生宿契托金石

어찌 보답할까 마음만은 늘 절실했네 　　　　　何以報之心常懸

그대에게 흰 구름을 주려 해도 구름이 떠나지 않고 　贈君白雲雲不去

그대에게 삼봉을 주려 해도 봉우리가 움직이지 않네 　與君三峯峯不遷

나는 이 사이에서 금함이 없는 자연을 취하니 　我於此間取無禁

만약 군이 때때로 방문해준다면 　　　　　　若君時時來惠然

어느 돌이 평천장의 돌이 아니며 　　　　　何石不是平泉莊

어느 물이 적벽강의 뱃놀이가 아니랴[217] 　　何水不是赤壁船

도처에서 만나니 바로 서울 시 모임의 시인들인데 　到處相逢是洛社

어부의 통발이 아님이 없음을 깨달았네[218] 　　悟解無非漁人筌

성군의 은택을 노래하자니 나는 늙었고 　　　歌詠聖澤吾老矣

눈앞을 지난 사물마다 구름 안개처럼 사라졌네 　過眼物物皆雲煙

---

217 어느 돌이……아니랴 : 평천장(平泉莊)은 당나라 무종(武宗) 때 재상 이덕유(李德
裕)의 별장으로, 기이한 꽃나무와 괴석 등이 어우러져 선경(仙境)에 비견되었다고 한다.
적벽강(赤壁江)의 뱃놀이는 송나라 소식(蘇軾)이 황주(黃州)에 유배되었다가 임술년
(1082) 7월과 10월에 적벽강에서 노닐면서 〈적벽부(赤壁賦)〉를 지은 일을 말한다. 7월에
지은 것을 〈전적벽부(前赤壁賦)〉, 10월에 지은 것을 〈후적벽부(後赤壁賦)〉라 한다.
218 어부의……깨달았네 : 이유원이 그동안 친구들을 잊고 살아가고 있었다는 의미
로 보인다. '어부의 통발'이란 물고기를 잡고 나면 통발을 잊어버린다는 득어망전(得魚
忘筌)의 고사를 가리킨다. 395쪽 주135 참조.

그대는 나를 기다리고 나는 그대를 기다리니 　君其俟我我俟君

원컨대 태평시대에 평지의 신선이 되어보세 　願作太平平地僊

.

임 상서 백수 가 은퇴함에 부치다[219]

寄任尙書 百秀 致政

사람의 어려운 도리 중에 어떤 일이 어려운가	人道難難何事難
어려움 중에 가장 어려운 것이 몇 가지 있네	難中最難總若干
촉산의 어려움[220]은 오히려 평탄한 길이고	蜀山之難猶坦途
염여의 어려움[221]은 오히려 얕은 여울일 뿐이며	灔澦之難猶淺灘
유교의 도를 넓히라는 말은 엿보기 어렵지 않고	儒門弘道不難窺
불교의 본성을 버리라는 말은 살피기 어렵지 않네	釋家虛性不難觀
기는 시로 읊기 어렵고 소리는 그려내기 어려우나	氣難於詩聲難畫
고인이 왕왕 그 단서를 얻었고	古人往往得其端
재주는 검에서 드러내기 어렵고 음은 알아주기 어려우니	
	材難於釖音難知
뜻있는 선비가 몸을 떨쳐 그 기쁨을 얻었네	志士滾滾得其歡

219 임 상서가 은퇴함에 부치다 : 임백수(任百秀, 1797~?)는 본관이 풍천(豐川),
자는 치호(稚皓)이다. 1839년(헌종5) 정시 문과에 급제하여 내외직을 두루 거쳐 벼슬
이 판서에 올랐다. 임백수는 1873년(고종10) 4월 21일 치사(致仕)를 청하는 상소를
올렸고, 5월 4일 봉조하(奉朝賀)에 제수되었는데, 이때 이유원이 시를 지어 보낸 것으
로 보인다.

220 촉산(蜀山)의 어려움 : 중국의 낙양(洛陽)에서 촉(蜀) 땅까지 천 리가 잔도(棧
道)로 이어진 험로를 가리키는데, 당나라 이백(李白)의 〈촉도난(蜀道難)〉에 자세히
묘사되어 있다.

221 염여(灔澦)의 어려움 : 염여는 염여퇴(灩澦堆)를 가리킨다. 배를 타고 무사히
건너기가 불가능할 정도로 험하다는 장강(長江) 구당협(瞿塘峽)의 여울물을 가리킨다.

세 가지, 다섯 가지, 열 가지 어려움 이외에도	難三難五難十外
어렵고 어려운 일 있으니 참으로 한탄스럽네	有難有難堪可嘆
입신이 이미 어렵고 물러나기도 또 어려우니	立身旣難退又難
백 가지 천 가지 어려움도 어렵기는 마찬가질세	百難千難難一般
내가 은퇴를 청한 것이 열두 번의 상소인데	我之求退十二章
나의 충심을 붓끝으로 표현해내기 어려웠네	匠心難成筆華闌
이 사이에 겪은 일을 이루 말로 다하기 어려우니	這間閱歷言難盡
그대는 내 말을 들어보소, 나는 속이지 않으리라	請君聽我我不瞞
유관과 심암이 경산으로 떠난 뒤에	游觀心庵京山後
고갯마루 매화는 무난하게 돌아오는 길에 넘쳤고[222]	嶺梅無難歸路漫
이조 판서를 지낸 윤과 조, 판종을 지낸 이는	尹趙冢宰李判宗
한 가지 어려움도 겪지 않고 급류에서 물러났네[223]	一難未經辭急湍
열한 번의 봄 풍경을 보내기 어렵지 않았으니	十一春光不難送
나만 홀로 어렵고 어려워 걸음이 비틀거렸네	獨我難難步蹣跚
어찌하여 임씨 노인은 정성과 믿음이 지극하여	如何任老誠孚格

222 유관(游觀)……넘쳤고 : 유관은 김흥근(金興根, 1796~1870)의 호이고, 심암(心庵)은 조두순(趙斗淳, 1796~1870)의 호이다. 원문의 '경산(京山)'은 원시천존(元始天尊)이 거처하는 옥경산(玉京山)으로 사람이 죽은 것을 비유한다. '고갯마루 매화〔嶺梅〕'는 기후의 차이에 따라 남쪽과 북쪽의 개화 시기가 다르다는 중국 대유령(大庾嶺)의 매화이다.

223 이조……물러났네 : '급류에서 물러났다'는 것은 벼슬자리에서 과감히 물러난다는 의미이다. 당시에 이조 판서를 지낸 이로 윤정현(尹定鉉), 조병창(趙秉昌), 조성교(趙性敎)가 있고, 판종정경(判宗正卿)을 지낸 이로 이도중(李禶重), 이돈영(李敦榮) 등이 보이는데, 누구를 지칭한 것인지는 미상이다.

두 통의 상소로 어렵지 않게 주옥같은 충정을 올렸는가[224]

二函不難呈琅玕

일찍이 어려움을 달게 여겨 험한 곳을 헤쳐 왔고　不曾難難涉險巇

일찍이 어려움을 달게 여겨 짠맛 신맛 맛보았네　不曾難難嘗醎酸

천하와 고금에서 극히 어려워하던 일인데　天下今古極難處

평지의 신선이 된 것을 쉽게도 보게 되었네　平地作仙容易看

태평 세상에는 본래 편히 물러가는 선비가 많으니　聖世元多恬退士

그 때문에 나의 뜻을 아직까지 달래기 어려웠네　所以我志迄難寬

아, 어렵고도 다시 어렵도다　嗟矣難哉復難哉

이 어려움 풀지 못하면 스스로 편안키 어려우리　此難未成難自安

금 화로의 이미 식은 재는 다시 피우기 어렵고　難煽金爐灰已冷

옥산의 점차 사라지는 눈을 되돌리기 어렵네　難挽玉山雪漸殘

수초[225]의 한 계책이 이토록 어려우니　遂初一計難如是

인간 세상 세 글자 직함[226]이 어떤 관직이런가　人間三字是何官

---

224 임씨(任氏)……올렸는가 : 임백수는 상호군(上護軍)의 신분으로 1873년(고종10) 4월 21일과 5월 4일에 두 차례 사직소를 올렸다.

225 수초(遂初) : 벼슬을 그만두고 은거하려고 했던 본래의 뜻을 이룸을 말한다. 진 (晉)나라 손작(孫綽)이 〈수초부(遂初賦)〉를 지어 산림(山林)에 숨어 살려는 자신의 뜻을 서술한 고사가 있다. 《晉書 卷56 孫綽列傳》

226 세 글자 직함 : 봉조하(奉朝賀)를 가리킨다. 366쪽 주56 참조.

봉선사[227]에서 비를 만나
奉先寺遇雨

내가 산사를 찾을 때마다 반드시 비를 만나니	我尋山寺必遇雨
비를 맡은 신이 나와 한 몸인 듯하네	雨師與我同一府
상악산 설악산 운악산에서 발이 묶였고	霜嶽雪嶽雲嶽滯
성사 덕사 암사[228]에서 괴로움 겪었는데	聖寺德寺巖寺苦
칠불전[229] 앞에서 부르튼 발이 미끄러웠고	七佛殿前繭足滑
오세암[230] 아래선 밀랍 칠한 나막신에 의지했네	五歲庵下蠟屐努
오늘 봉선사에 와서 유숙하니	今日來宿奉先寺
어찌하여 비바람이 또 울부짖는가	如何風雨又號怒

227 봉선사(奉先寺) : 경기도 남양주시 진접읍 부평리에 있는 절이다. 969년(광종20)에 법인국사(法印國師) 탄문(坦文)이 창건하여 운악사(雲嶽寺)라고 하였는데, 조선에 들어와 1469년(예종1)에 세조의 비 정희왕후(貞熹王后) 윤씨(尹氏)가 세조를 추모하여 능침을 보호하기 위해 89칸의 규모로 중창한 뒤 봉선사라고 하였다.

228 성사(聖寺) 덕사(德寺) 암사(巖寺) : 성사는 미상이다. 덕사는 남양주 수락산에 있는 흥국사(興國寺)를 가리키는 듯하다. 350쪽 주19 참조. 암사는 불암산에 있는 불암사(佛巖寺)를 가리키는데, 이유원은 1872년(고종9) 10월 18일 차자(箚子)에 대한 비답을 퇴계원(退溪院)에서 받고 날이 저물어 불암사에서 잔 일이 있다. 391쪽 주128 참조. 《林下筆記 卷26 春明逸史 名山歷覽》《林下筆記 卷35 薛荔新志》

229 칠불전(七佛殿) : 강원도 오대산 월정사(月精寺)에 있었던 칠불보전(七佛寶殿)을 가리키는데, 6·25 전쟁 때 전소되었다. 1968년에 적광전(寂光殿)으로 개창되어 월정사의 중심 건물이 되었다.

230 오세암(五歲庵) : 삼국 시대 선덕여왕 때 창건된 암자로 강원도 설악산 만경대(萬景臺)에 있으며, 백담사(百潭寺)의 부속 암자이다. 225쪽 주483 참조.

청정한 도량이 속세의 발자취를 싫어하여　　　　　清淨道場厭塵迹

일부러 상양[231]을 풀어 공중에서 춤추게 하는가　　故放商羊空中舞

절에서 마음을 닦겠다던 생각을 온통 망각하고서　一切隨喜都忘却

깊숙이 들어앉아 향을 사르며 봉창을 닫았네　　　深深爇香閉蓬戶

평생 참선하는 법을 익히지 않았으니　　　　　　　生平不習入定法

한 가지 담론거리인들 누가 있어 주관하랴　　　　一枝談柄有誰柱

도롱이 걸치고 급히 산문 밖으로 나오니　　　　　披簑急出山扃外

구름 끝의 해가 아직 정오도 되지 않았네　　　　　雲末白日未當午

231　상양(商羊) : 큰비가 오기 전에 한쪽 다리를 구부리고 춤을 춘다는 전설상의 새 이름으로 비양(飛羊)이라고도 한다. 《공자가어(孔子家語)》〈변정(辨政)〉에 "큰비가 오려고 할 때에는 상양이 춤추는 동작을 취한다.〔天將大雨, 商羊鼓舞.〕"라는 구절이 있다.

자잠녹순가
紫岑綠蓴歌

자잠의 순채 싹이 옥보다 푸르기에	紫岑蓴芽碧於玉
빗속에 가오곡 골짜기 물굽이에 옮겨 심었네	雨中移來梧溪曲
지팡이와 신발로 이리저리 날마다 계곡을 거닐며	杖屨逶迤日巡溪
풀도 뽑고 모래도 골라내라 동복에게 이르네	耘草揀沙詔僮僕
며칠 밤을 자라더니 새순이 돋아나	數夜苗長新蓴出
광주리에 수북할 만큼 되어 적은 양이 아니네	筐筥紛紛非一束
주인옹이 옳다구나 소리치며 소매를 걷고 움키니	主翁叫奇褰袖掬
보드랍고 뾰족한 잎이 끊어졌다 이어지네	滑膩尖銳斷而續
연꽃을 닮은 듯 아닌 듯 잎마다 둥글고	若荷非荷箇箇圓
마름이 아닌 듯 닮은 듯 점점이 기름지네	非菱若菱點點沃
고르고 삶아서 그릇에 담아 올리니	芼之湘之盛以進
밥상머리에 풍성하게 거친 밥의 짝이 되네	案頭狼藉伴脫粟
부드럽고 쌉쌀함이 뜯어온 고사리[232]에 비해 어떠한가	

---

232 고사리 : 원문의 '별각(鼈脚)'은 고사리를 가리키는 것으로 추정된다. 《시경》〈소
남(召南) 초충(草蟲)〉의 "저 남산에 올라가서, 고사리를 캐노라.〔陟彼南山 言采其蕨〕"
라는 구절에 대해 정현(鄭玄)은 전(箋)에서 "궐(蕨)은 《모시초목조수충어소(毛詩草木
鳥獸蟲魚疏)》에서 '주(周)와 진(秦)에서는 궐(蕨)이라 하고, 제(齊)와 노(魯)에서는
별(虌)이라 한다.'라고 하였다. 별(虌)은 별(鼈)로 되어 있는 책도 있으니, 세속에서는
'처음 돋아난 것이 흡사 자라의 다리 같아서 그렇게 이름한 것이다."라고 하였다. 《毛詩
註疏 卷1 召南鵲巢詁訓傳 第2 草蟲》

담담하고 미끈함이 캐온 씀바귀[233]보다 훨씬 낫네　　軟澁何如鼈脚採

땅이 반수가 아닌데 어디서 순채를 얻었는가[234]　　澹凝絶勝鴛兒㾗

교초[235]와 용연[236]처럼 물 가운데서 자맥질하네　　地非泮水焉得茆

자잠은 가오곡과 수십 리가량[237] 떨어진 곳인데　　鮫紵龍涎波心浴

이십 년 이래로 어찌 보지 못했던가　　岑之距梧由旬地

지난날 세상 속에서 바삐 시달리다 보니　　二十年來胡未矚

지척의 선경에 나의 발걸음이 늦었도다　　曩日逐逐紅塵中

야인이 내가 가을바람에 떠오른 생각[238]을 알아채고　　咫尺仙境遲我躅

　　野人解我秋風想

---

233 씀바귀 : 원문의 '아아(鴌兒)'는 아아채(鴌兒茱)라 하여 씀바귀를 가리킨다.《朝鮮後期 漢字語彙 檢索辭典 鴌兒茱》

234 땅이……얻었는가 : 반수(泮水)는 반궁(泮宮)의 옆을 흐르는 물을 말한다.《시경》〈노송(魯頌) 반수(泮水)〉의 "즐거운 반수에서, 잠깐 순채를 뜯노라.〔思樂泮水, 薄采其茆.〕"라는 구절에 대해, 집전(集傳)에서 "묘는 부규(鳧葵)로서 잎의 크기가 손바닥만 하고 붉고 둥글며 미끄러우니, 강남 사람들이 순채라 이르는 것이다.〔茆, 葉大如手, 赤圓而滑, 江南人謂之蓴茱者也.〕"라고 하였다.

235 교초(鮫綃) : 전설 속의 교인(鮫人), 즉 인어가 짰다는 비단이다. 이것으로 옷을 해 입으면 물에 들어가도 젖지 않는다는 전설이 있다.《述異記 卷上》

236 용연(龍涎) : 용연향을 말한다. 향유고래의 분비물이 굳어져 바다를 떠다니거나 해안으로 밀려온 것으로, 극히 귀한 향료이다.《沁園春 美人指甲詞》

237 수십 리가량 : 원문의 '유순(由旬)'은 옛날 인도의 거리 단위로 80리, 60리, 40리 등 여러 설이 있다. 유순나(由旬那), 유순(由巡), 유연(由延), 유선나(踰繕那) 등으로도 쓰인다.

238 가을바람에 떠오른 생각 : 진(晉)나라 때 장한(張翰)이 낙양(洛陽)에서 벼슬하다가 가을바람이 일어나는 것을 보고는 자기 고향인 강남 오중(吳中)의 순챗국과 농어회가 생각나 즉시 벼슬을 버리고 고향으로 돌아갔던 고사에서 유래하였다.《晉書 卷92 文苑列傳 張翰》

나에게 얼음 같은 잎이 막 무성해졌다 일러오네	告我氷葉始繁縟
벼슬하려는 심정은 평소 물 한 잔처럼 작았으니	宦情平生水一杯
고해의 죄과는 한 잔의 물로 갚아버리고	苦海罪過使之贖
걸상에 기대 가슴을 풀고 호탕하게 앉아서	據床露胸浩然坐
탁자를 두드리며 맛 좋은 술 가져오라 재촉하네	鳴桌呼呼旨酒促
실컷 마시고 〈귀거래사〉를 읊으니	痛飲朗讀歸去來
동쪽 울타리에 푸성귀가 푸르단 말 듣지 못했네[239]	未聞東籬嘉茱綠
푸성귀는 본래 산에 있는데 지금은 물에 있으니	蔬本在山今於水
남들은 습관을 떠나지 못하지만 내 어찌 국한되랴	人不離臼我何局
갈수록 풍미가 강남을 생각나게 하리니	轉敎風味憶江南
원컨대 해마다 내 소원을 채워주었으면	願充年年我所欲
영약이란 수명을 늘리는 구기자뿐이라 말하지 말라	靈餌莫道杞能壽
맑은 운치가 어찌 속되지 않은 대나무뿐이랴	淸韻奚獨竹不俗
우스워라, 세상 사람들이 용고기를 말하지만[240]	堪笑世人談龍肉
일찍이 수풀 아래서 영욕을 잊은 적 있었던가	何曾林下忘榮辱
오장육부에 스며드는 못가의 나물이	徹底腑臟池上茱
구하지 않아도 이르니 그럭저럭 자족하네	不求而至聊自足

---

239 실컷……못했네 : 진(晉)나라 도연명(陶淵明)보다 풍류가 못하지 않다는 말이다. 도연명이 팽택 령(彭澤令)을 지내다가 벼슬을 그만두고 돌아가면서 〈귀거래사(歸去來辭)〉를 지었고, 고향 율리(栗里)로 돌아와서 국화를 애호하며 지냈는데, 그의 〈음주(飮酒)〉시 중 "동쪽 울타리에서 국화를 따면서, 아득히 남산을 바라보노라.〔採菊東籬下, 悠然見南山.〕"라는 구절이 유명하다.

240 용고기를 말하지만 : 용고기는 지극히 귀하지만 구할 수 없는 것이므로 공리공론을 의미한다.

석양에 지팡이 짚고 크게 웃으며 돌아오니   夕陽放杖大笑歸

취한 눈이 어둑하여 걸음이 어칠비칠하네   纈眼矇矓步彳亍

옛 상자에서 종이 하나를 얻으니 칙사 서상이 나에게 준 시였다.[241] 음운이 청신하기에 그 시에 차운하여 회포를 적다

舊篋得一紙 乃勅使瑞常贈余詩也 音韻淸新 追步書懷

삼십 년 세월 동안 껍데기만 부지하다가	三十光陰形殼支
어느덧 아리땁던 모습도 이미 쇠약해졌네	居然丰質已衰姿
그대는 어느 곳에서 변방의 중임을 맡았는가	君曾何處屛藩重
나 또한 긴 여정에 비와 눈밭을 내달렸네	我亦長程雨雪馳
전에 칙사로 왔던 일은 다시 얻기 어려우니	前到星軺難更到
지난날 의주 관아의 만남이 지금까지도 아련하네	昔時館驛尙今時
소주 항주 일대에 비린내가 가셨으니	蘇杭一路腥塵淨
그대의 큰 절개를 중원의 사녀들도 알리라[242]	弘節中州士女知

241 서상(瑞常)이……시였다 : 서상(?~1872)은 자가 지생(芝生), 호는 서초(西樵)로 몽고 진강기(鑲紅旗) 사람이다. 도광 12년(1832)에 진사가 되어 내외직을 두루 역임하고 문연각 태학사(文淵閣太學士)에 올랐다. 세 조정을 섬기면서 신중하게 처신하여 실수가 적었고, 여러 차례 문병을 관장하였다. 서상은 1849년(철종 즉위년) 12월에 철종의 즉위를 기념하러 책봉 정사(冊封正使)로 왔는데, 우리나라 역사 기록에는 이름이 드러나 있지 않다. 이유원은 1848년(헌종14) 8월부터 1850년(철종1) 6월까지 의주 부윤(義州府尹)으로 재임하였는데, 당시 서상이 의주에 들렀다가 이유원에게 사시향관(四時香館)이란 글씨를 써주고 도장을 선물하였다고 한다.《林下筆記 卷25 春明逸史 中國士友贈遺》《林下筆記 卷31 旬一編 勅使見地方官下馬》

242 소주(蘇州)……알리라 : 이유원은 의주 부윤으로 재직하면서 칙사 서상(瑞常)과 화색본(和色本)을 만난 후로 이 둘과 계속 소식을 주고받았는데, 중간에 두 칙사가 남비(南匪)의 전쟁에서 죽었다는 소식을 들었으므로 이런 말을 한 것으로 보인다.《林下筆記 卷31 旬一編 勅使見地方官下馬》

내가 일찍이 의주 부윤으로 있을 때, 중국 사람이 오래된 족자를 주었는데 "봄풀 우거진 언덕 앞에 백만 명의 군대, 붉은 비단 장막 안에 일개 서생일세. 지금 비로소 문장이 귀함을 믿노니, 밤에 원융에게 오경을 알리는 소리를 듣네."라는 시와 "숭정 12년 안문 손전정²⁴³이 쓰다."라는 관지가 적혀 있었다. 시와 글씨가 웅건하여 공경할 만하였다

余曾守灣州時 中州人贈一古軸題云 青草坡前百萬兵 紅紗帳內一書生 而今始信文章貴 夜聽元戎報五更 款識曰 崇禎十二年雁門孫傳庭書 詩 與筆雄健可敬

서쪽 변방을 어느 해에 일만 병사로 수비했는가　西塞何年戍萬兵

동쪽 천마산에 돌아가 누우니 전생의 일인 듯싶네　東山歸臥隔前生

인간 세상에 문장 짓는 솜씨 쓸모없으니　人間無用文章手

적막하게 외로이 읊조리며 오경까지 앉아 있네　寂寞孤吟坐五更

---

243 안문(雁門) 손전정(孫傳庭) : 손전정(1593~1643)은 명말의 이름난 장수로 자가 백아(伯雅), 호는 백곡(白谷)이며, 안문(雁門)이라 일컫는 대주(代州) 진무위(振武衛) 출신이다. 숭정 9년(1636)에 섬서 순무(陝西巡撫)로 부임하여 반란을 일으킨 틈왕(闖王) 고영상(高迎祥)을 죽여 하남 지방 농민 반란을 평정하였다. 숭정 15년(1642)에 섬서 총독(陝西總督)으로 병부상서의 직함을 지니고 이자성(李自成), 장헌충(張獻忠) 등의 군대를 진압하다가 섬서의 동관(潼關)에서 전사하였다.

고괴농곡[244]

古槐濃曲

고괴농, 고괴농	古槐濃古槐濃
산이 깊어진 사월에 꾀꼬리가 나를 부르네	山深四月鶯喚儂
나를 부르며 어찌 늙은 느티나무에서 부르는가	喚儂胡爲古槐喚
늙은 느티나무는 부스스한 머리는 필요가 없도다	古槐無用髮鬅鬆
부스스한 머리는 소나무 잎에 무성하고	髮鬅鬆松葉繁
짙은 녹음이 땅을 덮으니 풀이 무성하도다	重陰覆地草茸茸
그늘에 앉고 그늘에 누우니	坐於陰臥於陰
푸른 잣나무도 아니고 푸른 소나무도 아니로다	非栢之翠非蒼松
고괴농 울음소리에 버들가지가 기니	古槐濃柳絲長
그 속에 꾀꼬리가 어여쁜 모습을 단장하네	中有黃鳥冶麗容
은근히 나를 부르며 교묘한 혀를 놀리는데	慇懃招我弄巧舌
큰 나무는 움직이지 않고 종처럼 앉았네	大木不動坐如鍾
한 번 울어 무성해지고 무성해지자 다시 우니	一囀濃濃再囀
작은 술잔으로 너른 바다를 어찌 헤아리랴	勺蠡其奈溟渤溶
무성해질수록 다시 울고 지저귀니	濃濃復囀囀
개밋둑이 어찌 태산 봉우리가 될 수 있으랴	邱垤焉能泰山峯

---

244 고괴농곡(古槐濃曲) : 꾀꼬리 소리를 고괴농(古槐濃)으로 표현하여 악부 형식으
로 지은 시인데, '늙은 느티나무가 무성하다'는 뜻도 중의적으로 내포하고 있다. 이유원
은 꾀꼬리가 이른 시절에는 '고괴농'이라 울고, 늦은 계절에는 '괴외롱(怪聵聾)'이라
운다고 하며 각각 지은 시가 있다. 《嘉梧藁略 冊4 怪聵聾曲》

고괴농가를 부르지 말지어다 　　　　　　　　　古槐濃歌須莫唱

마음은 자리처럼 말 수 없고[245] 가슴은 막혀선 안 되네

　　　　　　　　　　　　　　　　　　　席不卷心茅不胸

고괴농가를 부르지 말지어다 　　　　　　　　　古槐濃歌須莫唱

젊어서 병이 많더니 늙어가며 게을러지네 　　　少而多病老而慵

깊은 산 후미진 곳에 즐거이 터를 잡되 　　　　深山僻處樂爲地

흐르는 물 시냇가는 따라가지 말지어다 　　　　流水溪邊且莫從

---

245 마음은……없고 : 《시경》〈백주(柏舟)〉의 "내 마음은 돌이 아니라서 굴릴 수도 없고, 내 마음은 돗자리가 아니라서 걷어치울 수도 없다.〔我心匪石, 不可轉也. 我心匪席, 不可卷也.〕"라는 말을 원용한 것이다.

만재에게 지팡이를 드리다[246]

贈筇晩齋

나에게 몸에 편한 지팡이가 있어	我有便身杖
그대에게 주어서 몸을 편하게 하네	贈君任便身
몸이 편한 것이 좋지 않을 리 없지만	便身非不好
충정을 바치는 왕의 신하를 어이하랴[247]	蹇蹇奈王臣

246 만재(晩齋)에게 지팡이를 드리다 : 만재는 김세균(金世均)의 호로 본관은 안동(安東), 자는 공익(公翼)이다. 김세균의 약력 및 이유원과의 관계는 454쪽 주214 참조.

247 충정을……어이하랴 : 김세균이 왕의 일에 부지런하여 지팡이를 짚을 겨를이 없을 것이라는 뜻으로 보인다. 원문의 '건건(蹇蹇)'은 《주역》〈건괘(蹇卦) 육이(六二)〉의 "왕의 신하가 부지런한 것은 자신을 위해서 그런 것이 아니다.〔王臣蹇蹇, 匪躬之故.〕"라는 말에서 나왔다.

갈도석각가

葛島石刻歌

영남의 기성현(岐城縣) 바닷가에 '서불과차(徐市過此)'라는 네 글자가
있는데,[248] 땅이 일본과 인접하였다. 중국 사람들이 탁본을 보더니 "두
글자는 옳은데, '과차(過此)' 두 글자는 틀렸다."라고 하였다. 나의 소견
으로 말하자면 '과차' 두 글자가 천 년을 흘러왔으므로 '전혀 근거가 없다'
고 말해선 안 되리라. 옛것에 해박한 선비가 바로잡아주기를 기다린다.

어떤 사람이 바닷가의 글씨 탁본을 가지고 와서	有人手持海上刻
나에게 새겨진 글자를 해석해보라 권하는데	勸我解釋字之泐
옛것을 좋아하는 선비가 지금은 적막하니	嗜古之士今寂寞
완구가 죽은 뒤에 완당이 생각나네[249]	宛丘去後阮堂憶
종이에 떠내니 네 글자가 기이한데	一紙榻出四字奇
금석을 고증함에 누가 있어 알아보랴	金石攷訂有誰識

248 영남의……있는데 : 경상남도 남해군 상주면 양아리에 있는 일명 '남해 양아리
석각'을 가리킨다. 기성현(岐城縣)은 본래 경상남도 거제도의 옛 이름인데, 남해군이
바로 인접한 지역이므로 혼동한 듯하다.
249 옛것을……생각나네 : 완구(宛丘)는 신대우(申大羽, 1735~1809)의 호로 본관
은 평산(平山), 자는 의부(儀夫)이다. 1784년(정조8)에 음보로 진출하여 세자의 교육
에 많은 역할을 하였고, 벼슬이 참판에까지 올랐으며, 시문과 글씨에 뛰어났다. 완당(阮
堂)은 김정희(金正喜)의 호이다. 김정희는 378쪽 주90 참조.

태곳적의 눈이 녹고 전란의 먼지가 씻기니	太古雪盡劫塵洗
가파른 돌길이 경사진 비탈을 마주했네	石棧崣崣對傾仄
더위잡고 올라가 몸을 붙여 간신히 지탱하며	躋攀附貼援而踞
고생스럽게 쓰다듬으며 숨조차 죽이니	捫歷辛苦仰脅息
이천 년 전의 단사의 흔적이 남았고	二千年前丹沙痕
위아래가 검푸르게 동일한 색이네	上下蒼蒼同一色
진시황이 죽지 않으려고 신선을 찾아서	嬴童惜死求神僊
급히 서불을 우뚝한 삼신산으로 보냈는데	急送徐市三山特
삼신산이 동해 속에 있는 줄 알았으니	三山知在東海中
동해의 동쪽이며 남해의 곁이었네	東海之東南海側
남해는 멀리 서쪽 진나라²⁵⁰로 길이 통하니	南海遙通西雍路
진나라 배가 망망대해에 순풍을 탔네	秦船風利茫無極
어느 날에 붓을 들고 절벽을 향해 휘둘렀나	何日擧筆仰壁灑
교차하고 굴곡지니 먹물 흔적이 선명하네	交錯屈折淋漓墨
나의 해석도 보통 사람과 다르지 않은데	我釋不與凡人殊
연경 선비의 다른 의견에 의혹만 더욱 짙어지네	燕士歧論偏滋惑
연경의 선비들이 원래부터 박식함을 좋아하여	燕士原來好淹博
고증하고 증명하는 풍조는 북방이 강하다네	攷據之癖强哉北
역산의 고비와 기양의 석고²⁵¹는	嶧山古碑岐陽鼓

---

250 서쪽 진나라 : 원문의 '서옹(西雍)'은 서쪽의 옹주(雍州)라는 뜻으로, 중국 섬서
성을 가리킨다. 진(秦)나라가 자리한 섬서성 서안(西安) 일대를 진옹(秦雍)이라 한다.

251 역산(嶧山)의……석고(石鼓) : 역산의 고비(古碑)는 역산비(嶧山碑)로, 진시황
(秦始皇)이 재위 28년에 순행 도중 역산에 올라가 진나라의 공덕을 찬송하며 새긴 비석
인데, 승상 이사(李斯)가 소전체(小篆體)로 새겼다고 한다. 기양(岐陽)은 섬서성 기산

음과 훈을 분분히 따져 옛 법식을 고증하였는데	音訓紛紜辨舊式
허씨의 《설문해자》는 무엇을 위해 지었는가[252]	許氏說文何爲作
등공은 곽의 명문을 억측해 논단하였네[253]	滕公槨銘斷以臆
확정된 견해가 있지 않아 각기 문호를 세우니	非有定見各立門
이쪽 말은 이렇다 하고 저쪽 말은 저렇다 하네	此言亦或彼言或
사람들이 나의 말을 아무도 믿지 않으니	人莫信夫我之言
우자의 일득을 자신할 수가 없네[254]	未可自信愚一得
사일과 백개[255]가 다시 일어나지 않으면	史佚伯嘈不復起

(岐山)의 남쪽을 가리키고, 석고는 주 선왕(周宣王)의 석고문(石鼓文)을 말한다. 주 선왕 때 사주(史籒)가 선왕의 공덕을 칭송하는 글을 지어서 새겨놓은 돌인데, 그 모양이 북과 비슷하다 하여 석고라 한다.

252 허씨(許氏)의……지었는가 : 허씨는 후한의 학자 허신(許愼)으로 자는 숙중(叔重)이다. 그가 저술한 《설문해자(說文解字)》30권은 중국 최초의 자서(字書)로, 당시 통용 한자 9353자, 고문(古文)·주문(籒文) 등 1163자를 540부(部)로 분류하여 육서(六書)에 따라 그 음과 뜻을 분석하였다.

253 등공(滕公)은……논단하였네 : 등공은 한고조(漢高祖)의 명신인 하후영(夏侯嬰)의 봉호이다. 등공이 말을 타고 가다가 동도문(東都門) 밖에 이르자 말이 울면서 앞으로 나아가지 않은 채 발로 오랫동안 땅을 구르기에 사졸을 시켜 땅을 파보니, 깊이 석 자쯤 들어간 곳에 석곽(石槨)이 있고 거기에 "가성(佳城)이 울울(鬱鬱)하니, 3천 년 만에 해를 보도다. 아! 등공이여, 이 실(室)에 거처하리라."라는 글이 새겨져 있어서 등공이 죽은 후 그곳에 장사 지냈다고 한다. 《西京雜記 卷4》

254 우자(愚者)의……없네 : 자신의 해석에 자신이 없다는 말이다. '우자의 일득(一得)'이란 어리석은 사람도 여러 번 생각하다 보면 한 번은 좋은 의견을 낼 수 있다는 뜻이다. 한(漢)나라 때 이좌거(李左車)가 한신(韓信)에게 "지혜로운 이도 천 번 생각하면 한 번은 잘못이 있고, 어리석은 자도 천 번 생각하면 한 번은 좋은 계책을 얻을 수 있다."라고 한 말에서 유래되었다. 《史記 卷92 淮陰侯列傳》

255 사일(史佚)과 백개(伯嘈) : 사일은 주(周)나라 사관(史官) 윤씨(尹氏)를 가리키

애석해라, 문자의 경지에 아무도 들어가지 못하리	咄咄無人入閫域
대체로 서법이란 바다를 보는 것과 같아	大都書法如觀海
넓고도 세차서 깊이를 헤아릴 수 없네	浩浩澎澎深不測
후대에 장구나 표절하는 무리들이	後代剽竊章句徒
진한 시대의 석각 글씨를 감히 논하랴	敢言秦漢石墨勒
바른 획을 찾지 않고 기괴함만 일삼으면	不尋正畫事弔怪
원기가 침식되기 쉬운 잘못을 범하고 마네	失於元氣耽於蝕
작고 큰 것은 본래 규구에 매인 것 아니고	小大本非泥規矩
박락됨은 본래 법도를 따르지 않는다네	剝落本非從典則
천연스레 써서 완연히 자취가 남았으니	天然寫出宛然在
얼마나 비바람을 겪으며 어두워졌는가	幾經風雨沈晦黑
세대가 내려와 아무도 이 법을 알 수 없으니	世降莫可爲此法
도해며 고등과 같아 천곡의 힘이 깃들었네[256]	倒薤枯藤千斛力
가까이 보면 늠름하여 무쇠를 자른 듯하고	卽之凜凜鐵斬截
멀리서 보면 우뚝하여 바위가 솟아난 듯하네	望之烈烈巖崬屴
세찬 파도가 노한 고래의 꼬리에서 치지 않고	噩浪不擊怒鯨鬐
큰 바람이 나는 붕새의 날개에서 갈지 않았다면	積風不磨飛鵬翼

는데, 문왕(文王) 때 적작(赤雀)이 단서(丹書)를 입에 물고 들어오는 상서로 인해 조전(鳥篆)을 만들었다고 한다. 백개는 후한 말의 학자 채옹(蔡邕)의 자로, 팔분(八分)을 처음 만들었다고 한다. 팔분의 의미는 예서(隷書) 이분(二分)과 전서(篆書) 팔분을 섞어서 만든 한자의 서체라고 하는데, 이외에도 많은 이설이 있다.

256 도해(倒薤)며……깃들었네 : 이 석각의 글씨가 전서체(篆書體)로 힘차게 쓰였다는 말이다. 도해는 전서의 일종으로, 글씨 모양이 염교[薤] 잎이 거꾸로 늘어진 것과 같은 데서 나온 이름이다. 고등(枯藤)은 글자 획이 마른 등나무처럼 구불거린다는 뜻이다.

조화에 참여한 것은 의당 유구하게 전해지니 參造化者宜悠久
끊임없이 이어진 기우제에 신귀들도 보호했으리 絮雺漠漠神鬼嗇
어리석게도 한 남아를 보내서 癡矣放去一男兒
지나온 물길을 마음껏 표기하게 하였는데 任他表記水程直
지나온 곳마다 여기저기 흔적을 남긴 것뿐 아니라 非獨過去留纍纍
시기와 의심으로 가득한 생각이 얼마나 우스운가 堪笑意思何忮忒
다른 사람들이 나의 산천을 엿보지 않도록 하려면 他人莫窺我山川
험준함을 믿어선 안 되고 그 덕을 믿어야 하니[257] 不恃其險恃其德
지금에 이르러 한갓 종이 위에서 보게 되니 如今徒作紙上見
기이한 구경거리가 우리나라에도 적지 않네 奇觀不貧海外國

257 험준함을……하니 : 전국 시대 위(魏)나라 무후(武侯)가 배를 타고 서하(西河)의 중류(中流)를 내려가다 장군 오기(吳起)를 돌아보고 험고한 산천이야말로 위나라의 보배라고 자랑하였다. 이에 오기가 "사람의 덕에 달려 있지, 산천의 험고함에 있는 것이 아닙니다. 만약 임금이 덕을 닦지 않으면 이 배 안에 있는 사람들 모두가 적국의 사람이 될 것입니다.〔在德不在險, 若君不修德, 舟中之人, 盡爲敵國也.〕"라고 한 고사가 있다. 《史記 卷65 吳起列傳》

하불음탄²⁵⁸
何不飮歎

옹은 술을 마실 줄 몰라	翁不解飮酒
진종일 근심스레 앉았네	鎭日坐草草
소싯적에는 그저 술을 조심하며	少小徒存戒
점점 늙어감을 생각지 못했네	不念駸駸老
술의 덕이 과연 어떠한가	酒德果何如
서적에서 고찰해보았네	經籍按以攷
대우는 술을 마시고 달게 여겼고	大禹飮而甘
선한 말을 보배로 삼았네²⁵⁹	善言亦爲寶
부자께서는 정해진 주량이 없으셨으나	夫子惟無量
도를 어지럽히지 않도록 훈계를 제시했네²⁶⁰	揭訓不亂道
후세 사람들이 어떻게 알았기에	後人有何知

258 하불음탄(何不飮歎) : 노년이 되어 술을 열심히 마시겠다는 의지를 악부 형식으로 읊은 시이다.

259 대우(大禹)는……삼았네 : 우(禹) 임금 때 의적(儀狄)이 처음 술을 만들어 바치자, 우 임금이 술을 마셔보고는 맛이 너무 좋으므로 "후세에 반드시 이 술 때문에 나라를 망칠 자가 있을 것이다."라고 하고는 술과 의적을 멀리하였다고 한다. 《맹자》에 "우 임금은 맛있는 술을 싫어하고, 선언(善言)을 좋아하였다.〔禹惡旨酒, 而好善言.〕"라는 구절이 있다. 《戰國策 卷23 魏策》《孟子 離婁下》

260 부자(夫子)께서는……제시했네 : 《논어》〈향당(鄕黨)〉에 "공자께서는 오직 술에 일정한 양이 없으셨으나, 어지러운 지경에 이르지는 않으셨다.〔唯酒無量, 不及亂.〕"라는 구절이 있다.

오히려 의적이 만들었다고 일컫는가	猶稱儀狄造
자첨은 어찌하여 불여라 하였고²⁶¹	子瞻胡不如
백륜은 어찌하여 유독 좋아하였나²⁶²	伯倫胡偏好
마시고 먹는 것은 모두 성품을 따르나니	飮啖皆隨性
성품을 따르며 번뇌하지 말아야 하네	隨性莫煩惱
왕제는 타락즙을 싫어했고²⁶³	王卽惡酪醬
증점은 양조를 좋아했네²⁶⁴	點也嗜羊棗
내가 어찌 마시지 않겠는가마는	我何不飮否
도리어 수염과 모발이 흰 것이 부끄럽네	却慙鬚髮皓

261 자첨(子瞻)은……하였고 : 자첨은 송나라 소식(蘇軾)의 자(字)이다. '불여(不如)'라는 말은 소식의 〈박박주(薄薄酒)〉 시에 "맛없는 술이라도 끓인 차보다 낫고……백이숙제나 도척이 다 같이 양을 잃었나니, 지금 당장에 한 번 취하여 시비와 우락을 둘 다 잊어버림만 못하리.〔薄薄酒, 勝茶湯……夷齊盜跖俱亡羊, 不如眼前一醉是非憂樂兩都忘.〕"라고 한 것을 가리킨다.

262 백륜(伯倫)은……좋아하였나 : 백륜은 진(晉)나라 때 죽림칠현(竹林七賢)의 한 사람인 유령(劉伶)의 자(字)이다. 유령은 남달리 술을 좋아하여 늘 녹거(鹿車)를 타고 호로병의 술을 가지고 다녔는데, 시종에게 삽을 메고 따라다니게 하여 자기가 죽으면 그 자리에 묻어달라고 하였다고 한다. 《晉書 卷49 劉伶列傳》

263 왕제(王濟)는 타락즙을 싫어했고 : 진(晉)나라 오중(吳中) 출신 육기(陸機)가 일찍이 시중(侍中) 왕제를 방문하자, 왕제가 손으로 양락(羊酪)을 가리키면서 오중의 어떤 식품이 이와 맞먹는지 물었다. 이에 육기가 "천리호에서 나는 순챗국은 맛이 좋아서 소금이나 된장을 쓸 필요도 없습니다.〔千里蓴羹, 未下鹽豉.〕"라고 대답했던 고사가 있다. 싫어했다는 말은 다소 과장된 표현이다. 《世說新語 言語》

264 증점(曾點)은 양조(羊棗)를 좋아했네 : 증점은 공자의 제자이고 증자(曾子)의 부친이며, 양조는 작은 대추의 일종이다. 증점이 일찍이 양조를 좋아했는데, 증자는 부친이 별세한 뒤에 양조를 보면 아버지 생각이 간절하여 차마 양조를 먹지 못하였다고 한다. 《孟子 盡心下》

금 술동이를 몇 차례 부질없이 마주했으나	金樽幾空對
옥산처럼 하릴없이 저절로 무너졌네[265]	玉山謾自倒
누룩 수레로 때로 샘물을 길어오고	麯車時汲泉
차조 밭에 도리어 벼를 심으니	秫田反種稻
죽순과 포약으로 반찬 만들 필요 없고	箏蒲不須蔌
연꽃은 찧을 필요 없었네[266]	蓮花不須搗
술 마시고 노는 사람에게 말을 부치노니	寄語酒遊人
풍류에는 늦고 이름이 없다네	風流無晏早
꾀꼬리가 꾀꼴 우는 밭두둑에	間關黃鳥陌
텅 비고 밝은 달빛이 무늬지는데	空明白月藻
나는 마시고 싶어도 되지 않아서	我欲飮不得
홀로 적막하게 회포를 풀 뿐이네	寂寞披胸抱
조용한 대나무는 청신하여 어여쁘고	幽竹淸可憐
떨어진 꽃잎이 붉어 쓸지 않았는데	落花紅不掃
나는 마시고 싶어도 되지 않으니	我欲飮不得
서글프게 괴로움을 가누기 어렵네	怊悵難裁懊

---

265 옥산(玉山)처럼……무너졌네 : 주량이 작아 쉽게 취한다는 말이다. 당나라 이백 (李白)의 〈양양가(襄陽歌)〉에 "청풍명월은 돈 한 푼 없이도 살 수 있으니, 술 취해 옥산처럼 혼자 쓰러질 뿐 남이 밀어서가 아니라네.〔淸風朗月不用一錢買, 玉山自倒非人 推.〕"라는 구절이 있다.

266 죽순과……없었네 : 술을 좋아하지 않아서 안주와 술을 만들지 않는다는 말이다. 《시경》〈대아(大雅) 한혁(韓奕)〉에 "그 반찬은 무엇인가, 죽순과 포약나물이로다.〔其 蔌維何, 維筍及蒲.〕"라는 구절이 있다. 연꽃을 찧어서 첨가하여 빚은 술을 벽방주(碧芳 酒)라고 한다.

가녀린 금 뜯는 이의 노랫소리가	嫋嫋琴娥唱
끊임없이 시인의 곁에서 울리는데	娓娓詩伴討
나는 마시고 싶어도 되지 않으니	我欲飮不得
아득히 근심스런 생각에 조급해지네	悠然憂思懆
무슨 이유로 마시지 못했는가	何事不得飮
일생토록 마음이 심란하였네	一生心惝怇
어떤 이유로 술을 배우지 못했는가	何事不得學
너는 이미 두뇌가 열린 장년이거늘	渠已判頭腦
두뇌가 열린 이후로	頭腦判以後
만사를 저 푸른 하늘에 내맡겨	萬事付彼昊
부귀는 화서국의 꿈과 같았고[267]	富貴夢華胥
한가롭기는 태호의 시대 같았네[268]	閑曠世太皥
만약 일찌감치 술을 좋아했더라면	如令早業嗜
춥거나 덥거나 늘 취하여	醉無寒與燠
한갓 형체만 잊는 데 그치지 않고	不徒忘形已

---

267 부귀는……같았고 : 화서국(華胥國)은 상상 속의 이상 세계이다. 옛날에 황제(黃帝)가 낮잠을 자면서 꿈에 화서씨(華胥氏)의 나라에 가니, 그 나라에는 군장(君長)도 없고 백성은 욕심이 없어서 모두 자연에 맡길 따름이었다. 황제가 이윽고 잠에서 깬 뒤에 깨달음이 있어 천하가 크게 다스려졌다고 한다. 《列子 黃帝》

268 한가롭기는……같았네 : 태호(太皥)는 복희씨(伏羲氏)의 별칭으로, 그가 다스린 태평시대를 희황(羲皇)의 시대라고도 일컫는다. 진(晉)나라 도연명(陶淵明)이 지은 〈자엄 등에게 보낸 편지〔與子儼等疏〕〉에 "오뉴월 중에 북창 아래에 누워 있으면 서늘한 바람이 이따금씩 스쳐 지나가곤 하는데, 그럴 때면 내가 태곳적 복희 시대의 사람이 아닌가 하는 생각이 들기도 한다.〔五六月中, 北窓下臥, 遇涼風暫至, 自謂是羲皇上人.〕"라는 구절이 있다. 《晉書 卷94 陶潛列傳》

홍진 세상 조롱 같은 구속을 벗어났으리	紅塵脫栲栳
영예와 치욕은 구름이나 물과 같으니	榮辱同雲水
시비가 어찌 흑백처럼 분명하랴	是非何白皁
내가 옛날 사람을 생각함에	我思古之人
옛사람은 아득히 떠나버렸으니	古人去浩浩
병이 많아 소갈증 앓은 마경이며[269]	多病渴馬卿
시로 제사를 올린 수척한 가도일세[270]	祭詩瘦賈島
손 모아 한 잔 술을 따르고	束手酹一杯
하늘을 향해 내가 기도하노니	向天某之禱
고인의 심정은 어찌 저리 통창하고	古人情何暢
지금 나의 모습은 어찌 이리 말랐는가	今我形何槁
가령 내가 한 번 길게 마셨다면	使我一長吸
호탕한 원기와 함께 노닐며	與游元氣顥
몽롱한 취기에 자취를 의탁하여 달아나	托迹昏冥逃
양기를 길러[271] 천진을 보존하였으리	養陽天眞保

---

269 병이……마경(馬卿)이며 : 마경은 한(漢)나라 사마상여(司馬相如)의 자가 장경(長卿)이므로 이렇게 부른 것이다. 그는 소갈병(消渴病)을 앓아 벼슬을 그만두고 은퇴하여 무릉(茂陵)에 살다가 죽었다. 《史記 卷117 司馬相如列傳》

270 시로……가도(賈島)일세 : 당나라 시인 가도가 매년 섣달 그믐날 밤이 되면 당년(當年)에 지은 자신의 시를 모두 모아놓고 술과 포(脯)를 차려 제사를 지내면서 스스로를 격려했다고 한다. 《新唐書 卷176 賈島列傳》 '수척한 가도'는 시작에 몰두하여 각고의 노력을 기울였던 당나라 시인 가도(賈島)를 가리킨다. 소식(蘇軾)은 〈유자옥에 대한 제문〔祭柳子玉文〕〉에서 "맹교(孟郊)의 시격은 한산(寒酸)하고, 가도의 시격은 수척하며, 원진(元稹)의 시격은 경박하고, 백거이(白居易)의 시격은 비속하다.〔郊寒島瘦, 元輕白俗.〕"라고 하였다.

성인은 본래 금하지 않았으니 　　　　　　　　　　聖人本不禁

정갈한 제수와 술을 올리도록 호경에 고하였네[272] 　洗腆誥于鎬

요당엔 한 잔 물을 빌리면 되니[273] 　　　　　　　　坳堂杯水借

세속을 따라 날이 개든 장마가 지든 상관없네 　　　循俗任霽潦

두더지 배가 장강대하를 만난 듯하고 　　　　　　鼴腹遇長河

촘촘한 울타리엔 비단 옷가지 널려 있어[274] 　　麀眼縥纖縞

한 번 마시고 다시 한 번 마시니 　　　　　　　　一飮復一飮

해가 지고 또 해가 뜨리 　　　　　　　　　　　　日沒又日昊

---

271 양기를 길러 : 《예기》〈교특생(郊特牲)〉의 "노인에게 연향을 베풀고 종묘에 상(嘗) 제사를 지낼 때는 음악이 없다.〔食嘗無樂.〕"라는 구절에 대한 정현(鄭玄)의 주석에 "무릇 마심은 양기를 기르는 것이고, 무릇 먹음은 음기를 기르는 것이다.〔凡飮養陽氣也, 凡食養陰氣也.〕"라고 한 것이 참고가 된다.

272 정갈한……고하였네 : '호경(鎬京)에 고하였다'는 것은 강숙(康叔)이 술을 즐기는 은(殷)나라의 옛 도읍 백성들에게 술을 경계하도록 포고한 《서경》〈주서(周書) 주고(酒誥)〉를 가리킨다. 〈주고〉에 "효도로 그 부모를 봉양해서 부모가 기뻐하시거든 스스로 음식을 정갈하고 풍성하게 장만하여 술을 올리도록 하라.〔用孝養厥父母, 厥父母慶, 自洗腆, 致用酒.〕"라고 하여 술을 경계시키는 중에도 술의 사용을 금하지 않은 것을 말한다.

273 요당(坳堂)엔……되니 : 주량이 작은 사람을 말한다. 요당이란 '움푹 파인 마루에 담긴 한 잔의 물'이라는 뜻으로, 작고 좁은 것을 가리킨다. 316쪽 주633 참조. 《莊子 逍遙遊》

274 두더지……있어 : 작은 주량으로도 늘 술에 취하여 친구들과 어울린단 말이다. 《장자》〈소요유(逍遙遊)〉에 "두더지가 강물을 마셔도 제 배를 채우는 데 지나지 않는다.〔鼴鼠飮河, 不過滿腹.〕"라고 한 말이 있다. 원문의 '궤안(麀眼)'은 노루의 눈동자가 격자무늬처럼 생긴 것으로 울타리를 비유한 말이다.

마을 곁에서 목동에게 물어서   村畔問牧童

주막집으로 노파를 찾아가면   壚頭訪老媼

가는 곳마다 봄빛이 난만하여   到處春色闌

멀리에서 가까이에서 꽃향기가 진동하리   遠近天香葆

생각하는 바는 오직 술에 있으니   所思惟在玆

어느 때인들 입술이 마르지 않으랴   何時不唇燥

술을 끊겠다는 시를 읽지 않으려   不讀止酒詩

도연명의 시고를 시렁에 올리네[275]   束閣淵明藁

---

275 술을……올리네 : 진(晉)나라 도연명(陶淵明)이 노년에 술을 끊겠다는 결심을 담아 〈지주(止酒)〉라는 시를 지은 바가 있다. 《陶淵明集 卷3》

앵두를 읊으며 백 소부의 14운 배율에 차운하다[276]

詠櫻桃 次白少傅十四韻排律

앵두가 익는 단오의 계절	櫻熟端陽節
먼저 가져다 대궐에 바치네	先將獻北宸
가득 찬 광주리가 비 온 뒤에 이르니	傾筐雨後至
사당에 올린[277] 나머지가 새롭네	薦廟餕餘新
후비의 궁전에선 창포로 팔찌를 만들고	椒掖蒲爲釧
조정 계단엔 은 항아리의 술이 내려오네[278]	楓階罌下銀
우원에선 색다른 종자를 말하였고[279]	虞園說異種
당나라 궁전에선 시인들에게 나눠 주었네[280]	唐殿頒詞臣

---

276 앵두를……차운하다 : 백 소부(白少傅)는 태자소부(太子少傅) 벼슬을 지낸 당나라 백거이(白居易)를 가리킨다. 백거이가 앵두를 읊은 14운의 시는 〈심씨 양씨 두 사인 각로와 함께 황제가 하사하신 앵두를 먹고서 은혜에 감사하여 14운 시를 짓다[與沈楊二舍人閣老同食敕賜櫻桃翫物感恩因成十四韻]〉를 가리킨다.

277 사당에 올린 : 한나라 혜제(惠帝)가 이궁(離宮)으로 행차할 때, 숙손통(叔孫通)이 앵두가 마침 익었으므로 따다가 종묘에 올리도록 건의하여 허락을 받으니, 다른 과일을 종묘에 올리는 것도 이때부터 시작되었다고 한다. 《史記 卷99 叔孫通列傳》

278 후비의……내려오네 : 모두 단오절(端午節)에 행해지는 풍습이다. 우리나라 풍속에 단오절이면 아동들이 창포를 엮어 띠를 만들어 사악한 잡귀를 물리친다. 또 창포로 담근 술을 마셨다고 하는데, 은 항아리의 술은 궁중에서 하사된 술로 보인다.

279 우원(虞園)에선……말하였고 : 전고는 미상이다.

280 당나라……주었네 : 당나라 때 4월 1일에 앵두를 침묘(寢廟)에 올린 뒤에 백관들에게 차등 있게 나눠 주었다고 한다. 왕유(王維)의 〈황제가 백관에게 앵두를 하사하다[敕賜百官櫻桃]〉라는 시에 "돌아가는 안장마다 다투어 푸른 바구니 매니, 내시가 자주

단사의 솥에선 단련을 견디지 못하고	沙鼎不堪煉
구슬 방에서는 진짜가 되지 못하네	珠房非是眞
색깔은 투명한 주발과 같고	色同瑛碗子
때는 옥창의 사람보다 늦네	時晚玉窓人
향촌의 노인에게 다투어 자랑하며	爭詫鄕村老
아이들에게까지 함께 나누어 주네	共分兒少倫
갓끈을 씻음은 물이 취한 것이니	濯斯水是取
저 산의 골짜기로 올라가도다[281]	陟彼山之皴
가지는 무거워 화성처럼 찬란하고	枝重火星爛
잎은 뒤집혀 옥가루가 고르게 덮였네	葉翻瓊糝勻
바깥으론 알마다 껍질로 싸이고	外封箇箇甲
중간에는 낳고 낳는 씨를 품었네	中抱生生仁
빛깔은 고기보다도 밝게 비치고	光奪肉偏暎
시큼한 맛은 침이 절로 고이네	味酸齒自津
윤택하게 살지니 이슬이 적셔주었고	滋肥濡以露
계절을 알리며 봄에 화려하게 익었네	信息華於春
꾀꼬리가 열매를 물고 가니	黃鳥吞含實
붉은 대문에서 잠깐 사이에 보배가 되고	朱門頃刻珍

붉은 옥 담긴 쟁반을 기울이네.〔歸鞍競帶靑絲籠, 中使頻傾赤玉盤.〕"라고 읊은 구절이
있다. 《漁隱叢話 後集 卷9 王右丞》

281 갓끈을……올라가도다 : 앵두가 매우 아름답기 때문에 사람들이 산으로 따라 올
라간다는 말로 보인다. 공자가 제자들에게 "맑으면 갓끈을 씻고 흐리면 발을 씻으니,
물이 스스로 그렇게 만드는 것이다.〔淸斯濯纓, 濁斯濯足矣, 自取之也.〕"라고 말한 적이
있다. 《孟子 離婁上》

담장 모퉁이에 널리 심으니　　　　　　廣栽墻角隅

곳곳의 채마밭 속에 사람이 있네　　　　幾處圃中身

석순[282]

石蓴

세상 사람들은 단지 물속의 순채만 알고	世人但識水中蓴
바위 위에 자라는 새로운 나물을 알지 못하네	不知石上菜有新
바위 위의 나물 또한 순채라 이름하니	石上菜亦蓴以名
피용과 다르고 권균과도 다르네[283]	異於皮茸異拳菌
잎은 약간 넓고 줄기는 짧으며	葉則差濶莖則縮
배는 즙이 많고 싹은 녹색이며 뒷면은 은빛이네	腹瀋嫩綠背鱗銀
산사람이 내가 언 순채를 좋아한단 말을 듣더니	山人聞我氷蓴嗜
다른 순채를 보내면서 이야기가 자세하네	贈他一種說諄諄
그대는 순채에서 어떤 것을 취하는가	君於蓴菜何取焉
마른 땅이든 습지이든 각기 이유가 있네	于燥于濕自有因
가을바람 불기 전에 이미 캐야 하는데	秋風以前業已採
깎아지른 저 높은 산에 바위가 울퉁불퉁하네	截彼高山石嶙峋
명아주와 콩잎으로 국을 끓이면 배 속이 뜨끈하고	藜藿做羹腸熱熱

---

282 석순(石蓴) : 돌에서 자라는 나물의 하나로 보이는데, 무엇을 가리키는지는 미상
이다. 《성소부부고(惺所覆瓿藁)》 권26 〈도문대작(屠門大嚼)〉에 "석순은 영동 지방에
서 많이 나는데 가장 좋다."라는 구절이 있다. 보통 석순은 해조류의 하나인 파래를
가리킨다. 《남월지(南越志)》에 "석순은 남해에서 나는데 돌에 붙어서 자라고, 자채
(김)와 비슷하되 색깔은 푸르다.〔石蓴生南海, 附石而生, 似紫菜, 色靑.〕"라고 하였다.

283 피용(皮茸)과……다르네 : 피용은 껍질에 쌓인 싹을 가리키고, 권균(拳菌)은 주
먹만큼 큰 버섯을 가리키는 듯하다.

상추로 밥을 싸면 입에 침이 고인다네　　　　　　萵苣裹飯口津津

이 모두 추운 밭에서 따는 것이라　　　　　　　　此皆寒畦摘來者

내가 좋아하기가 진나라에서 성성이 입술을 즐김과 다름없네[284]

　　　　　　　　　　　　　　　　　　　　　　吾炙無異秦之脣

즙은 삼킬 수 있고 열기를 씻을 수 있으니　　　津可嚥矣熱可濯

바야흐로 입에 맞추어 정신을 새롭게 할 만하네　方可適口而浴神

괴이해라, 그대는 어찌하여 물에서 취하며　　　怪君胡爲水取已

가을이고 봄이고 뜯고 뜯으며 그치지 않는가　　采采不間秋與春

내가 이 말을 듣고 부끄러움에 겨워　　　　　　我聞此言不勝赧

띠와 옷을 풀고 또 두건도 벗으니　　　　　　　解帶披衣又脫巾

백운에 마음을 둔 화산의 노인이요　　　　　　　白雲留心華山老

청풍이 마음에 들어온 희황의 사람이로다[285]　　清風入懷羲皇人

만약 순채의 풍미가 나의 소원과 맞다면　　　　如令趣味適我願

물이든 산이든 굳이 고생할 일 없으리라　　　　水兮山兮無苦辛

나는 본성을 기르고 싶지 입을 기르지는 않나니　我欲養性非養口

뜻을 아는 것이 참맛을 아는 것과 어떠한가　　　知趣何如知味眞

---

284 내가……다름없네 : 진(秦)나라의 재상 여불위(呂不韋)가 지은 《여씨춘추(呂氏春秋)》에 "고기 중에 맛난 것으로는 성성이의 입술과 오소리 구이다.〔肉之美者, 猩猩之脣, 獾獾之炙.〕"라는 구절이 보인다.

285 백운(白雲)에……사람이로다 : 이유원이 은거하여 세상을 초탈하고자 한 사람이라는 의미로 보인다. 화산은 황초평(黃初平, 皇初平)이 석실에서 도를 닦았다는 금화산(金華山)을 가리킨다. 희황의 사람이란 도연명이 여름에 북창 아래 누워 있다가 맑은 바람이 불어오자 스스로 '태곳적 복희 시대의 사람〔義皇上人〕'이 된 것 같다고 말했던 고사가 있다.

밤비
夜雨

낮과 밤이 날마다 순서를 바꿔 다가오니	晝宵日日替相迎
할 일 없는 산사람은 잠의 성에 빠졌네	無事山人入睡城
지붕을 때리는 빗소리에 놀라 꿈에서 깨니	撼屋雨聲驚夢急
창문 앞의 등불이 마음을 밝게 비추네	當窓燈火照心明
창을 여니 호호탕탕 진기가 유동하고	推窓浩浩流眞氣
눈을 뜨니 어둑하게 세상 생각이 사라지네	開眼矓矓沒世情
지금이 혼돈과 같다고 말하지 말라	莫道而今如混沌
아침이면 필시 개인 하늘을 볼 수 있으리	朝來料理見天晴

경릉의 기일[286] 2수

景陵忌辰 二首

해마다 이날 밤엔 비린 음식 먹지 않으며	年年此夕不腥葷
미천한 신의 나이가 이미 삼분의 이가 흘렀네	賤齒三分已二分
늙고 병들어 점점 굳게 지키기 어려우나	老病駸駸難固守
일념으로 감히 창오산의 구름을 잊으랴[287]	一心敢忘蒼梧雲

나의 거처가 경릉 동쪽 가까운 곳에 있어	我居近在仙陵東
구불구불 뻗은 산기슭으로 기맥이 통하네	山麓蜿蜒氣脈通
세시에 향화 올리니 모시고 지내는 듯하여	歲時香火如陪過
죽은 뒤나 살아생전이나 한 몸처럼 다름없네	死後生前一體同

286 경릉(景陵)의 기일 : 경릉은 조선 제24대 임금 헌종(憲宗)과 효현왕후(孝顯王后) 김씨(金氏), 계비인 효정왕후(孝定王后) 홍씨(洪氏)의 능으로 경기도 구리시 동구릉 내에 있다. 헌종은 1849년(헌종15) 6월 6일 오시(午時)에 창덕궁의 중희당(重熙堂)에서 승하하였다.

287 한마음이……잊으랴 : 헌종을 사모하는 마음이 식지 않았다는 말이다. 창오산(蒼梧山)은 중국 호남성에 있는 구의산(九疑山)으로, 옛날에 순(舜) 임금이 남쪽 지방을 순행하다가 죽어 이곳에 묻혔으므로 임금의 승하를 가리키는 말이 되었다.

여섯 가축을 읊다

詠六畜

말[馬]

수레를 끌거나 땔나무를 싣거나 각기 재능 있어 　駕轎駄柴各自技

모두 사람에게 부림 받아 여행길을 함께하네 　摠爲人使役行李

구름 밟고 치달리려면 장차 어찌해야 하는가 　蹈爾浮雲將若何

마구간에 엎드려 천 리에 뜻을 둠이 우습구나[288] 　笑他伏櫪志千里

소[牛]

비 갠 뒤에 버들 울타리에서 잠이 드니 　雨後高眠楊柳樊

꿈속에서 세상을 구제하며 밭갈이와 파종이 바쁘네 　夢中康濟播耕繁

제 몸이 성각이 됨[289]은 바라는 바가 아닌데 　本身騂角非渠願

---

288 구름……우습구나 : 마음은 천마(天馬)처럼 자유롭게 달리고 싶으나, 현실은 늙은 말이 되어 마구간에 매여 있다는 말이다. 《한서(漢書)》〈예악지(禮樂志)〉에 "뜬구름을 밟고 하늘로 치달린다.〔蹈浮雲晻上馳.〕"라는 말이 있고, 위(魏)나라 조조(曹操)가 지은 〈걸어서 하문을 나서며〔步出夏門行〕〉라는 악부시에 "늙은 천리마는 구유에 누웠어도 뜻은 언제나 천 리 밖이요, 열사는 비록 늙었어도 장대한 마음 변함없네.〔老驥伏櫪, 志在千里, 烈士暮年, 壯心不已.〕"라는 구절이 있다.

289 성각(騂角)이 됨 : 소가 제사에 희생으로 쓰임을 이른다. 춘추 시대에 공자의 제자 염옹(冉雍)이 변변찮은 아비보다 덕행이 훌륭하였으므로, 공자가 그를 칭찬하여 "얼룩소의 새끼일지라도 색깔이 붉고 뿔이 바르게 잘 났으면, 비록 쓰지 않으려고 하더라도 산천의 신령이 그냥 버려두겠는가.〔犁牛之子騂且角, 雖欲勿用, 山川其舍諸.〕"라고 한 말이 있다. 《論語 雍也》

잘못 산천에 떨어져 스스로 존귀함을 잊었었네　　誤落山川忘自尊

양〔羊〕

오양선 노래가 끝나자 오후정을 찾으니[290]　　歌罷五羊覓五侯

금화산 소식은 바라봄에 아득하네[291]　　金華消息望悠悠

하늘의 뜻은 흔히 사람의 일을 따라 부합하니　　天意多從人事合

평천이라도 일만 마리는 원하지 말라[292]　　平泉莫願十千頭

290 오양선(五羊仙)……찾으니 : 오양선이란 말은 《환우기(寰宇記)》에 "고고(高固)가 초(楚)나라 정승이 되었는데, 다섯 선인(仙人)들이 오색의 양을 타고 벼 이삭을 가지고 와서 고을 사람들에게 주었으므로, 그 이름을 오양선이라 하였다."라고 보인다. 오양선 노래는 고려에서 시작된 정재(呈才) 때 추는 춤의 한 가지로, 죽간자(竹竿子) 두 사람이 좌우에 벌여 서고, 왕모(王母)는 가운데 서며, 좌우협(左右挾) 넷이 네 귀에 벌여 서서 주악에 맞추어 사(詞)를 부르며 춤을 춘다고 한다. 오후정(五侯鯖)이란 천하에서 맛보기 힘든 진미를 말한다. 한(漢)나라 성제(成帝) 때 왕씨(王氏) 5후(侯)에 평아후(平阿侯), 성도후(成都侯), 홍양후(紅陽侯), 곡양후(曲陽侯), 고평후(高平侯)가 있었는데, 이 다섯 집의 생선과 고기를 합쳐서 오후정을 만들었다고 한다. 《林下筆記 卷38 海東樂府 唐樂呈才, 五羊仙》《西京雜記 卷2》

291 금화산(金華山)……아득하네 : 황초평(黃初平, 皇初平)이 열다섯 살에 양을 치다가 도사(道士)를 따라 금화산 석실(石室)로 가서 신선이 되기 위해 도를 닦았다. 그 후 40년 만에 그의 형이 수소문 끝에 그를 찾아가 만났더니 양은 보이지 않고 흰 돌들만 있었다. 이에 황초평이 "양들은 일어나라."라고 소리치자 흰 돌들이 모두 수만 마리의 양으로 변했다 한다. 《神仙傳 卷2 皇初平》

292 평천(平泉)이라도……말라 : 아무리 부자일지라도 많은 양을 욕심내서는 안 된다는 의미로 보인다. 평천은 당나라 재상 이덕유(李德裕)의 화려한 별장인 평천장(平泉莊)을 가리킨다. 이덕유는 사치를 좋아하여 국 한 그릇에 3만 전을 들였고, 보옥과 주사로 국물을 냈다고 한다. 《古今事文類聚 別集 卷18 杯羹三萬》

개〔犬〕

송작과 한로[293]는 달리기를 잘하여 　　宋鵲韓盧善走行

횃대의 닭과 우리의 돼지도 경쟁이 안 되지만 　　塒鷄圈豨莫相爭

앞산의 교활한 토끼가 다 사라진다면 　　除却前山狡兔盡

삼복더위에 곧장 삶기는 신세를 면치 못하리 　　三庚未免一任烹

돼지〔豕〕

강렵이라고 누가 호걸스런 이름 붙였는가[294] 　　剛鬣何人號做豪

번쩍번쩍 목란의 칼날을 피하지 못하네[295] 　　莫逃霍霍木蘭刀

아이들이 돌을 던져 콧잔등을 맞히면 　　兒童投石中長喙

맹렬히 소리 지를 제 무쇠 털이 곤두서네 　　猛發聲時奮鐵毛

293 송작(宋鵲)과 한로(韓盧) : 송작은 춘추 시대 송(宋)나라에서 생산되던 빠른 개를 말하고, 한로는 전국 시대 한나라에서 생산되던 검은빛의 날랜 사냥개를 말한다. 한유(韓愈)의 〈모영전(毛穎傳)〉에 "동곽(東郭)에 사는 토끼 준(踆)이 날래고 뜀박질을 잘하여 한로라는 사냥개와 능력을 다투었는데, 한로가 준을 따르지 못하였다. 그러자 한로가 화가 나서 송작이란 개와 공모하여 준을 죽였다."라고 하였다.

294 강렵(剛鬣)이라고……붙였는가 : 강렵은 제사에 쓰는 큰 돼지의 별칭으로 잘 자라서 털과 갈기가 뻣뻣하다는 의미이다. 《예기》〈곡례 하(曲禮下)〉에 "소를 일원대무(一元大武)라 하고, 큰 돼지를 강렵이라 하고, 작은 돼지를 돌비(腯肥)라 하고, 양을 유모(柔毛)라 한다."라고 하였다.

295 번쩍번쩍……못하네 : 북위(北魏) 때 화목란(花木蘭)이 아버지 대신 종군하여 전공을 세우고 고향에 돌아온 것을 기린 악부가사 〈목란사(木蘭辭)〉에 "작은 아우는 누이가 돌아온다는 소식을 듣고, 번쩍번쩍 칼을 갈아 돼지와 양을 잡네.〔小弟聞姉來, 磨刀霍霍向豬羊.〕"라고 한 것을 가리킨다.

닭〔鷄〕

낱알을 쪼면서 사람을 향해 다가오니   啄之粒粒向人來

입과 배에 재앙의 빌미가 숨었을 줄 어찌 알랴   口腹焉知伏禍媒

저녁이면 반드시 앞서 잤던 곳을 찾으니   趁夕必投前度宿

한마음으로 고수함은 참으로 바꾸기 어려워라   一心固守莫堪回

달아난 닭을 붙잡으며

縛鷄詩

시골집에 손님이 와 닭 잡고 기장밥 차리려니	村舍客來具鷄黍
닭이 벌써 닭장을 벗어나 달아나서	鷄兒已放出窠圈
박꽃 핀 울타리에 와서 모이를 쪼다가	匏花籬落自啄來
기장이 자라는 밭으로 숨어서 도망가네	秫苗田疇自浴去
동복들 불러서 잡아오라 했더니	招招僮僕搏以取
동복들이 어디 있는 줄 몰라 서로 근심하고	僮僕相愁不知所
마을이며 골목을 널리 찾아보라 거듭 명하니	申命廣搜坊巷曲
들판으로 달리기도 하고 물가로도 달려가네	或走郊畔或水渚
어리석은 닭은 재앙이 박두한 줄도 알지 못하고	癡禽不識禍迫在
날개를 다듬고 목을 늘인 채 무더위를 피하는데	刷翎引頸避赤暑
몽둥이 들고 맹렬히 소리치며 곧장 달려들어 가도	擧杖猛聲長驅入
화덕을 타고난 닭²⁹⁶에게 많은 사람도 소용이 없네	無用火德隊一旅
평소 주옹²⁹⁷의 힘을 타고났다 스스로 자랑하여	平生自詫朱翁力

---

296 화덕(火德)을 타고난 닭 : 〈춘추설제사(春秋說題辭)〉에 "닭은 양기가 쌓여서 나온 화덕의 정기이므로, 태양이 나오면 닭이 우는 것은 곧 같은 부류끼리 서로 감응한 것이다.〔鷄, 爲積陽火德之精. 故陽出鷄鳴, 以類相感也.〕"라는 말이 있다. 《古今事文類聚 後集 卷46 羽蟲類 鷄》

297 주옹(朱翁) : 고대의 신령한 동물인 주작(朱雀)을 가리키는 듯하다. 주작은 청룡(靑龍), 백호(白虎), 현무(玄武)와 함께 사령(四靈)으로 꼽히며 남방의 신으로 간주되었다.

붉은 벼슬 검은 뺨에 황금 발톱을 갖추니	絳幘靑緌黃金距
새벽을 알림은 신의이고 무리를 부름은 의리이니	報晨爲信呼群義
내가 너를 기르며 일찍이 너를 저버린 적 있더냐	我功何嘗負於汝
꼬끼오 한 번 외치고 홰를 치고 달아나며	喔咿一號鼓而奔
이웃집 절구에서 떨어진 낟알도 돌아보지 않네	不戀粟粒落隣杵
양쪽 언덕에선 갈대를 물고 기러기가 날아가고	兩岸含蘆冥鴻度
만 리에 구름을 드리우며 대붕이 날아가는데	萬里垂雲大鵬擧
길이 궁하니 숲에 깃드는 원숭이처럼 가련하고	途窮可憐投林猿
구멍에 몰리니 머리를 감싼 쥐처럼 한스럽네	穴拱堪嗟抱頭鼠
주인이 대문을 나와 깔깔 웃으며	主人出門呵呵笑
손님께 사과하며 함께 이야기를 나누네	對客相謝與之語
미물이 도망함은 스스로 목숨을 아껴서니	微物竄逃自惜命
사람이 어찌 불인하게 잡아서 먹고자 하는가	人何不忍捕欲咀
군자가 주방을 멀리함은 삶과 죽음을 생각함이고[298]	君子遠庖生死念
성인은 그물을 터서 좌우로 달아나길 허락했네[299]	聖人解網左右許

298 군자가……생각함이고 : 제 선왕(齊宣王)이 흔종(釁鍾)을 위해 끌려가는 소의
울음소리를 듣고 슬픈 심정에 젖어 양으로 바꾸게 하였는데, 이에 대해 맹자가 선왕에게
"군자는 짐승에 대하여 그들이 살아 있는 것을 보면 차마 그들이 죽는 것을 보지 못하며,
죽어가는 소리를 들으면 차마 그 고기를 먹지 못하니, 이 때문에 군자는 푸줏간을 멀리
하는 것입니다.〔君子之於禽獸也, 見其生, 不忍見其死, 聞其聲, 不忍食其肉, 是以君子
遠庖廚也.〕"라고 한 것을 가리킨다. 《孟子 梁惠王上》
299 성인은……허락했네 : 은(殷)나라 탕(湯) 임금의 어진 덕성을 비유한 고사이다.
탕 임금이 어떤 사람이 사방을 막아 쳐놓은 그물을 본 뒤, 삼면의 그물을 걷어버리고
일면만 남겨두고서 "왼쪽으로 가려는 놈은 왼쪽으로 가고, 오른쪽으로 가려는 놈은
오른쪽으로 가고, 내 명을 범하는 놈만 내 그물로 들어오라."라고 했다는 고사가 있다.

해로움을 피하는 데 날랜 것이 당연한 심정이니　　工於避害卽常情
누가 측은한 일 보며 가여운 마음이 일지 않으랴　　孰不藹然惻隱處
유유양양은 물고기를 풀어준 정자산에게서 보이고[300]　　悠洋可見畜池鄭
득실은 활을 잃은 초나라 임금에겐 무관했네[301]　　得失無關亡弓楚
손님이 흔쾌한 표정으로 손을 모으고 서서　　客子犂犂拱手立
인덕이 크고 작은 데 두루 미침을 칭찬하네　　讚道仁德無纖巨
자는 새를 쏘지 않음은 공자 문하의 교훈이고[302]　　弋不射宿孔門訓
삼면을 몰아 앞의 짐승을 놓아줌은 《주역》 괘의 풀이이니[303]

　　　　　　　　　　　　　　　驅用失前易卦序

《史記 卷3 殷本紀》

300　유유양양은……보이고 : 춘추 시대 정(鄭)나라 대부 자산(子産)이 살아 있는 물고기를 선물로 받고서 연못지기에게 못에 넣어 기르라고 하였는데, 연못지기가 삶아 먹고는 자산에게 "처음에 놓아줄 때는 비틀비틀거리더니, 조금 지나자 활발하게 떠나갔습니다.〔始舍之圉圉焉, 少則洋洋焉悠然而逝.〕"라고 하자, 자산이 그 말을 믿었다. 이에 대해 맹자가 "사리에 닿는 말로 군자를 속일 수는 있어도, 엉뚱한 말을 가지고 속일 수는 없다.〔君子可欺以其方, 難罔以非其道.〕"라고 평하였다. 《孟子 萬章上》

301　득실(得失)은……무관했네 : 초(楚)나라 왕이 활을 잃어버려 좌우 신하들이 찾으려 하였는데, 이에 왕이 "초나라 왕이 잃은 것이라면 초나라 사람이 얻을 것이니, 찾을 필요가 없다.〔楚王遺弓, 楚人得之, 又何求乎.〕"라고 하였다는 고사가 있다. 《家語》

302　자는……교훈이고 : 《논어》〈술이(述而)〉에 "공자께서는 낚시질은 하되 큰 그물질은 하지 않으셨고, 주살질은 하되 자는 새는 쏘지 않으셨다.〔子釣而不綱, 弋不射宿.〕"라고 한 것을 가리킨다.

303　삼면을……풀이이니 : 《주역》〈비괘(比卦) 구오(九五)〉의 "왕이 사냥을 할 때 세 면만 에워싸고 앞면의 짐승은 놓아준다.〔王用三驅失前禽.〕"라는 구절에서 온 말로, 임금이 사냥을 하면서 세 면만 에워싸고 앞으로 도망치는 짐승은 빠져나가도록 둔다는 것이다.

다섯 가지 고기를 함께 제수로 올리길 생각지 않고　　　　　不思五膏踐邊豆
큰 살코기만 도마에 올리기를 생각지 않은 것이네　　　　不思大臠登鼎俎
서쪽 이웃은 동쪽 이웃의 부유함을 부러워 않으니　　　　西隣不羨東隣富
그대가 맛난 술이 있으니 나를 위해 따르라　　　　　　　君有旨酒爲我醑
술은 있으되 안주가 없어도 우선 탄식하지 말라　　　　　有酒無肴且莫歎
가는 곳마다 한 잔 마시면 회포를 풀 수 있으니　　　　　一觴隨處亦暢叙
주렁주렁 동산에서 딴 과실이 입에 맞고　　　　　　　　離離可口摘園林
캐고 캐서 광주리가 넘치니 저절로 흡족하네　　　　　　采采自足傾筐筥
닭을 꼭 먹어야겠다고 말하지 말라　　　　　　　　　　休道鷄也逢着喫
그대가 필요한 것을 다만 내가 주리라　　　　　　　　　惟君所需只我與
시골의 지는 해에 대화를 도란도란 나누니　　　　　　　田舍落日話娓娓
기운이 맑아져 소요하며 찌든 회포를 푸네　　　　　　　氣淸逍遙散塵緒
무엇이 있고 무엇이 없는 데에 어찌 마음을 쓰랴　　　　何有何無心何繫
세상에 처하여 다시는 강한 자를 두려워 않으리　　　　處世不復畏强禦
네게 묻노니, 닭이여 어디로 달아났는가　　　　　　　　問爾鷄兒何處走
달아난 곳이 깊은 산 외진 곳이 아님이 없으니　　　　　走處無非深山阻
깊은 산 외진 곳엔 맹수가 많아　　　　　　　　　　　深山之阻多猛獸
횃대와 닭장에 돌아오지 않으면 도리어 곤란해지리　　　不塒不籠還齟齬
차라리 높이 건 솥에 들어가 사람에게 먹힐지언정　　　寧入高釜爲人食
외로운 이리의 배 속에 들어가진 말지어다　　　　　　莫作孤狸腹中貯
닭이여, 내 말을 속임수라 여기지 말라　　　　　　　　鷄乎勿以吾言誑
험한 꼴 만나게 될 줄 누가 어찌 알리오　　　　　　　險巇橫罹誰識詎
비바람이 그치지 않는데 닭이 꼬끼오 울어　　　　　　風雨不已鳴喈喈
시골집에 붙어사는 나의 즐거움을 돋우네　　　　　　　助我樂事寄鄕墅

달밤에 위사[304]가 보내준 시를 보며
月夜見渭師寄詩

수풀에 비가 처음 지나자 초승달이 떠올라	林雨初過月一彎
뜨락을 산보하자니 이끼에 나막신이 물드네	庭除散步屐苔斑
맑게 갠 빛은 마치 전생의 일을 떠올리는 듯하고	晴光如憶前生事
청신한 기운은 이 밤의 한가로움을 함께하는 듯하네	顥氣同遊此夜閑
혼돈이 처음 열리고 천겁이 지난 세계에	肇判洪濛千刧界
텅 비고 밝은 물은 사방이 산으로 둘러싸였네	空明積水四圍山
맑은 시가 달빛 따라 누각 머리에 떨어지니	淸詩隨影樓頭落
솔숲에 시원한 바람 일고 푸른 시내가 굽이졌네	松際泠泠碧磵灣

---

304 위사(渭師): 김상현(金尙鉉, 1811~1890)의 자로 본관은 광산(光山), 호는 경대(經臺), 시호는 문헌(文獻)이다. 1859년(철종10) 증광 문과에 급제하였고, 대사성·이조 참판·공조 판서·예조 판서·경기도 관찰사·평안도 관찰사 등을 역임하였다. 정약용(丁若鏞)·홍석주(洪奭周)·김매순(金邁淳)의 문인으로 문장에 능하였으며, 저서로 《경대집》이 있다.

목극가

木屐歌

가오노인이 나무로 나막신을 만들어	嘉梧老人木爲屐
뜨락에 종횡으로 두 굽의 발자국을 남기니	庭際縱橫雙齒迹
형세는 오나라 진영에서 백 리를 달아난 듯하고[305]	勢若吳陣逃百里
법식은 채의 관사에 남긴 일 척 나막신을 본떴네[306]	制倣蔡館遺一尺
가물든 비가 오든 낮이든 밤이든 상관없이	靡旱靡雨靡晝夜
발 아래서 소리가 따각따각 울리니	足底聲聲送拍拍
용 꼬리 모양의 북이 베틀에서 떨어져 변한 듯하고	龍尾梭化落機杼
오리 주둥이 모양의 배가 조수를 탄 듯하네	鴨嘴船放乘潮汐
몸체는 넓적하고 배가 부르며 날렵하게 솟았고	體胖腹脹趫而仰
코는 뾰족하고 입구는 길어 비스듬히 좁아지는데	鼻尖口長斜而窄
고갯길이건 돌길이건 낮고 높은 곳을 다니느라	巡嶺巡碢幽峻處
수고롭고 부산스럽고 또 고생스럽네	勞勞擾擾又役役

---

305 형세는……듯하고 : 한(漢)나라 경제(景帝) 때 원앙(袁盎)이 태상(太常)으로 오(吳)나라에 사신을 갔는데, 오왕이 원앙을 장수로 삼고자 하였으나 되지 않자 원앙을 구금하고 죽이려 하였다. 이때 옛날에 은혜를 입었던 옥리가 원앙이 달아나도록 놓아주니, 원앙이 장막을 칼로 찢고 나와서 나막신을 신고 70리를 달아나 본국으로 탈출한 일이 있다. 《漢書 卷49 袁盎列傳》

306 법식은……본떴네 : 공자가 채(蔡) 땅에 이르러 객사에 나막신을 벗어놓았는데, 밤에 도둑이 나막신 한 짝만 가지고 가자 공자가 그곳에 나머지 한 짝을 남기고 떠났다고 한다. 공자의 나막신은 1척 4촌으로 다른 것과 달랐다고 한다. 《御定淵鑑類函 卷375 服飾部6 屐2》

규방의 늙은 지어미는 의아해하며 돌아보고　　　　閨閨老婦顧之訝
골목의 어린아이는 입을 벌리고 웃는데　　　　　　衙衙小兒笑也啞
서로 하는 말이 비웃고 헐뜯는 말이 아님이 없으니　相語無非入嘲訕
그대는 성인이 남긴 서책을 보지 못했는가　　　　君不見聖人簡冊
대우께서 물을 다스리며 그 공적을 이루었으니　　大禹治水成厥功
나막신으로 산길을 다니며 아홉 늪지에 제방을 쌓았다네[307]

　　　　　　　　　　　　　　　　　　　　　山行以梮陂九澤

후세에 분분하게 그 제작법이 달라졌으나　　　　後世紛紛其製殊
내가 신은 것이 편벽됨을 추구한다 말하지 말라　莫謂我着尋邪僻
그림도 그리고 조각도 하며 간혹 옥으로 장식하고　或畫或刻或爲玉
밀랍을 칠하고 쪽빛을 물들이고 비단을 대기도 하네　于蠟于藍于以帛
사람들은 위태롭게 보지만 나는 매우 편안하니　人視楮危吾則便
형태며 색깔이 각기 제 취향을 따르네　　　　　　形形色色各隨癖
거친 나막신이 사령들이나 신는다 말하지 말라[308]　休道麤屐但使令
우완지와 사영운은 모두 이름난 분들이었네[309]　玩之靈運皆名碩

307　나막신으로……쌓았다네 : 《한서(漢書)》 권29 〈구혁지(溝洫志)〉에 "우(禹) 임
금은 육지를 다니면서 수레를 탔고, 물을 다니면서 배를 탔으며, 진흙을 다니면서 취
(橇)를 탔고, 산을 다니면서 국(梮)을 탔다.……구도(九道)를 통하게 하였으며 구택
(九澤)에 제방을 쌓았다.〔陸行載車, 水行乘舟, 泥行乘橇, 山行則梮.……通九道, 陂九
澤.〕"라는 구절이 보인다. 취(橇)는 취(橇)와 통하는 글자로 진흙을 다니는 썰매를
가리키고, 국(梮)은 미끄러지지 않도록 바닥에 쇠로 된 징을 박은 나막신이다.
308　거친……말라 : 《몽서(夢書)》에 "거친 나막신은 사령과 비천한 사람들을 위한
것이다.〔麤屐爲使令卑賤類也.〕"라는 말이 있다. 《御定淵鑑類函 卷375 服飾部6 屐1》
309　우완지(虞玩之)와……분들이었네 : 남북조 시대 제(齊)나라 우완지가 매우 검소
하여 조정에 벼슬하면서도 20년이나 묵은 나막신을 신고 다니자, 태조(太祖)가 혀를

시집갈 때 행장을 꾸리며 낡은 상자에 넣어주었고[310]

嫁期束裝弊筐具

재상 문에 명함 들일 때도 해진 옷에 주름졌으며[311] 相門納刺破衣襞

좨주의 나막신 값이 싸서 푸른 돈 돌려주었고[312] 祭酒價廉錢還靑

마고의 신묘한 술수는 파도를 푸르게 갈랐네[313] 麻姑術玅波劈碧

이 물건이 이토록 좋은 줄을 일찍 알았더라면 早知此物若是長

차며 새로 만든 나막신을 하사하였다. 이에 우완지가 시초 풀로 만든 비녀와 해진 돗자리도 버리지 못하므로 감히 나막신을 받을 수 없다고 대답하자, 태조가 훌륭하게 여겨 표기자의참군(驃騎諮議參軍)을 제수하였다. 《御定淵鑑類函 卷375 服飾部6 屐4》 남조(南朝) 송(宋)나라 때 문장가 사영운(謝靈運)은 나막신을 애용하여 산에 오를 때에는 나막신 앞굽을 빼고, 내려올 때에는 뒤쪽 굽을 뺐다고 하는데, 그 나막신을 영운극(靈運屐)이라 불렀다고 한다. 《宋書 67 謝靈運列傳》

310 시집갈……주었고 : 후한(後漢)의 은사 대량(戴良)에게 딸 다섯이 있었는데, 집이 가난하여 딸들을 시집보낼 때 베로 만든 치마와 무명 이불과 대나무 상자와 나막신을 갖춰 보냈다고 한다. 《後漢書 卷83 逸民列傳 戴良》

311 재상……주름졌으며 : 당(唐)나라 유의(劉義)는 기개가 드높은 선비로 젊어서 의협심에 겨워 살인까지 저질렀으나, 뉘우치고 독서하여 새사람이 되었다. 그러나 예전의 버릇을 버리지 못하여 고귀한 사람에게도 인사를 하지 않았고, 늘 뚫어진 나막신과 해진 옷을 입었다고 한다. 《新唐書 卷176 劉義列傳》

312 좨주(祭酒)의……돌려주었고 : 두 좨주(杜祭酒)는 집안이 청빈하여 나막신을 만들며 살아갔는데, 나막신 값도 저렴하였고 간혹 잘못하여 값을 많이 받으면 곧 돈을 돌려주었다고 한다. 《御定淵鑑類函 卷375 服飾部6 屐3》

313 마고(麻姑)의……갈랐네 : 마고는 한나라 환제(桓帝) 때의 선녀 이름인데, 손톱이 새 발톱처럼 생겼으며, 3천 년마다 한 번 변하는 동해(東海)가 세 번이나 뽕나무밭으로 변하도록 아주 오래 살았다고 한다. 중국 단양현(丹陽縣) 고호(故湖) 옆에 마고묘(麻姑廟)가 있는데, 마고가 태어날 때 도술이 있어서 나막신을 신고 물 위를 걸었다고 한다. 《神仙傳 麻姑》《御定淵鑑類函 卷375 服飾部6 屐3》

저 왁자지껄 비웃는 소리가 멈췄을 것이니	絶彼哄堂聲言嘯
이제로부터 고사전을 크게 읽으며	從此大讀高士傳
부디 발로 차거나 배척하지 말라	愼勿蹴蹋而排斥
짚신이 어찌 반드시 화려한 신발을 부러워하랴	芒屬何須羨珠履
푸른 헝겊 신발을 고관의 신발과 바꾸고 싶지 않네	青絲不肯換赤舄
내가 스스로 신고서 내가 사용하고	我自躡之我爲用
내가 스스로 사랑하며 내가 아끼리라	我自愛之我爲惜
그대가 검소하든 사치하든 아끼기를 바라노니	請君愛惜無儉奢
고인이 좋아하던 것은 지금 사람도 좋아하네	古人之好今人亦
어찌 공공처럼 의지해 달리는 나막신을 내치랴[314]	曷逐蛩蛩相倚走
성성을 꾀는 자리에 나막신을 떨구지 말라[315]	莫墮猩猩迷藏席
발을 내디뎌 걸으면서 늘 경계를 두면	投足容趾常存戒
구절양장 태항산도 밭두둑처럼 편안히 보이고	羊腸太行視邱陌
일생의 심사를 이처럼 지닌다면	一生心事做如此
높은 곳을 디디는 걸음마다 구름이 희게 일어나리	陟巘步步雲起白

---

314 어찌……내치랴 : 북방에 궐(蹶)이라는 잘 달리지 못하는 짐승이 있어 늘 공공거허(蛩蛩駏驉)에게 감초(甘草)를 먹여서 위험이 닥치면 공공거허가 업고 달아난다고 한다. 《淮南子 道應訓》

315 성성(猩猩)을……말라 : 성성 또는 성성이는 원숭이로 산골짜기에 수백 마리씩 떼 지어 사는데, 술 마시기와 나막신 신기를 좋아한다고 한다. 사람들이 성성이를 잡을 때 길옆에 술을 두고 풀로 나막신을 짜서 서로 연결시켜놓으면, 성성이가 한참을 경계하다가 결국 술을 마시고 취해서 나막신에 각기 발을 집어넣어 한꺼번에 잡힌다고 한다. 《御定淵鑑類函 卷432 獸部4 猩猩1》

지팡이 하나, 삿갓 하나, 나막신 한 쌍으로　　　第一笠一屐一兩

어느 곳의 명산인들 내가 다니지 않으랴　　　何處名山不我適

명산이 내 앞에 있음을 아노니　　　名山知在阿堵前

가고 멈추는 곳이 은퇴한 선비의 집이라네　　　行行止止退士宅

사슴 사냥
獵鹿

나의 정원이 가오곡 깊이 있어 　　　　　　　　我園深在嘉梧谷

해마다 유월이면 사슴 사냥을 벌이네 　　　　年年六月事卽鹿

건장한 농부들이 부르지 않아도 이르니 　　　趁趁佃夫不招至

어느 곳의 계곡에 사슴이 누웠는가 　　　　　何處溪壑曾攸伏

한 모퉁이 돌자마자 한 언덕을 넘어 　　　　一隅纔過一岅越

보이는 것이라곤 빽빽이 우거진 수풀뿐일세 　所見叢雜皆林木

붉은 머리털 헝클어진 상투로 웃통 벗고 몰아대니 朱鬘鬖髶袒裼驅

화들짝 놀란 사슴들 떼를 지어 달아나네 　伎伎羌羌迸群族

동쪽으로 서쪽으로 쏜살같이 달아나니 　走東走西乘風走

사냥터가 공허해지고 발자국만 낭자하네 　一場空虛餘踏蹴

오늘 사냥에 낭패를 보았다고 모두들 하소연하며 齊訴狼狽今日事

다른 때에 날짜를 점쳐 올리겠다 하네 　願言他時更獻卜

주인이 지팡이 짚고 웃으며 답하기를 　主人倚杖笑而答

산짐승이 어찌 일찍이 가축과 같았던가 　山獸何嘗爲若畜

산짐승들 또한 한 점의 명철함을 갖추었으니 山獸亦具一點明

타고난 본성을 지니고서 어찌 떼로 도륙당하랴 常性其耐受衆戮

춘추 전국 시대 관씨의 아들[316]은 　春秋戰國管氏子

사슴 피를 얻기를 원하였고 고기는 바라지 않아 願得其血不願肉

---

316 관씨(管氏)의 아들 : 전고는 미상이다.

한 마리 얻는 데 백금도 아까워하지 않고서 　　　　　　百金不惜一頭來

끓이고 익혀서 배 속을 채웠네 　　　　　　　　而熱而瀹充肚腹

관씨의 아들은 어찌 저리 어리석은가 　　　　　　管氏之子何太癡

영험한 약으로 수명과 복을 늘릴 수 있거늘 　　　可使靈藥延壽福

짐승은 사람을 위해 몸을 죽이는 존재가 아니니 　獸不爲人殺身者

기꺼이 피를 내어 사람에게 마시게 하고 싶었으랴 肯出腔血使之服

어찌 피를 취하는 것만이 예로부터 그러하였나 　何事取血自昔然

의원은 녹용의 효험을 떠벌이며 중복하여 처방하기 그치지 않네

　　　　　　　　　　　　　　　　　醫詫頓角不翅複

사람들은 모두 뿔을 중히 여기고 피는 중히 여기지 않는데

　　　　　　　　　　　　　　　　　人皆貴角不貴血

지금 나는 의가의 서적에서 비방을 읽었네 　　　今我靑囊秘方讀

아침에 문득 사슴 피 한 대접을 얻었는데 　　　朝來忽得血一盆

흰 띠풀로 감싸니 붉은 피가 똑똑 떨어졌네 　　包之白茅赤漉漉

홍문 연회에서 잘라 씹으니 어찌 저리 장쾌한가[317] 鴻門切唊何其壯

월나라 궁궐에서 누워 맛본 것은 치욕스럽기 그지없었네[318]

---

317 홍문(鴻門)……장쾌한가 : 항우(項羽)가 홍문에서 연회를 베풀어 유방(劉邦)을 참살하려 하였을 때, 번쾌(樊噲)가 연회장에 들어가 항우를 노려보자 항우가 번쾌의 기개를 칭찬하며 술과 돼지 어깻죽지를 내려주었다. 이에 번쾌가 그 술을 단숨에 마시고 방패 위에 돼지 어깻죽지를 올려놓고 칼로 잘라 씹어 먹은 일을 가리킨다. 《史記 卷7 項羽本記》

318 월(越)나라……그지없었네 : 춘추 시대 때 월왕(越王) 구천(句踐)이 오(吳)나라 부차(夫差)에게 대패한 뒤, 치욕을 갚고자 낮에는 쓸개를 매달아놓고 맛을 보았고 밤에는 섶에 누워서 자며 국력을 길러, 마침내 부차를 이겨 원한을 씻었다. 《史記 卷41 越王句踐世家》

	粤宮臥嘗何其黷
길게 마시니 청련의 술이 부럽지 않고[319]	長吸不羨靑蓮酒
흘리며 마시니 도리어 사안석의 죽과 같네[320]	流歠還同安石粥
신기가 달아올라 아홉 구멍이 통하고	神氣酣醺通九竅
안색은 붉어지고 두 눈이 밝아지네	顔色滋潤明雙目
이로부터 병든 몸이 상쾌하고 건강해져	從此病軀快蘇健
오악을 옆구리에 끼고 사독을 넘으리[321]	五嶽可挾超四瀆
하늘이 흰 사슴을 내려 나에게 주었으니	天降白鹿畀于我
기린의 골수와 봉황의 기름을 움켜쥘 필요 없네	麟髓鳳膏不足掬
적성과 낭원[322]이 지척에 있으니	赤城閬苑咫尺在
겨드랑이에 바람이 일어 세상을 잊고 홀로 서리	兩腋風生遺世獨
황당한 초황의 꿈을 부디 믿지 말라	荒唐蕉隍愼勿信
꿈인 듯 아닌 듯 부끄럽기 짝이 없네[323]	似夢非夢堪愧忸

319 길게……않고 : 원문의 '청련(靑蓮)'은 술을 몹시 좋아했던 당나라 시인 이백(李白)의 호이다.

320 흘리며……같네 : 사안석(謝安石)은 진(晉)나라의 명사 사안(謝安)을 가리킨다. 치초(郗超)가 한여름 더위에 사안을 찾아갔더니, 사안이 오래된 적삼을 입고서 흰 죽을 먹고 있었다. 이에 치초가 "그대가 아니면 거의 이런 고난을 견디지 못할 것이다."라고 하였다고 한다.《說郛 卷69下》

321 오악(五嶽)을……넘으리 : 기운이 호탕함을 비유한 말이다. 오악은 태산(泰山)・화산(華山)・형산(衡山)・항산(恒山)・숭산(嵩山)이고, 사독(四瀆)은 4개의 큰 물로 양자강(揚子江)・황하(黃河)・회수(淮水)・제수(濟水)를 이른다.

322 적성(赤城)과 낭원(閬苑) : 적성은 도교의 전설에 나오는 36동천(洞天) 중의 하나이고, 낭원은 신선이 사는 곳을 가리킨다.

323 황당한……없네 : 세상의 득실(得失)이 꿈처럼 실체가 없음을 비유한 말로 보인

다. '초황(蕉隍)의 꿈'이란 정(鄭)나라의 어떤 사람이 땔나무를 하다가 사슴을 잡고서 누가 훔쳐 갈까 싶어 물 없는 해자[隍] 속에 숨겨놓고 파초[蕉] 잎으로 덮어놓았다. 그러나 곧 그 장소를 잊어서 찾지 못하자 꿈을 꾼 것이라 생각하고는 혼자 중얼거리며 길을 가는데, 우연히 그 말을 들은 사람이 그곳으로 가서 사슴을 찾아내어 집으로 가지고 가버렸다. 그러고는 아내에게 "그 사람이 사슴 잡는 꿈을 꾸었으나 어디 있는지 알지 못하였는데, 이제 내가 사슴을 얻었으니 그는 참으로 꿈을 꾼 사람일세."라고 하니, 아내가 "어쩌면 당신이 그 나무꾼이 사슴을 잡은 꿈을 꾼 것인지도 모르지요."라고 답하였다고 한다. 《列子 卷3 周穆王》

남과행[324]

南瓜行

남과는 종자가 남만이란 나라에서 나와	南瓜種出南蠻邦
운남 민 지역에 두루 퍼져 절강으로 들어왔네[325]	遍滿南閩入浙江
연경 남쪽 여러 곳에 심지 않는 곳이 없어	燕南諸處無不藝
이월이면 밭두둑에 남녀가 쌍으로 일하네	二月田疇兒女雙
초여름에 싹이 자라 열 길이나 덩굴이 뻗으니	肇夏生苗蔓十丈
마디마다 뿌리가 생겨 골짜기를 가득 채우네	節節有根塡空谾
잎은 연잎보다 크고 뾰족하게 모가 났고	葉大於荷尖稜角
줄기는 등나무처럼 곧고 속이 비었네	莖直如藤虛肚腔
노란 꽃이 흐드러진 뒤에 열매가 꼭지에 달리니	黃花漫漫子結蒂
수박은 너무 사치스럽고 동과는 크기만 하네	西瓜太奢冬瓜尨
야인들이 분분하게 아침저녁으로 따서	野人紛紛朝暮摘
저자에 낭자하게 늘어놓아 산더미처럼 쌓네	狼藉市肆不翅扛
소년들은 메고 지고 진흙 언덕을 내려오고	少年荷擔下泥岡
노인은 구부정하게 돌길을 지나며	老人傴僂度石矼
귀하든 천하든 똑같은 맛을 즐기니	無貴無賤同一味
쌀가루든 고추장이든 병과 항아리를 기울이네	玉糝紅醬傾瓶缸

---

324 남과행(南瓜行) : 호박을 소재로 악부 형식으로 지은 시이다.

325 남과(南瓜)는……들어왔네 : 남만(南蠻)은 중국에서 남쪽 오랑캐를 일컫는 말로 인도차이나 지역을 가리킨다. 운남 민(閩) 지역은 운남성과 복건성 일대를, 절강(浙江) 은 양자강 하류 항주(杭州) 일대를 말한다.

푸릇한 호박을 자르면 서리와 눈처럼 떨어지고　　　切綠斫靑霜雪落

잠깐 사이에 쪄내서 자잘하게 채를 썰어　　　片時湘出鏤春撞

유리 소반에 담기도 하고 질그릇에도 담으면　　　或盛瑠盤或瓦缶

쑥대의 사립문이든 비단 창문이든 가리지 않네　　　不擇荊蓽與綺窓

채소 뿌리 씹는 청고한 삶에 들어간 적 없고[326]　　　做聲無聞咬根口

밭을 지나며 거리낌 없이 신발을 고쳐 맬 수 있네[327]　　　過田不嫌納履踏

시골집에 만약 호박이란 물건이 없었더라면　　　村家如無一種物

어찌 아이들로 하여금 두 눈을 두렵게 만들랴　　　肯使童穉兩眼慄

칠월과 팔월에 올벼가 익어갈 제　　　七月八月新稻熟

사립문 활짝 열려 있고 늙은 삽살개가 잠자는데　　　柴扉大開眠老狵

울타리에 주렁주렁 열려 껍질도 두꺼워지면　　　籬落纍纍皮膚厚

여윈 아낙을 시켜 맨손으로 따게 하네　　　將敎羸婦赤手降

아욱 꺾어 스스로 즐긴 이는 망천의 마힐이요[328]　　　折葵自樂輞川詰

---

326 채소……없고 : 호박이 맛이 매우 좋아 청고(淸苦)한 삶을 상징하는 음식이 아니라는 말이다. 428쪽 주177 참조.

327 밭을……있네 : 호박이 매우 흔하므로 호박밭에서 몸을 굽혀도 오해를 받지 않는다는 말이다. 삼국 시대 위(魏)나라 조식(曹植)의 〈군자행(君子行)〉에 "군자는 매사를 미연에 방지하여 혐의로운 지경에 처하지 않나니, 오이밭에선 신을 고쳐 매지 않고, 오얏나무 밑에선 관을 바로잡지 않는다.〔君子防未然, 不處嫌疑間. 瓜田不納履, 李下不整冠.〕"라고 하였다.

328 아욱……마힐(摩詰)이요 : 마힐은 당나라 시인 왕유(王維)의 자(字)이다. 부처를 신봉하여 평소 푸성귀를 즐기고 냄새나는 음식을 먹지 않았으며, 망천(輞川)에 별장을 두고 배적(裵迪) 등과 거문고를 타고 시를 읊었다. 그가 지은 〈궂은 비 내리는 망천 별장에서〔積雨輞川莊作〕〉라는 시에 "산중에서 고요한 생활에 익숙해 아침 무궁화를 보고, 소나무 아래서 맑게 재계하고서 이슬 젖은 아욱을 꺾는다.〔山中習靜觀朝槿, 松下

뽕잎 따며 편안함 누린 이는 녹문산의 방덕공인데[329]	採桑貽安鹿門龐
나 또한 오늘은 저들을 부러워 않으니	我亦今日不羨彼
인간 세상 분분한 말도 따지지 않으리	無辨人間語夢唵
하늘이 베풀고 땅에서 난 것으로	天之所施地之産
해가 지날 때마다 참으로 미덥기만 하네	歲歲年年信悾悾
한 표주박으로 물을 뜨다가 수풀을 헤쳐 보니	一瓢汲泉開薏帳
일곱 부처가 빛을 발하며 금빛 깃발 물들인 듯하여	七佛放光染金幢
호박을 찾으러 산에 들어가니 깊지 않음이 근심이고	耽茲入山恐不深
일부러 피한 것은 아니로되 여울까지 뻗어갔네	非爲故避急奔瀧
가득 져다 부리니 무수한 누런 덩어리라	滿馱落來黃無數
백 명으로도 나의 배를 당기지 못하리	百夫不能挽我艭
돌아가 나의 고향에 저장하여 여유롭게 지내면	歸蓄我鄉枕藉臥
작은 술주자에선 진주가 방울방울 떨어지리	小槽眞珠滴滴淙
향기롭게 먹으면 새로 달인 차가 필요 없고	啜香不借烹新茗
달을 보려면 어찌 시린 등잔을 안을 필요 있으랴	對月何須擁寒釭
너무 먹어서 각기를 상하게 하지 말라	勿令多食傷脚氣
우스워라, 내가 늙어서 썩은 말뚝처럼 되었네	堪笑我老惟朽椿
나의 부른 배를 매만지며 맑은 바람에 앉아서	撫我膨腹清風坐
고인의 시를 외자니 옥돌이 구르듯 유창하네	誦古人詞玉潤摐

淸齋折露葵.]"라는 구절이 있다.

329 뽕잎……방덕공(龐德公)인데 : 녹문산(鹿門山)은 중국 호북성 양양현(襄陽縣)에 있는 산 이름으로, 후한(後漢)의 은자 방덕공이 처자식을 데리고 이 산에 올라 약초를 캐면서 은거하여 돌아오지 않았다고 한다.

나도 따라 짓고 싶으나 할 수가 없으니　　　我欲摸寫寫不得

남겼다가 훗날 서까래처럼 큰 솜씨를 기다리리　　留俟他日筆抽杠

죽로차
竹露茶

보림사는 강진현에 있어	普林寺在康津縣
현은 호남에 속하며 화살대가 공물인데	縣屬湖南貢楛箭
절 곁에 밭이 있고 밭에는 대가 있어	寺傍有田田有竹
대숲 사이 풀이 돋아 이슬에 촉촉하네	竹間生草露華濺
세상 사람들이 안목 없어 평범하게 보아	世人眼眵尋常視
해마다 봄이 되면 제멋대로 우거지는데	年年春到任蒨蒨
어떻게 왔는지 해박한 열수 정약용이[330]	何來博物丁洌水
절의 중들에게 가는 싹을 고르라 가르쳤네	敎他寺僧芽針選
천 줄기가 가닥마다 머리칼처럼 교차하고	千莖種種交織髮
한 줌 쥐면 덩어리마다 실처럼 얽히니	一掬團團縈細線
구증구포[331]로 옛 법식대로 덖어내어	蒸九曝九按古法
구리 시루와 대소쿠리에서 번갈아 비벼대네	銅甑竹篩替相碾
천축의 부처님이 육신을 아홉 번 씻은 듯	天竺佛尊肉九淨

---

330 어떻게……정약용(丁若鏞)이 : 열수(洌水)는 정약용(1762~1836)의 별호로 본
관은 나주(羅州), 자는 미용(美鏞), 호는 다산(茶山)·사암(俟菴)·여유당(與猶堂)
등이다. 순조 1년(1801) 신유박해(辛酉迫害) 때 장기(長鬐)로 유배되었다가 황사영
(黃嗣永)의 백서(帛書) 사건으로 그해 11월 강진(康津)에 이배되어 18년 동안 유배
생활을 하였다.

331 구증구포(九蒸九曝) : 약재나 차의 질을 높이기 위해서 아홉 번 찌고 아홉 번
햇볕에 말리는 과정을 되풀이하는 것을 이른다.

천태산의 마고 선녀가 단약을 아홉 번 구운 듯	天台仙姑丹九煉
광주리며 소쿠리에 담아 종이로 찌를 달아	筐之筥之籤紙貼
우전차라 써 붙이니 품질이 특별하네	雨前標題殊品擅
장군의 창을 세운 문이나 왕손의 집안에서	將軍戟門王孫家
기이한 향기 자욱하게 잔치 자리에 엉기네	異香繽紛凝寢讌
누가 말했나, 정옹이 골수를 씻어내면서	誰說丁翁洗其髓
산사에서 죽로차를 올리는 것만 보았다 하네	但見竹露山寺薦
호남의 귀한 보배로 네 종류를 일컬었으니	湖南希寶稱四種
완당노인의 감식안은 당세에 으뜸이네	阮髥識鑑當世彦
해남의 생달차, 탐라의 수선차, 빈랑잎 황차가	海槎眈蒜檳榔葉
죽로차와 서로 대등해 귀천을 가리지 못하네[332]	與之相垺無貴賤
초의상인이 싸서 보내주니	草衣上人齎以送
산방에 봉한 글자는 양연이라 존숭했네[333]	山房緘字尊養硯

---

332 해남의……못하네 : 《임하필기》권32 〈순일편(旬一編)〉에 '호남의 네 가지 물품
〔湖南四種〕'이란 제목으로 차의 품질을 논한 다음 구절이 참고가 된다. "강진 보림사
대밭의 차는 열수(洌水) 정약용(丁若鏞)이 체득하여 절의 승려에게 아홉 번 찌고 아홉
번 말리는 방법을 가르쳐주었다. 그 품질은 보이차(普洱茶) 못지않으며, 곡우(穀雨)
전에 채취한 것을 더욱 귀하게 여긴다. 이는 우전차(雨前茶)라고 해도 될 것이다. 해남
등지에 생달나무가 있다. 열매에서 기름을 취하여 응고시켜 초를 만들면 품질이 기름
초〔膩燭〕보다 뒤떨어지지 않고, 부녀의 유종(乳腫)을 치료하는 약으로도 쓴다. 이 또한
정약용이 고안한 방법이다. 제주에서 나는 수선화는 추사(秋史)가 처음 알았다. 올바른
방법으로 키우면 강남(江南)에서 나는 것보다 뒤떨어지지 않는다. 그러나 본토에서는
오색화(五色花)가 피지만 바다를 건너면 색이 변하고 만다. 또 황차(黃茶)를 취하는데,
연경에서 나는 것보다는 못하지만 상당히 괜찮다."

333 초의상인(草衣上人)이……존숭했네 : 초의(1786~1866)는 조선 후기 승려로 이
름은 의순(意恂), 자는 중부(中孚)이다. 해남의 대둔사(大芚寺)와 대흥사(大興寺)에

내가 일찍이 젊어서 장로들을 따를 적에	我曾眇少從老長
한 대접을 나눠 받고서 마음에 늘 아른댔네	波分一椀意眷眷
나중에 완산에 노닐 적[334]에도 구할 수가 없어서	後遊完山求不得
몇 년이나 임하려에서 미련이 남았던가	幾載林下留餘戀
고경 스님[335]이 홀연히 한 꾸러미를 던져주니	鏡釋忽投一包裹
둥글지만 엿은 아니고 떡 모양에 붉지는 않네	圓非蔗餹餅非茜
노끈으로 꿰어서 포개기를 반복하니	貫之以索疊而疊
주렁주렁 매달린 것이 일백 열 조각일세	纍纍薄薄百十片
두건을 젖히고 소매를 걷고 서둘러 봉함을 여는데	岸幘褰袖快開函
책상 앞에 흩어져 뒹구니 예전에 본 것이네	床前散落曾所眄
돌솥을 고이고 새로 물을 길어 끓이며	石鼎撑煮新汲水
얼른 가동에게 명하여 부채질을 재촉하여	立命童竪促火扇
백 번 천 번을 끓고 나서 게 눈 거품이 솟자	百沸千沸蟹眼湧
한 점 두 점 작설을 집어넣었네	一點二點雀舌揀

번갈아 거처하며 다산(茶山) 정약용(丁若鏞), 연천(淵泉) 홍석주(洪奭周), 자하(紫霞) 신위(申緯) 등과 깊이 교유하였고, 특히 추사(秋史) 김정희(金正喜)와는 방외(方外)의 교유를 맺어 왕복 서한이 권축을 이루었다. 양연(養硯)은 바로 신위의 서재 양연산방(養硯山房)을 가리킨다. 이유원은 보림사의 죽로차를 신위의 집에서 맛보았는데, 초의가 스승인 완호대사(玩虎大師)를 봉안한 삼여탑(三如塔)의 비문을 받기 위해 신위에게 폐백으로 보낸 것이 바로 죽로차였다. 《林下筆記 卷32 旬一編 三如塔》

334 완산(完山)에 노닐 적 : 이유원이 37세 때인 1850년(철종1) 12월에 전라도 관찰사가 되어 1년간 재임한 것을 가리킨다. 완산은 지금의 전주와 완주 지역이다.

335 고경(古鏡) 스님 : 구체적인 행적은 미상이다. 이유원은 1872년(고종9) 대보름날 가오곡의 사시향관(四時香館)에서 그가 가져온 죽로차를 맛보고서 우리나라에서 가장 뛰어나다고 고평한 일이 있다. 《林下筆記 卷32 旬一編 三如塔》

가슴이 시원히 뚫리고 잇몸에 단맛이 감도니	胸膈淸爽齒齦甘
마음 통하는 벗들이 많지 않음이 한스럽네	知心友人恨不遍
황산곡은 시를 지어 동파노인을 전송하면서	山谷詩送坡老歸
보이차 한 잔으로 전별했단 말 듣지 못했고	未聞普茶一盞餞
육홍점은 《다경》으로 인형이 되어 팔렸으나	鴻漸經爲瓷人沽
보이차가 글 속에 들어갔단 말 듣지 못했네336	未聞普茶參入撰
심양 저자의 보이차는 값이 가장 높아	瀋肆普茶價最高
한 봉지 사려면 비단 한 필을 줘야 한다네	一封換取一疋絹
계북에선 낙장과 어즙이 기름지므로	薊北酪漿魚汁腴
차를 종으로 부르며 밥상에 함께 올린다네337	呼茗爲奴俱供膳

336 육홍점(陸鴻漸)은……못했네 : 육홍점은 당나라 은사 육우(陸羽)로 홍점은 그의
자(字)이다. 차를 몹시 좋아하여 별호가 다전(茶顚)인데, 차의 유래와 기구로부터 끓이
고 마시는 방법에 이르기까지 10가지로 분류하여 《다경(茶經)》을 저술하였다. 《다경》
이 세상에 유명해지자 공현(鞏縣)에서는 자기 인형[瓷偶人]을 만들고 '육홍점'이라 이
름 붙여, 다른 찻그릇 10개를 사야 인형 1개를 끼워 팔았다고 한다. 《古今事文類聚
續集 卷12 作瓷人沽茗》 《다경》에 보이차는 들어 있지 않다.

337 계북(薊北)에선……올린다네 : 계북은 지금의 북경 외곽을 가리킨다. 낙장(酪
漿)은 소나 양의 젖으로 만든 음식이다. 제(齊)나라 왕숙(王肅)이 양고기와 낙장을
먹지 않고 항상 붕어즙을 먹으며 목이 마르면 차를 마셨다. 위 고제(魏高帝)가 양고기는
물고기 탕에 비해 어떠하며 차는 낙장에 비해 어떠한지 물으니, 왕숙이 "양은 뭍에서
나는 물산 중에 최고이고, 물고기는 물에서 사는 것들 가운데 가장 맛이 좋습니다.
양은 제(齊)・노(魯)와 같은 큰 나라에 비길 수 있고, 물고기는 주(邾)・거(莒)와 같은
작은 나라에 비길 수 있습니다. 그러나 오직 낙장만은 해당하는 곳이 없어서 차와 함께
하인이 됩니다."라고 하였다. 이로 인해 차를 낙노(酪奴)라 부르게 되었다고 한다. 《古
今事文類聚 續集 卷12 茗爲酪奴》

가장 빼어나기론 우리나라 보림사의 차이니　　　最是海左普林寺
구름처럼 흩어져서 죽처럼 엉길 걱정이 없네[338]　　雲脚不憂聚乳面
번뇌와 기름기를 없애주어 세상에 참으로 없어선 안 되니

　　　　　　　　　　　　　　除煩去膩世固不可無

우리 토산으로 만족스러워 중국차가 부럽지 않네　我産自足彼不羨

338　구름처럼……없네 : 차 맛이 기름기가 적어 깔끔한 것을 가리키는 듯하다. 원문의
'운각(雲脚)'은 송나라 채양(蔡襄)이 지은 《다록(茶錄)》의 '차 우리기〔點茶〕' 조에 "차
가 적고 탕이 많으면 구름처럼 흩어지고, 탕이 적고 차가 많으면 죽처럼 엉긴다.〔茶少湯
多則雲脚散, 湯少茶多則粥面聚.〕"라는 구절이 참고가 된다.

빗속에 근심을 풀다 25수

雨中撥憫 二十五首

지난여름 지은 시가 거의 천여 수에 달했는데   昨夏做詩殆近千
금년에 지은 것은 한 편도 채우지 못했네   今年所得未成篇
노인의 근력이란 때에 따라 변하기 마련이니   老人筋力隨時變
정신과 생각이 예전보다 못하다고 한탄치 말라   莫恨神思不及前

종일 내리는 빗소리에 어지럼증이 생기고   終日雨聲眩暈生
주렴의 무늬가 아른거려 정신이 소모되네   簾紋搖萬耗神精
이른 나이에 혹시 이러한 증세가 있었으면   蚤年倘有如如證
천 겹의 고해를 어찌 헤쳐나갈 수 있었으랴   苦海千重肯利征

소년들이여, 이 노인의 쇠약함을 비웃지 말라   少年莫笑此翁衰
옛날의 곱던 모습 잠깐 사이에 추해졌네   昔日嬋娟頃刻媸
왕년엔 나 또한 늙음을 알지 못했나니   往時我亦不知老
평소 마음을 스스로 속인 것만 부끄럽네   慙愧平生心自欺

문을 열고 넘실거리는 물에 크게 웃으니   開門大笑水漫漫
산을 의지한 집이 작은 탄환만 하네   屋子依山彈小丸
밭두둑 가에서 물에 잠겨 오고 가며   蘸去蘸來田壟畔
낚싯대 든 사립옹이 거센 여울을 피하네   一竿簑笠避驚湍

지난밤 찌는 더위가 다 가시지 않았는데　　　　前夜薰蒸儘未經
아침이 되자 빗물이 시내 가득 불었네　　　　　朝來雨水滿溪汀
지팡이 짚고 듣다 돌아와 문을 밀치고 누우니　倚杖聽回推戶臥
마음과 정신이 심란하여 좀체 안정치 못하네　心神惝怳少安寧

제방이며 밭고랑 물에 성긴 어망을 놓아　　　隄防田水設疎罾
작은 물고기 얻어 아침 반찬에 보태려 하니　冀得魚苗早膳增
급한 비가 종작없이 내려 시냇물 불어나니　急雨無端川瀆漲
통발을 잊어버리고 이내 물고기도 잊었네　　忘筌無奈忘魚仍

큰비가 자주 내리는 유월의 하늘에　　　　　　大雨頻霑六月天
변해가는 계절을 살펴 한 해의 농사를 점치네　天時流動占年年
설상가상 한 줄기 바람이 이에 일어나　　　　　加之一陣風斯起
모난 연못의 지지 않은 연꽃을 깨끗이 쓸어가네　淨掃方塘未墮蓮

홍진세상 고귀한 객이 내 마음을 몰라주고　紅塵貴客少知心
나의 시골 생활에 대해 복이 넘친다 하네　謂我村居福分深
시골 생활에도 시골 생활의 괴로움 있으니　村居亦有村居苦
지난밤 낙숫물이 새어 벽이 흥건히 젖었네　屋漏前宵滿壁淋

숲을 뚫고 환하게 등불 하나가 비치니　　　穿林燁燁一燈火
대문 앞에 범과 표범이 다가온 줄 알겠네　知是門前虎豹來
시골집에 먹을 것 없다고 탄식하지 말라　田家無食休歎息
빗속에 주려 산을 떠난 저놈들도 가여우니　餒雨離山亦可哀

인생이란 백 년 사이에 불과한데　　　　　　　人生不過百年間
희로애락과 단맛 쓴맛에 또 비방도 많네　　　喜怒甘酸又謗訕
필경에 한번 웃는 데로 함께 돌아가건만　　　畢竟同歸一笑已
바쁜 것은 누구이고 한가한 것은 누구인가　　何人促促何人閑

비바람이 때로 빠르게도 불고 느리게도 불어　風雨有時疾復遲
하물며 사람의 일 또한 행운과 불운이 있네　況如人事亦贏奇
사람이 천도를 따라 서로 순환하여 변하니　　人從天道相迴薄
한밤중 산속 창가에 눈썹달이 떴네　　　　　半夜山窓月一眉

하늘이 구름을 만들어 한 보지락 비가 내리니　天作之雲雨一犁
사해를 고루 적셔주며 본래 사사로움이 없네　均霑四海本無私
마르고 습함은 원래 지세로 인해서이니　　　燥濕原來因地勢
어찌 벼와 기장이 높고 낮은 곳을 가렸던가　何曾稻黍辨高卑

한 해의 비를 재면 적기도 하고 많기도 한데　一年測雨有低高
많고 적음을 평균 내면 조금도 차이가 없네　多少平分不謬毫
맑은 물에 씻긴 풍진세상은 삼신산과 먼데　　黃塵淸水三山遠
천고의 영웅들도 모두 물결에 씻겨갔네　　　千古英雄盡浪淘

습한 기운 자욱하여 사방 들이 아득하기에　　濕氣濛濛四野茫
사람과 곡식이 쉬이 병들 줄 짐작하였더니　料知人穀易生瘅
잠시 뒤 구름이 걷히고 푸른 하늘 드러나　　須臾雲破靑天覩
중천에 이글거리며 태양이 빛나네　　　　　烈烈中天耀太陽

늦게 핀 붉은 꽃 한 송이가 나무를 뚫고 비끼니　一點晚紅穿樾斜
온갖 꽃이 이미 졌는데 이것이 무슨 꽃이런가　百花已謝是何花
비가 때리고 바람이 꺾어도 여전히 해를 향하니　雨打風摧猶向日
야인의 집에서 재배하기에는 맞지 않으리　不堪培養野人家

때때로 글을 지음은 본래 성품이 아니어서　有時佔畢元非性
늙어가며 근심을 삭이려 스스로 읊조렸을 뿐이네　老去消愁謾自詠
두보도 괴로웠으니 수척한 가생을 비웃지 말라[339]　杜苦莫嘲賈瘦生
시인은 모두 맹호연의 병[340]이 있네　詩人俱是浩然病

시렁 가득 널브러진 첩첩이 쌓인 석묵[341]은　滿架倒橫石墨疊
몇 년이나 산인의 상자에 보관되어 있었던가　幾年藏在山人篋

---

339 두보(杜甫)도……말라 : 유명한 시인들이 모두 시작(詩作)에 고심한 것을 말한다. '두보가 괴로웠다'는 것은 두보가 시를 짓느라 고심한 것을 말한다. 이백(李白)의 〈장난삼아 두보에게 주다〔戲贈杜甫〕〉라는 시에 "모습이 어찌하여 수척한가 물었더니, 그저 예전부터 시를 배우느라 괴롭다 하네.〔借問形容何瘦生, 祇爲從前學詩苦.〕"라는 구절이 있다. '수척한 가생(賈生)'이란 481쪽 주270 참조.

340 맹호연(孟浩然)의 병 : 당나라 시인 맹호연이 지은 〈세모에 남산에 돌아오다〔歲暮歸南山〕〉라는 시에 "재능이 없어 밝은 임금에게 버림받고, 병이 많아 벗들도 멀어졌네.〔不才明主棄, 多病故人疏.〕"라고 한 말을 가리킨다.

341 석묵(石墨) : 비석이나 기와 등에 새겨진 글자를 탁본한 것을 가리키는 말로 보인다. 이유원은 중국 골동의 탁본을 모아 청동기 등에 새겨진 문자를 금해(金薤)로, 돌이나 기와에 새겨진 문자를 석묵으로 분류하여 〈금해석묵편(金薤石墨編)〉을 지었다. 《林下筆記 卷3》

빗속에 점검해보니 온전한 종이가 없어 　　　雨中點檢紙無完
당시에 옥축 달아 단장한 것이 아깝기만 하네 　可惜當時裝玉躞

그만이로다, 당시에 알던 사람이 적어지니 　　已矣當時知者少
풀 더미와 함께 썩어 일생이 끝나리라 　　　草萊同腐一生了
너른 강에 미가의 배는 돌아오지 않고 　　　滄江不返米家船
홍월만 부질없이 밤마다 밝게 빛나네[342] 　　虹月空敎夜夜皎

빗방울이 서책에 튀어 붉고 푸른 얼룩이 생기니 　雨點縹緗紫綠生
맥망[343]이 뜻을 얻어 스스로 횡행하는구나 　脈望得意自橫行
진나라 전서를 먹고 나서 한나라 그림을 침범하니 　秦篆蝕餘侵漢畫
주인이 멍하게 서서 눈만 휘둥그레 뜨네 　　主人癡立不勝瞠

문을 닫고 썰렁한 신세를 스스로 가련히 여기니 　閉戶自憐身世寒
평생 모아들인 것이 온통 지리멸렬로 돌아갔네 　平生聚積盡歸殘
삼십 년 사이에 어찌 등한히 버려두어 　　　三十年間何等棄
지금에 이르러 시렁을 보면서 장탄식만 하는가 　至今臨庋只長歎

342　미가(米家)의……빛나네 : 북송(北宋)의 서화가 미불(米市)이 고금의 유명한 서
화를 많이 모았는데, 그것을 배에다 싣고 강을 오르내리니 밤에 광채가 뻗쳐서 사람들이
'미가홍월선(米家虹月船)'이라 칭하였다고 한다.

343　맥망(脈望) : 좀벌레가 '신선(神仙)'이란 글자를 세 번 먹으면 맥망으로 변한다고
하는데, 이 벌레의 즙을 단약과 섞어 복용하면 신선이 될 수 있다고 한다. 《酉陽雜俎
支諾皐中》

서울 편지가 때마침 이르러 나의 게으름 일으키니　京函時到起吾慵
마치 사람이 찾아와 연못가에서 만난 듯하네　若有人兮池上逢
수중의 접힌 종이에선 맑은 향기가 감돌고　手中摺紙淸香在
여운이 청량하여 체종[344] 소리가 들리네　餘韻泠泠聞遞鍾

빼어난 솜씨 지닌 기당과 경대가　祁堂大手與經臺
만고의 심흉을 아직도 펼치고 있네　萬古心胸尙拓開
사업과 문장에서 당세에 빼어나　事業文章當世特
모갈 입고 천태산에 들어갔단 말 듣지 못했네[345]　未聞毛褐入天台

천만 사람 중에 빼어난 한 몸이　千萬人中挺一身
초야에서 이미 매몰되었다 말하지 말라　莫言草野已沈淪
그대의 시 구절 외면서 그대의 처신을 부러워하니　誦君之句美君着
바둑판 밖에서 바둑 구경하는 나는 손님이라네　局外看棋我是賓

---

344 체종(遞鍾) : 제 환공(齊桓公)의 거문고 호종(號鍾)을 가리키는데, 후한(後漢) 채옹(蔡邕)의 초미금(焦尾琴), 초 장공(楚莊公)의 요량(繞梁), 사마상여(司馬相如) 의 녹기(綠綺)와 함께 4대 명금(名琴)으로 불린다.

345 빼어난……못했네 : 기당(祁堂) 홍순목(洪淳穆, 1816~1884)과 경대(經臺) 김 상현(金尙鉉, 1811~1890)이 재능이 빼어나 노년에 은퇴하고도 조정을 위해 일하는 것을 가리킨다. 홍순목은 1872년(고종9)에 영의정으로 치사하고서도 영돈령부사, 판중 추부사 등으로 거듭 기용되었으며, 김상현은 늙어서까지 전문(箋文), 죽책문(竹冊文), 옥책문(玉冊文), 악장문(樂章文) 등 국가의 주요 왕실 문장을 도맡아 지었다. 모갈(毛 褐)은 짐승의 털로 만든 옷으로 초야의 선비를 의미하고, 천태산(天台山)은 중국 절강 성에 있는 산으로 옛날부터 신선이 산다고 전해진다.

세상에 어찌 둘 다 한가로운 적 없었으랴만 　　　世上何曾無兩閑

그대의 시를 나에게 다 보여주지 못했도다 　　　君詩於我未全覰

가까운 친구도 오히려 알아보지 못하는데 　　　咫尺故人猶不識

멀리 물에서 구하고 멀리 산에서 구한단 말인가 　　遠求於水遠求山

만 가지 인간사에 어떤 일이 어려운가 　　　　萬事人間何事艱

속세의 구속을 풀고 청산에 앉는 일일세 　　　塵纓解縛坐靑山

세 글자 관함³⁴⁶을 능히 잊지 못해 　　　　　官啣三字不能忘

마음이 급류를 따라가 돌아오지를 못하네 　　　心逐奔流休挽還

346　세 글자 관함 : 봉조하(奉朝賀)를 삼자함(三字銜)이라 일컫는다. 366쪽 주56 참조.

괴외롱곡[347]
怪聵聾曲

꾀꼬리는 초여름 울음소리는 부드럽고 여리지만, 한여름이 되면 거칠
고 짧다. 내가 부연하여 설명하기를 "처음에는 고괴농이라 울다가 나중
에는 괴외롱이라 우니, 꾀꼬리가 어찌 스스로 이름을 지은 것이겠는
가."라고 하였다. 내가 이해한 것이 이와 같아서, 그 때문에 앞에서
고괴농곡(古槐濃曲)을 지었고, 뒤에 괴외롱곡이란 시를 지은 것이다.

우리 집엔 유월에도 꾀꼬리 소리가 들리니	我家六月猶聽鸝
그 소리가 짧고 거칠어 처음 소리에서 변했네	其聲短澀變初鳴
괴이해라, 너는 어인 일로 소리가 촉급해졌는가	怪爾何事聲促急
세상 사람은 꾀꼬리의 심정을 이해하지 못하네	世人莫解間關情
봄버들이 하늘하늘 다리와 제방을 감싸고	春柳依依籠梁堤
여름 나무는 무성하여 진나라 서울이 어둑한데	夏本陰陰暗秦京
잎 사이 수풀을 뚫고 혀를 교묘히 놀리니	隔葉穿林囀喉舌
네가 몸은 잘 숨겼으나 소리를 숨기지 못했도다	工爾藏身未藏聲
검은 눈썹의 미인이 베개를 밀치고 일어나고	靑蛾美人推枕起
백마 탄 공자는 탄궁을 끼고 다니는데	白馬公子挾彈行
위태하고 위태하도다	危哉危

---

347 괴외롱곡(怪聵聾曲) : 꾀꼬리 소리를 괴외롱(怪聵聾)으로 표현하여 악부 형식으
로 지은 시이다. 469쪽 〈고괴농곡(古槐濃曲)〉 참조.

가까이에 그물이 쳐 있네　　　　　　　　　　　咫尺罪罪羅罃

그칠 곳에 그치면　　　　　　　　　　　　　　　止於止

원활한 소리가 온화하고 평이하리라　　　　　　圓轉和且平

소리가 너에게서 나오는데 네가 몸을 감추니　　聲出乎爾爾自晦

가녀리게 끊이지 않아 화려한 성을 감쌌네　　　綿綿不絶繞綺城

몸이 으슥한 곳에 있는데 소리가 멀리까지 들리니　身在幽深聲則遠

천 사람 만 사람이 다투어 귀를 기울이네　　　千人萬人耳爭傾

괴외롱, 괴외롱　　　　　　　　　　　　　　　怪瞶聲怪瞶聲

앞 소리와 나중 소리가 소리로만 어우러지니　　前聲後聲但聲成

앞 소리는 하소연하고 나중 소리는 슬퍼서　　　前聲訴後聲悲

끊겼다가 이어지는 동안 성령이 청신해지네　　乍斷乍續性靈淸

나는 초은조[348]를 읊어 화답하고 싶으나　　　我欲相和招隱操

비단 아쟁과 옥 생황에 부끄러워라　　　　　　愧乎錦箏與玉笙

나의 괴이함이 풀렸도다, 나의 괴이함이 풀렸도다　我解怪我解怪

내 말이 우매무지해도 너는 놀라지 말지어다　　我言聾瞶爾莫驚

천기가 활발하여 네가 저절로 소리를 낸 것이니　天機潑潑自作音

어찌 억지로 너의 소리에 이름을 붙이고 싶으랴　豈欲勒爾名爾名

348　초은조(招隱操) : 《초사(楚辭)》〈초은사(招隱士)〉에서 온 말로 은사(隱士)들에
게 은거하지 말고 세상에 나와서 출사(出仕)하도록 권유하는 내용인데, 여기서는 꾀꼬
리에게 몸을 드러내라고 권하는 의미이다.

그대는 보지 못했는가, 우는 매미는 사마귀가 엿봄을 알지 못하니[349]

君不見鳴蟬不知蜋螂窺

만고의 백개는 홀로 귀가 밝았도다[350]

萬古伯皆聽獨明

349 우는……못하니 : 목전의 이익에 빠져 재앙이 닥칠 줄을 모른다는 의미이다. 정원의 나무 위에 매미가 높이 앉아 이슬을 마시면서 제 뒤에 버마재비(사마귀)가 노리고 있는 줄을 알지 못하고, 버마재비는 매미를 잡아먹을 생각만 하고 황작(黃雀)이 제 곁에서 노리는 줄을 알지 못하며, 황작은 버마재비를 쪼아 먹을 것만 생각하고 탄환(彈丸)으로 저를 쏘려는 사람이 밑에 있는 줄을 알지 못한다는 말에서 유래하였다.《說苑 正諫》

350 백개(伯皆)는……밝았도다 : 후한(後漢)의 채옹(蔡邕)이 소리를 잘 구별하였다는 말이다. 백개는 채옹의 자(字)이며, 본래 백개(伯喈)로 쓴다. 채옹이 일찍이 오(吳) 땅 사람이 밥을 짓느라고 때는 오동나무 타는 소리를 듣고 좋은 나무인 줄을 알고 타다 남은 오동나무를 얻어 거문고를 만들었는데, 초미금(焦尾琴)이라는 천하의 명금이 되었다고 한다.《後漢書 卷60下 蔡邕列傳》

경포대를 중수했다는 소식을 듣고 짓다[351]

聞鏡浦臺重修有作

내가 지난가을에 설악산으로부터 길을 돌려 경포(鏡浦)로 들어갔는
데, 행색이 초라하여 아무도 알아보는 사람이 없었다. 하루를 머물며
댓잎을 따서 시 수십 수를 쓰고서 주인을 만나지 않고 떠났다. 들으니
이번 가을에 누대를 새로 꾸몄다고 하는데, 나도 모르는 사이에 정신이
달려가기에 붓 가는 대로 한 수를 지었다.

나귀 하나 종 하나에 가벼운 행장을 갖추고	一驢一僕㑃輕裝
우연히 강릉 땅으로 들어가 뽕나무 아래서 잤네[352]	偶入溟州戀宿桑
현도관엔 지난번에 들렀던 유몽득이 찾아갔는데[353]	玄觀前來劉夢得

---

351 경포대(鏡浦臺)를……짓다 : 1873년(고종10) 경포대가 중수된 데에 느낌이 일어
지은 시이다. 경포대는 강원도 강릉에 있는 대표적인 누각으로 관동팔경의 하나이다.
1326년(충숙왕13) 강원도 존무사(存撫使) 박숙정(朴淑貞)에 의해 신라 사선(四仙)이
놀던 방해정(放海亭) 뒷산 인월사(印月寺) 터에 창건되었고, 1508년(중종3) 강릉 부사
한급(韓汲)이 지금의 자리에 옮겨 지었다고 전해진다. 1873년 강릉 부사 이직현(李稷
鉉)이 중건하였다.

352 나귀……잤네 : 이유원은 1872년(고종9)에 설악산과 오대산 일대를 유람하여 그
때 지은 시가 《가오고략》 책3에 여정별로 다수 실려 있는데, 〈경포대(鏡浦臺)〉라는
시도 있다. 원문의 '숙상(宿桑)'은 상하일숙지연(桑下一宿之緣)의 준말로, 뽕나무 아래
서 하룻밤만 머물러도 미련이 생긴다는 의미이다. 《후한서(後漢書)》 권30 〈양해열전
(襄楷列傳)〉에 "불도를 닦는 승려가 뽕나무 아래에서 사흘 밤을 계속 묵지 않는 것은
오래 머물다 보면 애착이 생길까 두려워하기 때문이니, 이것이 정진(精進)의 극치이
다.〔浮屠不三宿桑下, 不欲久生恩愛, 精之至也.〕"라는 말이 나온다.

동정호를 다시 찾은 여순양을 아무도 몰라보네[354]   洞庭不識呂純陽

바다와 산은 변함이 없이 아직도 의구한데   海山無改猶依舊

누대를 증수하여 비로소 황량한 터를 단장했네   臺榭增修始拓荒

태수가 이번 가을에 명성이 무거워졌으리니   太守今秋聲價重

나의 유람이 조금 일러 한스러움이 유독 깊네   我遊差早恨偏長

353 현도관(玄都觀)에는……찾아갔는데 : 전에 유람한 승경을 다시 찾았다는 의미이
다. 유몽득(劉夢得)은 당나라의 시인 유우석(劉禹錫)으로 몽득은 그의 자(字)이다.
그는 좌천을 당하여 10년 동안 지방에서 지내다가 장안으로 돌아왔는데, 그때 마침
현도관에 복숭아꽃이 만발하였으므로 "현도관 안의 천 그루 복숭아는, 모두 유랑이
떠난 뒤에 심은 것이다.〔玄都觀裏桃千樹, 盡是劉郎去後栽.〕"라는 시구를 읊었다. 이
시구에 원망하는 뜻이 담겨 있다는 비난이 일어나 또 지방관으로 폄직되어 여러 곳을
전전하다가 13년 만에 다시 현도관에 들러 시를 읊었다는 고사가 있다.

354 동정호(洞庭湖)를……몰라보네 : 다시 경포대를 찾았으나 아무도 자기를 몰라본
다는 의미이다. 여순양(呂純陽)은 당나라 때 신선 여동빈(呂洞賓)으로 호가 순양자(純
陽子)이다. 여동빈은 강호에 유랑하다가 신선 종리권(鍾離權)을 만나 연명술(延命術)
을 받고 신선이 된 다음 양절(兩浙) 사이를 다니며 놀았는데, 사람들이 그를 알아보지
못했다고 한다.

양연노인 묵죽가[355]
養硯老人墨竹歌

선생께서 나에게 한 권의 책을 주시며　　　　先生贈我一頁冊

묵죽을 손수 그려보았다 말씀하시네　　　　自道墨竹手以灑

여덟 폭 그림을 말았다 폈다 살펴보니　　　　八幅之幅卷舒看

펼칠수록 더욱 기이하여 도리어 의아하고 기괴하네　愈出愈奇反訝怪

봉래산의 옥빛 대나무는 종과 풍경처럼 울리고　蓬萊浮筠鍾磬鳴

한천[356] 가의 긴 줄기는 무쇠처럼 단단하네　漢川脩榦金鐵介

모래밭에 자라기도 하고 바위 곁에 솟아나기도 하여

　　　　　　　　　　　　　　　　或茂沙水或挺巖陸

시원스레 펼쳐져 엄숙한 대숲 세계를 이뤘네　條暢紛敷森肅界

오직 대나무가 있어 이 때문에 좋아하니　惟其有之是以好

누가 차군을 위하여 한번 속마음 이해해주랴　誰爲此君一悟解

뿌리엔 얼음과 우박, 줄기엔 서리 눈이 내려　氷雹根霜雪節上

옥 이슬이 엉기어 햇볕에 쬐지 않는 날이 없으니　凝玉露無日不曬

---

355 양연노인 묵죽가(養硯老人墨竹歌) : 자하(紫霞) 신위(申緯)가 그려준 묵죽도를 나중에 다시 손에 넣고서 읊은 시이다. 신위가 이유원에게 묵죽도를 그려준 것은 기해년(1839, 헌종5)으로, 그림과 함께 12구의 시도 지어주면서 자신이 대 그림을 그리면 이유원이 이를 애호하는 것이, 송나라 문동(文同)이 그림을 그리면 소식(蘇軾)이 시를 지어 기린 것처럼 그만둘 수 없는 일이라고 하였다. 《警修堂全藁 冊26 覆瓿集2 爲墨農寫竹戲題帖後》

356 한천(漢川) : 대나무로 유명한 운당곡(篔簹谷)이 있는 중국 섬서성의 고을 이름이다.

대개박사는 수묵을 마셨고[357]   戴凱博士飮水墨

향산노인은 새벽이슬을 머금었네[358]   香山老人餐沆瀣

천 년이 흐른 뒤에 자하노인이   後一千年紫霞老

반평생에 마갈의 빚을 다 갚지 못했네[359]   半生未了磨蝎債

몇 차례 산방에 비바람 소리 내었던가   幾番風雨山房下

남을 위해 대를 그리기를 아까워하지 않았네[360]   壁間不惜爲人疥

흉중의 빼어난 기운을 귀로 들은 지 오래인데   胸中逸氣耳食久

《운림유사》에서 한마디를 따와서   雲林遺事試一話

갈대가 되든 삼대가 되든 남이 평가할 일이므로   爲蘆爲麻人之評

대나무라 강변하지 않겠다니 우습기 짝이 없네[361]   不爲强辨秖笑煞

---

357 대개박사(戴凱博士)는 수묵을 마셨고 : 진(晉)나라 대개지(戴凱之)가 대나무 70여 종을 수록하여 《죽보(竹譜)》라는 책을 만들었다.

358 향산노인(香山老人)은 새벽이슬을 머금었네 : 향산노인은 당나라 시인 백거이(白居易)의 호로, 그는 대나무를 소재로 〈양죽기(養竹記)〉, 〈화죽가(畫竹歌)〉 등을 지었다. 백거이의 〈신선을 꿈꾸며(夢仙)〉라는 시에 "아침에는 운모산이란 선약을 먹고, 저녁에는 항해정이란 선약을 마시네.[朝餐雲母散, 夜吸沆瀣精.]"라는 구절이 있다.

359 반평생에……못했네 : 반평생에 걸쳐 서화 창작에 골몰하였음을 가리킨다. 마갈(磨蝎)은 마갈궁(磨蝎宮)의 약칭으로, 고대에 점성가들이 좌절과 고생을 겪는 운세를 상징하는 별자리로 여겼다. 130쪽 주301 참조.

360 남을……않았네 : 신위가 남을 위해 대나무 그림을 잘 그려주었다는 의미이다. 원문의 개(疥)는 개벽(疥壁)의 고사에서 유래한 것으로, 자신의 그림이 졸렬하여 남의 집 벽을 부스럼이 핀 것처럼 만들 것이라고 겸손하게 이른 것이다. 《酉陽雜俎 語資》

361 흉중의……없네 : 신위가 대나무를 그려주면서 지어준 시의 부기(附記)에 "《운림유사》에 '나의 대나무는 그저 흉중의 일기(逸氣)를 그렸을 뿐이다. 다른 이가 이를 보고서 삼대로 여기든 갈대로 여기든 나 또한 대나무라 강변하지 않겠다.'라는 구절이 있다.[雲林遺事, 余之竹聊寫胸中逸氣耳, 他人視之, 爲麻爲蘆, 僕亦不能强辨爲竹.]"라

대나무인 듯 아닌 듯 천기가 발동하면	是竹非竹天機發
하루에 한 번씩 그리며 백 장이라도 흡족해했고	一日一掃百稱快
구하는 자가 있으면 흔쾌히 응하니	有求之者欣然應
연세가 팔순이 가까워도 피곤한 기색 없었네	景迫八耋不示憊
늘 나에게 말씀하시기를	恒言于我也
대를 그리면 어찌 성령이 무너질 일 있으랴	寫竹胡爲性靈壞
대를 그리려면 닮기를 기약해야 하니	寫竹期欲肖
벌레 먹어 바람에 떨어진 잎도 그려야지	蟲蝕風葉敗
대를 그리려면 옮겨심기를 기약해야 하니	寫竹期欲移
흙에 붙여야지 바위에 심으면 비좁다네	土着巖石隘
병이 뿌리에 있는데도 사람이 알지 못하니	病在乎根人不識
사람이 알지 못한다면 어찌 매우 어둡지 않으랴	人不識胡太瞶
나는 젊은 시절에 선생께 배워서	我於少時學先生
대나무를 보면 문득 정성스런 가르침이 떠오르네	見竹輒思丁寧戒
보통 사람이 대를 그리면 대번에 그리지 못해	凡人寫竹不能特地起
오종종하고 작달막한 것이 못나기 짝이 없네	蹙蹙跼跼何誤詿
어찌하면 한 장의 종이를 얻어	安得一張紙
천 이랑의 대를 단번에 그려 구름 밖에 걸어둘까	淨掃千畝雲外掛
자주색과 녹색을 쓰면 참모습을 잃기 십상이니	色紫色綠易失眞

고 하였다. 《警修堂全藁 冊26 覆瓿集2 爲墨農寫竹戱題帖後》《운림유사(雲林遺事)》는 명나라 고원경(顧元慶)이 지은 책으로, 원나라 서화가 예찬(倪瓚)의 생애와 예술, 일사 (逸事)와 유사(遺事)를 기록하였다. 운림은 예찬의 호이다. 신위가 인용한 구절은 예찬 이 지은 〈대 그림에 쓰다[跋畫竹]〉라는 글에서 축약한 것이다. 《淸閟閣全集 卷9 題跋》

먹이야말로 오색이 구비되어 만물을 잘 드러내네	墨備五色群品邁
선생의 대나무 그림은 천하에 짝이 없어서	先生之竹天下無
보통의 심정에 시기심 일어 눈초리가 흘겨보네	猜妬常情尙睚眦
쇠칼이 어지럽게 교차하여 창날을 꽂아놓았고	金刀交錯撐戟枝
옛 전서처럼 굴곡져 거꾸로 염교 잎이 드리웠네	古篆屈曲倒穗薤
대부로 읍했던 소나무도 아니고[362]	非松大夫揖
양양이 절했던 돌도 아니지만[363]	非石襄陽拜
짧은 비단 해진 먹글씨가 모두 보배로 삼을 만하니	片縑殘墨皆可寶
세상 사람들이여, 초개처럼 보아 버리지 말라	俗子莫放視草芥
토끼가 뛰자 송골매가 낚아채듯 법도를 초월하였고	兔起鶻落以外法
아주 작은 것까지 따져보아도 차이가 없도다	錙量銖較沒等差
마디마디 종횡으로 뻗으니 푸른 옥퉁소와 같고	節節縱橫靑簜玉
점점이 흩어진 잎은 푸른 대로 만든 괘와 같네	點點散落蒼箟卦
내가 지금 십 년 만에 다시 얻으니	我今十年復得之
풍진에 매몰되었다가 비로소 다시 만났네	風塵埋沒始再邂
나 또한 늙고 병이 들어	我亦老且病

362 대부(大夫)로……아니고 : 진시황(秦始皇)이 태산에 올라가 봉선(封禪)의 제사를 올리고 나서, 홀연히 폭풍우를 만나자 소나무 아래로 피했는데, 그 소나무가 공을 세웠다고 하여 오대부(五大夫)의 작위를 내려 봉했다는 대부송(大夫松)의 고사가 전한다. 《史記 卷6 秦始皇本紀》

363 양양(襄陽)이……아니지만 : 북송 때 문장과 서화에 뛰어났던 미불(米芾)을 가리킨다. 미불은 양양 사람이므로 양양만사(襄陽漫士)라는 별호도 있다. 미불이 매우 기이하게 생긴 거석(巨石)을 보고는 크게 기뻐한 나머지 의관을 갖춰 절을 하면서 석장(石丈)이라고 불렀다는 미불배석(米芾拜石)의 고사가 전한다. 《宋史 卷444 文苑列傳6 米芾》

시렁에 올려둔 서화에 마음이 이미 해이해졌네	庋弆書畫心已懈
아무도 그 참된 가치를 몰라주니	無人知其眞
누가 후한 값 치르려 산과 밭을 팔았으랴	疇償厚價山田賣
황급히 아내와 의논하여 묵은 술로 바꿔오니	遑遑謀婦換宿醸
숲속 집에 맑은 바람 일어 고개 돌려 탄식하네	林館淸風回首喟
어느 곳의 높은 산이 우러르기에 가파르며	何處高山仰嵯峨
어느 곳의 흐르는 물이 콸콸 물소리가 들리는가³⁶⁴	何處流水聞澎湃
나의 집은 팽성이 아니지만	我家非彭城
근래에 또한 한 갈래 되었네³⁶⁵	近日亦一派
한스러워라, 동파옹을 보지 못하니	恨不見東坡翁
무부를 구별 못하고 돌피를 심네³⁶⁶	珷玞莫辨種稊稗

364 어느 곳의 높은……들리는가 : 이유원과 신위가 심정이 통하는 지음(知音)이란 의미이다. 원문의 '차아(嵯峨)'와 '팽배(澎湃)'는 백아절현(伯牙絶絃)의 고사를 응용한 말이다. 백아가 금(琴)을 타면서 높은 산에 뜻을 두면 그의 벗 종자기(鍾子期)가 알아듣고 "높디높기가 마치 태산 같도다.〔峨峨兮若泰山.〕" 하였고, 또 흐르는 물에 뜻을 두면 "넓고 넓기가 마치 강하 같도다.〔洋洋兮若江河.〕" 하였다고 한다.《列子 湯問》

365 나의……되었네 : 이유원이 신위의 대나무 그림을 계승하였다는 의미이다. 본래 팽성(彭城)은 중국 강남 서주(徐州)의 옛 이름으로, 묵죽(墨竹)에 일가견이 있던 소식(蘇軾)이 이곳에서 벼슬살이를 한 적이 있다. 소식이 서주로 가게 되자, 묵죽의 대가인 문동(文同)이 "우리 묵죽의 한 갈래가 팽성에 가까이 있다.〔吾墨竹一派, 近在彭城.〕"라고 한 고사가 있다.《東坡全集 卷36 墨竹賦》

366 무부(珷玞)를……심네 : 신위를 만날 길이 없어 자신의 감식안이 황폐해졌다는 의미로 보인다. 무부는 옥과 닮은 미석(美石)이고, 돌피는 곡식과 섞여 자라는 잡초이다.

그대는 보지 못하는가, 고인들이 대를 그릴 때는 글씨를 쓰는 것과

같았으니 　　　　　　　　　　　　　君不見古人寫竹如寫書

글씨를 쓰는 것이 어찌 그림을 그리는 것과 같지 않으랴

　　　　　　　　　　　　　　　　　寫書何不如寫畫

저본성교서가[367]
褚本聖教序歌

당나라 정관 연간의 〈성교서〉를	大唐貞觀聖教序
천하에 소장된 왕희지의 글씨를 집자하니	集義之字天下貯
〈난정서〉의 남은 운치를 오히려 느낄 수 있어	蘭亭餘韻猶可挹
풍류와 변화는 족히 회포를 풀어낼 만하네[368]	風流變態足暢敍
황제가 신승을 보내 대장경을 조사케 하니	帝遣神僧覈三藏
여기에 들인 세월이 십칠 년이라[369]	光陰浪費十七岠
천지에 형상이 있어 하늘과 땅으로 드러내고	二儀有象顯覆載

---

367 저본성교서가(褚本聖教序歌) : 당나라 저수량(褚遂良)이 쓴 〈안탑성교서(雁塔聖教序)〉를 주제로 읊은 시이다. 본래 이름은 〈대당삼장성교서(大唐三藏聖教序)〉인데, 당 태종(唐太宗)이 한문으로 번역된 불경을 인출한 뒤에 삼장법사(三藏法師) 현장(玄奘)이 서역에 가서 불경을 구해온 내력과 중국에 한역본이 퍼진 뒤의 효과에 이르기까지를 글로 지은 것이다. 이것을 당나라 저수량이 써서 영휘(永徽) 4년(653)에 서안(西安)의 자은사(慈恩寺) 안탑(雁塔)에 새기니, 이를 〈안탑성교서〉 또는 〈자은사성교서(慈恩寺聖教序)〉라고 부른다.

368 당나라……만하네 : 〈집자성교서(集子聖教序)〉 또는 〈집왕성교서(集王聖教序)〉를 말하는데, 이는 〈안탑성교서〉가 세워진 뒤에 승려 회인(懷仁)이 진(晉)나라 왕희지(王羲之)의 글자를 집자하여 677년에 세운 것이다. 〈난정서(蘭亭序)〉는 왕희지가 영화(永和) 9년(353) 늦봄에 회계산(會稽山) 북쪽 산음(山陰)의 난정에서 명사들과 계회(契會)를 열고서 이때 모인 인사들이 지은 시문첩에 쓴 서문이다.

369 황제가……십칠 년이라 : 당나라 삼장법사 현장은 628년경 서역으로 떠나 불경을 구한 뒤에 17년 후인 645년 귀국하였다.

사계절은 형체 없이 추위와 더위가 잠복해 있네[370]   四時無形潛寒暑

영휘 사년 양월에   永徽四年月之陽

중서령 신 저수량이   中書令臣遂良褚

비석에 새기라는 황제의 칙지를 따라   欽遵勅旨貞珉拓

큰 붓을 들고 종횡으로 새로운 글자를 썼네[371]   新字縱橫橡筆擧

이해 가평월에 거듭 부서를 설치하니   是年嘉平重開局

이에 춘궁에 별본이 기다리고 있었네[372]   粵自春宮另本佇

이것은 안탑에서 송덕하는 글이 되어   此爲雁塔頌德文

370 천지에……있네 : 〈성교서〉첫 부분의 "듣건대 천지에는 두 가지 형상이 있어 하늘은 덮고 땅은 실어줌을 드러내어 만물을 품어주고, 사계절은 드러나는 형체가 없어 추위와 더위가 잠복하여 만물을 동화시킨다고 합니다.〔盖聞二儀有象, 顯覆載以含生, 四時無形, 潛寒暑以化物.〕"라는 구절을 따온 것이다.

371 영휘(永徽)……썼네 : 저수량(褚遂良, 596~658)이 당 태종의 〈성교서〉를 영휘 4년(653) 10월에 새로 유행한 해서체로 쓴 것을 말한다. 저수량은 당나라 초기의 명신이며 서예가로, 자는 등선(登善)이다. 태종 때 간의대부(諫議大夫)로서 정치의 득실에 대해 여러 차례 글을 올려 많이 가납되었으며, 줄곧 승진하여 중서령(中書令)에 올랐다. 문사(文史)에 해박하였고 해서와 예서에 능하여 안진경(顏眞卿), 우세남(虞世南), 구양순(歐陽詢)과 함께 '당사대가(唐四大家)'로 불렸다.

372 이해……있었네 : 가평월(嘉平月)은 12월을 가리킨다. '거듭 부서를 설치하였다'는 것은 당 태종이 지은 〈성교서〉가 영휘 4년(653) 10월 15일에 건립되었는데, 황태자가 지은 글을 비석으로 세우기 위해 다시 부서를 설치하여 동년 12월 10일에 비석 하나를 더 세운 것을 말한다. '춘궁에 별본이 기다린다'는 것은 태종이 〈성교서〉를 짓자, 훗날 고종(高宗)이 되는 황태자가 아버지 태종이 불교에 깊은 조예가 있고 불경을 번역해 반포한 것이 불교에서 막대한 공적을 세운 것임을 칭송하며 삼장법사 현장이 번역에 착수하여 들인 노력을 서술하는 글을 지은 것으로, 이것을 〈술삼장성기(述三藏聖記)〉라 한다. 이 두 가지 글을 모두 저수량이 글씨를 써서 두 비석에 따로 새겨 세웠는데, 〈안탑성교서(雁塔聖教序)〉는 이 둘을 합칭한 것이다.

위로 천 년을 이어왔고 아래로 천 년을 이어가네　　　上千年來下千去

생각건대 지난날 홍복사에서 불경을 번역하니　　　憶曾翻譯弘福寺

육백 오십 칠 권의 말씀이라[373]　　　六百五十七部語

대해에 불법이 흐르고 지혜의 등이 타올랐고　　　大海法流智燈燄

육도[374]의 법도가 서고 지혜의 촛불이 밝아졌으며　　　六度綱紀慧燭炬

영취산과 녹야원과 설령 아래에　　　鷲峯鹿苑雪嶺下

아침 종과 저녁 풍경 두 소리가 이어졌네[375]　　　朝鍾夕磬二音緒

고종이 기문을 지어 태종을 잇고서　　　高宗作記承太宗

너 등선은 손수 쓰라고 거듭 명하니[376]　　　申命手寫登善汝

한 번 붓질에 정밀한 아름다움 일고 두 번째는 탄력이 생겨

　　　　　　　　　　　　　　一揮精姸二揮遒

373　지난날……말씀이라 : 삼장법사 현장이 645년 불경을 가지고 귀국한 뒤에 홍복사 (弘福寺)에서 번역에 착수하여 사망할 때까지 19년에 걸쳐 중요 불경을 한문으로 번역하여 중원에 반포하니, 그 수량이 657부(部)였다. 《聖敎序》

374　육도(六度) : 생사의 차안에서 열반의 피안으로 건너가는 6개의 법문이라는 뜻으로, 육바라밀(六波羅蜜)이라고도 하며 보시(布施), 지계(持戒), 인욕(忍辱), 정진(精進), 선정(禪定), 지혜(智慧) 등으로 되어 있다.

375　영취산(靈鷲山)과……이어졌네 : 삼장법사 현장이 직접 방문하여 불경을 수집해 온 곳을 가리킨다. 영취산은 중인도(中印度) 마갈타국(摩竭陀國)에 있는 산으로, 석가모니가 일찍이 이곳에서 《법화경(法華經)》을 설하였다고 한다. 녹야원(鹿野苑)은 중인도에 있었던 동산으로, 석가모니가 처음 다섯 비구를 위해 설법한 곳이다. 설령(雪嶺)은 히말라야산맥을 가리킨다.

376　고종(高宗)이……명하니 : 저수량이 태종의 아들 고종이 지은 〈술삼장성기(述三藏聖記)〉를 이어서 쓴 것을 말한다. 537쪽 주372 참조. 등선(登善)은 저수량의 자(字)이다.

팔뚝은 약해도 필세는 강건하여 세찬 흐름을 막지 못하네

腕弱勢强沛莫禦

꼭지가 나란한 천 송이 옥 꽃이 흩날리는 듯하고　璿花亂落千蔕垃

열 길쯤 되는 찬란한 노을이 갑자기 일어난 듯하네　綺霞斗起十丈許

만문소를 오게 하여 철필로 새기게 하여　來萬文詔鐵筆運

십일 정해일에 자리 잡아 세웠네[377]　十日丁亥建得所

옛날을 본받아 지금을 드높이며 금석의 소리 머금었으니[378]

照古騰今金石聲

후세까지 유전될 줄을 누가 알았으랴　流傳後世庸識詎

탁본을 찍어내려고 납과 옻을 넣고 찧으니　搨之登登蠟柒舂

회계 땅의 종이[379]에서 오색조차 빛을 잃네　五色光奪會稽楮

비단으로 겉표지 장식하고 명주로 테를 두르니　裝以錦縹池以縑

일만 가호에서 어지러이 돌절구를 찧네　萬家棼棼搗石杵

중국의 어떤 사람이 탁본 진본을 보내오니　中州有人贈眞本

펼치며 관람함에 또한 하나의 대작이었네　展卷觀之亦一巨

377　만문소(萬文詔)를……세웠네 : 만문소는 글씨를 새긴 각수(刻手)이다. 〈안탑성교서(雁塔聖敎序)〉 말미에 "永徽四年歲次癸丑十二月戊寅朔十日丁亥建 尙書右僕射上柱國河南郡開國公 臣褚遂良書 萬文韶刻字"라는 부기가 있다.

378　옛날을……머금었으니 : 〈술삼장성기(述三藏聖記)〉의 "옛날을 밝혀 지금을 드높이니, 이치는 금석의 소리를 머금었고, 문장은 풍운의 윤택함을 내포하였다.〔照古騰今, 理含金石之聲, 文抱風雲之潤.〕"라는 구절을 따온 것이다.

379　회계(會稽) 땅의 종이 : 옛날 중국 회계 지방에서 생산된 종이가 우수하여 공물로 올라갔다. 한유(韓愈)의 〈모영전(毛穎傳)〉에 "모영은 강 땅 사람 진현, 홍농의 도홍 및 회계의 저(楮) 선생과 서로 친하게 지냈다.〔穎與絳人陳玄, 弘農陶泓及會稽楮先生友善.〕"라는 구절이 있다.

누각에 소장된 것이 벽옥이 쌍으로 연달은 듯하여　庫樓收聚璧雙聯

저자에서 교환하면서 황금 수백 냥을 던졌네　市肆交擲金累鉅

행탁에 넣어 오니 곱절은 소중하여　携入行槖一倍重

무지개 달빛[380]이 내 고향 별서에서 빛이 나누나　虹月生光我鄕墅

천고에 마음을 둔 종씨 집안 아들은　千古有契鍾家子

당시에 채씨 집 딸을 돌아보지 않았네[381]　當時不顧蔡氏女

난향과 사향 첩첩이 쌓아 좀 스는 것을 막아　襲襲蘭麝辟魚褪

내가 이를 얻어서 내가 보배로 간직하니　我得之而我寶弄

옛것을 좋아하는 선비는 그저 글씨만 즐길 뿐이니　嗜古之士祗嗜書

부처를 좋아했던 초왕 영처럼 되어선 안 되리[382]　好佛莫似王英楚

---

380 무지개 달빛[虹月] : 밤에 광채가 뻗치는 것을 비유한 말이다. 522쪽 주342 참조.

381 천고에……않았네 : 위(魏)나라 종요(鍾繇)가 글씨 공부에 뜻을 두어 열심히 연마했다는 말이다. '채씨 집 딸'은 채옹(蔡邕)의 딸 채염(蔡琰)으로, 채옹에게서 필법을 전수받았고, 종요에게 필법을 전수하였다고 한다. 《法書要錄 卷1 傳授筆法人名》

382 부처를……안 되리 : 다른 데 관심을 기울여선 안 된다는 말이다. 초왕 영(楚王英)은 후한(後漢)의 광무제(光武帝)와 허미인(許美人) 사이에서 태어난 초왕(楚王) 유영(劉英)을 가리킨다. 그는 명제(明帝)의 형으로, 명제 때 서역의 불교가 처음 중국에 전래되자 왕공과 귀인 중에 유영이 가장 먼저 좋아했다고 한다. 그러나 뒤에 역모 사건에 연루되어 끝내 불행하게 자결하고 말아서 부처를 깊이 믿은 보응을 받지 못했다는 기롱을 받았다. 《後漢書 卷42 楚王英列傳》

기당[383]의 시에 차운하다 3수

次祁堂韻 三首

남곽자기처럼 멍하니 앉아 있자니[384]	南郭子綦嗒嗒然
어디에서 온 비바람인지 창가가 어둑하네	何來風雨暗窓邊
곳곳마다 쇠를 녹이는 더위에 사람들이 병들었는데	流金處處人俱暍
해마다 소찬으로 식사를 하며 나 또한 선을 닦네	食素年年我亦禪
마주보면 검은 귀밑털 희어진 것이 가련하지만	相對可憐蒼鬢染
홀로 기뻐할 뿐 백운의 인연은 보내지 못하네[385]	自怡莫贈白雲緣
그대에게 산으로 들어오길 권해도 안 될 줄 알지만	勸君入峽知難得
부질없이 명산과 해악을 읊은 시문을 떠벌리네	謾說名山海嶽編

도연명이 국화를 심고 유연한 심정으로	淵明種菊悠悠然
일찌감치 울타리 가에서 가을바람 기다렸네	早待秋風籬落邊

---

383 기당(祁堂) : 홍순목(洪淳穆, 1816∼1884)의 호이다.

384 남곽자기(南郭子綦)처럼……있자니 : 이유원이 산중에서 한가로이 거처함을 말한다. 《장자(莊子)》〈제물론(齊物論)〉에 "남곽자기가 안석에 기대앉아서 하늘을 우러러보며 긴 숨을 내쉬는데, 멍하니 자기 짝을 잃어버린 것 같았다.〔南郭子綦隱机而坐, 仰天而噓, 嗒焉似喪其耦.〕"라고 한 구절이 있다.

385 홀로……못하네 : 산중재상(山中宰相)으로 유명한 남조(南朝) 양(梁)나라 도홍경(陶弘景)의 〈조서로 산중에 무엇이 있느냐고 물으시길래 시를 읊어 답하다〔詔問山中何所有賦詩以答〕〉라는 시에 "산중에는 무엇이 있는가. 산 위에 흰 구름이 많아라. 그저 나 혼자 즐길 뿐, 그대에게 줄 수는 없도다.〔山中何所有, 嶺上多白雲. 只可自怡悅, 不堪持贈君.〕"라고 한 구절을 원용한 것이다.

집이 깊은 산에 있어 범과 표범을 이웃하고 　　家在深山隣虎豹

사람은 수심의 바다에서 중처럼 참선하며 앉았네 　人於愁海坐僧禪

가고 옴이 정함이 있어 삼계[386]가 공이니 　　去來有定空三界

득실에 관심 없어 일체의 인연을 그치네 　　得失無關息萬緣

이로써 대문 앞에 객이 드문 이유를 알겠노니 　知是門前稀客到

거미줄만이 들쭉날쭉 엉겼다 말하지 말아야지 　莫言蛛網但牙編

계로[387]가 안석에 기대 킥킥 웃으면서 　　季老據梧喝喝然

사물마다 자세히 살피니 텅 비어 한이 없네 　諦觀物物空無邊

백 년의 강개한 심정으로 가을을 슬퍼하는 선비가 　百年慷慨悲秋士

한결같이 맑고 한가하게 결하의 참선[388]에 들었네 　一種淸閑結夏禪

낮은 언덕 흰 갈매기는 이 세상의 약속이고 　短岸白鷗此世約

갠 하늘 밝은 달은 전생의 인연일세 　　晴天明月前身緣

누추한 서재 먼지 낀 벼루를 그댈 위해 씻으니 　敝齋塵硯爲君洗

그대는 시문을 보내서 나의 책을 보태주오 　君贈詩文補我編

386 삼계(三界) : 욕계(欲界), 색계(色界), 무색계(無色界)로 인간과 천상의 모든
중생의 사는 곳을 합하여 말한 것이다.

387 계로(季老) : 이유원 자신을 가리킨 말로 보이는데, '이로(李老)'를 잘못 썼을 가
능성도 있다.

388 결하(結夏)의 참선 : 불가에서 음력 4월 15일부터 90일 동안 방 안에 들어앉아
수행하는 하안거(夏安居)를 말한다.

윤 직학사 자덕 에게 부치다[389]

寄尹直學士 滋悳

옛날에 내가 도성에 들어가서 《가오고략(嘉梧藁略)》 15권을 윤 학사
(尹學士)에게 보이면서 탄식하기를 "내가 10년 동안 시골에 거처하며
세월을 낭비하여 지금 돌아보니 늙어 머리가 희어졌소. 귀는 먹고 눈은
어두우며 걸음걸이도 또 순하지 못하니, 머지않아 마땅히 영원히 물러
난 사람이 될 것이오. 지난날을 돌이켜 생각함에 무슨 사업을 했는지
알 수 없으니, 나도 모르게 한 번 웃음이 나오."라고 하였다. 학사가
말하기를 "사업을 벌인 것이 바로 이 책에 있습니다."라고 하기에, 내가
"학사는 과연 나를 알면서도 또한 나를 알지 못하오. 이 책이 어찌
일찍이 후세에 전하고자 지은 것이겠소. 뜻 가는 데 따라 적어서 무료
함을 달랬을 뿐이오."라고 하였다. 학사가 말하기를 "사업이란 것이
어찌 한량이 있겠습니까마는 한가한 중에 무료함을 달래는 것이 바로
더없는 사업입니다."라고 하기에 내가 말하기를 "학사는 듣지 못했소.
부귀한 사람이 무료함을 보내는 데는 부귀로서의 괴로움이 있고, 빈천
한 사람이 무료함을 보내는 데는 빈천으로서의 괴로움이 있으니, 한가
한 중에 무료함을 보내는 데 어찌 한가한 중의 괴로움이 없겠소. 이로

---

389 윤 직학사(尹直學士)에게 부치다 : 윤 직학사는 윤자덕(尹滋悳, 1827~1890)으
로 본관은 파평(坡平), 자는 중수(仲樹), 호는 국헌(菊軒), 시호는 문헌(文獻)이다.
1848년(헌종14) 증광 문과에 별과로 급제하여 내외직을 두루 역임하고 벼슬이 판서에
까지 올랐다. 윤자덕은 1872년(고종9) 12월 20일에 규장각 직제학(直提學)이 되어 오
래도록 근무하였다.

써 본다면 100년 인생 또한 괴로움이니, 나이가 젊은 학사가 어찌 이생의 괴로움을 알겠소."라고 하였다. 한 편을 읊어 심정을 서술한다.

인간 세상에 세월을 허송하기 쉬우니	人間容易送歲月
오늘 내일이 순식간에 가버리네	今日明日去倏忽
내가 고인을 생각하나 보지 못함이 한스러워	我思古人恨不見
하루가 지날 때마다 마음과 생각이 고갈되네	日甚一日心思竭
고인 또한 나를 보지 못함을 한스러워하리니	古人亦恨不見我
천고에 마음을 의탁해 역사서를 읽네	契託千古讀乘杌
나는 그대가 지금을 옛날과 같이 본다고 하기에	我以而今視以古
마치 제호가 더위 먹은 병을 씻어주는 듯하였네	若醍醐灌病暑喝
이어지고 조리 있고 호호탕탕 넓어라	混混纏纏洋洋爾
그대의 말이 이와 같으니 나 또한 말해보리라	君言如是我亦曰
나의 말은 병들고 막혔으나 그대의 말은 화통하니	我言痼滯君言通
그대는 내가 고지식하고 어눌하다 비웃지 말라	君莫笑我太強訥
만날 때마다 모두가 간과 담을 쏟아내니	逢場盡是瀉肝膽
깨닫는 때마다 태와 골이 바뀌지 않음이 없었는데	悟境無非換胎骨
이제 그만이로다, 나는 육순의 노인이 되어	已矣我作六旬翁
십 년 동안 바위 골짜기를 집으로 삼았네	十年嵒峽卽宅窟
산속에 무엇이 있는가, 시절의 책력이 있어	山中何有時曆在
봄엔 꽃이 피고 여름엔 잎이 난다네	春以花發夏葉發
홀로 자고 깨며 즐거움을 잊지 말자 맹세하노니	獨寐寤言矢不諼
바람과 달은 앞 울타리에 있고 또 뒤에는 숲이 있네	風月前樊又後樾
무엇을 씻기 위함이 아닌데 물은 졸졸 흐르고	非爲濯斯水潏潏

멀리 바라보기 위함이 아닌데 산은 가파르네 　非爲瞻彼山崋崋

사마의 혁대로 분주하던 곳이 어드메런가 　何處聯翩司馬帶

위공의 홀 쥐고 따라다니던 때가 언제인가[390] 　何時追逐魏公笏

고인은 이미 적막하고 지금 사람만 남았으니 　古人已寂餘今人

시원하게 남은 곡조만이 청신하게 울리네 　泠泠遺調響淸越

지금 사람이 어찌하면 고인을 따를 수 있을까 　今人何可古人跂

跂不視地徒趦趄 맨발로 땅을 살피지 않으면 넘어지고 마네[391] 　跂不視地徒趦趄

초하루와 그믐이 이처럼 가버림을 탄식하니 　歎息朒朓如斯逝

늙어 무용한 신체를 일찍 쉬도록 해야 하리 　老無用身夙泊歇

북두성은 매양 백성의 집에서 의지하고 　北斗每依田氓家

찬 달 아래선 대궐을 그리는 심정 가누지 못하네 　寒月不勝聖人闕

귀에 천둥 치고 눈에 안개 끼고 걸음도 비칠거리니 　耳雷目霧步蹣跚

껍데기만 남은 지금 꿈속인 양 황홀하네 　形殼惟存夢怳惚

종일 꼿꼿이 앉아 무엇을 생각하는가 　終日端坐何所思

참선의 화두로 잡은 가지 하나가 꼿꼿하네 　參禪談柄一枝兀

차라리 참선하며 띠풀 창가의 중이 될지언정 　與其參禪茅戶僧

광대한 물가에 나루를 헤매는 뗏목이 되어선 안 되고

莫作浡潏迷津筏

---

390 사마(司馬)의……언제인가 : 조정에서 벼슬하던 시절이 아득해졌다는 의미이다. 사마(司馬)는 북송의 명신 사마광(司馬光)이고, 위공(魏公)은 북송의 명재상 한기(韓琦)의 봉호이다.

391 맨발로……마네 : 나의 행실을 잘 살펴야 한다는 말이다. 《서경》〈상서(商書) 열명 상(說命上)〉에 "약이 어찔하지 않으면 병이 낫지 않고, 맨발로 땅을 잘 보지 않으면 발이 상하게 된다.〔若藥弗瞑眩, 厥疾弗瘳, 若跣弗視地, 厥足用傷.〕"라는 구절이 있다.

차라리 바람 맞은 뗏목이 먼 나루를 헤맬지언정 　與其風筏迷遠津

분주하게 아궁이가 검어지지 않는[392] 것은 배워선 안 되리

　　　　　　　　　　　　　　　　　　　莫學佐傯不黔突

모두 한가함 속의 괴로움이 아님이 없어 　罔非閑中苦海耳

부귀하든 빈천하든 모두 백발이 되네 　富貴貧賤皆白髮

저 첩첩이 쌓인 먼지 구덩이에 　職職芸芸一坋塵

예로부터 영웅들이 모두 매몰되었네 　英雄從古盡埋沒

글과 글씨로 도망하는 것도 한 가지 방도이니 　逃之文墨是一道

형체도 잊고 생각도 잊고 위태로움도 잊네 　忘形忘慮忘䡄脆

글 상자가 남을 위해 지은 글로 날로 부유해지니 　塵簏日富爲人役

시문을 요구하기도 하고 간혹 명문도 청해오네 　詩文或徵銘或謁

나의 책을 내가 이름 붙여 내가 소장하니 　我書我名我藏之

쇠오줌에다 말똥까지 두루 모아두었네 　牛溲垃畜俱馬渤

이 어찌 후세에 전할 사업이라 하랴 　是豈傳後作事業

자손들이 이어받도록[393] 계책을 남겨줄 뿐이네 　子孫箕裘只貽厥

괴롭고 괴롭도다, 괴롭고 괴로워 　苦哉苦哉苦哉苦

이생이 참으로 괴로운데 어찌 글쓰기에 골몰하는가 　此生良苦胡汨汨

---

392 아궁이가 검어지지 않는 : 사방으로 다니느라 정착할 틈이 없는 것을 말한다. 《문자(文子)》〈자연(自然)〉에 "공자는 굴뚝에 불 땔 겨를이 없었고, 묵자는 자리가 따뜻할 새가 없었다.〔孔子無黔突, 墨子無煖席.〕"라는 구절이 있다.

393 자손들이 이어받도록 : 원문의 '기구(箕裘)'는 조상의 사업을 잘 계승하는 것을 말한다. 《예기(禮記)》〈학기(學記)〉에 "대장장이의 아들은 반드시 가죽옷 만들기를 배우고, 활 만드는 기술자의 아들은 반드시 키〔箕〕 만들기를 배운다.〔良冶之子, 必學爲裘, 良弓之子, 必學爲箕.〕"라고 하였다.

골몰함이 공적인 것을 위함도 사적인 것을 위함도 아닌데

汩非爲公汩非私

괴로이 읊고 괴로이 생각하고 괴로이 노력하네　　　苦吟苦思苦矻矻

책장마다 참으로 항아리나 덮기에 적당하니　　　葉葉政合瓿之覆

훗날에 나무에 새겨지기를 바라지 않네　　　無望他日入剞劂

창려는 자식이 글자를 구분치 못하자　　　昌黎有子莫辨字

부질없이 지인을 향해 혀를 끌끌 찼다네[394]　　　謾向知者語咄咄

394　창려(昌黎)는……찼네 : 창려는 당나라 한유(韓愈)의 호이다. 한유의 아들 한창 (韓昶)은 우둔하여, 집현전(集賢殿)의 교리(校理)가 되었을 때 역사 기록에 '금근거(金 根車)'란 말이 나오자, 금은거(金銀車)를 잘못 쓴 것이라 여겨 '근(根)' 자를 모두 '은 (銀)' 자로 고쳤다고 한다. 《古今事文類聚 後集 卷6 子不識字》

거미줄

蛛網

내 집에 아무도 찾아오지 않으니	我屋無人到
거미가 어지러이 종횡으로 줄을 쳤네	亂蛛縱且橫
날리는 실이 짧은 기둥을 감싸고	游絲封短楹
그물을 짜서 조각한 들보를 덮었네	結罟罨雕宋
스스로 일신을 위해 일을 하는 것이고	自作一身事
인간 세상의 정취를 알아서가 아니네	非知浮世情
새와 벌레가 그물에 걸리는 것을 보고	鳥蟲入網利
아침 해가 흐릴지 갤지를 헤아려보네	朝日覷陰晴

춤추는 학[395]

舞鶴

들판의 학이 사람에게 붙잡혀	野鶴爲人羈
영화롭지도 않고 주리지도 않네	不榮不以飢
신선의 자질로 속세에 오래 있어	仙胎久塵寰
이러구러 인간 세상 시끄러움조차 잊었네	滔滔忘喧卑
세모에 마음이 서글퍼지면	歲暮心惘悵
누가 있어 외로운 신세 슬퍼해주랴	有誰肯哀離
큰 바람이 차가운 모래에 불어오면	箕風吹凉沙
얼음과 눈이 하늘 끝까지 닿네	氷雪接天涯
이때에 별과 달이 밝아지고	是時星月朗
잠깐 사이에 그림자가 옮겨가면	俄頃落影移
서리 맞은 기러기는 처량하게 울고	霜雁叫凄凉
추운 닭은 꼬끼오 새벽을 알리는데	寒鷄報喔咿
맑은 밤에 학의 소리가 발하니	淸夜聲容發
바람에 놀라 먼 곳을 생각함이라	驚風動遠思
한 소리가 구름 하늘까지 닿아	一唳徹雲霄
붉은 섬돌에 황금 전각이 드높은데	金閣嵬丹墀

---

395 춤추는 학 : 세모에 춤을 추는 학을 보며 지은 시인데, 남조(南朝) 송(宋)나라 포조(鮑照)의 〈무학부(舞鶴賦)〉에서 소재와 용어를 많이 차용하였다.

처음엔 너울거리다 나중엔 거꾸로 도니 　連軒終宛轉

용이 뛰고 봉황이 춤추는 모습일세 　龍躍鳳來儀

머뭇거리며 배회하는 사이에 　蹢躅俳徊間

오르고 내리고 날개치며 내달리더니 　騰摧振迅馳

박자 맞춰 달리다 대열에 합류해 날기도 하고 　奔機翔合緒

대열을 떠나서 갈림길에 이르기도 하며 　離綱步臨歧

멈추려는 듯하다[396] 이내 돌아가는 듯하더니 　若住若而歸

느릿느릿 다양하게 자태를 바꾸네 　延遷變繁姿

우는 난새가 옷깃이 나부끼는 듯하고 　鳴鸞衣容裔

나는 제비가 깃이 뒤척이는 듯하며 　飛燕羽差池

눈을 흘기면 혹 그림자가 나뉘다가 　角眯或分影

소리를 이어서 서로를 슬퍼해주네 　連聲交相悲

내가 보고서 슬픈 느낌이 일어 　我見起興感

창문을 밀치고 한번 탄식하네 　推窓發一嗟

하찮은 새도 고향을 그리워하는데 　微禽戀故鄕

사람이 어찌 알지 못하랴 　而人焉不知

이미 조롱의 구속을 벗어나면 　旣脫樊籠鎖

시원히 날아갈 것을 어찌 의심하랴 　浩然復何疑

---

396 나아가려는 듯하다 : 원문의 '약주(若住)'는 포조(鮑照)의 〈무학부(舞鶴賦)〉에
는 '약왕(若往)'으로 되어 있다.

위국의 수레를 타기 원하지 않고[397]   不願衛國軒

적벽의 물가를 지나가기를 바라노라[398]   欲過赤壁湄

평생 늘 이와 같을 수 있다면   平生長如是

물고기 그물에 어찌 잘못 걸리랴   魚網豈橫罹

---

397 위국(衛國)의……않고 : 위(衛)나라 의공(懿公)이 학(鶴)을 몹시 좋아하여 대부가 타는 수레〔軒〕에 태우고 다녔다. 12월에 적인(狄人)이 쳐들어오니, 군사들이 모두들 "학을 시켜 싸우게 하라. 학조차 녹위(祿位)가 있는데, 우리가 어찌 싸울 수 있겠는가." 하며 명을 따르지 않아 결국 적인에게 멸망당하였다. 《春秋左氏傳 閔公 2年》

398 적벽(赤壁)의……바라노라 : 소식(蘇軾)의 〈후적벽부(後赤壁賦)〉에 "때는 한밤중이라 사방이 적적한데, 마침 외로운 학 한 마리가 강을 가로질러 동쪽에서 날아오더니, 날개는 수레바퀴만 하고 검정 치마에 흰 저고리를 입고 끼룩끼룩 길게 소리 내어 울며 나의 배를 스쳐서 서쪽으로 날아갔다.〔時夜將半, 四顧寂寥, 適有孤鶴, 橫江東來, 翅如車輪, 玄裳縞衣, 戛然長鳴, 掠予舟而西也.〕"라고 한 구절이 참고가 된다.

포정해우[399]

庖丁解牛

제 선왕은 당 아래를 지나는 소를 불쌍히 여겼고[400]	齊王堂下過
진유자는 마을에서 고기를 잘 나눠 주었네[401]	陳孺社中分
고기를 가르는 일에 청렴과 인덕을 겸비했으니	割肉廉仁倂
한 번 만천의 취함을 훔칠 수 있으리[402]	一偸曼倩醺

399 포정해우(庖丁解牛) :《장자》〈양생주(養生主)〉에 나오는 소 잡는 백정의 고사
를 가리킨다. 포정이 처음에 소를 잡을 때는 온통 소만 보이다가 3년이 지난 뒤에는
부위별로 소가 보였고, 나중에는 눈으로 보지 않고 신(神)으로 소를 대하면서 두께가
없는 칼날로 살 사이의 빈틈을 찾아 가르기 때문에 19년이 지나도록 칼날이 무뎌지지
않았다고 한다.

400 제 선왕(齊宣王)은……여겼고 : 제 선왕이 당 위에 앉아 있다가 희생으로 끌려가
는 소를 가엾이 여겨 "나는 그 소가 벌벌 떨면서 죄 없이 사지에 나아가는 것을 차마
볼 수 없다.〔吾不忍其觳觫, 若無罪而就死地.〕"라며 양으로 바꾸도록 한 고사를 가리킨
다. 이에 대해 맹자는 소를 불쌍히 여기는 마음을 미루어 확장하면 백성을 인(仁)으로
다스리는 왕도정치(王道政治)를 충분히 이룰 수 있다고 권하였다.《孟子 梁惠王上》

401 진유자(陳孺子)는……주었네 : 한고조(漢高祖)의 책사로 활약하며 통일 대업을
도운 진평(陳平)을 말한다. 진평이 일찍이 고향에서 제사를 주관하며 고기를 공평하게
나누어 주자, 부로들이 "훌륭하도다, 진유자가 일을 맡아 처리함이여.〔善, 陳孺子之爲
宰.〕"라고 칭찬한 고사가 있다.《史記 卷56 陳丞相世家》

402 고기를……있으리 : 만천(曼倩)은 전한(前漢) 무제(武帝) 때의 문신이자 문학가
인 동방삭(東方朔)의 자(字)이다. 동방삭은 117쪽 주253 참조. 언젠가 복일(伏日)에
황제가 시종하는 관원들에게 고기를 하사했는데 분배를 주관하는 태관 승(太官丞)이
늦도록 오지 않자, 동방삭이 칼을 들어 자기 몫의 고기를 잘라서 집으로 돌아가버렸다.
태관(太官)이 이 일을 상주하자 황제가 동방삭에게 연유를 추궁하니, 동방삭이 "검으로

고기를 베었으니 그 얼마나 씩씩한가. 베어낸 고기가 많지 않으니 또 얼마나 청렴한가. 돌아가 아내에게 주었으니 또 얼마나 어진가.〔拔劍割肉, 壹何壯也. 割之不多, 又何廉 也. 歸遺細君, 又何仁也.〕"라고 하였다 한다.《漢書 卷65 東方朔傳》

경대의 시에 다시 차운하다[403]

復次經臺韻

경대(經臺)는 나의 오랜 친구이다. 이번 여름 빗속에 시를 지어 수창하며 오래 만나지 못한 회포를 풀었다. 경대는 내가 백 소부(白少傅)의 〈지상편(池上篇)〉[404]을 모방해 지은 시를 보고 나의 시골집이 향산(香山)의 마을보다 못하지 않다고 여겨 품평을 남긴 것이 많았다. 이것이야말로 "글을 완전히 믿는다면 글이 없느니만 못하다."라고 이를 만하다. 경대가 지은 시의 격조는 우리나라 사람의 구기(口氣)를 벗어났으므로 매양 읽을 때마다 공중에서 음악이 들리는 듯하다. 내가 여러 차례 우통(郵筒)을 보낸 것은 실로 경대의 시를 얻어내고자 한 것인데, 경대는 무더위 속에 몹시 고생스러운 줄도 몰랐다고 말하였다. 지금 이후로는 창을 던지고 말을 쉬게 하겠는가. 아니면 가을바람에 말이 살지기를 기다려서 칼을 연마하시겠는가.[405] 또 절구 세 수를 써서 격문을 날리는 것을 대신한다.

---

403 경대(經臺)의⋯⋯차운하다 : 경대는 김상현(金尙鉉)의 호로, 본관은 광산(光山), 자는 위사(渭師)이다. 김상현의 자세한 사항은 499쪽 주304 참조.

404 백 소부(白少傅)의 〈지상편(池上篇)〉 : 당나라 백거이(白居易)가 지은 사언시(四言詩)로, 10묘(畝)의 집과 5묘의 정원에 연못 하나를 파고 대나무 천 그루를 기르면서 작은 집에 만족하며 처자들과 함께 안락한 생활을 누리면서 노년을 마치고자 한다는 내용이다.

405 지금⋯⋯연마하시겠는가 : 상대방에게 시 짓는 일을 멈출 것인지, 아니면 나중에 다시 이어갈 것인지 묻는 것으로 보인다. 원문의 '철리(鐵利)'는 북방의 흑수말갈(黑水鞨鞨)의 여러 부족 가운데 한 부족의 이름인데, 문맥이 모호하여 약간 의역하였다.

퉁소를 느지막이 울리며 빠른 세월을 애상하니 　　橫吹晚弄感年催
생황의 운치가 처량하여 가을이 이미 왔도다 　　篁韻凄凄秋已來
친구를 만나지 못하는 중에 맑은 시편이 이르니 　　故人不見淸風至
나는 청산이 있고 그대에겐 누대가 있네 　　我有靑山君有臺

온갖 꽃을 많이 심으니 사계절 다투어 피는데 　　百花多種四時催
온통 그대 시에 들어가서 품평되어 돌아오네 　　盡入君詩題品來
연못가에 안배된 것을 다 믿어선 안 되니 　　池上安排須莫信
한 편의 시 지어 망향대에 두었을 뿐인 것을[406] 　　一篇秪在望鄕臺

싸움터의 격문처럼 밤낮으로 재촉하니 　　白戰羽書日夕催
중원에 누가 있어 함께 나란히 달리랴 　　中原誰是竝驅來
병력이 지금 삼경의 북소리에 고갈되었으면 　　兵力如今三鼓竭
창을 던지고 말을 쉬게 하며 금대에서 내려오시오 　　投戈息馬下金臺

---

406 연못가에……것을 : 자신이 지은 시에서 묘사한 전원생활이 실제 누린 것이 아니라 고향을 바라보며 상상으로 그려낸 것이라는 의미이다.

송화 현감 박용간을 증별하며[407]

贈別松禾倅朴用簡

듣자니, 그대가 가화현[408] 수령으로 나간다니　聞君出宰嘉禾縣

나는 깊은 산중에 매여 전송 못 함이 서글프네　我滯深山悵未餞

남들은 모두 그댈 축하하나 나만 홀로 근심하노니　人皆賀君我獨憂

잔약한 고을임을 일찍이 본 일이 있네　縣之瘠薄曾所見

산골도 아니고 바닷가도 아닌 채 한구석에 처하여　非山非海處一隅

아전과 백성이 서로 미워해 다툼이 많다네　吏民交惡善鬨戰

채광이 폐단의 근원임은 옛날부터 그러했으니　採礦弊源伊昔然

한밤중에 기운이 뻗침을 누가 능히 구별했던가[409]　有氣中夜疇能卜

거쳐 간 사람들이 모두 뒷걸음질 칠 정도이니　前人擧皆却步立

정무가 간략하고 또 능숙한 솜씨라 말하지 말라　莫道政簡又通鍊

내가 대략을 이야기할 테니 그대는 들어보시오　我言此槩君試聽

기괴한 일 말하려니 이루 다하지 못할 지경이라　欲說蹺蹊不得遍

407　송화……증별하며 : 1873년(고종10)에 황해도 송화 현감(松禾縣監)으로 부임하는 박제경(朴齊敬, 1831~?)을 전송하며 지은 시이다. 박제경의 본관은 반남(潘南), 자는 용간(用簡)이다. 1865년(고종2) 생원시에 합격하였고, 1873년 윤6월 13일 송화 현감에 임명되었다.

408　가화현(嘉禾縣) : 황해도 송화현(松禾縣)의 옛 이름이다.

409　채광(採礦)이……구별했던가 : 누가 처음 철광이 묻힌 것을 알아서 채광의 폐단을 만들었는지 한탄하는 말이다. 《신증동국여지승람》에 철(鐵)이 송화현의 대표적 토산물로 기록되어 있다.

기운 것 세우고 해진 옷 깁는 데 다른 방도 없어　整欹補衲無多術
내 몸을 바루고 다시 내 얼굴을 간수하는 것이네　正我身復存我面
일을 만나면 남에게 물을 필요 없으니　遇事不須問於人
먼저 그 단서를 잡아 마음의 기준으로 운용하라　先執其端心樞轉
한 구멍이 두루 밝아지면 저절로 실마리가 잡혀　一竅通明自就緒
이 가운데 취하고 버리는 데 방편이 생기네　箇中取舍有方便
세상 사람들이 근래에 흔히 사사로움에 빠져　世人比多泥于私
가서는 안 되는 줄 알면서 선후를 따지지 않는데　知莫行者沒後先
그대가 능히 용단 내려 맺힌 것 풀 수 있으므로　君能勇斷闢碍滯
만 리 길 첫 여정에 오늘의 선발이 있게 되었네　萬里初程今日選
동쪽으로 서쪽으로 터져 흐르는 물에 중앙에 서고　中立東決西決流
천 줄기 만 줄기 얽힌 실을 풀어주어야 하니　擺却千條萬條線
대저 이와 같은 후에야 다스릴 수 있어　夫如是後方剗理
무성의 현송410과 촉군의 학교411처럼 인풍이 넘치리　武絃蜀學仁風衍
의리로 인도하여 제왕의 교화에 귀의시키면　導之以義歸王化
조주와 혜주처럼 멀어도 기전과 같으리412　遠若潮惠猶畿甸

410　무성(武城)의 현송(絃誦) : 예악(禮樂)으로 고을을 교화시킨다는 말이다. 공자
의 제자 자유(子游)가 무성이란 고을의 수령으로 있으면서 음악을 앞세워 백성을 교화
하는 수단으로 삼은 일이 있다. 《論語 陽貨》

411　촉군(蜀郡)의 학교 : 한(漢)나라 때 문옹(文翁)이란 사람이 경제(景帝) 말엽에
촉군 태수가 되었는데, 촉 땅이 궁벽하고 오랑캐 풍속이 있음을 보고는 영민한 자들을
뽑아 수도로 보내 공부를 시켜서 수년 후에 관리로 뽑아 쓰고, 성도(城都)의 저자거리에
다 학교를 지어놓고 입학하는 사람은 부역을 면제해주고 성적이 우수한 사람은 고을의
관리로 삼으니, 촉군이 이로부터 문풍(文風)이 크게 진작되어 교화가 흥기하였다고
한다. 《漢書 卷89 循吏傳 文翁》

지극히 어두워도 신명스러운 것을 암이라 부르고[413]　　至愚亦神謂之喦

충성스럽게 보이되 간사한 것이 바로 아전이네[414]　　似忠而姦卽是掾

평이한 곳에선 소홀하기 쉽고 너른 곳에선 소루해지기 쉬우니

　　　　　　　　　　　　　　　　　　　　　　　夷處易忽濶易漏

대인[415]은 다스리면서 재주를 뽐내지 않네　　　　　大人爲治不沽衒

---

412 조주(潮州)와……같으리 : 조주와 혜주(惠州)는 먼 변방을 상징하는 고장이고, 기전(畿甸)은 수도 근교의 가까운 지역이다. 조주는 중국 광동성에 있는 고을 이름으로, 당나라 한유(韓愈)가 조주 자사(潮州刺史)로 좌천된 일이 있다. 혜주는 광동성 혜양현(惠陽縣) 서쪽에 있는 지명으로, 송나라 소식(蘇軾)이 왕안석(王安石)에게 화를 당하여 이곳으로 귀양 갔다.

413 지극히……부르고 : 백성이 어리석어 보여도 신령스럽다는 의미의 '민암(民喦)'을 풀이한 말이다. 《서경》〈소고(召誥)〉에 소공이 성왕(成王)에게 충언하기를 "왕은 감히 뒤늦게 하지 마시어, 백성의 무서움을 돌아보고 두려워하소서.〔王不敢後, 用顧畏于民喦.〕"라고 한 구절이 있다. 또 당나라 육지(陸贄)가 올린 상소문에 "이른바 일반 서민들이 지극히 어리석어도 신령스러운 점이 있으니, 어수룩한 자들이 혹은 혼미하고 혹은 비루하여 어리석은 것처럼 보이지만, 윗사람의 잘잘못을 판단하지 못하는 것이 없고, 윗사람의 좋아하고 싫어하는 바를 알지 못하는 것이 없고, 윗사람이 비밀로 하는 것을 전하지 않는 것이 없고, 윗사람이 하는 일을 본받지 않는 것이 없으니, 이 점에서 바로 귀신과 비슷하기 때문입니다.〔所謂衆庶者, 至愚而神, 蓋以蚩蚩之徒, 或昏或鄙, 此其似于愚也, 然而上之得失靡不辨, 上之好惡靡不知, 上之所秘靡不傳, 上之所爲靡不效, 此其類于神也.〕"라는 말이 나온다. 《陸宣公翰院集 卷13 奉天請數對群臣兼許令論事狀》

414 충성스럽게……아전이네 : 아전의 속성을 말한 것이다. 송(宋)나라 여회(呂誨)가 왕안석(王安石)을 탄핵하며 "매우 간사한 자는 충성스러운 것처럼 보이고, 매우 아첨하는 자는 믿음직스러워 보인다.〔大姦似忠, 大佞似信.〕"라고 한 말이 있다. 《宋史 卷321 呂誨列傳》

415 대인(大人) : 덕행과 뜻이 높은 사람을 말한다. 《맹자》〈고자 상(告子上)〉에 "대체를 따르면 대인이 되고, 소체를 따르면 소인이 된다.〔從其大體爲大人, 從其小體爲小人.〕"라는 말이 나오는데, 주희(朱熹)는 "대체는 마음을 가리키고, 소체는 이목(耳目)

유사는 예모가 엄정하니 마땅히 공경해야 하고	有司禮嚴宜恭敬
이웃 고을은 교분이 중하니 홀로 독단하지 말라	隣城誼重毋專擅
단장한 기녀와 음악 소리가 즐겁지 않을 리 없고	珠翠笙歌非不樂
이름난 산과 물도 탐나지 않을 리 없겠으나	名山水石非不羨
좋은 일만 탐하면 반드시 후회가 있으니	旨好事必有咎悔
절대로 놀고 즐기기만 추구해서는 안 되네	且莫追逐遨式讌
관아는 절집 같고 대문은 물처럼 깨끗하면	官如僧舍門如水
간사한 사람이 몰래 엿보는 것 두렵지 않네	不畏細人暗窺眄
부끄러워라, 나는 재주 없어 고을 수령 못 했으니	愧我不才曾未郡
고을 다스리는 좋은 방도에 귀머거리와 같기에	郡治良法衰充瑱
간혹 옛날의 방책 기록을 살펴보기도 하고	或見乎古方策記
간혹 옛날 선배의 말씀을 들어보았네	或聞乎昔先輩彥
토호와 아전을 제어하기를 적절히 조절하고	鋤梗束濕寬猛間
백성을 은덕으로 구제하고 가르치기를 게을리 말라	濟以勞來敎不倦
이 모두가 진실한 마음으로부터 나와야 하니	是皆出自實心上
요컨대 위와 아래가 한마음으로 따르게 해야 하네	要令上下服眷眷
춘당께서 남기신 사랑이 가까운 고을에 있음을 알기에[416]	
	春堂遺愛知近境

등의 기관을 가리킨다."라고 해설하였다. 또 《맹자》〈이루 상(離婁上)〉에 "오직 대인이라야 임금의 그릇된 마음을 바로잡을 수 있다.〔惟大人, 爲能格君心之非.〕"라는 구절이 있다.

416 춘당(春堂)께서……알기에 : 박제경의 부친 박승수(朴昇壽)가 1856년(철종7) 3월 16일 황해도 곡산 부사(谷山府使)에 임명되어 이듬해 7월 13일 부사가 조병위(趙秉緯)로 바뀔 때까지 재임한 것을 말한다. 《承政院日記》

거듭된 권면을 기다릴 필요가 없으리   不待勸勉申申荐
백 리 땅이 우리의 적자가 아님이 없으니   百里無非吾赤子
어찌 꼭 집안 식구만을 간절히 사랑하랴   何必區區家累戀
내가 하고 싶지 않은 일을 남에게 베풀지 말아서   勿施不欲己推人
아전과 백성의 마음을 크게 얻고 천한 사람도 귀히 여기라

    大得其心貴下賤

기대함이 이처럼 두터우니 장차 어찌 부응하랴   期望斯厚將何副
그들을 동요시키지 말아야 민생이 안정되어   弗撓乃可厭居奠
풍산이 즐겁고 부로들이 편안해하고   豐山樂哉父老安
기쁜 비가 경사스럽고 농부들도 기쁨에 겨우리라   喜雨慶也農夫忭
내가 전별로 주는 것은 시도 아니고 글도 아니라   我贐不以詩以文
한나라 때의 순리전 한 권일세[417]   一部西京循吏傳

417 한(漢)나라……한 권일세 : 순리(循吏)는 고을 수령으로 법을 잘 지키면서 백성을 잘 다스린 순량리(循良吏)를 가리키는데, 《한서(漢書)》에는 〈순리전〉을 따로 두어 이들을 표창하였다.

오이를 사다 10운 배율

買瓜 十韻排律

산골 밭이 척박하여 여름에 오이가 없으니	山田犖确夏無瓜
촌로의 집에서 달고 쓴 맛을 어찌 알랴	甛苦安知村老家
초가집에 오이를 던져서 갑자기 부유하게 해주니	投來蔀屋片時富
대바구니에 담아 백 리 먼 길을 보내왔네	走送筠籃百里賖
현포의 삼선에게 종자를 전한 이는 누구인가[418]	誰傳玄圃三仙種
청문의 아름다운 오색 오이[419]와 구분할 수 없네	不揀靑門五色奢
처사의 무궁화 울타리에 무쇠 덩굴이 감싸고	處士槿籬籠鐵蔓
가인의 옥 팔뚝에 금꽃이 움직이네[420]	佳人玉臂動金花
방울방울 시원한 향기는 잔치 자리에 긴요하고	滴滴寒香需燕飮

---

418 현포(玄圃)의……누구인가 : 현포는 위로 천계(天界)와 통한다고 일컬어지는 곤륜산(崑崙山) 정상에 있는 신선의 거처이다. 삼국 시대 오(吳)나라 손권(孫權)의 할아버지 손종(孫鍾)이 오이 농사로 먹고살았는데, 어느 날 세 동자가 와서 오이를 청하기에 손종이 후하게 대접해주자 동자들이 후대에 감사하며 천자가 나올 자리를 알려주고서 백학이 되어 날아갔다는 고사가 있다. 《太平廣記 卷389 塚墓1》

419 청문(靑門)의……오이 : 한(漢)나라 장안(長安)의 동남쪽 성문의 색깔이 푸르러 청성문(靑城門) 또는 청문이라 불렀다. 진(秦)나라 때 동릉후(東陵侯)에 봉해졌던 소평(召平, 邵平)이 진나라가 멸망한 후 청문 밖에 오이를 심었는데, 맛이 뛰어나고 오색(五色)을 띤 오이가 열렸기 때문에 당시 사람들이 이를 청문과(靑門瓜) 또는 동릉과(東陵瓜)라고 불렀다고 한다. 《三輔黃圖 卷1 都城十二門》

420 처사의……움직이네 : 울타리에 오이 덩굴이 뻗고 노란 꽃이 피어 미인의 팔뚝 같은 오이가 열린 것을 가리킨다.

진진한 단맛을 벌집 같은 관아에서 알려오네 津津甘味報蜂衙
차즈기 물과 사탕수수즙처럼 빼어난 맛 색다르고 蘇水柘漿奇品異
옥 항아리와 푸른 단지에 주먹 모양으로 기울었네 瓊缸翠甒一拳斜
화산의 신선 집에선 얼음 복숭아가 이슬에 젖고 氷桃和露華山室
창해의 모래밭엔 푸른 나무가 가지를 교차하는데 碧樹交柯滄海沙
임하려에서 능히 더위를 물리침을 처음 보았으니 林下初看能破暑
인간 세상에서도 신선 되기를 배울 수가 있도다 人間亦有學餐霞
골목을 지나는 오이를 돈 주고 사서 갈증을 푸니 擲銅過巷爲消渴
소반 가득 굽은 달이 함께 자랑하며 다투네 彎月盈盤與鬪誇
먼지가 자욱이 일면 양 귀비가 웃음을 띠었는데 浮動紅塵妃子笑
여지가 아니더라도 침이 이빨 사이에 홍건하네[421] 荔枝除却涎生牙

---

421 먼지가……홍건하네 : 오이의 맛이 여지(荔枝, 리치)보다 못하지 않다는 말이다. 당 현종(唐玄宗)의 총비인 양 귀비(楊貴妃)가 남방에서 나는 과일인 여지를 매우 좋아하여 현종의 명으로 수천 리 밖에서 역마로 먼지를 날리며 실어다 먹었다고 한다. 두목 (杜牧)의 〈화청궁을 지나며〔過華清宮〕〉라는 시에 "말발굽에 이는 티끌 귀비가 좋아하는데, 여지가 올라온 줄 아는 사람 아무도 없네.〔一騎紅塵妃子笑, 無人知是荔枝來.〕"라고 하였다.

한 위공의 〈희우〉 시에 차운하다[422]

次韻韓魏公喜雨詩

어진 덕이 성대해져 북소리가 빨리 울리더니 　　仁德洋洋鼓捷枹

아침나절 반가운 비가 온 천지에 가득하네 　　崇朝喜雨溢寰區

아름다운 곡식 심은 곳에 봄 석 달 만에 물을 대니 　　種之黃茂三春注

푸른 싹이 우쩍 일어나 사방 들이 소생하네 　　勃也青苗四野蘇

하늘의 뜻 사사롭지 않아 두루 흡족히 적셔주니 　　天意不私周以洽

오래 목마른 민정 헤아려 마른 전답에 물을 대네 　　民情久渴漑其枯

감동스런 신명의 조화는 형용하기 어려우니 　　沛然神化形難得

강구의 격양가에 황제의 힘이 필요 없으리[423] 　　擊壤康衢帝力無

---

422 한 위공(韓魏公)의……차운하다 : 한 위공은 북송의 명재상 한기(韓琦)로, 위국 공(魏國公)에 봉해져 한 위공이라 일컬어졌다. 〈희우(喜雨)〉는 오랜 가뭄 끝에 내린 단비를 읊은 시이다.

423 강구(康衢)의……없으리 : 풍년이 들 것이라는 의미이다. 강구는 사통팔달의 큰 길을 말하고, 격양가(擊壤歌)는 태평성대를 노래한 민요이다. 요(堯) 임금이 50년 동안 정치를 펴면서 천하가 잘 다스려지고 있는지, 백성들이 임금을 떠받드는지 알 수가 없었다. 이에 평범한 복장으로 대로에 나가보니, 90세의 노인이 격양가를 부르며 "해가 뜨면 나가서 일하고 해가 지면 들어와 쉰다. 우물을 파서 물을 마시고 밭을 갈아 곡식을 먹으니 제왕의 힘이 나와 무슨 상관 있겠는가.〔日出而作, 日入而息, 鑿井而飲, 耕田而 食, 帝力於我何有哉.〕"라고 하였다. 이에 요 임금이 기뻐하였다고 한다.《列子 仲尼》

산중음

山中吟

산중에 뉘라서 메마른 늙은 매미를 배우랴	山中疇學老蟬枯
비바람 치는 전야에 푸성귀나 도토리조차 없어라	風雨田原都橡無
시골 노인과 섞여 사니 술동이는 질그릇이고	村老雜居樽是瓦
들노래에 화답하니 삼태기가 북이 되네	野歌相和簣爲桴
구름의 마음은 늘 한가한 사람을 좇아 머물고	雲心長逐閑人住
가을 기운은 병든 객이 소생함에서 먼저 아네	秋氣先知病客蘇
솥의 고기에 간을 하면 동일한 맛이 되나니	鼎臠鹽虀同一味
좁은 정원 작은 집만으로도 내가 살기 편안하네	笏園蝸舍亦安吾

추흥
秋興

어느덧 칠월의 하늘이라   居然七月天

벌써 삼복더위 물러갔네   已謝三庚暑

새벽 산의 구름은 자취 없고   無迹曉山雲

가을밤의 다듬이 소리는 다정하네 多情秋夜杵

기러기 소리에 수자리 나간 아이를 슬퍼하고 雁嘶悲戍兒

귀뚜라미 소리는 베 짜는 아낙을 재촉하네 蛩織促機女

거문고 소리만이 마음을 알아주니 琴語獨知心

맑은 바람에 한가한 회포를 보내네 清風送逸緒

두 번째 其二

지난밤 비에 도롱이 걸쳤더니   前宵雨一簑

산속 집에 가을바람이 이르렀네   山屋秋風至

거친 채마밭에 푸성귀 꽃 노랗고 荒圃茱花黃

짧은 울타리에 박잎이 푸르네   短籬匏葉翠

시린 등불을 가까이할 만하니   寒燈稍可親

남은 더위도 피할 필요 없어라   殘暑不要避

더위와 추위가 바뀐다고 탄식 말라 莫歎遞炎涼

계절의 순환은 하늘이 하는 일이니 循環天所致

세 번째 其三

해마다 가을을 맞으니	一年又一秋
늙어갈수록 반백의 머리만 더하네	老去添宣髮
빠른 세월을 근심할 필요 없으니	迅邁不須憂
영화와 조락이란 원래 그칠 때가 있네	榮枯元有歇
읊조리기에 게으른 것은 습관 때문이고	懶吟緣習閑
병들어 누운 것은 더위에 상한 때문이 아니라네	病臥非傷暍
분주한 저자와 조정의 사람들은	忙了市朝人
밭두둑에 골몰한 사람에 비해 어떠한가	何如田事汨

네 번째 其四

일천 가옥에 점점이 등불 켜지는데	點點燈千家
쓸쓸히 두 귀밑에 눈이 내렸네	蕭蕭雪兩鬢
인생이란 절로 끝이 있건만	人生自有涯
계절의 차례는 어김이 없네	時序無違信
출세와 은거는 명성에 관련이 있지만	出處關身名
번화함이란 눈앞에 잠깐 스치는 것이네	繁華過眼瞬
금년은 약간 일찍 서늘해지니	今年差早涼
남은 날 모아 윤달이 끼었음을 알겠네	積剩認成閏

다섯 번째 其五

남들은 봄과 가을이 같다 하는데	人謂春秋同
봄은 정결한 가을빛보다 못하네	春羞秋色潔

마음을 비추는 오동과 달빛은 차갑고	照心梧月寒
위를 깨우는 돌우물이 시리네	醒胃石泉冽
계절은 얼음 어는 겨울과 가까워지니	候屬方來氷
한바탕 열기도 지나가버렸네	劫餘過去熱
산에 들어가면 내 귀가 먹먹하니	入山我耳衰
온 나무의 매미 소리가 귀를 찢네	萬樹蟬聲裂

여섯 번째 其六

득실이란 앉아서 바둑판 구경하는 것과 같고	得失坐觀棋
바르고 기욺은 서서 과녁을 쏘는 데서 보이네	正欹立射鵠
성품이 엉성하니 무엇을 바삐 추구하랴	性疎何緊忙
거처가 외지니 영화와 치욕이 멀어지네	居僻遠榮辱
자취를 없애려면 광채를 감춤이 마땅하니	劃迹宜光韜
목을 놀리면 남의 비밀을 까발리기 쉽네[424]	轉喉易諱觸
물이 더욱 맑아짐을 보고서	試看水益淸
풍진세상의 욕망을 씻어내네	淘洗紅塵慾

일곱 번째 其七

| 반랑이 인끈을 던진 때요[425] | 潘郎投紱時 |

---

424 목을……쉽네 : 말조심을 해야 한다는 말이다. 한유(韓愈)의 〈송궁문(送窮文)〉
에 "손을 비틀어 국그릇을 엎게 만들고, 목을 놀리면 남이 꺼리는 일을 들추어내게 만들
기도 한다.〔捩手覆羹, 轉喉觸諱.〕"라고 하여 궁귀(窮鬼)의 소행을 묘사한 구절이 있다.

425 반랑(潘郎)이……때요 : 반랑은 진(晉)나라 반악(潘岳)으로, 젊어서는 용모가
아주 준수하였다. 서른두 살의 나이에 살쩍이 하얗게 세자 느낀 바가 있어서 〈추흥부(秋

구자가 책을 읽던 밤이라[426]	歐子讀書夜
오늘 그 사람은 없으니	今日無其人
이 시대에 누구와 나란히 달릴까	當年孰竝駕
형체는 물고기의 즐거움을 따라 잊고	形從魚樂忘
입은 새소리와 함께 다무네	口與鳥聲啞
진퇴를 쉽게 말할 수 있으랴	進退易言哉
앞선 현인들에게 정해진 값이 있네	前脩有定價

여덟 번째 其八

뜻 있는 선비가 홀로 가을을 슬퍼하며	志士獨悲秋
강개한 눈물을 멈추기 어려워했네	難禁慷慨淚
천고의 수심을 어찌 견디랴	那堪千古愁
한 가지에 붙어사는 인생[427]이 더욱 한스럽네	尤歎一枝寄
원래 괴팍한 성격에 격분한 것이지	原是激嶒崚
곡식과 부싯돌이 바뀐 때문이 아니네[428]	非爲改穀燧

興賦)〉를 읊었는데 "우선 옷깃을 여미고 돌아옴이여, 문득 인끈을 던지고 높이 오르네. 〔且斂衽以歸來兮, 忽投紱以高厲.〕"라는 구절이 있다.

426 구자(歐子)가……밤이라 : 구자는 북송의 저명한 문인 구양수(歐陽脩)로, 그가 가을에 들려오는 쓸쓸한 소리에 느낌이 일어 〈추성부(秋聲賦)〉를 지었는데, 그 서두에 "구양자가 밤에 바야흐로 책을 읽고 있는데, 서남쪽으로부터 어떤 소리가 들렸다.〔歐陽子方夜讀書, 聞有聲自西南來者.〕"라는 구절이 있다.

427 한……인생 : 천지 사이에 미미한 존재를 가리킨다. 《장자》〈소요유(逍遙遊)〉에 "뱁새는 깊은 숲에 둥지를 틀어도 의지한 것은 나뭇가지 하나에 지나지 않는다.〔鷦鷯巢於深林, 不過一枝.〕"라고 한 구절이 있다.

428 곡식과……아니네 : 계절이 바뀐 때문이 아니라는 말이다. 고대에는 계절이 바뀔

백옥당의 음주와는 같지 못할지라도   白堂飲不如

어느 날에 낙천처럼 취해볼까[429]   何日樂天醉

즈음에 곡식도 바뀌고, 부시로 사용하는 나무도 바뀌었다. 《논어》〈양화(陽貨)〉에 "묵은 곡식이 이미 없어지고 새 곡식이 익으며, 불씨를 취하는 나무도 바뀌니, 1년이면 상복을 그칠 만하다.〔舊穀旣沒, 新穀旣升, 鑽燧改火, 期可已矣.〕"라는 말이 있다.

429 백옥당(白玉堂)의……취해볼까 : 당나라 이백(李白)처럼 마실 수는 없을지라도 백거이(白居易)처럼 취해보고 싶다는 말이다. 백옥당은 한림원(翰林院)의 별칭인데, 당 현종(玄宗)이 백련지(白蓮池)에 배를 띄우고 이백을 불러 글을 짓게 하였더니, 이백은 이때 이미 한림원에서 술에 취해 있었다. 이에 고력사(高力士)에게 명하여 부축해 배에 오르게 했다는 고사가 있다. 낙천(樂天)은 백거이(白居易)의 자(字)인데, 백거이는 관직에서 은퇴한 뒤 10년간 수백 섬의 술을 빚을 정도로 술을 좋아하였고 아호를 취음선생(醉吟先生)이라 하였다.

지은이 이유원(李裕元)

1814년(순조14)~1888(고종25). 본관은 경주(慶州), 자는 경춘(景春), 호는 귤산(橘山)·묵농(默農), 시호는 충문(忠文)이다. 백사(白沙) 이항복(李恒福)의 9세손으로, 백사 이래 이태좌(李台佐)·이광좌(李光佐)·이종성(李宗城)·이경일(李敬一) 등의 재상을 배출한 명문가의 후손이다. 부친은 이조 판서를 지낸 이계조(李啓朝)이다. 1841년(헌종7) 문과에 급제하였고, 32세 때인 1845년(헌종11) 10월 동지사의 서장관으로 청나라에 다녀왔다. 이후 의주 부윤, 함경도 관찰사 등을 역임하였다. 고종 초에 좌의정에 올랐다가 1865년(고종2) 이후 한동안 정계에서 물러나 남양주 천마산(天摩山) 아래 가오곡(嘉梧谷)에서 지냈다. 1873년(고종10) 흥선대원군의 실각과 함께 영의정으로 정계에 복귀하였다. 1875년(고종12) 순종의 왕세자 책봉을 주청하기 위한 진주 겸 주청사로 다시 청나라에 다녀왔다. 1879년(고종16) 8월 말 이홍장으로부터 미국을 비롯한 서양 제국들과 통상조약을 체결하고 일본과 러시아를 견제해야 한다는 권유 편지를 받았으나, 미국과의 수교 권유는 거부했다. 1882년(고종19) 7월에 전권대신 자격으로 일본 공사 하나부사 요시모토(花房義質)와 제물포조약을 체결하였다.

이유원은 정치가일 뿐만 아니라 자하(紫霞) 신위(申緯)에게 시를 배운 당대의 시인이었다. 특히 조선의 악부시(樂府詩)에 많은 관심을 가졌고 이를 창작으로 드러내었다. 또 추사(秋史) 김정희(金正喜)와 예서(隸書)를 논한 서예가이며, 금석 서화와 원예·골동은 물론 국고 전장에 상당한 식견을 보여준 19세기의 비중 있는 학자이자 예술가의 한 사람이기도 하다. 나아가 연행과 이후 서신을 통해 섭지선(葉志詵) 등 당대 중국의 지식인들과 교유하며 청대의 학풍까지 두루 섭렵하였다. 이러한 학문적·예술적 성과가 그의 저술 《임하필기(林下筆記)》·《가오고략(嘉梧藁略)》·《귤산문고(橘山文稿)》에 담겨 있다. 또 국가경영에 관계된 저술로 《체론유편(體論類編)》과 《국조모훈(國朝謨訓)》이 있으며, 아울러 《경주이씨금석록(慶州李氏金石錄)》과 《경주이씨파보(慶州李氏派譜)》 등도 편찬하였다.

옮긴이 김채식(金菜植)

1967년 충북 진천에서 태어났다. 성균관대학교 한문교육과를 졸업하고, 한림대학교 부설 태동고전연구소에서 한문을 수학했다. 성균관대학교 한문학과에서 문학석사와 문학박사 학위를 받았다. 성균관대학교 대동문화연구원 거점번역연구팀에서 2010년부터 2020년까지 번역을 수행하였고, 현재 경운초당에서 초서를 가르치고 있다. 박사학위논문은 〈이규경의 오주연문장전산고 연구〉이고, 번역서로 《무명자집 5·6·13·14》, 《환재집 1·2》, 《풍고집 2》가 있으며, 공역서로 《김광국의 석농화원》, 《석견루시초》 등이 있다.

권역별거점연구소협동번역사업 연구진

연구책임자　이영호(성균관대학교 HK 교수)

공동연구원　안대회(성균관대학교 한문학과 교수)

책임연구원　이상아

　　　　　이성민

　　　　　이승현

　　　　　서한석

　　　　　김내일

　　　　　임영걸

가오고략 2

이유원 지음 | 김채식 옮김

2023년 12월 31일 초판 1쇄 발행

편집 · 발행 성균관대학교 출판부 | 등록 1975. 5. 21. 제1975-9호

주소 (03063) 서울시 종로구 성균관로 25-2

전화 760-1253~4 | 팩스 762-7452 | 홈페이지 press.skku.edu

조판 김은하 | 인쇄 및 제본 영신사

ⓒ 한국고전번역원 · 성균관대학교 대동문화연구원, 2023

Institute for the Translation of Korean Classics · Daedong Institute for Korean Studies

값 25,000원

ISBN 979-11-5550-616-5　94810

　　　979-11-5550-568-7 (세트)